COLIN FORBES

In letzter Minute

Roman

Aus dem Englischen
von Keto von Waberer

PAVILLON VERLAG
MÜNCHEN

Titel der Originalausgabe
THE HEAVENS ABOVE US

Umwelthinweis:
Dieses Buch wurde auf
chlor- und säurefreiem Papier gedruckt.

3. Auflage
Taschenbuchausgabe 04/2005

Printed in Germany 2005
Umschlagillustration: Corbis/Aero Graphics Inc.
Umschlaggestaltung: Nele Schütz Design, München
Satz: hanseatensatz-bremen, Bremen
Druck und Bindung: GGP Media GmbH, Pößneck
http://www.heyne.de

ISBN-10: 3-453-77059-5
ISBN-13: 978-3-453-77059-1

1. Kapitel

Wenn ich nur einen Tag eher in Urlaub gefahren wäre, dann hätte ich sie nie getroffen; eine Zeitspanne von 24 Stunden kann das ganze Leben verändern. An diesem, nun längst vergangenen Januarmorgen blies der Wind von der Wüste in die Stadt, Kairo lag unter diesem grausam versengenden Hauch, der die ganze Sahara mit sich trug, und ich für meinen Teil hatte das Gefühl, heißen Sand bis in meine Lungen zu atmen. Ich wanderte auf dem befestigten Nilufer und konnte kaum die Hand vor Augen sehen. Ich kämpfte mich mit gesenktem Kopf vorwärts, teils bedacht, den Staub nicht in meine halbgeschlossenen Augen kommen zu lassen, teils um zu sehen, wann das Pflaster aufhörte und die Böschung zum Fluß hinab fiel. Unter dem Arm trug ich eine gefaltete Zeitung, die sich in positiven Prognosen für das kommende Jahr 1946 erging: der Krieg war zu Ende und das irdische Paradies praktisch in Greifnähe. Wenn dieser *khamsin* Sandsturm ein Vorbote des neuen Jahres war, dann, so dachte ich, hatte unser Zeitungsmann wohl in die falsche Kristallkugel geglotzt.

Im Januar steigt die Temperatur in der ägyptischen Hauptstadt meist bis zu milden 25 Grad, aber ein *khamsin* kann das Klima ruckartig verändern und ich war mir sicher, daß die Stadt zu diesem Zeitpunkt bereits in guten 35 Grad schmorte. Während ich meinen Weg durch den Sandnebel fast blind suchte und tastete, bedeckten sich meine Augenlider und die Innenseite meines Mundes mit knirschendem Sand, mein Hemd klebte mir am schweißnassen Rücken und das Atemholen wurde zur Qual. Als ich die Ecke erreichte, an der sich der Pfad nach links und von dem unsichtbaren Fluß abwandte, verstärkte sich der Sturm womöglich noch und mir wurde beinahe schwindelig, als der Wind immer heftiger blies und den grauen Staub spiralförmig auf der Straße tanzen ließ. Nur Narren lassen sich auf freier Straße von einem *khamsin* überraschen und so weit ich sehen konnte, war ich der einzige Narr, der unterwegs war. Und unter eben diesen Umständen ist es wohl verständlich, daß ich etwas Wichtiges übersah.

Die Eingeborenenviertel und Hütten drüben hinter dem öden Stück Land neben den Häusern hoben sich als Silhouette gegen eine ockergelbe Wolke ab, verschwanden aber dann, als die Wolke dichter und es auf der Straße so dunkel wurde, als bräche die Nacht herein. Ich kämpfte mich an der Englischen Kirche vorbei, wo sich die Straße gabelte, sah hinauf zum Glockenturm, senkte aber die Augen geschwind, als eine Sandlawine gegen meine Khakidrillichhosen prasselte. Das erste andere menschliche Wesen, das mir seit 10 Minuten zu Gesicht kam, war ein verwischter Schatten hinter dem Steuerrad eines Autos, das vor meiner Türe stand. Er stand achtlos geparkt, vom Gehsteig entfernt, und ich mußte zweimal hinsehen, da die Scheibenwischer auf vollen Touren liefen. Das schien mir mitten im *khamsin* reichlich seltsam. Außen hielten die Wischer einen fächerförmigen Abschnitt der Scheibe sauber, aber von innen waren die Scheiben von unregelmäßigen Sandflecken verklebt, die sich trotz der geschlossenen Fenster dort gesammelt hatten. Eine Hand mit langen knochigen Fingern rieb an der Scheibe und ich entdeckte ein dunkles Gesicht, das zu mir heraufstarrte. Ich konnte nur einen kurzen Blick darauf werfen und wußte, als ich die steinernen Stufen hinaufstieg und die riesige Flügeltür zur Empfangshalle aufstieß, ich würde ihn später wohl nie wieder erkennen können. Ich warf die Tür kraftvoll gegen den Wind stemmend hinter mir zu, damit nicht die halbe Wüste sich hinter mir in die Halle wälzen sollte und in diesem Augenblick sah ich sie zum erstenmal.

Ich stand am Fuße der weiteren Stufen und blinzelte, um mich an das Halblicht zu gewöhnen und um den Sand aus meinen Augen zu schütteln. Ich sah, wie sie zum Empfangspult zurückkam und mein erster Eindruck war der einer nervösen und etwas überspannten Person. Sie war dunkelhaarig, ein Mädchen von etwa 26, die dort ungeduldig auf und ab ging. Sie war ungefähr einsfünfundsiebzig groß und trug eine braune Hose und ein dazu passendes Hemd. Damals, 1946, war es höchst ungewöhnlich für ein europäisches Mädchen, Männersachen zu tragen und es fiel mir ein, daß sie wahrscheinlich Jüdin war, aber das war der erste Fehler, der mir bei ihrer Beurteilung unterlief. Hinter dem Empfangspult für Regierungsangelegenheiten stand Selim, der sudanesische Sekretär, sein Fez saß kerzengerade auf seinem Kopf und aus seiner Miene entnahm ich, daß er gerne mit dem Mädchen gesprochen hätte, aber nicht wußte, was er sagen sollte. Seine dunklen Augen glitten ihr nach, sie war stehengeblieben und betrachtete mich von oben kritisch, dann wandte sie mir den Rücken zu. »Das ist Miss Lynn Grant, Sir, sie wollte Mr. Bertin sprechen.«

»Bertin ist zurück in die Staaten.«

Ich nehme an, ich klang etwas kurzangebunden, aber ein *khamsin* ist eine gute Entschuldigung für schlechtes Benehmen, dazu kam, daß ein unangemeldeter Besucher wohl das letzte war, was ich heute gebrauchen konnte, ich wollte am nächsten Morgen in Urlaub fahren und fürchtete unbewußt, in letzter Minute durch irgend etwas aufgehalten zu werden.

»Wollen Sie damit sagen, er ist abgereist, ist schon außer Landes? Ist er denn nicht noch zu Hause und packt?«

Ihre Stimme klang ängstlich und wohl auch etwas skeptisch – als habe Miss Grant bereits gelernt, daß man einer Auskunft nie voll trauen konnte.

»Er hat gestern das Militärflugzeug nach Kairo-West genommen.«

Noch ehe die Worte meinem Mund entschlüpft waren, fiel

mir siedendheiß ein, daß ich mich verplappert hatte. Ohne viel Aufhebens davon zu machen, hatte Bertin mich gebeten, es nicht überall breitzutreten, daß er als Gast der US-Force zurück nach Washington reiste. Gott Lob hatte ich nichts von einem *amerikanischen* Flugzeug geäußert. Ich stand noch immer am Fuß der Treppe und versuchte, mit einem Taschentuch den Staub aus dem Kragen zu wedeln. Hinter mir raste der Wind gegen die festgeschlossenen Türen und ich hatte den Mund voll Sand – das Mädchen hatte es offenbar nicht darauf abgesehen, meine Nerven zu beruhigen.

»Ist's nicht vielleicht doch möglich, daß Mr. Bertin in ein paar Tagen wiederkommt?« drängte sie.

»Auf keinen Fall. Es kann sein, daß er bis zu einem Monat aus Kairo wegbleiben wird.«

Sie zuckte nicht zusammen als sie mich mit solcher Endgültigkeit sprechen hörte, aber ich sah, wie ihre langen dunklen Wimpern zuckten und ich konnte sehen, als ich die Treppen hinaufstieg, daß sie ziemlich enttäuscht wirkte. Ich äugte in mein Postfach hinter Selim – nichts, keine Post Gott Lob. Ich fühlte mich gleich besserer Laune und wendete deshalb meine Aufmerksamkeit wieder dem ungeladenen Gast zu. Miss Grant hatte sich steif gemacht und stand hochaufgerichtet, als versuche sie, ihre Enttäuschung zu verbergen, mir schien, als habe sie schon vor langer Zeit gelernt sich zu beherrschen, und ihre Gefühle zu verbergen. Keiner von uns beiden schien etwas sagen zu können, und während ich wartete, daß sie den Anfang machte, fragte ich mich, wo sie wohl herkäme.

Ihre Haut war fast gar nicht gebräunt, sie wirkte, als habe sie soeben ihr Schiff verlassen – ein europäisches Schiff oder ein amerikanisches. Ihr Akzent war englisch, aber darunter konnte man einen leisen amerikanischen Tonfall wahrnehmen, und hätte ich mich in etwas aufnahmefreudigerem Zustand befunden, ich hätte mich mehr für ihre Herkunft interessiert. Die Bluse, die sie wie ein Männerhemd in die Hose gesteckt hatte, war kurzärmelig, also war sie keine von den

Frauen, die es darauf anlegten ihre weiße jungfräuliche Haut zu behalten; denn die schützen die Gesichtshaut mit breiten Hüten und gehen nie kurzärmelig auf die Straße.

»Tut mir leid«, sagte ich endlich »aber so ist's nun mal. Wußte er, daß Sie kommen würden?«

Ich hatte schon ein paar Schritte auf den alten Lift zugetan, als ich mich umwandte und sie das fragte. Es war mir wohl bewußt, wie ungastlich ich wirken mußte. Der *khamsin* und die Atmosphäre, die er mit sich brachte, dazu mein bevorstehender Urlaub, all das stachelte mich nicht gerade dazu an, mich in neue Probleme verwickeln zu wollen und heute glaube ich, daß ich schon zu diesem Zeitpunkt Gefahr im Anzug witterte. Auch half es nicht, daß ich ihr anmerkte, wie verärgert sie über mein Verhalten war – ich konnte es in ihren großen grauen Augen lesen –, aber sie verfügte über genügend Selbstkontrolle, um diesen Ärger zu unterdrükken, während sie sich darauf konzentrierte, mich zu ködern.

»Sind Sie der Assistent von Mr. Bertin?« fragte sie mit einem plötzlichen Lächeln.

»Ja. Mein Name ist David Shand.«

Ich warf einen Blick hinüber zu Selim, der immer noch mit marmorner Miene hinter seinem Empfangstisch stand und die gegenüberliegende Wand anstarrte, eine Wand, die in deprimierendem Grau, Regierungsgrau nannte ich es, gestrichen war. Der Hund! Er mußte ihr verraten haben, daß ich in Kürze hier auftauchen würde.

»Könnte ich eine Minute mit Ihnen sprechen – da ich ja Mr. Bertin nun verfehlt habe?«

Wieder schaffte sie es, attraktiv zu lächeln, dabei schob sie ihre Fäuste in die Hosentaschen. Das ist keine Geste, die vielen Frauen steht, ihr aber gelang es so auszusehen, als hätte sie damit um so sicherer in diesem Gebäude Fuß gefaßt. Während sie auf meine Antwort wartete, zog sie mit der Spitze ihres rechten Schuhs eine Linie in den Sand, der durch die geschlossene Tür hereingeweht war – es war sehr still in der kahlen Halle. Ich glaube, sie war sich dessen bewußt, daß ich sie beobachtete, und sie hoffte sicher, ich würde sie attraktiv genug finden, um mich zu beruhigen und etwas humaner zu werden. Wie wenig wußte sie doch, was für geringe Chancen sie hatte: Mein kommender Urlaub und meine momentane Einstellung Frauen gegenüber ließen ihr nur eine geringe Chance. Ich versuchte meine Verteidigungstaktik zu verstärken, stellte dabei jedoch fest, daß ich schwach zu werden begann. Ich war schon an dem Punkt, an dem man weiß, daß es einem später leid tun wird, wenn man jemanden unfreundlich fortgeschickt hat.

»Kannten Sie Bertin persönlich?«

»Nein – aber er ist ein alter Freund meines Vaters, Caleb Grant.«

Ihre Augen hielten meinen Blick fest und suchten bei dem Namen nach einem Erkennen, fanden aber nichts. Ich befahl Selim, sie hinauf in mein Büro zu bringen und sagte ihr, ich wäre in ein paar Minuten bei ihr, dann rannte ich die Wendeltreppe im Liftschacht hinunter und betrat den Keller. Der Seismograph funktionierte zuverlässig und leise wie immer: der einzige vernehmbare Ton war das Summen des Generators, der das Instrument speiste – Bertin war nicht der Mann, sich auf die ägyptische Elektrizität zu verlassen, wenn es um seine Geschäfte ging. Juliette, deren Haut seit ihrer Geburt tiefbraun war, blickte von ihren Karteikästen auf und sagte, als ich hereinkam:

»Nichts, Dr. Shand.«

»Gut.«

Das war ein Ritual, das zwischen uns ablief, sobald ich die Kellerräume betrat; ich hatte wohl kaum mit einem mittleren Erdbeben gerechnet, das sich da auf den rauchgrauen Papieren ankündigte, es war nur Juliettes Art mir mitzuteilen, daß sie ein Auge auf der Sache hatte. Zum hundertsten Mal fragte ich mich, wer wohl lächerlich genug gewesen war, ein ägyptisches Mädchen Juliette zu taufen. Sicher hatte Papa eine Woche vor ihrer Geburt Shakespeare in Kairo im Theater gesehen, wie gut, daß er keinen Sohn erhalten hatte, der Unglückliche wäre sein ganzes Leben mit dem Namen Romeo herumgelaufen.

Der Seismograph war in einer Ecke neben einer Betonsäule in das Fundament des Gebäudes eingelassen. Das neueste Modell war er wohl nicht, aber das Meteorologische Institut in Kairo hatte nie über üppige Geldmittel verfügt und ein Wiechert-Seismograph war ein robustes Gerät, anstatt die Erdbewegungen photographisch zu erfassen, benutzte er eine Nadel, um auf eine sich langsam drehende Rolle zu zeichnen, und als ich hinschaute, konnte ich die zarten vogelspurenartigen Oszillationen erkennen, die sich in vager und bebender Linie dahinzogen. Wenn ein größeres Beben mit seiner Erschütterung die Erde rüttelte und die Betonsäule zum Zittern brachte, drehte die Nadel in Sekunden durch, das dauerte in seltenen Fällen bis zu einer Minute. – Dann zeichnete sie die geheimnisvollen und wilden Zickzacklinien einer Katastrophe irgendwo auf dem Erdball auf, bei der vielleicht eine Stadt oder eine ganze Provinz in Trümmer fiel. Während Juliette mich betrachtete, runzelte sie ihre olivbraune Stirn, ich aber beobachtete den Seismographen mit seiner unsteten Linienführung und war in Gedanken drei Stockwerke höher bei Lynn Grant, die dort meiner harrte. Es gab keinen Grund für mich, das Gerät persönlich prüfen zu müssen – wenn es irgend etwas Erwähnenswertes gäbe, man würde es mir umgehend mitteilen, das wußte ich. Was ich eigentlich wollte, nun ich wollte den *khamsin* verdauen, ehe ich mich meiner Besucherin stellte, deren Augen einen Mann so skeptisch mustern konnten.

»Morgen machen Sie Urlaub«, sagte Juliette vorsichtig. »Dann ist auch der *khamsin* weg – ja?«

»Das hoffe ich.« Ich zündete eine Zigarette an. Vielleicht würde ein Plausch mit Juliette mich etwas aufmuntern, ehe ich die Treppen hinaufstieg. »Ich habe keine Lust in einen Sandsturm zu geraten, wenn ich gerade den Sinai überquere.«

»Das wird Ihnen guttun – der Urlaub meine ich.«

»Da können Sie Gift darauf nehmen«, ich zwang mich zu

einem Lächeln und sie lächelte glücklich zurück. Die arme Kleine hatte wohl geglaubt, ich wäre aus irgendeinem obskuren Grund böse auf sie.

»Ich schaue nochmal rein, ehe ich gehe!«

Um meine Frist zu verlängern, nahm ich nicht den Lift, sondern ging zu Fuß. Die großen Flügeltüren am Eingang klapperten, als ich in den ersten Stock stieg – der Sturm drückte mit aller Kraft dagegen, als wolle er sie aus den Angeln heben. Weiter stieg ich durch das verlassene Treppenhaus, in dem auch die Fenster klapperten, draußen verschwand die Welt in wirbelnden grauen Staubschwaden, durch die die bleiche Sonne zu sehen war. Im 3. Stock angekommen, verzögerte ich das Treffen noch einmal, indem ich auf die Toilette ging und kaltes Wasser auf Gesicht und Hände spritzte. Wenigstens drehte ich das kalte Wasser auf, aber was da herauskam, war eine matte lauwarme Brühe. Ich frottierte mich ab und fühlte, wie sich sofort ein neuer Schweißfilm auf Gesicht und Händen bildete. Herrgott war ich froh, aus Kairo herauszukommen.

»Ich hoffe, es ist Ihnen recht, daß ich die Fenster geschlossen habe«, sagte Miss Grant, als ich mein im obersten Stockwerk gelegenes Büro betrat. Innerlich fluchte ich erbittert. Ganz klar, Tewfik hatte sich nicht daran erinnert, die Fenster zu schließen, als der *khamsin* aus der Wüste daherblies. Die Spuren seiner Nachlässigkeit waren kaum zu übersehen, der Wind hatte die Papiere von meinem Schreibtisch gefegt, alles lag auf dem nackten Boden verstreut – unter Sandschichten begraben.

»Vielen Dank, da werde ich aber demjenigen, der das vergessen hat, den Kopf dafür abreißen.«

Ich ließ mich hinter meinem Schreibtisch nieder und fragte mich, wie sie es schaffte, so frisch und kühl zu wirken; sie ließ sich mir gegenüber in einen Sessel gleiten. Zum erstenmal konnte ich sie nun richtig betrachten, denn in der Empfangshalle herrschte Dämmerung, nachdem die Türen geschlossen waren.

Ihr schwarzes Haar war schulterlang geschnitten, schöne Schultern übrigens – ihre Backenknochen waren hoch, ein Merkmal, das sie mit Rose gemeinsam hatte – unglücklicherweise. Damit aber hatte die Ähnlichkeit mit Rose auch ein Ende, Lynns Kinnlinie zeigte mehr Charakter und ihre Lippen waren voller und menschlicher. Außerdem trug sie im Gegensatz zu meiner Exverlobten kein Make-up, ihre Haut war gut, Rose hingegen hatte nachhelfen müssen, um einige Unreinheiten durch kosmetische Tricks zu verbergen. Wenn man Lynns Züge einzeln betrachtete, hätte man sie wohl nicht als schön bezeichnen können, aber der Gesamteindruck war gut – guter Knochenbau und Attraktivität. Rose war schön gewesen – das Miststück!

»Was war's genau, weswegen Sie Mr. Bertin sprechen wollten?« fragte ich und glättete ein paar Papiere, die noch auf dem Tisch verblieben waren. Ich hörte mir selber zu und fragte mich, wieso es möglich war, mit 28 derart pompös zu klingen. Wirklich, ich mußte lernen, wieder mit Leuten zu reden – besonders mit ›weiblichen‹ Leuten.

»Dürfte ich auch fragen, ob Sie ihn während seiner Abwesenheit als Chef der seismographischen Abteilung vertreten?«

Ich behielt meine undurchdringlichste Miene und konzentrierte mich darauf, die Papiere zu ordnen. Hier hatten wir noch jemand, der lernen mußte mit den Leuten zu reden. Die unausgesprochene Frage war überdeutlich: – gibt's nicht jemand Älteren und Verläßlicheren als Sie, mit dem ich sprechen könnte?

»Für heute, ja.«

»Nur für heute?« Sie blickte nicht durch und war auf der Hut, das ermutigende Lächeln verschwand: Ich glaube, sie vermutete, daß ich ihr Kontra gab auf das, was sie mir gesagt hatte.

»Tja, nur für heute. Morgen gehe ich in Urlaub nach Palästina und Syrien – wenn Sie morgen aufgekreuzt wären, wäre hier alles geschlossen gewesen, weil Samstag ist. Wenn Sie aber montags gekommen wären, hätten Sie sich mit Mr. Tewfik unterhalten können. Er ist Ägypter und führt den Laden bis ich zurück bin.«

Mir fiel ein, ihr eine Zigarette anzubieten, und ich hielt ihr mein Päckchen hin, sie lehnte ab und ich zündete mir eine an, nachdem ich die alte in das Schälchen mit abgestandenem Wasser hatte fallen lassen. Noch immer zerrte der *khamsin* an meinen Nerven und als ich das Zigarettenpäckchen auf dem Tisch von mir schob, kratzte es über Sandkörner. Während ich rauchte, fragte ich mich, was für eine wichtige Mitteilung ich ihr gerade gemacht haben konnte: Für Sekunden war etwas wie Interesse in diesen großen Augen aufgetaucht, dann hatten sich die dunklen Wimpern rasch gesenkt und der neugierige Eifer war wieder aus dem Gesicht verschwunden. Würde sie am Montag wiederkommen und mit Tewfik Pascha reden? Innerlich mußte ich lächeln, während ich auf ihre Antwort wartete. Vor Monaten hatte ich entdeckt, daß Tewfik Selim minutiöse Instruktionen gegeben hatte, ihn stets als Pascha zu bezeichnen, gleichgültig wann und wo von ihm die Rede sei. Die Tatsache, daß er nicht mehr oder weniger der Pascha war als ich, störte ihn kaum. In Ägypten wird der Kampf um gesellschaftliche Anerkennung bitter und endlos geführt.

»Nun mal ganz genau, was hatten Sie mit Mr. Bertin zu besprechen, vielleicht kann ich Ihnen helfen?« fragte ich nach einiger Zeit, in der sie keine Worte hatte finden können.

»Ich denke, er wäre zu uns gekommen. Mein Vater und er standen sich einmal sehr nahe.« Sie machte eine Pause, als taste sie sich behutsam zu einem schwierigen Thema vor, und ich beherrschte mich mit Mühe, um nicht auf meine Armbanduhr zu sehen. Wäre sie doch Montag gekommen und Tewfik hätte sie am Halse. Sie lehnte sich vor und sprach weiter, ihre Hände verkrampften sich. Automatisch registrierte ich, daß sie keinen Ring am dritten Finger trug.

»Mein Vater ist Seismologe wie ... eh ... wie Sie.«

Ich grinste in mich hinein, sie hatte eigentlich sagen wollen ›wie Bertin‹. Dann aber verging mir das Lachen, als sie geschickt und mit unschuldiger Miene fragte: »Sie sind doch – aber natürlich sind Sie von Beruf Seismologe, Mr. Shand?«

Ich nickte und mahnte mich selbst, nicht zu empfindlich zu sein. Die Jungen mißtrauen den Alten, mißtrauen aber auch, wenn es um etwas Wichtiges geht, der eigenen Generation. Sie zog ihre wohlgeformten Schultern hoch und saß aufrecht auf der Stuhlkante.

»Mein Vater wollte, daß Bertin bestimmte Entdeckungen, bestimmte Kalkulationen prüfen sollte – er wollte seine technische Meinung dazu.«

»Wozu?«

Noch immer zögerte sie, mein vergleichsweise jugendliches Alter machte ihr zu schaffen. Außerdem sah ich jünger aus, als ich war, was sie noch mehr irritierte.

»Sie können's mir ruhig sagen«, bohrte ich, »ich fürchte, ich bin alles, was Sie in diesem Teil der Welt haben können, es sei denn, Sie wollen sich an jemand von der Amerikanischen Universität in Beirut wenden – die haben eine kleine seismographische Abteilung. Ich nehme an, Sie sind Amerikanerin oder?«

Ihre Aussprache war mir rätselhaft: vielleicht kam in der unterdrückten Aufregung ihr amerikanischer Akzent deutlicher hervor.

»Nein, ich bin Engländerin. Mein Vater ist Amerikaner. Wissen Sie, meine Mutter war Engländerin und ich bin in London geboren. Ich habe mehrere Jahre in den Staaten verbracht und den Rest meines Lebens in Europa.«

Sie sprach hastig, und war, obgleich sie sich immer noch beherrschte, deutlich nervös.

»Da ist ein Problem, das meinem Vater zu schaffen macht – sehr sogar, er glaubt, ein großes Erdbeben bereitet sich vor.« Sie hastete weiter, sah eine von mir noch nicht gestellte Frage voraus. »Bitten Sie mich nicht um Details, ich bin nicht qualifiziert genug, um darüber zu diskutieren. Das Problem ist folgendes: Mein Vater ist im Moment so beschäftigt, daß er nicht nach Kairo kommen konnte, um Bertin persönlich zu treffen. Deshalb hat er mich statt seiner losgeschickt.«

Ich lehnte mich im Stuhl zurück und bemühte mich, so gut ich konnte, mein Gefühl der Überraschung, der Ungläubigkeit und des Ärgers zu verbergen. Ich hatte mir kein klares Bild davon gemacht, was Miss Grant im Schilde führen mochte, aber bis zum jetzigen Augenblick hatte ich sie für geistig normal gehalten. Ich erinnerte mich, um ihr nicht alleine die Schuld zu geben, daß die Idee schließlich von ihrem Vater stammte. Meine nächste Frage formulierte ich äußerst behutsam.

»Also, ohne nun nach Details zu fragen, darf ich mich nur noch einmal vergewissern, Sie nicht mißverstanden zu haben? Sie sagen, Ihr Vater habe irgendwo ein Erdbeben vorausgesagt – er sieht in die Zukunft. Könnte man sagen wie?«

Blitzartig nahm sie eine Verteidigungsstellung ein. Ihr Gesichtsausdruck verriet nichts mehr und wieder ließ sie dieses entwaffnende Lächeln sehen, das ihr den Ausdruck von Kühle und Selbstkontrolle gab.

»Sie sehen wohl, warum ich Ihnen keine Details nennen kann – sobald ich nur den Mund öffne, haben auch Sie schon den falschen Eindruck. Wie ich Ihnen sagte – ich bin einfach ungeeignet, um über diese Dinge zu verhandeln.«

»Da bleiben uns nicht gerade viele Möglichkeiten zum Handeln«, sagte ich.

»Sie würden also nicht mitkommen, um ihn zu sprechen, oder? Nun, da Mr. Bertin nicht da ist?«

»Ihr Vater ist nicht in Kairo?«

»Nein ... er ist im Norden.«

Wieder fing sie an, hastig zu sprechen, als wolle sie ein schwieriges Thema vermeiden, ich aber begriff nichts, die feuchte Hitze Kairos hatte an jenem Morgen mein Gehirn total verklebt.

»Ich weiß, Sie fahren in Urlaub«, fuhr sie fröhlich fort. »Aber ich frage mich, ob es Ihnen nicht möglich wäre, ein paar Tage zuzulegen und ihn zu besuchen ...«

»Tut mir leid!« Jetzt war ich hellwach und fühlte die auf mich zukommende unbekannte Verwicklung.

»Ich habe zwei Jahre gewartet, um diese Reise machen zu

können, und nichts wird mich diesmal davon abhalten. Sobald ich zurückkomme, werde ich aber in Schreibtischarbeiten ersticken. Wenn also Ihr Vater nach meiner Rückkunft in drei Wochen Lust hat, mich hier zu besuchen ...«

»Eben das ist nicht möglich«, unterbrach sie mich und innerlich seufzte ich vor Erleichterung. Meine impulsive Einladung an ihren Vater hatte mir bereits leid getan. Ich kramte in den Papieren, um mir den Anschein von Geschäftigkeit zu geben, als ich sagte:

»Nun, in diesem Falle wird wohl nichts aus unserem Treffen.«

Ich war nun noch mehr darum besorgt, mich nicht mit den Grants einzulassen, und diesmal war es nicht nur die Frage des verdorbenen Urlaubs. Ich konnte jenen Satz nicht vergessen, den sie vor ein paar Minuten ausgesprochen hatte. Er glaubt, es wird zu einem größeren Erdbeben kommen. Es gibt nur eine Sache, die ein professioneller Seismologe nicht ertragen kann, und die ihn sogleich in Deckung gehen läßt, und das ist das Auftauchen eines Spinners. Und der größte Spinner für Seismologen ist ein Kerl, der behauptet, er könne Erdbeben voraussagen. Es gibt eine erstaunliche Anzahl dieser Leute, und wie das Delphische Orakel scheinen sie untereinander zu wetteifern, wer besser in die Glaskugel sehen und Zukünftiges vorhersagen kann. Bertin selbst hatte mir die Geschichte jenes Franzosen erzählt, der ihn mitleidslos verfolgt und ihm in den Ohren gelegen hatte, daß die große San Andreas Schlucht in Kalifornien wieder aktiv sei, und hatte ihn vor einem riesigen Erdbeben gewarnt, das am 13. April 1940 San Franzisco zerstören würde. Schließlich, um ihn loszuwerden, aber auch aus Neugierde, zu welchen Kapriolen der menschliche Geist fähig sei, ging Bertin mit dem Manne für zwei Stunden in sein Hotelzimmer in Berkley und hörte seine Argumente an, wenn man derlei Hirngespinste überhaupt so nennen konnte.

Mit wachsender Verblüffung lauschte er den Ausführungen seines Besuchers, der Himmelskarte um Himmelskarte enthüllte und Stöße der schwierigsten Berechnungen vorwies. Die Karten zeigten Mondphasen und Planeten, die mit den Mondphasen in Relation standen. Die Statistiken beschäftigen sich mit dem Stand der Sterne in Relation zu den bereits vergangenen Erdbeben auf der ganzen Welt. Wissenschaftlich betrachtet aber waren die Ideen des Franzosen der vollkommenste Blödsinn und der 13. April verstrich ohne Erdbeben. All das fiel mir ein, als ich mich erinnerte, was Grants Tochter gesagt hatte: Er glaubt, es wird zu einem größeren Erdbeben kommen.

»Es tut mir leid«, sagte Miss Grant leise, als sie meine platte Absage etwas verdaut hatte. »Sie müssen den Eindruck erhalten, als verschwende ich Ihre Zeit. Sie wollen in Urlaub fahren? Fahren Sie nach Syrien?«

»Vielleicht komm' ich da nie hin«, sagte ich fast grob. »Ja, ich fahre los. Ich miete ein Auto und starte morgen in aller Ruhe nach Palästina. Erst habe ich vor, nach Jerusalem zu fahren und später vielleicht den Libanon zu besuchen. Vielleicht aber auch nicht – wenn's mir in Palästina gut gefällt, dann bleibe ich auch den ganzen Urlaub dort, so hab' ich mir meine Reise vorgestellt.« Plötzlich hielt ich inne. Hatte Lynn Grant nicht erstaunlich schnell aufgegeben? Wenn ich an die forsche Linie ihres Kinns dachte, überraschte mich das. Ich war an jenem Tag nicht allzu helle, aber doch hell genug, um die Tatsache übersehen zu können, daß sie sich nun daran machte, meine Aufmerksamkeit auf andere Weise einzufangen.

»Ach, haben Sie wirklich schon ein Auto gemietet?« Sie schien freundlich und lächelte warm. »Könnte ich Sie nicht ein Stück mitnehmen? Jetzt, wo ich Bertin nicht erreichen konnte, kann ich ja eigentlich gleich morgen nach Palästina zurückfahren.«

»Wie ich sagte, habe ich bereits einen Wagen gemietet, danke«, sagte ich nicht gerade zu freundlich. Sie saß mir nun entspannt gegenüber und mir fiel auf, was für ein anziehendes Mädchen sie war trotz der langen Hosen. Das lag aber mehr an ihrer Haltung und Persönlichkeit als an irgend welchen besonderen Schönheitsmerkmalen. Ich kannte auch nicht gerade viele Mädchen, die es wagen würden, allein die Sinaiwüste zu durchqueren, obgleich sie keine besondere Bedrohung darstellt, wenn man sich an die Straße hält. Es ist nur mitunter sehr einsam dort.

»Es tut mir schrecklich leid, daß Sie Mr. Bertin nicht angetroffen haben, Miss Grant«, sagte ich und stand auf, »und es tut mir leid, daß ich keine allzu große Hilfe war, aber nachdem Sie mir keine genauen Angaben machen können, sehe ich ziemlich begrenzte Möglichkeiten für mich, Ihnen beizustehen.«

Sie hob ihre Umhängetasche von der Stuhllehne und unternahm keine weiteren Versuche mich umzustimmen.

Ehe ich noch etwas sagen konnte, hatte sie die Tür geöffnet und war in den mit Fliesen belegten Korridor hinausgetreten.

»Sie brechen morgen also in aller Herrgottsfrühe auf, ja?«

»Nehmen Sie's nicht so genau. Mein Urlaub fängt morgen an, ich hab' zwar gesagt früh, aber ich bezweifle, daß ich Ismailia vor zehn erreichen werde. Sie werden wohl allein beim Morgengrauen aus den Federn müssen.«

»Mir gefällt es, frühmorgens loszufahren.«

Wir gingen den Korridor entlang und ich beschloß, sie bis zum Lift zu führen. Es war mir bewußt, daß es mir Erleichterung bereitete, sie bald außer Hauses zu wissen, aber wieder sagte sie:

»Sie haben doch sicher einen Seismographen hier?«

»Ja, im Keller.« Ich hatte auf der Zunge, zu sagen, ob sie ihn sehen wolle, aber ich verschluckte den Satz. Schweigend warteten wir, während der Käfig des Lifts den schmiedeeisernen Schacht emporstieg. Als Selim die Türe öffnete, schüttelten wir uns die Hand. Ihre Hand war klein und lag kühl in meiner etwas feuchten Pfote.

»Nochmals vielen Dank, daß Sie mit mir gesprochen haben, Mr. Shand, und ich hoffe, Sie haben ganz himmlische Ferien.«

»Danke.«

Als sich die Lifttüren schlossen, nickte ich ihr zu und trat durch den Rundbogen in den Korridor, aber als ich abbog, blickte ich mich um. Der Lift war soeben dabei abwärts zu gleiten und hinter den Eisengittern wirkte sie wie ein gefangenes Tier. Sie starrte mich ganz direkt an und ihre kühle selbstsichere Miene war wie weggewischt. Statt dessen wirkte sie gespannt und ängstlich; da senkte sich der Lift und entzog sie meinen Blicken, nur noch das Surren des Motors war zu hören.

Vielleicht lag es daran, daß mir in dem stickigen Gebäude zu heiß war, andererseits mag es auch ein beginnendes schlechtes Gewissen gewesen sein, das mich in diesem Moment auf das flache Dach des Hauses führte, von dem aus man einen Blick über Kairo und den Fluß hatte. Der *khamsin* hatte sich ausgetobt, genauso plötzlich wie er gekommen war, zur selben Zeit, als ich mein Gespräch mit dem Mädchen beendet hatte, und als ich meine beiden Hände auf die warme Steinbrüstung legte, entdeckte ich noch eine letzte verwischte Staubwolke, die sich die Mena Road hinab zurück in die Wüste wälzte. In weiter Ferne tauchten im Süden die beiden kleinen Dreiecke auf, wie Spielzeugklötzchen, das waren die Pyramiden von Gizeh, von der Straße klangen Pferdegetrappel und Wagenräder zu mir herauf. Kairo war aus seinem ihm vom Sturm aufgezwungenen Winterschlaf erwacht und holte Luft. Ich sah vier Stockwerke unter mir auf der Straße wie Lynn Grant mit festen Schritten der Midan Soliman Pasha zustrebte. Ich sah ihr nach, und nun, als es zu spät war, fragte ich mich, ob ich nicht doch etwas für sie hätte tun können. Als ich sie im Lift hatte abwärtsfahren sehen, wirkte sie wie ein Mädchen, das Hilfe brauchte. Und weil ich ihr so lange nachsah, entdeckte ich den Wagen.

Es war dasselbe Chrysler Vorkriegsmodell, das vor der Haustür geparkt hatte, als ich hergekommen war. Ich wunderte mich ein bißchen, warum der dunkelgesichtige Fahrer bis jetzt gewartet hatte. Der Chrysler stieß weit zurück, wendete und begann in dieselbe Richtung zu rollen, in der Miss

Grant lief. Ich stützte meine Ellbogen auf die Steinballustrade und sah die Gestalt des Mädchens immer kleiner werden, je näher sie dem Ringverkehr der Midan Soliman Pasha kam. Jeden Moment würde sie an meiner Haustür vorbeikommen. Der Chrysler kroch langsam dahin, als suche er nach einer Adresse. Er blieb dadurch immer ein paar Meter hinter dem eilig dahinschreitenden Mädchen. War es möglich, daß er ihr folgte? Kaum – aber dann fiel mir das Gesicht ein, das mich durch die sandbedeckte Windschutzscheibe angestarrt hatte und leise Zweifel überkamen mich. Nun war sie an meiner Tür vorbei, bog in die Midan ein und verschwand, als der Wagen den Ring erreichte. Nun, mitten in Kairo konnte ihr wohl nicht allzu viel zustoßen, und ich war überzeugt davon, daß meine Phantasie mit mir durchgehen wollte, deshalb zog ich mich in mein Büro zurück. Aber als ich dann hinter meinem Schreibtisch saß, hatte ich noch immer das irritierende Gefühl, daß ich irgendwo versagt hatte – ein anderer Mensch hatte mir, um Hilfe bittend, die Hand entgegengestreckt und ich war zu beschäftigt gewesen mit eigenen Angelegenheiten, um ihm meine Hand zu reichen.

In jedem Job gibt es Routinearbeiten, und während man sie automatisch erledigt, haben die Gedanken Zeit, in andere Gefilde abzuwandern – nun, die Seismologie bildet da keine Ausnahme. Die Briefe, die ich zu erledigen hatte, waren bloße Routine und ich ertappte mich bei dem Gedanken an Lynn Grant und ihren Vater. Als ich die Antwortschreiben für die Korrespondenz hingekritzelt hatte, rief ich Tewfik herein und reichte sie ihm. Er würde sie an meiner Stelle tippen lassen, sie unterschreiben und wegschicken. Tewfik war ein kleiner, beleibter Araber von fröhlichen Umgangsformen. Er trug stets makellos gebügelte europäische Anzüge und sein Fez saß ihm fest und gerade auf dem Kopf. Ich glaube, ich habe ihn in all den Monaten, die wir uns kennen, nie ohne diesen respektablen Kopfschmuck gesehen, der ebenso wie der angenommene Titel Pascha ein Symbol seines sozialen Status darstellte.

Damals, in den frühen Vierzigerjahren, wartete Tewfik darauf, daß die ägyptische Regierung alle Europäer und Amerikaner außer Landes werfen würde, um dann selbst Bertins Platz einnehmen zu können, aber ehe es so weit war, arbeitete er hilfreich und höflich mit uns zusammen.

»Grant«, sagte ich, »amerikanischer Seismologe, je von ihm gehört?«

»War das seine Frau, Sir, die eben bei Ihnen war?«

»Nein, Tewfik, das war seine Tochter. Also noch mal, haben Sie je von Grant gehört?«

»Der Name ist mir nicht geläufig, Sir, wird er kommen, um hier zu arbeiten?«

Ich mußte ein Lächeln über Tewfiks allzu durchsichtige Ängstlichkeit unterdrücken: Seine Reaktion kam daher, daß er glaubte, man werde einen weiteren westlichen Mitarbeiter in die Belegschaft aufnehmen und dadurch, nach seiner Meinung, seine eigene Autorität weiter untergraben. Die Tatsache, daß er bereits von Lynn Grants Besuch wußte, überraschte mich nicht im geringsten. Sicherlich hatte er, während ich meine Briefe schrieb, Selim ins Kreuzverhör genommen. Ich hatte schon vor langer Zeit entdeckt, daß das einzige, was in Ägypten nie versagte, die Tratschereien waren.

»Wie ich schon sagte, Tewfik, er ist Seismologe.« Ich machte eine Pause, er stand mit geneigtem Kopf vor meinem Schreibtisch, als warte er darauf, meinen nächsten Worten zu lauschen. »Aber er kommt nicht her, um zu arbeiten. Ich wollte nur wissen, ob Sie je von ihm gehört haben – oder aber gehört haben, daß Mr. Bertin seinen Namen erwähnte. Vielleicht vor meiner Zeit?«

»Nein, Sir. Hab' nie was von 'nem Mr. Grant gehört. Ist er eine wichtige Persönlichkeit?« Seine runden Knopfaugen glühten bei der Vorstellung, seiner Liste für potentiell wichtige Leute einen neuen Namen beifügen zu können.

»Ach, hören Sie bloß auf, Fragen zu stellen, Tewfik, darin sind Sie ein guter Junge. Vielleicht könnten Sie in Bertins Kartei nach dem Namen fahnden und im Index. Dummerweise habe ich den Vornamen nicht ...«

»Caleb, Sir, Caleb Grant. Das hat die junge Dame Selim gesagt.«

»Na, das hilft vielleicht. Ich ruf' Sie heute Nachmittag von zu Hause aus an und dann wollen wir sehen, ob Sie was ausgegraben haben. Ja, zufrieden?«

»Sehr zufrieden, Sir!« Er strahlte bei der Aussicht, mich abreisen zu sehen, und korrigierte sich sogleich hastig: »Ich meine, zufrieden, daß Sie Urlaub haben. Ich werde hier einziehen, bis Sie wieder da sind.«

»Also, das ist nun auch wieder nicht nötig, wissen Sie.« Ich erhob mich, reichte ihm die Korrespondenz und sah auf meinen leeren Kasten mit der Aufschrift ›Eingänge‹. Ich war frei. Ich verließ das Gebäude auf dem schnellsten Wege, kehrte aber noch einmal um, stieg in den Keller und verabschiedete mich von Juliette. Erst als ich auf der Straße war und mich in dieselbe Richtung bewegte wie zuvor Lynn Grant, fiel mir ein, daß ich dem Seismographen nicht einen einzigen Blick gegönnt hatte. Das bestärkte mich in meinen Wunschvorstellungen, anderswo Arbeit zu finden, zum Beispiel bei einer der großen Ölbohrgesellschaften, die nun immer mehr Seismologen brauchten. Jedenfalls zahlten sie besser und bei ihnen konnte man vielleicht etwas entdecken – ein neues Ölfeld zum Beispiel. Das einzige, was einem Seismologen als Angestelltem der Regierung noch zu entdecken übrigblieb, war die Tatsache, daß er fünf Bestellformulare ausfüllen und unterschreiben mußte, um neue Vorräte an Rauch-Papier zu bekommen. Aber es gab noch eine andere Überlegung dabei – Bertin. Er war großzügig zu mir gewesen, hatte einem noch gänzlich unqualifizierten Seismologen einen Assistentenjob gegeben, als ich 1944 wegen einer Verwundung aus der Armee ausscheiden mußte. Ich wollte ihn nicht so einfach sitzenlassen. Freundschaft bedeutet nun einmal Loyalität, und Loyalität kann zu einer Fessel werden.

In diesem Januar in Kairo hatte ich jede Art von Fesseln gründlich satt, und das war auch der Grund für meinen Urlaub. Auch Bertin hatte darauf bestanden, daß ich ihn antrat, obgleich er so plötzlich selber hatte verreisen müssen. Ich wollte mir klar darüber werden, wie es mit mir weitergehen sollte, und manchmal war eine Reise weit fort eine heilsame Verschiebung der Perspektive. Ein ganzes Menschenleben konnte sich dabei verändern.

Meine Wohnung lag im 4. Stock eines Hauses in der Nähe des Midan Soliman Pasha. Ein Midan ist ein Kreisverkehr und dieser war so etwas wie der Piccadilly Circus oder der Times Square von Kairo. Nach einem kleinen Imbiß, ein paar Rühreiern schnell in die Pfanne geschlagen, machte ich mich daran, die Koffer zu packen, eine Arbeit, die ich haßte und die ich rasch hinter mich zu bringen trachtete. Während ich die Kleider zum Bett trug, sie zusammenlegte und in den Koffer packte, kreiste der Ventilator über mir und ich hörte das Hufeklappern und Räderknirschen von der Straße her herauf, mehr Verkehr gab es im Augenblick nicht. Um drei Uhr nachmittags, selbst im Winter, hält ganz Kairo seine Siesta und auch mich reizte die trockene Hitze in meiner Wohnung, mich auszustrecken, und ein Nickerchen zu machen. Aber ich blieb standhaft und vollendete meine Packerei, während ich über Rose Gordon nachgrübelte.

Eine Junggesellenwohnung ist ein Ort, an dem man schläft und frühstückt, und obgleich ich die Einsamkeit schätzen gelernt habe, entdeckte ich doch, daß ich mich nach menschlicher Nähe sehnte. Sicher waren das Nachwehen der gelösten Verlobung mit Rose, überlegte ich. Sechs Monate war es nun her, seit ich mit einem Schock festgestellt hatte, daß sie tiefes Interesse für einen Marineattaché namens Forester entwickelte, ein Interesse, das dieser prahlerisch laut erwiderte. Danach kam es zu einem unvergeßlichen Krach, den ich damit beendete, daß ich mich von ihr trennte – ein Krach, den sie, wie ich später erfuhr, arrangiert hatte, um mich loszuwerden. Ich hörte auch, daß ihr beiläufiges Interesse für ihren Marine ›Beau Brummel‹ erst richtig zum Erblühen kam, als Forester von einem lieben Onkel, der just in diesem passenden Augenblick das Zeitliche segnete, ein kleines Vermögen erbte. Ich dachte immer noch an Rose, als ich schließlich den Koffer schloß und zuschnappte. Ich sah auf die Uhr auf meinem Frisiertisch, 4.30 Uhr – mein Anruf bei Tewfik war fällig.

»Nichts ist passiert, Sir. Alles ist in Ordnung.« Tewfiks eifrige Stimme schallte mir aus dem Hörer entgegen. Ich hoffte, er würde das nicht während meiner Abwesenheit zu seinem Motto machen.

»Haben Sie Grants Namen in der Kartei gefunden?«

»Nein, Sir. Ist nichts da.«

»Und im Index?«

»Da ist auch nichts!«

Während ich Tewfik über ein paar andere Dinge befragte und ihn an einiges erinnerte, das er nicht vergessen durfte, grübelte ich nebenbei über diese völlige Informationslücke im Falle Grant nach. Wenn Grant ein professioneller Seismologe war und wenn er Bertin kannte, mußte etwas in Kartei oder Index auf ihn hinweisen. Und wenn er wirklich im Mittleren Osten arbeitete, hätte Tewfik, der über eine gute Nase verfügte und ein unglaubliches Namensgedächtnis hatte, von ihm gehört haben müssen. War der Besuch des Mädchens irgendein lächerlicher Scherz gewesen? Dieser Gedanke peinigte mich aus keinem ersichtlichen Grunde.

»Wie war das, Tewfik, tut mir leid, ich habe nicht zugehört?«

»Eine Stunde nachdem Sie weggegangen waren, kam ein Mann. Er fragte nach Miss Grant.«

»Was wollte er denn wissen?«

»Er wollte wissen, wer mit ihr gesprochen hatte. Er wollte wissen, wie lange sie bei Ihnen war. Er wollte auch wissen, welche Stellung Sie hier haben.«

»Sie haben ihm natürlich nichts gesagt!« sagte ich lässig.

»N-nein«, kam die zögernde Antwort.

»Was ist los, Tewfik?«

»Er hat erst mit Selim gesprochen. Er hat mit ihm gesprochen, noch ehe ich wußte, daß er im Hause war. Ich erfuhr von Selim, er habe ihm alles beantwortet. Der Kerl war klug – er sagte, er sei ein Freund von Mr. Bertin und ein Freund von Miss Grant. Er sagte, er versuche Miss Grant zu finden, er habe eine Botschaft für sie. Ich glaube, er wußte gar nicht, daß es einen Mr. Bertin gab, ehe Selim es ihm sagte. Selim ist nicht besonders klug.« Tewfiks Stimme hob sich in unsicherer Entrüstung. »All das passierte, ehe ich in die Empfangshalle kam und sah wie er wegging, aber dann war es zu spät.«

Mir war der Hergang ziemlich klar. Der Fremde hatte Selim Geld gegeben, der das natürlich beharrlich leugnen würde, wenn man ihn fragte. Wäre Tewfik nicht zur falschen Zeit in die Halle gekommen, wir hätten nie etwas von diesem Besucher erfahren. Um Geld zu bekommen, hatte Selim dem Mann alles gesagt, was er wußte, und dann, als Tewfik ihm zusetzte, hatte er, um seinen Job zu behalten, alles erzählt, was der Fremde gesagt hatte. Die Aussage, der Fremde habe sich als Bertins Freund ausgegeben, konnte auch eine Erfindung von Selim sein, um seine Indiskretion zu bemänteln. Der Mann an der Rezeption hätte auf alle Fälle stets erst nachfragen sollen, ehe er Auskünfte gab, aber ich konnte mich nicht ernsthaft über seine moralische Haltung entrüsten. In Ägypten verdient ein Pförtner reichlich wenig, besonders als Angestellter der Regierung, und Selim mußte dazuverdienen, wo immer es ging. Moralität ist ein Luxus, den sich die Reichen leisten können.

»Haben Sie irgendeine Ahnung, wer der Kerl war?« fragte ich schließlich.

»Er hat keinen Namen angegeben, aber ich glaube, er war Grieche. Er ist schnell weggefahren in einem großen amerikanischen Wagen.«

»Einem grauen Chrysler?«

»Er war schon fast um die Ecke neben den Baracken, als ich rausschaute. Ja, wahrscheinlich ein Chrysler, er war ganz mit Sand vom *khamsin* bedeckt.«

Das sagte mir nicht viel. Ohne die geringste Hoffnung auf eine mögliche Identifizierung fragte ich noch beiläufig: »Sie sahen doch den Kerl, als er ging, können Sie ihn beschreiben?«

»Er hatte einen dunklen Anzug an – viel zu dick für das Klima hier. Er hatte ein dunkles Gesicht und dunkle Haare. Einen schwarzen Schnauzbart. Er war ein ganz magerer Mann.«

»Wie alt?«, eine hoffnungslose Frage: Ägypter tun sich schwer, das Alter eines Europäers zu schätzen.

»Er war älter als Sie, Sir. Aber kein alter Mann.«

»Vergessen Sie es, Tewfik, wenn er nochmal kommt, während ich weg bin, setzen Sie ihm irgend 'nen Floh ins Ohr und schicken ihn weg. Sagen sie ihm *imshi*!«

»Ist alles in Ordnung, Sir?« Die Sorge, ob er das Richtige getan hätte, lag beständig in Tewfiks Stimme. Ich hatte Mitleid – eine Zurechtweisung am Abend meiner Abreise würde ihm sein langerwartetes Vergnügen verderben, alleiniger Herr im Haus zu sein.

»Sie können nichts dafür, Tewfik. – Und ich glaube nicht, daß es etwas zu bedeuten hat. Vergessen Sie's – und auf Wiedersehen in drei Wochen.«

Manchmal ist man, ehe man auf eine Reise geht, allzu früh mit den Vorbereitungen fertig. Als ich zur Vorsicht die nahe Garage aufgesucht hatte, um sicher zu sein, daß man den Vauxhall für den nächsten Morgen bereithielt, hatte ich danach das Gefühl der Enttäuschung, ja, ich spürte ein Nachlassen der Spannung. Um meine Ratlosigkeit zu mildern, beschloß ich, hinüber auf die Gezitainsel zu laufen, die mitten im Nil liegt und die zwei Brücken mit dem Ufer verbindet. Wenn man diese Insel betritt und die mit Bäumen gesäumten Wege entlangwandert, fühlt man sich meilenweit entrückt von jeglicher urbaren Zivilisation. Als ich die Garage verließ, ging ich auf der Straße entlang, auf der ich Lynn Grant am Ende hatte marschieren sehen, wandte mich an der Kreuzung links und ließ das deprimierende graue Gebäude, in dessen Räumen gewiß Tewfik soeben Selim eine Standpauke hielt, hinter mir. Entlang der hohen Steinmauern, die die *Kasrel-Nil*-Baracken umschloß, nahm ich meinen Weg weiter. 1946 befand sich noch das Hauptquartier der britischen Armee in diesen Gebäuden und als ich vorbeikam, warf ich einen Blick in die offenen Gittertore.

Der sandige Paradeplatz lag verlassen da, die Balkonumgänge mit ihren Gittergeländern, die 100 Jahre alten Barackenblöcke lagen leer und still – dennoch erinnerte mich diese Atmosphäre an die alte Zeit in der Armee, und ich dankte meinem Schöpfer, daß all das vorüber war. Die Uniformen, die selbstherrlichen, wichtigtuerischen Offiziere der hohen Ränge – selbst als Leutnant hat man ein erdrückendes Gewicht übergeordneter Arroganz zu tragen. Ich schüttelte mich erleichtert. Das war nun vorbei. Das einzige, was der Krieg mir hinterlassen hatte, war eine Wunde und das Gefühl der Einsamkeit, aber er hatte mir immerhin mein Leben gelassen. Die Rückenwunde, die mich 1944 zum Invaliden machte und dazu veranlaßte, die Armee zu verlassen, war mittlerweile für immer geheilt, das Gefühl der Einsamkeit hingegen war geblieben. 1941 waren meine Eltern bei einem Luftangriff ums Leben gekommen, während ich in Nordafrika stationiert war.

Es war einer jener Blitzangriffe auf die Küstenschiffahrt, der damit endete, daß der Pilot sein Ziel verfehlte und eine Bombe auf das Cromer Hotel am Strand fallen ließ. Meine Eltern waren gerade in diesem Hotel und ihr Tod kam wahrscheinlich schnell und überraschend – jedenfalls stand das in dem ungemein sentimentalen Brief meiner Tante, den ich damals erhielt.

Als ich die Semiramisbrücke überschritt, war es später Nachmittag und der Himmel von klarer Bläue. Noch immer gab es wenig Verkehr auf den Straßen; im klaren Licht standen die Palmen am Ufer der Insel scharf gegen den Himmel. Der *khamsin* mit seinem feuchtheißen Luftdruck war vorüber und die angenehme Wärme, die gewöhnlich den Januar in Kairo kennzeichnet, breitete sich aus. Eine sanfte Brise stieg vom träge dahinfließenden Fluß auf, als ich den mit Kräutern und Büschen bewachsenen Flußpfad entlangschlenderte und die Palmen über mir raschelten, wenn der Lufthauch sie bewegte. Das einzige andere Geräusch war ein *plop* – der Ton des Balles, wenn ihn der Poloschläger trifft –, es wurde drüben auf dem grünen Rasen gespielt. Die Pferdchen waren klein und weit entfernt und sie glitten über den Rasen wie die Tiere in einem Traum. An einem Ort wie diesem konnten die Jahre fast unbemerkt verstreichen und das machte mir ein bißchen Angst.

Das war wohl auch der Hauptgrund, warum ich beschlossen hatte, Ägypten im Urlaub zu verlassen. Ich sehnte mich nach einem Ort, der nicht so beruhigend, sondern eher stimulierend auf mich wirken würde. Ich wollte mich dazu bringen, einen langen und ehrlichen Blick in meine Zukunft zu werfen. Es war zu einfach, hier hockenzubleiben, weiterzuwerkeln als Seismologe, als Beamter der Regierung. Es war ein sicheres Leben – das ja. Selbst wenn mich die wachsende Autonomie Ägyptens schließlich doch einmal aus Kairo vertreiben würde, wartete sofort eine neue Stelle beim Britischen Metereologischen Institut auf mich, ganz sicher, denn ich hatte dort vor dem Krieg gearbeitet. Die Stellung bei der ägyptischen Regierung hatte ich nur unter dieser Bedingung angetreten. Aber war das alles, war das genug? Dreißig Jahre Sicherheit und dann eine bescheidene Pension als Ziel? Ich trat nach einem Stein, und er rutschte unter die Räder eines vorbeifahrenden Pferdewagens. Als gelernter Geophysiker wußte ich, daß ich einen weit besser bezahlten Job bei einer Ölfirma finden konnte, aber das konnte bedeuten, daß ich mich um die halbe Welt bewegen mußte, und wenn es zur Rezession kam, saß ich auf der Straße. Ich hatte von meinem Vater genug über die hungrigen Dreißigerjahre gehört, ich wußte, was das bedeuten konnte.

Ich wanderte allein dahin unter dem perlgrauen Himmel, rechts und links glitten die grünen Büsche an mir vorbei – ich fühlte mich erschöpft und nachdem ich auf dem Heimweg ein schnelles Abendessen zu mir genommen hatte, kehrte ich in meine Wohnung zurück. Als ich die kahlen Betonstufen zum obersten Stock hinaufstapfte, traf ich keine Seele, und als ich nach dem Schlüssel angelte, hatte ich dasselbe Gefühl wie stets in diesem Augenblick, mein Herz rutschte in die Hosentasche. Die Wohnung würde mir so verdammt leer entgegengähnen wie immer. Ich unterdrückte dieses Gefühl und fand mich selbst lächerlich. – Morgen ging es in Urlaub – da klingelte das Telefon und ich rannte hinein, froh mit jemandem sprechen zu können, dann hob ich ab – es mußte Tewfik sein! Es war wie vor sechs Monaten, als ich jeden Anruf verflucht hatte, der nicht von Rose kam.

»Da ist noch ein anderer Besucher gewesen und hat nach Miss Grant gefragt, Sir. Diesmal meldete Selim mir die Sache sofort, und ich habe sie persönlich in die Hand genommen.«

»Noch ein Grieche?« fragte ich.

»Nein, dieser Herr war Amerikaner. Ein Mr. Johnson von der Botschaft hier, er sagte ...«

»Haben Sie sich seine Papiere zeigen lassen?«

»Nein, Sir ...«, wieder krochen die Zweifel an seinen Handlungen in Tewfiks Stimme. Ich stellte mir vor, daß auch ihm – wie mir – Miss Grant bereits zum Halse heraushing.

»Macht nichts, ich bin sicher, er war echt. Was wollte er?«

»Irgend etwas wegen einer Formalität, einer Paßformalität. Er fragte auch einige Fragen, die mich der Grieche schon gefragt hatte, mit wem sie gesprochen hat, und wer Sie waren, und er wollte die Adresse der Dame. Die konnte ich ihm natürlich nicht geben.«

Ich fluchte innerlich. Offenbar hätte Tewfik ihm die Adresse sogleich gegeben, hätte er sie in Händen gehabt. Ein Amerikaner hatte ihn überredet, seinem ehrlichen Gesicht zu trauen, ohne sich auszuweisen.

»Wußte er auch, daß sie uns besucht hatte?« fragte ich, nur

um etwas zu sagen, es war mir aufgefallen, wie spät am Tage der Amerikaner seine Erkundigungen eingezogen hatte.

»Nein, Sir, das glaube ich nicht. Seine erste Frage war, ob sich Miss Grant bei uns gemeldet habe.«

»Sie haben nicht zufällig sein Auto gesehen, nehme ich an. Will sagen, hatte er CD-Schilder?«

»Nein, Sir.« Tewfik klang nun geradezu kläglich und ich erriet, daß er extra lange geblieben war, nur um diesen Anruf zu tätigen. »Ich hab' ihn in die Halle hinunter begleitet«, fuhr Tewfik traurig fort, »aber da hat er mir die Hand geschüttelt und mich stehenlassen. Ich hab' ihn wegfahren hören, aber seinen Wagen nicht gesehen.«

»Es macht nichts, aber vielen Dank, daß Sie mich informiert haben. Hören Sie jetzt bloß auf, sich Sorgen zu machen – Miss Grant hat nichts mit uns zu tun. Und wenn Sie jetzt das Telefon einhängen, wünsche ich, daß Sie schnurstracks nach Haus eilen zu Ihrer Frau! – Ist das klar?«

Der Spaziergang auf der Gezitainsel hatte mich zwar ermüdet, aber ich fühlte mich immer noch unbehaglich. Ehe ich früh zu Bett ging, stellte ich mich ausgiebig unter die Dusche. Wieder war das Wasser lau und bräunlich. Während ich mich abfrottierte, dachte ich über Mr. Johnson von der Amerikanischen Botschaft nach und fragte mich, wieso er sich wohl persönlich bemüht hatte, statt das Telefon zu benutzen, zumal es nur um eine kleinere Paßformalität ging.

Dann fiel mir etwas ein, das mir vorher entgangen war: Lynn Grant war britische Staatsbürgerin, was also kümmerten sich die Amerikaner um ihren Paß? Na, vielleicht hatte sie zwei Staatsangehörigkeiten? Ich wußte, dieses Puzzle würde mir immer wieder hochkommen. Das paßte mir wenig, ich wollte mich auf meine eigenen Probleme konzentrieren. Also zog ich meinen Pyjama über und rief die Amerikanische Botschaft an. Ich fragte nach Mr. Johnson.

»Es hat was mit der Paßkontrolle zu tun«, erklärte ich dem Mädchen am anderen Ende der Leitung, sie schien begriffsstutzig zu sein.

»Bitte geben Sie mir Ihren Namen, Sir?«

»Shand. Ich würde gerne mit ihm sprechen, wenn er da ist.«

»Könnten Sie mir sagen, was Sie ihn fragen wollen?«

»Ja, wenn Sie mich mit Mr. Johnson verbinden.«

»Tut mir leid, Sir, wir haben hier niemand unter diesem Namen in der Botschaft. Wären Sie so freundlich und würden mir Ihre Telefonnummer ...«

Ich hängte ein, ganz leise, und wünschte, ich hätte dieses Gespräch nie geführt. Die Sache lief immer schlechter, wurde immer geheimnisvoller. Nun aber würde mir das Ganze *wirklich* immer wieder hochkommen. Ich fluchte auf meine Neugierde und prüfte noch einmal alles ganz genau nach, was ich für meine morgige Reise brauchte – also – Paß, palästinensische Währung, Führerschein, Kaffee in der Kaffeemaschine – gut. Ich knipste das Licht aus und kroch ins Bett. Es war noch nicht mal auf acht und ich brauchte zwei Stunden, ehe ich in einen unruhigen Schlummer fiel. Die lilarote Neonreklame einer arabischen Zigarettenmarke gegenüber warf durch das Fenster einen seltsamen Lichtschein in mein Zimmer. Der sich langsam drehende Ventilator entwickelte plötzlich ein jähes metallisches Stottern. Zuletzt war es auf meiner Uhr eins gewesen und als ich nun wieder erwachte, hingen noch immer die Schatten eines Alptraums über mir – es war drei Uhr morgens, die Straßen verlassen, die Neonreklame erloschen – der Alptraum aber war immer noch zugegen. Ich war über ein Gebirge geflogen und von irgendwo griffen riesige Gestalten mit verzweifelter, um Hilfe bittender Hand nach mir, einer Hand, die ich nicht zu erreichen vermochte. Ich wußte, der gesichtslose Mann war Caleb Grant und dann sah ich den Seismographen, die finstere Zickzacklinie riesig vergrößert, die über das Rauch-Papier lief – dann ein grausiger Schlag, als die Nadel bei einem Beben von entsetzlichem Ausmaß ausschlug.

2. KAPITEL

Samstag war ein heller, klarer Tag und um zehn Uhr morgens, als sich der Vorkriegs-Vauxhall, den ich gemietet hatte, mit mir immer weiter von Kairo entfernte, war es schon ziemlich warm. Ich hatte die Straße – die Welt – für mich allein, und man kann sagen, daß zwischen Kairo und Ismailia eine weite Welt liegt, weit bis zum fernsten Horizont – eine Ebene, die nur von den gegen Erderosionen gepflanzten Pappelalleen unterbrochen wird. Ohne diese Bäume würde der fruchtbare Humus, der Ägypten Ackerbau ermöglicht, in ein paar Jahren vom Winde weggeblasen werden. Die Straße lief schnurgerade übers Land und zu meiner Rechten begleitete sie lauernd, wie mir schien, nur ein paar Meter entfernt der widerlich braune Süßwasserkanal, ein alter Freund aus den Armeetagen. Wenn man das Pech hatte, hineinzufallen, pumpte einem der Sanitäter nicht weniger als 25 Spritzen in den Leib, jede gegen irgend welche der verschiedenartigsten Mikroben, die sich im braunen Wasser tummelten und die es zu neutralisieren galt. Ich fuhr entspannt dahin, hemdsärmlig hinter dem Steuer, warme Luft fächelte mein Gesicht und auf dem Feld sah ich die Silhouette des Ochsen, der endlos im Kreise trottete, um ein Wasserrad anzutreiben, das wiederum die Bewässerungsgräben der Felder füllte, eine landwirtschaftliche Apparatur, die sich seit den Zeiten der biblischen Geschichte erhalten hatte. Eine friedvolle Szene. Ich fuhr langsam, denn ich hatte keine Eile.

Als ich das Schiff in der Ferne bemerkte, gab ich Gas und beeilte mich, durch Ismailia und über die Brücke nach Sinai zu kommen, ehe sie sie öffnen mußten, um das Schiff durchzulassen. Es war ein großes Militärschiff mit zwei Schloten. Wie es so in der Ferne auf dem unsichtbaren Suezkanal dahinfuhr, schien es über die Ebene zu gleiten. Ich fuhr um elf in Ismailia ein, die Sonne stieg und die blendendweißen zweistöckigen Häuschen ließen mich meine Sonnenbrille aufsetzen. Die Häuser hatten flache Dächer, die geraden

Straßen lagen friedlich und leer, Bäume standen an den breiten Avenuen und ich überlegte kurz, ob ich heute nacht hier am Kanal bleiben sollte. Dann aber beschloß ich, mein eigenes Programm beizubehalten und weiterzufahren bis Jerusalem. Eine schicksalhafte Entscheidung, die mein ganzes Leben verändern sollte.

Ich erreichte die Schwingbrücke, noch ehe sie das Militärschiff durchlassen mußten, und ganz allein überquerte ich den Kanal. Ich stellte mir die Männer vor, die an Deck stehen mußten, frisch Eingezogene aus England, die zur Besetzung ostwärts transportiert wurden. Hinter der Brücke begann die Wüste, ein ockerfarbenes Meer, das sich vor mir erstreckte, weiter und weiter bis ins ferne Palästina, ein Meer, das nur vom blauen Band der geteerten Landstraße durchkreuzt wurde, die sich vor meiner Windschutzscheibe in die Ferne schlängelte. Bereits jetzt schien die Luft flimmernd heiß und trocken zu sein, ich gab Gas. Wenn man ganz allein die leere und endlose Wüstenstraße entlangfährt, macht das großen Spaß, man muß nur auf die hohe Temperatur achten; nach einiger Zeit kann es einem passieren, daß die Gedanken ins Schwimmen geraten, durch die endlose Weite und die ständige Leere, in der sich das Auge an nichts halten kann, den monotonen Rhythmus des Motors und die Unmöglichkeit, mit jemandem zu sprechen. Ohne daß man es bemerkt, kann man in eine leise Selbsthypnose verfallen, und ehe man sich's versieht, fährt man mit voller Geschwindigkeit von der Straße ab in den Sand.

Ich fuhr weiter und weiter, überholte zwei Autos und zwei Autos kamen mir entgegen. Das war in zwei Stunden alles, was passierte.

Ich schaute ins Innere der beiden Wagen, die ich überholte, um zu sehen, ob Lynn Grant darin säße. Ich war erleichtert und enttäuscht, als ich sie nicht entdeckte. Heute am Samstag hatte sich meine Laune verändert; statt sie als lästiges Hindernis zu betrachten, fühlte ich ein leises schlechtes Gewissen in mir aufkommen. Wo sie nun schon allein durch die Sinaiwüste fahren mußte, hätte ich ihr wenigstens anbieten können, ihr Führer zu sein. Aber allzu stark waren meine Gewissensbisse nicht, und ich sagte mir, ich könne mir dererlei Luxus wohl leisten, da ich ja sicher war, sie nie mehr wiederzusehen. Sie hatte Kairo sehr früh verlassen und mußte sich zu diesem Zeitpunkt wohl der Grenze Palästinas nähern. Zum Mittagessen verzehrte ich ein belegtes Brot am Straßenrand und trank dazu eine Flasche lauwarmes Bier. Gegen zwei Uhr nachmittags hatte ich die Hälfte der Wüste hinter mir gelassen und die Sonne stand als glühende Scheibe in einem wolkenlosen Himmel. Ich blinzelte; die Luft vibrierte vor Hitze so weit mein Auge reichte, und nun begann die ›Geisterbahn‹strecke der Wüstenroute, eine Strecke, in der die Straße sich zu winden begann und viele kleine Hügel wie große Dünen zu überwinden hatte, noch eine und immer noch eine.

Ich hob mich gerade eine neue Steigung hinauf und erreichte den Gipfel des Hügels, als ich in der folgenden Niederung das geparkte Auto sah, ich zischte vorbei und leise fluchend über den nächsten Hügel, denn ich hatte scharf am Steuer reißen müssen, um ihr auszuweichen. Ihr Beitrag zum Überleben war die rasche Bewegung gewesen, mit der sie sich flach an die Karosserie des Citroëns preßte. Am Fuß des folgenden Hügels bremste ich, nahm den Fuß von der Bremse und fuhr ein Stückchen von der Straße ab, um zu parken. Ich hatte keine Lust, mich von einem anderen Idioten rammen zu lassen. Die Tatsache, daß ich im Unrecht war, war nicht dazu angetan, meine steigende Irritation zu besänftigen; um mich zu beruhigen, zündete ich, ehe ich mich zu ihr auf den Weg machte, meine bereits gestopfte Pfeife an. Dann kam es mir, daß sie wahrscheinlich annahm, ich hätte sie im Stich gelassen. Hastig stieg ich aus, sperrte die Tür ab und erklomm den hinter mir liegenden Hügel. Selbstverständlich war es Miss Grant, die da unter der geöffneten Motorhaube ihres Citroëns steckte und die ich ums Haar ins Jenseits befördert hätte. Als ich den Hügel herunterkam, zog sie ihren Kopf aus dem Inneren des Motors, und ich selbst lüftete meine Sonnenbrille, damit sie sehen konnte, wer ich war. »Ach, Sie sind's. Ich dachte, Sie wären weitergefahren.« Ihr Ton war neutral, vielleicht etwas zu gezwungen neutral, denn jetzt erst dachte sie daran zu lächeln; dann bemerkte sie den Ölstreifen auf ihrem Handrücken und wischte ihn rasch mit einem Lappen fort.

»Auch Ihr Gesicht hat etwas abgekriegt, wenn Sie's wissen wollen – rechte Wange.«

Sie griff ins Auto, zog einen Spiegel aus der Handtasche und wischte sich ohne das Affentheater, das Frauen sonst machen, wenn sie sich in den Spiegel sehen, die Backe ab.

Ich zog an meiner Pfeife, um die verbliebene Irritation loszuwerden, und fand es dann an der Zeit, mich zu entschuldigen.

»Tut mir leid, fast hätte ich Sie überfahren. Ich bin zu schnell gefahren.«

»Ist schon gut, ich stehe auch am ungünstigsten Platz, nur, ich konnte es nicht ändern. Das Auto ist stehengeblieben.«

»Sind Sie schon lange hier?« Ich machte mich daran, den Motor zu überprüfen. Ich war überzeugt davon, den Schaden in kurzer Zeit finden und beheben zu können. Sie stand in der sengenden Sonne neben mir. Die Hitze fing sich in der Niederung um uns herum, es gab wirklich keinen schlimmeren Ort, an dem man mit dem Auto hatte hängenbleiben können.

»Fast zwei Stunden. Ein paar Wagen von Palästina her sind an mir vorbeigefahren, aber ich habe mich jedesmal gerade über den Motor gebeugt und da haben sie sicher gedacht, ich wäre ein Mann – wegen der Hosen«, sagte sie. »Es sieht so aus, als wäre ich dazu entschlossen, ausgerechnet Ihnen ständig auf die Nerven zu gehen.«

Ich sagte nichts dazu, denn ich war beschäftigt, dem Grund des Motorschadens auf die Schliche zu kommen. Aber so weit ich sehen konnte, war alles in Ordnung. Ich setzte mich ans Steuer und versuchte den Motor zu starten, aber nichts rührte sich, die großen grauen Augen verfolgten mein Tun mit Zuversicht. Nach fünf weiteren Minuten kroch ich unter das Auto, um zu sehen, ob ich dort etwas entdecken konnte, und diesmal fand ich, was ich suchte. Jemand hatte ein ganz kleines Loch in den Kühler gebohrt und das Wasser war langsam herausgesickert, bis der leere Tank das Auto zum Stillstand brachte. Ich lag auf dem Rücken, die erloschene Pfeife noch immer zwischen den Zähnen und überlegte, wie ich und was ich davon berichten sollte. Diese plumpste Form von Sabotage war typisch für Ägypten, andererseits war die Sache vielleicht weniger plump, als es aussah. Wenn einer das Fassungsvermögen des Tanks kannte und die Richtung wußte, in der die Reise gehen sollte, konnte er, wenn er etwas mathematisch begabt war, ungefähr überschlagen, wo der Citroën stehenbleiben würde, zum Beispiel inmitten der Sinaiwüste.

»Wie sieht's aus?« rief sie von oben.

»Nur 'ne Minute noch.«

Ich sah ihre Hosenbeine, wie sie so neben dem Wagen stand, ich tastete nach einem großen Schraubenschlüssel und zog ihn zu mir heran, als ein anderer Wagen mit großer Geschwindigkeit dahergebraust kam.

»Aufpassen!« brüllte ich, aber sie mußte Bruchteile von Sekunden schneller reagiert haben als ich, denn diesmal glitt sie vor die Schnauze des Wagens. Reifen quietschten vorbei, Sand spritzte mir ins Gesicht, ich hörte den Motor langsamer werden, als der Wagen über die nächste Hügelkuppe verschwand und in die Senke steuerte, wo mein Vauxhall geparkt war. Noch immer lag ich praktisch unsichtbar unter dem Wagen und lauschte dem Motorengeräusch nach. Als das Brummen nicht leiser wurde, wußte ich, daß sie in der Nähe meines Fahrzeugs angehalten hatten. Ich wollte mich eben unter dem Citroën hervorwinden, als Miss Grant zu mir herunterrief:

»Mr. Shand, da kommen zwei Männer ...«, diesmal war das Beben ihrer Stimme unüberhörbar.

Sie standen auf dem Hügelkamm und schauten gegen die Sonne zu uns herunter, als ich endlich, den Schraubenschlüssel in der Hand, auf die Füße kam. Es waren zwei dunkle, untersetzte Typen in schwarzen Anzügen und irgend etwas an der Art und Weise, wie sie so da standen und auf uns herabblickten, beunruhigte mich leise. Um mich zwischen sie und das Mädchen zu schieben, ging ich ein paar Schritte die Straße entlang und war mir plötzlich im klaren, wie isoliert wir waren und wie das Schweigen der Wüste plötzlich bedrohlich in meinen Ohren dröhnte. Mit langsamen und bestimmten Schritten marschierte ich auf die beiden los. Vor ein paar Monaten hatte es auf dieser Straße einen Überfall gegeben, allerdings auf einen Geldtransport. Mein armer Vauxhall und auch Lynn Grants Citroën sahen aber beide nicht opulent genug aus, um einen Raubüberfall zu inspirieren. Und doch war die Haltung der Männer nicht eben vertraueneinflößend, denn entweder hätten sie weiterfahren sollen oder aber runterkommen, um uns ihre Hilfe anzubieten. Sie waren noch ein paar hundert Meter von uns entfernt, da drehten sie sich plötzlich um und verschwanden. Ich rannte den Hügel hinauf und kam gerade noch rechtzeitig oben an, um sie in ihr Fahrzeug hechten zu sehen. Sie fuhren eilig in Richtung Palästina davon. Erst als sie verschwunden waren, fiel mir der Schraubenschlüssel auf, um den ich noch immer die Finger gekrampft hielt. Für die beiden, die gegen die Sonne schauen mußten, könnte das möglicherweise wie eine Pistole gewirkt haben. Das Auto aber war ein grauer Chrysler gewesen, ein grauer, sandverklebter Chrysler.

Keiner der beiden Männer aber, wie sie da auf dem Hügel gestanden hatten, konnte als dünn bezeichnet werden, und deshalb war wohl keiner der Besucher, der nach Lynn Grant gefragt hatte, es sei denn, Tewfiks Talent zur Beschreibung eines Menschen war noch schwächer, als ich vermutet hatte. Ich glaubte nicht, daß ihnen Zeit verblieben war, um etwas an meinem Vauxhall zu unternehmen, trotzdem lief ich hinüber und überprüfte ihn kurz. Nein – keine aufgeschnittenen Reifen, der Deckel zum Tank fest zugeschraubt. Ich überlegte, ob ich meiner Phantasie nicht vielleicht zuviel Spielraum gegeben hatte. Vielleicht waren sie wirklich gekommen, um zu helfen und hatten dann den Schraubenschlüssel für eine Pistole gehalten. In diesem Fall wäre es wohl nicht verwunderlich gewesen, wenn sie die Beine unter den Arm genommen hätten. Nun war mein Problem, was ich dem Mädchen erzählen sollte.

»Wer war das?« fragte sie ein wenig furchtsam.

»Keine Ahnung. Na, jedenfalls sind sie weg. Ich weiß jetzt auch, was mit Ihrem Auto los ist – Sie sind vollkommen ausgetrocknet. Im Kühltank ist ein Leck, – kein Wunder, dort ist das Metall wirklich so dünn wie Papier.«

»Das war's also.«

»Ja. Wo wollen Sie hin?«

»Jerusalem.«

Sicher bildete ich mir schon wieder Dinge ein, aber ich hätte schwören können, sie zögerte ehe sie ihr Reiseziel angab.

»Das ist auch meine erste Reisestation«, sagte ich. »Also reisen wir am besten in meinem Wagen. Holen Sie Ihre Sachen und ich fahr' Sie hin.« Ich öffnete die Hintertür des Citroën und hielt an, weil sie stehenblieb, ohne sich zu rühren. Sie schaute hinauf zur Hügelkuppel die wie eine harte glitzernde Linie gegen den blauen Himmel stand.

»Was ist denn los, Miss Grant?«

»Diese beiden Männer ...«

»Vergessen Sie die. Wir müssen los nach Jerusalem. An meinem Auto sind alle Fenster geschlossen, muß eine Bruthitze drin sein, ich will etwas Luft reinlassen.«

Ich zerrte ihr Köfferchen heraus, es war ziemlich leicht, und sie nahm ihre Schultertasche vom Sitz und steckte ein paar Landkarten hinein, die sie aus dem Handschuhfach nahm. Irgend etwas an dem Zwischenfall mit dem Chrysler beunruhigte mich. Als sie anhielten, hatten sie mich nicht gesehen. Ich lag ja unter dem Wagen und sie hatten nur das

Mädchen gesehen, das allein am Rande der Straße gestrandet war. Ich wollte nicht, daß sie sich ausmalte, was sie vielleicht mit ihr im Schilde geführt hatten.

»In Jerusalem suchen wir eine Werkstatt«, sagte ich schnell und nüchtern. »Und dann schicken wir den Abschleppdienst her, es ist doch Ihr eigener Wagen, oder?«

»Nein, er ist gemietet, genau wie Ihrer. Wir können das später überlegen.«

Vom Beifahrersitz hob sie einen Leinwandtornister und ich bemerkte, daß es ein alter deutscher Wehrmachtstornister war; unter der Verschlußkappe ragte der Hals einer Flasche hervor, also war sie klug genug gewesen, Vorräte mitzunehmen, ehe sie sich aufmachte, um die Wüste zu durchqueren. Miss Grant hatte ihre praktischen Seiten, den Eindruck hatte ich jedenfalls, und sie war es gewohnt, allein herumzureisen. Mit einiger Mühe schoben wir das Fahrzeug von der Straße, damit es nicht angefahren würde. Gemeinsam gelang es uns. Sie sperrte ab und schweigend erklommen wir den Hügel. Nun machten mir andere Gedanken zu schaffen: Was für ein seltsamer Zufall, der uns wieder zusammenführte! Das Loch, das in den Tank gebohrt war, der graue Chrysler, der wiederholt mit verschiedenen Insassen auftauchte, und nicht zuletzt hatte ich mir nun einen unerwünschten Mitreisenden aufgehalst, der die Aufmerksamkeit der verschiedensten Leute anzuziehen schien.

Die nächsten zehn Minuten fuhren wir dann weiter ›Geisterbahn‹, aber diesmal achtete ich darauf, ausweichen zu können, falls in einer Senke wieder etwas meinen Weg blockieren sollte. Der Chrysler, so überlegte ich, dürfte uns nun ein gutes Stück voraus haben. Aber ich wollte kein Risiko eingehen, deshalb fing ich an, sie behutsam über das, was mir Kopfzerbrechen machte, auszuhorchen.

»Nachdem Sie in Kairo unser Institut verließen, haben ein paar Leute nach Ihnen gefragt. Ich glaube, einer war Grieche, ein dürrer Mensch. Haben Sie irgendeine Idee, wer das gewesen sein könnte?«

»Nein. In Ägypten kenne ich keine Menschenseele.« Sie schob eine Locke hinters Ohr und sah mich an. »Sind Sie sicher, daß er nach mir gefragt hat? Vielleicht liegt eine Verwechslung vor?«

»Das glaube ich nicht. Ich war selbst nicht da, als er kam, aber Tewfik sah ihn – das ist der Kerl, der uns vertritt, Bertin und mich, während wir weg sind. Der Typ war ganz schön neugierig, wollte wissen, mit wem Sie gesprochen hätten und wer ich wäre, und all solche Sachen. Oder lassen Sie es uns andersherum versuchen: Kennen Sie einen Griechen, irgendeinen Griechen? Aber wie schon gesagt, ich habe nur Tewfiks Aussage dazu, daß der Mann Grieche war.«

»Nein, ich kenne keinen.« Sie drehte sich mir zu. »Tut mir leid, alles ist so verwirrend für mich. – Wissen Sie, als ich nach Kairo kam, war Bertin der einzige Mensch, von dem ich etwas wußte. Sie sagten doch mehrere Leute, war da noch jemand dabei, als der Grieche nach mir fragte?«

»Nein, das war wieder ein anderer, der später kam, etwa eine Stunde später. Ich war wiederum nicht da und Tewfik rief mich an, um's mir zu erzählen. Er nannte sich Johnson und kam von der Amerikanischen Botschaft. Kennen Sie einen Mr. Johnson?«

Wieder hoben wir uns auf eine Hügelkette und fuhren dann zu Tal – die ›Geisterbahnstrecke‹ war zu Ende, nun lief das blaue Band der Teerstraße vor uns her, eine gerade Linie, die sich undeutlich in der verschwommenen Ferne verlor. Und kein Auto war zu sehen: Der Fahrer des Chryslers mußte das Gaspedal durchgetreten haben und bis zur Grenze Palästinas durchgerast sein.

Ich muß zugeben, ich fühlte etwas wie Erleichterung, als ich die Straße so leer vor mir liegen sah, und erst jetzt bemerkte ich, daß ich im Unterbewußtsein überlegt hatte, ob uns die beiden Männer wohl irgendwo erwarteten. Wenn man durch die Wüste fährt, wird einem klar, wie sehr man doch auf sich selbst angewiesen ist, falls einem etwas zustoßen sollte.

»Ich fürchte, ich kenne auch keinen Mr. Johnson.« Ihre Stimme klang unsicher, als frage sie sich, ob ich ihr glauben würde. Es wirkte allerdings seltsam. Zwei Leute, die sie beide angeblich nicht kannte, erkundigten sich am selben Tage nach ihr. Sie bemerkte selbst, wie merkwürdig diese Geschichte war. »Wieso erkundigte der sich nach mir?« fragte sie nach einer Pause.

»Er sagte, es ginge um irgend etwas, das mit Ihrem Paß zusammenhängt.«

»Und er war von der Amerikanischen Botschaft? Aber ich bin doch britische Staatsbürgerin – ich habe einen britischen Paß. Nur mein Vater ist Amerikaner.« Wieder drehte sie sich auf dem Sitz herüber und sah mich an. Und diesmal, glaube ich, dachte sie, daß ich mir das alles ausgedacht haben mußte.

»Das fiel mir auch auf.« Ich trat aufs Gas und der Wagen machte einen kleinen Satz nach vorne; ich würde in Jerusalem meine Zeit damit verschwenden müssen, ihr zu helfen. – Ich würde eine Garage finden und sie in einem Hotel unterbringen. Nun hatte ich's eilig, die ganze Geschichte hinter mich zu bringen, sobald es ging. Dann sollte mein eigener Urlaub ungestört und frei beginnen.

»Ich habe die Amerikanische Botschaft angerufen«, sagte ich nebenbei. »Und die sagten mir, sie hätten keinen Mr. Johnson in der Belegschaft.«

»Ach so ist das.« Sie griff nach ihrer Tasche auf dem Hintersitz und zog eine Schachtel Lucky Strike heraus. Sie zündete sich mit nervösen Bewegungen die Zigarette an.

»Ich rauche selten, aber manchmal hilft's! Oh, Verzeihung, wollen Sie auch eine?« Sie zündete eine neue Zigarette an und als sie bei mir anlangte, trug sie keine Lippenstiftspuren, wie das sonst der Fall ist, wenn eine Frau einem diesen Dienst erweist.

»Also eigentlich«, sagte sie, nachdem sie Zeit zum Nachdenken gehabt hatte, »verstehe ich das Ganze nicht. Diese Sache mit dem Mann, der angeblich von der Botschaft kam. Ich finde, das ist irgendwie unheimlich.«

»Vielleicht sind das Freunde Ihres Vaters – könnte doch sein, vor allem der Amerikaner.«

»Das glaube ich nicht, der einzige Mensch, den mein Vater in Ägypten kennt, ist Mr. Bertin.«

»Na also, wenn ich Sie wäre, würde ich mir keine Gedanken machen. Ägypten liegt so weit hinter uns, und bald sind Sie bei Ihrem Vater, ich nehme an, er ist in Jerusalem, wie?«

»Nein, er ist im Norden.« Wieder das kleine Zögern kaum wahrnehmbar, aber doch vorhanden, dieselbe kleine Pause, die mir vorher schon aufgefallen war, als ich sie danach fragte, wohin sie unterwegs sei. Dann aber folgten die Worte rasch, während sie sich zurechtsetzte und ihre Zigarette verglimmen ließ. »Aber ich kann ihn anrufen, wenn wir ankommen, wo werden Sie übrigens übernachten?«

»Im *King Solomon*. Nur für die ersten Nächte, versteht sich. Das wird mich ein Vermögen kosten, aber ich dachte, ich versuch's mal mit ein bißchen Luxus, nur um meinen Urlaub standesgemäß zu feiern. Später dann werd' ich vielleicht im Zelt auf offenem Felde nächtigen.«

»Ach«, sie nahm einen schnellen Zug von ihrer Zigarette und sah mich dann spitzbübisch an. »Sie werden kochen vor Wut! Na, vielleicht sollte ich meine Pläne ändern.«

»Tut mir leid, ich komm' da nicht mit.«

»Ich will auch im King Solomon absteigen, es sieht so aus, als würden Sie mich nie mehr los, was?«

»Ich hab's nicht so eilig damit.« Automatisch kam mir dieser höfliche Satz auf die Lippen und ich wunderte mich selbst über die Aufrichtigkeit, die in meiner Stimme klang. Danach saßen wir lange Zeit schweigend nebeneinander. Ich fand es angenehm, nicht allein zu reisen, sondern in der Gesellschaft eines Mädchens, das nicht das Gefühl hatte, es müsse, weil es neben einem Mann saß, die ganze Zeit vor sich hin schnattern. Zwischen uns hatte sich ein angenehmes und lässiges Verhältnis gebildet, und wir brauchten keine Konversation, um uns das zu versichern, in weniger als einer Stunde hatte sich eine Beziehung entwickelt. Als ich so dahinfuhr durch den späten Nachmittag und sah, wie sich das Sandmeer zu allen Seiten bis zum Horizont erstreckte, während die Sonne in meinem Rückspiegel reflektiert wurde, dachte ich darüber nach, was sie mir gesagt hatte.

Ich war davon überzeugt, daß sie aus irgendeinem Grunde auswich, wenn es um ihren Vater ging. Auswich, wenn es um seinen Aufenthaltsort ging, um die Arbeit, die er tat, und um die Institution, für die er arbeitete. Andererseits war ich davon überzeugt, daß sie die beiden Männer, die in Kairo nach ihr gefragt hatten, wirklich nicht kannte. Es wollte mir nicht aus dem Sinn, daß dieses Mädchen, das da so friedlich neben mir saß, Opfer eines so plumpen Sabotageaktes sein sollte, der entweder darauf hinzielte, ihre Ankunft in Jerusalem zu verzögern, oder, und dieser Gedanke war weit häßlicher, sie in der Sinaiwüste stranden zu lassen, damit man sie dort aufgreifen konnte. Ich hatte vorsichtshalber kein Wort darüber verloren, welcher Verdacht mir in bezug auf den Chrysler gekommen war. Die mysteriösen Nachforschungen in Kairo machten ihr offensichtlich zu schaffen, deshalb war es unklug, sie mit Theorien darüber zu ängstigen, was die Besatzung des Chryslers wohl mit ihr angestellt haben könnte, hätte man sie eher und allein erwischt.

Einmal hielten wir am Straßenrand, tranken Mineralwasser aus ihrer Flasche, und während sie zwei riesige Jaffaorangen schälte, sprach keiner von uns ein Wort. Wir saßen auf einer Zeitung, die ich auf dem Trittbrett ausgebreitet hatte, um die Hitze abzuhalten, und für Sekunden fing ich einen Blick auf, mit dem sie mich gedankenvoll streifte, als überlegte sie sich etwas Bestimmtes. Sie lächelte, als sich unsere Augen trafen, reichte mir die geschälte Orange und lehnte sich dann vom Auto wegstrebend nach vorne, während ihre Finger mit geschickten Bewegungen die Orangeschnitze auseinanderteilten. Wir saßen beide vorgeneigt, denn das Metall des Wagens war glühendheiß, so daß man sich nicht anlehnen konnte. Über der Wüste lag ein bebender Hitzeschleier, es machte einen schwindelig, lange hinzusehen. Als wir uns erhoben, entfaltete ich die französische Zeitung, auf der wir gesessen hatten. Ich hatte sie in Kairo gekauft und noch nicht gelesen. Eine dicke Schlagzeile sprang mir in die Augen:

NEUE GREUELTATEN DER TERRORISTEN IN PALÄSTINA – ÜBERFALL EINER JÜDISCHEN BANK.

»Sieht so aus, als reisten wir an den richtigen Ort«, bemerkte sie über meine Schulter weg, »wie's scheint, braut sich da was zusammen.«

»Das ist nichts Neues – geht schon seit Monaten so. Ich kenne Leute, die haben Monate dort verbracht, ohne daß sie irgend etwas Außergewöhnliches erlebt hätten.«

Als wir uns der Grenze näherten, fragte ich sie, ob sie Französisch spräche und sie bejahte, und auch Arabisch, erklärte sie mir. Offenbar hatte sie viele Jahre mit ihrem Vater im Mittleren Osten verbracht, ihre Mutter war gestorben, als sie 15 war.

»Ich glaube, das ist auch ein Grund dafür, warum wir uns so nahestehen«, sagte sie. »Mein Vater und ich, meine ich. Die letzten neun Jahre sind wir die meiste Zeit zusammengewesen – fast die ganze Zeit.«

Ich glaube nicht, daß es ihr entgangen war, daß sie mir soeben ihr Alter, 24, mitgeteilt hatte, ich aber ergriff die Gelegenheit, um einiges über ihren Vater in Erfahrung zu bringen.

»Also haben Sie all die Kriegsjahre mit ihm verbracht, in Amerika nehme ich an?«

»Nein, seltsamerweise hier. Er war zu alt, um zur Armee zu gehen, und so hat er weiter als Seismologe gearbeitet. Das heißt, bis auf die letzte Zeit, in der er im Militärgefängnis arbeitete; er hat, als er jung war, Medizin studiert, wissen Sie?«

»Wie alt ist Ihr Vater denn, Miss Grant?«

»Könnten Sie mich nicht Lynn nennen. Sie haben mir so geholfen und Miss Grant klingt schrecklich, als wäre ich eine alte Matrone. Vater ist jetzt 60, er hat spät geheiratet.«

»Das ist aber ein schöner Sprung, vom Arzt zum Seismologen.«

»Ja, aber das ist typisch für ihn. Wenn ihn etwas anderes fasziniert, läßt er eine Karriere sausen, die jeden anderen Menschen ein Leben lang befriedigt hätte, und wendet sich seinem neuen Interessengebiet zu. Nachdem er ein paar Jahre als Arzt gearbeitet hatte, lernte er einen Geophysiker kennen und dieses Gebiet begann ihn zu faszinieren. Er studierte nachts, promovierte, brachte ein paar Jahre als Mineraloge zu, bis ihn die Geschichte mit der Seismologie erwischte. Hat Sie's auch erwischt, Mr. Shand?«

»David. Nein, da bin ich mir nicht so sicher, Lynn, und das ist ein Problem, zum Teil auch der Grund für meine Reise. Ich muß mich entscheiden, ob ich mein Leben drei Stockwerke über einem Seismographen verbringen oder etwas Aufregendes anpacken will – etwas Riskantes – Öl suchen, zum Beispiel.«

»Wie seltsam – Sie machen's umgekehrt wie mein Vater. Deshalb also reisen Sie allein, oder? – um sich zu entscheiden.«

»In etwa schon!«

»Na, wenn das so ist, dann werde ich sehen, daß ich mich Ihnen so bald wie möglich vom Halse schaffe, damit Sie zum Nachdenken kommen.«

Sie sagte das mit aufgestütztem Ellenbogen, das Kinn auf die Fingerknöchel gelegt, die Augen nach vorne starrend. Ich hatte den Eindruck, als denke sie laut und sei nicht allzu erfreut über das, was sie dachte. Ich machte mir in diesem Punkt keine Illusionen. Immer noch glaubte ich, sie hätte im Hinterkopf die Überlegung, mich doch noch irgendwie zum praktischen Gebrauch einzusetzen, deshalb überraschte es mich, als ich mich sagen hörte:

»Wenn Sie bei mir im Auto sind, kann ich gut nachdenken – Sie sind nicht eins von den Mädchen, die meinen, sie müssen Klugheiten von sich geben, um zu zeigen, wie dankbar sie einem sind.«

»Ich bin aber dankbar.«

»Na schön, dabei wollen wir's belassen.«

Nun hatte ich ein wenig mehr erfahren über Lynn und über Caleb Grant. Aber nicht genug. Ihr Vater blieb weiterhin eine Schattengestalt und vielleicht schien er mir jetzt noch mysteriöser als zuvor. Er arbeitete als Seismologe, sagte sie. Er arbeitete irgendwo im Mittleren Osten, arbeitete dort schon seit geraumer Zeit, so nahm ich an. Aber Bertin hatte ihn mir gegenüber nie erwähnt, Tewfik hatte nie von ihm gehört und all die Berichte anderer Seismographenstationen gingen durch meine Hände. Nicht eine davon war je von einem Caleb Grant unterzeichnet worden. Das alles ergab keinen Sinn und ich hätte gerne eine direkte Frage an sie gerichtet, aber einerseits sah ich mich verpflichtet, ihre Privatsphäre zu respektieren, andererseits wollte ich auf keinen Fall in irgend etwas hineingezogen werden – ich wollte keinerlei Verantwortung für Lynn Grant übernehmen.

Am frühen Abend, als der rote Sonnenball tief über der Wüste stand, passierten wir die Grenzposten in Asluj und ich konnte feststellen, daß sie die Wahrheit gesagt hatte: sie hatte einen britischen Paß. Ich hatte etwas daran gezweifelt. Wären auch keine Grenzposten in Asluj gestanden, wir hätten doch bemerkt, daß wir in eine neue Welt eindrangen. Plötzlich hörte die ockerfarbene Wüste auf, abgelöst von unglaublich grünem und üppigem Pflanzenwuchs, das war das Land, das die jüdischen Siedler in einen paradiesischen Garten ohne Ende verwandelt hatten. Bei meinem ersten Besuch in Palästina hatte ich diesen Wandel der Natur noch drastischer erlebt, ich war mit einem Flugzeug von Lydda aus geflogen. Unter uns breitete sich die Sinaiwüste aus und plötzlich, so deutlich wie die Grenzlinie auf einer gedruckten Karte, begann das Land unter uns auszusehen, als hätte man grünen Filz darübergespannt, ein riesiger Billardtisch.

»Sie haben viel geschafft – sie haben lange daran gearbeitet«, bemerkte Lynn, die aus dem offenen Fenster auf die Felder hinausblickte, wo Männer und Frauen noch immer arbeiteten. »Ich frage mich, wie das hier weitergehen soll.«

»Die Politiker werden wie immer alles verpatzen, – so geht's doch meist.«

»Es ist wie ein neues ägyptisches Delta.«

»Dazu haben sie 1000 Jahre gebraucht. Dies hier ist in weniger als 1000 Wochen entstanden – viel weniger als das.«

Die Erde schien ein friedlicher Ort zu sein, als wir immer weiter nach Palästina hineinfuhren. Es gab keinen Verkehr, nur Menschen, die auf dem Feld arbeiteten und innehielten, wenn wir vorbeikamen. Bald aber änderte sich das Bild und die Atmosphäre wurde beinahe unheimlich. An der Grenze hatte ich britische Polizeibeamte bemerkt, die sich im Hintergrund hielten, Männer, die Revolver im Schulterhalfter trugen und die mich in ihren Uniformen an die Armee erinnerten. Aber es gab noch andere Merkmale einer halbmilitärischen Ordnung. Einzelne Gebäude standen auf strategisch günstigen Hügelkuppen und überblickten Straßenkreuzungen oder größere Brücken. Das waren merkwürdig nackte Betonklötze, zwei Stockwerke hoch und mit flachen Dächern. Die Fenster trugen eiserne Gitter und einige Mauern zeigten Schießscharten, die an Blockhäuser erinnerten. Das waren Polizeistationen, die mit Stacheldraht umzäunt waren, als gelte es, eine bevorstehende Attacke abzuwehren. Wir reisten durch ein Land, das sich in ständigem Belagerungszustand befand.

Die seltsame Atmosphäre überraschte mich und mir schien, als umgebe sie uns immer enger, je mehr die Helligkeit nachließ, als die Sonne sank und die purpurdunkle Nacht vom Osten her über uns hereinbrach. Beim letzten Besuch hatte ich erst bei Nacht den Flugplatz von Lydda verlassen, war durch die Dunkelheit nach Tel Aviv gefahren worden, hatte dort drei Tage zugebracht und war auch wieder bei Nacht zurückgereist. Zum erstenmal nun sah ich heute das wirkliche Palästina. Als wir uns dem Flugplatz von Lydda, der neben der Straße liegt, näherten, kamen die alten Erinnerungen an meine erste Reise wieder in mir auf. Eine schwerleibige Dakota senkte sich soeben mit einem roten und einem grünen Auge aus den Lüften herab, um jenseits des Drahtzaunes hinter dem Grünstreifen zu landen. Ein Wagen, ein Renault, stand an der Stelle geparkt, wo wir in die Straße nach Jerusalem abbogen, aber es war zu dunkel, um seine Insassen sehen zu können. Als wir den Hügel zur Heiligen Stadt hinaufzuklimmen begannen, fröstelte Lynn und griff auf den Rücksitz nach ihrem Mantel. Ich weiß nicht, ob ihr plötzliches Frösteln von der kalten Nachtluft kam, die durch die Fenster strömte, oder ob es an den Betonblöcken mit den Schießscharten lag. Jedenfalls hatte sie sich warm eingepackt, ein pelzgefütterter Mantel lag um ihre Schultern, und ich fand, daß dies selbst für niedrige Temperaturen in Palästina ein recht schweres Bekleidungsstück war.

»Wir haben Gesellschaft bekommen«, bemerkte sie, als ich anhielt, um eine Jacke überzuziehen. »Das Auto da hinter uns ist seit Stunden das erste, das ich sehe.«

Ich sah mich um und knipste meine Scheinwerfer an, hinter uns sah ich den Renault den Hügel heraufkriechen. Möglich, daß er jemanden abgeholt hatte, der mit der Dakota angekommen war, aber das schien mir unwahrscheinlich. Ich bemerkte plötzlich, wie hungrig ich war, das machte mich wohl auch etwas nervös, jedenfalls schoß es mir durch den Kopf, daß jeder, der ein Auto abpassen wollte, das aus der Wüste kam, an diesem Punkt, wo sich die Straßen nach Norden und Süden, vor Jerusalem, teilten, warten würde. Ich beschleunigte ein wenig und Lynn kurbelte das Fenster auf ihrer Seite in die Höhe. Als wir uns in Serpentinen immer höher den Hügel hinaufarbeiteten,wurde es draußen noch kühler und bald hatte ich die Scheinwerfer des Renaults im Rückspiegel. Das hatte selbstverständlich nichts zu bedeuten, zwei Wagen, die zusammen auf einer leeren Straße fahren, halten sich meist eng zusammen, wobei der erste die Geschwindigkeit bestimmt. Mir spukten auch die Griechen nicht mehr im Kopf herum, als ich aufs Gas trat. In der Dämmerung konnten uns hinter jeder Kurve weitaus andere Schrecken begegnen. Das war das Palästina von 1946, die Zeit einer zu Ende gehenden britischen Mandatsherrschaft, und trotz der Tatsache, daß es das polizeilich bestbewachte Land der Welt war, befanden wir uns doch in einem wilden und einsamen Landstrich. Es war das Land der palästinensischen Polizisten, der jüdischen Terroristenorganisationen und der arabischen Räuberbanden. Das war der Grund, warum es mich nicht gerade begeisterte, daß der Renault sich an meine Fersen heftete, während sonst kein anderes Gefährt, kein Haus und keine Menschenseele in weitem Umkreis zu sehen war.

»Stimmt irgend etwas nicht?« fragte Lynn ahnungsvoll.

»Ja, mein Magen stimmt nicht, er schreit nach Nahrung und drängt nach Jerusalem; Sie werden doch mit mir essen, nicht wahr?«

»Vielen Dank.« Sie sah über die Schulter durch's Rückfenster. »Und ich werde schweigen wie ein Grab, damit Sie denken können«, fügte sie neckisch hinzu.

Jetzt fuhr ich den Hügel viel zu rasch empor, es war nun völlig dunkel und ich verlor meinen Begleiter in jeder Kurve. Aber über kurz oder lang tauchten seine Scheinwerfer wieder hinter mir auf. Ich konnte den zweifelhaften Renault nicht abschütteln.

Als ich die Lichter Jerusalems vor mir liegen sah, erfüllte mich etwas wie Erleichterung. Der sternenübersäte Nachthimmel wurde von einem blassen Lichtschein erleuchtet, und nun, da wir uns der Zivilisation näherten, war der Renault weiter hinter uns zurückgeblieben. So kamen wir auf die umstrittene Stadt zu, den Kernpunkt des Palästina-Problems, wo die Engländer versuchten, das Unlösbare zu lösen, wo in der jüdischen Untergrundbewegung die verwegensten Pläne gemacht wurden, wie man uns aus dem Land kriegen könnte, wo die Hagannah nur scheinbar die Kontrolle über die Extremistenbewegung zu haben schien, die immer gewalttätigere Methoden anwandte, um für ihre Sache zu kämpfen.

Und dann waren da noch die Araberbanden – total undiszipliniert und deshalb die am schwersten einzuschätzende Gruppe von allen.

Aber man hatte trotz allem erzählt, es sei möglich, 14 Tage in der Stadt zu verbringen, ohne etwas von den Schwierigkeiten zu spüren zu bekommen.

Als wir in die Stadt hineinfuhren, hatte ich keinerlei Vorahnung, daß wir Zeugen der Geburtswehen des Staates Israel werden würden. Und es war wohl auch gut so, daß ich keine anderweitigen Vorahnungen hatte.

Wir fuhren vor dem King Solomon vor, und der Renault hinter uns setzte unschuldig seinen Weg fort, weiter hinunter in die Stadt.

3. Kapitel

Ich glaube, ich hätte den neu angekommenen Gast nicht bemerkt, hätte ich nicht seinen Namen an der Rezeption aufgeschnappt; hätte ihn nicht bemerkt, wären wir nicht kurz nach unserer Ankunft weggestürzt, um nach einer noch geöffneten Werkstatt zu suchen. Ansonsten hätten wir, als er ankam, im Speisesaal gegessen, so aber hatten wir eine Garage gefunden, eine arabische Garage, die sich *Ibrahims* nannte, hatten sie veranlaßt, am nächsten Morgen das Vehikel aus der Wüste zu bergen und waren danach ins Hotel zurückgekehrt. Ich war früher fertig, trug meinen guten Anzug, den ich extra für den Aufenthalt im King Solomon eingepackt hatte und hatte mich in einen der unbequemen steifen Stühle der Empfangshalle gesetzt, als ich ihn bemerkte.

Das King Solomon war Jerusalems Spitzenhotel und die Empfangshalle strahlte im Glanze zahlloser Kronleuchter. Für meine Begriffe wimmelten ungewöhnlich viele Menschen in dieser Halle durcheinander, wenn man bedachte, daß wir Januar hatten. Eine Menge Amerikaner, deren

Hiersein, so fiel mir ein, wohl darauf zurückzuführen war, daß die Anglo-Amerikanische Kommission ihren Sitz in Jerusalem hatte und dabei war, über die Zukunft des Landes zu entscheiden. Da ich nichts anderes zu tun hatte, beobachtete ich die Menschen um mich her, eine bunte Mischung verschiedenster Nationalitäten: wohlhabende Araber in wunderbaren Burnussen, französische Paare, wahrscheinlich aus dem Libanon, dann die Amerikaner, die sich köstlich zu amüsieren schienen, palästinensische Polizeibeamte der höheren Ränge, ein paar bedächtige jüdische Geschäftsleute und ein australisches Paar, das sich nicht einig werden konnte, welche Sehenswürdigkeit morgen auf dem Programm stehen sollte. All das waren Repräsentanten der siegreich aus dem Krieg hervorgegangenen Nationen. Ich setzte mich gemütlich zurecht und genoß mit Muße meine faszinierende Umgebung. Wenn man lange allein gewesen ist, gefällt einem so eine glitzernde, wechselnde Menschenmenge um so mehr. Dann gab es eine kleine Pause im allgemeinen Stimmengewirr und in diese Pause hinein hörte ich den jüdischen Empfangschef deutlich sagen:

»Der Boy bringt Ihre Koffer auf Ihr Zimmer, Mr. Antonopoulos.«

Ich weiß nicht, ob mein Unterbewußtsein auf griechisch klingende Namen gelauert hatte, oder ob es nur am Leiserwerden der Stimmen um mich herum lag, daß ich hellwach die Ohren spitzte, aber äußerlich ruhig in meinem Stuhl sitzen blieb. Der neue Gast wandte sich soeben von der Rezeption dem Träger zu, der seinen Koffer aufhob, er hielt inne und sah sich in der Halle um, seine Augen streiften mich ohne Interesse. Er war ein langer dünner Mann mit einem Schopf tiefschwarzer Haare und einem saubergestutzten Schnauzbart. Er folgte dem Träger zum Lift und die Türen schlossen sich hinter den beiden. Da saß ich nun, einigermaßen schockiert, bis ich mich selbst zur Ordnung rief und mich meiner Phantasien wegen rügte – und doch. So ein Zufall! Seine Beschreibung paßte auf die vage Beschreibung, die Tewfik vom ersten Besucher in unserem Institut in Kairo gemacht hatte – aber doch nicht ganz. Zum ersten trug er jetzt einen leichten Tropenanzug, der ungewöhnlich teuer aussah, während Tewfik ihn in einem schweren, für das ägyptische Klima zu heißen schwarzen Anzug gesehen hatte, zum zweiten aber wimmelte es im Mittleren Osten von Griechen, die Hälfte aller Lebensmittelläden waren in ihrer Hand. Aber dieser Mann war wohl kaum ein Krämer und Griechen neigen eher dazu, kurz und gedrungen gebaut zu sein, dieser dagegen war lang und dünn. Hatte Tewfik gesagt, er sei groß gewesen oder hatte er von dürr gesprochen? Das wußte ich nun leider nicht mehr, und ich wünschte mir, ich hätte etwas genauer hingeschaut, als ich im *khamsin* an dem Chrysler vorbeigekommen war. Damals hatte alles angefangen. Was hatte angefangen? Ich hatte keinerlei Beweise dafür, daß irgend etwas Finsteres oder Seltsames im Gange war. Dann aber mußte ich mich korrigieren, es blieb die Tatsache bestehen, daß jemand ein Loch in Lynns Kühler gebohrt hatte. Ich dachte darüber eine Weile nach und schlenderte dann zum Empfangspult.

»Verzeihen Sie, aber ich glaube ich kenne den Herrn, der soeben angekommen ist. Mr. Antonopoulos. Ich möchte nichts falsch machen – arbeitet er bei der American Oil Company, Standard Oil?«

»Nein, Sir«, der Empfangschef blickte auf seinen Block und notierte etwas. Es war etwas peinlich, ich hatte den festen Eindruck, als wisse er etwas über den Griechen, konnte ihn aber kaum direkt nach dem Mann fragen.

»Vielen Dank«, sagte ich also, »bitte geben Sie mir meinen Schlüssel.«

Als er ihn mir reichte, grinste ich.

»Er sieht jemandem, den ich in Kairo traf, sehr ähnlich, ich habe mich ganz schön zum Narren gemacht, was?«

»Dieser Gast arbeitet für Mr. Ionides, das kann wohl kaum der Mann sein, den Sie meinen, Sir. Haben Sie von Mr. Ionides gehört?«

»Wer hat nicht von ihm gehört?« Ich nahm meine Schlüssel und strebte dem Lift zu, blieb stehen, sah auf die Uhr, überlegte, kehrte wieder zu meinem Stuhl zurück. Meine kleine Pantomime wäre unnötig gewesen, der Mann am Empfang kümmerte sich schon wieder um einen neuen Gast.

Ja, ich hatte einiges von Konstantin Ionides gehört. Er war ein reicher Grieche, der Geschäftsinteressen im ganzen Mittleren Osten hatte. Seine Haltung während des Krieges war etwas zweideutig gewesen. Aber 1944, als es feststand, daß die Alliierten siegen würden, hatte er uns plötzlich einige Schiffe überlassen, zu einer Zeit, als wir jedes Fahrzeug, dessen wir habhaft werden konnten, dringend brauchten. Die Folge war, daß Mr. Ionides nunmehr im Westen hoch geehrt und respektiert war. Ich erinnerte mich aber an einen Ausspruch Bertins, der ihn einen ›krummen Hund‹ genannt hatte. Kaum hatte ich mich erneut niedergelassen, als Lynn aus dem Fahrstuhl stieg. Während ich mich erhob, bemerkte ich, daß ich sie unverhohlen angaffte. Aber ich war nicht der einzige. Sie hatte Hemd und Hose abgelegt und statt dessen ein dunkelgrünes, mit goldenen Rosen bedrucktes Kleid angezogen. Es hatte lange Ärmel, am Halsgelenk etwas gekraust und einen passenden grünen Ledergürtel um ihre schmale Taille. Nun – ich bin ein hoffnungsloser Fall, wenn es darum geht, Frauenkleider zu beschreiben, ich kann nur sagen, daß einige wohlgekleidete Damen, die in den Stühlen um mich her saßen, auch kritische, ja neidvolle Blicke auf Lynn ruhen ließen.

»Na, was ist«, sagte sie nach einer Sekunde unruhig, »wollen wir hier stehen, sitzen oder gleich zum Essen reingehen?«

»Sie sind eine kleine Sensation hier.«

»Nur eine kleine?« Sie hob spitzbübisch die Brauen, wurde aber ein bißchen rot vor Stolz.

»Wir können gleich zum Essen hineingehen, wenn Sie wollen – oder sollen wir vorher einen Drink nehmen? Die Bar sieht ungewöhnlich einladend aus.«

»Die Speisekarte sieht womöglich noch einladender aus

und ich könnte einen ganzen Ochsen verspeisen. Aber ich glaube, das ist nicht nötig, es gibt ja hier ein berühmtes Menü.« Sie wandte sich dem Speisesaal zu und sah sich nach mir um, als ich sie am Ärmel festhielt.

»Was gibt's denn, David?«

»Nehmen Sie eine Zigarette und bleiben Sie genau hier stehen, während ich sie anzünde. Sie können sie dann später im Speisesaal ausdrücken. So – und jetzt schauen Sie bitte den Mann an, der gerade die Treppe runterkommt. Haben Sie den schon mal gesehen?«

Sie beugte sich über die Zündholzflamme und betrachtete Mr. Antonopoulos aus dem Augenwinkel, wie er dem Speisesaal zustrebte. Ihr langes schwarzes Haar war hochgesteckt und ließ ihre Ohren frei, sie sah größer aus und eine leise Duftwelle stieg mir in die Nase, so leise, daß ich mich fragte, ob ich sie mir nur einbildete.

»Nein«, sagte sie und richtete sich auf. »Ich bin ganz sicher, ich habe ihn noch nie gesehen, noch nie im Leben. Er sieht aus wie ein spanischer Grande, ungemein gut! Wieso fragen Sie?«

Mr. Antonopoulos trug noch immer seinen hellbraunen Tropenanzug und verschwand hinter der Tür, die der Page ihm aufgehalten hatte. Während des langen Weges durch die Empfangshalle hatte er nicht ein einziges Mal zu uns herübergeblickt und wieder hatte ich das Gefühl, mich selbst zum Narren zu halten.

»Ich bin mir nicht sicher«, sagte ich. Sie stand kühl und erhobenen Hauptes vor mir und schien die Aufmerksamkeit, die sie erregte, nicht zu bemerken. Rose hätte sich in diesem Augenblick deutlich sichtbar darin geaalt.

»Aber er ist kein Spanier, sondern Grieche und sein Name ist Mr. Antonopoulos. Ich nehme an, ich höre bei griechischen Namen schon die Flöhe husten – das heißt, er paßt ziemlich gut auf die Beschreibung, die mir Tewfik von dem Mann gab, der damals bei uns nach Ihnen gefragt hat.«

»Aber das war doch in Kairo«, wandte sie ein, »und jetzt sind wir in Jerusalem.«

»Das stimmt auch wieder. Kommen Sie, wir gehen zum Essen.«

Die Beiläufigkeit, mit der sie die Sache abtat, untermauerte meine Überzeugung, daß sie wirklich keine Ahnung davon hatte, wer in Kairo nach ihr gefragt hatte – und zeigte auch, wie rasch sie die Geschichte vergessen hatte, und das war gut so. Ich freute mich auf unser gemeinsames Abendessen. Im Speisesaal gab man uns einen Tisch an der inneren Wand, weit entfernt von den schwer verhangenen Fenstern, die auf den Hof hinausführten. Ich bemerkte, daß die Tische in der Nähe der Fenster alle unbesetzt blieben und erst später fing ich einen Gesprächsfetzen zwischen zwei Hotelangestellten auf und erfuhr, daß man die Leute absichtlich so plazierte. Zuviele Zwischenfälle hatten sich ereignet, bei denen in allen Teilen der Stadt Bomben durchs Fenster in die Gebäude geworfen worden waren, deshalb wollte niemand zu nahe an der Außenwand sitzen. Wir beide saßen dagegen in der Nähe von Mr. Antonopoulos – er aß allein – aber wiederum nicht nah genug, als daß er uns hätte zuhören können.

»Schildkrötensuppe und Ente«, meldete Lynn nach einer schnellen Prüfung der riesigen Karte. »Möglichst jedes für sich serviert!« Sie hatte nicht lange zum Umziehen gebraucht und sie konnte sich in weniger als einer Minute entscheiden, was sie essen wollte. Wie verschieden sie auch hierin von Rose war! Ich sagte mir, ich solle nunmehr Rose Gorden ruhen lassen und mich lieber auf Lynn Grant konzentrieren, aber die hohen Wangenknochen meines Gegenübers erinnerten mich fatalerweise immer wieder an meine Exverlobte. Glücklicherweise kam ich mehr und mehr zu der Überzeugung, daß die Ähnlichkeit eine wirklich völlig äußerliche war, und damit auch endete.

Der Speiseraum war nicht einmal halb gefüllt und wie Lynn saß ich im Winkel zur Wand, aber ich konnte im Gegensatz zu Lynn den Griechen direkt ins Auge fassen. Ich konnte verstehen, warum sie ihn einen spanischen Granden genannt hatte; Antonopoulos war ein Mann, der mit großer

Würde und Stattlichkeit auftrat, vielleicht war er sich seiner Würde ein bißchen zu bewußt. Während er auf den ersten Gang wartete, brach er kleine Stückchen Brot ab und während er seine Blicke über die anderen Gäste streichen ließ, kaute er langsam und bedächtig. Seine dunklen Augen ruhten nur selten auf unserem Tisch und wenn, dann keine Minute lang. Wahrscheinlich war er noch nie in Kairo gewesen.

»Er interessiert sich für uns«, sagte Lynn plötzlich und stützte ihren Ellbogen auf den Tisch, sie achtete darauf, nicht in die Richtung des Griechen zu sehen.

»Tut er das? Komisch, ich hatte den gegenteiligen Eindruck.«

»Nennen Sie es ruhig weibliche Intuition, aber ich bin mir sicher, Recht zu haben, und dazu kommt noch, daß er versucht, sein Interesse zu verbergen.«

Sie verstummte, als der Ober an unseren Tisch kam, um die Bestellungen entgegenzunehmen. Als er ging, war Antonopoulos dabei, mit konzentrierter Miene seine Suppe zu trinken. Ich zündete eine Zigarette an, und wir warteten schweigend, während Lynn sich im Speisesaal umsah. Ich dachte daran, daß sie sich nun bald selbständig machen würde und daß ich dann endlich meinen Urlaub beginnen könnte, aber der Gedanke entzückte mich nicht mehr ganz so heftig wie auf der Zugbrücke von Ismailia. Ich fragte nun auch, ob ich ihr von dem kleinen Loch erzählen sollte, das jemand in ihren Wassertank gebohrt hatte. Sie hatte in diesem Augenblick nicht den geringsten Verdacht, daß Jemand ein negatives Interesse an ihr nehmen könnte. Dann beschloß ich, daß es keinen Sinn hätte, das schöne Abendessen zu verderben, und sagte nichts. Diese Entscheidung sollte ich später bitter bereuen.

»Haben Sie den arabischen Scheich dort drüben bemerkt?« fragte Lynn, die ihre Schildkrötensuppe schlürfte, während ich ein riesiges Stück eiskalter Honigmelone anging.

»Er ist kaum eine gute Reklame für die Küche hier!«

Rechts von unserem Griechen saß ein pompös gekleideter Araber, dessen Begleiter als Vorkoster jedes Gericht probierte, ehe es an den Scheich weitergereicht wurde.

»Ist das nicht toll?« Lynn grinste. »Der Ober sieht ziemlich verärgert aus!«

»Ich kann mir nicht vorstellen, daß Geld großen Spaß macht, wenn man Angst hat, bei jeder Mahlzeit, die man einnimmt, vergiftet zu werden.«

»Aber Vorkoster ist ein toller Job!«

»Das kommt darauf an, wie lange der sich zu Hause am Leben halten kann. Vielleicht hat der alte Knabe schon ganze Herden von Vorkostern verbraucht. Ein kurzes Leben, aber ein schönes Leben.«

»David, sehen Sie nur!« In ihrem Amüsement griff sie leicht nach meinem Handgelenk. »Der Vorkoster läßt was zurückgehen!«

»Na, da war sicher das falsche Gewürz dran oder so was Ähnliches – Lynn, übrigens, haben Sie Ihren Vater erreicht?«

»Nein«, ihr Gesicht wurde ernst. Dann lächelte sie etwas gezwungen. »Ich hab' versucht, ihn vom Zimmer aus anzurufen, als ich mich umzog, aber dort, wo ich ihn vermutete, war er nicht zu finden. Ich werd's heute abend nochmal probieren, und wenn es immer noch nicht klappt, versuche ich es morgen früh.«

»Ist irgendwas nicht in Ordnung, hm?«

»Nein, wieso denn.« Sie kreuzte die Arme und lächelte ermutigend. »Auch nachdem ich jetzt mein Auto verloren habe, werden Sie mich wohl kaum zu ihm fahren wollen, wenn ich ihn erreicht habe, oder?«

»Na, das kommt darauf an, wo das ist! Das wissen Sie wohl im Augenblick überhaupt nicht, oder?«

»Nicht, ehe ich ihn telefonisch erreicht habe.«

»Wo haben Sie ihn denn jetzt zu erreichen versucht?« Ich ließ nicht locker.

»In Beirut. Es tut mir leid, ich hätte Sie nicht darum bitten sollen, aber Sie sagten, Sie führen vielleicht in den Libanon.«

»Später vielleicht ...«

»Wir wollen über etwas anderes reden. Heute abend haben Probleme nichts bei uns verloren – mir geht es einfach zu gut. Sehen Sie nur, da kommt das Essen. Ich werde mich ganz widerlich vollschlagen, das kann ich Ihnen sagen ...«

Das Essen verlief geruhsam und angenehm, Antonopoulos verließ den Speisesaal, nachdem er nur zwei Gänge gegessen hatte. Als er weg war, fühlte ich mich viel entspannter, es war mir, als hätte mich seine Gegenwart ständig an meine Sorgen erinnert, auch mußte ich immer darauf achten, nicht in seine Richtung zu starren. Wenn es unter der glatten Oberfläche wirklich dunkle und geheimnisvoll bedrohliche Machenschaften gab, war mein einziger Vorteil der, daß die Gegenseite nichts von meinem Verdacht ahnte. Natürlich mußte ich innerlich weiterbohren und überlegte, daß Antonopoulos *nach* uns im Hotel angekommen war. Wenn der Renault uns wirklich abgepaßt hatte und uns nach Jerusalem gefolgt war, hatte er auch unsere Ankunft im King Solomon beobachtet und Meldung gemacht – *danach* konnte Mr. Antonopoulos sich entscheiden, dasselbe Hotel zu wählen. Diese Theorie war nicht gerade hieb- und stichfest – ein mühsames Gespinnst von vagen Verdachtsmomenten – nur ein Faktor lag fest – er war Grieche.

»Wenn's Ihnen nichts ausmacht«, sagte Lynn, als wir Kaffee getrunken hatten, »dann gehe ich bald auf mein Zimmer, ich will nochmal versuchen, Beirut anzurufen.«

»Gute Idee. Ich bin selbst ziemlich müde.«

Wir fuhren gemeinsam mit dem Lift nach oben und sie stieg ein Stockwerk früher aus.

»Also, dann beim Frühstück«, sagte ich.

»Ja, hoffentlich. Ich schlafe wie ein Stein und Gott weiß, wann ich aufwache.«

Nachdem ich mich ausgezogen hatte, überlegte ich, ob sie nicht sehr nachdenklich ausgesehen hatte, wie sie sich abwandte und in ihr Zimmer ging. Etwas Endgültiges war in der Art gewesen, wie sie sprach. Als sähen wir uns zum letzten Mal.

Eine halbe Stunde wartete ich am nächsten Morgen in der Empfangshalle darauf, daß sie zum Frühstück herunterkäme, um neun gab ich es schließlich auf und ging allein. Ich hatte schon daran gedacht, ihr Zimmer anzurufen, um zu sehen, ob sie nicht doch schon fertig wäre, aber dann fiel mir wieder ihre Bemerkung ein – sie schliefe wie ein Stein – und ich ließ es, aus Angst, ich könnte sie wecken. Frühstück wurde in einem Nebenraum des Speisesaals serviert, sonst hätte ich bestimmt bemerkt, daß ihr Platz nicht mehr zum Frühstück gedeckt war.

Um 10.30 Uhr saß ich dann wieder in der Empfangshalle und richtete meine Blicke entweder auf die Lifttüren oder auf meine Armbanduhr. Schließlich ertrug ich die Unruhe nicht mehr und trat an die Rezeption.

»Können Sie mich bitte mit Miss Grant verbinden? Zimmer 72.«

Der Empfangschef, ein schlanker junger Jude, der eine dunkle Hornbrille trug, schaute über die Schulter und sagte: »Ich fürchte, sie ist ausgegangen, Sir.«

»Sind Sie sicher?«

»Ja, Sir. Sie sehen dort ihren Schlüssel am Brett.«

»Das ist komisch. Ich hatte mich zum Frühstück mit ihr verabredet.«

»Sie hat ganz früh schon gefrühstückt. Etwa um halb acht, ja, ich entsinne mich ihrer, wie sie herunterkam, eine junge Dame in langen Hosen.«

»Ja, das muß sie gewesen sein.« Ich machte eine Pause und überlegte, was ich als nächstes sagen sollte.

»Hat sie mir eine Nachricht hinterlassen? Ich bin David Shand, Zimmer 91.«

»Nein, Sir. Wenn Ihnen das von Nutzen ist, ich sah sie das Hotel verlassen. So gegen 8 Uhr, ein bißchen nach 8 glaube ich.«

»Vielen Dank. Sie brauchen ihr nichts zu bestellen.«

Automatisch entfernte ich mich durch die nächste Tür, stand in der menschenleeren Bar und bestellte ein Bier. Ich nahm das Glas, setzte mich in die äußerste Ecke und begann über alles nachzudenken. Ich sorgte mich nicht im geringsten um sie, aber ich war ganz schön verärgert. Sie hätte wenigstens eine Nachricht hinterlassen können, um mich zu unterrichten, wohin sie verschwunden war und wann sie wiederkäme. Für mich sah es langsam so aus, als habe sie mich als Transporteur aus der Wüste nach Jerusalem benutzt und sich dann davongemacht. Es hätte mich eigentlich gar nicht so überrascht, nur dieser wortlose Abgang setzte mir irgendwie zu. Als mir bewußt wurde, daß ich den ganzen Vormittag in einer leeren Bar herumhockte und mir den Kopf zerbrach, ärgerte ich mich gewaltig über mich selber. Ich goß das eiskalte Bier hinunter, verließ das Hotel und ging in die Stadt. Mein Urlaub, den ich so lange geplant hatte, konnte jetzt beginnen.

Es war ein wunderschöner Morgen, der Himmel blaßblau und strahlende Sonne und als ich einen Hügel erklommen hatte, sah ich um mich ausgebreitet die Hügel Jerusalems, den Ölberg. Der Anblick beeindruckte mich tief, es sah aus wie ein alter Stich aus der Bibel, die ich als Kind gelesen hatte. Die Landschaft, die die Stadt umgab, machte den Eindruck, als habe sie sich in all den Jahrhunderten nicht verändert. Die Stadt selber war verschieden, ein interessantes Gemisch von alten und neuen Bauten. Und doch bemerkte ich all das wie durch einen Nebel, denn eigentlich konnte ich mich nicht richtig umschauen. Es hatte nur kurze Zeit bedurft, um den Zustand des Ärgers verschwinden zu lassen, dafür kehrte mein nüchterner Verstand zurück und mit ihm ein Gefühl der bösen Vorahnung.

Lynns Verhalten war absolut uncharakteristisch für sie, es sei denn, ich hätte all mein Talent im Beurteilen von Menschen verloren. Ich war mir ganz sicher, daß sie nicht einfach wortlos davon gegangen wäre, nachdem ich meinen Zweck erfüllt hatte. Und außerdem hatte ich ihn ja gar nicht voll erfüllt; ich hatte immer noch nicht zugestimmt, ihren Vater zu treffen. Es mußte irgendein Notfall gewesen sein, der sie abrief, beschloß ich – aber wieso dann keine Nachricht für mich? Nein – nicht wenn sie abgerufen wurde, um jemand zu treffen und das Treffen länger gedauert hatte, als sie vorher annahm. Sicherlich, und das war die Ironie der ganzen Angelegenheit, saß sie jetzt bereits im Hotel und fragte sich, was zum Teufel mir wohl zugestoßen sei. Also machte ich mich auf den Rückweg zum King Solomon. Es war nach ein Uhr, als ich das Hotel erreichte. Dort erwartete mich ein Schock, als ich zur Rezeption eilte.

»Haben Sie, seit ich letztes Mal fragte, Miss Grant gesehen?«

Der Schlüssel von Zimmer 72 hing noch immer am Brett, und derselbe bebrillte Angestellte betrachtete mich bei meiner Frage überrascht, rasch beherrschte er seine Züge, machte ein neutrales Gesicht und sagte: »Miss Grant ist vor über einer Stunde abgereist, Sir.«

»So.« Diesmal fragte ich nicht, ob er das genau wüßte. Er griff meiner nächsten Frage voraus, indem er beide Hände auf dem Tisch verschränkte und mich höflich betrachtete.

»Sie hat keine Nachricht hinterlassen, Sir.«

Ich machte mich schnurstracks auf den Weg zum Speisesaal und natürlich setzten sie mich an denselben Tisch, wie am Abend zuvor. Ihr leerer Platz sah entsetzlich verlassen aus, ich studierte die Speisekarte und bestellte automatisch irgend etwas. Um meinen Kummer zu vollenden, saß auch Mr. Antonopoulos an seinem Platz von gestern und war gerade dabei, sein Mittagessen zu beenden. Nun hatte ich mir den Hergang der ganzen Angelegenheit genügend überlegt und folgendermaßen zurechtgelegt, obwohl ich mir über einige Details noch nicht ganz sicher war: Also – nehmen wir an, sie hatte ihren Vater am Telefon erreicht, gestern abend schon, hatte ihm erzählt, sie könne Bertin nicht dazubringen, seine vermaledeiten Berechnungen zu begutachten, habe aber mich dazu überreden können, mitzukommen. Er hatte sie über mich befragt und hatte entschieden, daß ich nicht erfahren genug sei, um ihm nützlich zu sein, deshalb hatte sie beschlossen, allein zu ihm zurückzukehren. Darauf hatte sie mich wie ein paar Schuhe im Hotel stehenlassen. Vielleicht hatte sie gefürchtet, ich würde ihr anbieten, sie zu ihrem Vater zu fahren und sie müsse mir dann erklären, ihr Vater habe kein Interesse, mich zu sehen. Ehe sie sich dieser peinlichen Situation aussetzte, hatte sie wohl beschlossen, sich lieber aus der Sache herauszuwinden.

Ich versuchte, mich auf mein Essen zu konzentrieren, war mir aber nicht bewußt, was ich eigentlich aß, vage bemerkte ich, wie Mr. Antonopoulos sich zurückzog. Ich dachte, er hätte in meine Richtung geblickt und innegehalten, aber in diesem Augenblick schälte ich gerade eine Orange, und dabei fiel mir ein, wie sie mir in der Wüste die Orange geschält hatte, was meine Gedanken einen Salto schlagen ließ. Deshalb war ich mir seiner Blicke nicht wirklich sicher. Irgend etwas hier war dramatisch schiefgelaufen. Ein Mädchen wie sie haute nicht einfach ab – ohne ein einziges Wort. Dies, so sagte ich mir, war vielleicht eine Projektion meines Wunsches, aber irgendwo war etwas an der ganzen Angelegenheit, das nicht stimmte. Aber was, verdammt noch mal?

Als Wissenschaftler ist man gewöhnt, sich an die Fakten zu halten und eine Theorie, die nicht von Daten belegt ist, als unglaubwürdig abzutun. Ich suchte also nach Fakten, aber ich konnte keiner Fakten habhaft werden. Ich aß die Orange auf, lehnte den Kaffee ab und machte mich auf die Suche nach einem stärkeren Drink. Antonopoulos saß in der Halle, las eine griechische Zeitung und blickte auf, als ich vorbeiging. Das war wohl das zweitemal, daß er mich überhaupt bemerkte. Ohne zu zögern näherte ich mich der Rezeption und fragte ein paar Dinge, die mir auch hätten früher einfallen können.

»Sie sagten, Miss Grant wäre heute morgen aus ihrem Zimmer ausgezogen. Haben Sie selbst sie abgefertigt?«

»Ja, Sir.«

Der Angestellte fummelte an seiner Hornbrille, er wollte

mich genauer betrachten und ich wußte, daß ich es nicht leicht mit ihm haben würde, aber darauf war ich vorbereitet.

»Sah es so aus, als wäre sie in großer Eile gewesen?« Ich sah, wie Zweifel über mein Verhör in seinen Augen auftauchten.

»Sehen Sie mal, ich bin mit Miss Grant hier angekommen, und sie hat mir gegenüber keinerlei Absichten geäußert, daß sie abreisen wollte. Sie sagen, es gibt keine Nachricht von ihr. Nun, irgend etwas an der Sache ist ungemein merkwürdig, und ich habe mich entschlossen, der Sache auf den Grund zu gehen, selbst wenn ich damit zur Polizei muß.«

»Ich bin sicher, das wird nicht nötig sein, Sir.«

»Nun also, war sie in großer Eile?«

»Ich weiß es nicht, Sir. Alles wurde übers Telefon von ihrem Vater aus geregelt.«

»Von ihrem Vater? Sie wollen sagen, mit einem Ferngespräch?«

»Nein, ein Ortsgespräch, das weiß ich sicher. Entschuldigen Sie mich kurz, mein Herr.«

Ich wartete, während das australische Paar sich umständlich darüber informierte, ob es sich lohne, Haifa zu besuchen. Nun klärte sich die Sache, ihr Vater hatte sie also dringend abberufen. Aber ihr Vater sollte doch irgendwo in Beirut sitzen. Und man brauchte ja nur einen kurzen Moment, um eine schnelle Abschiedsbotschaft hinzukritzeln! Als ich mich umsah, entdeckte ich Mr. Antonopoulos, und bemerkte, daß er jedes Wort hören konnte, das ich mit dem Mann von der Rezeption wechselte. Seine dunklen Augen kreuzten meine Blicke und glitten dann wieder zurück zu seiner Zeitung. Vorsichtig kam der Angestellte wieder zu mir herüber.

»Sehen Sie mal«, fing ich erneut an, »ich möchte Licht in diese Angelegenheit bringen, verstehen Sie. Ihr Vater rief also an und sagte, sie würde ausziehen. Und dann kam sie, holte ihren Koffer und zahlte die Rechnung. War es so?«

»Nein Sir. Eine Dame kam, um die Rechnung zu bezahlen und wir gaben ihr den Koffer, er war schon gepackt.«

»Auch die Toilettenartikel – Zahnbürste und dergleichen?«

Der Angestellte war ungemein geduldig, aber natürlich schätzt es kein Hotel, wenn man die Polizei hinzuzuziehen droht. Er beugte sich über das Pult und sprach in Hebräisch zu einem der Zimmermädchen, das eben vorbeikam, dann wandte er sich mir erneut zu.

»Nein, ihr Koffer war nicht völlig gepackt. Das Mädchen, mit dem ich gerade sprach, hat die Dame hinaufgeführt und sie hat dann den Rest eingepackt, ist heruntergekommen und hat die Rechnung bezahlt.«

Ich starrte ihn an. Er betrachtete mich ruhig und ohne ein Zeichen des Mißtrauens.

»Schien Ihnen das Ganze nicht etwas ungewöhnlich?«, fragte ich ihn leise.

»Wenn ich ehrlich bin, nein, Sir.«

»Sie wollen sagen, es ist normal, einem völlig fremden Menschen den Koffer eines Gastes auszuhändigen, solange nur die Rechnung bezahlt wird?«

Sein Benehmen wurde steif, als er auf diese Frage, die ich ihm absichtlich in dieser Form gestellt hatte, schnell antwortete.

»Gewiß nicht«, erwiderte er scharf. »Ihr Vater sagte am Telefon, die Dame würde sich ausweisen können und – sie hatte Miss Grants Paß bei sich.«

»Haben Sie irgendeine Ahnung, welche Nationalität diese Dame hatte, die den Koffer abholte? War sie Amerikanerin?«

»Nein, Europäerin, Spanierin oder Griechin, würde ich mir vorstellen.«

Nun bemerkte ich, daß seine Miene sich etwas umwölkte und er ängstlich zu werden schien.

»Glauben Sie, etwas ist an der Sache nicht in Ordnung, Sir? Sind Sie mit Miss Grant verwandt?«

»In gewisser Weise ja. Vielen Dank, Sie waren sehr geduldig mit mir.«

Immerhin ist eine Art Freundschaft, selbst eine kurze Freundschaft eine Art von Verwandtschaft. Ich tastete nach meiner Pfeife, änderte meine Meinung, zündete eine Zigarette an und eilte zur Bar. Ich brauchte rasch einen Drink, um das Ganze zu verdauen. Eine sechsköpfige Gruppe verließ eben die Bar, dann hatte ich den Raum für mich – aber nicht lange. Ich bestellte einen Scotch und trug das Glas in die Ecke, in der ich am Morgen mein Bier getrunken hatte. Natürlich konnte man für alles, was der Angestellte sagte, eine unschuldige Erklärung finden: Lynn konnte das Hotel kurz nach dem Frühstück verlassen haben, um ihren Vater zu treffen. Etwas war aufgetaucht, was sie dann veranlaßt hatte, eilig abzureisen, auf dem Wege hatte Caleb Grant vielleicht das Hotel angerufen und jemanden geschickt, der den Koffer holte und die Rechnung bezahlte, eine Freundin aus Jerusalem, die ihm den Gefallen tat. Das klang nicht gerade überzeugend, war aber doch in etwa glaubhaft. Ich überlegte hin und her, inwieweit ich dieser neuen Theorie trauen konnte und war mir klar darüber, daß, wenn ich zur Polizei ginge, kein Fitzelchen irgendeines Beweises in meinen Händen lag, um sie an dem Fall zu interessieren, als Mr. Antonopoulos in die Bar schlenderte.

Das Problem mit Leuten, die auch um die Ecke denken wollen, ist meistens das, daß sie die Sache nicht auf sich beruhen lassen. Sie müssen auch noch einen Spitzenbesatz drumherum häkeln. Der Grieche bestellte gleichfalls einen Scotch, betrachtete mich unsicher und näherte sich sodann meinem Tisch.

»Darf ich mich zu Ihnen gesellen, Sir? Ich konnte nicht vermeiden, Ihre Konversation vorhin zu hören. Ist etwas nicht in Ordnung?«

»Ich weiß es nicht«, antwortete ich vorsichtig, »ich mache mir nur meine Gedanken.«

»Es geht doch um dieses attraktive Mädchen, das mit Ihnen gestern abend gespeist hat? Ich konnte nicht umhin, sie beide im Restaurant zu bemerken.«

Er sprach ausgezeichnetes Englisch, mit einem kaum wahrnehmbaren Akzent, und ich nahm an, er hatte mehrere Jahre in England gelebt. Nun saß er an meinem Tisch, nippte an seinem Scotch und machte den Eindruck milder Besorgnis – ein Mann der helfen möchte, wo er kann.

»Ich habe in London gelebt und habe gelernt, die Engländer zu schätzen«, fuhr er fort, »ich hoffe also, daß sie nicht das Gefühl haben, ich dränge mich in Ihre Angelegenheit.«

»Überhaupt nicht. Und ja – es geht um das Mädchen.« Ich tat so, als zögerte ich. »Sie ist verschwunden.«

»Verschwunden?« Leichtes Erstaunen in seiner dunklen Stimme. Kein Zeichen der Unglaubhaftigkeit, nur leise Überraschung. »Ich fürchte, ich verstehe nicht ganz.«

»Es ist ganz einfach«, sagte ich, als wäre ich erlöst, mit Jemandem sprechen zu können. »Ich habe angenommen, sie wäre noch hier, aber sie hat ihre Rechnung schon bezahlt und ist ausgezogen.« Ich korrigierte mich.

»Nein, das stimmt nicht ganz – jemand hat angerufen und sie abgemeldet. Dann haben sie eine Frau geschickt, um ihren Koffer abzuholen und die Rechnung zu bezahlen.«

»Finden Sie das so merkwürdig?«

»Ja, wenn man bedenkt, daß sie mir nicht gesagt hat, daß sie ausziehen wollte.«

»Ist sie Ihre Freundin, vielleicht Ihre Verlobte?« Er zog ein teuer aussehendes Zigarettenetui hervor, das sicher schweres Gold war und nahm eine türkische Zigarette heraus. »Stört es Sie, darüber zu reden?«

»Nein, es ist eine Hilfe, zu jemandem zu sprechen, um alles auseinander zu sortieren. Aber Sie haben den falschen Eindruck von unserer Verbindung – ich hatte sie 24 Stunden zuvor kennengelernt, als sie in mein Büro kam, um sich nach irgend etwas zu erkundigen.« Ich sprach absichtlich ganz offen mit ihm und beobachtete ihn dabei, um seine Reaktionen zu verfolgen, vielleicht verriet er sich, denn all das war nun wirklich gar zu zufällig. War es nicht ziemlich absonderlich, daß sich mir von all den Leuten in der Empfangshalle ausgerechnet Mr. Antonopoulos genähert hatte.

»Sie sind Geschäftsmann, nicht wahr, das sieht man Ihnen an«, bemerkte er.

»Nein, ich bin Seismologe.«

»Wie bitte?«

Diese Frage kam nach einer minutiösen Pause und wieder fragte ich mich, was das bedeutete.

Wenn Mr. Antonopoulos in Kairo der Mann gewesen war, der während des *khamsin* im Chrysler vor meiner Tür gesessen hatte, konnte er mich ebensowenig identifizieren, wie ich ihn. Aber seine langen Wimpern, ebenso lang wie Lynns, hatten gezuckt, als ich meinen Beruf erwähnte.

»Seismologie«, erklärte ich, »ist die Wissenschaft, mit der man Erdbewegungen ermittelt und dann auch große Erdbeben aufzeichnet – wenn sie vorkommen.«

»Ein ungewöhnlicher Beruf. Das Mädchen also war eine ... Bekannte?«

»Ich glaube, das ist das richtige Wort, ja, warum?«

»Weil, wenn Sie sie besser gekannt hätten, dann wäre ihr Benehmen seltsam erschienen, da stimme ich zu. Aber in diesem Fall ...« Er lächelte weltmännisch. »Frauen, wenn ich so sagen darf, sind unberechenbar.«

»Wollen Sie sagen, sie habe mich absichtlich sitzen lassen?«

»Das habe ich nicht gesagt!« Er lächelte, um die Worte abzuschwächen und legte eine goldberingte Hand auf meinen Arm. »Unter diesen Umständen war es doch möglich, daß Sie ihre Pläne plötzlich geändert hat.«

»Ja, das ist möglich, aber sie hat keine Nachricht hinterlassen.«

»Und diese – diese plötzliche Abreise hat sie natürlich verärgert.«

»Ja, das kann man sagen.«

»Und wußte sie, daß Sie das verärgern würde?«

»Da bin ich ganz sicher.«

»Also, erklärt das Nichthinterlassen einer Botschaft eigentlich alles.«

Ich schaute ihn an, als wüßte ich nicht genau, wovon er da redete. Noch immer machte er den Eindruck freundlicher Anteilnahme, dahinter aber beobachtete er mich unausgesetzt.

»Ich verstehe nicht ganz, was Sie meinen«, sagte ich.

»Wenn sie wußte, daß sie Sie erzürnen würde, dann reagierte sie wie viele Menschen, die in schwierigen Situationen nicht wissen, wie sie reagieren sollen, ob sie etwas sagen sollen und was? Also sagte sie nichts. Sind Sie sicher, daß sie nicht in ein paar Tagen einen Brief von ihr erhalten, in dem sie alles erklärt? Einen Brief, in dem sie, weil sie Zeit und Muße hat, ihre Entschuldigung formulieren kann?«

»Vielleicht bin ich gar nicht mehr da – ich reise ja vielleicht weiter.«

»Und weiß sie das?«

»Nicht unbedingt«, sagte ich. »Sie könnten Recht haben, klar, vielleicht mache ich mir Sorgen um gar nichts.«

»Ich hoffe, es macht Ihnen nichts aus, mit mir darüber zu diskutieren ...« Er machte eine Handbewegung. »Aber wenn ich allein in einem Hotel sitze, habe ich die schlechte Angewohnheit, Fremde anzusprechen. Sicher gehe ich manchen Leuten damit auf die Nerven.«

»Mir hat es gutgetan«, versicherte ich ihm und erhob mich. »Wirklich, Sie haben mir den Kopf zurechtgerückt.«

Ich schüttelte seine ausgestreckte Hand, entschuldigte mich mit einer Verabredung und verließ die Bar. Als ich zur Ausgangstür strebte, schaute ich über die Schulter und sah Antonopoulos noch immer an seinem Tisch sitzen und seinen Scotch schlürfen, und ich glaubte ihn in genau dem Seelenzustand zurückgelassen zu haben, den ich für ihn geplant hatte – überzeugt davon, daß ich mir nun über Miss Grants überstürzte Abreise nicht mehr den Kopf zerbrechen würde.

Immer noch bestand die Möglichkeit, daß der Grieche echt und völlig unschuldig war, vielleicht war er wirklich der ältere Mann, der Zeit hatte und freundlich genug war, einem jüngeren Mann den Lauf der Welt und das Wesen der Frauen zu erklären. So wie es ihn die Erfahrung gelehrt hatte.

Natürlich konnte es aber auch ganz anders sein, und ich hoffte, wenn es so war, daß ich die gegnerische Seite durch meine Darbietungen entwaffnet hatte. Aber jetzt war mir etwas eingefallen, das mir zuvor entgangen war. Was war mit dem Wagen passiert? Lynns Citroën!

Wenn sie abgereist war, ohne das Auto aus der Wüste holen zu lassen, dann war wirklich etwas nicht in Ordnung. Draußen war es warm, aber nicht so warm wie in Ägypten, als ich durch den Nachmittag hastete, um die arabische Garage zu suchen, die wir am Vorabend aufgetan hatten.

Ibrahims Werkstatt lag in einer Seitenstraße, eine viereckige Öffnung in einem alten Steinhaus, der Betonboden geborsten und mit Ölflecken bedeckt.

Der arabische Besitzer, ein verwegen aussehender Bursche mit einem schwarzen Flecken über dem Auge, wischte sich das Öl mit einem schmierigen Lappen von seinen Händen und überdachte meine Frage.

»Die Dame, Miss Grant, ist heute morgen ganz früh hergekommen«, sagte er schließlich. »Sie wollte wissen, wann der Wagen vom Sinai kommt.«

»Haben Sie den Abschleppwagen schon hingeschickt?«

»Sicher! Er wird mit dem Auto zurückkommen – sechs oder sieben Uhr heute abend. Dann werden wir arbeiten.«

»Hat Sie Ihnen nicht gesagt, Sie sollten das Auto irgendwo abliefern, wenn Sie es repariert hätten?«

»Nein«, er kratzte sich mit seinen schmutzigen Fingern im Gesicht und betrachtete den blauen Fiat, der über der Ölwechselwanne stand und an dem er herumgeschraubt hatte, als ich kam.

Ich konnte nicht erkennen, ob er mir etwas verschwieg, oder ob er einfach wieder an seine Arbeit wollte.

»Ist sie später noch einmal wiedergekommen?«, fragte ich.

Diesmal schien er seiner Sache sicherer, als er sagte: »Nein, Sir. Sie kommt nicht wieder zurück. Sie kommt, wenn sie will, daß der Wagen geholt wird, dann geht sie weg. Sie brauchen sich nicht zu sorgen. Das ist eine gute Werkstatt.«

»Dessen bin ich sicher. Also, nachdem Sie ihr gesagt haben, wann der Citroën wieder da ist, ist sie gegangen, ohne noch was zu sagen?«

»Ja, sie ging weg, ja.« Wieder schien er unsicher zu werden, nervös zupften seine Finger an dem schmierigen Tuch, als er an mir vorbei auf die Straße äugte. Ich folgte seinem Blick, gegenüber war ein kleines Café mit runden Tischchen auf dem Trottoir, aber die wenigen Leute, die dort ihren Nachmittagsaperitif nahmen, saßen im Inneren hinter halb geschlossenen Fenstern. Es war an diesem Januarnachmittag nicht warm genug, um im Freien zu sitzen, und ich wußte nicht, was Ibrahims Aufmerksamkeit dort drüben angezogen haben mochte. Hinter mir trat der Araber rastlos von einem Fuß auf den anderen und sprach mit leicht winselnder Stimme.

»Alles o.k. jetzt? Ich geh wieder an Arbeit. Wir tun guten Job hier am Wagen.«

»Ja, alles o.k. bis bald.«

Ich überquerte die Straße zu dem Café, stand neben den Tischen und wartete ein wenig, dann drehte ich mich abrupt um. Ibrahim stand noch immer im verfallenen Eingang und beobachtete mich, während er mechanisch die Hände wischte. Sobald er sah, daß ich ihn bemerkt hatte, wandte er sich ab und hastete in die Garage zurück, er ließ sich rasch unter den Fiat fallen. Wenn alles so o.k. war, wie seltsam, daß er sich weiterhin für mich interessiert hatte. Wieder hatte ich das Gefühl, als wäre mir etwas Wichtiges entgangen – so wie bei der Rezeption, als man nur gesagt hatte, Lynn sei ausgezogen und erst die darauffolgende Unterhaltung enthüllte, daß sie nicht persönlich ihre Sachen abgeholt hatte. Aber welche Frage hätte ich Ibrahim denn stellen sollen?

Ich hastete zur Polizeistation, die auf halbem Wege zwischen Garage und Hotel lag, ich war nun ernsthaft in Sorge, andererseits aber auch – paradoxerweise – erleichtert. Ich hatte eine Entscheidung getroffen, und jetzt konnte ich aktiv handeln. Als ich so meines Weges eilte, blies ein kalter Wind von den Hügeln herunter, und ich dachte, ich sollte in den nächsten Tagen lieber einen Mantel anziehen. Die Atmosphäre eines Landes im Belagerungszustand wurde wieder spürbar, als ich die Polizeistation betrat. Es war ein neues Gebäude, solide aus Beton gebaut und mit flachem Dach, ähnlich den Polizeistationen, die ich übers Land verstreut bemerkt hatte. Hinter einem Schießschacht in der Mauer bemerkte ich den dünnen Lauf eines Lewisgewehrs und als ich mich dem Eingang näherte, erschien ein uniformierter Polizist auf dem Dach und blickte zu mir herunter. Ein anderer bewaffneter Polizist stoppte mich am Fuß der Treppe. Als ich ihm meinen Paß zeigte, schien er beruhigt, begleitete mich aber dennoch ins Innere des Gebäudes und reichte mich an den Polizisten am Schreibtisch weiter.

Die Eingangshalle hatte kahle Wände. Zwei Aktenschränke, ein einfacher Schreibtisch wie mein eigener und zwei harte Lehnstühle machten das bescheidene Mobiliar aus. Der Mann, der am Tisch saß, hatte glatte Haut, und ich hielt ihn für einen Juden. Nach ein paar Minuten Wartezeit führte man mich in einen angrenzenden Raum mit gleichem Mobiliar. Das Fenster hinter dem am Tisch sitzenden Mann lag ziemlich hoch und am frisch gestrichenen Wandfleck konnte man erkennen, daß es vor kurzem verkleinert worden war, die verbliebene Öffnung war von innen und außen vergittert. Der Mann am Tisch stand nicht auf, gab mir auch nicht die Hand, bat mich aber, in dem gegenüberliegenden Stuhl Platz zu nehmen.

»Ich bin Sergeant Stark, was gibt's für Schwierigkeiten?«

»Kommt man immer nur wegen Schwierigkeiten?« fragte ich. Ich versuchte Zeit zu gewinnen, um mir einen Eindruck von ihm zu bilden.

»Hier ja.«

Er trug eine Khaki-Uniform und einen Sam-Browne-Gürtel. Ein Mann Ende Dreißig, gut gebaut, mit einem rötlichen und zerklüfteten Gesicht, das helle Haar war kurzgeschnitten und lag dicht am Kopf an. Sein Ton war bestimmt und schroff. Er erinnerte mich an einen Major, den ich nicht hatte leiden können. Ich fand nicht, daß er besonders klug aussah. Er lauschte meiner Ausführung ohne Kommentar. Ich erzählte ihm, wer ich war, woher ich kam und was geschehen war. Etwa in der Mitte meiner Erzählung griff er nach meinem Paß, den der Beamte neben ihn auf den Tisch gelegt hatte, und begann, ein Formular auszufüllen. Als ich verstummte, während er schrieb, bat er mich, ohne aufzusehen weiterzusprechen. Er könne, sagte er, schreiben und zuhören zur gleichen Zeit. Später – ich sprach noch immer – füllte er eine alte Briarpfeife mit grob geschnittenem Tabak und blickte mich immer wieder unter seinen buschigen Augenbrauen an, als wäre etwas an mir, das er noch nicht bemerkt hatte.

Ich fand das ganze unbefriedigend, weil er keine Fragen stellte, sprach aber tapfer weiter und erzählte meine Geschichte, so präzise wie möglich. Ein oder zweimal notierte er sich etwas am Rand des Formulars, aber von meinem Platz aus konnte ich nichts entziffern. Er sog an seiner kalten Pfeife und blickte auf den Kalender an der Wand. Ich hatte das seltsame Gefühl, er höre mir überhaupt nicht zu. Als ich geendet hatte, legte er seine unangezündete Pfeife behutsam auf einen Stoß Formulare. Sein erster Satz klang fast wie eine Anklage. »Haben Sie mit dem Mädel gestritten – irgendeine Unstimmigkeit?«

»Nein. Wenn das so gewesen wäre, hätte ich es Ihnen erzählt. Dann wäre doch alles sehr naheliegend.«

»Und sie ist Amerikanerin? Nun, das hätte vielleicht etwas zu bedeuten.«

Ich wollte ihn soeben korrigieren, weil ich merkte, daß er von der Nationalität ihres Vaters auf ihre eigene schloß, sagte aber dann doch nichts. Aus unerklärlichen Gründen schien er sich ein wenig mehr für den Fall zu interessieren, wenn das Mädchen Amerikanerin war. Ich sah dann keine Logik, hütete mich aber, den kleinen Funken von Interesse in ihm auszublasen. Als er den nächsten Satz sagte, starrte er mich feindselig an.

»Es ist Ihnen doch klar, daß nichts von dem, was Sie da sagen, auf ein Verbrechen hinweist, nicht einmal auf eine Übertretung.«

»Aber ich bin mir ganz sicher, daß sie nie abgereist wäre, ohne es mich wissen zu lassen«, wiederholte ich hartnäckig.

»Die Geschichte mit dem Citroën ist interessant. Das zeigt, daß sie nicht von hier ist.«

»Wieso?« Ich verstand nicht, wieso er plötzlich das Thema des stehengelassenen Autos anschnitt.

»Weil, wenn sie den Citroën irgendwo hier gemietet hatte, das Natürlichste gewesen wäre, diese Leute anzurufen, damit sie das Auto bergen würden. Sagen Sie, dieser Grieche, dieser Antonopoulos, mit dem Sie im Hotel gesprochen haben – könnte das nicht der Mann sein, den Sie in Kairo vor Ihrem Haus gesehen haben?«

»Das weiß ich eben nicht«, gab ich widerstrebend zu. »Der *khamsin* blies wie der Teufel und die Windschutzscheibe war arg verklebt. Alles was ich sah, war eine Hand, die von innen daran herumwischte.«

»Die Hand. Hatte sie Goldringe an den Fingern?«

Wenigstens sah es so aus, als habe Stark mir zugehört. Ich hatte nebenbei die Goldringe an Mr. Antonopoulos Händen erwähnt, als ich von der Bar im King Solomon gesprochen hatte. Ich überlegte kurz und schüttelte dann den Kopf.

»Ich habe keine Ahnung. Die Sache schien mir nicht wichtig.«

»Der jüdische Empfangschef im Solomon. Glauben Sie, er hat Ihnen die Wahrheit gesagt – über den Telefonanruf und die Frau mit dem Koffer?«

»Ich habe ihm geglaubt, warum nicht?« Ich war völlig verblüfft: Stark sprang wie ein Grashüpfer in meiner Geschichte herum. Und warum zum Teufel sollte mir der Mann an der Rezeption einen Bären aufbinden? Stark ignorierte meine Frage, sog an seiner Pfeife und prüfte seine Notizen.

»Ich glaube, das ist alles«, sagte er in endgültigem Ton. »Ich begreife immer noch nicht, wo man sich da Sorgen machen soll. Ganz offensichtlich hat sie beschlossen abzuhauen, ohne Ihnen was zu sagen. Sie hat sie ja kaum gekannt, und – nehmen Sie's mir nicht krumm – es kann doch auch sein, daß sie Sie nicht besonders gut leiden konnte. Da ist sie abgezischt. Das kommt immer wieder vor, auf der ganzen Welt, jeden Tag und jedes Jahr. Was sagen Sie dazu?« Er sah mir in die Augen, dann auf seine Uhr.

In mir erhob sich das Gefühl der Verzweiflung und ich fühlte, wie ich anfing, wirklich wütend zu werden. Ich sah mich vor, etwas davon merken zu lassen. Stark war meine einzige Hoffnung, ich konnte es mir nicht leisten, ihn zu verlieren.

»Ja, mag sein, daß es so war – aber was immer noch bleibt, ist das mysteriöse Loch im Citroën.«

»Ja, das Loch, das ist die einzige Tatsache, die für Sie spricht – und das ist in Ägypten passiert. Sie sind jetzt in Palästina.«

Er lehnte sich in seinem Stuhl zurück und kippte ihn, so konnte er sein Käppi erreichen, das an einem Wandhaken hing. Er setzte es sich mit großer Entschiedenheit auf den Kopf, sah mich dabei an, und ich wußte nun, ich hatte versagt, es war mir nicht gelungen, ihn zu überzeugen. Er wollte weggehen, er entließ mich. Langsam erhob er sich, er war wie ein Preisboxer gebaut, seine Bewegungen waren bombastisch. Man brauchte ein Elefantengewehr, um ihn zum Schwanken zu bringen. Dann, als er sich zur Türe wandte, sagte er:

»Wir fangen im Hotel an – ein Wort mit dem Empfangschef.«

Ehe wir das King Solomon erreichten, fing es an zu regnen, ein kurzer, heftiger Schauer, den Stark gar nicht zu bemerken schien, während er mit langsamen behutsamen Schritten dahinmarschierte, so daß ich fast die Geduld verlor und den Adrenalinstoß durch meine Adern pulsen fühlte. Seine einzige Reaktion kam, als irgendwo hinter uns etwas knallend explodierte, es hätte eine Bombe sein können. Er fuhr überraschend schnell herum und griff nach seinem Schulterhalfter. Verschiedene Leute hielten, wie zu Stein erstarrt, unter ihren Regenschirmen inne. Aber es war nur ein knallender Auspuff und bald ging das Leben auf der Straße wieder in seinen gewohnten Bahnen weiter. Als wir die Hotelhalle betraten, hörten die Gäste auf zu sprechen und folgten dem uniformierten Polizisten mit den Augen, der Angestellte hinter dem Empfangstisch runzelte die Stirn, als Stark sich auf die Glasplatte stützte, das Meldebuch zu sich heranzog und darin zu lesen begann, dabei sagte er:

»Ich möchte mit einem ihrer Gäste sprechen – einem Mr. Antonopoulos.«

»Er hat das Hotel verlassen, Sir.«

»Sie wollen sagen, er ist ausgezogen?« Stark lächelte liebenswürdig, als er weitersprach. »Wann war das genau?«

»Innerhalb der letzten Stunde.« Der Mann an der Rezeption warf einen Blick in die Halle und auf die Leute, die zuzuhören versuchten. »Wäre es Ihnen lieber, wenn wir im Büro weitersprechen würden?«

»Oh, nein – ich fühle mich hier recht wohl.« Er betrachtete den jungen Juden, der seine Hornbrille zurechtrückte. »Sie sind Mr. Elias, nicht wahr? Es hat auch eine Miss Grant bei Ihnen gewohnt, oder?«

»Ja, ich habe das Mr. Shand erklärt ...«

»Und Mr. Shand hat es mir erklärt. Seit sie auszog, haben Sie nichts mehr von ihr gehört? Macht nichts. Wie ich verstanden habe, kam die Dame mit ihrem Paß, um den Koffer abzuholen, ja? Nein, machen Sie sich darüber keine Sorgen. Eigentlich interessiert mich Miss Grant gar nicht so sehr.« Ich stand neben ihm und mir schwirrte der Kopf, aber dann stellte er eine Frage, die mir klar machte, wie sehr ich ihn unterschätzt hatte. »Wie lange hatte Mr. Antonopoulos gebucht?«

»Für drei Tage, Sir.«

»Also ist er zwei Tage zu früh abgereist – ist das so?«

»Ja, er hatte sein Zimmer für heute und morgen reserviert, aber er wurde dringend weggerufen.«

»Telephon?«

»Ich weiß nicht, er sagte nur ...«

»Bitte tun Sie mir den Gefallen, geben Sie mir die Meldepapiere und fragen Sie die Telephonzentrale, ob er in den letzten zwei Stunden einen Anruf erhalten hat. Es wäre nett, wenn ich erfahren könnte, woher.«

Während der Empfangschef verschwand, um mit dem Telephonfräulein zu sprechen, studierte Stark das Meldebuch und reichte es mir dann. Antonopoulos war griechischer Staatsangehöriger, Beruf: Direktor. Seine Heimatadresse war in Athen, er gab an, von Ägypten nach Palästina gereist zu sein. Stark riß ein Papier vom Block auf dem Empfangstisch und notierte etwas. Antonopoulos' Paßnummer, nehme ich an. Als der junge Mann zurückkam, sagte er, Antonopoulos habe weder telephoniert, noch sei er angerufen worden. Stark fragte noch dies und jenes, fand heraus, daß der Grieche kein Auto in der Hotelgarage geparkt hatte, und wollte dann den Träger sehen. Die Art, wie er mit dem englischsprechenden Araber umging, war etwas schroff.

»Vor einer Stunde etwa hat ein Gast ganz allein das Hotel verlassen. Er war der einzige, der um diese Zeit das Hotel verließ, und hatte einen dunkelblauen Koffer bei sich, den du wahrscheinlich für ihn getragen hast. Sicherlich erinnerst du dich an ihn.«

»So viele Gäste, Sir.« Der Träger blickte ängstlich zum Empfang, um vom Empfangschef ein Zeichen zu erhalten, was er sagen solle. Stark schob seinen imposanten Leib dazwischen und unterbrach den Augenkontakt. Er sprach jetzt ziemlich brutal.

»Um diese Zeit ist nur ein Gast abgereist, hör auf, dich dumm zu stellen, sonst kriegst du Schwierigkeiten.« Während er kein Auge vom Kofferträger losließ, sagte er über die Schulter zum Empfangschef Elias:

»Geben Sie ihm eine Beschreibung des Herrn, von dem die Rede ist.«

Er wartete, bis Elias Antonopoulos beschrieben hatte, und fuhr eilig fort:

»Jetzt erinnerst du dich an ihn – ich seh's dir an. Wie ist er abgefahren, mit Taxi oder Auto? Du hast doch seinen Koffer getragen, denk mal nach!«

»Mit'm Auto, Sir. Er fuhr's zum Eingang und befahl mir, seinen Koffer von der Rezeption zu holen. Er gab mir eine quittierte Rechnung, um sich zu identifizieren.«

»Was für ein Auto?«

»Ein Renault.«

»Farbe?«

»Grün, Sir.«

»Nummer?«

»Hab' nicht gesehen, so viele Autos ...«

»Aber du hast die Schilder bemerkt – welches Land?«

»Nein, er hat mir ein gutes Trinkgeld gegeben und ...«

»Da hast du so eifrig gezählt, daß du nicht mal bemerkt hättest, wenn es geregnet hätte ...« Stark dankte dem Angestellten am Empfang und verließ das Hotel. Ich folgte ihm schweigend, bis wir außer Hörweite waren.

»Dieser grüne Renault«, setzte ich an, »das könnte doch das Fahrzeug sein, das uns vom Flugplatz bei Lydda her verfolgte.« Es hatte nun aufgehört zu regnen, und ein starker Wind blies alle Wolken davon. Die kleinen Hügel in der Ferne traten hell und klar, wie frisch gewaschen, hervor. Stark antwortete nicht, sondern stapfte schweigend durch die feuchten Straßen. Ich nahm an, wir wären auf unserem Weg zurück ins Präsidium. Ich versuchte nochmals ein Gespräch:

»Sie sagten, Sie wären mehr an Antonopoulos interessiert als an Miss Grant ...«

»Das ist der Eindruck, den ich erwecken wollte. Ich bezweifle, ob der Grieche was mit der Sache zu tun hat, aber da wir nicht wissen, ob dem Mädchen was zugestoßen ist, werden wir den Teufel tun und es jemand auf die Nase binden, bevor wir etwas dagegen unternommen haben. Was den grünen Renault betrifft, davon gibt's Tausende in Palästina. Jetzt zu Ibrahim.«

Als wir die Werkstatt erreichten, arbeitete der Besitzer noch immer an dem Fiat. Ohne große Begeisterung kroch er darunter hervor und fing sofort mit seinem Händewischtrick an. Stark musterte ihn ohne ein Wort.

Dann begann das Wortgefecht. Geführt in schnellem, raschfließendem Arabisch, mit häufigen Einwürfen von Stark, der die Sprache fließend beherrschte, und mancher Protestbewegung von Ibrahim. Ich schnappte nur hie und da einen Satz auf, ich hatte, seit ich mich in Kairo niedergelassen hatte, zu wenig von der Sprache gelernt. Da es die erste Voraussetzung für Einheimische war, wenn sie Angestellte werden wollten, daß sie fließend Englisch sprachen, hatte ich selbst wenig Gelegenheit gehabt, Arabisch zu lernen.

»Haben Sie 'ne Idee, was Miss Grant angehabt haben könnte, als sie kurz nach acht das Hotel verließ?«

»Rehbraune Hose und Hemd, wahrscheinlich ...«

»Das stimmt.« Stark stürzte sich in einen neuen Wortaustausch mit Ibrahim. Der gestikulierte wild mit seinem öligen Lumpen auf die andere Straßenseite hinüber, wo die Kaffeetischchen noch immer auf dem Gehsteig standen. Stark drehte sich langsam um und sah hinüber, während der Araber weiterplapperte, sagte dann ein paar Worte zu dem Garagenbesitzer, überquerte die Straße und betrat das Café. Nach ein paar Minuten kam er wieder heraus, nickte mir zu und schlug eilig die Richtung zum Präsidium ein. Ich hatte Mühe, schrittzuhalten. Er schien von einer Dringlichkeit getrieben, die mir zu denken gab.

»Haben Sie etwas herausgefunden?«

»Ja. Sie hatten in vielem recht – auch damit, daß etwas an Ibrahims Verhalten nicht ganz stimmte. Er leitet seinen kleinen Laden dort und hat keine Lust, in Schwierigkeiten zu kommen.«

»Was für Schwierigkeiten?«

Stark stoppte ein Auto, um die Straße zu überqueren, und setzte dann in halsbrecherischem Tempo seinen Marsch fort.

»Sie hätten Ibrahim fragen sollen, was passierte, nachdem Miss Grant die Garage verlassen hatte. Sie überquerte die Straße, als wolle sie in das Café, aber sie schaffte es nicht. Ein verbeulter alter Ford mit drei Männern darinnen hielt an der Kurve, die Leute sprachen mit ihr und zerrten sie in den Wagen. Sie fuhren eilends ab.«

»Warum zum Teufel hat Ibrahim mir das verschwiegen? Wir haben kostbare Stunden verloren ...«

»Er hatte Angst. Als Toter ist man als Zeuge nicht mehr zu gebrauchen, also sei kein Zeuge. Besonders, wenn die Stern-Bande die Hand im Spiel hat.«

Die Stern-Bande; es lief mir kalt über den Rücken. Von all den extremen jüdischen Untergrundgruppen war das sicherlich die extremste, die war verantwortlich für die brutalsten und erfolgreichsten Bombenattentate in Palästina.

»Was macht Sie so sicher, daß die Stern-Bande im Spiel ist?« fragte ich kurz vor dem Präsidium.

»Ich bin mir nicht sicher – ganz und gar nicht.« Er machte eine Pause. »Aber seine Beschreibung der Männer paßt auf die Beschreibung in den Steckbriefen, die in allen Polizeistationen dieses Landes hängen. Und jetzt haben sie ein amerikanisches Mädchen gekidnappt, Herrgott!, ausgerechnet jetzt.«

Ich hatte keine Zeit, ihn zu fragen, wie er das meinte, denn er rannte die Stufen hinauf und blieb erst bei dem Mann am Pult stehen.

»Geben Sie diesem Mann eine Beschreibung von Miss Grant, so genau Sie können.«

Der Polizist mit dem glatten Gesicht schrieb meine Beschreibung nieder, und ich gab mir große Mühe mit der Genauigkeit. Größe, Gewicht, Alter, Haarfarbe, Augen und die Kleidung, die sie wahrscheinlich getragen hatte. Ich mußte gut gearbeitet haben, denn der gestrenge Stark unterbrach nicht, gab aber dann seine eigene Beschreibung des Fords und wies seinen Untergebenen an, sogleich alle Polizeistationen über Funk zu verständigen. Die Mitteilung endete mit der Warnung vor den drei Insassen des Fords, die mit großer Vorsicht zu behandeln seien, da man vermute, es handle sich um Mitglieder einer jüdischen Terroristenorganisation ...

Ich wartete lange in dem leeren Raum, in den Stark mich gesteckt hatte, und als er wieder hereinkam, war die Luft blau vor Zigarettenrauch. Er runzelte seine Nase und nickte mitfühlend dem überquellenden Aschenbecher zu.

»Sie können jetzt im Hotel weiterrauchen. Ich hab' Sie warten lassen für den Fall, wir würden ein Wunder zustande bringen. – Nun, wir haben keines zustande gebracht.«

»Keine Neuigkeiten – überhaupt keine?«

»Nicht das mindeste. Das kann dauern. Wenn wir hier früher informiert worden wären ...«

»Sie ist also wirklich in Gefahr?« Ich erhob mich und fühlte, wie sich meine Magenmuskeln zusammenkrampften, als ich mir eine neue Zigarette anzündete, er machte eine Pause, ehe er etwas erwiderte. Er schloß die Tür, dann kreuzte er die Arme über der Brust.

»Ich will Ihnen nichts vormachen, Shand. Wenn ich richtiggehe, daß sie in den Händen gewisser Leute ist, dann sind die Aussichten nicht gerade rosig.«

»Aber was zum Teufel können sie denn mit einem solchen Mädchen vorhaben?«

»Ja, das beschäftigt mich auch. Aber die Methoden des jüdischen Untergrunds ändern sich ständig, und man kann kaum Schritt halten. Sie werden Jerusalem natürlich nicht verlassen. – Na gut, dann gehen Sie zurück ins Hotel, am liebsten wäre es mir, sie blieben dort, bis ich mich mit Ihnen in Verbindung setze.«

»Sie können wenigstens was tun, ich kann nur abwarten, nehme ich an.«

»Ja, es gibt wirklich nichts, was Sie tun könnten, Shand.« Wieder hielt er inne und öffnete dann die Tür. »Außer warten – und beten.«

4. Kapitel

Ich wartete 18 Stunden im Hotel, bis ich den Anruf erhielt, der die Krise auslöste. Jede einzelne dieser Stunden kroch nur so dahin. Ich saß die meiste Zeit im Hotel herum und fühlte mich wie im Gefängnis. Natürlich war ich völlig frei, zu gehen und die Stadt zu erkunden, aber ich hatte wenig Lust, Sehenswürdigkeiten zu betrachten, und verbrachte den Hauptteil der Zeit auf Wache im King Solomon. Das war der Ort, wo man mich zu erreichen versuchen würde – d.h., Sergeant Stark würde sich dort melden, wenn sich irgend etwas ereignete –, und jedesmal, wenn die Atmosphäre des Hotels mich mit klaustrophobischen Gefängnisvorstellungen zu ersticken schien und ich hinausstrebte, fiel mir im letzten Augenblick ein, daß vielleicht gerade in diesem Moment Stark anrufen und nach mir verlangen könnte.

Am Morgen erhob ich mich früh und kaufte vor dem Frühstück die Montagausgabe der *Palestine Times.* Ich las die Zeitung genauestens, während ich meinen Kaffee trank. Nirgends wurde eine Amerikanerin erwähnt, die man gekidnappt hatte, und daraus ersah ich, daß Stark sich wenigstens im kleinen durchgesetzt hatte und verhindern konnte, daß die Sache an die Presse durchsickerte. Das war in dieser Stadt, in der die Gerüchte mit derartiger Geschwindigkeit verbreitet wurden, keine leichte Sache gewesen, und ich verstand nun auch die Art, mit der er Elias von der Rezeption behandelt hatte. Als Stark Elias verhört hatte, hinterließ er bei diesem den Eindruck, als sei er mehr an Mr. Antonopoulos als an Miss Grant interessiert, und das war gut, denn um so leichter war es für ihn, die noch ahnungslosen Kidnapper zu jagen. Um 11 Uhr rief ich Stark vom Hotel aus an, einen Anruf, den ich bereits dreimal unterdrückt hatte. Ich rief von meinem Zimmer aus an und sah mich gut vor, was ich sagte.

»Hier spricht Shand. Was Neues?«

»Woher rufen Sie an?«

»Aus dem Hotel, ich bin in meinem Zimmer.«

»Noch nichts. Ich hab' das auch nicht erwartet. Rufen Sie mich nicht mehr an, ich rufe Sie an ...«

Er legte auf, und ich bemerkte, daß Stark noch vorsichtiger war als ich selber, wahrscheinlich, weil alle Anrufe die Telephonzentrale des Hotels passieren mußten. Um kein Mißtrauen wegen meines ständigen Herumsitzens zu erregen, gab ich meinen Schlüssel ab und setzte mich für eine Weile in ein gegenüberliegendes Café, von wo aus ich den Eingang kontrollieren konnte, falls Stark auftauchen würde. Das Shalom war ein kleines jüdisches Café mit einem Dutzend Tischchen im Inneren und ein paar draußen unter einer gestreiften Markise. Junge jüdische Burschen und Mädchen saßen und tranken Kaffee, die Männer trugen trotz des kühlen Morgens kurze Hosen. Sie diskutierten Neuigkeiten aus der Zeitung in ihrer eigenen Sprache, und das irritierte mich, da ich mich gern durch ihre Konversation hätte ablenken lassen. Nach einer halben Stunde kehrte ich zurück ins Hotel, wagte aber nicht zu fragen, ob jemand für mich angerufen hatte. Wortlos reichte man mir meinen Schlüssel, und ich ging hinauf in mein Zimmer. Als ich bemerkte, daß ich nichts zu lesen hatte, ließ ich ein wenig Zeit verstreichen und kam wieder herunter. Ich ging geradewegs in die Bar.

Beim Mittagessen war der Speisesaal beinahe leer, und ich aß fast als einziger, das betonte den leeren Platz mir gegenüber um so mehr. Unglücklicherweise hatte gerade jetzt, wo ich mich nach einer mich umgebenden Menschenmenge sehnte, ein großer Exodus stattgefunden. Es war fast zwei, als ich zum hundertsten Mal durch die leere Halle schritt, um eine weitere Stunde meiner Zeit in der Bar totzuschlagen. Zufällig schaute ich mich um, als ich den Eingang zur Bar erreichte, und bemerkte, wie Elias sich über den Tisch lehnte, um festzustellen, wohin ich gehen würde – ein winziger Zwischenfall, der einen aber trotzdem in der Meinung, die man über jemanden hat, noch bestärken kann. Er fing meinen Blick auf und kritzelte etwas auf einen Block.

Um drei Uhr kam der Anruf. Um diese Zeit hatte ich ihn am wenigsten erwartet. Es war Elias, der mich aus der Bar holte, wo ich neben meinem halbgetrunkenen Bier saß.

»Jemand verlangt Sie am Telefon, Mr. Shand ...« Er führte mich aus der Bar, ehe ich fragen konnte, um wen es sich handle. Als ich an den Empfangstisch trat, winkte er mich zu einer der Telefonzellen.

»Bitte nehmen Sie das Gespräch dort, ich brauche den Apparat am Empfang ...« Ich durchquerte die Halle, in der nur drei Leute in den Lehnsesseln saßen, schloß die Tür hinter mir und hob den Hörer ab. Sicher war es Stark. Als ich mich umdrehte, sah ich Elias sein eigenes Telefon benutzen, offenbar las er Dinge von einer Liste ab, die vor ihm lag.

»David Shand am Apparat.«

»Es geht um eine mit ihnen befreundete Person, die verschwunden ist. Keine Namen bitte ...«

»Wer spricht?« Die Stimme war guttural, fast teutonisch in ihrem Tonfall, aber das Englisch klang perfekt. Auf meine Frage wurde der Ton härter.

»Keine Namen, sagte ich! Wenn Sie sie wiedersehen wollen, tun Sie genau, was ich Ihnen sage – und tun Sie es schnell. Schreiben Sie sich die Nummer auf. Haben Sie was zu schreiben?«

»Bleistift.« Ich kritzelte die Nummer auf die Ecke des Telefonbuchs und gab Bescheid, daß ich so weit war.

»Wiederholen Sie sie! Gut. Also, wenn Sie nach diesem Gespräch auflegen, gehen Sie direkt über die Straße ins Shalom. Die haben hinten auf der Theke ein Telefon. Sie rufen die Nummer an, die ich Ihnen gegeben habe, und erhalten Instruktionen, wohin Sie gehen sollen ...«

»Haben Sie die Person, von der wir sprechen, in Ihrer Gewalt?«

»Mein Freund, Sie reden zuviel. Vielleicht sage ich Ihnen mehr, wenn Sie vom Café aus anrufen. Noch eines – Sie werden beschattet. Wenn Sie versuchen, ein anderes Telefongespräch zu führen, ehe Sie das Hotel verlassen, werden wir das wissen – dann wird niemand antworten, wenn Sie diese Nummer anrufen. Sie brauchen nicht zu hasten, aber wir haben Ihr Timing, verstanden? – In drei Minuten müssen Sie anrufen ...«

Er legte auf, ehe ich noch etwas sagen konnte. Ich riß die Ecke vom Telefonbuch ab, steckte den Fetzen ein und legte auf.

Als ich die Zelle verließ, war Elias noch immer damit beschäftigt, von seiner Liste abzulesen, und starrte die Sprechmuschel an, wie manche Leute das machen, wenn sie telephonieren. Wie man mir eingeschärft hatte, durchquerte ich nun die Halle – ich ging ohne Eile und betrachtete die drei Leute, die in den Sesseln saßen, ob einer von denen auf mich angesetzt war? Ich wußte es nicht, keiner sah mich an. Ein junger Araber, der einen Fez trug und eine französische Zeitung las, ein semitisch wirkender Geschäftsmann in einem schweren dunklen Tuchanzug und die Australierin, die mit ihrem Mann Erkundigungen über Haifa eingezogen hatte. Ich hatte am Empfang gehört, wie sie mit Mrs. Grady angesprochen wurde – es schien mir am unwahrscheinlichsten, daß gerade sie mich beobachten sollte.

Sobald ich das Hotel verließ, bemerkte ich einen uniformierten Polizisten, der die Straße hinunterging. Es juckte mich in den Beinen, ihm nachzusetzen, aber wenn sie mich im King Solomon beobachten ließen, dann hatten sie sicherlich auch auf der Straße ein Auge auf mich. Also ließ ich es. Zu dieser Tageszeit war die Sonne auf der anderen Seite, und das Shalom-Café lag im Halbschatten. Die Fenster waren klein, und die noch immer aufgespannte Markise nahm dem Innenraum viel Licht. Nur drei oder vier der Tischchen waren besetzt, keines von denen, die, wie ich mit einem schnellen Blick feststellte, in der Nähe des Telefons standen, das am hinteren Ende der Theke zu sehen war. Ich bekam einen bösen Schrecken, als ich die Tür öffnete, denn die schwarzhaarige Kellnerin sprach soeben am Telefon. Aber als ich eintrat, beendete sie ihr Telefonat. Konnte ich wohl einfach so hineingehen und das Telefon benutzen? Ich beschloß, daß ich das verdammt noch mal konnte. Die Kellnerin, die mich schon morgens bedient hatte, war nicht älter als 20. Sie stand jetzt am anderen Ende der Theke und polierte Gläser. – Keiner der Gäste würdigte mich auch nur eines Blickes, als ich mich der Theke näherte. Zwei waren bärtige Rabbis, die Kaffee tranken und über irgend etwas diskutierten. An den anderen beiden Tischen saßen zwei Liebespaare, die nur Interesse für den geliebten Nachbarn zeigten. Ich fischte mein Zettelchen aus der Tasche und hob den Hörer ab. Auf meiner Uhr waren 2½ Minuten vergangen, seit ich das Hotel verlassen hatte. Dieselbe gutturale Stimme antwortete:

»Wer spricht?«

»Shand ...«, murmelte ich.

»Sie steigen in das Taxi, das vor dem Café wartet ...«

»Da ist keins«, sagte ich mit der Hand über der Muschel.

»Schaun Sie aus dem Fenster ...« Die Stimme klang ungeduldig. Ich sah mich um, an der Kurve, die zuvor leer gewesen war, stand Jetzt ein Taxi.

»Gut, jetzt ist eins da ...«

»Sie steigen in das Taxi, sobald wir hier zu Ende gesprochen haben. Sagen Sie dem Fahrer, er soll Sie zum Jordan Gate bringen. Wenn er anhält, zahlen Sie ihn. Dann steigen Sie aus und warten. Warten Sie genau dort, wo er Sie absetzt.«

»Mir gefällt das alles nicht ...«

»Es ist die einzige Möglichkeit ...«

»Lassen Sie sie ans Telefon, wenn Sie sie wirklich haben ...«

»Tun Sie, was ich Ihnen gesagt habe!« Die Stimme machte eine Pause, aber nur sekundenlang. »Wir haben Miss Grant nicht, wissen aber, wo sie sich aufhält. Wenn Sie die Polizei anrufen, unternehmen wir nichts – und Sie werden sie niemals wiedersehen – lebendig!«

»Ist sie in der Stadt?«

»Mr. Shand!« Seine Stimme wurde brutal, »wenn Sie ihr

Leben retten wollen, halten Sie sich an meine Instruktionen, ohne zu fragen. Es bleibt nur noch wenig Zeit. Wir rufen Sie an, weil wir Ihre Hilfe brauchen – und Miss Grant braucht Ihre Hilfe. Sie ist ernstlich in Gefahr. Ehe Sie das Café verlassen, vergessen Sie nicht, für das Gespräch zu zahlen – und bitte gehen Sie unauffällig hinaus. Alles muß ganz normal wirken. Aber steigen Sie sofort ins Taxi. Ist das abgemacht? Also schnell, bitte!«

»Ja.«

Die Leitung war tot. Minutenlang hielt ich den Hörer ans Ohr, um Zeit zu gewinnen. Wahrscheinlich saß jemand hier im Café. Mir gefiel die Sache wenig, und mein erster Impuls war, Stark zu benachrichtigen. Ich konnte das wartende Taxi dazu benutzen, um mich ins Präsidium fahren zu lassen. Ich konnte ihm erst das Jordan Gate angeben und dann, wenn wir losfuhren, die Richtung ändern lassen. Aber ich verwarf den Gedanken sofort, wahrscheinlich war auch der Fahrer einer von ihnen. Ich legte den Hörer auf. Die Kellnerin stand neben der Tür und hatte etwas frische Luft hereingelassen. Ich fragte sie, was ich ihr schulde, und gab ihr den genauen Betrag. Noch immer spielte ich mit dem Gedanken, mich an Stark zu wenden, aber als ich aufschaute, lächelte sie mir ermunternd zu. Ich habe keine logische Erklärung dafür, warum mir dieses Lächeln zur Entscheidung verhalf. Ich trat zu dem wartenden Taxi, stieg ein und verlangte, es solle mich zum Jordan Gate bringen.

Wir näherten uns der Altstadt, als ich Stark in einem Jeep entdeckte. Die altmodische Taxe blieb stehen, als der Verkehrspolizist die Autos der anderen Richtung über die Kreuzung winkte, der Jeep kam neben uns zum Stehen, zwei Männer saßen darin, und Stark war der Mann neben dem Fahrer. Ich hätte das Fenster herunterkurbeln und, während wir warteten, mit ihm sprechen können. Da fing ich den Blick meines Fahrers auf, der mich im Rückspiegel beobachtete. Es war ein ältlicher Mann, der eine Mütze trug und einen zerzausten Schnurrbart hatte, sein Blick entzog sich mir wieder, als sich unsere Augen begegnet waren. Ich drückte mich in die Ecke, damit Stark mich nicht entdecken konnte, und versuchte zu entscheiden, was ich nun tun sollte. Instinktiv wußte ich, daß dies ein ungemein wichtiger Augenblick war. Ich mußte mich entscheiden, ob ich Stark trauen wollte, der offenbar Lynn noch nicht gefunden hatte, oder jenen fremden Menschen, die vorgaben, sie gefunden zu haben. Ich hielt mich weiter in der Ecke, bis uns der Verkehrspolizist ein Zeichen zum Weiterfahren gab. Als ich dann wieder in den Rückspiegel blickte, war der Jeep verschwunden.

Natürlich hätte Stark meinen Taxifahrer festnehmen und durch den Fleischwolf drehen können, aber mir war mittlerweile klar geworden, daß ich mich in den Händen einer gut organisierten Macht befand. Wenn der Fahrer nichts sagen wollte, würde er schweigen. Er sah recht robust aus, und wer konnte ihm etwas beweisen? Vor dem Shalom war ein Taxistand, er brauchte also nur zu sagen, er habe auf Kunden gewartet, ich sei eingestiegen und habe verlangt, zum Jordan Gate gefahren zu werden.

Als ich mir die Ereignisse der letzten halben Stunde durch den Kopf gehen ließ, wuchsen die Tentakel der Organisation in meiner Vorstellung noch mehr. Sie hatten nur drei Minuten gegeben, um vom Hotel ins Café und ans Telefon zu kommen. Was wäre gewesen, wenn jemand gerade das Telefon im Café benutzt hätte? Sie hatten an alles gedacht, das Mädchen hatte das Telefon für mich freigehalten – sie hatte später gelächelt, als sie mein unentschlossenes Gesicht sah. Stark könnte kaum etwas Konkretes gegen sie vorbringen – Anklage wegen Benutzung des Telefons? Es gab Zeugen im Café, die hatten gesehen, wie der Engländer das Café betrat, telefonierte, zahlte, ging. So einfach war das und so geschickt gemacht.

Während ich all das in meinem Kopf bewegte, zündete ich eine Zigarette an, um meine Nerven zu beruhigen, dabei bemerkte ich, wie feucht meine Handflächen waren. Wie verdammt geschickt sie alles eingefädelt hatten, hatten mir keine Zeit zum Nachdenken gelassen, hatten mich hineingehetzt, Hals über Kopf. Selbst der Anruf im King Solomon war geschickt geplant gewesen. Der Anrufer hatte darum gebeten, das Gespräch in eine Zelle zu legen, dort konnte man mir nicht zuhören, mich wohl aber beobachten. Man sagte mir nur ganz wenig, aber genug, um mich über die Straße ins Café Shalom zu locken, dort konnte man mir ungestört etwas mitteilen, denn der Anruf lief nicht über die Zentrale des Hotels.

Alles war unheimlich und ein wenig erschreckend. Zum ersten Mal dachte ich daran, daß es besser sei, mit dem Grübeln aufzuhören, und ich tat das, was ich schon längst hätte tun sollen: Ich sah aus dem Fenster, um festzustellen, wohin wir eigentlich fuhren.

Natürlich war es längst zu spät, wir hatten den Teil der Stadt, den ich vage kannte, längst hinter uns gelassen und befanden uns schon inmitten der Altstadt. Wir fuhren noch immer in normalem Tempo. Als wir eine schmale, mit Kopfstein gepflasterte Straße hinunterfuhren, fielen die Häuserschatten auf uns, und die Sonne verschwand. Die Straße war eng, und wir holperten dahin, an hohen Steinmauern vorbei, die sich zu beiden Seiten erhoben. Verschleierte Araberinnen mußten sich hastig in die Türbogen retten, um uns vorbeizulassen, und bald waren die Mauern so eng, daß man das Gefühl hatte, man fahre in einer Schlucht. Einer Schlucht mit winzigen Fensterchen und den rauhen Mauern einer Schloßbefestigung. Weiter ging es durch ein Gewirr ähnlicher Straßen, und ich wußte, nie würde ich Stark die Route beschreiben können, selbst wenn er mich durch ganz Jerusalem schleifte. Immer weniger arabische Frauen, immer weniger Männer mit Handkarren waren zu sehen. Ich begann mich noch ungemütlicher zu fühlen, als ich bemerkte, wie wenig Menschen auf den Straßen waren. Es war später Nachmittag, also noch taghell. Dennoch sah es aus, als führen wir durch eine verlassene Stadt. Ich beugte mich vor, um ihn zu fragen, wohin wir führen, als er plötzlich an einer einsamen T-förmigen Kreuzung hielt. Es sah ganz so aus, als wäre ich in eine Falle gegangen.

»Wo ist das Jordan Gate?« fragte ich, als ich ausstieg.

»Hier wollten Sie doch hergebracht werden.«

Ich zahlte, und er fuhr weg und überließ mich mir selbst. Nichts war zu sehen, was auch nur im entferntesten Jordan Gate hätte sein können. Er hatte mich auf einem schmalen Gehsteig abgesetzt, der höchstens 35 Zentimeter breit war und die gewundene Straße säumte, durch die wir gekommen waren. Links und rechts von mir verlief die andere Straße aus verfallenen Steinquadern, auf denen Staub lag, nur ein paar Meter geradeaus und verschwand dann hinter Kurven. Hinter mir hob sich etwas, was einer Stadtmauer glich, etwa zehn Meter hoch und endete in einem Wehrgang. Mir gegenüber gab es nur alte Steinhäuser mit wenigen Fenstern. Zu meiner Rechten konnte ich etwas entfernt einen Türbogen sehen, der auf einen gepflasterten Hof führte, die großen Flügeltüren standen offen. Aber das war alles, nirgends war ein Bauwerk zu sehen, das Jordan Gate hätte genannt werden können.

Fast war ich überzeugt, daß ich es nur als Reiseziel hatte angeben müssen, falls jemand zugehört hatte und daß man mich dagegen in einen völlig anderen Teil der Stadt gebracht hätte. Der Ort, an dem ich wartete, schien völlig verlassen, kein Verkehrsgetöse, kein Vogelruf stieg an mein Ohr, nicht einmal ferne Schritte waren zu vernehmen, die mir die Sicherheit gegeben hätten, daß Menschen in der Nähe waren. Es war warm und still, sehr, sehr still. Ich wartete, wartete über 10 Minuten, das war mir befohlen worden: »Warten Sie dort!« Zum zweiten Mal betrachtete ich die Wand hinter mir, ich konnte mich dem Gefühl nicht entziehen, daß ich beobachtet wurde. Dann hörte ich Schritte – sie kamen von links.

Ein junger Mann ohne Kopfbedeckung, dunkelhaarig und bleich, kam um die Ecke. Er kam den Gehsteig auf meiner Seite entlang! Er ging mit gesenktem Kopf und pfiff vor sich hin. Als er näher kam, blickte er die Straße herunter, als wolle er feststellen, ob niemand in der Nähe wäre. Er mußte an die 18 sein, ein häßlich aussehender Kerl. Instinktiv machte ich mich auf eine Attacke gefaßt. Da ich die ganze Breite des Gehsteigs einnahm, mußte er in die Gosse treten, um vorbeizukommen, aber er tat dies etwas zu spät und stolperte über den Randstein, verlor die Balance und streckte die Hände aus, um sich zu stützen. Diese Hände griffen nach mir und brauchten zu lange, um sich von mir zu lösen, ich schüttelte mich frei und ballte die Faust, um dem, wie ich dachte, frechen Taschendieb eine zu verpassen.

»Laß das!« warnte ich. »Hau ja ab!«

Während er noch schwankte, prüfte ich den Inhalt meiner Tasche: Geldbeutel, Paß, alles da! Erst später begriff ich, daß diese kleine Pantomime aufgeführt worden war, um festzustellen, ob ich eine Pistole bei mir trug. Dann sprach er – er sprach Englisch.

»Verzeihung. Wollen Sie einen Führer zu den Sehenswürdigkeiten, Mister? Ich zeige Ihnen Kirchen, Gräber, alles. Billig – billig. Ich zeige Ihnen heute abend noch bessere Dinge – kenne einen Club ...«

»Ich habe gesagt: Hau ab!«

Er zuckte mit den Schultern und machte ein verächtliches Gesicht, dann wanderte er die Straße entlang, er pfiff laut, als er an dem Torbogen mit den geöffneten Türen vorbeikam. Ich fluchte vor mich hin und schaute auf die Uhr. Fünfzehn Minuten waren vergangen. Allmählich kam mir der Verdacht, daß man mich an diesen öden Ort gebracht hatte, um mich vom Hotel fernzuhalten. Ich konnte mir keinen Grund dafür vorstellen. Und dann hörte ich neue Schritte aus der gleichen Richtung, aus der auch der junge Mann gekommen war.

Der Neuankömmling war ein älterer Mann mit einer Leinenjacke, die offenstand und, während er ging, flatterte. Ein breitkrempiger Strohhut saß ihm im Nacken. Wieder war er auf derselben Gehsteigseite. Er ging langsam und sah aus, als sei er ganz in Gedanken verloren. Aber wie der junge Mann, warf er einen schnellen prüfenden Blick in die Runde. Er schlurfte beim Gehen, und ich fragte mich, ob er wohl betrunken sei. Er sprach mich an, ohne stehenzubleiben.

»Folgen Sie mir, Shand! Schnell!«

Wieder passierte alles so rasch, daß ich reagierte, ehe ich denken konnte. Er führte mich ein Stück weiter und durch den Türbogen und die Doppeltüren in den Hof hinein. Ein alter grauer Lieferwagen stand etwa zwei Meter vom Eingang entfernt, seine geschlossenen Hintertüren uns zugewandt. Ich erhaschte einen kurzen Blick auf arabische Schriftzeichen und einen ungeschickt gezeichneten Laib Brot. Ein Brotwagen. Ein arabischer Bäckerwagen. Der Fremde war nur ein paar Meter voraus, er schlug krachend gegen eine der Autotüren, als er vorbeiging, und auf das Signal hin öffneten sich die Türen. Sie flogen auf. Im Inneren saßen verschiedene Männer in europäischen Kleidern auf einer niedrigen Bank. Sie trugen arabische Kopfbedeckungen. Der mir am nächsten Sitzende hielt eine Maschinenpistole direkt auf mich gerichtet und rief auf Englisch:

»Kommen Sie rasch herein!«

Ich zögerte keinen Augenblick; das britische Armeemaschinengewehr glotzte mich an, und wie ich bemerkte, war das Magazin wohlgefüllt. Ich kroch hinein, gebeugt, um mich nicht an dem niedrigen Dach zu stoßen, und die Männer rückten zusammen, um mir Platz zu machen. Wieder sprach der Mann mit dem Maschinengewehr.

»Setzen Sie sich! Es wird Ihnen nichts geschehen, aber Sie müssen sich die Augen verbinden lassen, Sie dürfen nicht sehen, wohin wir fahren.«

»Ich gehe nicht aus Jerusalem fort.«

Nun, das war keine allzu kluge Bemerkung: Ich ging genau dorthin, wo sie mich hinbringen wollten. Ich setzte mich, die Türen knallten zu, und der Wagen war bereits in Bewegung, setzte nach hinten, drehte und fuhr los. Der

Mann zu meiner Linken hatte mir mit einem bereitgehaltenen Tuch die Augen verbunden. Ich spürte den Lauf der Waffe in meinem Magen und ließ es geschehen, mit dem Ergebnis, daß ich überhaupt nichts sehen konnte. Außerdem war es zu fest zugeknotet. Ich drehte mich dem Mann links von mir zu, oder dorthin, wo ich ihn vermutete, und sagte, während das Gefährt seine Fahrt beschleunigte:

»Das verdammte Ding wird mir Kopfschmerzen machen.«

Finger schoben sich unter das Tuch, um meine Aussage zu prüfen. Dann lockerte man das Tuch, aber nur ganz gering. Der Wagen schwankte, und eine Hand hielt mich fest, damit ich nicht hinfiel.

Ich versuchte zu behalten, in welcher Richtung die Kurven verliefen. Ich hatte die schwache Hoffnung, Stark könne die T-Kreuzung wiedererkennen und ergründen, wohin man mich dann gebracht hatte, aber bald gab ich auf. Zu viele Kurven, vielleicht auch Abbiegungen. Der Wagen fuhr mit ganz verschiedenen Geschwindigkeiten: manchmal sehr schnell, manchmal mit normaler Geschwindigkeit, und einmal hielt er an, und ich hörte draußen Verkehrslärm. Wir mußten an einer Kreuzung angehalten haben. Während wir stillstanden, legte sich eine Hand fest über meinen Mund, eine Hand, die nach Nikotin schmeckte, und eine Stimme flüsterte in mein Ohr.

»Still, und nichts wird Ihnen geschehen.«

Während wir hielten, hörte ich, als der Verkehrslärm kurz nachließ, wie schwer die Männer um mich her atmeten und wie sie sich räusperten. Die Spannung der Männer übertrug sich auf mich. Ich fühlte mein Herz klopfen wie verrückt. Ich war froh, als wir weiterfuhren, die Hand löste sich von meinem Mund. Um mich zu beruhigen, versuchte ich nachzudenken. Ich war in den Händen einer arabischen Bande – das schloß ich aus dem Brotauto und den Kopfbedeckungen. Erst hatten sie Lynn geschnappt, und dann hatten sie sie als Köder für mich benutzt; und nun hatten sie mich. Ich konnte mir nicht vorstellen, wofür sie uns haben wollten, bis es mir durch den Kopf schoß, daß sie vielleicht für irgend etwas Geiseln brauchten. Diese Aussicht behagte mir so wenig, daß ich an etwas anderes zu denken versuchte, aber wenn man nichts sehen kann, ist es schwer, sich den Ängsten zu entziehen. Ein Geruch nach schimmligem Mehl traf meine Nase und irritierte mich; nun entsann ich mich, daß der Boden bemehlt ausgesehen hatte, als ich einstieg. Das Maschinengewehr überraschte mich nicht im geringsten, ich wußte, daß alle möglichen Leute im Mittleren Osten Waffen aus britischen Armeedepots durch Plündern an sich gebracht hatten. Die meisten davon waren recht ungemütliche Gesellen, und ich hoffte, daß der Araber nicht noch immer seinen Waffenlauf gegen meinen Bauch gerichtet hielt. Der Wagen holperte und sprang über unebenes Gelände. Dann nahm die Fahrtgeschwindigkeit wieder zu. Als er erneut abbog, wäre ich ums Haar kopfüber von der Bank gestürzt, trotz der Hand, die mich festhielt. Aber eine andere Hand kam dazu, und ich wurde zurückgeschleudert gegen die Außenwand des Wagens.

Um meine Angst in Schach zu halten, begann ich zu rekonstruieren, was nun genau an der T-Kreuzung geschehen war, an der der Taxifahrer mich hatte aussteigen lassen. Wieder war alles glänzend vororganisiert worden: der junge Mann, der über mich stolperte, war ein Wachtposten, den man entsandt hatte, um das Terrain zu sondieren. Hätte es einen Polizeihinterhalt zu meiner Bewachung gegeben, wären die Beamten bei seinem Auftritt über ihn hergefallen, hätten sich dadurch verraten, ihm aber nichts nachweisen können. Als das klar war, war die Zeit für den Strohhutmann gekommen, der mich in den Hinterhof brachte. Wäre der junge Mann draußen hops genommen worden, wären die Männer aus dem Brotwagen gewiß durch einen zweiten Eingang des Hofes leise davongeschlichen. Zug um Zug schützten sie sich vortrefflich. Es war fast wie bei einer Widerstandsbewegungsgruppe im Krieg. Ich schätzte die Chance für Stark, die

Bande aufzuspüren, nicht gerade hoch ein. Dieser Gedanke deprimierte mich. Natürlich bestand die Möglichkeit, jeden Augenblick von einer Polizeikontrolle gestoppt zu werden. Aber ehrlich gesagt, glaubte ich nicht allzu sehr daran. Ich saß da, die Hände im Schoß gefaltet, um den Arabern meine schweißnassen Handflächen zu verbergen.

Der Wagen verlangsamte sein Tempo, drehte links ab und holperte mit den Vorderrädern über ein Hindernis, vielleicht die Gehsteigkante. Als wir zum Stehen kamen, schalteten sie den Motor ab. Ich hörte einen dumpfen Schlag, als schließe man eine schwere Tür. Sicherlich befanden wir uns in einem anderen Innenhof, in guter Deckung. Ich hörte, wie sich die Hintertüren des Lieferwagens öffneten, und frische Luft strömte herein und vermischte sich mit den Gerüchen des schimmeligen Mehls und mit Benzindämpfen. Dann half man mir auszusteigen. Ich fühlte Pflastersteine unter mir. Von beiden Seiten wurde ich am Arm geführt und in eine bestimmte Richtung gedrängt. Wir stiegen ein paar Stufen hinauf. Ich zählte vier, stolperte über eine Schwelle, fühlte nun Stein oder Beton unter den Sohlen und wurde auf einen harten Stuhl gesetzt. Eine Tür fiel krachend ins Schloß, jemand nahm mir die Binde von den Augen.

5. Kapitel

Ich befand mich in einem Zimmer mit steingemauerten Wänden, etwa sechs auf sechs Meter groß, dessen Kahlheit mich an das Büro von Sergeant Stark erinnerte. Nur glich dieser Raum noch mehr einem Burgverlies,und sicher war er vor einigen hundert Jahren gebaut worden. Der gedrungene, kräftige Mann, der am anderen Ende des rohgezimmerten hölzernen Tisches saß, beobachtete mich durch dunkle Brillengläser, während ich mich im Raum umsah. Das einzige Fenster, ein vergittertes Loch, von außen mit Läden geschlossen, lag direkt über seinem Kopf. Die einzige Lichtquelle, eine nackte Birne, schaukelte an einem neu verlegten Kabel von der Decke. Der Tisch und die beiden Stühle, auf denen wir saßen, bildeten das ganze Mobiliar. Als ich mich weiter umsah, entdeckte ich hinter mir den Mann, der das Maschinengewehr gehalten hatte und sich nun an die kleine, mit Nägeln beschlagene Tür lehnte. Ohne seine arabische Kopfbedeckung wirkte er völlig europäisch. Die Atmosphäre in dem schlecht erleuchteten Raum war unheimlich, die Stille so bedrückend, daß man hätte glauben können, man befinde sich meilenweit von der Stadt entfernt auf dem Lande. Aber an der Größe der Steinquader, aus denen die Mauern des Zimmers bestanden, erkannte ich, daß wir uns eher in der Stadtmauer der Altstadt selbst befanden, in jener Festungsanlage, die die heilige Stadt jahrhundertelang geschützt hatte. Der Mann betrachtete mich weiter und stieß eine Zigarettenpackung über den Tisch.

»Zigarette?«

»Danke.« Ich nahm kommentarlos eine Zigarette und bemerkte, daß es ein Zigarettenpäckchen der Britischen Armee war. Er mußte meinen Gesichtsausdruck gedeutet haben, denn er sagte, als er sich über den Tisch beugte und mir Feuer gab:

»Wir stehlen eure Gewehre, nicht aber eure Zigaretten. Ein Freund von mir dient noch immer in der Britischen Armee. Und weil er selbst nicht raucht, gibt er seine Ration an mich weiter. Ich habe in der Armee, als ich selbst gedient habe, Geschmack an dieser Marke gefunden.«

Ich nickte wieder kommentarlos, meine Augen wanderten zur Wand, an der unter dem vergitterten Fenster eine Fahne hing. Das Tuch war mit dem Davidstern bestickt. Als sie mich kidnappten, hatte ich mich schwer getäuscht mit der Annahme, den Arabern in die Hände gefallen zu sein – sicher war das beabsichtigt gewesen. Ich stellte mir vor, daß sie mich unterwegs, wenn es Schwierigkeiten gegeben hätte, freigelassen hätten, um sich selbst in Sicherheit zu bringen. Statt dessen stellte sich nun heraus, daß ich der jüdischen Terroristenorganisation in die Hände gefallen war, deren schlimmer Ruf im ganzen Mittleren Osten bekannt war. Ich saß und rauchte die vertraute Zigarette, ich hütete mich wohl, etwas zu sagen, denn was immer man in solch einer Situation zuerst sagte, könnte falsch sein. Der Mann, den ich vor mir hatte und den ich für das Haupt der Bande hielt, war Anfang 40, hatte einen großen Kopf und eine dunkle Gesichtsfarbe. Er trug einen dunkelblauen Anzug, der schon recht schäbig aussah und am rechten Ärmel staubig war. Wie sein Haar, waren auch die Augenbrauen über der dunklen Brille schwarz und dicht, und obgleich er glatt rasiert war, erriet ich von der bläulichen Färbung seines Kinns, daß er sich täglich wohl zweimal rasieren mußte.

»Sie wissen, wer wir sind?« fragte er, als ich noch immer nichts sagte. »Sie erkennen unsere Fahne?« Sein Englisch war perfekt, aber er sprach mit leichtem Akzent, seine Stimme klang tief und mächtig.

»Ich nehme an, ich habe es mit der jüdischen Untergrundorganisation zu tun«, sagte ich vorsichtig.

»Wir unterstehen Hagannah. Das ist richtig«, sagte er. »Ich bitte Sie, die etwas dramatische Art und Weise zu entschuldigen, mit der wir Sie hierhergebracht haben, aber es sind schwierige Zeiten für uns. Wenigstens haben wir den richtigen Mann erwischt«, bemerkte er mit beißender Ironie und reichte mir meinen Paß, der auf dem Tisch lag. Ich hatte nicht bemerkt, daß man ihn mir im Lieferwagen aus der Tasche gezogen hatte. Nun reichte er mir auch meinen Geldbeutel und forderte mich auf:

»Zählen Sie nach!«

»Ich bin sicher, es ist alles da ...«

»Ich sagte, bitte zählen Sie nach!« Seine Stimme wurde scharf. »Wir sind keine niedrigen Diebe wie diese Araber.«

Ich prüfte den Inhalt meines Geldbeutels und stellte fest, daß alles beim alten war. Nun fühlte ich mich irgendwie besser und weniger ängstlich. Ich glaube, das war das Gefühl, das er mir vermitteln wollte, deshalb hatte auch der Mann, der mir im Rücken Wache hielt, sein Gewehr nicht bei sich. Doch in meinem Unterbewußtsein schrillte die Alarmanlage. Ich war während des Krieges von einem Spezialsergeanten des Geheimdienstes darüber aufgeklärt worden, wie man verdächtige Agenten der Gegenseite zum Sprechen bringt. Erst der ›Weichmachprozeß‹ – Zigarette, Schnaps, mitfühlende Behandlung –, später plötzlich die harte Faust, in dem Augenblick, in dem sie einen in Sicherheit gewiegt hatten. Ich konnte nicht einsehen, wieso die Stern-Bande sich nicht ähnliche Techniken angeeignet haben sollte. Ich beschloß, dem Schwarzbebrillten noch in der ›Weichmachphase‹ Kontra zu bieten.

»Vielleicht können Sie mir jetzt sagen, wo sich Miss Lynn Grant befindet?«

»Sie ist in den Händen einer dreiköpfigen arabischen Bande.«

Die Offenheit dieser Erwiderung erschreckte mich. Wieder stieg Angst in mir auf. Dann fragte ich mich, ob ich ihm überhaupt Glauben schenken durfte. Alles lief verkehrt, oder aber Stark tappte in völliger Finsternis. Die nächste Bemerkung meines Gegenübers verwirrte mich, es war, als lese er meine Gedanken.

»Es gibt keinen Grund, weshalb wir Sie belügen sollten«, sagte er ruhig. »Für uns ist es wie für Sie selbst ein großer Kummer, die Dame dieser Gefahr ausgesetzt zu sehen. Übrigens können Sie mich Moshe nennen. Das ist selbstverständlich nicht mein richtiger Name.«

»Also ist sie in Gefahr?«

»O ja. Ich wünschte, Sie würden das begreifen. Die Mentalität eines Arabers ist unberechenbar.«

Da saß ich und rauchte, während er mir zuhörte. Unter der Brille mit der schweren Fassung wirkte seine Nase stark und gewaltig. Sorgenfalten überzogen seine Stirn und liefen von der Nase zu den Mundwinkeln herab. Ich hatte meine eigenen Sorgen, und die Tatsache, daß er mir sein Gesicht zeigte und ich ihn später würde identifizieren können, kümmerte mich in diesem Augenblick wenig. Das hieß natürlich, wenn ich je lebend freikam. Ich nehme an, ich starrte ihm ins Gesicht und versuchte, die Augen hinter den dunklen Gläsern zu ergründen, und wieder schien er meine Gedanken zu lesen.

»Normalerweise hätten wir Ihnen die Augenbinde nicht abgenommen«, sagte er, während seine kurzen dicken Finger mit einer Streichholzschachtel spielten. »Aber in diesem Falle habe ich mich dazu entschlossen, mich Ihnen zu zeigen, es ist von großer Wichtigkeit, daß Sie sich hier sicher fühlen und Vertrauen zu mir fassen. Wie dem auch sei, nach dieser Operation werde ich sowieso in eine andere Gegend versetzt. Ist das Mädchen Ihre Verlobte?« fragte er plötzlich.

»Nein«, ich wollte hinzufügen: nichts dergleichen, aber ich bremste mich noch rechtzeitig. Vielleicht war es wichtig für Lynns Sicherheit, daß diese Leute glaubten, wir wären uns ziemlich nahe. Immer noch tappte ich über ihre Motive im dunkeln. Schließlich fragte ich frech heraus:

»Ich verstehe nicht, wieso Sie sich um sie sorgen.«

»Ihrer Nationalität wegen. Sie ist Amerikanerin, deswegen.«

»Ich verstehe noch immer nicht ...«

»Sie wissen doch, daß im Augenblick die Angloamerikanische Kommission in Jerusalem tagt, um über die Zukunft des britischen Mandats zu entscheiden. Wir kämpfen für einen freien und unabhängigen Staat Israel, und deshalb sind die Amerikaner wichtig für uns. Von ihrer Entscheidung hängt zum großen Teil ab, ob zu unseren Gunsten gestimmt wird – das weiß jeder, und ich enthülle hier keine Geheimnisse. Können Sie sich die Auswirkungen auf die amerikanische Öffentlichkeit vorstellen, wenn sich herausstellt, daß hier soeben ein amerikanisches Mädchen gekidnappt und ermordet wurde? Wenn die britischen Behörden bekanntgeben, daß die jüdischen Terroristen hinter diesem Verbrechen stecken, was dann?«

»Aber die Araber haben sie doch ...« setzte ich an, schwieg aber dann. Es war nicht meine Absicht, auch nur mit einem

Wort seine Entschlossenheit, Lynn zu retten, zu unterminieren. Er schnitt mir von selbst das Wort ab.

»Man hat bereits über Funk an alle Polizeistationen durchgegeben, daß sie in den Händen jüdischer Terroristen sei.« Seine Stimme wurde lauter. »Wenn heute in Palästina irgendein Verbrechen geschieht, nimmt die Polizei stets automatisch an, es wären die jüdischen Terroristen gewesen. Kennen Sie sich gut aus mit der Situation hier, Mr. Shand?«

»Nein«, antwortete ich, ohne es zu wollen, obgleich meine Antwort sicherlich dadurch überzeugend klang. »Um ehrlich zu sein, ich bin weder für noch gegen Sie – ich habe mich nicht genügend mit der Situation auseinandergesetzt, um eine wirkliche Meinung bilden zu können. Und auf jeden Fall habe ich ein gerüttelt Maß an Gewaltanwendung hinter mir. Sechs Jahre beim Militär – mehr als genug für ein ganzes Leben. Ich bin Seismologe, möchte ich bemerken, und kein Politiker.«

»Und Miss Grant – wünschten Sie, sie wäre Ihnen nie begegnet?« fragte er schnell.

»Ach, zum Teufel damit.« Ich schlug mit der Faust auf den Tisch, und der Mann hinter mir machte einen Schritt auf mich zu. »Ich würde alles, aber auch alles tun, um sie aus den Händen dieser Hundesöhne zu befreien. Wieso haben Sie überhaupt so ein Mädchen wie Lynn gekidnappt? Soweit ich informiert bin, hat sie aber schon gar nichts mit Palästina zu tun – sie ist gewiß noch nie zuvor in Jerusalem gewesen. Sie wußte nicht mal, wie sie eine Werkstatt finden sollte, als wir ankamen ...«

»Mr. Shand!« unterbrach Moshe mich sanft. »Wir wünschen aus politischen Gründen, daß dieses Mädchen unverletzt zu uns zurückkehrt – und wir wollen Ihnen helfen. Aber es ist wichtig, alles über sie zu erfahren. Wollen Sie uns alles erzählen, was Sie wissen?«

Ich fing an zu erzählen. Was konnte ich schon verlieren. Was andererseits konnte ich damit gewinnen? Noch immer war ich von Moshes Worten nicht völlig überzeugt. Ich hatte eine Theorie im Hinterkopf: Vielleicht hatte doch eine jüdische Organisation Lynn entführt, sie waren sich nicht sicher, ob sie das richtige Mädchen erwischt hatten, und wollten das von mir erfahren. Also erzählte ich Moshe alles, was geschehen war, seit Lynn an jenem Tag in Kairo in meinem Büro erschienen war. Ich war gut in Übung damit, denn ich hatte alles schon einmal Sergeant Stark vorgetragen. Ich glaube, diesmal berichtete ich klarer und schneller, denn einmal sah ich ihn einen Blick auf seine Armbanduhr werfen, als ob wir uns in Zeitdruck befänden. Dieser Gedanke erschreckte mich, aber er tat nichts, um mich zur Eile anzutreiben, und fragte wenig. Als er auf die Uhr sah, erzählte ich gerade von Antonopoulos, und ebenso wie bei Stark hatte ich das Gefühl, er sei an dem Griechen wenig interessiert. Dann kam ich zum Ende der Geschichte. Während des Erzählens war ich fast fröhlich gewesen, jetzt aber stürzten die alten Sorgen wieder über mich her. Hatte ich ihn überzeugen können? Ich hatte ihm alles über Lynn erzählt, aber das war nicht viel. Jedesmal, wenn ich von ihr berichtete, wurde mir klarer, wie wenig ich von ihrem eigentlichen Hintergrund wußte.

»Ihr Vater, Caleb Grant, ist Seismologe und arbeitet irgendwo im Mittleren Osten, ist das so?« war Moshes erste Frage.

»Ganz richtig.«

»Hat er öffentlich starke pro-jüdische Gefühle geäußert, wissen Sie etwas darüber?«

»Ich habe keine Ahnung.« Meine Ungeduld ging mit mir durch. »Hören Sie mal, jetzt ist wohl kaum der Augenblick – sind wir nicht in Zeitdruck, ich hab' Sie doch auf die Uhr schauen sehen ...?«

»Geduld, Mr. Shand!« Seine Stimme klang nun wieder scharf. »Ich muß soviel wie möglich in Erfahrung bringen, ehe ich das Leben meiner Männer aufs Spiel setze. Sie scheinen nicht viel über diesen Caleb Grant zu wissen. Er scheint eine mysteriöse Figur zu sein, könnte er sich an irgendwelchen Aktivitäten beteiligt haben?«

Innerlich fluchte ich. Was Moshe sagte, war richtig. Ich hätte mich ohrfeigen können, daß mir dieser Teil der Geschichte so gänzlich egal gewesen war. Ganz offenbar ängstigte ihn die Möglichkeit, daß Lynns Vater eine obskure Gestalt war. Ich hoffte nur, ihn nicht damit abgeschreckt zu haben. Ich versuchte, ihn etwas in Sicherheit zu wiegen, und sagte: »Bitte vergessen Sie nicht, daß ich sie nicht sehr gut kenne, und – wenn ein Mann allein mit einem hübschen Mädchen reist, wird er kaum ihren Vater zu seinem bevorzugten Gesprächsthema wählen.«

»Das Problem ist, daß wir uns nicht vorstellen können, aus welchen Gründen eine arabische Bande gerade dieses Mädchen entführt haben sollte. Natürlich tun diese Leute alles für Geld. Sie haben auch schon mehrere Banküberfälle ausgeführt und jüdische Gegenstände dort zurückgelassen, um den Verdacht auf uns zu lenken. Die Problematik des heutigen Palästina ist für solche Leute das reinste Paradies; sie können kriminelle Taten begehen und sie uns in die Schuhe schieben. Man kann sie auch für jegliches Verbrechen mieten, wenn man gut bezahlt. Der einzige Grund, den ich mir vorstellen kann, warum Miss Grant entführt wurde, wäre ein äußerst kaltblütiges ...«

Ich drückte meine Zigarette aus, als sich die Tür hinter mir öffnete, eine Weinflasche wurde hereingereicht, und der Wächter, den Moshe Chaim nannte, brachte sie zum Tisch. Er reichte sie mir und wartete, bis ich daraus trank. Es war Weißwein, und jemand hatte sich die Mühe gemacht, ihn kühl zu halten. Ich hatte es bitter nötig, einen Schluck zu trinken. Moshes Bemerkung lag mir schwer im Magen:

»... ehe ich das Leben meiner Männer aufs Spiel setze.«

So stand es also um die Sache, und ich fragte mich, welche Chancen Lynn hatte, lebend aus der Situation herauszukommen. Ich gab ihm die Flasche zurück und fragte ihn, das Schlimmste erwartend:

»Was für ein kaltblütiger Grund war es, von dem Sie sprechen wollten?«

»Sie könnten sich ausrechnen, wenn die Polizei Miss

Grant in unseren Händen vermutet, dann wäre es ein guter Schachzug arabischer Politik, sie einfach umzubringen.«

»Gerechter Himmel.« Mir wurde fast übel, aber Moshe zeigte kein Mitleid, und später dachte ich, daß er so deutlich wurde, um sich meine völlige Mithilfe zu erkaufen. Außerdem konnte er recht haben. Er sprach und wischte sich mit dem Handrücken den Wein von seinem Mund.

»Solch ein politischer Mord würde nicht nur die Angloamerikanische Kommission gegen uns einnehmen. Er würde uns auch in den Augen jener Leute aus New York anschwärzen, die uns finanziell unterstützen. Wieder erzähle ich Ihnen keine Geheimnisse. Es könnte ein Meisterstreich für die Araber werden, das gebe ich zu.«

»Na, worauf zum Teufel warten wir dann noch, wenn Sie wissen, wo sie ist?«

»Wir warten auf die Dämmerung.«

Ich starrte ihn ziemlich töricht an, als er Chaim die Flasche reichte, der gierig davon trank, sich den Mund wischte und mir dann zuzwinkerte. Chaim war jünger als Moshe, etwa so alt wie ich, er hatte ein langes spitzes Kinn. Er gefiel mir eigentlich gut. Er war nicht ganz so überwältigend wie sein Chef, der den Eindruck machte, als höre er hinter seiner dunklen Brille nicht einen Moment auf, scharf nachzudenken. Moshe erhob sich und sagte etwas auf Hebräisch zu Chaim, der sofort den leeren Stuhl nahm, daraufkletterte, die Fahne von der Wand nahm und sie zusammenrollte. Ich hatte das Gefühl, als würden sie, nachdem sie es verlassen hatten, nie mehr in dieses düstere Zimmer zurückkehren. Oder war das nur der Eindruck, den Sie bei mir zu erwecken beabsichtigten? Immer noch mißtraute ich ihnen, argwöhnte, daß sie vielleicht Lynn doch selbst gefangenhielten. Moshe nutzte diesen Augenblick der Hoffnung, als ich annahm, wir würden nun sogleich zu Taten schreiten und losmarschieren, um mich nun endgültig unter Druck zu setzen.

»Wir müssen eine gute Strecke zurücklegen, also gehen wir jetzt gleich los, aber nur, wenn Sie mir vorher feierlich versprechen, sich an unsere Abmachungen zu halten.«

»Welche Abmachungen?«

Er trat auf mich zu, um meine Reaktionen zu verfolgen. Aus der Nähe gesehen, war er womöglich noch beeindruckender als hinter dem Tisch. Er war einige Zentimeter kleiner als ich, aber viel breiter in den Schultern, die ungeheuer gerade schienen, stehend wirkte sein untersetzter Körper ungewöhnlich mächtig. Sein Gang war ruhig und leicht, er hatte sich körperlich völlig in der Kontrolle, wie es oft bei Männern der Fall ist, die immer auf der Hut zu sein scheinen.

»Kennen Sie irgendwelche Journalisten?« fragte er leise.

»Ich hab' Ihnen doch gesagt, ich bin gerade erst angekommen.« Was wollte er denn jetzt wieder?

»Nicht in Palästina. Außer Landes vielleicht. In Ägypten?«

»Ich kenne Bill Chandler von der United Press in Kairo. Er leitet den Laden dort.«

»Der paßt bestens. Wenn Sie meinen Forderungen nicht zustimmen, werden wir nichts zur Rettung von Miss Grant unternehmen. Wir tun es nur, wenn Sie tun, was ich von Ihnen verlange, nicht umsonst riskiere ich meine Männer. Sind Sie religiös?« Er zog ein kleines in Leder gebundenes Büchlein aus der Tasche. Ich hielt es für die Bibel.

»Im Augenblick nicht gerade besonders.« Ich bemerkte, wie unsinnig das klang. »Ich meine ..., also nachdem meine Eltern bei einem Luftangriff umkamen ... und der Krieg überhaupt ...«

»Ihr Wort genügt.« Er verschränkte die Arme und steckte das Büchlein weg, er schaute mir ins Gesicht. »Ich möchte Sie nicht täuschen, Mr. Shand. Wir werden unser Bestes tun, um Miss Grant lebend zu retten, aber ...« Er legte viel Bedeutung in seine letzten Worte. »... ich kann den Erfolg nicht garantieren. Ich kann es Ihnen nicht versprechen, daß wir sie lebend retten können. Wie ich schon sagte, sind die Araber in ihrer Mentalität unberechenbar. Im Moment halten sie ihre Gefangene in einem einsam stehenden, abgelegenen Haus fest – wir müssen das Haus stürmen, um ...«

»Wäre es nicht besser, wenn Sie mir sagten, wo sie sich aufhält, und ich würde die Polizei verständigen ...« unterbrach ich ihn. Dieser Gedanke hatte sich seit geraumer Zeit langsam in mir entwickelt. Aber Moshe schüttelte ganz entschieden den Kopf.

»Glauben Sie nicht, daß wir bereits selbst auf diesen Gedanken gekommen sind und ihn verworfen haben? Ich muß ganz offen mit Ihnen reden. Das Gebiet, in dem das Mädchen gefangengehalten wird, ist schwierig, und wir sind Experten in dieser Art von Kriegführung. Wenn man nicht ganz behutsam vorgeht, werden die Araber fliehen, Sie werden das Mädchen töten, damit es sie nicht identifizieren kann. Wenn Sie dann noch ein paar jüdische Gegenstände am Ort zurücklassen, ist der unserer Sache zugefügte Schaden irreparabel. Dieses Risiko gehe ich nicht ein! Und Sie müssen sich mit dem Gedanken vertraut machen, daß Miss Grant vielleicht schon tot ist. Deshalb nehmen wir Sie ja mit uns, deshalb brauchen wir Sie. Wir benötigen Sie als Zeugen dafür, was in diesem Haus passieren wird, Mr. Shand.«

»Verstehe«, sagte ich dumpf. Mit ihm zu streiten hatte keinen Sinn, er hatte bereits wieder auf die Uhr gesehen. »Und was soll ich mit dem Zeitungsmann machen?«

»Versprechen Sie mir, einen vollständigen Bericht über den Vorfall zu geben. Erzählen Sie ihm alles – *was auch geschehen mag*. Sagen Sie ihm die Wahrheit, auch wenn das Mädchen bei unserem Versuch, sie zu befreien, ums Leben kommt.«

»Würden sie wagen, sie zu töten, selbst wenn sie umstellt wären?«

»Sie handeln nicht nach Maßstäben, wie sie uns durch unsere Erziehung vorgegeben werden. Es sind seltsame Menschen, von denen man nicht weiß, was sie als nächstes tun werden. Sind Sie mit unseren Bedingungen einverstanden?«

»Ja. Ich setze mich nachher mit Chandler in Verbindung ...«

»Von außerhalb Palästina.«

Ich merkte, daß mein Gesicht starr wurde, und er sah meine Reaktion. Aber er verlangte immer mehr von mir, und soviel ich wußte, hatte er selbst bis dahin nichts weiter getan, als nur immer zu reden.

»Woher wissen Sie denn, wo man Miss Grant gefangenhält – wenn Sie nichts mit Ihrer Entführung zu tun haben?«

Nun war ich an der Reihe, Moshe genau zu beobachten. Er stand direkt unter der Glühbirne, deshalb konnte ich seine Augen, durch die Brillengläser vergrößert, nun deutlich erkennen. Er lächelte grimmig, als ich meinen Verdacht äußerte, und verschränkte die Arme nur noch fester.

»Auf diese Frage habe ich gewartet. Tatsache ist, ich hatte sie schon früher erwartet. Wir wissen das, weil wir die Straßen bewachen. Wir machen es zu unserer Aufgabe, zu beobachten, was auf den Straßen unseres Landes vor sich geht. Wir haben den besten Geheimdienst im Mittleren Osten – selbst Ihr General Dawlish wird mir darin zustimmen ...«

»Herrgott, er ist nicht *mein* General Dawlish – ich habe die Armee vor zwei Jahren verlassen und bin heilfroh darüber ...«

»Ich bitte um Vergebung!« Moshe hob die Hand. »Einer unserer Leute hat einen sandfarbenen Fiat bemerkt, der Richtung Totes Meer gefahren wurde. Drei Araber waren darinnen und ein, wie es schien, arabisches Mädchen, sie trug arabische Kopfbedeckung. Die Aufmerksamkeit unseres Beobachters wurde erregt, als der Wagen von der Hauptstraße abbog und den Weg zu diesem Haus einschlug, das gewöhnlich unbewohnt ist. Er beobachtete weiter. Da sah er, wie einer der Araber das Mädchen herausbrachte, damit sie sich am Brunnen waschen konnte. Sie trug den Kopfputz nicht mehr, und unser Mann erkannte, daß sie Europäerin war.«

»Konnte das nicht gefährlich sein – ich meine, die Tatsache, daß die wissen, daß man sie beobachtet hat?«

»Ja, außer sie wissen es nicht – unsere Beobachter haben sie mit Feldstechern verfolgt. Als die Darstellung der Polizei uns erreichte, wurde ich über den Zwischenfall informiert und prüfte die Sache mit meinen Leuten nach. Seitdem wird das Gebäude ständig bewacht. Das Auto ist noch da, und auch die Araber sind noch da. Glauben Sie mir das?«

»Ja. Aber warum muß ich den Korrespondenten von außerhalb Palästinas anrufen?«

»Wegen der Polizei. Die kontrolliert hier alles – und sie kann alle Telefone abhören. Sie tun es natürlich nicht bei allen, aber wenn Sie später nach Jerusalem zurückkehren, wird man Sie verhören und beobachten. Nur wenn Sie von außerhalb Palästinas anrufen, können Sie sicher sein, daß Ihr Anruf nach Kairo nicht bemerkt wird.«

Das schien mir nun nicht gerade glaubhaft. Aber auf jeden Fall sah ich keinen Vorteil darin, Moshe in diesem Punkt zu widersprechen. Ich konnte jetzt einfach zustimmen und würde später weitersehen. Also schlug ich ein.

»Selbstverständlich sind Sie unser idealster Zeuge«, sagte er ernst, als er mich am Arm faßte und zur Tür führte. »Erstens sind Sie Engländer, zweitens sind Sie unpolitisch, und der Augenzeugenbericht eines Seismologen klingt sicher ungewöhnlich glaubhaft. Als Gegenleistung werden wir alles, was in unserer Macht steht, für Miss Grant tun, das verspreche ich Ihnen.«

»Wie viele Leute werden Sie für den Angriff verwenden?«

»Genug, aber nicht zu viele – zu viele würden das Risiko vergrößern. Sie würden uns leichter kommen sehen. Können Sie mit einem Revolver umgehen? Wenn Sie wollen, geben wir Ihnen einen, wenn wir dort ankommen ...«

»Nein, vielen Dank.« Ich sah die Falle: Würde ich einen Araber erschießen, dann hätte er mich völlig in der Hand. Dann hätte ich eine jüdische Terroristengruppe bei einem bewaffneten Überfall begleitet und hätte ohne Lizenz eine Waffe gegen einen Zivilisten erhoben. An der Tür sagte er, man müsse mir erneut die Augen verbinden, und Chaim wickelte das Tuch um meinen Kopf. Ich fragte Moshe, wie er die Chancen einschätzte.

»Wir werden in der Dämmerung angreifen, und das wird

eine große Hilfe sein. Wir werden unser Bestes tun und – beten.« Er benutzte beinahe dieselben Worte wie Sergeant Stark.

Mit verbundenen Augen half man mir dann aus der Tür und die vier Stufen hinab. Ich fühlte die Sonnenwärme auf der Stirn und wußte, daß es draußen noch immer Nachmittag war. Ein angenehmer Nachmittag – lieber Gott! Nach dem langen Gespräch traf mich die Erkenntnis plötzlich wie ein Schlag – all das war die Realität und schien doch so unwirklich. Im Inneren aber wußte ich wohl, daß es wahr war. Nach der abgestandenen Luft des kleinen Raumes, roch die Luft draußen frisch und süß. Ich hörte irgendwo die Rufe spielender Kinder. Diese unschuldsvollen Geräusche unterstrichen das Alptraumhafte der Sache nur um so mehr. Nachdem die Entscheidung unwiderruflich gefallen war, gingen mir die verschiedensten Zweifel durch den Kopf, tausend Ängste, mich falsch entschieden zu haben, überfielen mich und flüsterten mir zu, ich hätte diesem Plan Moshes niemals zustimmen dürfen.

Wieder half man mir beim Einsteigen in den Lieferwagen, und diesmal griffen die Hände behutsamer nach mir. Ich hörte Chaims Stimme sagen, ich solle mich vorsehen mit dem Kopf an der niedrigen Tür, man setzte mich auf die Bank. Die Tür des Lieferwagens schloß sich, und wieder umgab mich der Geruch des schimmligen Mehls. Aus der Richtung meines Einsteigens schloß ich, daß sie den Wagen gewendet hatten, während ich von Moshe verhört wurde, um schnell abfahren zu können. Es entstand eine Pause – ich nahm an, jemand sah nach, ob die Luft auf der Straße rein war. Dann hörte ich, wie sich schwere Torflügel öffneten und gegen die Wand knallten. Eine Hand hielt mich am Ellenbogen, als wir anfuhren, und langsam bewegten wir uns, wendeten nach rechts und fuhren davon. Es war die entgegengesetzte Richtung; wir waren von links gekommen. Bald stieg die Geschwindigkeit, und wir fuhren in leichten Kurven dahin; ich stellte mir vor, durch Vorstädte Jerusalems.

»Hier ist eine Zigarette«, es war Chaims Stimme. Ich fühlte, wie mir das eine Ende in den Mund gesteckt wurde, und hörte, wie ein Zündholz angerissen wurde.

»Danke.« Wieder schmeckte es nach Players. Moshe mußte ihm sein Päckchen überlassen haben. Aber vielleicht rauchten sie auch alle britische Armee-Zigaretten. Es gab sonst zwischen den anderen Männern im Lieferwagen keine Unterhaltung, aber dem Gepolter gestiefelter Füße entnahm ich, daß mir außer Chaim noch mehrere Männer in den Wagen gefolgt waren. Ohne zu wissen, warum, spürte ich, daß Moshe nicht bei uns war. Der Wagen fuhr, ohne langsamer zu werden, und für längere Zeit hörte ich keinen Verkehrslärm. Deshalb nahm ich an, daß wir nun aus der Stadt waren. Chaim machte hie und da eine Bemerkung, um mich zu unterhalten. Es verblüffte mich noch immer, daß man mir erlaubt hatte, sein Gesicht zu sehen – und Moshes. Aber nun unter meiner Augenbinde glaubte ich, Moshes psychologischen Plan zu verstehen: Es gibt kaum etwas Erschreckenderes, als an einem unbekannten Ort zu sein, von einer unbekannten Stimme angesprochen zu werden – und Moshe hatte es bitter nötig, mein Vertrauen und meine Kooperation zu erreichen, sei es als Zeuge von Lynns Errettung oder von ihrer Ermordung.

Die Spannung in mir wuchs bis zur Unerträglichkeit, als ich da so auf der harten Bank saß und mit den Bewegungen des Wagens hin und her rutschte. Ich sah nicht, wohin wir fuhren und wer neben mir saß – ich hatte nichts, um mich abzulenken von dem, was nun kommen würde. Vielleicht hätte ich die Pistole nehmen sollen, die Moshe mir angeboten hatte. Angenommen, ich käme in eine Situation, in der ich der einzige wäre, der sie retten konnte, wenn – ja, wenn ich eine Pistole hätte ... Ich wälzte diesen Gedanken in meinem Kopf hin und her, dann merkte ich, wie der Wagen sich in noch schnellerer Geschwindigkeit fortzubewegen begann. Oft bremste er, bog scharf nach einer Seite ab, um danach, wenn das Hindernis umrundet war, wieder geradeaus zu fahren. Ich hatte nun gelernt, die Bewegungen des Wagens mit gespreizten Beinen abzufangen. Die stützende Hand besorgte den Rest. Die Straße schien in einem unglaublichen Zustand zu sein. Scharfe Geschwindigkeit wechselte mit holprigen Strecken und langsamer Fahrt ab, die Kurven schienen fast Kehren zu sein. Wir hatten nun auch begonnen, bergab zu fahren. Wenn ich mich recht an die Karte Palästinas erinnerte, mußten wir nunmehr auf der verteufelten Straße zum Toten Meer entlangfahren. Mit der Bergabfahrt stieg die Temperatur im Lieferwagen immer höher; selbst im Januar kann diese Zone die heißeste im ganzen Mittleren Osten sein. Als wir immer weiter bergab fuhren, sammelte sich auf meiner Stirn und meinen Händen der Schweiß. Und doch hatte außer Chaim noch niemand gesprochen. Aber ich fühlte die Nähe der anderen Männer nur zu deutlich, fühlte ihre Blicke auf mir, wie sie mit ihren Gewehren auf den Bänken hockten und auf den Moment warteten, an dem sie die Araber einkreisen würden. Ich stellte mir vor, daß auch sie schwitzten.

Plötzlich verlangsamte der Wagen seine Fahrt. Ich dachte, wir würden erneut in eine jener Haarnadelkurven einbiegen, statt dessen drehten wir auf der Stelle, fuhren ein kurzes Stück ganz langsam, tauchten nach unten, wendeten und hielten an.

»Augenblick«, sagte Chaim nahe an meinem Ohr. Ich wartete auf der Bank, als die Türen geöffnet wurden und Stiefel über den Boden kratzten und polterten. Die Schritte entfernten sich. Stille trat ein. Diesmal kam keine kühle Luft durch die offene Tür herein, wenn überhaupt, dann war die Luft noch heißer geworden, feuchter. Finger näherten sich dem Knoten an meinem Hinterkopf. Das Tuch wurde abgenommen. Ich blinzelte und rieb meine brennenden Augen.

Ich saß allein mit Chaim auf der Bank, er hatte eine Pistole in der Hand, eine alte deutsche Mauser. Ich wußte nicht, ob er sie meinetwegen trug oder aber sie für künftige Ereignisse bereithielt. Jedenfalls dramatisierte die Pistole unser Vorhaben.

»Müssen wir sie angreifen?« fragte ich leise. »Können wir nicht über ihre Freilassung mit ihnen verhandeln?«

»Moshe hat zwar das Wort Angreifen gebraucht«, erklärte er. »Aber sicher wird er versuchen, sie zu überreden, um das Mädchen loszukriegen. Er wird ihnen anbieten, sie laufenzulassen, wenn sie das Mädchen unverletzt herausgeben. Wir alle wollen dasselbe – Miss Grant und unverletzt. Ist sie Ihre Freundin?«

»Sie ist jemand, den ich gerade ziemlich zu mögen angefangen habe, vielleicht noch etwas mehr, als es mir bewußt geworden ist.« Angst kann Hemmungen beiseite räumen und Gedanken freimachen, deren Existenz man nicht einmal ahnt. Ich nehme an, ich war noch immer etwas zynisch, aber als ich die Worte aussprach, fragte ich mich, ob sie wirklich nur der Sentimentalität entsprangen, die sich durch die ungeheure Spannung, der ich ausgesetzt war, in mir gebildet hatte. Ich sah Chaim an, der immer noch wartend auf der Bank saß, als hätten wir viel Zeit. Er war nicht einen Tag älter als 20, und im Krieg konnte er nicht gewesen sein. Seine Finger aber, die sich um den Pistolenknauf schlossen, waren ganz locker. Ich fragte mich, in wie viele ›Zwischenfälle‹ er wohl schon verwickelt gewesen sein mochte. In seinem Alter war ich noch nicht einmal in der Armee gewesen.

»Jetzt können wir raus«, sagte er, »uns ein bißchen die Beine vertreten.«

»Sie sprechen gut Englisch.«

»Ich bin in London aufgewachsen.«

Verkrampft vor innerer Spannung, oder vielleicht nur vom langen Sitzen in einer ungemütlichen Haltung, folgte ich ihm ins Freie und sah, daß der Lieferwagen in einem Steinbruch stand, der von der Straße aus nicht zu entdecken war. Der Ausblick nach Osten hin nahm einem den Atem, die Temperatur in dem engen Steinbruch war kaum zu ertragen, feuchte Hitze, die wie ein fester Gegenstand auf uns niederdrückte. Wir machten ein paar Schritte, dann konnten wir oben die metallfarbene Straße sehen, die sich in enger Spirale vom Fels herunterschlängelte und durch die Klüfte und das welke Gras lief und unter dem grausamen Auge der Sonne zusammenschrumpfte, als fürchte sie sich. Eine Weile stand ich still und bestaunte das unwirkliche Panorama, eine beinahe steril zu nennende Landschaft ohne Menschen oder Zivilisation. Hinter dem Steinbruch stieg der Hügel gegen Jerusalem hin ziemlich steil an. Gemessen an der Höhe der Hügelkuppe in der Ferne schätzte ich, daß wir uns etwa in der Mitte der Strecke zwischen Jerusalem und dem Toten Meer befanden – fünfhundert Meter unter dem Meeresspiegel, der tiefste Punkt der Erde. Im Osten schimmerte etwas in der Ferne, etwas, das spiegelte und flimmerte. Das Auge schmerzte, wenn man es länger darauf ruhen ließ. Ein länglicher glitzernder Streifen, als habe man Quecksilber ausgegossen. Chaim deutete dort hin und sagte:

»Das tote Meer.«

»Wo ist das Gebäude, der Ort, wo Sie ...?«

»Das werden Sie bald sehen. Wir warten auf Moshe.«

»Werden wir genügend Zeit haben, um dort zu sein, ehe es dämmert?«

Er schaute mir in die Augen und grinste jungenhaft.

»Keine Angst – wir machen immer einen sorgsamen Zeitplan.«

Nun fing ich an, in dem Steinbruch auf und ab zu marschieren, sicher dachte Chaim, ich versuchte damit meiner Nervosität Herr zu werden, aber das war nur ein Teil meiner Motivation – hauptsächlich drängte es mich, meine verkrampften Glieder zu lockern und mich in irgendeine Art von physischer Form zu bringen. Sollte ich zusehen, was geschah, als Zeuge? Nun, so konnte es auch passieren, daß ich vielleicht eingreifen und helfen mußte, vielleicht in einem wichtigen Moment. In der überhitzten Wildnis des Steinbruchs war es unbeschreiblich still, als ich so auf und ab schritt, selbst diese winzige Anstrengung badete mich von Kopf bis Fuß in Schweiß. Meine Augen gewöhnten sich mehr und mehr an das starke Licht, und ich konnte immer mehr Details auf den Hügeln vor mir erkennen, die weiter und weiter gingen, bis sie sich fern im Dunst am Horizont zum Meer senkten. Hier und da ragte ein einsamer Baumstrunk, ein Büschel welker Vegetation, zwischen denen bizarre Felsen emporstiegen, eine wahrhaft archaisch biblische Landschaft, von bedrückender Öde und Wildheit. Eine Landschaft, die durch das gleißende Licht und die Abwesenheit jeder Spur menschlichen Lebens die Seele des Betrachters beklemmte und ihm die Energie raubte. Die Sonne senkte sich bereits zu den Hügelkuppen, als ich zum erstenmal, seit wir angekommen waren, ein anderes Fahrzeug hörte. Ich vernahm ein schwaches Brummen, das langsam lauter wurde, als das Vehikel die endlose Serpentinenstrecke herabkam.

Chaim reagierte sogleich auf diesen Ton und schob mich in den Teil des Steinbruchs, von dem aus ich den Eingang zur Straße hin nicht sehen konnte. Ich nahm an, er wollte verhindern, daß ich die Insassen des Wagens zu sehen bekäme. Man hatte mir ja auch auf der Reise die Augen verbunden, damit ich die anderen Männer im Lieferwagen nicht sehen konnte. Die beiden einzigen Männer, die ich hätte identifizieren können, waren Moshe und Chaim. Ich war davon überzeugt, daß beide, sobald die Operation vorüber war, die Gegend verlassen würden. Während ich dem näher kommenden Geräusch des Motors lauschte, betrachtete ich den blendenden Silberspiegel des Toten Meeres weit hinten im Dunst und sah die fernen Berge der gegenüberliegenden Küste auftauchen, riesige Steinkegel, die Berge des Arabischen Amman. Das Auto hielt irgendwo nahe dem Eingang zum Steinbruch, und nach einer Pause senkte sich erneut das tiefe Schweigen über die Landschaft. Dann fuhr das

Auto in den Steinbruch ein, Moshe saß hinter dem Lenkrad. Die Männer, die er mitgebracht hatte, waren draußen in der Ebene geblieben.

Moshe stellte den Motor des verbeulten alten Ford ab und stieg aus. Er trug kniehohe Stiefel, in die er seine Hosen gesteckt hatte, er wollte wohl nicht riskieren, daß seine Beinkleider sich im entscheidenden Moment in irgendwelchem Gestrüpp verfingen. Als er auf mich zukam, trug er ein Maschinengewehr lose in der rechten Hand.

»Hier wird es rasch dunkel, Mr. Shand – sobald die Sonne hinter dem Hügel verschwindet. Wir sollten uns bereithalten, bald aufzubrechen.«

»Ich sehe das Gebäude nirgends – ist es weit weg?«

»Einen Kilometer. Nein, weniger als das. Meine Männer gehen schon in Stellung. Das arabische Auto steht noch immer davor, und die Männer befinden sich noch im Haus. Ein weiterer Araber ist vor kurzem mit dem Fahrrad dazugestoßen.«

»Hat man Miss Grant noch mal herauskommen sehen?«

»Nein, sie müssen sie eingesperrt haben. Das überrascht mich nicht. Sie werden wohl langsam nervös – die ersten Stunden in einem neuen Versteck zehren immer an den Nerven.«

Man erkannte, daß er aus Erfahrung sprach. Er zog die Jacke aus, um sich Luft zu machen. Darunter trug er ein graues Hemd. Ich nahm an, er hatte es mit dem weißen von vorher vertauscht, um weniger auffällig zu sein. Moshe war ein Mann, der an die kleinsten Details dachte. Während wir in der stehenden Hitze warteten, sah er zweimal auf die Uhr, denn je mehr die Sonne sich den Hügeln näherte, desto höher stieg die Temperatur in dem luftabgeschlossenen Raum des Steinbruchs. Ich ertappte mich dabei, wie ich mit den Fingern das Hemd von meinem Körper fernhielt. Moshe ging zum Eingang und winkte mir, ihm zu folgen, während Chaim hinter mir blieb. Am entferntesten Ende der Wüstenstraße hob sich ein kleiner Hügel, der die dahinterliegende Senke verbarg, in die die Straße verschwand. Moshe wies mit der Waffe dorthin, und die intensive Hitze der Straße stieg meine müden Beine hinauf. Ich konnte den trockenen scharfen Geruch schmelzenden Teers riechen.

»Sehen Sie diese kleine Baumgruppe?« fragte Moshe. Etwa eine Meile entfernt – genau konnte man in dem gleißenden Dunst nicht schätzen – lag eine einsame Baumgruppe, aus der sich ein paar flache Dächer hoben.

»Dorthin werden wir uns aufmachen?«

»Nein, das ist Jericho im Tal des Jordan. Das Gebäude liegt am Ende dieser Straße, die nach rechts abbiegt.«

»Wenn es nur einen Kilometer entfernt ist, haben die dort dann nicht unsere Autos gesehen oder kommen hören?«

»Nein, deshalb haben wir diesen Platz hier gewählt. Die Straße kann von dem Haus aus nicht gesehen werden.«

Wieder sah er auf die Uhr – das dritte Mal –, sah dann zur Sonne, die den Hügelrand erreicht hatte.

»Wie fühlen Sie sich, gut? – Es ist gleich soweit. Erinnern Sie sich an einige Ihrer Kriegserfahrungen – oft ist alles nicht gar so schlimm, wie man es sich vorstellt. Die Araber haben das Haus nun schon stundenlang nicht verlassen, vielleicht sind sie bei dieser Hitze weniger aufmerksam. Das ist unsere Hoffnung.«

»Sie können mir nicht eine ungefähre Vorstellung davon geben, was wir wirklich vorhaben?«

»Aber sicher, da Sie nun einmal mit uns kommen, sollen Sie Bescheid wissen. Wir werden in Stellung gehen und das Gebäude auf allen Seiten einkreisen. Wenn wir das geschafft haben, werde ich ihnen zurufen, sich zu ergeben – auf arabisch selbstverständlich. Ich werde ihnen sagen, daß wir, wenn dem Mädchen etwas geschehen ist, sie alle töten werden.«

»Und wenn sie nicht reagieren?«

»Dann gehen wir hinein und holen sie heraus. Und jetzt kommen Sie mit!«

Mein Magen verkrampfte sich zu einem Knoten, als ich hinter Moshe die weiche Teerstraße hinunterging. Teer blieb an meinen Schuhen kleben. Ich folgte dem mächtigen Rücken Moshes, während Chaim hinter mir herging. Wir rauchten nun alle drei. Als ich zurückschaute, sah ich Chaim, der seinen Weg lässig zwischen den Grasbüschen suchte, die Zigarette vom Mundwinkel baumelnd, die Luger locker in der Hand schwingend. Er sah aus, als gehe er auf Hasenjagd. Ich mußte mir immer wieder bewußt machen, was eigentlich vorging. Die Furcht sagte mir, daß etwas schiefgehen könnte, daß ich dabei war, einen tödlichen Fehler zu begehen – den ich hätte vermeiden können, wenn ich Moshe von diesem riskanten Unternehmen abgehalten hätte, indem ich ihm meine Kooperation verweigert hätte. Der Gedanke, vielleicht an Lynns Tod schuldig zu werden, sprang mich an.

Als er den Sandweg erreichte, trat Moshe seine Zigarette aus, sah sich nach uns um und winkte uns, ihm zu folgen. Ich folgte ihm in eine Schlucht und wischte meine nassen Hände am Hosenboden ab. Die Schlucht war kaum breiter als zwei Meter und war wohl einst ein Wasserlauf gewesen, nun aber voll staubiger Steine und schmutzigem Sand, eingesunken zwischen Abhängen, die zu beiden Seiten aufstiegen. Als der Abhang auf der einen Seite immer flacher wurde, so daß am Ende nur noch eine schulterhohe Erhebung blieb, folgte ich Moshes Beispiel und lief nach vorne gebückt, um nicht gesehen zu werden. Ich konnte noch immer nicht sehen, wohin die Reise ging, als Moshe einen Kletterweg abzusteigen begann. Das Maschinengewehr hielt er vor der Brust, und ich hatte Mühe, mit ihm Schritt zu halten. Für einen so untersetzten Mann bewegte er sich mit erstaunlicher Gewandtheit. Der Abhang zu unserer Linken senkte sich noch weiter, und wie tief wir uns auch bückten, wir konnten nunmehr von dieser Seite aus gesehen werden. Der Dunst über dem Toten Meer hatte sich zu einem blauen Nebel verdichtet. Ich schaute nach einem Gebäude aus und wäre beinahe in Moshe hineingerannt, der plötzlich stehengeblieben war. Indem er den Kopf ein wenig hob, wies er auf eine Ansammlung von Steinquadern am oberen Rand des Hügels. Ich bemerkte, daß ich auf der falschen Seite gesucht hatte, Moshe wies nach rechts.

Die Sonne war hinter den fernen Hügeln verschwunden, die den höchsten Punkt der Straße markierten, die nach Jerusalem zurückführte. Die Hügel hatten sich in mattes Blau und Lila verfärbt. Der Himmel war bleich vom schwindenden Licht. Wir sahen auf einen sanft ansteigenden Hügel, der mit Gestrüpp und einer Menge großer Steinbrocken bedeckt war. Weniger als eine halbe Meile entfernt sah ich zwei Gebäude aus weißem Stein, die halbwegs in einer Senke verborgen lagen.

Die beiden Gebäude lagen etwa 50 Meter auseinander, und das größere von beiden hatte ein flaches Dach mit Fenstern in der Höhe des ersten Stockwerks und eine Außentreppe, die zu einer geschlossenen Tür führte. Das kleinere Gebäude zur Rechten war auch zweistöckig und mit einem flachen Dach versehen, wurde aber zum Teil von ein paar jämmerlichen Bäumen versteckt. In dieser Höhe und ohne das Sonnenlicht hatte die Luft eine erstaunliche Klarheit, und die weißen Wände der Gebäude glänzten mit einer seltsamen Leuchtkraft, so daß sie beinahe über dem Boden zu schweben schienen. Keine Spur von Leben war zu entdecken. Man hätte meinen können, sie wären unbewohnt, hätte man nicht gewußt, wer darin wohnte.

»Welches«, fragte ich.

»Sie haben sie in das mit den Stufen gesperrt – also in das linke Gebäude. Wir müssen noch etwas warten, bis das Licht schlecht wird – schlecht für sie und gut für uns.«

»Das ist aber eine verdammt lange Strecke, um über offenes Terrain zu laufen.«

»Das Terrain ist uneben, es gibt viele Schluchten. Besonders vorsichtig sein, keinen Lärm machen – in diesem Teil der Welt trägt ein Ton ziemlich weit.«

»Aber ich sehe die anderen Männer nicht.«

Moshe war zurückgekrochen in die Schlucht und saß geduldig neben Chaim in der Hocke. Der junge Mann hatte nur einmal kurz die Landschaft betrachtet, ehe er sich wieder verbarg. Ich aber fühlte mich wie hypnotisiert von den leuchtendweißen Gebäuden, in denen ich Lynn wußte. Lynn, die dort in Qual und Angst ausharrte. Ich haßte den Gedanken, noch länger warten zu müssen, sie noch längeren Minuten der Ungewißheit aussetzen zu müssen. Dann aber, um nicht zu riskieren, gesehen zu werden, hockte ich mich neben die anderen.

»Ich habe«, sagte Moshe, »sechs weitere Männer über den Hügel verteilt. Dazu gehört auch der Mann, der Wache hält, seit die Araber angekommen sind. Offenbar haben Sie sie noch nicht entdeckt, oder?«

»Nein, keinen einzigen.«

»Sehen Sie, der Hang gibt mehr Deckung, als Sie dachten.«

Er machte eine Pause und starrte mich aufmerksam an. Noch immer trug er die dunklen Gläser. Seine Augen lagen im Schatten, aber ich fühlte deutlich, wie er meine Reaktionen beobachtete.

»Gut, ich muß Sie bitten, als erster den Hang hinaufzukriechen. Sie werden allein gehen – niemand wird bei Ihnen sein, und Sie werden auch keinen von uns sehen können. Sie müssen sich Ihre eigene Deckung suchen. Haben Sie schon mal etwas Ähnliches getan?«

»Ja.«

»Macht es Ihnen was aus?«

»Ich schaffe es schon.« Ich glaube nicht, daß ich es offen zeigte, aber für Minuten hatte er es geschafft, mich zu verunsichern. Ich war mißtrauisch geworden, glaubte, ich sollte als Köder verwendet werden. Daß der wirkliche Plan ganz anders lief, als man mir berichtet hatte, daß ich dazu benutzt werden sollte, die Kugeln der Araber auf mich zu ziehen, damit Moshes Männer, während sie noch in Deckung saßen, genau zielen konnten. So also sollte meine Hilfe aussehen. Dann aber verwarf ich diesen sinnlosen Gedanken: Es lag in

Moshes Interesse, Lynn unversehrt zu befreien. Eine Schießerei anzufangen, war wohl die schlechteste Methode, um das zu erreichen. Moshe hatte einen anderen, einen realistischen Grund, um mich zuerst loszuschicken. Er wollte sehen, wie gut ich mich machte. Er dachte an seine eigenen Männer und wollte sie nicht meinetwegen exponieren, wenn sie aus der Deckung kamen, während ich mich hinter ihnen auffällig bewegte. So sehr ich meinen Alleingang haßte, ich konnte ihm die Sache nicht übelnehmen. »Wo also soll ich hingehen?« fragte ich.

»In das Gebäude rechts. Es ist leer – aber nahe genug an dem anderen, um zu sehen, was passiert. Wenn Sie angekommen sind, warten Sie. Hinter den Bäumen ist die Dekkung gut. Sie werden dort sicher sein.«

Er lehnte sich nach vorne zwischen seine Knie und hielt die Waffe behutsam von sich gestreckt.

»Was auch geschehen mag, unternehmen Sie nichts. Rufen Sie nicht, bewegen Sie sich nicht. Sie warten dort, bis wir Sie holen. Abgemacht?«

»Ja, aber wie lange soll ich noch warten?«

Er lächelte kühl, sah auf die Uhr und auf den Himmel.

»Auch ich bin ungeduldig, aber wir müssen noch etwas länger warten. Nicht zu lange.«

Chaim wischte mit dem Taschentuch an seinem Pistolengriff herum und trocknete dann seine Handflächen an der Hose – wahrscheinlich ging es nun bald los. In der Schlucht stand die faulige heiße Luft, ohne einen Hauch von Frische. Ich merkte, wie bewußt und schmerzlich das Atmen wurde und wie mein Herz rasend zu pochen begann. Nun war es jedenfalls zu spät für irgendwelche Zweifel: Moshes Männer waren in Stellung, der Plan war fest und alles, was einem jetzt noch zu tun blieb, war, ihn auszuführen. Wie wir so warteten, färbte sich der Himmel mit einer sanften purpurnen Dämmerung und die Landschaft mit ihm; das glitzernde Auge des Toten Meeres war nicht mehr zu sehen. Das Tal des Jordans füllte sich mit Schatten, die Nacht brach über Palästina herein. Ich saß mit dem Rücken gegen den Fels, die

Beine von mir gestreckt, als Moshe sich vorbeugte und mein linkes Bein berührte – er nickte.

»Jetzt! Sie gehen nun ganz leise zu dem rechts liegenden Gebäude, machen Sie so schnell sie können – aber hasten Sie nicht, damit kein Lärm entsteht. Warten Sie dort. Viel Glück, Mr. Shand!«

Als ich aus der Rinne kletterte, fühlte ich mich plötzlich grenzenlos ungeschützt, aber sogleich bemerkte ich, daß mehr Deckung vorhanden war, als ich erwartet hatte – hier ein Felsbrocken, dort ein Busch, hier eine Senke oder ein Abhang. Ich empfand es wie eine Aufgabe, einen Job, den es schnell und gut zu verrichten galt. Die Angst verließ mich proportional zur Konzentration, die mich immer mehr ausfüllte. Stück für Stück bewegte ich mich vorwärts – sicherte jedesmal das nächste Stück Deckung, ehe ich mich hervorwagte. Das Schwierigste waren die Halluzinationen, die das Halblicht zustande brachte. War dies ein Felsbrocken oder ein Mann, der mir auflauerte? Andererseits mußte ich mich hüten, nicht zu lange an einem Ort zu verharren, denn dann meldete sich sogleich die Angst und flüsterte mir zu, es wäre wohl am sichersten, nun dort zu bleiben, wo ich gerade war, und nicht weiter den Hang hinaufzukriechen. Was Moshe nicht hatte wissen können, war die Tatsache, daß ich einmal im nördlichen Tunesien ähnliches Terrain hatte überwinden müssen. Nun merkte ich mehr und mehr, wie die Erinnerung daran zurückkehrte. Ein vorsichtiger Blick auf die Häuser – die Baumgruppe – regte sich dort etwas? – nein! Dann ein schneller Sprint vom Felsbrocken in die nächste Geländerinne, den Körper so nahe am Boden wie möglich, kurze Pause, um den nächsten Sprung abzusichern. Tatsächlich war es hier einfacher als damals in Afrika. Dort war ich von schweren Waffen behindert, trug viele Kilos von Ausrüstungsgegenständen am Leibe. Schon merkte ich, daß mein neuer Feind die Unvorsichtigkeit war, die mit der Leichtigkeit eines jeden Sprunges noch wuchs. Ich war versucht, das letzte Stück einfach zu rennen, ohne mich zu ducken. Doch ich widerstand diesem Impuls und bewegte mich stetig weiter. Bald würde es ganz dunkel sein. Als ich hinter einem besonders breiten Felsbrocken verschnaufte, gewahrte ich zwei andere Personen, die hinter mir über den unebenen Grund krochen und sprangen. Hätte ich nicht von ihrem Kommen gewußt, ich hätte sie niemals bemerkt.

Der Hang bestand nun aus feinem, pulverartigem Sand, und es gelang mir, mich geräuschlos zu bewegen. Was mich am meisten ängstigte, waren die Fensterläden des Hauses, in dem sie Lynn festhielten. Gab es dahinter wachsame Augen, die jede meiner Bewegungen verfolgten? Das und die Tatsache, daß das Haus so verdammt verlassen und unbewohnt wirkte. Hatten vielleicht Moshes Männer einen Fehler begangen, und die Araber und Lynn waren ihnen unbemerkt durch die Finger geschlüpft? Hatte es nicht eine Zeit gegeben, in der keiner aufpaßte, nämlich als sie die Sache gemeldet hatten? Ich hockte hinter einem Gestrüpp, meine Waden schmerzten von der ungewohnten Belastung, und ich betrachtete das größere Gebäude zu meiner Linken. Das Leuchten der weißen Wände hatte sich intensiviert, als die tiefblaue Dämmerung sich wie ein Vorhang über die Hügelkuppe senkte. War Lynn noch immer in diesem Haus? Starrten arabische Augen durch die Löcher? Finger am Abzug? Ich hoffte, daß es nicht so war. Mein endgültig letzter Satz führte mich über ein kahles Stück Land, ehe ich die Baumgruppe neben dem kleineren Gebäude erreichte. Ich atmete tief, warf den anonymen Fensterläden einen letzten Blick zu und rannte leichtfüßig die letzte Steigung hinauf.

Die Bäume traten langsam aus der Dämmerung. Einen grauenhaften Atemzug lang glaubte ich, den Knall eines Gewehres zu hören. Mein Körper spannte sich in der Erwartung der Kugel, dann bemerkte ich, daß irgendwo links von mir ein Stiefel scharf auf einen Stein getreten war. Ich erreichte die Bäume und bremste meinen Flug, indem ich mit den Händen gegen den Stamm prallte. Die Rinde schien alt und brüchig, und als ich meine Hände löste, waren die Handflächen mit modriger Borke bedeckt. Selbst Pilze konnten an diesem gottverdammten Ort nicht überleben. Ein schneller Blick überzeugte mich, daß Moshes Leute schon in Stellung waren: Der Hügel lag leer und unbelebt da. Ich wartete, bis mein Atem ruhiger wurde, und spähte behutsam durch die Bäume.

Ich stand zwei Meter von der Mauer des flachdachigen Hauses entfernt und konnte vor mir die Treppen des Hauses sehen. Ich hatte von weitem die Treppen zum ersten Stock nicht bemerkt, denn sie verschwanden in der Hauswand. Nun sah ich, wie ähnlich die beiden Häuser in der Bauweise waren. Es war eine einfache Steintreppe ohne Handgeländer oder Balustrade. Sie führte auf eine kleine Terrasse mit einer verschlossenen Tür. Ich hielt mich völlig ruhig, während ich meine Umgebung betrachtete. Dichtes Gestrüpp lag zwischen mir und dem Fuß der Mauer. Kein Lichtschein drang unter der geschlossenen Tür heraus, aber vielleicht war dieses Haus ja leer. Lynn wurde im anderen festgehalten. Selbstverständlich hätte ich mich eigentlich ganz auf das andere Gebäude konzentrieren sollen, das mir zur Rechten lag. Aber die Jahre in der Armee hatten ihre Spuren hinterlassen, deshalb prüfte ich zuerst das nähere und deswegen gefährlichere Haus.

Ich merkte plötzlich, wie furchtbar müde ich war und wie meine Kraftreserven zusammenschmolzen, denn nun konnte ich nichts mehr tun als warten. Aber die innere Spannung, die ich bis in die äußersten Nervenenden spürte, hielt mich wach, und das kam mir später gut zustatten.

Das unheimliche, reflektierende Leuchten der weißen Wände begann nachzulassen und verschwamm mit der Dämmerung. Ich starrte das Gebäude an, das Moshe umkreist hatte, und fragte mich wieder, warum wohl die Läden so dicht geschlossen waren. Das war ein taktischer Fehler, man würde nicht feuern können, ohne die Läden ein wenig zu öffnen, und selbst diese kleinste Bewegung würde einen eventuell draußen lauernden Feind warnen. Die Läden über meinem Kopf dagegen waren alle ein wenig geöffnet. Ich lehnte mich nach vorn und strengte Ohren und Augen an, um Moshes Männer zu sehen oder zu hören. Aber ich hörte und sah nicht das geringste. Es war, als wäre ich auf Meilen das einzige lebende Wesen. Meine Augen wanderten wieder hinauf zum ersten Stock des Gefängnishauses. Hinter welchem Fenster und in welcher Verzweiflung mochte sie sich befinden, gefesselt, ohne zu ahnen, daß nur einen Steinwurf entfernt die Retter warteten. Der Gedanke an die Angst, die sie vielleicht empfand, ließ mich die eigene Erschöpfung vergessen. Ich starrte ins Dunkel und wartete darauf, daß etwas geschehen würde. Worauf, zum Teufel, wartete Moshe eigentlich?

Und dann hörte ich seine Stimme, fern und unverkennbar rief er arabische Sätze durch die immer undurchdringlicher werdende Dämmerung. Diese Worte, die ich nicht verstand, echoten seltsam über die dürren Hügelkuppen. Ich starrte weiter den dunklen Klumpen des Hauses an und hörte Moshe seine fremden Worte rufen. Dann schwieg er. Es entstand eine Pause, die mir nicht gefiel. Dann sprach er wieder. Schärfer, schneller und wortreicher. Die Araber waren fort, jetzt war ich dessen sicher. Moshe sprach zu einer leeren Steinhülle, in der nichts Lebendes mehr weilte. All diese vorsichtigen Vorbereitungen waren umsonst gewesen. Lynn war längst Gott weiß wo. Plötzlich fröstelte ich, ein Frösteln, das nichts mit der Temperatur der Nacht zu tun hatte. Vielleicht war Lynn doch noch im Haus; vielleicht waren die Araber verschwunden und hatten sie zurückgelassen. Tot – auf dem schmutzigen Steinboden liegend. Mein Kopf wollte den Gedanken nicht weiterspinnen. Sekunden später, während Moshe noch immer weiterbrüllte, knallte etwas in der Dunkelheit. Die Läden wurden zurückgestoßen. Noch ein scharfer Knall, diesmal ein Gewehrschuß, dann noch einer. Ich bemerkte die Bewegung aus dem Augenwinkel und sah hinauf, vorsichtig, ohne den Kopf zu wenden. Die offenen Läden, die Fenster, aus denen die Schüsse abgefeuert wurden, lagen in dem flachdachigen Haus neben mir.

Zwei weitere Gewehrschüsse und als Antwort das Husten des Maschinengewehres vom Hügelabhang herauf. Dann Stille. Ich grub die Fingernägel in die Handflächen. Also ein Mißverständnis – schlimmer, ein entscheidender Fehler war uns unterlaufen. Moshe hatte seine Leute das falsche Haus umstellen lassen. *Was auch immer passiert, unternehmen Sie nichts!* Moshes Befehl klang noch immer in meinen Ohren. Und nichts, was ich tun konnte. Nichts – außer im Wege sein. Ich war unbewaffnet – nutzlos. Ich fröstelte wieder – ich fluchte innerlich.

Dunkelheit stürzte nun wie ein dichtes Tuch über die Bergkuppen. Die aufkommende Nacht würde Moshes Männer ernsthaft behindern, das wußte ich. Da sie das Versteck der Araber nicht mal umstellt hatten, befanden wir uns alle am Rande der Katastrophe. Ich spähte, meinen Körper hinter den Bäumen verborgen, über das Gestrüpp zum Gebäude hinauf. Das Fenster neben der geschlossenen Tür war dunkel, ein Rechteck, neben dem die Fensterläden schief in den Angeln hingen. Irgendwo in dieser Dunkelheit wartete der Araber mit dem Gewehr. Sekunden später hörte ich das leise Kratzen von Türangeln. Ich starrte ins Dunkel der Tür, bis meine Augen vor Anstrengung schmerzten, und glaubte dann, daß ich an der hinteren Wand der Terrasse einen großen viereckigen Schatten bemerkte. Die Tür war so behutsam geöffnet worden, daß ich es zuerst nicht bemerkt hatte, obwohl ich direkt darauf sehen konnte. Ich starrte konzentriert den länglichen Schatten an, der einen zweiten Schatten zu enthalten schien. Ich blinzelte, um besser sehen zu können – ich war überzeugt, einen Mann im Türrahmen stehen zu sehen, der horchte, ehe er auf die Terrasse heraustrat. Ich gefror zu Eis, als er langsam vorwärts kam.

Da stand er, der Schatten mit dem Burnus, stand auf der Terrasse und hielt sich in der Nähe der kleinen Mauer, die ihm Schutz bot in Richtung des anderen Hauses. Er stand nun so nahe, daß ich das Gewehr in seiner Hand erkennen konnte. Grauenvolle Stille herrschte. Meine Muskeln schmerzten von der Anstrengung, keine Bewegung zu machen. Ich stellte mir vor, daß Moshe seine Leute umdisponierte. Aber bis jetzt hatte ich weder davon einen Laut gehört noch wußte ich überhaupt, ob und wo sie lauerten. Ich gab ihm an diesem Irrtum, der wahrscheinlich nicht sein Irrtum war, nicht die Schuld: Vielleicht hatte man ihn falsch informiert, oder aber die Araber hatten sich in der Deckung der Bäume von dem einen Haus in das andere gemacht. Aber höllisches Pech war es eben doch, und ich ängstigte mich um Lynn fast zu Tode. Der Araber bewegte sich etwas vor, erreichte die Ecke und schaute herum, kam dann auf die offene Terrasse heraus und begann zwei Schritte von mir entfernt die Treppe herabzusteigen. Nun erschien eine zweite Gestalt am offenen Fenster, lehnte sich hinaus, als wolle sie den Abstieg der ersten Gestalt bewachen. Zwei Schüsse krachten aus der Dunkelheit, und der Araber, der im Fenster stand, fiel zurück ins Haus; zur selben Zeit stürzte der andere die Treppen hinab und fiel, rollte und blieb liegen. In der Stille, die folgte, hörte ich, wie sein Gewehr auf die Steine knallte. Eine Sekunde später erschien eine dritte Figur im Türrahmen, kam auf die Terrasse heraus und stand vorn am Anfang der Treppe. Mein Herz machte einen Sprung – ich sah die Hose, die dunkle Masse der schulterlangen Haare. Es war Lynn, ihre Hände hielt sie vor sich, als wäre sie gefesselt.

In Krisenmomenten kann mein Gehirn auf hohen Touren laufen, und ich begriff im selben Augenblick, daß Lynn zwei tödliche Gefahren drohten: Hinter ihr tauchte ein Araber auf, und Moshes Leute konnten sie selbst für einen Araber halten. Ich stürzte durch die Bäume, brach das Gestrüpp, das mir bis zur Hüfte reichte, stolperte über einen verborgenen Stein. Ich benutzte den Stein als Stufe, sprang hinauf und umklammerte blindlings ihre Schenkel, zerrte sie herunter. Ich fühlte, wie sie die Balance verlor und fiel. Sie landete auf mir, ich kippte nach hinten und fiel auf den Rücken, sie lag über mir. Ich hielt sie festumschlungen und so rollte ich uns beide durch das Unterholz, zweimal drehten wir uns um unsere Achse – tiefer ins Gestrüpp und näher zu den Bäumen. Dabei hielt ich ihr Gesicht gegen meine Brust gedrückt, um es vor den Dornen zu schützen, die meine Handrücken zerkratzten, dann lag ich still und hielt eine Hand über ihren Mund, um sie am Schreien zu hindern. Ihre Lippen hatten sich unter meiner Hand geöffnet, aber nun schlossen sie sich wieder, als sie begriff, wie lebenswichtig es war, sich still zu verhalten. Meinen Mund nahe an ihrem Ohr, flüsterte ich meinen Namen: »David.« Sie zitterte kurz, dicht an mich gedrückt – und lag dann still.

Ich lag auf dem Rücken, Lynn neben mir, und eine Lücke im Gebüsch erlaubte mir, die Umrisse der Terrasse zu erkennen, die ersten Treppenstufen und den Araber, der dort kauerte. Das Blut gefror mir in den Adern und ich betete, daß Lynn stillhalten möge, denn ich wußte, sie konnte ihn nicht sehen. Er war ihr wohl aus dem Hause gefolgt, als ich sie zu mir herabgerissen hatte. Ich ahnte, daß er uns irgendwo hier unten im Dickicht vermutete. Zusammengekauert, wie er war, bot er Moshes Männern kein gutes Ziel. Obwohl er mir ganz nahe war, konnte ich ihn nur undeutlich erkennen. Ich verfluchte mich im stillen, Moshes Angebot mit dem Revolver nicht angenommen zu haben. Der Araber hielt etwas in seiner Rechten, das wie ein Messer aussah. Er konnte uns von seiner Stellung aus nicht sehen. Er wußte nur, irgendwo in dem dunklen Gebüsch gab es uns. Er bewegte sich leise, näherte sich der Kante und saß mit herabbaumelnden Beinen am Rande der Terrasse. Er wollte Lynn wiederhaben – um sie zu töten oder sie als Geisel zu benutzen. Ich sah, wie seine geduckte Masse sich zusammenzog, als er sich zum Sprung bereitmachte, um uns nachzukommen. Dann hustete das Maschinengewehr kurz auf, er fiel nach vorne und lag still, nur einige Meter von uns entfernt. Im selben Augenblick hörte ich Schritte, sah eine vierte Gestalt über den Terrassenrand hechten, wo er am weitesten von der Treppe entfernt lag. Der noch überlebende Araber hatte die Flucht ergriffen. Mein Nacken war vom langen Stillhalten ganz steif geworden, als ich eine untersetzte Gestalt vorsichtig die Stufen emporschleichen sah, das Maschinengewehr vor der Brust. Er rief laut etwas auf arabisch, und ich rief als Antwort: »Ich bin hier unten mit dem Mädchen!«

6. Kapitel

Chaim höchst persönlich brachte uns in dem alten verbeulten Ford nach Jerusalem zurück. Und als wir die Altstadt wieder vor uns auftauchen sahen, fühlten wir uns ungemein erleichtert. Ich saß mit Lynn im Fond des Wagens. Es war schon dunkel, als wir an einem Taxistand hielten. Chaim stellte den Motor nicht ab, saß einen Moment still da und sah sich um. Etwa 10 Meter entfernt befanden sich rechter Hand ein paar arabische Verkaufsstände, die von Öllampen an Drähten erhellt wurden. Es war jetzt kühl, fast kalt, und man konnte das Geplapper der arabischen Kunden hören, die um Waren feilschten, das Zischen der Öllampen und Fetzen arabischer Musik aus dem Radio. Chaim stieg aus, beugte sich zu uns herunter und sagte leise:

»Ich gehe jetzt rüber und sehe mir die Taxis an. Ich möchte eines finden, das Sie zum King Solomon bringt.«

»Wir können doch selbst eins nehmen«, schlug ich vor.

»Nein, erst muß ich es mir ansehen. Warten Sie hier – ich bin in einer Minute zurück.«

»Wir sind Ihnen so dankbar, Chaim«, sagte Lynn zum dritten Mal. »Wir werden Ihnen das nie vergessen.«

Chaim machte eine leichte Verbeugung und lächelte.

»Sie können Ihre Dankbarkeit am besten dadurch ausdrücken, daß Sie vergessen, uns je begegnet zu sein.«

Er schloß die Vordertür und entfernte sich lässig schlendernd, zündete sich eine Zigarette an.

»Vergessen, wer sie sind, das bringt uns neue Probleme«, warnte ich Lynn. Ich sah sie an, während ich sprach, und ich hatte den Eindruck, als mache sie große Anstrengungen, sich nicht gehenzulassen und unter Kontrolle zu halten. Sie sprach absichtlich leichthin, als fürchte sie, das erste emotionale Wort werde sie zum Zusammenbrechen bringen. Das wollte ich gern verhindern, bevor wir im Hotel waren.

»Was für Probleme?« fragte sie fröhlich.

»Die Probleme mit Sergeant Stark und dem Verhör. Er wird wollen, daß wir sie identifizieren.«

»Sie sagen, Sie haben nur Moshe und Chaim gesehen – denken Sie an zwei andere Leute und beschreiben Sie sie.«

»Das ist nicht gut. Sie würden eine ganz andere Beschreibung von Chaim geben. Es wird herauskommen, daß uns irgend jemand hierher zurückgebracht hat.«

»Tut mir leid, im Augenblick macht es mir große Mühe, nachzudenken.« Ihre Stimme bebte, als sie das sagte, und sie versuchte, sie fest klingen zu lassen, als ich ihr beruhigend die Hand auf die Schulter legte. »Vielleicht wär's besser, mich im Augenblick nicht anzufassen, es sei denn, sie haben Lust, ein heulendes Elend neben sich zu haben. Es tut mir leid«, sagte sie rasch. »Nicht daß ich was dagegen hätte, aber ich könnte jetzt ziemlich leicht durchdrehen. Können wir ein bißchen verschnaufen, zusammen im Hotel, ehe wir diesen Stark treffen müssen?«

»Ich sehe nicht ein, warum nicht. Im Gegenteil, ich werde dafür sorgen.« Ich beobachtete Chaim, der so tat, als prüfe er Waren an den arabischen Ständen, während er die Taxis unter die Lupe nahm. Wahrscheinlich war auch ich langsam am Ende meiner Kräfte. Ich konnte einfach nicht begreifen, warum er soviel Aufhebens um die Sache machte. Ein paar Minuten später gesellte er sich wieder zu uns.

»Ich möchte, daß Sie noch ein bißchen warten. Der Fahrer des ersten Taxis ist Araber, der zweite dürfte in Ordnung sein.«

»Haben Sie denn immer noch Angst um uns«, fragte Lynn scharf.

»Nicht direkt Angst ...«, sagte Chaim, betrachtete sie im Rückspiegel und suchte nach Worten.

»Ich sehe kein eigentliches Risiko – aber vergessen Sie nicht, der vierte Araber ist entkommen. Früher oder später wird er den ganzen Hergang der Geschichte den Leuten unterbreiten, die ihn bezahlt haben. Er wird das per Telefon machen und versuchen, mehr Geld zu bekommen.« Dann drehte er sich zu uns um und sagte lächelnd: »Miss Grant, wenn Sie erst mal Verbindung mit der Polizei aufgenommen haben, sind Sie wohlbehütet und beschützt. Es ist alles vorüber, dessen bin ich sicher. Und wenn Sie Palästina verlassen haben, können Sie alles vergessen. In einem Monat wird es nur noch eine verblassende Erinnerung sein.«

»Sicher haben Sie recht«, das Beben war erneut in ihrer Stimme zu hören, und wir beide wußten, daß sie ihm nicht glaubte. Sie hatte die vergangenen Nächte mit gebundenen Händen auf dem Boden des größeren Hauses zugebracht, alleine im Zimmer, bei geschlossenen Fensterläden. Sie griff in ihre Umhängetasche, brachte ein schmutziges Taschentuch zum Vorschein und wischte sich die Stirne ab.

»Himmel, hab' ich ein Bad nötig.« Moshe hatte ihre Papiere, Paß, Geld, Schecks bei einem der toten Araber gefunden. Also hatte sie wenigstens ihre Identität wieder. Wir warteten noch ein bißchen, dann nahm jemand das erste Taxi, und Chaim drehte sich zu uns herum.

»Jetzt können Sie gehen.« Er zog ein unbenutztes, gefaltetes Taschentuch aus der Tasche und reichte es Lynn. »Ein kleines Abschiedsgeschenk, frisch aus der Wäscherei.« Sie nahm es und wollte sich bedanken, er aber öffnete rasch die Tür und befahl uns, uns zu beeilen. So weit ich sehen konnte, schenkte uns niemand Aufmerksamkeit, während wir dem Taxistand zustrebten, aber aus irgendwelchen unlogischen Überlegungen heraus hatte ich das Gefühl, als sähen wir verdächtig aus. Ich gab dem Fahrer die Adresse des King Solomon und setzte mich mit Lynn nach hinten. Über dieser Gegend lag so eine Atmosphäre, als wäre sie sozusagen der Hinterhof Jerusalems; schäbige, einstöckige Häuser mit flachen Dächern, und wie in allen Stadtteilen dieser Art schienen hier nur merkwürdige Gestalten zu wohnen. Ich war froh, als das Auto anfuhr, die Öllampen der arabischen Häuser hinter uns zurückblieben und wir uns Stadtteilen näherten, in denen dichterer Verkehr herrschte.

Lynn saß zusammengerollt in ihrer Ecke und kratzte abwesend mit den Nägeln an ihrer Tasche, bis sie es bemerkte und sich entschuldigte. »Tut mir leid, das ist eine irritierende Angewohnheit, ich weiß das. Was wollen wir Sergeant Stark erzählen?« Sie sprach leise, und das Auto war ziemlich groß. Ich nahm an, der Fahrer würde nichts verstehen, als ich ihr erklärte, was ich zu tun gedachte.

»Wir sagen ihm in allem die Wahrheit – bis auf die Beschreibung der beiden Männer, die wir gesehen haben. Und wir sollten keine großen Geschichten erfinden, sonst wird er uns auf die Schliche kommen. Ich werde sagen, sie hatten mir die Augen verbunden, bis sie mich in der Dunkelheit zum Haus hinaufschickten. Dann bleibt nur der Typ übrig, der uns hierher gebracht hat. Er trug eine dunkle Brille und einen Schal um den Hals, wie unser Fahrer hier. Du warst in einem so hysterischen Zustand, daß du überhaupt nichts bemerkt hast außer den dunklen Gläsern und dem Schal. Glaubst du, du kriegst das hin?«

»Den hysterischen Zustand bringe ich leicht her, da brauche ich mich nicht anzustrengen«, sagte sie mit einem nervösen Kichern. »Aber ich habe Moshe nachher gesehen ...«

»Nein, du hast ihn *nicht* gesehen. Es war finster, und er sprach immer mit dem Rücken zu dir. Du hast ihn nicht mal angesehen, du standest vollkommen unter Schock.«

»Ich schaff' das, aber erst nach einem Bad.«

Ich schaute sie an, um zu sehen, ob ihr Auftreten im Hotel irgendwie auffällig sein würde. Sie hatte sich die Haare gekämmt, und trotzdem waren noch Spuren von Stroh und Staub darin, die aus dem schmutzigen Zimmer stammten, in dem sie sie gefangengehalten hatten. Auch sah man ihren Kleidern an, daß sie darin geschlafen – oder es zumindest versucht hatte. Als sie meinen Blick spürte, blickte sie mir ins Gesicht und erinnerte mich indirekt an mein eigenes Aussehen. Auch ich sah nicht gerade aus wie aus dem Ei gepellt.

»Wenn wir im Hotel sind, kümmere ich mich um deine Schrammen. Dafür muß ich mich bei dir bedanken, du hast mein Gesicht geschützt ...« Ihre Finger strichen über ihre eigene unverletzte Haut. Ich glaube, ihre Gedanken hellten sich ein wenig auf, als sie sich vergegenwärtigte, was noch alles hätte geschehen können.

Dann, nachdem sie durch die Rückscheibe gesehen hatte, erstarrte ihr Gesicht plötzlich, und sie stieß mich mit dem Finger an. Ich prüfte den Fahrer mit einem Blick und entdeckte, daß er sich auf die Straße konzentrierte, dann sah auch ich mich um. Ein Stück hinter uns verfolgte uns ein kleiner verbeulter Ford, Chaim saß am Steuer. Er wollte unbedingt sichergehen, daß wir das King Solomon auch wirklich erreichten. Für Sekunden fürchtete ich, Lynn würde ihm zuwinken oder etwas dergleichen unternehmen. Aber sie hatte die Vernunft, sich wieder zurechtzusetzen, als wäre nichts geschehen.

Chaim folgte uns die ganze Strecke bis fast zum Hotel. Nun erkannte ich den Stadtteil, durch den wir fuhren, und als der Fahrer während einer Verkehrsstauung das Tempo verlangsamte, sah ich, daß wir an Ibrahims Garage vorbeifuhren. Der Rolladen über dem Eingangstor war herabgelassen, und ich gab gut acht, Lynn nicht mit meinem Blick auf die Werkstatt aufmerksam zu machen. Nach ein paar Minuten bogen wir in den Hof vor dem Hotel ein. Als ich den Fahrer bezahlte, fuhr der Ford an uns vorbei. Chaim sah geradeaus und

Lynn, die mit verschränkten Armen neben mir stand, tat so, als habe sie ihn nicht bemerkt. Ich hörte sie aber leise murmeln:

»Gott schütze dich!«

Es war 10 Uhr, als wir die Empfangshalle des Hotels betraten. Um diese Tageszeit saß nur mehr ein einzelner Gast unter den strahlenden Kristallkandelabern. Es war Mrs. Grady, die Australierin. Der Kofferträger, den Stark zu Antonopoulos' Abreise verhört hatte, kam soeben durch die Halle, hielt an, als er Lynn sah, und sagte:

»Guten Abend.« Er verschwand mit einem Arm voll Schuhe in dem halb erleuchteten Speisesaal. Außer uns und dem Mann am Empfang gab es noch eine weitere Person, einen anderen Mann. Mit dem Rücken zu uns stand er in einer Telefonzelle und redete. Es war dieselbe Zelle, in der ich Anweisungen erhalten hatte, hinüberzugehen ins Café Shalom. Irgendwie beeindruckte es mich zutiefst, wie normal alles hier wirkte, es kam mir unecht vor. Auf halber Strecke zum Empfang hielt ich Lynn an. Ich zündete mir eine Zigarette an und sagte schnell:

»Gerade fällt mir ein, du weißt ja noch nicht, daß dein Zimmer leer ist – dein Koffer ist weg, wahrscheinlich unwiederbringlich weg.«

»All meine Sachen ...!« Sie war sehr betroffen, machte ganz große Augen, und für Sekunden dachte ich, sie würde jetzt zusammenbrechen. Sie hatte die entsetzlichsten Qualen ertragen, aber erst der Verlust ihres Koffers traf sie voll. Ich packte sie mit fester Hand am Ellbogen und steuerte sie zum Empfang.

»Keine Sorge, morgen bringen wir alles in Ordnung. Ich leihe dir einen von meinen Pyjamas, und morgen früh sehen wir dann weiter!«

Zu meiner Verblüffung arbeitete der hornbebrillte Elias noch immer am Empfang und verzog keine Miene, als er Lynn vor sich sah. Er benahm sich bewundernswert. Ich sah seine Augen hinter der Brille glitzern – sah seine Blicke die wirren Haare, die verknautschten Mäntel, die schmutzigen

Hosen registrieren. Aber er grüßte uns höflich und kommentarlos. Ich sagte rasch und forsch:

»Miss Grant wird wieder hier wohnen – jedenfalls für heute nacht, und sie möchte ein anderes Zimmer, eines mit Bad.«

»Zimmer 96 hat ein Bad und ist ruhig.« Er betrachtete sie mit ausdruckslosem Gesicht. »Darf ich noch einmal Ihren Paß sehen?«

»Sicher!« Während er die Paßnummer aufschrieb, sah sie sich selbstsicher im Raum um, strich sich durchs Haar, und als sie Mrs. Grady mit ihrem Blick streifte, steckte die ihre Nase rasch wieder in das Taschenbuch, in dem sie las. Ein ältlicher Herr kam aus der Telefonzelle und setzte sich in einen Stuhl. All das bemerkte ich automatisch; wir waren also wieder in unsere Zivilisation zurückgekehrt – dann gab Elias ihr ihren Paß zurück und läutete nach dem Träger.

»Sie hat heute kein Gepäck dabei, wir holen es morgen«, sagte ich schnell. Er nickte, und der Träger brachte uns zum Lift.

Ich war erleichtert, als ich entdeckte, daß ihr Zimmer nur vier Türen von meinem Zimmer entfernt lag. Und sobald sich der Träger zurückgezogen hatte, fragte sie mich, was mit ihrem Gepäck geschehen sei. Ich ließ sie auf der Couch Platz nehmen und erzählte ihr, was passiert war – der Anruf, der angeblich von ihrem Vater kam, die griechische Frau, die später mit ihrem Paß hier erschienen war, um ihren Koffer abzuholen. Sie hörte mir schweigend zu und starrte mich dabei an, als könne sie kaum verstehen, was ich da sagte. Dann, als ich geendet hatte, bebte ihre Stimme, als sie sagte:

»Was bedeutet denn das, David? Es erschreckt mich so sehr. Und die – haben die all meine Sachen genommen?« Das warf sie nun wirklich um. Sie fing an zu zittern und dann schluchzte sie, wandte ihr Gesicht ab, um es meinen Blicken zu verbergen. Ich saß neben ihr und legte meinen Arm um ihre Schulter und hielt sie fest. Sie zitterte unkontrollierbar. Ich sagte lange Zeit nichts. Ich wollte sie weinen lassen, damit sich die Spannung lösen würde. Endlich ließ das Schluchzen etwas nach, und sie tastete blind nach ihrer Umhängetasche und zog Chaims Taschentuch hervor. Sie hatte sich wieder etwas in der Gewalt.

»Das war doch verdammt nett von ihm, mir das zu geben, was?« sagte sie unvermittelt. Ihre Stimme war wieder ganz unter Kontrolle. »Jetzt verstehe ich auch, warum sie mir, kurz nachdem sie mich vor Ibrahims Garage ins Auto gezerrt hatten, den Paß abnahmen und den Kerl mit dem Paß aussteigen ließen. Ich nehme an, er hat ihn der griechischen Frau gebracht, damit sie herkommen und meinen Koffer stehlen konnte.«

»Wieso hatte ihn dann der Araber wieder?«

»Der vierte Araber kam später ins Haus und hatte ihn dabei. Ich erriet aus dem, was sie sagten, daß sie mich ein paar Tage dort einsperren würden, um mich dann über die Grenze nach Trans-Jordanien zu bringen.«

»Aber die Polizei an der Grenze hätte dich doch bemerkt – Stark muß doch alle gewarnt haben.«

»Sicher hast du recht. Sie hatten herausgefunden, daß ich Arabisch spreche, und ich glaube nicht, daß sie irgend etwas gesagt haben, was ich nicht hören sollte. Das ergibt alles keinen richtigen Sinn, nicht wahr?«

»Nein.« Ich hütete mich, ihr zu sagen, wie ich die Sache sah. Wenn die Zeit gekommen wäre, sie zu töten, und sie den Anschein erwecken wollten, als wäre es ein jüdisches Verbrechen, dann war ihnen daran gelegen, positive Identifikationsmöglichkeiten beim Leichnam zurückzulassen. Es gab noch eine dritte Erklärung der Paßgeschichte, die allerdings war so selbstverständlich, daß ich damals nicht darauf gekommen war.

»Besser nimmst du jetzt dein Bad«, sagte ich. »Sperr die Tür zu, wenn ich weg bin. Und wenn du fertig bist, kommst du zu mir rüber. Dann können wir einen kleinen Plausch halten. Ich bin auf Nummer 92, und ich fürchte, ich muß jetzt Stark anrufen.«

»Kannst du nicht hierbleiben, solange ich bade? Ich kann

die Tür ein bißchen offenlassen, und dann können wir miteinander sprechen. Ich kann im Moment nicht allein bleiben.«

»Gut. Dann rufe ich Stark besser erst an, wenn du aus der Wanne bist. Mittlerweile kann ich Kaffee heraufkommen lassen.«

»Werden die das nicht merkwürdig finden – ich meine, daß du hier oben bist?«

»Die können das so merkwürdig finden, wie sie wollen. Ich muß was zu trinken haben – und ich glaube, du hast's auch nötig.« Sie stand schon in der Tür des Badezimmers und hatte das Licht angemacht, als sie sich plötzlich umdrehte.

»Herrgott! Gerade fällt mir ein – ich muß ja in dieselben schmutzigen Kleider schlüpfen, wenn ich aus der Wanne steige.«

»Ich hol' einen Pyjama, wenn du magst. Und einen Morgenrock ...«

»Dann würden die aber wirklich die Augen aufreißen!« Sie lachte leise, das erste Mal, daß sich ihr Gesicht entspannte, seit sie das arabische Haus verlassen hatte. »Und ich möchte dich unbedingt als Wachposten hierbehalten, verstehst du?« Sie schloß die Tür bis auf einen Spalt, und ich hörte Wasser laufen. Ich hob den Hörer ab und bestellte einen Riesentopf Kaffee und eine nicht zu knappe Menge Schinkenbrote. Ich sagte nicht, daß ich zwei Tassen wünschte, um sie nicht verlegen zu machen. Ich saß auf der Couch und hörte sie im Badezimmer planschen und vor sich hinsummen.

Es war 10 Uhr 35, als draußen jemand klopfte. Ich erhob mich, warnte Lynn und ging, um dem Ober die Tür aufzumachen. Im Gang aber stand Sergeant Stark. Er trug einen Koffer, der mir vertraut vorkam.

»Darf ich eintreten, Mr. Shand?«

»In diesem Moment wollte ich Sie anrufen!«

»Sie haben genau 35 Minuten zu lange damit gewartet!«

Ich schloß die Tür und stellte den Koffer auf die Couch. Er

war mit weißem Staub bedeckt, und eine Ecke war eingedellt. Stark schaute sich im Zimmer um, seine Augen blieben auf der halboffenen Badezimmertür haften, hinter der es mucksmäuschenstill war. Lynn lag bewegungslos im Wasser und lauschte; ich erriet, daß sie wußte, wer gekommen sei. Ich öffnete den Mund, um etwas zu sagen, aber er kam mir zuvor.

»Eigentlich wollte ich Miss Grant sprechen – ich hörte, sie wäre zurück. Ist sie hier?« Ich starrte ihn an, und als er fragte, ob er sich setzen könnte, stimmte ich zu. Entweder hatte er einen Spion im Hotel oder er hatte einen ständigen Posten an der Tür aufgestellt. Im Geist ging ich die Möglichkeit durch: Elias? Der Träger? Der Mann, der telefoniert hatte? Mrs. Grady?

Letztere zu verdächtigen, schien absurd. Außerdem hatte er uns wirklich im schlechtesten Moment mit seinem Besuch überrascht.

»Ja, sie ist im Bad. Sie hat schlimme Erfahrungen hinter sich, und ich glaube, es ist das beste. Sie sprechen nur mit mir, wenigstens heute abend. Sie ist von arabischen Kriminellen gekidnappt worden ...«

»Von Arabern?« unterbrach Stark. »Woher wissen Sie das?«

»Ich weiß das, weil ... aber lassen Sie mich das alles erzählen ...«

»Mr. Shand, als ich dieses Zimmer betrat, sagte ich Ihnen, daß Sie 35 Minuten zu spät angerufen hätten. Sie beide sind um 10 Uhr im Hotel angekommen, und ich bin hier um 10 Uhr 35 gelandet. Ehe ich hier herauf kam, rief ich vom Empfang aus das Präsidium an, und die hatten auch noch nichts von Ihnen gehört. Haben Sie überhaupt eine Vorstellung, wieviel Männer noch unterwegs sind und nach Miss Grant suchen? Ich hab' alle alarmiert – die Grenzposten, die Häfen, die Flugplätze und jede einzelne Polizeistation in Palästina. Sie wissen nicht, ob ich nicht vielleicht auch Trans-Jordanien und den Libanon alarmiert habe. Und da brauchen Sie 35 Minuten, um ans Telefon zu gehen ...!«

»Es tut mir wirklich leid. Aber sie ist völlig zusammengebrochen, sobald wir hier oben waren – Sie haben ja keine Ahnung, was ihr alles passiert ist ...!«

»Dann sagen Sie's mir! Ich bin ein guter Zuhörer«, sagte Stark mit derselben angestrengten Stimme. Er wartete auf meine Worte, als es wieder an der Tür klopfte und ein Ober das Tablett mit dem Kaffee und den Brötchen brachte. Taktvollerweise hatten sie zwei Tassen bereitgestellt. Ich schenkte mir ein und trank, während ich sprach. Hinter der halbgeöffneten Tür badete Lynn weiter, nicht ganz so munter wie zuvor. Als ich nun Stark alles erzählte, was passiert war, mußte ich an meinen Besuch im Polizeipräsidium denken. Er saß wieder wie damals, mit ausdruckslosem Gesicht, nur diesmal beobachtete er mich ganz genau und unterbrach mich nicht einmal, bis ich fast geendet hatte. Ich erzählte gerade, wie Lynn auf der Terrasse des arabischen Hauses erschienen war, als er mich doch unterbrach:

»Sie erzählen ganz anders«, bemerkte er.

»Anders? Ich verstehe nicht.«

»Auf der Polizei haben Sie alles laufenlassen, das floß nur so aus Ihnen heraus, als Sie mir erzählten, daß Miss Grant vermißt sei. Jetzt aber denken Sie über das, was Sie sagen, genau nach!«

Ich hielt seinem Blick stand und versuchte, meiner Stimme einen scharfen Klang zu verleihen.

»Auch ich war, wie Sie wissen, in die Sache verwickelt, und ich bin jetzt verdammt müde, das kann ich Ihnen nur sagen. Wollen Sie eine genaue Beschreibung der Sache oder nicht? Wenn Ihnen was dran liegt, muß ich nachdenken, ehe ich spreche.«

»Sprechen Sie weiter. Wir waren an dem Punkt, wo das Mädchen auf die Terrasse trat ...«

Ich hatte gerade zu Ende erzählt, als Lynn aus dem Badezimmer trat, sie trug ihre schmutzige Bluse und die verknautschte Hose. Um den Kopf hatte sie sich ein Handtuch gewickelt, das ihr Haar verbarg und ihr schönes Dekolleté gut zur Geltung brachte.

Als sie hereinkam, erhob Stark sich und sagte, die Mütze unterm Arm, er wäre froh, sie heil und gesund zu sehen. Im nächsten Atemzug verlangte er, ihren Paß zu sehen. Sie holte ihn aus ihrer Tasche im Bad, reichte ihn Stark und rief, als ihr Blick auf den Koffer fiel:

»Mein Gepäck! Wo haben Sie das her?«

»Ehe ich das erkläre, muß ich Sie um einen Gefallen bitten, Miss Grant. Bitte würden Sie das Handtuch abnehmen?«

Ich hatte mich schon gewundert, warum er nach all der großen Dringlichkeit, die bestand, das Präsidium anzurufen, um ihnen das Wiederauftauchen Miss Grants zu melden, so lange gewartet hatte. Nun begriff ich: Stark hatte darauf gewartet, sie zu identifizieren, ehe er seine Leute verständigte. Er war viel schlauer und vorsichtiger, als ich ihn eingeschätzt hatte, ich konnte mir vorstellen, daß er mit dem Verdacht gespielt hatte, es gäbe eine Verschwörung – und sich nun fragte, ob dies nun wirklich Miss Grant wäre. Wenn nicht, würde das mein Zögern, ihn anzurufen, erklären. Da stand sie mit nassem Haar, während er ihren Paß kontrollierte und sie dabei betrachtete, dann reichte er ihr den Paß zurück. »Vielen Dank, Miss Grant. Ich fürchte, in meinem Beruf muß man alles erst genau prüfen, ehe man es glauben kann. Dürfte ich das Telefon benutzen?« Sein Gespräch mit dem Präsidium war kurz – das gesuchte Mädchen wäre gefunden, unverletzt, man solle den Alarm abblasen und sogleich einen Wagen von der Spurensicherungsabteilung ins Gebiet des Toten Meeres entsenden ... Ich nahm an, er hoffte, daß einer von Moshes Leuten Fingerabdrücke in dem arabischen Haus hinterlassen hätte. Als er fertig war, hatte Lynn schon ihren Koffer geöffnet und untersuchte den Inhalt.

»Ihr Koffer sieht recht mitgenommen aus«, bemerkte Stark. »Man hat ihn aus einem fahrenden Auto in eine Schlucht geworfen, als meine Leute auf der Straße nach Lydda hinter dem Wagen herfuhren. Meine Leute im Polizeiauto hatten gar keinen Verdacht gehegt, aber ich nehme an, die Leute in dem anderen Wagen verloren die Nerven. Leider haben wir sie nicht schnappen können. Sie verloren sich im

Verkehr. Das Nummernschild war mit Sand verschmiert – wir haben keine Spur.«

»Was war das für ein Auto?« fragte ich.

»Ein grüner Renault«, er hob die Hand, um mich am Weiterreden zu hindern, »und bitte, bedenken Sie, was ich Ihnen schon einmal sagte – es gibt Unmengen von grünen Renaults in Palästina.«

»Auf derselben Strecke?« meinte ich ihn erinnern zu müssen.

»Das ist auch mir nicht entgangen, Mr. Shand.«

Lynn war damit fertig, ihre Habe im Koffer zu prüfen, sie sah erleichtert aus. »Ich glaube, es fehlt nichts. Tatsächlich sieht alles so aus, als habe man ihn gar nicht geöffnet.«

»Wir haben ihn geöffnet, im Präsidium«, sagte Stark. »Und nun, würde es Ihnen beiden etwas ausmachen, sich mir gegenüber zu setzen, ich möchte Ihnen ein paar Fragen stellen?«

»Sie ist erschöpft, todmüde!« protestierte ich.

»Deshalb werde ich auch Sie das meiste fragen.« Er wartete, bis wir zwei Stühle bereitgestellt und uns nebeneinander vor ihm niedergelassen hatten. Auf diese Weise konnte er uns beide sehen, wir aber konnten uns keine Zeichen machen, ohne daß er es bemerkt hätte. Während Lynn sagte: »Ich komme um vor Hunger«, und sich über die Schinkenbrötchen hermachte, setzte Stark sich zurecht und lächelte, um mich in Sicherheit zu wiegen.

»Sie sagten, Sie konnten keinen der Männer von der jüdischen Untergrundbewegung identifizieren. Ich verstehe auch warum. Da war der Lieferwagen, in den Sie einstiegen, als Sie das Taxi verließen. Der Raum, in dem Sie verhört wurden, wo sie Ihnen alles über sich berichteten – war das ein großer Raum?«

Beinahe hätte ich gesagt: »Ja, etwa 40 qm.« Mein Kopf hatte sich darauf konzentriert, keinen Menschen gesehen zu haben. Und nun schleuderte er mir die Frage nach einem Raum entgegen. Ich war mir klar, daß ich von da an jedes Wort, das ich Stark sagte, auf die Goldwaage legen mußte.

»Ich hab' keine Ahnung, das sagte ich doch schon – ich konnte nichts sehen.«

»Ich weiß, aber es war ein langes Verhör«, sagte er geschickt. »Selbst mit verbundenen Augen kann man manchmal von der Akustik her auf die Raumgröße schließen.«

»Ich fürchte, das war mir ziemlich gleichgültig, alles, was mich beschäftigte, war die Frage, wie es nun weitergehen solle.«

»Aber Sie, Sie haben diesen Mann, der sich Moshe nannte, gesehen – Sie müssen ihn ein paar Minuten gesehen haben«, schoß er plötzlich eine Frage auf Lynn ab. »Direkt nach Ihrer Befreiung, als er fragte, ob Sie wüßten, warum die Araber Sie gekidnappt haben.«

»Hab' ich nicht«, sagte sie ruhig. Ich sah sie an, sie war ganz kühl und hielt Starks Blicken stand. Ich weiß nicht, wie sie das nach all den Strapazen zuwege brachte. »Es war dunkel«, fuhr sie fort, »so dunkel, daß man nicht mal die Hand vor Augen sehen konnte.«

»Selbst in der Dunkelheit müssen Sie doch einen gewissen Eindruck von der Größe, dem Umriß dieses Mannes bekommen haben – als Ihre Augen sich an diese Beleuchtung gewöhnt hatten.«

»Nein, weil ich ihn gar nicht ansah. Ich zitterte so, ich war außer mir, hysterisch. Die meiste Zeit versteckte ich mein Gesicht an Davids Schulter, er sprach hauptsächlich. Als der Mann bemerkte, in welchem Zustand ich mich befand, entschuldigte er sich und hörte auf, mir Fragen zu stellen.«

»Vielleicht sollte auch ich aufhören, Fragen zu stellen«, sagte Stark fröhlich, dann sah er mich an.

»Ein dunkelhaariger Mann, eher dunkelhäutig, ein paar Zentimeter kleiner als Sie, Kopf etwas zu groß für den Körper und 10 Stunden, nachdem er sich rasiert hat, müßte er es eigentlich wieder tun. Anfang 40. Könnte diese Beschreibung auf ihn passen?« Er hatte Moshe genau beschrieben. Ich glaube, meine Antwort interessierte ihn nicht weiter, er wollte nur mein Gesicht beobachten, um jeden Funken des

Erkennens zu registrieren. Ich aber schaute ungerührt in seine Augen.

»Er war eine Stimme im Dunkeln.«

»Die Geschwindigkeit, mit der er die Polizeinachricht mit den Meldungen seiner Leute in Verbindung brachte ... Das ist beeindruckend«, erklärte Stark. »Dazu braucht man Organisationstalent – und darin ist er gut! Zu gut für mein Wohlbefinden. Walter Rosenthal. 43 Jahre alt. 1938 aus Deutschland geflohen und dann hierhergekommen. Eine Zeitlang bei der ›Jewish Brigade‹ und nun wieder hier, seitdem ist er mir ein Dorn im Auge. Ich halte ihn verantwortlich für drei Banküberfälle und sechs Bombenattentate ...«

Er wartete und zündete sich eine Zigarette an. Ich schwieg. Leicht war's nicht. Stark war ein britischer Polizist und erwartete Kooperation. Moshe hatte Lynns Rettung nur organisiert, um seiner eigenen Sache weiterzuhelfen. Aber gerettet hatte er sie nun mal. Ich sagte also nichts. So ging es noch eine Zeitlang weiter, aber ich versprach mich nie, andererseits war mir klar: er wußte, daß ich nicht die Wahrheit sprach. Kurz vor Mitternacht verließ er uns schließlich, entschuldigte sich bei Lynn dafür, daß er sie so lange aufgehalten hatte, nach allem was sie durchgemacht hatte. Ehe er das Zimmer verließ, stellte er ein paar Forderungen, die man eher Bitten nennen konnte.

Wir sollten Palästina nicht verlassen – auch nicht Jerusalem, ohne ihn zu informieren. Er wollte auch nicht, daß wir Reportern irgendwelche Auskünfte gaben, da die Presse bisher noch nicht unterrichtet war, und es wäre besser, wir würden im Hotel bleiben, bis er sich am Morgen wieder meldete.

»Was unseren Aufenthalt in Jerusalem betrifft«, sagte ich, »ich will sie morgen aus der Stadt schaffen – weg von all den bösen Erinnerungen!«

»Wo wollen Sie denn hin mit ihr?«

»Nach Tel Aviv. Letztes Jahr habe ich ein paar Tage dort verbracht und ich glaube, daß würde ihr guttun – der Strand und das Meer.«

»Nicht zu früh«, sagte Lynn über meine Schulter. »Ich will

nur eines, schlafen, schlafen und schlafen.« Als er ging, sah ich, wie sie ein großes Gähnen zu verbergen suchte. »Tut mir leid« sagte sie, »aber ich fall' um – und ich wollte so viel erzählen – aber nur dir. Verdammter Sergeant Stark!« Sie ging zu ihrem Koffer und klappte ihn auf. »Aber bitte bleib da, bis ich ausgepackt habe – und ich verspreche dir, morgen sehe ich präsentabler aus. Lieber Gott! Ich hätte Metin anrufen sollen!«

»Wer ist Metin?«

»Der Mann in Beirut, der meine Nachrichten an Vater weitergibt ...« Sie schwieg und ihr Gesicht verschattete sich, als sie weiter auspackte. Am Ende dieses langen Tages, oder besser am Anfang des nächsten, gab es plötzlich wieder die alte Heimlichtuerei, die immer dann begann, wenn die Rede auf ihren Vater kam. Ich ließ es hingehen und machte keine weiteren Bemerkungen zu der Angelegenheit, während sie weiter auspackte, ein Paar Hausschuhe anzog und darüber plauderte, was wir in Tel Aviv tun wollten. Als ich gerade in mein Zimmer gehen und zur Tür hinaus wollte, klopfte es wieder. Da stand der Nachtportier mit einem silbernen Tablett, auf dem er eine Sektflasche in einem Eiskübel balancierte. Rätselhaft! Aber ein Zettel lag dabei, an Lynn adressiert. Als er fort war, lasen wir.

»Das ist ein guter Schlaftrunk für Sie. Aber geben Sie diesem trickreichen jungen Mann keinen Tropfen davon ab.« Die Unterschrift war: William Stark.

Wir tranken jeder ein Glas und danach zog ich mich zurück. Sie folgte mir bis zur Tür, stellte sich auf die Zehenspitzen und küßte mich auf die Wange.

»Das soll heißen – danke schön –, du hast mir das Leben gerettet.«

Ich wartete noch lange genug im Korridor, um zu hören, wie sie ihre Tür versperrte.

7. Kapitel

Am nächsten Morgen verließen wir Jerusalem, die Stadt, zu der die Leute aus aller Welt gepilgert kommen, ohne das geringste Bedauern. Es war ein strahlender Tag mit wolkenlosem Himmel, und die Stadt hob sich klar und scharf umrissen gegen das Blau des Himmels ab. Heute hatten die vielen kleinen Hügel rund um die Stadt eine geradezu symbolische Ähnlichkeit mit lauter kleinen Vulkanen. Moshes Organisation, die für ihre Art von Freiheit kämpfte, und auch die arabische Bande, die Lynn entführt hatte, hatten viele Gleichgesinnte in der Stadt und im ganzen Land. Eines Tages würde all dieser Sprengstoff in die Luft fliegen, und ich hatte keine Ahnung, wohin das führen würde – zu einem ständigen Besetzungszustand? Zu einer neuen Aufteilung? Zu einem freien Staat Israel? Wenn ich an Chaim dachte, tendierte ich fast dazu, letzteres zu glauben.

»Ich freue mich so, daß du Tel Aviv vorgeschlagen hast«, sagte Lynn, als wir die Vorstädte hinter uns ließen und die lange Straße in Richtung Lydda und Meer vor uns lag.

»Ich hoffe, es gefällt dir – es ist dort alles so blank und neu. Hast du eigentlich Metin erreichen können?«

»Nein. Die Leitung, nach Beirut war überlastet. Ich muß es in Tel Aviv noch mal versuchen. Sieh' mal, die Anhalter.« Eine Reihe junger Juden in Shorts mit von der Feldarbeit braungebrannten Beinen, standen mit Bündeln am Straßenrand. Sie machten wohl einen Ausflug aus ihrem Kibbuz.

Ich gab ein bißchen mehr Gas, als wir ein Stückchen gerade Straße erreichten. Stark war am Morgen bei uns erschienen, als wir soeben unser Frühstück hinter uns hatten. Er berichtete, daß der Abschleppdienst soeben mit Lynns Citroën aus Sinai eingetroffen sei. Die Reparatur würde eine Woche in Anspruch nehmen. Er bot sich an, ihn dann zu der Garage in Beirut zu bringen, wo Lynn ihn gemietet hatte. Offenbar reiste er häufig in den Libanon, um seinen Kollegen dort zu treffen. Ich hatte den Eindruck, diese Zusammenarbeit betraf vor allem den Schmuggel. Lynn hatte

Starks Anerbieten dankbar angenommen, denn bis dahin war der Citroën ein Problem für uns gewesen. Ich für meinen Teil nahm an, daß sich der Sergeant eigentlich dafür interessierte, wie das Loch in den Tank gekommen sei. Er hatte ganz beiläufig nach der Garage in Kairo gefragt, in der sie den Wagen bei ihrem Besuch gelassen hatte.

»Glaubst du, sie werden den Araber schnappen, der davongekommen ist?« fragte sie mich, als wir durch die von Olivenbäumen bewachsenen Hügel fuhren.

»Das werden wir wahrscheinlich nie mehr erfahren, denn bald verlassen wir dieses Land.«

»Wir?« Sie strich sich das Haar aus der Stirn und hielt es fest, damit der Wind es nicht zurückwehen konnte. Sie betrachtete mich forschend. In ihrer Stimme war wieder jener neckisch spitzbübische Ton gewesen und ich freute mich, daß sie sich so schnell zu erholen schien. Die meisten Mädchen hätten noch tagelang über all die grausamen Erlebnisse nachgedacht und gejammert. Ich fühlte, wie sehr sie sich bemühte, von der Erinnerung loszukommen.

»Wir!« wiederholte ich. »Jemand muß dich doch nach Beirut bringen, und da habe ich mich gerade gemeldet. Ich muß Ja auch außer Landes, schon um den Korrespondenten anzurufen, wie ich es Moshe versprochen habe.«

»Ich könnte ihn ja an deiner Stelle anrufen«, neckte sie.

»Ja, das ist wahr.« Ich gab vor, mir die Sache ernsthaft zu überlegen. »Das ist die Idee – ich kann dann in Tel Aviv bleiben.«

Sie kniff mich in den Oberarm, ganz zart nur, um mich nicht beim Fahren zu stören. »Ich glaube nicht, daß ich Sie besonders mag, Mr. Shand, aber ich nehme Ihre Offerte doch an.«

Dann kamen wir in die Ebene und fuhren durch die dichten Olivenhaine auf einer leeren Straße Richtung Tel Aviv. Wieder sah ich in den Rückspiegel und entdeckte ein Polizeiauto, das hinter uns fuhr. Es hatte sich uns in den Außenbezirken Jerusalems angeschlossen, und Lynn hatte diese

Eskorte, die wir sicherlich Stark verdankten, wohl nicht bemerkt. Ich glaubte nicht, daß wir meinetwegen bewacht wurden. Das Mädchen neben mir wurde für eine Amerikanerin gehalten, und in Jerusalem tagte die Kommission. In diesem einzigen Punkt waren sich Moshe und Stark einig – Lynn mußte geschützt werden. Als wir die Vorstadt von Tel Aviv erreichten, überholte plötzlich ein grauer Chrysler das Polizeiauto und ich fragte mich, ob er die ganze Reise hinter dem Polizeiauto mitgemacht habe. Je mehr wir uns dem Zentrum näherten, desto weiter blieb das Polizeiauto zurück. Der Chrysler hatte sich zwei Wagen hinter uns in den immer dichter werdenden Verkehr eingefädelt. Ich sah zu Lynn hinüber, aber sie hatte nur Augen für die säuberlichen Betonwürfel und -rechtecke, die in den ungewöhnlich blauen klaren Himmel ragten. Meist haben neu aus dem Boden gestampfte Städte etwas Unbewohntes und Abweisendes an sich, Tel Aviv aber war ganz anders. Die europäischen Siedler hatten Bäume an den Straßen gepflanzt und Sträucher hinter den niedrigen Vorgartenmäuerchen. Die Leute in Kairo zum Beispiel, Opfer jahrtausendelanger Armut, Unterernährung und Lethargie, krochen einher, als wäre das Leben eine Last. Nicht so die Jungen Juden in Tel Aviv, die mit Entschiedenheit und Elan, selbstbewußt und braungebrannt, in ihrer schönen neuen Stadt ihren Geschäften nachgingen.

»Wie anders die Atmosphäre hier ist«, bemerkte Lynn. »Du hattest recht, man glaubt, die Welt fängt hier noch einmal ganz neu an.«

»Wollen wir hoffen, daß sie es auch so bleibt!«

Ich sah mich nach einer Gelegenheit um, an den Straßenrand abzubiegen und den Wagen hinter mir vorbeizulassen, damit ich einen. Blick auf den Chrysler werfen konnte. Ich sah meine Chance, blinkte und fuhr schnell heraus. Der Wagen hinter mir scherte aus, um an mir vorbeizukommen. Im selben Augenblick gab der Chrysler Gas, und da die Straße frei war, fuhr er zur selben Zeit wie der andere Wagen an mir vorbei, so daß er zu meinem Ärger verdeckt war und ich keine Gelegenheit hatte, einen Blick auf das Nummernschild zu werfen. Weg war der Chrysler – Richtung Meer. »Warum halten wir an?« wollte sie wissen, »haben wir uns verfahren?«

»Ich warte auf das Polizeiauto, das uns seit Jerusalem gefolgt ist. Ich möchte mit dem Fahrer sprechen.«

»Ein Polizeiauto? Das hab' ich nicht bemerkt.«

»Ja, die haben sich im Hintergrund gehalten. Da kommen sie.« Ich winkte das Auto heran, und es parkte hinter mir am Gehsteig. Der uniformierte palästinensische Polizist, der neben dem Fahrer saß, stieg aus und kam heran, beugte sich zu Lynns Fenster, grüßte und sah erst sie, dann mich an.

»Ich bin David Shand«, begann ich, »Sie kennen, wie ich annehme, Sergeant Stark ...«

»Ja, Sir, da wir auf dieser Strecke unterwegs waren, schlug er vor, uns diskret hinter Ihnen zu halten.« Er lächelte Lynn zu. »Nur für den Fall, daß ... nicht daß wir wirklich etwas erwartet hätten ...«

»Hinter Ihnen fuhr ein grauer Chrysler«, sagte ich, »muß Sie vor ein paar Minuten überholt haben. Ich hab' angehalten, um ihn mir anzusehen, aber er hat geschickt einen anderen Wagen überholt und ist weitergefahren. Ein grauer Chrysler hat uns schon zweimal verfolgt – einmal in Kairo – und dann im Sinai ...« Ich hielt inne und fragte mich, ob ihm all das irgend etwas sagte. Er holte sein Notizbuch hervor. »Ich weiß ja nicht, wieviel Stark Ihnen erzählt hat ...«

»Dieses Auto hat er nicht erwähnt, wir prüfen's aber trotzdem nach. Sie haben doch die Nummer?«

»Ich fürchte, nicht – das andere Auto war davor.« Ich fragte mich nun, ob ich vielleicht zu mißtrauisch sei und ob er nun wie Stark sagen würde, Palästina wimmle von diesen Autos, aber er sagte etwas völlig anderes, als er sich etwas in sein Büchlein notierte.

»Gibt im Moment im Land nicht allzu viele Chrysler. Vielleicht finden wir ihn ohne Nummer. Er fuhr Richtung Meer – ja?« Er schien die Sache ernst zu nehmen und ich fragte mich, ob er nicht einfach nur höflich war, als er sein Büchlein wegsteckte und sich wieder zum Fenster herabbeugte. »Ich nehme an, Sie melden sich bei der hiesigen Polizeistation, wie Stark es Ihnen vorschlug? Gut so – die liegt in der Nähe des Strandes.« Er grüßte wieder und sah Lynn noch einmal genau an. »Amüsieren Sie sich gut, Miss, Sie werden sehen, es ist schön hier.«

»Hu, der rote Teppich wird ausgerollt«, sagte Lynn, als er sich entfernte. »Ich komme mir ganz wichtig vor, wenn sie soviel Wind um mich machen und auf uns aufpassen.«

Ich fuhr weiter, froh darüber, daß die Angelegenheit dazu beizutragen schien, daß sie sich nun sicherer fühlte. Als wir uns nun dem Meer näherten, breitete die Stadt ihren ganzen Zauber vor uns aus. Alle Häuser, drei- und vierstöckige Wohnhäuser mit flachen Dächern, saßen eng beisammen, als habe der Planer das Zusammengehörigkeitsgefühl der Juden demonstrieren wollen und als sollte ihre Anwesenheit einen bleibenden Eindruck auf diesen gequälten Landstrich machen. In der Nähe des Zentrums gab es eine Menge neu aussehender Läden mit großen Schaufenstern, in denen europäische Waren feilgeboten wurden. Die Straßen sahen sehr sauber aus, etwas, was in Jerusalem fehlte. Vielleicht war diese Stadt nicht eben das Meisterwerk eines Le Corbusier. Aber damals, 1946, war sie doch die neueste Stadt auf Erden, eine wahre Oase des Friedens in einer erschöpften Welt.

»Denkst du, das Auto hat uns verfolgt?« fragte Lynn, als wir zu einer Kreuzung von sechs Straßen kamen, in deren Mitte ein Baumrondell lag. Ich hatte den Verdacht, daß sie über den Vorfall nachdachte, noch ehe sie den Mund aufgemacht hatte.

»Da, das muß die Polizeistation sein«, fuhr sie fort.

Zwischen den weißen Häuserwänden einer der Straßen konnte man am Ende das blaue gleißende Meer entdecken. Ich fuhr in diese Richtung, als uns plötzlich das Polizeiauto überholte und vor dem Präsidium hielt. Ich war sicher, das geschah nur, um unsere Ankunft zu melden. Ich bewunderte die Diskretion, mit der über uns gewacht wurde. Ich stellte mir vor, daß Stark erst wieder frei atmen würde, wenn wir außerhalb der Grenzen wären. Trotzdem behandelte er uns sanft, das war Lynns Nationalität zu verdanken.

»Also mir, mir gefällt es hier«, sagte Lynn, als wir langsam die Straße weiterfuhren.

Wir nahmen zwei Zimmer im Carlton, einem kleinen und ruhigen Hotel, das in der Halle angenehm nach frischer Farbe roch. Ein weißes flachdachiges Gebäude mit Balkonen und einer großen Terrasse im ersten Stock, von der aus man das Meer und die Strandpromenade überblicken konnte. Es war wärmer als in Jerusalem. Ich duschte, zog meine leichte Khaki-Hose aus Kairo an und ging auf die Terrasse hinunter, um auf Lynn zu warten. Die kleinen grünen Tischchen, die in der Sonne standen, waren alle leer, und ich hatte die ganze Terrasse für mich allein. Ich setzte mich unter ein Glasdach, das die Sonnenstrahlen filterte. Der Wind, der vom Meer her wehte, war abgeebbt und nach einigen Minuten zog ich die Jacke aus. Es war Mittag, der Strand lag verlassen da, die Straße entlang der Promenade war leer und ohne Verkehr. Das einzige, was ich hörte, als ich mich wohlig entspannte, war das Plätschern der Wellen am Sandstrand unten und das leise Flüstern von Musik aus einem Nachbarhaus, wo ein Radio neben dem offenen Fenster spielte. Die Musik war beruhigend und melodisch und erinnerte mich an einen kurzen Urlaub, den ich vor dem Krieg in Le Touquet verbracht hatte. Am Strand hatte man Lautsprecher aufgestellt, und ähnlich nostalgische Melodien waren erklungen. Ich mußte an alte Zeiten denken, die längst vergangen waren. Damals lebten meine Eltern noch und leiteten ein kleines, nicht allzu profitables Hotel in East Anglia. Ich schaute hoch, als Lynn auf die Terrasse trat.

Sie trug zwei riesige Gläser und trat behutsam auf, um nichts zu verschütten.

»Orangensaft! Du hättest Madame sehen sollen, wie sie den machte. Vier riesige Jaffa hat sie verwendet und sie mit 'ner Maschine ausgedrückt, während ich wartete. Und ganz kalt waren die!« Sie sah mich an, als sie die Gläser auf den Tisch stellte. »Is' was? Du siehst so feurig aus.«

»Das macht diese Musik. Erinnert mich an etwas vor dem Krieg. Möchte wissen, wann wir wohl aufhören werden, die Wendung ›vor dem Krieg‹ zu benutzen?«

»Das wird noch Jahre dauern, nehme ich an – obgleich es mir auch schon vorkommt, als sei alles schon seit Jahren vorüber.« Sie setzte sich. Sie trug eine langärmlige Bluse und einen karierten Rock, den sie schon auf der Reise von Jerusalem her getragen hatte. »Weißt du, David, ich hab' das Gefühl, wir wären die einzigen Gäste – und ich glaube, Madame führt das Hotel ganz allein. Wie die Leute hier arbeiten!«

»Wann rufst du in Beirut an?« fragte ich und wünschte mir gleich darauf, das nicht gesagt zu haben. Ich hatte das Gefühl, dann hätte ich für eine Ewigkeit gemütlich in Tel Aviv herumhocken können. Auch sie mußte ähnliches gefühlt haben, denn sie zog die Nase kraus und nippte behutsam an ihrem vollen Glas, stellte es auf den Tisch und wischte sich Orangenteilchen von den Lippen.

»Und wann meldest du dich bei der Polizei?« konterte sie.

»Wenn du das so sagst, klingt das, als wäre ich ein Gefangener mit Bewährung.«

»Weißt du so sicher, daß wir es nicht sind, jedenfalls was Sergeant Stark betrifft.«

»Eines weiß ich sicher: der wäre froh, wenn wir endlich außer Landes wären. Ich werde, sobald ich meinen Saft getrunken habe, auf die Wache gehen. Ich will nicht, daß sie uns diesmal wieder eine Polizeistreife nachschicken.«

»Und ich rufe dann Beirut an«, seufzte sie. »Ich nehme an, wir müssen morgen in den Libanon aufbrechen, oder? Es ist so toll hier, ich könnte Monate bleiben.«

»Ich muß auch noch anrufen – den Korrespondenten in Kairo. Lynn, hast du gar keine Ahnung, wo dein Vater sich im Augenblick aufhält?«

»Er ist viel unterwegs«, sie sah in ihr halbleeres Glas. »Deshalb muß ich ja auch Metin erreichen – um zu erfahren, wo er ist. Es ist acht Jahre her, daß ich zum letztenmal in Amerika und sechs, seit ich das letztemal in London war. Manchmal denke ich, es müßte himmlisch sein, sich irgendwo in einem englischsprechenden Land niederzulassen.« Sie sah mich an und beobachtete mein Gesicht. »Irgendwie hast du ja das gleiche hinter dir – durch den Krieg. Wie war's denn in East Anglia? Schön? Ich bin dort noch nie gewesen.«

Wieder hatte sie mich von ihrem Vater abgelenkt – und ich ließ es zu, denn sie hatte gerade einiges Böse hinter sich. Es war halb eins, als ich die Terrasse verließ, um unsere Adresse in der Polizeistation zu melden. Aber schon nach einem Dutzend Schritten machte ich kehrt und rannte noch einmal zu Lynn zurück, die auf der Terrasse saß.

»Wenn du irgendwelche merkwürdigen Anrufe kriegst, wenn dich jemand irgendwohin bestellt – geh nicht! Selbst wenn's was mit deinem Vater zu tun haben soll oder mit der Polizei. Das stimmt vielleicht gar nicht. Warte, bis ich zurück bin.«

Sie nahm meine Warnungen ruhig entgegen, aber ich konnte sehen, daß sie innerlich gespannt und nervös war. Noch immer mußte sie sich sehr bemühen, zuversichtlich zu erscheinen – ihr Lächeln geriet ihr etwas unsicher. Die Reaktion auf das Geschehene hatte sie nun völlig eingeholt, und ich glaube, es behagte ihr wenig, im Augenblick allein zu bleiben, sie wollte aber den Anruf nach Beirut machen. Ich hastete zur Polizeistation und hoffte, die Sache in ein paar Minuten hinter mich zu bringen, aber alles dauerte länger, als ich vermutete. Ich bemerkte, wie ich immer wieder auf die Uhr sah. Der Mann am Schreibtisch notierte alle Details und bestand sodann darauf, mit Jerusalem zu telefonieren – also würde ich wohl freundlicherweise warten, bis er durchkäme? Es dauerte mehr als zwanzig Minuten, bis er die Heilige Stadt an der Leitung hatte. Aber Stark war nicht zu finden, also vergingen wieder Minuten, bis jemand kam, der über den Fall Bescheid wußte. Nach einer Weile reichte mir der Polizist den Hörer und sagte mir, Sergeant Hankey wollte noch ein Wort mit mir wechseln. Ich griff ungeduldig nach dem Hörer und hörte Hankey fragen, ob Miss Grant bei mir sei? Ich verneinte, sie wäre im Hotel, doch ich wolle jetzt gleich zu ihr zurück. Hankey sagte noch irgend etwas, als ich dem Mann am Schreibtisch den Hörer aushändigte und eilends die Polizeistation verließ. Lynn war über eine Stunde allein gewesen.

Als ich ankam, lag die Sonnenterrasse verlassen da. Die zwei Gläser, aus denen wir Orangensaft getrunken hatten, standen noch immer auf dem Tisch, von Lynn aber war nichts zu sehen. Ich unterdrückte meine plötzlich aufsteigende Panik, betrat das Hotel und fand den kleinen runden Raum leer, in dem Miss Levi ihre Gäste zu empfangen pflegte.

Ich schlug ungeduldig auf die Handglocke und wollte gerade die Treppe zu Lynns Zimmer hinaufsteigen, um dort nachzusehen, als Madame aus dem Inneren des Hauses erschien und sich die Schürze abband. Sicherlich hatte sie schon unser Mittagessen zubereitet. Sie war eine schöne, etwa 30jährige Jüdin, die meine Erregtheit zu bemerken schien, sie streifte mich mit einem neugierigen Blick.

»Miss Grant, ich hab' sie auf der Terrasse zurückgelassen ...?« Sie sei auf ihr Zimmer gegangen, teilte sie mir mit, um den Anruf dort entgegenzunehmen.

»Danke.« Ich wollte die chromverkleideten Treppenstufen hinaufeilen, als ich merkte, daß sie noch etwas sagte, das ich nicht verstanden hatte. Wenn ich schon so durchdrehen konnte, an einem herrlichen sonnigen Tag, wenn ich solch ein Schwarzseher war, der immer gleich das Schlimmste erwartete, wie mußte da erst Lynn unter dem Druck der Unsicherheit leiden? In diesem Augenblick beschloß ich, daß wir am nächsten Morgen nach dem Libanon reisen würden. »Tut mir leid«, sagte ich und ging ein paar Stufen hinunter, »könnten Sie das noch mal sagen?«

»Da ist ein Herr, der sie sprechen wollte. Er wartet im Salon. Vielleicht können Sie ihr das sagen, wenn sie nicht mehr telefoniert?«

»Wer ist da?« Ich war nun wieder am Fuß der Treppe. »Im Salon, sagen Sie – das ist da drin, oder?« Ohne abzuwarten, lief ich den langen Gang zur Halle hinunter, die an der anderen Seite des Hotels lag. Der Raum war weit, und man konnte die Promenade sehen. Ein anderes Fenster blickte auf den Garten hinaus, und man sah die Mauer des nächsten Hauses. Einige Teppiche lagen auf dem Boden und ein paar Sessel, dazu eine Wiege. Aber der Raum war leer. Der Meerwind bauschte die Tüllvorhänge an der Fenstertür, die in den umfriedeten Garten hinausführte. Ich eilte zurück und sah gerade noch, wie Mrs. Levi, die Schürze neu gebunden, in die Küche entwischen wollte.

»Da ist niemand«, sagte ich, »der Salon ist leer.«

»Das kann doch nicht sein, ich hab' ihn selbst reingehen sehen ...« Sie kam hinter dem Empfangstisch vor und marschierte vor mir her in die Halle. Ehe ich ihr folgen konnte, testete ich das Schaltbrett hinter dem Pult und sah, daß ein Bananenstecker bei Lynns Zimmer steckte, also telefonierte sie noch immer mit Beirut. Ich fand Mrs. Levi, die mit eingestemmten Händen mitten im Zimmer stand und mit den Augen eine schnelle Inventur unter ihren Habseligkeiten vornahm.

»Das ist aber sehr merkwürdig – er muß weggegangen sein, während ich in der Küche war.«

»Oder als er Sie mit mir sprechen hörte«, ich trat an die Fenstertür, an der die Vorhänge wehten, und sie war nicht ganz geschlossen. Ich stieß sie weit auf und rannte die Stufen in den Garten hinunter, den Zementweg zwischen dem dünnen Rasen entlang. Hinter einer modernen Plastik verborgen entdeckte ich ein Türchen aus Schmiedeeisen. Draußen rollte ein Mann ein Faß über den Gehsteig. Als ich an dem Türchen rüttelte, trat Madame neben mich.

»Das ist verschlossen«, sagte sie und musterte mich scharf, als ich mich umdrehte.

»Dann hat er nicht durch diese Tür verschwinden können. War die Fenstertür, durch die wir in den Garten gekommen sind, vorher offen?«

»Nein, sie war zu. Aber diese Türen gehen ganz leicht auf. Die Gäste gehen oft gerne ein wenig hinaus in den Garten, und deshalb schließe ich sie tagsüber nicht ab.« In der Art, wie sie das sagte, schwang etwas mit: Erst war sie nur verblüfft gewesen, aber langsam schöpfte sie Verdacht. Was waren das für komische Vögel, die sie sich da ins Hotel genommen hatte? Ich merkte zu spät, daß ich mich ungeschickt benommen hatte, denn das letzte, was wir brauchen konnten, war eine mißtrauische Atmosphäre. Für die Wirtin sah der Zwischenfall alltäglich aus: Ein Mann kommt ins Hotel und will jemanden sprechen, wartet ein bißchen, geht dann aber weg, weil er nicht länger warten kann. Ich mußte ihr aber noch ein paar Fragen stellen, auch auf die Gefahr hin, sie noch mehr zu befremden.

»Sie haben mir nicht gesagt, wer der Mann war. Hat er sich vorgestellt?«

»Ja, es war ein Mr. van Leven.«

»Er hat Ihnen, ohne daß Sie ihn fragten, seinen Namen genannt?«

»Nein, ich glaube nicht, warten Sie mal.« Ein winzig kleiner Zweifel spukte nun durch ihren Kopf, als sie sich das Treffen noch einmal vorstellte. »Er wollte gerade im Salon verschwinden, als ich ihm nachrief. Ich fragte, wen ich Miss Grant melden solle. Da hat er mir seinen Namen genannt. Er sagte, er sei ein Freund ihres Vaters.«

»Und als er kam, wußte er da, daß Miss Grant hier wohnte?«

»Ja, ich glaube schon.« Ihre nüchternen Blicke ruhten auf mir. »Obwohl, wenn ich's recht bedenke, vielleicht auch nicht. Er sagte: Ich glaube, bei Ihnen wohnt eine Miss Grant?«

Damit hätte er in verschiedenen Hotels nachfragen können, bis er ein Ja als Antwort erhielt. Ich lächelte sie ermutigend an und sagte:

»Ob es wohl möglich wäre, zu beschreiben, wie der Mann aussah? Wissen Sie, es bedeutet ja eigentlich nichts, aber sie ist von einem bestimmten Menschen so gräßlich bedrängt worden und den will sie nicht wiedertreffen – vielleicht war er das.«

»Ah! Jetzt verstehe ich!« Mrs. Levi war sogleich bereit, alles zu verstehen, was auch nur einen gewissen Hauch von Romantik trug. »Ein kleiner Mann, ziemlich dünn, dunkelhaarig, mit einem winzigen säuberlichen Schnurrbärtchen. Ich schätze, er dürfte über 30 gewesen sein – älter als Sie.« Ihre Augen strahlten, sie wartete nun auf Einzelheiten der Geschichte. »Klingt das, als könnte er's gewesen sein?«

»Könnte sein – ja, aber so wichtig ist's nun wirklich nicht.«

»Wenn er wiederkommt, sag' ich ihm, Miss Grant sei ausgezogen. Dann können Sie beide sich's hier schön machen.«

»Das tun Sie vielleicht besser nicht, Mrs. Levi; es sei denn, Miss Grant ist alleine hier, aber das soll nicht mehr so schnell geschehen. Wenn er wieder auftaucht – was ich bezweifle –, sagen Sie's mir, ich rede dann mit ihm.«

»Gewiß! Und sobald Miss Grant mit ihrem Anruf zu Ende ist, können Sie essen.« Ich folgte ihr auf dem kleinen Pfad zurück zum Hotel und bemerkte zum erstenmal ein winziges Wasserbecken neben der Hauswand. Die Sonnenstrahlen blitzten auf einem tieforangenen, riesigen Goldfisch, der mit seinen Gefährten flossenfächelnd im Wasser stand. Es war so warm, daß ein paar Mücken über der Wasseroberfläche tanzten. Plötzlich, vielleicht gerade beim Anblick dieser friedlichen Szene, die so sehr im Kontrast stand zu der unheimlichen Atmosphäre, in der wir lebten, fühlte ich mich ganz verzweifelt. Langsam, tief in Gedanken, stieg ich die Stufen zu Lynns Zimmer hinauf. Es war mir ungemütlicherweise klar, wie leicht der Besucher hätte ungesehen hier heraufschlüpfen können, wenn er gewußt hätte, in welchem Zimmer sie sich befand. Als ich klopfte, die Türe aufstieß, rief sie mir zu, sie wäre noch am Telefon, aber Sekunden später legte sie auf. Ihre Augen forschten ängstlich in meinem Gesicht. Dann fragte sie, und das irritierte mich, denn ich versuchte lässig zu erscheinen:

»Ist etwas passiert auf der Polizeistation?«

»Nein – warum? Sie bestanden darauf, in Jerusalem anzurufen, aber mehr war nicht.«

»Ich weiß nicht, du siehst aus, als wäre was passiert.«

»Hast du Beirut nun erreicht?«

»Ja. Metin sagt, er weiß morgen Bescheid und sagt mir's.«

»Morgen!«

»Ja, David. Ich habe mit Metin ausgemacht, daß wir morgen in Beirut ankommen, und da hofft er, mir etwas Verbindliches sagen zu können. Wo essen wir? Du denkst sicher, ich bin ein gräßlicher Freßsack, was?«

»Die Meeresluft zehrt. Wir essen hier. Madame hat alles vorbereitet.«

Auf der Sonnenterrasse war der Tisch für uns gedeckt, und das Mittagessen paßte zu dem herrlichen Wetter. Mrs. Levi hatte einen leckeren Salat zubereitet, dazu kaltes Hühnchen. Der algerische Weißwein war besser, als ich gedacht hatte. Ich kaute schweigend, meine Gedanken umkreisten den Besucher und Lynn störte mich nicht dabei. Erst etwas später fiel mir auf, daß sie wahrscheinlich dachte, ich wäre in Gedanken mit den Entscheidungen für meine Zukunft beschäftigt. Weiß Gott, daran hatte ich keinen einzigen Gedanken verschwendet. Wir saßen dort auf der Terrasse wie auf einem Präsentierteller und hatten einen weiten Blick über die Promenade und den Strand. Als wir beim Kaffee angekommen waren, ertappte ich mich dabei, daß ich die paar Leute, die ich sehen konnte, alle mißtrauisch beäugte. Ein Mann, der an der Promenade gegenüber dem Hotel auf einer Bank saß, war eingeschlafen, die noch ungelesene Zeitung über die Knie gebreitet; ein alter Fiat kroch die Straße entlang, während sein Fahrer das Meer betrachtete und dann am Randstein parkte. Ein lockiger junger Mann schob einen Wagen mit Obst und blickte hoffnungsvoll zu uns herauf. Keiner sah wie eine verdächtige Person aus. Ich beschloß, während ich Kaffee trank, Lynn von dem Besucher zu erzählen. Sie mußte gewarnt werden, damit sie in kritischen Momenten auf der Hut war.

»Schon mal was von einem Mr. van Leven gehört?«

»Nein.« Ihr Gesicht war ausdruckslos. »Wer ist das?«

»Ich weiß es nicht – nur – er war hier, um uns zu besuchen, während ich weg war. Mrs. Levi hat ihn in die Halle gesetzt, und später, als er mich kommen hörte, ist er über die Gartenmauer verschwunden.«

»Meinst du nicht eher, um mich zu besuchen?«

»Ja. Er sagte, er wäre ein Freund deines Vaters. Ein kleiner Bursche um die Dreißig, dünn und dunkelhaarig. Mit einem winzigen Schnurrbärtchen, laut Mrs. Levi. Denk mal nach, kennst du jemanden, der so aussieht?«

»Im Augenblick fällt mir niemand ein.« Sie hatte sich Minuten vorher entspannt und ihre nackten Beine in die Sonne gestreckt, aber nun war sie wieder in Alarmstellung, gespannt und unruhig. Fast tat es mir leid, davon gesprochen zu haben.

»Woher wußte er, daß wir hier waren?«

»Das ist eine gute Frage, aber ich glaube, darüber sollten wir uns nicht den Kopf zerbrechen. Als er hier vorsprach, sagte er etwas wie: er glaube, Miss Grant wäre hier abgestiegen.«

»Aber jetzt wissen sie, daß wir hier sind«, sagte sie.

»Na, dann ist's ja gut, wenn wir morgen ganz früh abreisen! Wenn wir Tel Aviv verlassen, verschwinden wir von der Bildfläche. Keiner wird wissen, wohin wir gegangen sind – nicht mal Stark. Ich weiß es kaum selber«, fügte ich mit einem Lächeln hinzu.

»Metin hat in Beirut einen Laden. Der liegt im Bazar-Viertel. Ich kann dir zeigen, wo das ist. Warst du mal in Beirut?«

»Nein, nördlicher als hier bin ich nie gekommen. Metin ist also ein alter Freund deines Vaters?«

»Eigentlich ist sein Bruder mit Vater befreundet. – Bevor wir abreisen, gehen wir noch schwimmen, ja?« Kein Lüftchen wehte, und unter dem Glasdach war es unglaublich warm. Die See lag glatt und ohne eine Welle wie blaues Öl unter der Sonne. Ich hatte meine Badehose dabei, aber wir mußten ins Zentrum fahren, um ihr einen Badeanzug zu kaufen. Wir gingen zurück ins Hotel und zogen uns um, aufgeregt und eilig wie Zehnjährige. Das Wasser war nicht gerade warm, und deshalb schwamm ich gleich los, so schnell ich konnte. Lynn hielt sich neben mir, schwamm mit kräftigen Stößen weit hinaus, bis ich sie dazu brachte, umzukehren. Dann trieben wir dicht am Strand lange Zeit faul im Wasser und Lynn erzählte mir von ihrer Kindheit. Ihre ersten Lebensjahre hatte sie in einem alten Kolonialhaus in Lexington verbracht. Ihr Vater hatte dort, ehe er sich entschloß, Seismologe zu werden, als Arzt praktiziert. Dann waren sie nach England gezogen, wo ihre Mutter starb und sie in Harrow zur Schule ging. Wenn ich mich an die faden Vorstadtstraßen von Harrow erinnerte, wunderte ich mich, daß sie überhaupt Heimweh nach England hatte – dann fanden wir beide entzückt heraus, daß wir ein Jahr lang nur fünf Straßen voneinander getrennt gelebt hatten.

»Da kann ich ja all meine Hemmungen über Bord werfen«, rief sie und bespritzte mich fürchterlich. Ich jagte sie über den Strand, dann die Straße hinauf und fing sie auf der Terrasse ein. Sie wand sich naß und kühl in meinen Armen – dann verschattete sich ihr Gesicht, als sie über meine Schulter sah.

»Der Mann im Auto ist *immer noch* da.«

»Der ist sicher pensioniert und wohnt hier«, sagte ich leichthin und warf ihr ein Handtuch zu.

»Dazu ist er zu jung.«

Später gingen wir ins Haus. Aber es war nicht so sehr die aufsteigende Kühle, die uns ins Haus trieb. Wir warteten wohl beide unbewußt auf den nächsten feindlichen Angriff. Das war nun unser Lebensrhythmus: Kurze Perioden der übermütigsten Entspannung, in denen wir es genossen, zusammen zu sein, dann der plötzliche Einbruch; eine alltägliche Begebenheit, die aber irgend etwas ganz anderes bedeuten konnte. Wie zum Beispiel der Besuch von Mr. van Leven oder der Anruf, den Lynn während des Abendessens erhielt.

Wir waren beide etwas erschöpft von unseren Eskapaden im Mittelmeer und beschlossen, ohne jeden abenteuerlichen Elan einfach im Hotel zu Abend zu essen. Der kleine Speiseraum lag neben dem Gang, der zum Salon führte, und wir hatten soeben unsere Suppe ausgelöffelt, als Mrs. Levi hereinmarschierte und verkündete: »Da ist ein Anruf für Miss Grant.«

»Wer ist es?« fragte ich schnell.

»Wollte er nicht sagen. Es wäre privat, meinte er. Ich sagte ihm, ich wüßte nicht genau, ob Miss Grant hier wäre, also brauchen Sie, wenn Sie lieber weiteressen wollen, nicht ranzugehen.« Sie sah selbstzufrieden aus, als sie das sagte, sicherlich dachte sie, es handle sich wieder um Lynns abgelegten und lästigen Verehrer. Lynn legte ihre Serviette auf den Tisch und erhob sich.

»Ich geh' besser ran«, sagte sie, »und höre, wer es ist.« Ich wußte, sie dachte, es könnte Metin sein, deshalb begleitete ich sie. Sie hob den Hörer vom Tisch, sah mich an, zögerte und sagte dann mit fester Stimme: »Hier spricht Lynn Grant. Wer ist dran?«

Ich stand nahe genug neben ihr, um das Klicken zu hören, als der Mensch am anderen Ende einhängte. Ihre Hand zitterte ein wenig, als sie auflegte.

»Das kann einem hier immer passieren«, sagte ich mit einem Schulterzucken. »Erinnerst du dich, als du Schwierigkeiten hattest, vom King Solomon nach Beirut zu telefonieren, da hat dich das Telefonfräulein gewarnt. Ich glaube, das ist die Polizei – die brauchen eine Leitung und nehmen sich einfach eine. Selbst wenn jemand gerade spricht.«

»Fertig?« fragte sie ironisch und hob eine Braue.

»Ich kann das einfach nicht«, sagte ich, »nur eine Braue heben. Du siehst verführerisch damit aus.«

»Na, du versuchst eben dein Bestes – und vielen Dank auch!« Sie machte eine kleine Pause. »Aber du glaubst ja selber kein Wort von dem, was du mir da gerade gesagt hast – nicht wahr?«

»Doch, Anrufe werden hier ständig unterbrochen«, beharrte ich. »Vielleicht war das Metin – aber den treffen wir ja morgen. Und jetzt gehen wir zurück zum Essen – alles wird kalt.«

Der Anruf hatte das Essen verdorben. Wir schauten bald noch einmal auf die Terrasse und entdeckten, daß der Mann auf der Bank verschwunden war. Auf der Promenade konnte sich niemand versteckt halten und uns beobachten, ohne Verdacht zu erregen. Natürlich bot es sich an zu glauben, sie hätten einen Testanruf getätigt, um herauszufinden, ob wir noch im Hotel waren. Nach dem Essen tranken wir einen Cognac, den uns Mrs. Levi in den Salon brachte. Als sie weg war, zog ich alle Vorhänge zu, denn wenn wir Licht anmachten, würde sich Lynn allzu leicht beobachtet fühlen. Langsam kamen wir in eine Stimmung, als würden wir belagert. Ich konnte den Morgen kaum erwarten, um endlich abreisen zu können. Später ging Lynn in ihr Zimmer, um ein Bad zu nehmen. Deshalb war sie nicht zur Stelle, als Sergeant Stark vorsprach und taktvollerweise nach mir fragte. Ich wartete, bis Mrs. Levi verschwunden war, und versuchte zu scherzen.

»Hätte mir denken können, daß Sie jetzt auftauchen. Miss Grant ist soeben hinauf, um ein Bad zu nehmen. Und das scheint das Signal für Ihre Besuche zu sein.«

»Sie verlassen Palästina bald, oder?« fragte er.

»Etwa um acht Uhr morgen früh – wenn wir da aufwachen. Ich fahre direkt nach Beirut. Dort kann sie Verbindung mit ihrem Vater aufnehmen.«

»Ich freue mich zu hören, daß Sie bei ihr bleiben.« Er sah hinauf zur Lampe an der Decke. »Wir haben die drei Araber aus dem Haus am Toten Meer geborgen. Keiner kennt sie – keiner hatte irgendwelche Papiere bei sich.«

»Das ist doch nicht entscheidend, oder? Ich meine, jeder Mensch hat doch irgend etwas bei sich, was die Identifikation erleichtert – selbst wenn es nur ein Brief ist.«

»Nicht unbedingt. Den vierten Araber haben wir noch nicht gefunden.«

»Und rechnen auch nicht damit?« Es war eine besondere Ironie, daß der einzige Mann, den Lynn hatte beschreiben können, nicht aufzufinden war. Allerdings hatte Stark bei ihrer Beschreibung bemerkt, sie könne auf Hunderte von Arabern angewendet werden.

»Ich rechne wirklich nicht sehr damit«, erwiderte er. »Gottlob hat die Presse noch immer nicht von der Sache Wind bekommen. Das ist ungewöhnlich – selten kann man eine Geschichte wie diese so lange geheimhalten. Und hier – ist hier heute alles glatt gegangen?«

Ich erzählte ihm von Mr. van Leven und von dem Telefonanruf. Wie immer lauschte er aufmerksam, und wie immer zeigte seine Miene nichts von dem, was er dachte. Er spielte mit seiner Mütze, tastete an dem Abzeichen darauf, glättete den Stoff und legte sie auf seinen Schoß. Seine Augen wanderten zu den langen Vorhängen, die vor den Fenstertüren hingen.

»Da ist er raus – meinen Sie?« Er prüfte die Tür nicht, nickte nur. Dann wandte er sich – und das war typisch für ihn – einem anderen Thema zu.

»Da hat sich noch jemand nach Miss Grant erkundigt heute nachmittag im King Solomon. Ein Amerikaner, der sich Johnson nannte. War das nicht der Name des Kerls, der auch in Kairo in Ihrem Büro nach ihr fragte?«

»Ja, genau. Der, der sagte, er käme von der amerikanischen Botschaft – was nicht stimmte. Also hören Sie, Stark, das wird mir aber wirklich zu viel. Zwei verschiedene Leute suchen uns. Der eine in Jerusalem, der andere hier. Das bedeutet eine ziemlich große Organisation – das bedeutet, Johnson hat den ganzen Sinai überquert, um ihr auf den Fersen zu bleiben ...«

»Oder aber er ist nach Lydda geflogen. Wir prüfen das gerade nach.«

»Hat dieser Amerikaner, dieser Johnson, was rausgekriegt im King Solomon?«

»Das bezweifle ich, ich habe mit Elias an der Rezeption gesprochen, der war vorsichtig mit seinen Auskünften – er rief mich an ...«

»Was – er hat Sie angerufen und Ihnen die Sache berichtet?« Über Elias hatte ich mir den Kopf ziemlich zerbrochen. Er war Jude und hatte mir den Originalanruf von Moshes Organisation übermittelt. Außerdem konnte es auch Elias gewesen sein, der mich beobachtete, nachdem ich aus der Telefonzelle kam, um festzustellen, ob ich mich an die Anweisungen hielt. Wenn er also zu Moshes Leuten gehörte, dann würde er ganz sicher Stark davon in Kenntnis setzen, daß ein Fremder daran interessiert war, uns zu finden. Ich bemerkte, wie der Polizeibeamte mich beim Denken beobachtete, und erinnerte mich daran, daß ich noch immer vorsichtig sein mußte. »Ich nehme an, das war unter den gegebenen Umständen zu erwarten«, endete ich ziemlich lahm.

»Wie ich schon sagte, Elias war vorsichtig. Er sagte diesem Amerikaner nur, Miss Grant habe das Hotel verlassen und man könne sie nirgends erreichen.«

»Und – hat er wieder was von der Paßgeschichte als Erklärung gegeben?«

»Nein. Diesmal gab er an, Diplomat zu sein. Er sagte schlicht, er wäre ein Freund ihres Vaters.«

»Das sagte auch Mr. van Leven, als er hier vorsprach«, brachte ich in Erinnerung.

»Na, damit hätten wir alles besprochen.« Stark erhob sich, trat zu den Fenstertüren und prüfte, ob sie verschlossen waren. »Und morgen früh seien Sie nicht überrascht, wenn ihnen ein Polizeiauto bis zur libanesischen Grenze folgt. – Später wird auch an der Promenade eins stehen. Ich brauche nicht mehr mit Miss Grant zu sprechen. Sie können selbst entscheiden, ob Sie ihr von meinem Besuch berichten wollen oder nicht. Ich fahre jedenfalls den Citroën nach Beirut – heute in einer Woche, nehme ich an. Es ist Ihnen schon klar, daß ihr Vater irgendwo in der Nähe dieser Stadt sein muß?«

»Wieso?« Ich starrte ihn verblüfft an. Hatte auch er, wie vorher Moshe, das Gefühl, als wäre etwas Mysteriöses an Caleb Grant?

»Weil sie das Auto in Beirut gemietet hat, um nach Ägypten zu fahren. Sie muß ihren Vater irgendwo im Libanon zurückgelassen haben. Und noch eins, Mr. Shand. Ich möchte nicht, daß Sie oder Miss Grant heute abend das Hotel noch einmal verlassen. Gute Reise!«

Ich begleitete ihn zur Tür, die er vorsichtig geschlossen hatte, als er hereingekommen war, und sagte, bevor er sie aufmachte:

»Haben Sie sich den angebohrten Kühltank in Miss Grants Wagen angesehen?«

»Ja – das war offensichtliche Sabotage. Gute Nacht. Ich finde allein raus.«

Zehn Minuten, nachdem Stark sich verabschiedet hatte, erschien Lynn. Sie trug wieder Rock und Bluse und ging mit festen Schritten im Zimmer auf und ab.

»Ich fange an, mich eingeengt zu fühlen. Wollen wir vor dem Schlafengehen ein bißchen laufen?«

»Wäre es schlimm, wenn wir hier blieben? Ich bin ziemlich erschöpft und morgen müssen wir früh los, dafür lad' ich dich noch zu einem zweiten Cognac ein.«

»Bestechung – Korruption!«

Ich war schon aus der Tür, ehe die Diskussion aufkam. Ich sah am Schlüsselbrett, daß das Hotel nur 12 Zimmer hatte, unsere lagen im 1. Stock.

Ehe sie zu Bett ging, prüfte ich ihr Fenster, um sicherzugehen, daß es keine Feuerleiter gab. Sie beobachtete mich mit einer Mischung aus Amüsement und Nervosität.

»Du machst dir noch immer Gedanken wegen Mr. van Leven? Ja?« fragte sie. »Die Feuerleiter ist am Ende des Ganges, wenn du sie suchen solltest.«

»Ich meine ja nur ... Vergiß nicht, die Tür zu verriegeln.« Ich wünschte ihr eine gute Nacht und hörte, wie sie die Tür hinter mir versperrte.

8. Kapitel

In Fasen Nacqua endet Palästina und der Libanon beginnt. Das ist wahrscheinlich die am klarsten definierte Grenze im ganzen Mittleren Osten. Massive Klippen, Ausläufer der libanesischen Bergkette, verlaufen ins Meer, die Straße schraubt sich hoch bis zum Rand einer Klippe, die steil zum Ozean abfällt. Hoch oben vom Grenzposten aus hat man einen unglaublichen Ausblick weit hinunter in die Ebene bis Haifa. Lynn starrte gebannt in die Ebene hinunter, als ich das Tempo verlangsamte, um am Grenzposten zu halten.

»Letzter Blick aufs Heilige Land«, sagte ich, als ich unsere Pässe zur Prüfung aus dem Auto reichte.

»Sieht bezaubernd aus«, sagte sie, aber wohl mehr dem uniformierten Offizier zuliebe. Ich hörte die Erleichterung in ihrer Stimme. Starks Polizeiauto hatte uns begleitet. Durch das Tal nördlich von Tel Aviv waren sie dicht hinter uns gefahren. Es war ein strahlend schöner Tag, die tiefblaue See blitzte zu uns herauf, und ein kleiner weißer Dampfer zog in der Ferne Richtung Ägypten. Wir sagten, wir hätten nichts zu verzollen, und als der Beamte uns unsere Papiere zurückgereicht hatte, passierten wir die nördliche Grenze auf dem Weg nach Beirut. Auch für mich war die Erleichterung groß, das muß ich sagen.

Als wir den Grenzposten hinter uns ließen, entspannte Lynn sich deutlich, verschränkte die Hände hinterm Nacken und atmete tief. Durchs Fenster wehte die Brise vom Meer herein und auf ihrer Seite breitete sich die glitzernde blaue See, soweit das Auge reichte. Sie seufzte glücklich und man merkte, daß sie fast körperliches Vergnügen an der Schönheit der Landschaft hatte.

»Das ist der Teil der Reise, der mir am besten gefällt – wir werden stundenlang am Meer entlangfahren. Da gibt es Kreuzfahrerburgen, idyllische kleine Buchten und keine Menschenseele – wirklich buchstäblich niemand. Das wird dir auch gefallen, David!«

»Ich dachte, da wäre keine Menschenseele außer uns«, bemerkte ich wenig später, »schau mal, da unten ist ein Wagen geparkt.«

»Der zählt nicht – außerdem wird es der letzte sein.«

Die Straße senkte sich zu einem schmalen Küstenstreifen herab, rechts von uns ragten die Ausläufer des Libanesischen Gebirges hoch empor. Sie begannen ganz dicht neben dem Meeresstrand, einige Gipfel waren schneebedeckt.

Das Auto, ein grüner Renault, war ein kleines Stück abseits der Straße am Rande eines Feldes auf der Seeseite geparkt. In einiger Entfernung stand ein altes steinernes Bauernhaus, zu dessen Dach sich Telefondrähte zogen. Die Schnauze des Wagens wies in Richtung Meer, und sein einziger Insasse, ein Mann, hatte seine Kamera auf die glitzernde Bläue gerichtet. Soweit ich sehen konnte, gab es nichts, was ein Photo gelohnt hätte, aber man kennt ja diese Kameratypen. Neben mir hatte Lynn sich mit einem Mal gerade aufgesetzt, und als sie sprach, klang ihre Stimme fast erstickt.

»Das war ein grüner Renault.«

»Ich weiß. Du hörst wohl schon das Gras wachsen.«

Die Straße vor uns war nun über lange Zeit ganz leer, lag wie ein staubiges Band vor uns und schlängelte sich durch Olivenhaine, die auf der einen Seite vom Meer begrenzt waren, das sich offen und gleißend bis hin nach Kreta streckte. Lynn hatte nun den Kopf nach hinten gedreht, um aus der Rückscheibe schauen zu können, die Muskeln an ihrem Hals waren steif und gespannt. Ich hatte bereits festgestellt, daß uns der Renault nicht folgte, sondern in dem Feld stehengeblieben war.

»Ein grüner Renault«, sagte sie nun noch einmal und starrte mir dabei ins Gesicht, als wäre ich heute morgen noch etwas langsam von Begriff.

»Schau mal Lynn«, sagte ich mit künstlicher Ungeduld. »Wir sind jetzt im Libanon. Im Libanon! All das liegt hinter uns – für immer! Und vor fünf Minuten hast du noch davon gesprochen, daß wir uns bald nur noch amüsieren würden.«

»Tut mir leid, ich bin so nervös!« Sie schickte einen letzten

Blick aus dem Rückfenster, betrachtete dann die leere Straße vor uns und kreuzte die Arme über der Brust, um sich zu entspannen. »Bald werden wir ruhiger werden – was bleibt einen an einem so zauberhaften Morgen schon anderes übrig.«

Ich konzentrierte mich aufs Autofahren und schwieg eine Weile. Ich verließ mich darauf, daß die liebliche Landschaft und die Reise all ihre Spannungen lösen würden. Sie hatte recht gehabt, wir fuhren an einem der schönsten Küstengebiete der Welt entlang, das der Côte d'Azur gleichkam, wenn es sie nicht gar noch übertraf. Hier gab es keine Hotels oder Cafés und keine abgegrenzten Strandabschnitte – hier gab es nur endlose weiße Sandstrände, winzige Buchten, von Felsen umgeben, auf denen die Ruinen der Kreuzritterburgen standen, die vor Jahrhunderten gekommen waren, um Jerusalem von den Ungläubigen zu befreien und dann dageblieben waren und sich mit ihnen verbündeten. Ich dachte nicht daran, Lynn zu erklären, daß es gar nicht nötig war, uns im Auto zu folgen, daß es weitaus geschickter war, das Auto am Straßenrand zu parken, und zwar an einem Punkt, den wir auf der Reise von Palästina nach Beirut passieren mußten. Wenn wir auftauchten, brauchte der Fahrer nur von dem Bauernhof aus zu telefonieren und jemand weiter nördlich mitteilen, daß wir unterwegs waren ... Das war mal wieder so eine säuberliche kleine Theorie von mir, an die ich selber kaum glaubte. Ich ließ diese Gedanken einfach zur Warnung spielen – nicht nur Lynn hörte das Gras wachsen.

Eine Stunde war vergangen, als Lynn der Zauberkraft des Meeres nicht mehr widerstehen konnte.

»Laß uns anhalten und baden«, bat sie. »Es ist so friedlich hier. Es wäre ein Verbrechen, das nicht auszunützen. Ich habe eine Flasche von dem herrlichen Orangensaft mitgebracht, den Mrs. Levi macht.«

Vor uns lag die Straße verlassen da, und hinter uns war nichts zu entdecken. Ich verlangsamte das Tempo, bog ab, um im Gras zu halten, überlegte es mir dann und hoppelte über die Grasbüschel, bis wir mit den Vorderrädern fast im Wasser zum Stehen kamen. Wenn jemand, während wir schwammen, aufkreuzen sollte, so mußte er es mir gleichtun, um uns und den Vauxhall zu erreichen.

Die kleine Bucht hatte die Form einer Austernschale und war von weißen Felsen umsäumt, die in der Sonne schimmerten. Etwas weiter nördlich ragte noch eine einzelne steile Mauer vom Meer auf, Überbleibsel eines Räubernestes, die Burg irgendeines Raubritters am Strand des Mittelmeeres. Als wir uns hastig umzogen, schoß es mir durch den Kopf, daß es mich nicht wunderte, daß die Männer von damals hierbleiben und nicht in ihre dunkle verregnete Heimat zurückkehren wollten. Die Tuff-Felsen leuchteten türkis unter der Wasseroberfläche. Eine so intensive Farbe hatte ich selten gesehen, und wie wir so in unserem eigenen kleinen Paradies herumplanschten, hörte ich, wie Lynn vor sich hinsummte. Dann legte sie sich auf den Rücken und umkreiste mich langsam, halb unter Wasser, immer noch summend.

»Kennst du es?« rief sie plötzlich.

»Die Musik ist aus dem Radio in Tel Aviv.«

»Macht dich das traurig?« Ihr Kopf fuhr aus dem Wasser. »Ja, es macht mich traurig! Tut mir leid!« Mit den Füßen strampelte sie mir Wasser ins Gesicht, und ich jagte sie um die Bucht herum, spritzend und schnaufend. Als sie versuchte, den Sandstrand zu erreichen, holte ich sie ein. Sie wand sich, um freizukommen, unsere Münder trafen sich. Wir küßten uns. Einen Augenblick wurde sie ganz still.

»David«, sagte sie, »David!«

»Lynn« – aber schon lachte sie, entwand sich meinen Armen und rannte über den Sand, um sich trockenzureiben. Wir tranken die halbe Flasche Orangensaft aus, kletterten hinauf zu der verfallenen Mauer und entdeckten eine Treppe am einen Ende der Wand. Lange saßen wir auf der untersten Stufe und blickten auf die bunten Kiesel unter dem unglaublich türkisen Wasser hinunter. Später sah ich auf die Uhr, es war ½ 12 und ich schrie auf.

»He, bald ist's Nachmittag! Wir müssen los.«

»Ich könnte für immer hier sitzen bleiben.«

Widerstrebend erhob sie sich von den verfallenen Stufen und kam mir nach. Ich war die Treppe hinaufgeklettert und rannte zum anderen Ende der Mauer. Plötzlich fiel mir ein, daß ich schon viel zu lange nicht nach unserem Vauxhall gesehen hatte. Ich seufzte erleichtert, da stand er immer noch treu auf dem Sand und auf der Straße war nichts zu sehen. Von der Erhebung der Mauer aus konnte ich ein großes Stück der Küste überblicken, nichts war zu sehen – nichts außer den kleinen Buchten, den zackigen Gebirgszinnen, den abfallenden Hängen und den schäumenden Brandungswellen, die gegen die Felsen platschten und die türkise See begrenzten. Ich brauchte einige Willenskraft, um mein Auge von all dem Wunder abzuwenden.

Schnell zogen wir uns um. Lynn kämmte vor dem Spiegel der Autoscheibe ihr Haar, ich setzte nach hinten auf die Straße und weiter ging es Richtung Norden. Als sie plötzlich von der Kidnappergeschichte anfing, merkte ich, wie sehr sie sich, seit wir Palästina verlassen hatten, schon entspannt hatte, sie sprach leichthin und mit einem Abstand, als gehöre all das der Vergangenheit an. »Glaubst du, daß der Mann im King Solomon, Anton ... Dingsbums ... na?« – »Antonopoulos.«

»... Ja – daß der etwas mit der Sache zu tun hatte?«

»Schwer zu sagen. Der Mittlere Osten wimmelt von Griechen. Wir haben keine Beweise dafür, daß es eine Verbindung zwischen ihm und der arabischen Bande gibt.« Jetzt redete ich schon wie Stark; professionelle Experten können einen so leicht anstecken.

»Ich kenne die Griechen nicht.« Sie legte ihren nackten Arm auf das Fensterbrett, um die Sonne darauf scheinen zu lassen. »Das heißt, nicht gut. Ich habe viele kennengelernt, klar, und ich versuche mich zu erinnern, ob mein Vater jemanden, der Grieche ist, gut kennt, aber da fällt mir nur Constantine Ionides ein.«

Ich hatte Mühe, das Steuer festzuhalten. Ich hatte ihr nie erzählt, daß Antonopoulos einer von Ionides Direktoren war. Ich versuchte, den Klang meiner Stimme so beiläufig wie möglich zu halten, als ich fragte:

»Ich habe von ihm gehört. Kennt dein Vater ihn gut?«

»Nein, nicht wirklich gut. Das ist nun auch schon mehrere Jahre her; es war während des Krieges. Ich sagte dir schon, mein Vater arbeitete als Geophysiker. Als wir in Amerika waren, hat er einmal Untersuchungen von Mineralien aus Kanada gemacht. Ein Freund von ihm hatte ein großes Terrain, eine Parzelle nennt man das, glaube ich, mit Schürfrechten. Er war wirtschaftlich schon fast am Ende – hatte nichts, aber auch nichts gefunden. Mein Vater reiste nach Kanada, um ihm zu helfen, und sie entdeckten ein riesiges Kupfervorkommen. Dieser Mann, dem er geholfen hatte, wurde Millionär.«

»Er hätte deinen Vater zur Hälfte beteiligen sollen.«

»Er wollte uns ganz groß an der Firma beteiligen, aber mein Vater wollte davon nichts hören. Er nahm nur das Geld für seine Spesen. So ist er nun mal – er sagt, alles, was man im Leben braucht, ist genug zu Essen, ein gemütliches Bett und Arbeit, die einen glücklich macht. Manchmal denke ich fast, er hat recht.«

»Du sprachst gerade über diesen Mann, diesen Ionides.«

»Ja, zu dem komme ich noch. Während des Krieges gab es nicht allzuviele Geophysiker, und Ionides wollte mineralogische Untersuchungen für sein Terrain in Syrien, an dem er auf billige Weise Schürfrechte erworben hatte. Er fragte meinen Vater, ob er für ihn arbeiten wolle, aber der lehnte ab. Er glaubte, Ionides wäre ein krummer Hund, und seine Einstellung zum Krieg gefiel ihm auch nicht. Und das ist alles, was dazu zu sagen ist. Ich glaube, Vater hat ihn seitdem nie mehr getroffen. Nicht viel, was?«

»Nee – nicht gerade viel!« stimmte ich zu.

Als wir uns Beirut näherten, stand die Sonne im Zenit – die See glitzerte und funkelte, das Wetter war wunderbar mild, ohne heiß zu sein. Wir kamen über einen staubigen Abschnitt der Landstraße und hatten die Fenster geschlossen. Auch das Schiebedach hatten wir zugeschoben, um den Staub abzuhalten. Die Autos kamen uns entgegen und fuhren an uns vorbei – eins hinter dem anderen. Wir überholten einen arabischen Wagen, den ein elendes Pferd zog. Aufgeladen waren drei ungemein magere Schafe. Das machte Lynn traurig, bis ich sie darauf hinwies, daß auch der arabische Wagenlenker nicht gerade wohlgenährt gewirkt hatte. Weniger als eine Meile, nachdem wir das Fuhrwerk überholt hatten, winkten die Besitzer eines gestrandeten Autos zum Halten. Der Wagen stand an einer isolierten Stelle nahe einer Brücke. Ich sah die beiden von weitem winken, ein Mann und eine Frau in europäischen Kleidern. Ich drosselte die Geschwindigkeit schon, ehe wir sie erreichten, um sie genau betrachten zu können. Das Auto, ein Volkswagen, der in unsere Richtung schaute, war staubverkrustet. Ich griff über Lynn hinweg und verriegelte die Tür.

»Mach dein Fenster nicht auf, wenn wir anhalten«, warnte ich sie.

»Die sehen doch ganz respektabel aus.«

»Mr. Antonopoulos war geradezu ein Bilderbuchbeispiel der Respektabilität.« Die Worte entschlüpften mir, ehe ich mich daran erinnerte, daß ich ihn zuvor als harmlos hingestellt hatte. Ich hielt an, ließ den Motor laufen und öffnete mit der linken Hand das Fenster. Beide kamen sogleich herbei und der Mann, klein, mit dunklem Gesicht und schwarzem Schnauzbart, zog höflich den Hut, als er Lynn bemerkte.

»Entschuldigen Sie bitte, Sir, unser Reifen hat ein Loch. Wir haben einen Ersatzreifen, unglücklicherweise aber kein Werkzeug. Es würde nur ein paar Minuten dauern, das Rad zu wechseln ...«

Die Frau war um die Vierzig und trug so ein lebhaft gemustertes Kleid, das es einem in den Augen schmerzte. Sie war hübsch, und während der Mann sprach, starrte sie Lynn durchs Fenster an, ein bittendes Lächeln auf den Lippen. Ich wußte, daß Lynn das wenig gefiel, denn sie nickte und wendete den Kopf ab. Meine rechte Hand lag auf dem schweren Schraubenschlüssel, den ich dort in Tel Aviv versteckt hatte.

»Es tut mir leid«, sagte ich kurz angebunden. »Es ist wohl besser, rüber in das Haus zu gehen und zu telefonieren, wir sind in Eile und haben selbst kein Werkzeug bei uns. Rufen Sie in Beirut eine Werkstatt an, und man wird Sie abschleppen.« Er schaute über seine Schulter nach dem einsamen weiß verputzten Häuschen, das ein Stück von der Straße entfernt war. Aus dem offenen Fenster beobachtete uns eine Frau. Dann drehte er sich wieder zu mir um.

»Sind Sie sicher, daß die Telefon haben? Wenn Sie mir helfen würden, Sir, ich meine, wir beide zusammen könnten vielleicht ...«

»Die haben sicher Telefon, sehen Sie nicht den Draht? Tut mir leid, wir sind in Eile ...« Ich ließ die Kupplung los, während ich das sagte, und fuhr los. Sehr höflich war es nicht. Die Frau mußte rasch beiseite springen, um dem Staub aus dem Wege zu gehen, aber ich war ganz mißtrauisch geworden. Der Vauxhall rollte über die Brücke, und sie verschwanden aus unserem Blickfeld. Als ich wieder Gas gab, atmete Lynn erleichtert auf.

»Mir haben die nicht gefallen«, sagte sie. »Hast du gesehen, wie die mich angestarrt hat?«

»Ja, wir halten nicht mehr an, bis wir in Beirut sind.«

Und wieder war da ein Telefon in praktischer Nähe gewesen, ein Telefon, über das man vom Renaultfahrer hatte erfahren können, daß wir die Grenze überschritten hatten. Von der Küstenstraße war kein Entkommen möglich. Wenn ich mit meiner Theorie recht hatte, dann mußten auch am Ende unserer Route Leute auf uns warten, um uns weiterzumelden. All das war natürlich nur Theorie, erinnerte ich mich selbst. Eine Reihe unschuldigster Zwischenfälle konnte ohne weiteres auch unschuldig sein. Was mich beunruhigte, wenn sie *nicht* unschuldig war, dann bedeutete es, daß sie uns beschatteten. Diesmal versuchte ich nicht, Lynn zu beruhigen. Die Atmosphäre, die das Volkswagenpaar umgab, war allzu merkwürdig gewesen, um es leichthin abzutun. Ich wollte auch, daß sie von nun an ebenso achtsam reagierte wie ich, bis ich sie sicher bei ihrem Vater abgeliefert hatte. Ich hatte gerade das Ende der Staubstraße erreicht, als ich hinter uns eine Staubwolke aufsteigen sah.

»Da kommt was«, sagte Lynn.

»Verdammt eilig hat's da jemand.« Ich machte eine Kurve, rollte einen kleinen Abhang hinunter und sah die Gebäude, die nächste Kurve verbarg mir die Straße.

»Wetten, es ist der Volkswagen – aber ich glaub', wir können sie an der Nase herumführen.«

Ich bog in eine Spur ein, die von der Straße abging und zwischen den Steinwänden eines Gehöftes endete. Zwei zusammengebrochene Scheunen standen im Hof, eine mit halb eingesunkenem Dach. Die ganze Sache sah ziemlich verlassen aus. Ich hechtete aus dem Auto, rannte in den Hof, sah niemand, rannte zurück zum Auto. Ich fuhr über eine fast zugeschüttete katzenkopfgepflasterte Straße, die mit Gras bewachsen war, und hinter das nächste Gebäude, so daß wir von der Straße aus nicht mehr zu sehen waren.

»Warte hier, ich seh' mal nach ...« Ich stieg aus, den Schraubenschlüssel in der Hand, und trat an die Ecke der Scheune, wo ich einen guten Blick auf die Straße hatte. Die Sonne schien und Insekten flogen um meinen Kopf, während ich in der Januarsonne wartete, bis ich das Heulen des nahenden Motors vernahm. Der Wagen kam viel zu schnell um die Kurve, er schleuderte, rutschte, fing sich wieder und raste vorbei, ich hörte ihn bei der folgenden Kurve erneut quietschen, ins Rutschen kommen. Jemand hatte es wirklich verdammt eilig. Die Wette aber hatte ich verloren: der Volkswagen war's nicht gewesen, sondern ein amerikanischer Ford – staubverklebt. Natürlich konnte ich nicht ahnen, daß dies das einzige Auto gewesen war, das ich *nicht* hätte austricksen sollen.

Lynn leitete mich durch die Vororte von Beirut, und ich nahm mir so viel Zeit wie möglich, um mich überall umzusehen. Die Sonne stand noch immer ziemlich hoch, und die Berge stiegen am Rande der Stadt in sanften Hügeln an. Auf jeder Hügelkuppe thronte ein Dorf, ein Rund aus roten Dächern, die wie rote Käppchen auf dem grünen Pinienhaar der Hügel saßen. Hier gab es keine Polizeiposten und keine Straßensperren. Keine Blockhütten und ähnliches. Ich fädelte mich in den stärker werdenden Verkehr ein. Die Libanesen schienen sehr lässig in ihren europäischen Kleidern. Die Häuser mit ihren Fensterläden und Balkonen sahen sehr französisch aus. Überall in den Fensterkästen leuchteten blühende goldgelbe Krokusse, und für Augenblicke fühlte ich mich wie in Europa. Lynn hörte mich vor Behagen grunzen.

»Erleichtert oder nostalgische Gefühle«, fragte sie.

»Von beiden ein wenig, glaube ich. Sieh nur, das Flugzeug.«

Ein riesiges Flugzeug, das die Insignien der Vereinigten Staaten trug, kam niedrig über das Meer geflogen, und die Sonne glitzerte auf dem blanken Rumpf, als es zur Landung auf dem Flugplatz ansetzte. Lynn lehnte sich aus dem Fenster, als für einen Moment das Röhren der Flugzeugmotoren den Verkehrslärm übertönte.

»Möchtest du mitfliegen – zurück?« fragte ich sie.

»Ja, würde ich gern«, gestand sie. »London oder New York – das wäre mir gleich. Beide Städte sind mir Heimat.«

»Du hast lange Zeit mit deinem Vater gelebt?«

»Ja, das kann man wohl sagen. Er ist ein wunderbarer Mensch, aber manchmal habe ich das Gefühl ...« Sie hielt an und wechselte dann das Thema. »Ich habe mein Leben auf die unterschiedlichste Art und Weise verbracht, glaub mir, und ich habe mehr von der Welt gesehen als mancher in meinem Alter ...«, wieder sprach sie nicht zu Ende, ein defensiver Klang lag in ihrer Stimme. Als wir an eine Kreuzung kamen, dirigierte sie mich nach rechts.

»Jetzt sind wir bald da – in Metins Laden, meine ich. Du wirst es sicher interessant finden.«

Ich glaube, es war die warme Witterung, die meine Wachsamkeit einschläferte. Sobald ich einmal die Stadt erreicht hatte, konnte ich meinen Auftrag, Lynn in sichere Hände abzuliefern, schon fast als erfüllt ansehen. Wir fuhren durch einen Altstadtbezirk. Zwischen den Autos gab es hier überall arabische Pferdefuhrwerke, die den Verkehr aufhielten, so daß bald alle im Schneckentempo dahinkrochen. Später wurde dann die Straße wieder leerer. Die Sonne schien mir direkt in die Augen, und Lynn dirigierte mich auf einen Platz, in dessen Mitte ein Rondell mit Bäumen stand. Ein Gewimmel aus Arabern und Europäern quirlte um die Verkaufsstände, die den Platz füllten. Ich hob die Hand, um meine Augen vor der Sonne zu schützen. In diesem Augenblick gab es den Zusammenstoß. – Später stellte ich fest, daß der Fiat mir einfach in den Weg gefahren war. Es war also keinesfalls meine Schuld gewesen. Im Augenblick aber hörte ich nur das Quietschen der Bremsen, das Geräusch von knirschendem Blech, als ich auf den Fiat aufprallte. Vage registrierte ich die vier Insassen des Fiats, und dann brandete auch schon die neugierige Menge um uns, froh über jede Katastrophe, die versprach, Unterhaltung zu bringen. Sie drängelten sich um den Vauxhall, so daß Lynn und ich, jeder auf seiner Seite, nur mühsam aussteigen konnten.

Es gab eine große Verwirrung, Fußgetrampel, Gedränge, erregte Rufe. Ich sah, wie der Fiat sich entleerte und wie der Fahrer, ein hutloser Europäer, mit drohend erhobener Faust auf mich zustrebte. Eigentlich hätte wohl meine ganze Aufmerksamkeit darauf konzentriert sein sollen, aber die drängelnde Menschenmenge machte mich argwöhnisch und ich sah mich hastig nach Lynn um. Sie war verschwunden. Ohne auf den drohenden Fahrer und auf die Leute zu achten, die sich um mich ballten, kletterte ich auf das Trittbrett, um einen besseren Überblick zu gewinnen. Da bemerkte ich ihr dunkles Köpfchen mitten in der Menge, die davonzuschwappen begann, nachdem sie festgestellt hatte, daß es nichts Sehenswertes gab. Sie war an die acht Meter von mir entfernt, und für Sekunden wandte sie den Kopf in meine Richtung, ihr Gesicht zeigte Angst. Der Kopf fuhr sofort wieder herum. Es schien mir, als spreche sie mit dem Mann neben sich. Jetzt dämmerte mir auch, weshalb die drei weiteren Insassen des Fiats so rasch verschwunden waren. Ich sprang vom Trittbrett und stürzte mich in die Menge, die Hände des Fiatfahrers, der mich soeben erreicht hatte, schüttelte ich hastig ab. Ich boxte mich durch die dichtgedrängten Leiber, erst im rechten Winkel zu der Stelle, an der ich Lynn gesehen hatte. Ich wollte den Gehsteig am Rande des Platzes erreichen, wo nur wenige Menschen liefen. Ich gebrauchte mitleidlos meine Ellbogen, wand mich durch, wo ich nicht vorbei konnte, und erkämpfte mir so freie Bahn. Hinter mir blieb eine fluchende, keifende Meute zurück, aber dann hatte ich einen Freiraum erreicht und rannte los. Es war sehr riskant, ich konnte nur erraten, wo Lynn auftauchen würde – oder hingeschleppt wurde. Als ich mich durch die Tischchen und Stühlchen eines Straßencafés drängelte, entdeckte ich einen schweren Stock, der an der Wand lehnte, und nahm ihn mit. Ein Araber, der daneben saß, rief etwas, aber ich war nicht zu bremsen und eilte weiter zum Ende des Platzes, wo die vorsichtigeren Gaffer sich am Rande des Chaos aufhielten. Als ich um die Ecke bog, kam Lynn aus der Menge, sie umklammerte ihre Umhängetasche und brüllte etwas, während sie mit der Faust nach dem Mann neben sich schlug. Da hatte ich sie erreicht.

Ich hatte nur ein verschwommenes Bild eines Europäers, der Lynn am Arm gepackt hatte. Ich hob den Stock – es war ein schwerer Stock, mindestens eineinhalb Meter lang. Ich rammte ihm den Stock zwischen die Beine, drehte ihn und zog ihn dann zurück. Der Mann versuchte kurz, seine Balance zu halten, und stürzte dann rückwärts aufs Pflaster. Schon hing ein zweiter Mann an Lynns Arm, ich traf ihn mit dem Stock, er flog zurück in die Menge. Der Mann am Boden griff in seine Tasche. Ich hob den Stock, aber er war mir zu behende, noch ehe ich den Schlag landen konnte, war er rückwärts übers Pflaster gerutscht, hatte sich mit beiden

Händen aufgestützt und war davongerannt. Ich packte nun selber Lynns Arm.

»Lauf!« Ich hatte sie fest am Arm, und wir rannten auf die andere Seite des Platzes bis zur Hauswand hinter dem Café. Ich fuhr sogleich herum, den Stock in beiden Händen, jetzt war unser Rücken gedeckt und ich war bereit, sie gebührend in Empfang zu nehmen – aber niemand kam. In der Nähe war das Pfeifen eines Polizisten zu hören, die Menge begann sich aufzulösen und verebbte in das Labyrinth kleiner Nebenstraßen.

»Die wollten mir meine Tasche wegzerren ...«, keuchte Lynn.

»Die wollten dich wegzerren!« Ich atmete tief, wischte mir den Schweiß von der Stirn und führte sie dorthin, wo ich den Stock mitgenommen hatte. Der Araber sah uns kommen und erhob ein großes Geschrei. Als er etwas Geld in meiner Hand entdeckte, beruhigte er sich aber. Ich entschuldigte mich und dankte ihm. Ich führte Lynn zurück zu dem gestrandeten Vauxhall. Er stand noch da wie vorher, aber der Fiat war verschwunden. Auch mein Wagen sah nicht sehr gut aus. Ein Scheinwerfer war eingedrückt, und die Stoßstange hing in einem seltsamen Winkel herunter. Der Motor ließ sich nicht starten. Ich machte all meine Angaben, der Polizist notierte sie sich und teilte mir dann auf französisch mit, ich müßte das Verkehrshindernis beseitigen.

»Aber, um Gottes willen, wie denn?«

Er deutete auf eine Werkstatt am anderen Ende des Platzes, sah ostentativ auf die Uhr und verzog sich in einige Entfernung, um alles beobachten zu können. Ich zerrte unser Gepäck aus dem Auto und begann, die Türen abzuschließen.

»Du kannst die Sachen drinlassen – ich paß auf, bis du zurück bist. Da drüben steht ein Polizist, und du kannst mich von der Garage aus sehen ...«

»Von jetzt an weichst du mir nicht mehr von der Seite. Außerdem wäre der Polizist wohl besser neben dem Wagen stehengeblieben, um den Verkehr umzuleiten.« Man hupte um uns her. Der Vauxhall, der quer zur Straße und nur mit den Vorderrädern auf dem Gehsteig stand, bildete schon ein rechtes Verkehrshindernis. Ich war überrascht von Lynns Reaktion auf den nervenzerrüttenden Zwischenfall, der sich soeben ereignet hatte. Ich fragte mich, ob ihre Tapferkeit daher rührte, daß sie sich hier auskannte. Wir gingen zur Garage und man versprach uns, den Vauxhall schnellstmöglich zu entfernen und mit den Reparaturen zu beginnen. Ich wollte nun ein Taxi nehmen, aber Lynn sagte:

»Das ist nicht nötig«, sie wies über den Platz zur anderen Seite. »Wir können laufen, Metins Laden ist nur Minuten entfernt. Der Eingang zum Goldsouk ist direkt auf der anderen Seite.«

Sobald der Platz hinter uns lag, befanden wir uns in einer anderen und altertümlichen Welt. Der Goldsouk war eine enge Straße unter steinernen Arkaden, nur wenig breiter als ein gepflasterter Gang. Als wir unter der schmiedeeisernen Lampe hindurchgingen, die am Türbogen des Eingangs hing, hatte ich das Gefühl, als werde ich um Hunderte von Jahren zurückversetzt. Hinter uns blieb der Platz mit seinen geschäftigen Menschen der verschiedensten Rassen zurück, ebenso das Stimmengewirr und die laue Sonne des frühen Nachmittags. Wir tauchten ein in die Stille und den Schatten einer anderen Welt. Die Läden zu beiden Seiten des Souks waren klein und zeigten alle möglichen Goldschmuckstücke in ihren winzigen Auslagen: Armbänder, Anhänger, Ringe und Broschen, eine Unzahl von Ketten und Schmuckstücken lagen da aufgehäuft – alles aus reinem Gold. Es war, als betrete man eine Schatzkammer. Wir wanderten durch die gewundenen Straßen. Außer uns gab es nur noch eine Handvoll vornehmer libanesischer Matronen, bis wir links an einem Laden stehenblieben. Über dem Auslagefenster stand der Name *Ramak* und darüber, so schien mir, dasselbe Wort in Arabisch. Eine altmodische Ladenglocke schlug an, als Lynn die Tür aufstieß. Ich folgte ihr in den Laden, vorbei an Mosaiktischen, voller Kleinodien, und bemerkte, daß sich an der Hinterwand des Ladens eine Rundbogentür befand.

Ein kleiner kugelrunder Mann in europäischen Kleidern eilte uns aus der Tür entgegen, um uns zu begrüßen. »Darf ich dir Metin Ramak ...«, wollte Lynn sagen, aber eine bärenartige Umarmung ließ sie verstummen. Nur mit Mühe konnte sie sich losmachen, der kleine Mann hielt sie einfach weiter fest und strahlte. In Englisch sagte er: »Wie schön, daß Sie zurück sind! Ardan wird sich schrecklich freuen, Sie zurück zu sehen. Bald wird er kommen, und er hat den großen Wagen dabei, er ...« Er hielt inne, als er mich plötzlich dastehen sah. Die Freude verschwand aus seinem runden Gesicht mit dem Doppelkinn. Er prüfte mich mit einem mißtrauischen Blick.

»Das ist David Shand«, sagte Lynn schnell. »Er war mit mir in Jerusalem.«

»Das ist der Mann, der Sie gerettet hat?« Metins Gesicht veränderte sich schlagartig, und für schreckliche Sekunden fürchtete ich, als er auf mich zukam, er werde mich nun auch an seine breite Brust reißen. Statt dessen griff er mit unglaublich festem Zugriff nach meiner Hand und schüttelte sie heftig. Er trug eine goldgerahmte Brille und erinnerte mich an einen überenthusiastischen Schullehrer, unter dem ich einst gelitten hatte.

»Das genügt, Metin«, unterbrach Lynn nun etwas hastig. »Metin ist Türke, aber er lebt schon lange im Libanon«, erklärte sie mir.

»Fünfzehn Jahre in Beirut!« sprudelte es aus Metin heraus. »Ich arbeite für meinen Bruder Ardan. Der Laden gehört ihm, die Goldmine, die Schiffswerft ...«

»Metin!« Lynn schüttelte ihn liebevoll am Arm, und eilfertig wandte er sich ihr zu. »Metin, wir sind müde. Wir haben eine anstrengende Reise hinter uns und hätten furchtbar gerne einen Kaffee. Du kannst Mr. Shand nachher alles über Ardan erzählen.«

»Oh, Verzeihung bitte, es tut mir leid!« Metin machte eine kurze Verbeugung in meine Richtung und rang seine runden Hände, als müsse er mit ihnen den Strom hervorquellender Worte eindämmen, die aus seinem Inneren drängten. »Natürlich sollen Sie sogleich Kaffee bekommen – nur, es ist so gut, daß sie wieder da ist – so gut!« Er verschwand durch den Torbogen, noch immer murmelte er vor sich hin. Lynn ließ sich auf ein zartes Rohrstühlchen fallen und wies auf ein zweites.

»Komm, setz dich drauf, die sind kräftiger, als du denkst.« Ich ließ mich furchtsam auf dem Stühlchen nieder, aber es trug mein Gewicht, ohne zu ächzen, und war bequemer, als ich gedacht hatte. Ich war ein klein bißchen enttäuscht: Metin war ein netter kleiner Mann, aber besonders toll konnte ich ihn nicht finden. Konnte man diesem Mann Lynns Sicherheit anvertrauen, wenn immer neue Probleme auftauchten? Während Metin Kaffee braute, zog ich meinen Stuhl ein wenig näher zu Lynn hin, denn ich wollte sie etwas fragen, das mich beschäftigte. Mittags lag der Souk verlassen da, und seit wir den Laden betreten hatten, war niemand am Fenster vorbeigekommen. Einige Lichtstrahlen drangen in den Laden und funkelten auf den teuren Schmucksachen, die überall lagen, aber die Beleuchtung war sanft, als schiene der Mond. Das unterstrich nur noch mehr die Illusionen, in einer Schatzhöhle zu sitzen. »Ich habe eine Frage«, fing ich an, »kennst du die amerikanische Universität in Beirut?«

»Ja, aber ich war nie dort.«

»Die haben dort eine seismologische Abteilung«, fuhr ich behutsam fort. »Ich wüßte gerne, warum du es nicht erst dort versucht hast, ehe du dich nach Kairo aufgemacht hast?«

Sie riß weit die Augen auf, schlug die Beine übereinander und stützte ihre nackten Arme darauf, als wappne sie sich zu einem Streitgespräch.

»Aber ich habe dir doch gesagt, Bertin ist ein alter Freund meines Vaters. Mein Vater ist noch nie in dieser Universität gewesen und weiß nicht mal, wer dort ist.«

»Verstehe. Ah, da kommt Metin mit dem Kaffee ...« Ich beließ es dabei, denn es nützte nichts, auf dieser Sache noch weiter herumzureiten. Während unserer Fahrt entlang der libanesischen Küste war es mir gelungen, die Worte zu vergessen, die Lynn entschlüpft waren, als wir uns zum ersten Mal begegnet waren:

Er glaubt, daß ein größeres Erdbeben bevorsteht. Ich fühlte mich etwas deprimiert neben Metin, der weiter plauderte, während wir den dicken süßen Kaffee aus winzigen Täßchen tranken und aus Höflichkeit an dem süßlichen Kuchen knabberten.

»David! Wach auf! Metin redet mit dir!«

»Tut mir leid, dieser Ort hier macht mich so schläfrig. Vielleicht ist's die Stille.« Also wendete ich dem kleinen rundlichen Mann mit der goldumrandeten Brille meine Aufmerksamkeit zu. Er saß auf einem Kissen, das auf einem achteckigen Tisch lag. Er streckte mir ein Stück Papier hin, auf dem er eine Adresse notiert hatte.

»In diesem Hotel habe ich zwei Zimmer bestellt. Es wird Ihnen beiden gefallen – es ist französisch, man ist äußerst diskret dort.«

Ich starrte ihn an, und Lynn hielt sich den Mund zu, um ein Kichern zu unterdrücken. Metin wollte einfach nur sagen, daß es ein stilles Hotel ohne lärmenden Verkehr wäre. Ich besah die Adresse und dachte nach, ehe ich Fragen stellte.

Bald danach gingen wir fort, um irgendwo zu essen. Unser Gepäck ließen wir bei Metin zurück. Während wir in einem kleinen Restaurant neben dem Platz aßen, erwähnten wir die Begebenheit mit dem Fiat mit keinem Wort. Ich faßte aber den Entschluß, den Nachmittag auf meine Weise zu verbringen, wenn mir das gelingen sollte. Ein Taxi brachte uns zum Eingang des Souks, wir holten unser Gepäck zu Fuß und fuhren ins Hotel. Ich hatte nicht die geringste Vorahnung, was uns erwartete.

Die *Auberge des Pyramides* war ein kleines Hotel, etwa in der Mitte der Rue Vauban, einer alten Straße, in der sich alte Häuser drängten, so daß man nicht sagen konnte, wo eins aufhörte und das nächste anfing, es sei denn, man orientierte sich an der Linie der Dächer. Das Ganze sah aus wie vor dem Krieg; ockerfarbener Verputz schälte sich von den Wänden, die schmiedeeisernen Gitter an den Balkonen dagegen waren ungemalt. Aber die Tüllvorhänge wirkten sauber und die Treppen, die zur Tür hinaufführten, sahen frisch geputzt aus. Die Terrasse war von einer natürlichen Pergola aus Bäumen überdeckt, die ihre Zweige ineinander verflochten hatten. Zwischen den bleichen Stämmen standen kleine Metalltischchen. Es sah hier so verlassen aus wie in Tel Aviv, nur wirkte alles viel, viel älter.

»Ich kenne das Hotel nicht«, sagte Lynn, als ich das Taxi bezahlte, »es sieht erstaunlich aus.«

»Sieht aus, als könne es frische Farbe vertragen. Wo genau im Libanon, meinst du, hält dein Vater sich auf?« fragte ich, als wir die Stufen hinaufkletterten. »Ich bin auch gespannt auf Ardan.«

Sie entschloß sich natürlich nicht zur Beantwortung der ersten Frage. Als ich die Milchglastür zur Halle aufhielt, in der es nach frischer Möbelpolitur roch, sagte sie nur:

»Ramak wird bald hier sein, dessen bin ich sicher. Hier gefällt es mir so richtig – ich mag alte Hotels.«

Ich ließ die Koffer auf den gebohnerten Boden fallen und klopfte mit den Knöcheln auf das ebenso blankpolierte Empfangspult. Niemand war da, um uns zu empfangen. An den Haken fehlte nur ein Schlüssel. Während wir warteten, erzählte sie mir ein wenig mehr von Ramak.

»Er hat eine Werft und eine Goldmine, und er ist ziemlich einflußreich. Ich glaube, er hat auch eine Menge Geld. Da kommt der Manager.«

Wir brachten die Formalitäten hinter uns. Ich füllte die Formulare aus, was mir sinnlos schien, da wir doch nicht bleiben wollten. Der Manager, ein stattlicher Libanese, führte uns nach oben. Als er die Tür zum ersten Zimmer öffnete, wartete dort bereits jemand auf uns. Ich starrte den Fremden verblüfft und wohl auch bewundernd an. Es war Ardan Ramak, der Türke, und ich hatte ihn mir nicht so vorgestellt.

Ramak war gut ein Meter achtzig groß und ganz schwarz gekleidet. Er trug einen amerikanischen Anzug aus gutem Tuch, und in einer Hand hielt er ein kurzes, schweres Rohr, als wäre es der Stab eines Dirigenten. Alles an diesem Mann war groß – die Breite seiner Schultern, die Hände, aber trotzdem wirkte er schlank und biegsam. Ich schätzte ihn auf etwa 40 Jahre. Sein Gesicht war stark, fast wild mit seiner großen Nase, den gespannten Nasenflügeln, dem dunklen Schnauzbart über dem großen Mund mit den festen Lippen. Am meisten fielen mir seine Augen auf, dunkle Augen, die klug und mißtrauisch die Welt betrachteten, vielleicht gar etwas zynisch. Er hatte auch eine zynische Art zuzuhören, sobald der Manager uns alleingelassen hatte und Lynn mich vorstellte:

»Ramak!« Enthusiasmus klang aus ihrer Stimme, als sie den Namen aussprach, vielleicht sogar Erleichterung. »Ich hatte ja keine Ahnung, daß du so bald hier sein würdest. Das ist David Shand. Er hat mir in Jerusalem das Leben gerettet ...«

»Nun, das klingt so dramatisch ...«, warf ich ein, aber Ramak unterbrach mich.

»Das ist also der Mann, von dem du Metin berichtet hast – der Seismologe?« In seiner Stimme schwang ein leiser, neckender Ton mit, als er das sagte, vielleicht amüsierte ihn meine Jugend. Ich richtete mich ganz gerade auf, er aber starrte mich weiter mit seinen durchdringenden schwarzen Augen an. Erstaunlich für mich war, wie sehr er sich von seinem Bruder Metin unterschied. Ich war überrascht, aber eines stand fest: Er war ein idealer Beschützer für Lynn. Die hatte schnell begriffen, was zwischen uns beiden ablief. Sie fühlte die Spannung und machte dem riesigen Türken einen klugen Vorschlag. Sie sagte ihm, ich spräche fließend Französisch, und schlug vor, die Unterhaltung in dieser Sprache zu führen.

»Sind Sie Professor der Seismologie?« war Ramaks erste und scharfe Frage in der neueingeführten Sprache.

»Ich bin Bertins Assistent. Ich will nicht sagen, daß ich

über die gleichen Kenntnisse oder Erfahrungen verfüge wie Bertin ...« Ich machte eine Pause. »Aber ich glaube, sie verstecken nicht einmal ein Minimum von dem, was ich weiß.«

»Das ist auch nicht mein Beruf – ich bin ein Schiffsbauer. Wieso konnte Bertin nicht kommen?« fragte er nun Lynn.

»Als ich ankam,war er gerade in die Staaten geflogen. David kann uns helfen – wenn er das möchte.« Lynn ließ sich in einen Stuhl fallen und streifte die Schuhe von den Füßen. Sie sah erschöpft aus, am Ende ihrer Kraft. Als habe sie die letzten Reserven verbraucht. Ich ging zum Telefon, um Kaffee zu bestellen, aber Ramak reichte ihr eine Flasche.

»Brandy. Trink ein bißchen. Leg dich im Stuhl zurück und entspanne dich.« Sie nahm die Flasche und tat, wie Ramak ihr geheißen hatte, während dieser fortfuhr, mich anzustarren.

»Wir brauchen einen erfahrenen Mann«, sagte er zu Lynn. »Er ist jung.« Er tat fast so, als wäre ich nicht da; als wäre er, Ramak, allein mit ihr im Zimmer. Nach einer schlaflosen Nacht, der Fahrt, der Beunruhigung während der Fahrt und allem, was folgte, war es mit meinen Nerven nicht zum besten bestellt. Ich spürte, wie ich die Beherrschung zu verlieren begann, aber ich riß mich zusammen und sagte ruhig:

»Sie scheinen zu übersehen, daß ich keineswegs zugesagt habe, irgendwohin mitzukommen – ganz sicher habe ich nicht die Absicht, Caleb Grant zu treffen.«

»Darum hat Sie auch niemand gebeten. Bitte fangen Sie jetzt nicht vor Miss Grant an zu streiten. Sie braucht Ruhe. Wir können uns später streiten, vielleicht in Ihrem Zimmer.«

Seine arrogante Art regte mich auf, aber ich behielt mich fest in der Hand. Ich erkannte, daß ich eine prachtvolle Gelegenheit bekam, für ein paar Stunden allein zu sein. Lynn setzte an, etwas darüber zu sagen, wie sehr ich ihr geholfen hatte, aber er befahl ihr, ruhig zu sein und sich auszuruhen. Ich sagte, ich würde sie ein paar Stunden alleinlassen, nahm meine Koffer und ging in mein Zimmer. Dort duschte ich nur rasch, dann eilte ich hinunter. Ich bezweifelte nicht, daß sie unter der Aufsicht des Türken vollkommen sicher war. Um so mehr verblüffte es mich, ihn am Empfang stehen zu sehen. Richtig verwundert war ich aber erst, als er mich am Arm nahm und in ein leeres Frühstückszimmer führte, von dem aus man die Straße überblicken konnte.

»Sie gehen aus, Mr. Shand? Darf man fragen, wohin?« Ich starrte zwei leere Gläser auf einem silbernen Tablett an, die offenbar frisch hereingebracht worden waren.

»Hinaus – ein bißchen laufen und Luft schnappen –, was geht Sie das eigentlich an?«

»Trinken Sie mit mir.« Er zog seine Flasche hervor und schenkte beide Gläser randvoll. »Sie hatten es schwer in Jerusalem. Lynn hat Metin davon erzählt, als sie aus Tel Aviv anrief. Und sie hat mir erzählt, was heute auf der *Place des Canons* passiert ist. Sie sehen auch müde aus. Trinken Sie aus!« Langsam nippte ich an meinem Brandy und fragte mich, wie dieser Stimmungsumschwung wohl zu interpretieren sei: Jedem anderen Menschen hätte ich abgenommen, daß dies der Versuch einer Entschuldigung sein sollte, weil er vorher so grob mit mir umgegangen war. Aber bei ihm und seiner Persönlichkeit war das wohl kaum der Grund. Ich nahm ihm einfach nicht ab, daß er etwas bereuen konnte. Wieder beobachtete er mich – dann fragte er plötzlich:

»Haben Sie keine Angst, alleine rauszugehen?«

»Um Gottes willen – nein! Wieso auch!«

»Das dachte ich mir! Da Miss Grant sicher im Hotel sitzt, können Sie sich frei fühlen, das denken Sie doch? Wir sind hier aber in Beirut, Mr. Shand – der Heimatstadt der Falschgeldmacher, der Goldschmuggler, der Drogendealer. Diese Leute müssen sich aber oft ihre Beschützer kaufen, deshalb gibt es alle möglichen und unmöglichen dingbaren Gauner in dieser Stadt. Für einen bescheidenen Geldbetrag kann man sich hier einen Killer mieten.«

»Was wollen Sie damit sagen?« fragte ich ruhig, als ich mein Glas leerte.

»Wenn Sie von den falschen Leuten bemerkt werden, kommen die vielleicht auf die Idee, Sie wären ein Hindernis, das man besser aus dem Weg räumt. Deshalb rate ich Ihnen – bleiben Sie auf belebten Plätzen und benutzen Sie Taxis.«

»Danke für die Warnung. Ich komme in ein paar Stunden zurück.« Ich zögerte und er wartete, er kratzte sich mit einem langen Fingernagel den Bart. »Und Sie bleiben hier, solange ich weg bin, ist das korrekt?«

Er zog einen Schlüssel aus der Tasche und hielt ihn mir vor die Nase.

»Das ist der Schlüssel zu ihrem Zimmer. Ich hab' sie eingesperrt, ehe ich runterging. Das Fenster kann man von außen nicht erreichen – das habe ich schon geprüft. Wenn wir hier fertig sind, gehe ich sofort zu ihr hinauf und bleibe bei ihr, bis Sie zurückkommen.«

»Gut, dann ist sie also sicher.« Ich ging und verließ das Hotel. Am Fuß der Treppe hielt ich inne und sah nach rechts und links die Straße hinunter. Sie war leer, nur der Schatten der Bäume fiel auf den Gehsteig. Ich ärgerte mich ein wenig über meine Vorsicht, aber Ramaks Warnung hatte ihre Wirkung getan: Vom Augenblick an, als ich die Auberge des Pyramides hinter mir ließ, war ich von äußerster Wachsamkeit. Am Ende der Straße entdeckte ich einen Taxistand und bat den ersten Fahrer, mich zur Universität von Beirut zu bringen. Vielleicht war ich ein wenig zu spät dran damit, mag sein. Aber nun wollte ich Caleb Grant ein wenig auf den Zahn fühlen.

9. Kapitel

Die amerikanische Universität lag in der Bliss Avenue im *Ras* von Beirut, einem Distrikt, wo die flache Ebene sich zum Mittelmeer hin senkt und der Lärm der Stadt von weither zu rauschen scheint. Der Taxifahrer ließ mich am falschen Ende des weißen Gebäudekomplexes aussteigen, an einem freien

Platz zwischen Häusern und Strand, und ich mußte zurücklaufen zu der Seite der Gebäude, die an der Küstenstraße lagen. Um diese Jahreszeit gab es wenige Menschen auf dem Universitätsgelände. Ich blieb einen Augenblick stehen, weil mein Blick vom kobaltblauen Meer gefangen wurde, das ich am Ende der baumbestandenen Straße blitzen sah. Ein kleines Handelsschiff mit roten Kaminen strebte dem Hafen zu und zog eine weiße Gischtlinie in Form eines Pfeils hinter sich her.

Der Mann am Empfang, ein mißmutiger Libanese mit einem Mondgesicht und der glatten Haut seiner Rasse, schickte mich nach oben. Dort stand ich dann vor einer Tür mit der Aufschrift *Seismologisches Institut*. Der dahinterliegende Vorraum war von asketischer Leere, ein Tisch, eine Schreibmaschine unter einer Hülle, ein Terminkalender – sonst nichts. Auf der Glastür am Ende des Raumes aber leuchtete mir ein bekannter Name entgegen: *Gerald Lindquist*. Ich war Lindquist, dem Leiter des Instituts, nie persönlich begegnet, aber ich hatte häufig mit ihm korrespondiert und einmal am Telefon mit ihm gesprochen. Ein irischer Sprachklang mit leicht amerikanischer Färbung fiel mir ein – Bertin hatte mir erzählt, daß Lindquists Vater ein Amerikaner schwedischer Abstammung, seine Mutter hingegen eine Irin aus Dublin sei und daß der irische Tonfall sich bei Lindquist stark durchgesetzt habe. Der Mann am Empfang hatte mir erklärt, man erwarte Lindquist in wenigen Minuten zurück, und deshalb wartete ich im Sekretariat und betrachtete die Landkarten an den Wänden, welche die Erdbebengürtel der Welt zeigten. Es gab auch einige, auf denen die Zonen, in denen Erdöl gefunden wurde, eingetragen waren, und die besah ich mit besonderem Interesse. Schließlich setzte ich mich und begann eine französische Zeitung zu lesen, die auf dem Tisch lag. Ein Name, der dort gedruckt stand, zog meine Aufmerksamkeit auf sich. Der Name lautete Ionides, und ich hatte soeben mit der Lektüre des Artikels abgeschlossen, als jemand die Tür öffnete und hereinschaute. Der Mann hatte helle Augen und hurtige Bewegungen. Er betrachtete mich mit einem freundlich fragenden Blick. Er trug eine Aktentasche und machte mir den Eindruck eines Besuchers, der ebenfalls auf Lindquist warten wollte. Dann aber machte er den Mund auf, und ich erkannte seine Stimme sogleich.

»Ich hoffe, Sie haben nicht zu lange warten müssen. Natürlich hat mir unser Empfangschef kein Wort davon gesagt, daß hier jemand auf mich wartet.«

»Mr. Lindquist?« ich erhob mich. »Ich bin David Shand ...«

»Aus dem fernen Kairo?« Er schüttelte herzlich meine Hand und dirigierte mich zur Tür des inneren Büroraumes. »Ja, wir haben uns mal am Telefon gesprochen. Sie haben Glück, ich bin diese Minute aus Washington zurückgekommen.«

»Ich glaub', ich hab' Ihr Flugzeug Beirut überfliegen sehen.«

Lindquists Büro war größer als der Vorraum. Auf seinem Schreibtisch stapelten sich in wildem Durcheinander allerhand Papiere und Akten, und er mußte einen Berg davon zur Seite schaffen, um einen Stuhl für mich frei zu machen. Er schien sich über meinen Besuch zu freuen. In seinem Büro sah er sich um, als sähe er den Raum zum erstenmal. Er war ein Mann Anfang Fünfzig, mit großem Schädel, wie ich es oft bei klugen Menschen beobachtet habe. Man spürte, daß er sich selbst nicht allzu wichtig nahm. Ich mochte ihn auf Anhieb gern.

»Also, ich bin nicht direkt vom Flugplatz hergeeilt, nein, ich bin erst zu mir nach Hause und habe mir was Leichtes angezogen. In Washington haben wir nämlich gerade einen halben Meter Schnee liegen. Was für eine Erleichterung es doch ist, wieder hier zu sein – außer natürlich, daß in diesem Teil der Welt absolut nichts richtig funktioniert. Meine Sekretärin, so will mir scheinen, macht schon wieder blau. Sicher kommt sie mir wieder mit der Geschichte von der Beerdigung eines nahen Verwandten – des zweiten in diesem Monat. Diese Familien müssen riesig sein, nachprüfen kann man natürlich gar nichts, denn dann heißt es, die Zeremonie habe in einem winzigen Dorf in den Bergen stattgefunden.«

Er ließ sich auf einen Stuhl fallen und machte einen kleinen Raum des Tisches vor sich frei. »Nein, danke, ich rauche nicht. Gewiß, rauchen Sie nur, irgendwo gibt's einen Aschenbecher ...« Er begann, unter den Papierstößen zu wühlen. »Da drüben ist er, auf dem Nebentisch.«

»Bertin ist vor einer Woche nach Washington geflogen.«

»Weiß ich, hab' ihn getroffen.« Er hielt einen Augenblick gedankenvoll inne.

»Er hat von Ihnen gesprochen. Er ist sehr mit Ihrer Arbeit hier unten zufrieden. Wollen Sie einen Kaffee, mal angenommen, daß die uns wirklich einen raufschicken?«

»Nein, danke. Übrigens wollte ich Sie fragen, ob Sie irgend etwas über einen gewissen Caleb Grant wissen. Ich bin hier sozusagen im Urlaub, verstehen Sie, und jemand sagte mir, er halte sich in dieser Gegend auf?«

»Caleb Grant? Der Seismologe?« Lindquist starrte mich mit liebenswürdigem Staunen an. »Von dem habe ich Jahre nichts gehört, wollen Sie sagen, er sei in Beirut?«

»Da bin ich mir nicht so sicher«, sagte ich vorsichtig. »Aber ich habe gehört, er hielte sich im Libanon auf. Das ist aber nicht wichtig – jemand in Kairo erwähnte seinen Namen und schlug mir vor, ihn aufzusuchen. Mein eigentlicher Grund hier herzukommen war es, Sie kennenzulernen ...« Ich kannte Lindquist nur aus seinen Briefen und wollte ihm nicht alles erzählen. Vor allem nicht Lynns Bemerkung über ihren Vater: *Er glaubt, daß sich ein größeres Beben vorbereitet.* Ich wußte, wenn ich diesen Ausspruch je Lindquist gegenüber erwähnen würde, würde er sich seinerseits fragen, was ich wohl für ein Interesse für so jemanden haben könnte. Wir sprachen eine Weile von unserer Arbeit, dann kehrte Lindquist aus eigenem Antrieb wieder zum Thema Grant zurück.

»Ich wußte wirklich nicht, daß er sich im Mittleren Osten aufhält. Wir haben uns vor vielen Jahren aus den Augen verloren.« Er betrachtete die Zimmerdecke. »Wir haben zusammen im Seismologischen Institut der Universität in Berkley, California, gearbeitet – das muß 1937 gewesen sein.

Bertin arbeitete dort zur selben Zeit. Grant war ein bemerkenswerter Mann, wirklich ziemlich bemerkenswert.«

»Wie meinen Sie das?«

»Ein brillanter Wissenschaftler. Ein genialer Denker. Er konnte Fakten mit unglaublicher Schnelligkeit aufnehmen und sie auch anwenden. Aber das war nicht alles. Er hatte die seltene Fähigkeit, eigene kreative Gedanken mit Intuitionen zu verbinden. Wie Einstein, der seine Relativitätstheorie hauptsächlich auf Intuitionen aufbaute. Es gibt Menschen, die ihren Weg instinktiv zu finden verstehen – Grant war einer von ihnen.«

»Und seitdem haben Sie nichts mehr von ihm gehört?« bohrte ich.

»Nein, ich nehme an, der Krieg war schuld daran. So viele alte Verbindungen sind dadurch kaputtgegangen. Er war in vielen Aspekten ein seltsamer Mensch, sehr dickköpfig und ein Eigenbrötler. Er war Arzt, ehe er Geophysiker wurde – später dann hat er als Mineraloge gearbeitet.« Lindquist erwärmte sich nun mehr und mehr für dieses Thema und verschränkte die Arme im Nacken. »Ich glaube, er gehörte zu denen, die ein bestimmtes Interessengebiet so rasch verschlingen, daß sie die Freude daran verlieren – dann suchen sie sich ein neues Betätigungsfeld. Ich hatte angenommen, er habe sich einer der großen Bergwerksbetriebe angeschlossen. In diesem Job kann man sich dumm und dämlich verdienen, wie Ihnen sicherlich auch nicht entgangen ist!« Er grinste und kreuzte die Arme über der Brust. Er trug eine mächtige graue Mähne, die aussah, als könne man sie gar nicht bändigen.

»Ach so, dann war er also aufs Geld aus?« fragte ich.

»Nein, nicht wirklich. Ich habe bemerkt, daß er stets einfach lebte. Er hatte einen Onkel in Südafrika, der starb und ihm ein gewisses Vermögen hinterließ – oh, beileibe kein großes Vermögen. Aber ich glaube, damit kam er gut zu Rande. Wohnen Sie in Beirut? Sie müssen uns besuchen und meine Frau kennenlernen. Nicht heute, das wäre ungeschickt, aber sagen Sie mir, wo ich Sie finden kann ...«

Ich gab ihm die Adresse der Auberge des Pyramides, sagte ihm aber, daß ich womöglich bald abreisen würde. Noch immer fragte ich mich, ob ich ihm nicht mehr von Grant erzählen sollte – obgleich, viel zu erzählen gab es da nicht mehr. Die Beziehung zwischen Lindquist und Grant hatte die Grenzen einer beruflichen Kollegialität nicht überschritten, und die Zeit hatte die beiden getrennt. Ich hatte einiges erfahren – aber weniger, als ich erhofft hatte. Er reichte mir seine Karte und bestand darauf, daß wir einen dieser Abende zusammen essen sollten. Dann plauderten wir noch ein wenig.

Das Telefon unterbrach uns und ich beschloß, mich zu verabschieden, sobald er das Gespräch beendet habe. Das Gespräch kam von der Amerikanischen Botschaft und ich beobachtete, wie er ärgerlich die Brauen runzelte, während er sprach. Als er einhängte, sah er noch immer ärgerlich aus.

»Diese Diplomaten! Immer glauben sie, ihre Arbeit wäre wichtiger als alles andere. Hat man Worte – gerade komme ich zurück und soll mich durch diesen Stapel von Arbeit graben und sie wünschen, daß ich sogleich zu ihnen eilen soll. Natürlich ist es wahnsinnig dringend! – Aber nur dringend für Sie!«

»Ich wollte sowieso gehen!«

Als ich ihn verließ, begann er soeben, in den mächtigen Papierstößen zu wühlen. Das war seine Art, der Botschaft zu zeigen, daß man ihn nicht herumkommandieren konnte. Auf der Bliss Avenue fand ich ein Taxi, und auf dem Weg zurück ins Hotel dachte ich über unser Gespräch nach. Einerseits beruhigte mich die von ihm geäußerte Meinung über Grant, andererseits gab es eine Zeitspanne, 1937 bis 1946, in der Lindquist nicht das geringste über Grants Leben wußte. Neun Jahre lang – Grant konnte sich verändert haben, verkommen sein, aber das schien mir unwahrscheinlich. Aus den wenigen Worten, die Lynn über ihren Vater gesagt hatte, entnahm ich, daß er sich recht wenig verändert zu haben schien. Dann fiel mir Ramak ein. Der Türke kam mir nicht wie ein Mann vor, der sich mit einem anderen anfreundet, der erledigt ist. Er war in seiner berechnenden und unbarmherzigen Art vor allen Dingen ein Realist. Berechnend? Jawohl – genau diesen Eindruck hatte Ramak neben seiner Launenhaftigkeit bei mir hinterlassen.

Es war genau vier Uhr, als ich auf die Uhr sah und durch die von einem Kiosk ausgebreiteten Zeitungen an den Artikel erinnert wurde, den ich in Lindquists Büro gelesen hatte. Die Nachricht war zwei Tage alt und stammte aus Ankara. Darin wurde berichtet, daß die Türkei während des Krieges zwar aufgerüstet, aber neutral unter der Herrschaft einer Halbdiktatur gestanden habe. Neuerdings nun, so hieß es, habe sich eine freie demokratische Partei bei den Wahlen durchsetzen können und die Regierung unternähme nun die ersten scheuen Schritte auf dem Wege zur Öffnung des Landes gegen die Außenwelt. Der erste Schritt erschien überaus wichtig: gewisse Schürfrechte im Land sollten versteigert werden – man erwartete eine rege Nachfrage unter den internationalen Firmen, die eine einmalige Gelegenheit darin sahen, sich in der Türkei niederlassen zu können. Der Artikel sagte, Ionides werde sich aktiv am Verkauf der Schürfrechte beteiligen.

Als das Taxi in die Rue Bauban einbog, lag die Straße immer noch verlassen da. In dieser Gegend gab es hauptsächlich Wohnhäuser und nur ein oder zwei Hotels, in Villen, die man zu diesem Zweck ausgebaut hatte. Noch immer hatte ich nicht entschieden, wie ich mich verhalten sollte, wenn Lynn einen weiteren Versuch unternehmen würde, mich mitzuschleppen zu ihrem Vater, wo immer er sich auch aufhielt. In gewisser Weise hatte das Gespräch mit Lindquist mich beruhigt, aber nur in gewisser Weise. Eigentlich war das alles ja mein Urlaub und ich sollte mir nun endlich Gedanken über meine Zukunft machen. Aber ich fand die Entscheidungen allzu schwierig und schob sie deshalb nicht ungern auf die lange Bank. Vor der Auberge des Pyramides parkte ein riesiges blaues Auto. Es blockierte den Eingang und nahm die halbe Vorderfront des Hauses ein.

Als ich aus dem Taxi stieg, konnte ich den blauen Koloß genauer betrachten. Es war ein großer Mercedes, größer als jeder Wagen, den ich je gesehen hatte, aber ich erkannte ihn nach einer Abbildung in der Zeitung. Alle Fenster waren fest verschlossen, deshalb blickte ich durch das Hinterfenster. Es mußte ein Sechs- bis Siebensitzer sein, zwei Sitze vorne und auf dem Hintersitz genug Platz, um drei Leute bequem unterzubringen – dann die zwei Klappsitze gegenüber dem Hintersitz. Eine Glasscheibe trennte die Vordersitze von den hinteren, und auf den vorderen Kotflügeln erhoben sich gigantische Nebelscheinwerfer. Es war ein Wagen, in dem man einen Staatspräsidenten vermutet hätte, im Inneren war er luxuriös verkleidet und möbliert. Das war ein Schlitten – auch diese Kenntnisse hatte ich aus der Zeitung –, in dem während des Krieges die obersten Nazibosse mit Vorliebe herumkutschierten, und ich fragte mich, was zum Teufel diese Kiste auf einer Nebenstraße in Beirut verloren hatte.

Ehe ich die Treppen hinaufstieg, rief ich in der Garage an, in die ich meinen Wagen zur Reparatur gegeben hatte, und unter den Augen des glattwangigen libanesischen Portiers durchlitt ich jene Art von Telefongespräch, an die man sich im Mittleren Osten gewöhnen muß. Ich fragte, wann der Vauxhall fertig würde ...

»Da muß viel daran gemacht werden«, quietschte eine arabische Stimme. »Da ist der Scheinwerfer, der Kühler und dann ...«

»Kann ich mir denken«, unterbrach ich, »aber was ich wirklich wissen möchte, wie lange wird es dauern.«

»Mit einem Mann, arbeitet Tag und Nacht – wir haben nur wenige – mit einem Mann, also Auto in einer Woche, ganz!«

»Zu lang, soviel Arbeit ist da gar nicht dran, das weiß ich doch verdammt genau. Ich muß nach Kairo zurück.«

Das war falsch – ich hatte ihm die Möglichkeit gegeben, sich zu rechtfertigen.

»Kairo!« rief er herunter. »Da muß Auto ganz gut gemacht

sein. Mit einem Mann, ohne Schlaf, Tag und Nacht, vielleicht eine Woche. Nicht einen Tag weniger, Sir. Fertig in einer ganzen Woche, sonst ...«

»Aber Sie können's doch schneller reparieren, wenn Sie sich ein bißchen ranhalten ...«

»Ranhalten?«

»Ich meine, wenn Sie ein bißchen mehr arbeiten. Ich brauche diesen Wagen spätestens übermorgen.«

»Unmöglich! Nur mit zwei Männern arbeiten Nacht und Tag, kann Auto dann ganz sein. Das kostet doppelt ...«

»Ach, vergiß es! Ich ruf' heute in einer Woche an, und ich rate Ihnen gut, dann muß die Karre fertig sein – auch nur, wenn ein Typ dran arbeitet.« Ich legte auf und fluchte. Mit einem großen Aufwand an Überredungsgabe und einer Quittung hätte ich die Versicherungsleute sicher dazu bringen können, die doppelte Rechnung zu bezahlen, aber ich mußte das Geld erst mal aus meiner eigenen Tasche vorstrecken, und ich hatte nicht allzu viele Devisen mitgenommen, deshalb konnte ich mir im Augenblick keine fette Autowerkstattrechnung leisten. Das bedeutete sieben Tage ohne fahrbaren Untersatz – die Vorstellung beglückte mich in keiner Weise. Zu den Zedern des Libanons kann man eben von Beirut aus nicht zu Fuß gehen.

Schlechter Laune stieg ich die Treppen hinauf und klopfte an Lynns Tür. Ramaks Stimme bat mich auf französisch herein.

Sie standen einander zugewandt vor dem Fenster. Als ich Lynns Gesichtsausdruck bemerkte, fragte ich mich, ob ich in einen größeren Streit hineingestolpert sei. Ramak wandte sich mir mit einem schnellen Lächeln zu ...

»Sie haben Ihren Spaziergang genossen? Keine Schwierigkeiten gehabt?«

»Nee, nichts dergleichen, ich hab' den Spaziergang genossen – aber was ist denn hier los?«

Auf dem Weg die Treppe hinauf hatte ich beschlossen, mir Ramaks Arroganz nicht mehr gefallen zu lassen. Das nun war mein erster Ausfall, und Ramak verstand sogleich und parierte; wenn auch immer noch mit munterer Stimme, obgleich seine Augen sich verengten. »Nichts ist hier los. Wir haben uns nur unterhalten – sind zu einer Entscheidung gelangt. Wir werden auf der Stelle abreisen, um Miss Grants Vater zu treffen. Wir haben nur noch auf Sie gewartet.«

»Willst du noch immer, daß ich mitkomme?« fragte ich Lynn und übersah den Türken.

Sie starrte mich aus erschreckten Augen an, richtete sich dann auf und sagte mit unsicherer Stimme:

»Das mußt du entscheiden, David, ich jedenfalls muß gleich zu ihm.«

»Willst du, daß ich mitkomme?« wiederholte ich, aber Ramak schob sich dazwischen.

»Sie würden uns einen unschätzbaren Dienst erweisen, wenn Sie sich entschließen könnten, mitzukommen. Das Auto steht bereit, alles ist arrangiert – wie ich erfahren habe, brauchen Sie erst nach zwei Wochen wieder nach Kairo zurückzukehren.«

Ich schwankte noch immer. Er überraschte mich mit der Höflichkeit, die er gebrauchte und die sich so sehr von seiner vorherigen Arroganz unterschied. Mein eigener Wagen lag für eine ganze Woche in der Werkstatt fest, überlegte ich.

»Ist das Ihr großer Mercedes vor der Tür?« fragte ich dann.

»Ja. Wir werden bequem darin reisen.«

»Wohin reisen?«

Lynn erhob sich und eilte zur Badezimmertür. Über ihre Schulter sagte sie:

»Ich überlasse die weitere Diskussion euch beiden – ich wollte mich gerade frisch machen, als du hereinkamst, David.«

»Wohin also?« wiederholte ich, als wir allein waren. »Wo ist Caleb Grant?«

»An einem Ort in der Nähe der türkisch-syrischen Grenze.«

»Syrien! Ich glaubte, er wäre hier im Libanon. Irgendwo in der Nähe von Beirut.«

»Im Moment nicht. Er zieht viel herum. Miss Grant wäre es sehr wichtig, wenn Sie ihren Vater treffen würden. Sie glaubt aber, Sie hätten schon genug für sie getan. Sie wagt nicht, noch mehr von Ihnen zu erbitten.« Das war ein geschickter Appell an meine Gefühle, aber das fiel mir erst auf, als es zu spät war. Ramak, der im Grunde ein Monomane war, konnte sehr wohl geschickt psychologisch auf andere Menschen eingehen, wenn es ihm nützlich zu sein schien. Aber auch das fiel mir erst viel später auf. Ich setzte mich und dachte nach. Die schwere Tür zum Badezimmer war zugefallen, und ich erwartete, Lynn werde für einige Zeit nicht mehr herauskommen, um uns beiden die Möglichkeit einer gemeinsamen Entscheidung zu lassen. Syrien lag verdammt weit nördlich von Kairo, und der Besuch dieses Landes hatte bei dieser Reise eigentlich nicht auf meiner Urlaubsliste gestanden. Der Riesen-Mercedes würde selbst auf den holprigen Straßen des Mittleren Ostens gut vorankommen, das wußte ich, und doch konnte ich mich nicht entscheiden. Ein seltsames, undefinierbares Mißtrauen – dann fiel mir plötzlich etwas Verdächtiges auf.

»Sehen Sie mal, eines verstehe ich nicht – Miss Grant hat den Citroën in einer Garage in Beirut gemietet, um nach Kairo zu fahren, also muß sie von hier aus aufgebrochen sein.«

»Nein, sie ist weiter oben im Norden aufgebrochen. Der Wagen, mit dem sie reiste, hatte in Beirut eine Panne, und sie hat sich ein anderes Gefährt gemietet.«

Um ihn zu verunsichern, wechselte ich rasch das Thema. »Ramak, wer glauben Sie, waren die Leute, die ihr nachgestellt haben?«

»Darüber habe ich mir, seit ich davon erfuhr, den Kopf zerbrochen. Ich habe keine Ahnung! Und das beunruhigt mich stark. Ich habe nichts übrig für mysteriöse Begebenheiten.«

Ich hatte das Gefühl, er sagte die Wahrheit, und das nahm mich für ihn ein. Aber es war etwas anderes, das mich dazu bestimmte, mit ihnen zu reisen. Ich erhob mich und trat auf den Balkon hinaus. Unter mir lag die blanke Hauswand, zwei Stockwerke weiter unten kam das Kellergeschoß. Es fiel mir ein, wie der Türke mir versichert hatte, Lynn wäre hier sicher. Rechts von mir, direkt neben dem Balkon, stand das Badezimmerfenster halb offen, und da hörte ich ein Geräusch, das mich erschreckte. Man hörte das trockene, tränenlose Schluchzen eines Mädchens, ein Schluchzen, als stecke ein Kloß in ihrem Hals. Ich fuhr herum, der Türke war neben mich getreten, auch er hörte das Geräusch und führte mich ins Zimmer zurück.

»Lassen wir sie für ein paar Minuten in Ruhe, bitte! Dann hat sie's los, wird zwar etwas erschöpft sein, aber sich besser fühlen.«

»Wieso weint sie denn?«

»Das müssen ausgerechnet Sie fragen?« Er hob seine Reitpeitsche und schlug sich damit seitlich auf die Hosenbeine. »Sie waren doch bei ihr in Jerusalem – an der Front sozusagen? Viel Haltung hat sie, die kleine Lynn, aber irgendwann einmal kommt der Moment, wo man einfach zusammenbricht unter dem Druck. Verstehen Sie jetzt?«

»Tut mir leid, war blöde von mir, zu fragen. Also abgemacht, ich komme mit. Ich hole wohl besser meinen Koffer.« Ich zögerte und blickte zur Tür des Badezimmers. »Wollen Sie oder soll ich ...?«

»Ich mach' das schon. Wir treffen uns unten.«

Taktvoll klopfte er an die Tür, um ihr Zeit zu geben, sich wieder etwas zu fassen. Ich ging hinaus und schloß mein Zimmer auf. Ich mußte ein paar Minuten in der Halle auf sie warten. Doch als sie dann herunterkamen, hatte sie sich beruhigt und warf mir einen seltsam schillernden Blick zu. Ich nahm an, er hatte ihr erzählt, daß ich auf den Balkon gegangen war. Ramak reichte mir den Autoschlüssel und bat uns, schon hinauszugehen, während er die Rechnung begleichen wollte. Das leuchtete mir ein, und wir traten hinaus in die kühle Luft des späten Nachmittags. Um diese Tageszeit war hier die Lufttemperatur bedeutend niedriger als in Kairo. Wir hatten uns auf den Hintersitz niedergelassen, als er herauskam, mir den Schlüssel abnahm und die Autotüren von außen verschloß, so daß wir in dem riesigen Wagen gefangen saßen. Ich fragte ihn, ob das nötig wäre, und er wendete den Kopf. Er saß am Steuer und schaute durch die aufgeschobene Glasscheibe zurück.

»Kennen Sie sich aus in diesem Teil der Welt?«

»Nein, ich bin zum erstenmal hier.«

»Dann kennen Sie den berühmten Trick nicht, den die Kriminellen hier praktizieren. Wenn z.B. der Wagen kurz im Verkehrsgewühl anhält, kommt ein Mann, macht die Vordertür auf, setzt sich auf den Beifahrersitz und bedroht den Fahrer mit der Pistole. Dann veranlaßt er ihn, den Wagen an einen einsamen Ort zu fahren, dort raubt er ihn aus – wenn nicht Schlimmeres geschieht.«

Ich nickte, er schloß die Glasscheibe, die ihn von uns trennte. Die Erklärung leuchtete mir ein, sehr sogar, wenn ich an die beiden Attacken dachte, denen Lynn ausgesetzt gewesen war. Wieder bestätigte sich meine Gewißheit, daß der Türke ein Mann war, der nichts dem Zufall überließ. Wir fuhren ab, und es wunderte mich nicht, als Ramak aufs Gas trat und die verlassene Straße hinunterflitzte. Ich hatte von ihm erwartet, daß er mit Leidenschaft Auto fuhr. Am Ende der Rue Bauban mußten wir rasch einem plötzlich auftauchenden Auto ausweichen. Ich konnte nur einen kurzen Blick auf den Wagen werfen, ehe er an uns vorbei die Rue Bauban Richtung Auberge des Pyramides hinunterschoß, aber ich hatte die Diplomatenplakette bemerkt, und der Mann neben dem Fahrer, so schien es mir, hatte Gerald Lindquist bemerkenswert ähnlich gesehen.

10. Kapitel

Als wir die Obstplantagen von Tripoli hinter uns ließen, wurde es langsam kälter, und die Nacht brach herein. Wir hielten uns nach Norden der syrischen Grenze zu, und im Innern des großen Mercedes hatte ich viel zu viel Zeit, um nachzudenken. Neue Zweifel beschlichen mich und machten mir zu schaffen. Seit wir Beirut hinter uns gelassen hatten, hockte Lynn zusammengerollt in ihrer Ecke und sprach kein Wort. Ich spielte mit der Vorstellung, daß sie mir aus irgendeinem Grunde böse war, aber das gab keinen Sinn. Hatte ich nicht zugestimmt, das zu tun, was sie ursprünglich schon in Kairo von mir gewollt hatte? Ich war bereit, ihren Vater zu treffen. Schließlich beschloß ich, daß sie wahrscheinlich von all den Problemen und der Reise erschöpft war.

In Tripoli hatten wir angehalten, um eine hastige Mahlzeit einzunehmen. Ramak und ich führten die Unterhaltung beim Essen. Er sprach ganz offen über sein Leben, und mir begann zu dämmern, was für ein reicher Mann er war und wie vielfältig seine finanziellen Interessen innerhalb und außerhalb seines Heimatlandes waren.

»Ich bin in Ergenrum zu Hause, das ist in Ostanatolien. Wie Sie sicher wissen, nennen wir den Teil unseres Landes, der in Asien liegt, Anatolien. Der Hauptsitz meines Geschäfts liegt in Izmir an der ägäischen Küste – und zwar deshalb, weil ich als Schiffsbauer angefangen habe. Ich habe die Werft von meinem Vater geerbt, der an nichts anderes denken konnte als an Schiffsbau. Für mich gibt es noch andere Dinge auf dieser Welt, ich unternehme alles mögliche. Sicher haben Sie erraten, wieso der kleine Laden in Beirut so wichtig für mich ist, ja?«

»Weil er außerhalb der Türkei liegt.«

Er lachte leise und schaufelte gegrilltes Hühnerfleisch in seinen Mund. »Sie haben erst ein wenig von allem erraten. Es stimmt schon, in der Türkei gibt es noch keine freie Wirtschaft – viele Dinge gehören der Regierung, der Hauptteil des Landes, viele Fabriken auch, aber das alles wird sich jetzt ändern. Jawohl, ich wollte Geschäfte außerhalb der Türkei, aber der wirkliche Grund, warum Metin den Laden betreibt, ist das Gold – verstehen Sie?«

»Sie meinen, Juwelen sind ein internationales Devisenmittel?«

»Gold, Ja!« Er nahm einen Schluck von dem herben roten Wein und lachte wieder leise. »Metin verkauft wohl hier und da ein paar Kleinigkeiten, der eigentliche Grund für den Laden aber ist der Ankauf von Goldobjekten, die wir nie wieder verkaufen würden. Wir kaufen die feinsten Goldarbeiten, die uns unter die Finger kommen, um sie selbst zu behalten. Nach jedem Krieg gibt es eine Inflation!« Er fuchtelte mit der Gabel, um seine Worte zu unterstreichen. »Gold aber behält immer seinen Wert – besonders im Osten. Deshalb baue ich mir meine eigene Goldreserve!«

»Sie scheinen viel von Caleb Grant zu halten«, versuchte ich nun, das Gespräch zu wenden.

»Er ist mein bester Freund, mein allerbester Freund. Wissen Sie, warum? Er hat meiner Tochter das Leben gerettet. Einmal, während des Krieges, als die Ärzte rar waren, weil die Armee sie eingezogen hatte, wurde mein kleines Mädchen krank. Der neue Arzt, der sich soeben niedergelassen hatte, sagte meiner Frau: Sie hat ein leichtes Fieber. Stecken Sie sie für ein paar Tage ins Bett. Aber Caleb schaute sie sich an und dachte anders darüber. Er war mal Arzt, wissen Sie?«

»Und was hatte sie?«

»Cholera!« Seine Augen glühten auf bei der Erinnerung daran. »Caleb alarmierte uns. Wir schafften sie schnell ins Krankenhaus. Nach ein paar Wochen ging es ihr besser. Wäre Caleb nicht gewesen, das Kind wäre gestorben. Also kümmerte ich mich ein bißchen persönlich um den Arzt, und Caleb wurde mein Freund fürs Leben.«

»Auf welche Weise kümmerten Sie sich denn um den Arzt?« fragte ich neugierig.

»Ich gab ihm eine Woche, um die Stadt zu verlassen.« Er beschrieb einen Schnörkel mit dem Messer in der Luft. »Ich sagte ihm, wenn er nicht nach einer Woche fort ist, bringe ich ihn um. – Er hat die Stadt verlassen!«

Ich grübelte dieser Unterhaltung nach, als wir Tripoli hinter uns ließen und die leere Straße entlangrasten. Ramak war ein bemerkenswerter Charakter, ein harter Geschäftsmann und ein treuer Freund. Aber irgendwo im Untergrund lag noch etwas von dem alten Räuberblut, eine Spur von Wildheit, Überbleibsel der *Seljuk Turks*, der Vorfahren des Staates, die ihm auch den Namen gegeben hatten. Wir fuhren in raschem Tempo dahin, zu unserer Rechten hoben sich die libanesischen Berge wie ein dunkler Schatten. Dort oben irgendwo befanden sich die legendären Zedern des Libanons. Am Fuß der Berge leuchteten die Dörfer auf wie Lichtkreise, die im Nebel schwebten. Der Anblick gefiel sogar Lynn und belebte sie für kurze Zeit.

»Wie zauberhaft das aussieht«, sagte sie. »Wie etwas aus 1001 Nacht.«

»Es ist 1001 Nacht«, sagte ich, aber sie lächelte nur und drückte meinen Arm.

»Vielen Dank, daß du mitgekommen bist«, sagte sie und verfiel dann wieder in Schweigen. Ab und zu blickte ich zu ihr hinüber und hatte das seltsame Gefühl, als empfinde sie ein Gemisch von Gefühlen; manchmal wirkte sie gelassen und glücklich, als gefalle es ihr, daß ich den Rücksitz des Autos mit ihr teilte. – Mehrmals fing sie meinen Blick auf und lächelte mir wortlos zu. Ihre Hände aber hielt sie im Schoß, sie waren ineinander verkrampft. Wir überquerten die Grenze nach Syrien und mußten nur kurz anhalten. Die Grenzpolizei prüfte nur unsere Pässe. Nun lag die Grenze hinter uns und auch die libanesischen Berge waren nur noch eine Erinnerung, die wir hinter uns ließen. Ramak schaltete, das hohe Summen der Maschine wurde noch höher, und der große Mercedes schoß durch die Nacht. Im Inneren herrschte eine Atmosphäre von stiller Erregung, das Brummen des starken Motors und Ramaks bewegungslose Gestalt, die mit kraftvollen und geschickten Händen das Steuer führte. Einmal, als ich das Fenster öffnete, um die warme Luft hinauszulassen, die mich schläfrig machte, nickte Lynn, die beide Hände in ihren Haaren vergraben hatte, mir zustimmend zu. Um uns war nur das Brummen des mächtigen Motors, das Stakkato der Kiesel, die die Reifen ab und zu gegen die Innenseite der Kotflügel spritzten, und das Rauschen der vorbeigleitenden Luft, als wir mehr und mehr nach Norden eilten und Syrien durchquerten.

Einmal gelang es mir, ein kleines Gespräch über Ramak in Gang zu bringen. Lynn plauderte wie früher mit mir, verschränkte die Arme und benahm sich für kurze Zeit so, als lebten wir in unserer eigenen Welt und hätten mit Problemen und Schwierigkeiten für kurze Zeit nichts zu tun.

»Dein Freund Ramak ist ein ziemlich komplexer Charakter, was?« sagte ich. »Er ist wie ein Räuberhauptmann im Anzug eines Geschäftsmannes.« Die Glasscheiben waren geschlossen, so daß ich keine Gefahr lief, gehört zu werden.

»Er ist ein *Laz*«, erwiderte Lynn, »weißt du, was das ist?«

»Ich dachte, er wäre Türke.«

»Das ist er auch. Die Laz sind ein Stamm, der an der Küste des Schwarzen Meeres wohnt, im östlichen Anatolien. Ein Teil von ihnen gehört der Sowjetunion an. Ihr Heimatgebiet zieht sich längs der türkisch-sowjetischen Grenze hin, aber die meisten haben das Glück, auf der türkischen Seite zu wohnen. Könntest du das Fenster schließen? Es wird ein bißchen frisch hier.« Sie streckte sich behaglich, als ich das Fenster schloß und die Wärme der Heizung sich neu im Auto verteilte.

»Ich könnte immer so weiterreisen – bis ans Ende der Welt«, sagte sie. »Wo war ich stehengeblieben, ach ja, die Laz – das sind besonders intelligente Leute – die bringen's weit in der Welt. Viele haben wichtige Stellungen in der Türkei, sie sind ein bißchen wie die Waliser oder die Schotten – sie erkennen sich untereinander an, halten sich aber von den anderen Rassen etwas fern.«

»Klingt wie Armenier.«

»Ja, so ähnlich – aber auch wieder anders. Aber sie sind nicht nur aufs Geschäft aus.«

Als es wieder wärmer wurde, versickerte unser Gespräch mehr und mehr. Sie setzte sich gemütlich in ihrer Ecke zurecht, schloß die Augen, um ein wenig zu schlafen, die Arme hielt sie noch immer über der Brust verschränkt. Ab und zu zuckten ihre schwarzen Wimpern, und ich fragte mich, ob sie wohl träumte, als wir so durch Syrien zischten. Der Mond stand nun am Himmel, und wir ließen die Küste hinter uns und verließen die Hauptstraße, die links zur türkischen Grenze führte. Wir fuhren Richtung Innenland. Plötzlich war ich hellwach und zündete mir eine Zigarette an. Als Ramak gesagt hatte, Caleb Grant halte sich an der türkischen Grenze auf, hatte ich angenommen, er halte sich in jenem Teil der Türkei auf, der sich wie ein Finger am Mittelmeer entlangstreckt, wir aber hatten eine völlig andere Richtung eingeschlagen.

Ich dachte auch eine Zeitlang über Caleb Grant nach. Die mageren Informationen aus Lindquists Mund verwischten das Bild mehr, als daß sie es schärfer zeichneten. Grant hatte viele Jahre im Mittleren Osten gelebt, aber Lindquist wußte nichts davon. Vielleicht, so dachte ich, als ich mich an Ramaks Geschichte erinnerte, vielleicht war er ja gar nicht mehr auf seismologischem Gebiet tätig und war zur Medizin zurückgekehrt. Aber wenn das so war, was um Himmels willen hatte ich dann mit der Sache zu tun? Im Unterbewußtsein gab es noch das Fragment einer Unterhaltung, die ich vor Monaten mit Bertin in Kairo geführt hatte. Sie hatte etwas mit einem neuen Betätigungsfeld für die Seismologie zu tun. Nun aber, in der wohligen Wärme des Wagens, wehrte sich mein Geist dagegen, weiter nachzuforschen. Der Motor brummte, ich nickte ein.

Ich erwachte mit einem Ruck und dem Gefühl, irgend etwas sei geschehen. Die Scheinwerfer des Mercedes leuchteten voraus ins Dunkel der Nacht und beschienen kurz die trockenen Steinwände, als das Fahrzeug in die Kurve ging und anfing, einen Hügel hinaufzufahren. Ich hatte den Eindruck, als bewegten wir uns, ohne abzusetzen, eine gute Weile bergauf, und kühlere Luft füllte das Wageninnere. Die Fenster bedeckten sich mit leichtem Frost, ich zitterte und setzte mich auf. Lynn schlief noch immer. Ihr Kopf lag auf dem Seidenkissen, das an einer Schlaufe an der Rückenlehne hing. Ihr Gesicht war entspannter, als ich es je gesehen hatte. Ich nahm ihren Mantel, der zwischen uns auf dem Sitz lag, und bedeckte sie mit der pelzgefütterten Innenseite. Zum erstenmal verstand ich, wieso sie diesen warmen Mantel überhaupt dabei hatte. Als ich sie einpackte, bewegte sie sich leise, ächzte wohlig und schlief ruhig weiter. Ich zog nun auch meinen Mantel an und rieb mit meinem Taschentuch ein Loch in die beschlagene Scheibe, die mich von Ramak trennte. Da saß er, noch immer über das Steuerrad gebeugt, kurz traf mich im Rückspiegel der Blick seiner schwarzen Augen, dann wandte er sich erneut der Fahrbahn zu. Immer noch ganz verschlafen, ließ ich mich zurückfallen und sah auf die Uhr. Es war 10.30 Uhr – gerechter Himmel. Wir waren also durch Aleppo gefahren, während ich schlief. Wie weit im Norden, zum Teufel, saß dieser Caleb Grant?

Vorsichtig schob ich auf meiner Seite die Glasscheibe hoch und lehnte mich nach vorne, um mit Ramak zu sprechen. Der Mond trat hinter den Wolken hervor, und ich starrte verblüfft hinaus, wir überquerten ein Gebirge.

Um uns her breiteten sich beschneite Berggipfel aus, so weit das Auge reichte. Ich sah die Schneelandschaft etwas verwischt durch die beschlagenen Fenster. Minuten später stellte Ramak den Scheibenwischer an, nun erkannte ich es ganz deutlich: Die Berge draußen waren tief verschneit. Ich kratzte den Frost von meinem Fenster und äugte hinaus – der gleiche Anblick. Es war, als hätten wir, während ich schlief, einen Sprung gemacht und befänden uns nun in der Schweiz. Aber nein, diese Bergspitzen waren wilder und zerklüfteter als die Schweizer Gebirgsriesen. Das kleine Loch, das ich freigekratzt hatte, begann zuzufrieren, und ich bemerkte, verwirrt, wie ich war, etwas Weißes vorbeitreiben. Es fing an zu schneien!

»Ramak«, sagte ich vorgebeugt und so ruhig wie möglich. »Wo zum Teufel sind wir? Sind das die Berge des Taurus?«

»Ja, ein Teil davon.« Er sprach, während seine zusammengekniffenen Augen auf die Fahrbahn gerichtet blieben.

»Dann sind wir in der Türkei.«

»Wir sind nördlich der Grenze, ja!«

»Also, was ist eigentlich los? Wie sind wir über die Grenze gekommen?«

»Sie haben geschlafen. Ich kenn' die Grenzwächter gut. Und jetzt sind Sie so freundlich und halten den Mund. Dieser Teil der Straße ist schwierig; ich werde später alles erklären ...«

Der Wagen begann erneut bergauf zu fahren, die Straße wand sich schwindelerregend, der Straßenbelag begann, im Mondlicht silbern zu glänzen. Ich hörte, wie die Reifen die dünne Eisschicht mit leisem Knirschen durchbrachen, und um ihn nicht abzulenken, blieb ich stumm. Er trug nun einen anderen Mantel als vorher. Er war pelzgefüttert wie der, den Lynn über sich gebreitet hatte, ein dritter Mantel lag neben ihm auf dem Beifahrersitz ... Ohne zu fragen, griff ich danach. Er sagte: »Der ist für Sie.« Dabei sah er mich nicht an. Ich schob die Glasscheibe zu, um die noch verbleibende Wärme zu halten, zog den Mantel an und fühlte mich sogleich besser. Er war mir ein paar Nummern zu groß, aber er wärmte prachtvoll. Ich prüfte die beiden Fenster, und als ich sah, daß sie fest verschlossen waren, setzte ich mich noch immer erschrocken zurecht. Er log. Wir hatten die Grenze keinesfalls offiziell überschritten, dessen war ich sicher. Man brauchte ein Visum, um in die Türkei zu reisen, und die Behörden waren äußerst streng. Sie kontrollierten genau an allen Grenzstationen. Um die Grenze zu überschreiten, hätten wir sowohl die syrische als auch die türkische Grenze mit ihren Grenzposten passieren müssen. Ich war sicher, daß er auf keinen Fall zwei verschiedene Posten hatte bereden können, uns durchzulassen, ohne Lynn und mich zu wecken. Wir hatten also die Türkei auf illegalem Weg betreten.

Wir waren am Fuße eines Hügels angelangt und bewegten uns nun über ein relativ ebenes Gelände. Die Straße wand sich vor uns und verschwand in der Ferne. Ich konnte alles klar erkennen. Die Straße glitzerte mit ihrer Eisschicht im Mondschein. Was mir Angst machte, war die Höhe, in der wir uns jetzt zu befinden schienen – einige der verschneiten Gipfel hatten wir hinter und vor allem unter *uns* gelassen. Ich fragte mich, wie weit wir nun schon ins Innere der Türkei vorgedrungen sein mochten.

Ehe der Wagen aufs neue bergauf zu fahren begann, nutzte ich die Chance und schob die Glasscheibe auf.

»Ramak, ich möchte neben Ihnen sitzen. Schließen Sie die verdammte Tür auf, hier können Sie gut anhalten.«

»Später ...«

»Nein, jetzt gleich!« Ich legte ihm die Hand auf die Schulter. Er zögerte nur kurz, dann verlangsamte er die Fahrt und hielt an. Den Motor ließ er laufen. Mein Plan war folgendermaßen gewesen: Ich hatte auf der Straße mit ihm sprechen wollen, während der Wagen hielt. Aber als ich ausstieg und zentimetertief im Schnee versank, traf mich die Eiseskälte wie ein Faustschlag, und ich wußte, daß ich eilig zurückmußte in die Wärme des Wageninneren. Ich stieg vorne ein und setzte mich auf den Beifahrersitz. Er sperrte die Hintertür und dann auch die Vordertür hinter mir ab. Als er sich hinter dem Steuerrad niederließ, fragte ich ihn, wieso das denn nötig wäre.

»Hier gibt's doch wohl keine Räuber, oder?«

»Da liegen Sie falsch. In dieser Gegend gibt's allerhand Banditen.«

Er fuhr los. Vor uns hob sich die Straße erneut in engen Windungen zu einer Fahrt bergauf. Ich schob die Scheibe zu, damit Lynn nicht geweckt würde, und wendete mich Ramak zu. Er wirkte noch immer ruhig. Was immer er angestellt haben mochte, es schien ihn nicht zu stören. Er hielt all seine Aufmerksamkeit auf die verheerende Straße gerichtet.

»Sie haben mit uns keinen Grenzübergang passiert«, sagte ich grimmig. »Man braucht ein Visum, um in die Türkei einzureisen – ich habe aber keins.«

»Miss Grant auch nicht.«

»Sie haben uns illegal in die Türkei eingeschmuggelt.« Ich sah ihn an, die Straße wurde nun immer steiler, Schnee verklebte die Scheibe und verbarg die Aussicht wie ein grauer glänzender Vorhang. Ramak lehnte sich weit vor und blickte aufmerksam durch die fächerförmige Öffnung, die die Scheibenwischer mühsam immer wieder freischaufelten.

»Nur Sie sind illegal! – Miss Grant hat nichts zu befürchten. Ihr Paß hatte keinen Ausreisestempel aus der Türkei. Ein Freund von mir hat sie herausbegleitet, und sie haben sich in Antakya in Syrien getrennt.«

»Aber ich kann doch nicht illegal in der Türkei herumreisen.«

»O doch, das geht recht gut. Wenn Sie mal im Land sind, wird niemand Sie nach Ihrem Paß fragen. Und wenn Sie bei Grant waren, fahre ich Sie auf demselben Weg zurück. Nichts wird später darauf hinweisen, daß Sie jemals in der Türkei waren.«

»Wie weit entfernt von der Grenze sind wir jetzt?«

»Weniger als zwölf Kilometer Luftlinie, aber auf dieser kurvenreichen Straße etwa fünfzig Kilometer Fahrstrecke.«

»Besser Sie wenden jetzt sofort. Ich will wieder zurück nach Syrien.«

Er hielt seine Augen auf die Straße gerichtet und fuhr weiter, ohne zu antworten. Ich beschloß, auf eine günstige Gelegenheit zu warten. Wieder schien es nicht der Moment und nicht der Ort zu sein, ein Handgemenge anzuzetteln. Wir krochen weiter im dichten Schneetreiben den Berg hinauf. Auf meiner Seite fiel das Terrain neben der Straße steil ab, und als ich durch die vom Scheibenwischer freigeschaufelte Öffnung äugte, erkannte ich auf der anderen Seite eine tiefe Schlucht. Dahinter tief drunten verschneite Bergspitzen. Wir bogen um eine Kurve, ließen die Bergspitze hinter uns, und nun begann sich die Straße zu senken. Schlagartig hörte es auf zu schneien, als wir nun bergab fuhren. Der Wind blies die Schneekruste in den Ecken der Windschutzscheibe fort. Irgend etwas alarmierte mich. War es die Art, wie Ramak sich hielt, die Art, wie er steuerte? Irgendeine Krise stand uns bevor. Er setzte sich gerade und hielt sich steif, Blick nach vorne, Schultern etwas angehoben. Er knipste die Seitenlichter aus und schaltete den Motor ab. Im Leerlauf rollten wir die gefährlich sich senkende Straße hinunter, Ramak bremste. Am Fuß der Senke, dort, wo sich die Straße nach rechts wandte, waren zerklüftete Schluchten zu sehen. Als wir uns näherten, erkannte ich massive Felsbrocken, die bis zu zehn Meter hoch in den Nachthimmel ragten. Als wir dort ankamen, bog Ramak nicht nach rechts ab, sondern ließ den Mercedes in eine Spalte zwischen die Felsen rollen. Wir verschwanden tief im Schatten der riesigen Steintürme. Er hielt an. Ohne mit mir ein Wort zu wechseln, drehte er sich um, schob die Scheibe auf und lehnte sich zurück, um Lynn zart an den Knien zu rütteln.

Sie erwachte mit einem Ruck, sah mich verärgert an und starrte dann auf Ramaks Gesicht, als er sagte: »Sitz bitte ganz still – genau wie jetzt. Ich erkläre gleich, was los ist.«

»Was ist los?« schnappte ich.

»Wenn Sie genau hinsehen, werden Sie's entdecken, aber sitzen Sie still!«

Wir hatten in einer kleinen Durchfahrt zwischen den Felsen geparkt. Etwa eine Viertelmeile jenseits einer Schlucht auf der einen Seite versperrte uns eine Felsenplatte die Sicht; man konnte im Mondlicht klar ihre Umrisse erkennen. Zwei große Steinbrocken waren auf der Oberseite der Platte zu erkennen. Ich zwinkerte erst einmal, als ein Stein sich bewegte: Die Felsbrocken waren Männer auf Pferden. Ich glaubte zu erkennen, daß sie tief vermummt waren. Dann glänzte etwas auf, ein Gewehr hatte das Mondlicht reflektiert.

»Banditen?« fragte ich gepreßt.

»Türkische Kavallerie. Sie patrouillieren an der Grenze!«

Ich saß stocksteif, ohne mich zu rühren, aus Angst, daß

auch die kleinste Bewegung die Aufmerksamkeit der Patrouille auf mich lenken könnte.

»Die müssen uns gesehen haben, als wir die Straße herunterkamen«, flüsterte ich Ramak zu.

»Das glaub' ich nicht. Ich habe sie nur ganz kurz gesichtet. Sie ritten herauf, als wir gerade in der Senke ankamen. Wenn sie uns gesehen hätten, würden sie jetzt nicht drüben warten.«

»Die müssen doch völlig durchgefroren sein.«

»Die sind's gewöhnt. Das Schlimmste kommt noch; ich glaube, sie werden auf dieser Straße zur Grenze reiten ...«

Ich hörte, wie Lynn aufstöhnte, ganz leise: »O Gott!« Dann saßen wir still und abwartend da, während die Berittenen von der Steinplatte verschwanden. Sie waren früher da, als ich es erwartet hatte, und selbst bei geschlossenem Fenster hörte ich das gedämpfte Getrappel von Hufen, die sich näherten.

»Nicht den Kopf drehen«, warnte Ramak. »Wir sind im Schatten, sie werden uns nicht sehen.«

Das Hufgetrappel kam näher. Ich zwang mich, Ramak nicht anzusehen, und starrte stur nach vorne. Für nur drei Reiter schienen sie mir viel Lärm zu machen, und ich fragte mich, ob sie auf eine andere Patrouille gestoßen waren und nun gemeinsam dahergeritten kamen. Meine Augen hatten sich an die Dunkelheit gewöhnt, und nun entdeckte ich Ramaks weiß hervortretende Knöchel, als er sich ans Steuerrad klammerte. Der Türke hatte genau wie ich seine Zweifel, ob sie vorbeireiten würden, ohne uns zu entdecken. Das Geklapper wurde immer lauter, es hörte sich an, als ritten sie über uns weg. Ich war fest davon überzeugt, daß die Reiter im nächsten Moment in unserem Felsengang auftauchen würden – aber da wurde das Getrappel plötzlich leiser. Zwei Köpfe fuhren herum und sahen Lynn an, dann an ihr vorbei nach hinten, wo fünf Reiterfiguren links über das flache Gelände die Straße hinanstrebten. Der Schnee stob auf im Mondlicht, als sie über den Hügel galoppierten. Sie entfernten sich, die Umrisse wurden undeutlicher, hoben sich immer weniger vom Weiß der Landschaft ab, bis sie schließlich über die Kuppe verschwanden. Lynn sah zu uns her und stieß seufzend vor Erleichterung die Luft aus. Ich griff nach dem Zündschlüssel, um den Wagen lahmzulegen, aber Ramak entdeckte aus den Augenwinkeln meine Absicht und hatte den Schlüssel schon geschnappt.

»Was wollten Sie da gerade machen?« fragte er.

»Ich wollte den Schlüssel an mich nehmen, bis Sie mir einiges erklärt haben.«

»Ich werde den Schlüssel selbst behalten. Verstehen Sie, dies war die einzige Möglichkeit, Miss Grant wieder in die Türkei zu bringen.«

»Aber mich, mich haben Sie ja auch so hereingebracht. Sehen Sie mal, Ramak, ich habe keine Lust, mich mit Ihnen zu streiten. – Also bitte, wenden Sie und bringen Sie mich zurück zur Grenze.«

»Ausgeschlossen! Wir treffen sonst auf die Patrouille. Die sind unterwegs zu der Stelle, an der wir die Grenze überschritten haben.«

»Ich riskiere das.«

»Aber ich nicht!« rief er mit Nachdruck und warf sich auf seinem Sitz herum, um mir ins Gesicht sehen zu können. »Wenn uns die Kavallerie festnimmt, wandern wir alle ins Gefängnis, ins türkische Gefängnis. Das sagt Ihnen vielleicht nichts, Sie waren wohl noch nie in einem türkischen Gefängnis. Ich würde das überleben, aber sie würden Miss Grant ebenso einsperren wie mich, und wenn Sie nur ein bißchen Gefühl für sie haben, würden Sie lieber zehn Kilometer durch diese Schneewüste kriechen, als ihr derlei Strapazen zuzumuten ...«

»Aber *ich* bin doch derjenige, der eingesperrt werden kann«, rief ich empört. »*Mein* Paß ist es doch, der nicht in Ordnung ist ...«

»Das würde nichts an der Tatsache ändern, daß wir Sie mitgebracht haben. Und dies hier ist ein wildes Gebiet – die primitivste Provinz der Türkei, man würde uns wochenlang einsperren, ehe man auch nur die Meldung nach Ankara weitergeben würde.«

»Wieso haben Sie Lynn denn überhaupt ohne Visum aus der Türkei herausgeholt?« Das fragte ich, um mir Zeit zum Nachdenken zu verschaffen. Er gebrauchte Lynn als Argument, um mich gefügig zu machen. Und er hatte Erfolg: Die Vorstellung, Lynn tagelang in einem kalten, schmutzigen Gefängnis hier in den Bergen zu wissen, quälte mich. Er lehnte sich zu mir herüber und ließ seine Überredungsküste spielen.

»Das war ein Notfall, verstehen Sie? Caleb wollte ganz dringend sofort mit jemand sprechen, und die türkische Bürokratie bewegt sich mit der Schnelligkeit einer Schildkröte. Es kann Wochen dauern, ehe man die nötigen Papiere beisammen hat. Alles, was wir brauchen, sind ein paar Tage Ihrer kostbaren Zeit. Ich werde dafür bürgen, daß es sich für Sie ...« Er wollte sagen: lohnt, aber als er meinen Gesichtsausdruck bemerkte, fing er sich rasch und sagte: »... eine gemütliche Unterkunft gibt.« Ich sah mich um, Lynns Gesicht war nur ein weißer Fleck im Dunkel des Wagens.

»Wieso zum Teufel hast du nicht einfach in Kairo angerufen?« frage ich sie.

»Ich hab's versucht, von hier, aus Beirut und später aus Jerusalem. Ich konnte nicht nach Ägypten durchkommen. Aber die ganze Zeit wußte ich sowieso, daß ich nach Kairo mußte. Es gibt Sachen, zu denen kann man einen Menschen leichter überreden, wenn man persönlich mit ihm spricht.«

»Das kann man sagen! Bei mir hast du's jedenfalls geschafft.« Ich war plötzlich völlig übermüdet, und nur mein Zorn hielt mich noch aufrecht. Ich glaubte ihr die Geschichte mit dem Telefon. Sicherlich hatte sie zu dem Zeitpunkt aus Jerusalem angerufen, als auch ich aus Kairo keine Verbindung zum King Solomon bekommen konnte, weil alle Leitungen unterbrochen waren. Die Terroristen machten sich in Palästina einen Spaß daraus, Telefonleitungen in die Luft zu jagen. Meine Bemerkung hatte sie getroffen, und sie versuchte sich zu rechtfertigen.

»David, ich hatte keine Ahnung, daß wir die Grenze auf diese Weise überqueren würden. Ich sagte Ramak in Beirut, du hättest kein Visum, und er meinte, er könne das schon hinbiegen ...«

»Du hast ihm das natürlich geglaubt, was?«

»Er sagte, er könne es arrangieren, er würde Ankara anrufen, wenn wir ankämen ...«

»Auch das hast du ihm geglaubt!« Ich drehte mich zu ihr um und starrte sie an. »In Kairo wolltest du mir nicht sagen, wo dein Vater ist. Im Norden, hieß es immer. Wie du doch vorsichtig warst, um nicht zu sagen, daß er in der Türkei saß!«

Ihre Stimme bebte, wurde dann ganz dünn, als sie um Haltung rang.

»Du sagtest, du wolltest Urlaub machen. Du hast sogar Syrien erwähnt ...«

»Ja, aus Angabe habe ich vielleicht mal das Wort Syrien fallenlassen – in Wirklichkeit hatte ich *nie* vor, so weit nördlich zu reisen. Du dachtest also, wenn du mich erst mal nahe genug an die Türkei geschafft hättest, würde der Rest der Reise nicht mehr ganz so weit gewirkt haben, was? So war's doch, oder?«

»Ja«, ihre Stimme war ganz leise. »Es tut mir leid. Ich habe nicht gewußt, daß alles so kommen würde.«

»Dich haben sie in Palästina gekidnappt«, unterbrach ich sie rauh. »Und mich habt ihr jetzt gekidnappt und in die Türkei geschleppt.«

»Ich sagte schon, ich wußte nicht ...«

»Wußtest nicht? Es war dir gleich!«

Sie sank in den Sitz zurück, und ich hörte sie leise murmeln.

»O Gott, es tut mir leid, es tut mir ja so leid ...« Ihre Stimme klang verzweifelt. Ramak stupste mich an, um meine Aufmerksamkeit auf sich zu ziehen. Sein Gesicht war wütend.

»Sie hat die Wahrheit gesagt. Sie wurde in Beirut mißtrauisch. Aber ich bat sie, alles mir zu überlassen. Ich habe alles geplant. Und wenn Sie sich mit jemandem streiten wollen, dann tun Sie's mit mir und nicht mit einer Frau.«

»Wir sind jetzt an dem Punkt, wo ich mich gegen euch beide wehren muß. Wo genau ist Caleb Grant zu finden? Ich möchte es ganz genau wissen.« Im Inneren hatte ich meine Entscheidung schon getroffen. Ich würde mitmachen, Caleb Grant treffen, die Sache hinter mich bringen. Ich wußte, wenn ich ihn jetzt nicht leibhaftig zu sehen bekam, würde ich mich ein Leben lang fragen, was für ein Mann er nun eigentlich war. Ramaks Antwort traf mich wie ein Schlag.

»Er ist in Ergenrum, in meinem Heimatort.«

»Ergenrum!« Ich griff nach der Straßenkarte im Handschuhfach. Ich hatte einen solchen Schrecken, daß ich mich vergewissern wollte, ehe ich auf diese Nachricht reagierte. Die Karte bestätigte meine schlimmsten Befürchtungen: Ergenrum lag tief im Herzen des östlichen Anatolien, etwa 100 Kilometer von der Grenze mit Sowjetrußland entfernt. Darüber lag Tiflis, wo Stalin seine frühe Jugend als Novize in einem Kloster verbracht hatte, und dicht dabei Baku, der große Ölhafen am Kaspischen Meer. Mount Ararat, wo Noah seine Arche gelandet hatte, fand sich nicht weit entfernt. Kein Wunder, daß über diesen unseren Bestimmungsort bis jetzt eisiges Schweigen geherrscht hatte! Als ich in Beirut saß, hätte ich mir niemals träumen lassen, so weit nach Norden zu reisen.

Und doch – als ich nun im Auto durch die Türkei fuhr, schien diese fremde Stadt seltsamerweise gar nicht so weit entfernt. Ramak hatte richtig spekuliert. Langsam faltete ich die Karte zusammen.

Ich würde in die am weitesten östlich liegende Stadt der Türkei kommen, eine Stadt, von der kaum je ein Mensch gehört hat. Ich kannte sie zufällig von Berufs wegen. Ergenrum lag im Zentrum eines Gebietes, das als notorisches Erdbebengebiet bekannt war, direkt über dem ›Anatolischen Graben‹. Was für ein außergewöhnlich passender Ort für Mr. Caleb Grant. Ich holte eine Zigarette hervor, und Ramak war einfühlsam genug, sie mich selbst anzünden zu lassen.

Er wartete schweigend auf meine Entscheidung. Ich bezweifelte, daß er den Wagen wenden würde, wenn ich mich zum Umkehren entschlossen hätte. Es war sein Wagen. Er hielt den Schlüssel in der Hand. Er saß am Steuer. Aber er war eben auch Ramak. Er wollte meine Kooperation, wollte mich nicht völlig gegen meinen Willen mitschleppen. Also wartete er darauf, was ich sagen würde. Auf dem Rücksitz wartete Lynn ebenso gespannt. Ich konnte fast vor mir sehen, wie sie den Atem anhielt. Ich saß und rauchte, schwieg und starrte hinaus in die mondbeschienene Wildnis. Als ich mich endlich umwandte, legte sie die Hand auf meine Schulter.

»Kommst du mit?« fragte sie.

»Wieso soll ich eigentlich kommen?« Ich hob meine Hand, um sie am Antworten zu hindern. »Nein, bitte sag' jetzt nicht, dein Vater glaubt, ein größeres Erdbeben sei im Anzug. Er will, daß jemand seine Entdeckung untersucht.« Ich sah Ramak an. »Haben Sie Angst, daß ein Erdbeben Ihre Stadt zerstören könnte?«

»Nein«, erwiderte er einfach. »Caleb braucht jemanden, und deshalb fahre ich Sie hin.«

Ich schaute zu Ramak hinüber.

»Sie werden sich um die Paßangelegenheit kümmern?«

»Keine Sorge, ich übernehme persönlich die Verantwortung, und ich darf dazu sagen, daß ich hier nicht völlig ohne Einfluß bin.«

»Wann etwa werden wir ankommen?«

»Gegen Morgen.«

»Na, dann fahren wir besser los!«

Ich hatte in der Zeitung gelesen, daß Europa unter dem härtesten Winter des Jahrhunderts zu ächzen schien, dabei war mir allerdings entgangen, daß Anatolien dieses Schicksal teilte. Wir hatten Januar, und in dieser Ecke Asiens, einem hochgelegenen Plateau, das nur von zerklüfteten Bergzügen unterbrochen wird, herrschte grimmiger Winter. Obwohl nur ein paar hundert Kilometer entfernt die Mittelmeerwellen an die Ufer schlagen und bei Adana Orangenhaine blühen, liegt das Taurusgebirge mit seinen eisigen Winden aus Sibirien tief unter Schnee und Eis begraben. Hier blüht nichts unter dem arktischen Hauch, der die unfruchtbare Ebene erstarren läßt und in eisigem Schlaf hält.

Bald nachdem wir weitergefahren waren, verschlechterte sich das Wetter erneut. Schnee begann in dichten Flocken zu fallen, und bald steuerte Ramak seinen Mercedes durch einen Schneewirbelsturm. Die Straße wurde noch schlechter. Wir kurvten endlose Schleifen um alle möglichen Berge, erklommen Pässe und senkten uns in furchterregende Schluchten, wo sich gefrorene Flüsse reglos und schneebestäubt unter den Steinbrüchen der Seljuk dahinzogen. Wir mußten etwa eine Stunde gefahren sein, und es war nach Mitternacht, als der Sturm abrupt nachließ, der Schnee langsamer zu fallen begann, bis nur noch einzelne dichte Flocken durch die bleiche Nacht schwebten, beschienen vom Mondlicht, das sich nun durch die Wolken gearbeitet hatte. Wir hatten eine lange Talfahrt hinter uns, als Ramak den Wagen zum Stehen brachte. Er schaltete den Motor nicht aus, denn er hatte Angst, daß er nicht mehr anspringen würde. Er griff nach einem Lappen, und ich begriff, was er tun wollte.

»Ich mach' die Scheibe sauber«, sagte ich schnell.

»Sie müssen sich aber sehr beeilen. Sie dürfen nur ein paar Minuten draußen bleiben. Da, ziehen Sie die an.«

Ich schob meine Hände in die großen fellgefütterten Handschuhe, machte die Tür auf und schlug sie dann hastig hinter mir zu. Die Eiseskälte der Nacht verschlug mir förmlich den Atem. Ich stand knöcheltief im Schnee, und während ich die Scheibe putzte, bemerkte ich die schreckenerregende Umgebung. Wir befanden uns auf einem schmalen Grat, der Wind war nur noch als leises Stöhnen wahrnehmbar, aber versengte dennoch mit seinem eisigen Atem meine Wangen. Unter uns streckte sich ein einzigartiges und entsetzliches Panorama: So weit der Blick reichte, schneeweiße gleißende Bergzinnen, die im Mondschein scharf in den

Nachthimmel ragten und die wir noch alle hinter uns bringen mußten. Diese arktische Wüstenei schien kein Ende nehmen zu wollen. Nirgends war eine menschliche Behausung zu sehen. Weit im Osten hob sich eine gigantische Bergspitze und glitzerte im Mondschein wie Kristall. Ich fragte mich, wie hoch dieser Riese wohl sein möge. Während dieser Betrachtungen arbeiteten meine Hände an der Scheibe. Der neue Schnee ließ sich leicht entfernen, aber das darunterliegende massive Eis ließ sich nur wegschmelzen. Ich legte meine Hände auf das Glas, um die Wärme durch die Handschuhe strahlen zu lassen. Danach konnte ich Brocken davon im Stück entfernen. Im Auto verfolgte mich Ramak mit aufmerksamen Blicken. Er sah auf seine Uhr, und als ich die Scheibe erst halb gereinigt hatte, hörte ich ihn heftig ans Fenster klopfen und rufen, ich solle einsteigen. Ich schlug mir den Schnee, so gut ich konnte, von den Schuhen, stieg hastig ein und ließ mich auf meinen Sitz fallen. Diese bescheidene Unternehmung hatte mich völlig erschöpft.

»Werfen Sie den Lappen auf den Boden«, befahl Ramak. »Bald werden Sie sich schwindlig fühlen, hier – trinken Sie.« Er reichte mir seine Brandyflasche, ich nahm einen großen Schluck, dann noch einen und sah mich nach Lynn um.

»Nein, ich nicht«, sagte Lynn. »Leben Sie noch?«

»Oh, doch!«

Ich sah mich nach ihr um und betrachtete sie durch die offene Glastrennwand. Ramak zog seine Handschuhe an und fuhr weiter die Straße hinunter, die sich vor unseren Blicken in unendlich vielen engen Kurven den Berg entlangschlängelte. Lynn hatte sich vor einiger Zeit mit einer Reisedecke zugedeckt. Sie hockte nun in der Ecke wie eine Indianer-Squaw und beobachtete mit wachsamen Augen unseren gefährlichen Abstieg. Nur ein Türke – vielleicht nur ein Laz – brachte es fertig, nachts und im Winter durch Anatolien zu fahren, überlegte ich und kam zu dem Schluß, daß wir dieses Unternehmen gar nicht schaffen konnten. Aber diesen Gedanken verdrängte ich schnell.

»Ich kann Ihnen in ein paar Minuten das Steuer abnehmen, wie wäre das für eine kleine Strecke?« schlug ich vor.

»Vielen Dank, aber ich kenne den Weg, und es ist zu gefährlich, wenn jemand, der ihn nicht kennt, den Wagen lenkt.«

Mir schien es verdammt gefährlich, auch wenn jemand lenkte, der ihn kannte. Am äußeren Rand der Straße fiel das Terrain steil nach unten ab, nur schneebedeckte Felsspitzen ragten heraus, und die Straße selbst hielt unter ihrer Schneedecke tückische Eisplatten verborgen. Und gerade jetzt fing der Mercedes zu meinem Schrecken zu rutschen an. Ramak verlor die Kontrolle, bremste, ließ den Wagen sekundenlang bis zum Rand des Abgrunds rutschen, drehte dann sanft am Lenkrad und gab behutsam Gas. Wir schlitterten weiter. Ramaks Gesichtsmuskeln spannten sich – die Hinterräder faßten nicht mehr, und der Wagen brach nach hinten rechts aus. Ich hörte Lynn nach Luft schnappen. In diesem Augenblick fanden die Hinterräder wieder festen Halt und griffen – der Wagen machte einen Satz nach vorne. Ich wechselte die Sitzstellung, als ich bemerkte, wie steif ich mich vor Angst gemacht hatte. Dabei fühlte ich Wasser in meinem Schuh quietschen. Ich zog beide Schuhe aus und legte sie zum Trocknen auf den Boden vor dem Heizer; meine Socken und Hosenbeine mußten an meinem Leib trocken werden.

»Gibt es keinen Ort, wo wir bis zum Morgen bleiben könnten?« fragte ich. »Wenigstens wäre es dann hell.«

»Nichts ist!« Ramak winkte kurz mit seiner behandschuhten Hand ab. »Wollen Sie hier anhalten? Wir könnten es nicht wagen, weil sonst der Motor womöglich nicht mehr anspringt. Wir würden hier erfrieren. Es ist unerläßlich für uns, Ergenrum zu erreichen, sobald wir irgend können – wegen der Wettervorhersage.«

»Wettervorhersage?«

»Ja, ich habe im Radio Beirut den Wetterbericht gehört. Es wird hier bald noch viel schlimmer werden. Viel schlimmer, verstehen Sie. Das ganze Gebiet erwartet einen Wirbelsturm, der Tage dauern kann.«

Bei seinen Worten hatten wir uns in eine tiefe Schlucht hinabgesenkt. Die nackten Felsenwände schienen sich um uns zu schließen, selbst das Mondlicht erreichte uns nicht mehr, ein echtes Grab. Es schien hier unten noch kälter zu sein. Ich sah nach oben, und am oberen Grat der Schlucht, die im Mondlicht glitzerte, hingen riesige Eiszapfen, Wasserfälle, die im Fließen zu Eis erstarrt waren. Am Grunde der Schlucht wand sich unsere Straße durch eine Schnee- und Eiswelt. Felsen engten die Straße ein, die Schlucht war hier höchstens 100 Meter breit, neben uns her zog sich ein gefrorener Fluß. Die Straße endete plötzlich am Ufer des Flusses und setzte sich am anderen Ufer zwischen beschneiten Felsbrocken fort. Wir krochen auf die Uferböschung zu, behutsam manövrierte er uns dann über das Eis. Ich erwartete jeden Augenblick den scharfen Ruck, wenn das schwere Fahrzeug durch das Eis brechen würde, aber nichts geschah. – Die Räder knirschten, die Schneedecke ächzte unter uns, und wir schlichen vorsichtig weiter über das fußdicke Eis. Wir erreichten das Ufer, und schon wieder fühlten wir festen Boden unter den Rädern. Wieder schlängelten wir uns endlich bergauf, bis die Schlucht hinter uns lag – so etwas wiederholte sich unzählige Male.

Um Ramak wach zu halten, sprach ich ab und zu mit ihm. Ich stellte ihm Fragen über Grant und versuchte dabei, etwas wie eine chronologische Folge in die Lebensgeschichte dieses Mannes zu bringen.

1937 war er in Berkeley, California, dann hatte er irgendwann in Kanada nach Kupfervorkommen gesucht ... Ich hatte die Glasscheibe zugeschoben, und Lynn war wieder eingeschlafen, als Ramak anfing, von ihrem Vater zu erzählen.

»Er hat die Kriegsjahre in der Türkei verbracht – war am Seismologischen Institut in Ankara. Als Amerika in den Krieg eingetreten war, hatte er sich gemeldet, war aber zu alt. Sie rieten ihm, heimzukehren oder dort zu bleiben, wo er gerade war. Da ist er hier geblieben.«

»Hat er immer als Seismologe gearbeitet?«

»Ich glaube, ja, aber was er genau gemacht hat, weiß ich

nicht. Er war in Ankara und im östlichen Anatolien, während ich selbst die meiste Zeit in Izmir gelebt habe. Er ist ein ungemein eifriger und ernster Arbeiter, und er liebt die Türkei.« Ein kaltes Lächeln huschte über sein schlankes Gesicht. »Er glaubt, wir haben hier viel zu erdulden. Aber ich habe ihm gesagt, daß alle Menschen in ihrem Leben eigene Wege suchen und ihre Feinde bekämpfen müßten.«

»Haben Sie viele Feinde?«

»Wenn ein Mann sich keine Feinde gemacht hat, dann kann er noch überhaupt nichts gemacht haben. Dann ist er ein unbeschriebenes Blatt. Da Sie aus England kommen, würden Sie sicherlich außer sich geraten, wenn ich Ihnen verriete, was ich schon alles getan habe, um zu überleben.« Seine dunklen Augen blitzten fröhlich auf, als er die Frage abwartete, die ich dann auch wirklich stellte.

»Zum Beispiel?«

Er starrte durch die Scheibe hinaus. Wir waren soeben über den Rand einer Schlucht heraufgekrochen und um uns breitete sich das bekannte Panorama. Endlose beschneite Bergketten und Zinnen, ein Ozean aus Bergen und Schnee, kein Dorf, kein Haus, nicht einmal ein Baum. Der Mond ging unter, und mein Herz wurde bang. Die Dunkelheit schwappte wie eine riesige Welle über die weiße kalte Einsamkeit.

»Ich hatte mal ein Duell mit einem Mann namens Ionides.« Er konzentrierte sich auf die Straße und sah deshalb mein Erschrecken nicht. »In der Türkei gehört fast die gesamte Industrie, die Bergwerke und das Land dem Staat. Ich wollte sogar einmal nach Amerika auswandern, aber meiner Frau – sie ist Französin – gefällt es hier. Es gibt nur ganz wenige Privatgeschäftsleute und -unternehmungen. Eine Schiffswerft – ein einzelnes Bergwerk, hier und da eine Fabrik – manches davon gehört mir. Männer wie Ionides, der Grieche ist, würden solche Objekte nur zu gern an sich bringen. Er wollte einmal die Schiffswerft in Izmir kaufen, aber ich habe abgelehnt. Können Sie sich vorstellen, was er da getan hat?«

»Er hat sein Angebot erhöht?«

»Er hat mich *sabotiert!* Ein Schiff, das ich gebaut hatte, lief vom Stapel, und es gab Schwierigkeiten. Jemand hatte Sand ins Getriebe geschüttet, die Steuerung funktionierte nicht. Ionides wollte meinen guten Ruf verderben. Deshalb mußte ich mich seiner erwehren – schnell, entschlossen und in aller Öffentlichkeit!«

»Und wie?«

»Das ist der Punkt, wo eure englische Ethik nicht mit der unseren übereinstimmt. Ionides hatte ein Schiff vor Anker liegen, und dieses Schiff hatte wertvolle Ladung an Bord. Eine Stunde, bevor das Schiff in See stach, explodierte eine Bombe im Rumpf des Schiffes und es sank. Von seiner Versicherung erhielt er kein Geld, denn bei Sabotage bezahlen sie nicht. Das alles brachte ihn in eine unmögliche Situation. Er, ein Grieche, der sich in Ankara eingeführt hatte, konnte es sich nicht leisten, in einen Sabotagekrieg verwickelt zu werden. Man hätte ihn höflich gebeten, die Türkei zu verlassen, das hätte für ihn bedeutet, mitten im Krieg seinen Basisstützpunkt zu verlieren! Ich hatte danach keine Schwierigkeiten mehr in Izmir!«

»Ich habe in der Zeitung über ihn gelesen – irgend etwas, das mit dem Verkauf von Schürfrechten zusammenhing.«

»Ja, da hat er die Finger drin, jawohl. Er hat internationale Verbindungen, deshalb ist er am Verkauf einiger Schürfrechte beteiligt, die überaus wertvoll sind. Die ganze Welt schreit zum Beispiel nach Chrom. Ich fürchte, wenn nächsten Monat die Auktion stattfindet, wird er doppelt verdienen: Zum ersten hat er seinen Kommissionsanteil bei jedem Verkauf, zum anderen auch wenn er verkauft, wird er sich privat Prozente am Chrom sichern. Er spricht viele Sprachen und hat Wohnungen in New York und Paris. Eines Tages schneide ich ihm die Gurgel durch, das verspreche ich Ihnen!«

»In der Zeitung war nicht sehr klar ausgedrückt, wo genau diese Schürfrechte liegen.«

»Wir sind gerade nach dorthin unterwegs, sie liegen alle in der Umgebung von Ergenrum.«

Ramak schien nicht müde zu werden. Bald begann es erneut zu schneien, große Flocken, die sich an die Windschutzscheibe klebten. Um Mitternacht wurde der Schneefall so dicht, daß ich die Hoffnung aufgab, jemals am Ziel anzukommen.

Lynn, die vor Kälte wach geworden war, hatte die Trennscheibe aufgeschoben, um sich nicht ganz so allein zu fühlen. Ich hatte große Lust, Ramak zu bitten, anzuhalten, um mich nach hinten neben sie zu setzen. Aber Ramak hatte sich nun in einen bestimmten Fahrtrhythmus hineingesteigert, und ich fühlte sehr gut, daß er jetzt unter keinen Umständen auch nur eine Minute anhalten wollte. Wir kamen durch einsame Dörfer, die trostlos auf dem Plateau verstreut schienen, verlassen wirkende elende Lehmhütten, die am Rande der einzigen Straße klebten, keine Spur von Leben oder Licht zeigten und darauf zu warten schienen, in der schweren, über sie niedergehenden Schneewelle zu ersticken. Ich schüttelte mich bei dem Gedanken daran, daß Menschen ihr ganzes Leben in solchen Dörfern verbrachten. Um vier Uhr morgens begann ein Wirbelsturm um uns her zu toben, Schnee türmte sich auf der Kühlerhaube, die Scheibenwischer wedelten ruckartig und träge und konnten nur ein kleines schneeverschmiertes Stück Windschutzscheibe freilegen. Ramak konnte fast nichts mehr sehen; noch eine Stunde so weiter, es würde um uns geschehen sein in dieser hoffnungslosen Wildnis, in der wir uns befanden.

Ich näherte mich nun rapide dem Zustand, in dem man selbst das Denken als zu mühsam empfindet. Wir schleppten uns durch immer dichter werdende Schneevorhänge. Die Wagenheizung schien dem Kampf mit den Elementen nicht mehr gewachsen zu sein. Das Auto füllte sich mit kalter Luft. Ich fühlte Körper und Geist erlahmen. Mit schier übermenschlicher Anstrengung zog ich meine Schuhe an und schnürte sie zu, danach vergrub ich meine steifgefrorenen Finger in den Manteltaschen. Eine Zigarette anzuzünden, war viel zu mühsam. Ich wandte mich nach Lynn um und fühlte mich erleichtert, als ich sah, daß sie wach war.

»Gleich haben wir's geschafft«, sagte sie ermutigend. »Ich glaube, ich weiß jetzt, wo wir sind, auch wenn es dunkel ist«, ihre Stimme bebte bei diesen Worten, und ich tapste nach dem Schalter, um das Lämpchen auf dem Rücksitz anzuschalten. Ich entdeckte etwas in ihren Augen, das mir Sorgen machte. Sie sah ängstlich aus.

»Wird ein bißchen zuviel, was?« fragte ich sie.

»Es ist die lange Reise. Aber bald sind wir ja am Ziel ... Könntest du das Licht wieder ausmachen?«

Ich knipste aus, ließ aber die Glasscheibe offen. Ich glaubte ihr nicht so recht. Nach so vielen Stunden einer beschwerlichen, ja gefährlichen Reise, paßt sich der Geist meistens den Umständen an. Es ist ihm nicht möglich, sich weiter zu ängstigen, er kann nicht mehr, er schaltet ab, um zur Ruhe zu kommen. Nicht so in Lynns Fall. Sie reagierte genau umgekehrt. Ein paarmal knipste ich das Licht an, um sie kurz zu betrachten, jedesmal lächelte sie schwach, ihre Augen aber blickten ängstlich und furchtsam. Je mehr wir uns Ergenrum näherten, um so ängstlicher wurde sie. Ich konnte dieses Verhalten nicht verstehen, es ergab keinen Sinn. Ich überredete sie, ein paar Schlückchen aus der Flasche zu nehmen, die ich aus Ramaks Tasche gezogen hatte, aber die Wirkung des Alkohols hielt nur kurze Zeit an.

»Sie sieht so ängstlich aus«, flüsterte ich schließlich dem Türken ins Ohr. »Haben Sie eine Ahnung, was mit ihr sein könnte?«

Er drehte die Augen zur Decke, um anzudeuten, daß er keine Ahnung habe, und ich glitt wieder zurück in meine eigene Dumpfheit. Etwas später begann Ramak mir Instruktionen zu geben.

»Wenn wir in der Stadt ankommen, werde ich Sie im Pera Palas Hotel absetzen, dort werden Sie einen Tag und eine Nacht bleiben. Dann können Sie wahrscheinlich in meinem Haus wohnen, solange Sie hier sind.«

»Wenn ich ein paar Travellerschecks in türkische Währung wechseln kann, dann werde ich die ganze Zeit über im Hotel bleiben können.«

»Das könnte ich nicht erlauben – Sie sind unser Gast.«

»Wieso soll ich dann überhaupt erst ins Pera Palas ziehen?« fragte ich.

»Wegen der Polizei ...«

Ich glaubte nun zu wissen, um was es ging.

»Sie meinen, wegen meines Passes? Weil es kein Einreisevisum darin gibt – ja? Sicher ist es für mich damit viel gefährlicher, in einem Hotel zu wohnen.«

»Sie verstehen das nicht. Hotelangestellte sind nicht daran interessiert, ob Sie die Grenze legal überschritten haben. Sie wollen nichts weiter, als Geschäfte machen. Ich habe oft gesehen, wie so was läuft. Die schreiben Ihren Namen auf und Ihre Paßnummer und geben Ihnen den Paß zurück. Nach 24 Stunden ist die Anmeldung in Isbuls Händen, und der weiß dann, daß Sie ganz offen in einem Hotel abgestiegen sind. In Anatolien gibt es nichts, was den Behörden verborgen bleibt, und wenn Sie direkt zu mir nach Hause kämen, wüßte man bald, daß ein Engländer bei mir wohnt, und das würde Isbuls Neugier erregen. Dann käme er vielleicht, um sich Ihren Paß anzuschauen – und er würde bestimmt nachsehen, ob Sie ein Visum haben und wie Sie eingereist sind!«

»Wer ist dieser Isbul?«

»Der Polizeichef von Ergenrum. Ein unangenehmer Typ, mit dem ich nur sehr schlecht auskomme. Also, alles klar? Sie schlafen eine Nacht im Hotel und bleiben einen Tag dort, dann ziehen Sie zu mir.« Er gab Gas und ich zwinkerte, um meine Sicht zu verbessern. Ramak schaltete und sprach weiter.

»Auf dem Weg zum Pera Palas fahre ich an meinem Haus vorbei, damit Sie sehen, wo es ist. Mein Haus liegt nicht weit vom Hotel entfernt, und Sie sollten wissen, wo ich zu finden bin, falls irgend etwas passiert.«

Es hörte nun auf zu schneien, und das schwache Licht wurde stärker, als es dämmerte. Aber der Himmel blieb bleigrau, als hinge dort noch viel mehr Schnee und würde bald herabfallen. Wir fuhren auf einem öden Bergplateau dahin, ein schneeverwehter Tafelberg, an dessen äußerstem Ende eine Andeutung einer Bergspitze zu erkennen war. Die Straße war durch Steine markiert und zog sich geradewegs in die graue Ferne. Ramak gab Gas. Wir erreichten das Ende des Plateaus ganz plötzlich, und vor uns kurvte die Straße hinab in eine flache, von Berggipfeln gesäumte Niederung. Hinter mir richtete Lynn sich auf, legte die Arme hinter meinem Nacken auf den Sitz und starrte hinunter auf die plötzlich auftauchende Stadt. Von uralten Mauern umgeben, lag Ergenrum unter uns, mit seinen Moscheen und Hausdächern, die weiß waren vom Schnee. Im fahlen Morgenlicht bog sich die Mauer drohend um die Stadt. Ramak begann bergab zu fahren.

Als wir näher kamen, konnte ich mehr Details wahrnehmen: ein Haufen Steinquader, der sich den Hang hinauftürmte, bis im Norden die Stadtmauer sich hob. Erst viel später erkannte ich, daß diese Klumpen Lehmhütten waren, ein Elendsviertel vor den Mauern der Stadt. Kein Lebenszeichen war zu erkennen, als wir uns dem Stadttor näherten. Die aufsteigenden Mauern wirkten aus der Nähe noch abweisender, fast wie Gefängnismauern. Eine riesige Seljukkuppel, fast wie ein Konus geformt, überragte alle Hausdächer. Trotz meiner Müdigkeit fühlte ich doch eine gewisse Aufregung in meinem Inneren. Wir näherten uns einem Fort, einem mittelalterlichen Fort, orientalisch und barbarisch lag es vor meinen Augen. Vielleicht war es gut, daß ich, als der Schnee von neuem zu fallen begann, keine Ahnung davon hatte, daß wir das letzte Auto waren, das in Ergenrum einfuhr. Ein paar Stunden später sollte die Stadt belagert sein, die Bahnverbindung nach Ankara gesperrt, die Telefonleitungen unterbrochen und alle Verbindungen mit der Außenwelt abgeschnitten.

11. Kapitel

Ataturk Bulvan, der Atatürk-Boulevard, ist die Hauptverkehrsader Ergenrums, und als wir vom Süden her in die Stadt einfuhren, passierten wir den massiven Kuppelbau der Seljuk-Moschee, die im Mittelpunkt der Stadt sitzt, als brüte sie über ihr. Im Gegensatz zur Mohammed-Ali-Moschee in Kairo entbehrte diese kanuförmige Konstruktion jeglicher Grazie, war vielmehr brutal und primitiv anzusehen, selbst die Minarette, die daneben Wache standen, hatten ein drohendes Aussehen. Es hatte erst vor einer halben Stunde gedämmert, dennoch zeigten sich im Schnee vor dem Eingang der Moschee bereits Fußspuren. Aber die Richtung der Trittspuren zeigten auch, daß die Gläubigen die Moschee bereits wieder verlassen hatten. Das einzig sichtbare Fahrzeug war ein Ochsengespann. Ramak bog mit seinem Wagen in den breiten Boulevard ein, der sich leer und weiß vor uns erstreckte, gesäumt von einer Reihe nackter Bäume, die im Schnee zu ersticken drohten. Wie wir so die einsame Straße hinunterfuhren, schienen uns die Berge ungemein nahe, sie drängten sich fast gegen die Mauern der Stadt. Ich konnte mich des Gefühls nicht erwehren, daß wir uns in den Mauern einer verlorenen Stadt befanden.

»Wir sind schon in der Nähe des Pera Palas«, sagte Ramak, »aber ich biege jetzt ab, um Ihnen mein Haus zu zeigen.«

»Lynn wird bei Ihnen wohnen?«

»Ja, die Grants haben Zimmer in meinem Haus – ihre eigenen Zimmer. Sie wohnen hier, wann immer sie in der Stadt sind.«

Er bog links vom Boulevard ab und fuhr immer langsamer, wir befanden uns in einer Straße, die mit alten zweistöckigen Häusern gesäumt war. Jedes Haus war von den anderen getrennt und stand für sich allein. Villen, von Gärten umgeben und durch hohe Mauern geschützt. Im Vergleich zu den Stadtteilen, die wir zuvor durchfahren hatten, folgerte ich, daß diese isolierte Straße die Wohngegend der reicheren Bürger war, eine kleine Oase in der doch an Armut grenzenden Einfachheit der Stadt. Das Haus des Türken war größer als die anderen und lag wohlgeschützt hinter einem schmiedeeisernen Tor und eisernen Gittern, die in einer niedrigen Steinmauer steckten. Vor dem Haus standen mächtige Kiefern, Stufen führten hinauf zur überdachten Terrasse, von der aus man das Haus betreten konnte. Er zeigte mir den Namen der Straße – *Vatan Caddesi* – wandte sich dann nach rechts, fuhr eine enge Nebenstraße hinauf, die im rechten Winkel zur Vatan Caddesi verlief und am Ende wieder in den Boulevard mündete. Keine Menschenseele war zu sehen, und die Schneedecke breitete sich jungfräulich vor uns aus.

»Achten Sie gut darauf«, sagte er zu mir, »um von meinem Haus zurück ins Hotel zu gelangen, gehen Sie den Boulevard entlang und biegen dann in diese Straße ein. Am Ende liegt mein Haus fast gegenüber.«

»Hab's schon begriffen«, antwortete ich ihm müde. »Sie wollen, daß ich morgen zu Ihnen nach Hause komme?«

»Nein! Ich werde Sie vom Hotel holen.«

»Wann werde ich Mr. Grant treffen? Ich kann nicht lange hierbleiben ...«

»Das werden wir morgen klären.«

Ich war zwar betäubt vor Müdigkeit, aber doch immer noch wach genug, um die Ungeduld in Ramaks Art zu bemerken. Offensichtlich hatte er es eilig, mich loszuwerden. Erst hatten sie's wahnsinnig eilig und dringend gefunden, mich mit Grant zusammenzubringen, und jetzt wollte der Türke einen ganzen Tag und eine ganze Nacht ungenutzt verstreichen lassen. Das ergab in meinen Augen keinen Sinn, und ich fühlte ein leises Unbehagen in mir aufsteigen. Wir fuhren vor ein großes Haus mit riesigen Balkonen und mehreren Stockwerken und verglaster Eingangstür – das Pera Palas, wie mir schien, obgleich kein Schild darauf hinwies, daß dies ein Hotel war.

»Hier?« fragte ich, Ramak nickte, zog seine Brieftasche und begann, Scheine daraus hervorzuholen.

»Ich kann an der Rezeption einen Scheck eintauschen«,

wehrte ich ab. Er steckte mir ein Bündel Banknoten zu und sagte, wir könnten das später aushandeln. Mein Kopf war viel zu verwirrt, um zu widersprechen. Später fiel mir ein, daß er, wenn er mich schon geschanghait und an diesen gottverdammten Ort geschafft hatte, die Rechnung auch ruhig aus eigener Tasche zahlen könnte. Noch einen Versuch unternahm ich, um ein Treffen im Laufe des Tages zu arrangieren. Ich wendete mich an Lynn, die aufrecht und mit verspannter Miene auf dem Rücksitz saß.

»Ich weiß, du brauchst jetzt Schlaf, aber vielleicht könnten wir uns später sehen – vielleicht zusammen zum Abendessen hier im Hotel?«

»Ich werde kommen, wenn ich kann, aber für heute kann ich wirklich nichts versprechen.«

»Ihr braucht beide Schlaf«, sagte Ramak brüsk. »Ihr merkt es jetzt noch nicht, aber ihr werdet beide den ganzen Tag und die ganze Nacht schlafen.«

Wie ich vorausgesehen hatte, stieg er aus, hob meinen Koffer aus dem Kofferraum und reichte ihn mir, ohne mich ins Hotel zu begleiten. Noch ehe ich den breiten Gehsteig überquert hatte, war der Mercedes nach einer U-Kurve den Boulevard hinunter verschwunden. Plötzlich fühlte ich mich enttäuscht und verlassen. Ich drückte die Türklinke herunter und betrat einen leeren Raum. Eine glühende Hitzewelle schlug mir entgegen, die von einem riesigen eisernen Ofen kam, der in der Mitte der Eingangshalle thronte. Ein häßliches Kaminrohr verschwand in der Decke. Ich trat zum Empfangstisch und legte meinen Paß auf den Tisch. Ich war darauf gefaßt, daß er die Einreisestempel prüfen würde. Auf dem Empfangstisch stand ein altmodisches Telefon, mit dem er die Polizei verständigen konnte. Er warf einen Blick auf den noch ungeöffneten Paß, betrachtete mich, lächelte breit und streckte eine Hand aus.

»Engländer, Sir! Wir haben wenige Engländer hier seit dem Krieg. Mein Name ist Halet Köse. Ich komme aus Ankara – ich arbeite nur manchmal hier. Kommen Sie vom Zug, der vor einer Stunde aus Ankara angekommen ist?«

Ich fühlte einen Stein von meinem Herzen fallen, als ich ihn so gut Englisch sprechen hörte, ignorierte seine Frage und fragte ihn nach einem Zimmer mit Bad, dann fing ich an, das Formular auszufüllen. Es gab keine Schwierigkeiten: er sah nur zu, wie ich Namen und Paßnummer eintrug. In die Spalte für Reiseziel und Heimatort trug ich Ägypten ein. Er plauderte über das Wetter, als er meinen Koffer in ein Zimmer im ersten Stock trug. Alles lief gut, bis ich ihn in dem geräumigen Zimmer stehend fragte:

»Gibt es hier ein Britisches Konsulat in Ergenrum?«

»Nein, Sir. Das nächste Britische Konsulat ist in Ankara.«

»Kann ich einen Anruf an die Botschaft vorbestellen? Ich warte bis zehn Uhr damit, dann wird wohl dort jemand zu sprechen sein.«

»Das wird sehr schwierig sein, Sir. Die meisten Telefonleitungen sind durch den Schnee unterbrochen.«

»Melden Sie ein Gespräch an, ich nehme es entgegen, wann immer Sie durchkommen. Für Frühstück ist es wohl noch zu früh, oder?«

»Ich werde es Ihnen aufs Zimmer bringen.«

»Nein, bitte nicht. Ich esse lieber unten. In zehn Minuten komme ich runter.«

»Ganz, wie Sie wünschen, Sir.« Er schloß die Tür. Ich rief ihn zurück.

»Wie oft gehen Züge nach Ankara?«

»Sir, kein Zug fährt mehr. Ihr Zug war der letzte, der in die Stadt kam. Die Gleise sind blockiert. Es kann eine Woche dauern, ehe die Züge wieder fahren können.«

»Vielen Dank ...« Er ließ mich allein, und das Gefühl der Vereinsamung überfiel mich erneut. Das Zimmer war riesig – viel zu groß für meinen momentanen Seelenzustand. Der Holzboden war mit orientalischen Teppichen belegt, und an der Innenwand stand ein riesiges Messingdoppelbett, ein Bett, das einen Baldachin trug und in dem mindestens vier Leute hätten schlafen können. Trotz seiner Ausmaße war der Raum wunderbar warm geheizt. Ich entdeckte einen weiteren häßlichen Kanonenofen wie den in der Halle, er stand in einer Zimmerecke und reckte sein monströses Ofenrohr bis zur Decke. Ich setzte mich in einen Rohrstuhl neben den Ofen, so als setze ich mich in dem großen leeren Zimmer neben einen Freund. Ich dachte nach, und sicherlich tat ich das mit jener seltsamen Hellsichtigkeit, die Erschöpfung und ein leerer Magen in einem anregen. Ich verfluchte meine Dummheit. Das waren nun meine Ferien! Ich hatte das angenehme Klima von Kairo verlassen, um in diesem sibirisch anmutenden Winter zu enden, nur Kilometer von der Russischen Grenze entfernt. Nach ein paar Minuten des Nachdenkens beschloß ich, daß es besser wäre, etwas zu unternehmen. Ich mußte versuchen, dieses wilde Abenteuer, in das ich mich hineinreiten lassen hatte, wenigstens zeitlich zu begrenzen. Noch auf der Fahrt im Mercedes nach Ergenrum hatte ich beschlossen, mich an die Britische Botschaft zu wenden. Keine Menschenseele außer Ramak und Lynn wußte, wo ich mich befand. Auf Lynn konnte ich mich wohl in ihrem jetzigen Zustand kaum verlassen, und dem Türken traute ich einfach alles zu. Ein Mann, der illegal über die Grenze reiste, sich vor den berittenen Zöllnern verbarg, seinem Rivalen eine Bombe ins Schiff legte – das war kaum der Mann, der mir Vertrauen einflößen konnte.

Die Wärme des großen Ofens begann mich zu durchdringen. Im Geiste ging ich noch einmal durch, was ich bisher unternommen hatte: Ich hatte einen Anruf an die Botschaft in Ankara angemeldet; hatte mich nach Zügen erkundigt. Eins war sicher, ich hatte keine Lust, die Türkei auf demselben Wege und über jene alptraumhafte Reiseroute zu verlassen. Mit großer Anstrengung stand ich aus dem Stuhl auf, um ein Haar wäre ich eingeschlafen.

Das Badezimmer neben dem Schlafzimmer war ebenfalls recht geräumig. Eine Ecke war mit Kacheln ausgekleidet, und dort stand eine riesige altmodische Badewanne, über der ein womöglich noch älteres, seltsames Gestell hing, aus dem man einen Geysirausbruch befürchten mußte. Mich erschreckte diese seltsame Konstruktion, deshalb wusch ich mich im Waschbecken, das riesige Ausmaße hatte, und trocknete mich an einem Handtuch ab, das für einen Elefanten bestimmt schien. Dankbar verließ ich das Badezimmer. Aus dem Fenster des Korridors konnte man den hinteren Teil des Hotels sehen, wo ein flaches Dach sich unter einer dicken Schneeschicht bog. Darunter war ein Hof zu sehen und Türen, die wie Stahltüren wirkten. Ich stellte mir vor, daß früher die Pferde dort eingestellt waren, heute wurden die Wagen dort untergestellt. Zu meiner Linken konnte ich zwei riesige Flügeltüren entdecken, die auf einen überdachten Gang zu einer Seite der Straße hinausführten. Dort draußen konnte ich einen Wagen stehen sehen. Ein Mann von der Garage war soeben damit beschäftigt, das Eis vom Dach zu kratzen. Etwas an der Form des Vehikels schien mir vage vertraut zu sein, und minutenlang beobachtete ich die mühsame Reinigungsaktion. Der Türke hatte mittlerweile den zusammengebackenen Schnee entfernt und machte sich nun daran, das Eis abzuschaben. Es gab ein reißendes Geräusch, als er das Eis in großen Schollen vom Metalldach des Autos zu brechen begann. Der Mann ließ die Eisbrocken auf einen Schneehaufen fallen. Das Auto, dem hier vor meinen Augen der Wintermantel ausgezogen wurde, war ein grauer Chrysler.

Mein Frühstück wurde mir in der Halle serviert, an dem großen Tisch neben dem riesigen Ofen. Es bestand aus dunklen, gewürzten Semmeln, einer undefinierbaren Marmelade, schwarzem Kaffee und Milch, die sicherlich von einer Ziege stammte. Trotz meiner Erschöpfung aß ich gierig, trank große Mengen des heißen Kaffees und sah dabei zu, wie Köse telefonierte. Einige Türken in weiten Hosen begannen mit Besen, Kehrwisch und Schaufel die Halle zu säubern. Selbst die Gesellschaft dieser Fremden tat mir im Augenblick gut. Ich war froh, nicht allein sein zu müssen. Nachdem ich das letzte bißchen Kaffee getrunken hatte, fragte ich Köse, ob noch andere Leute im Hotel wohnten.

»Ein paar, Sir, im Augenblick wenige. Da haben wir einen Herrn aus Amerika, der aus Ankara kommt, und verschiedene Europäer. Nächsten Monat werden wir belegt sein. Wir haben Gäste in die anderen Hotels schicken müssen, weil wir nicht genug Zimmer haben. Es ist wegen der Auktion, verstehen Sie?«

»Ich habe davon gehört: Sie meinen die Auktion für die Schürfrechte. Kommen viele Ausländer?«

»O ja, Sir. Viele Amerikaner, Briten, Franzosen. Alle, die vor dem Krieg kleinere Schürfrechte im Süden der Türkei von der Regierung überlassen bekommen haben. Jetzt wollen sie die Rechte auf diesen Teil Anatoliens ausdehnen. Es gibt für ausländische Firmen wenig Möglichkeiten, in der Türkei Fuß zu fassen.«

»Sie informieren mich, sobald Sie nach Ankara durchkommen, ja?« erinnerte ich ihn. »Es ist ziemlich wichtig.«

»Sobald ich durchkomme, jawohl!« Er sah aus, als habe er seine Zweifel, blickte dann auf und reichte jemandem hinter mir einen Schlüssel. »Ich fürchte, ich kann nichts Festes versprechen. Mit nur einer Leitung ...«

»Bitte tun Sie, was Sie können.«

Ich wanderte in der Halle auf und ab, um mich ein wenig umzusehen, ehe ich mich wieder auf mein Zimmer zurückzog. Dabei entdeckte ich den Mann, der seinen Schlüssel abgeholt hatte, als ich mit Köse sprach. Er trug einen schweren Pelzmantel und auf dem Kopf eine Astrachanfellmütze. Er stand am Fuß der Treppe und starrte mich an. Ich hätte ihn vielleicht nicht erkannt, hätte er nicht dort gezögert und mich angesehen. Da wußte ich, wer er war. Antonopoulos. Ich war nicht sicher, daß er mich erkannt hatte. Er drehte sich um, lief eilends die Steintreppe hinauf und verschwand im zweiten Stock. Ich war müde, die reichliche Mahlzeit hatte meine Reflexe verlangsamt. Glastüren führten in die geräumige Lounge des Hotels, überall waren Tischchen und breite Lehnstühle verstreut. Am anderen Ende konnte man hinaus auf einen verschneiten Garten sehen. Büsche und Bäume lagen gebeugt und begraben unter der dichten Schneemützen. Am frühen Morgen schien dieser Ort mir grauenhaft leblos und einsam, deshalb bat ich Köse, mich im

Zimmer zu benachrichtigen, falls er durchkäme. Plötzlich fühlte ich eine große Müdigkeit in mir aufsteigen.

Der graue Chrysler war ganz sauber, als ich wieder aus dem Fenster des Korridors schaute. Er war gewachst und poliert, und der Mann von der Garage fuhr ihn gerade durch die großen Flügeltüren in den Hof. Ich sperrte meine Zimmertür hinter mir ab und schob den Riegel vor. Nun konnte ja wohl kaum noch jemand an Zufall glauben: Ein grauer Chrysler hatte während des *khamsin* vor meinem Büro in Kairo gestanden, ein grauer Chrysler hatte uns verfolgt und war an uns vorbeigerauscht, als wir nach Tel Aviv fuhren. Mr. Antonopoulos war kurz nach uns im Hotel King Solomon angekommen. Nun tauchte er in Ergenrum im Pera Palas auf. Eines blieb offen: Warum hatte mich dieser Mann, der sich mir in Jerusalem so freundlich genähert und mit mir gesprochen hatte, hier in der Halle so geflissentlich übersehen?

Die stickige Wärme in meinem Zimmer betäubte mich beinahe. Ich trat ans Fenster, um etwas Luft hereinzulassen, ehe ich mich auszog. Hinter den Vorhängen lag eine Glastür, auf die nach einigem Zwischenraum eine weitere Glastür folgte. Die Doppeltür führte hinaus auf einen Balkon, der den Atatürk-Boulevard überblickte. Es schneite bereits wieder, sanft wirbelten große Flocken am Fenster vorbei und glitzerten kurz auf, als das schwache Sonnenlicht sie traf. Die Sonne verschwand, und danach beschloß ich, die Fenster geschlossen zu halten. Unten fuhren altmodische Autos über den Boulevard und zerquetschten das makellose Weiß des Schnees unter ihren Reifen, aber die Doppelglasfenster dämpften jedes Geräusch. Ich setzte mich, zog die Schuhe aus und entleerte meine Taschen auf den Tisch. Paß und Geld steckte ich unter mein Kopfkissen. Schlüssel, Ring, Bleistift, Notizbuch ... Ich blinzelte plötzlich und klammerte mich ans Bett. Ich glaubte, mir wäre schwindlig geworden. Der Bleistift rollte langsam über die ebene Fläche des Nachttisches und fiel zu Boden. Ich fühlte ein Beben und blickte rasch zur Lampe, die an der Decke hing. Sie schwankte leise hin und her. Panik ergriff mich. Ein Seismologe ist ebenso empfänglich für Angst bei einem Erdbeben wie jeder andere Mensch. Als die Lampe aufhörte zu schwingen, beugte ich mich furchtsam nieder und hob den Bleistift auf.

Die allgemeine Menschheit hat keine Ahnung davon, daß jährlich Tausende von kleinen Beben die Erde erschüttern. Wir nennen sie Microbeben, und auf dem angeschwärzten Papier des Seismographen sind sie nichts weiter als ein schwaches, harmloses Kratzen auf einem Streifen Papier. Die meisten Beben sind so schwach, daß niemand sie bemerkt, nur die empfindsamen Seismographen registrieren sie getreulich. Sie sind ein Zeichen dafür, daß die Erdkruste recht unstabil ist und jederzeit an bestimmten Stellen aufbrechen und ein gigantisches Erdbeben produzieren kann. Ich trat erneut ans Fenster, unten lief unvermindert der Verkehr auf dem Boulevard, nur der Schnee fiel noch dichter als zuvor. Ich bezweifelte, daß einer der Fahrer etwas von dem Beben bemerkt hatte. Meine Erschöpfung nahm zu, ich schlief fast in Stehen ein. Ich gab ihr endgültig nach und legte mich, ohne mich auszuziehen, auf das riesige Bett. Ich erinnerte mich nur noch daran, daß ich meine Uhr aufzog und meine Augen über die Wand wanderten und ein Bild eines schneebedeckten Berges entdeckten – wahrscheinlich der Berg Ararat, ging es durch mein schlaftrunkenes Hirn. Im sibirischen Ergenrum hätte ein Bild der Bahamas wohl besser gepaßt, dachte ich ... und schlief ein.

Ich erwachte langsam, als käme ich aus einer tiefen Ohnmacht – für Minuten wähnte ich mich in meiner Wohnung in Kairo. Ich hörte fernes Wasserglucksen in den Leistungen und öffnete rasch die Augen. Ich fingerte im Dunkeln nach dem Quästchen an der Wand, und als es mir gelang, die Deckenbeleuchtung einzuschalten, erschrak ich über die

Mausoleumsausmaße meines Zimmers. Ich erhob mich taumelig, schlurfte zum Fenster und zog die Vorhänge zurück. Die Straßenlampen schwammen wie milchige Kreise an den Rändern des Boulevards, durch den fallenden Schnee konnte man sie nur schlecht erkennen. Es schneite, als sollte die ganze Stadt leise und sanft begraben werden. Ich ging zurück zu meinem Nachttisch und hob meine Uhr auf. Sechs Uhr. Ich hatte zehn Stunden geschlafen.

Wieder wagte ich nicht zu baden, sondern wusch mich im Becken und zog ein frisches Hemd an. Meine Hosen waren vom Schlafen verknittert, aber ich beschloß, mich später völlig umzuziehen. Ich wollte rasch bei Köse nachfragen, was aus dem Anruf nach Ankara geworden war. Ich hatte Lust, aus dem Schlafzimmer herauszukommen, deshalb benutzte ich nicht das Zimmertelefon. An einem Flurfenster blieb ich automatisch stehen und sah hinunter auf die Straße. Der graue Chrysler stand wieder mitten im Hof, leer, soviel ich sah, und auf ihm häufte sich der Schnee. Rechts führte ein offener Durchgang in Richtung Garten, den ich durch die Fenster der Halle gesehen hatte. Also gab es wahrscheinlich einen direkten Zugang von der Seitenstraße über den Hof zum Garten. Diesen Punkt sollte ich später als ziemlich wichtig erkennen.

Ich stieg die Treppen zwei Stockwerke hinunter zur Halle. Unten saß ein Mann mit dem Gesicht zur Treppe und las. Es war Antonopoulos. Er schloß sein Buch und kam mit ausgestreckter Hand auf mich zu.

»Mr. Shand! Ich muß mich entschuldigen. Als ich Sie heute morgen sah, mußte ich dringend telefonieren ...«

»Das muß gar nicht so leicht gewesen sein ...« sagte ich ironisch.

»Wie?« Er schaute mich verblüfft an, dann verstand er. »Nein, es war ein Ortsgespräch. Es gibt hier in der Türkei ein Sprichwort, in dem es heißt, wer reist, muß allerhand in Kauf nehmen. Nun, ich hoffe, Sie haben etwas von Miss Grant gehört?«

»Ja, habe ich.« Ich sah zum Empfang, aber dort stand niemand, und ich ärgerte mich darüber. Ich wollte so schnell wie möglich erfahren, was aus meiner Anmeldung nach Ankara geworden war. Antonopoulos hielt mich auf.

»Jemand, der Sie unbedingt kennenlernen möchte, sitzt im Salon. Ich sah, daß Ihr Schlüssel nicht am Brett hing, und nahm an, Sie wären in Ihrem Zimmer. Wir haben auf Sie gewartet.«

»Wer wir?«

»Es ist als Überraschung gedacht.« Sacht zog er mich zur Doppeltür. »Es ist ein Freund – Sie werden Ihren Besuch in Ergenrum nie vergessen.«

Ich sah mich nach dem Empfangschef um, noch immer lag der Tisch unbesetzt. Antonopoulos wirkte irgendwie gespannt, als er die Glastür zum Salon aufstieß und mich an sich vorbeitreten ließ. Ich spähte vorsichtig hinein, ehe ich weiterging. Der Raum wirkte zunächst völlig leer, aber dann entdeckte ich in einer Ecke einen Mann. Er saß vor dem offenen Feuer und erhob sich, als Mr. Antonopoulos die Tür hinter uns schloß.

»Das ist Mr. Ionides«, sagte Antonopoulos hinter mir. »Er möchte sehr gern mit Ihnen sprechen.«

Dicht neben dem Kamin schüttelten wir uns die Hände. Das also war der griechische Industrielle, dem Ramak damals eins ausgewischt hatte. Ionides war ein Mann um die Fünfzig, kurz und breit gebaut und erinnerte mich an Moshe, nur war er etwas feister. Sein großer Kopf mit den schweren Lidern wirkte massiv, seine Lippen waren wulstig. Seine Hemdbrust zierten statt der Knöpfe kleine Diamanten, und sein Anzug wirkte teuer und vorzüglich geschneidert. Er winkte mich in einen Stuhl an seiner Seite, den er so zurechtschob, daß wir uns ansehen konnten.

»Ich habe erfahren, daß Sie Geophysiker sind, Mr. Shand«, begann er freundlichst die Unterhaltung. Sein Englisch war gut, er mußte längere Zeit in England verbracht haben.

»Wie haben Sie das herausgefunden? Nein, vielen Dank, ich rauche meine eigenen.« Ich schob sein goldenes Zigarettenetui zurück und holte ein Päckchen aus der Tasche.

»In Jerusalem erzählten Sie Antonopoulos, daß Sie Seismologe sind. Als ich heute morgen von Antonopoulos hörte, daß Sie sich hier im Pera Palas befänden, sah ich in meiner Liste nach. Ich habe eine Kartei mit allen Geophysikern des westlichen Europas. Ich bin im Bergbaugeschäft tätig, wissen Sie. Und es sind die Ölvorkommen, die mich hauptsächlich interessieren.« Er lehnte sich im Stuhl zurück und betrachtete mich mit vorsichtigen Augen. »Ist es Ihnen klar, Mr. Shand, daß die Welt im nächsten Jahrzehnt einen enormen Ölboom erleben wird? Vor allem hier im Mittleren Osten.«

»Ja, ich habe davon reden hören«, gab ich zu.

»Da ist mehr dran als nur Gerede, Mr. Shand. Sie haben in London studiert, entnahm ich meiner Liste?«

»Worüber wollten Sie mit mir sprechen? Ich muß mich um einige Dinge kümmern, und Sie haben mich in einem ungünstigen Augenblick erwischt.«

»Würde es Sie interessieren, im Ölgeschäft tätig zu werden? Was Sie da verdienen können, ist mehr als das windige Gehalt eines von der Regierung bezahlten Seismologen.«

Ich zögerte und betrachtete den Holzklotz, den die leckenden Flammen langsam aufzehrten. Er hatte mich fabelhaft ins Schleudern gebracht: Ich hatte alles mögliche erwartet, und nun eröffnete er mir eine Welt, über die ich mir seit sechs Wochen Gedanken gemacht hatte. Dann setzte mein gesunder Menschenverstand erneut ein. Ich wurde wieder vorsichtig.

»Nehmen wir einmal an, ich bin interessiert. Wieso nehmen Sie mich? Sie haben keine Ahnung von meinen Qualifikationen?«

»Jeder Geophysiker hat gewisse Grundqualifikationen.«

»Aber Sie brauchen wohl doch mehr als das!«

»Ja – Jugend ist das, was ich brauche.« Ionides machte eine Pause, und seine Augen leuchteten auf, eine intensive Konzentration hatte sich binnen Sekunden in seinem Blick aufgebaut. »Sie sind verheiratet«, fragte er rasch.

»Nein.«

»Das ist gut. Meine Leute müssen an vielen Orten herumreisen können. Das mögen Ehefrauen manchmal nicht. Reisen Sie gerne?«

»Ja, gewiß.«

»Sehen Sie?« Er warf seine runden Händchen mit einer triumphierenden Geste in die Luft. »Sie qualifizieren sich selbst, während wir noch sprechen! Sie sind jung, unverheiratet und reisen gerne. Es kann sehr gut sein, daß ich Sie gebrauchen kann.«

»Hören Sie mal, Mr. Ionides ...« Ich lehnte mich vor, um dem, was ich sagen wollte, Ausdruck zu verleihen. »Ehrlich gesagt, verstehe ich kein Wort von dem, was Sie sagen. Ich bin Ihnen für das Angebot dankbar, aber ich verstehe nicht, warum Sie mir das Angebot machen. Ich habe Mr. Antonopoulos in Jerusalem nur kurz gesprochen, und Sie treffe ich nun zum ersten Mal im Leben. Ist das immer so Ihre Art, Angestellte zu werben?«

»Würden Sie das Angebot überdenken?«

»Sie haben meine Frage nicht beantwortet.«

Er lächelte, trank einen Schluck aus seinem Glas, in dem eine bernsteinfarbige Flüssigkeit schaukelte. Ich war erstaunt, daß er mir nichts zu trinken anbot. Erst später erkannte ich, warum er diese fundamentalste Gesellschaftshöflichkeit beiseite gelassen hatte. Er betupfte seine breiten Lippen mit einem seidenen blütenweißen Taschentuch und warf Antonopoulos, der mit gefallenen Armen hinter seinem Stuhl stand, einen Blick zu, dann sah er mich an.

»Die Sache ist so: Mr. Antonopoulos hat Sie zwar nur für Minuten gesprochen, aber er ist sehr gut darin, Leute schnell zu beurteilen.« Er lächelte ironisch. »Ich übrigens auch! Oft kommt es vor, daß ich sehr rasch handle, intuitiv könnte man sagen. Ich bin ein Mann, der die Sachen gern rasch regelt.«

»Unterlaufen Ihnen nicht manchmal gräßliche Fehler, wenn Sie Ihre Leute so einstellen?«

»Ja«, gab er zu, »aber diese Fehler mache ich mehr als wett, wenn ich sehe, wie oft ich richtig gewählt hatte. Das ist das Rätsel des geschäftlichen Erfolges – öfter recht zu haben als unrecht. Und natürlich kommt dazu, daß Sie Engländer sind.«

»Ist das eine Qualifikation?«

»Im Mittleren Osten ja! Ich will Ihnen eine Stelle anbieten, sechs Monate Probezeit. Ihr Gehalt umgerechnet etwa 2000 Englische Pfund im Jahr. Plus Reisespesen und Unterkunft.« Er lachte leise. »Selbst wenn das zuzeiten nur ein Zelt in der Wüste ist.«

Ich zog an meiner Zigarette, während ich darüber nachdachte. 2000 Pfund im Jahr waren ein kleines Vermögen. Genau betrachtet war das überbezahlt. Andererseits hatte ich von Fällen gehört, wo man Leuten ungemein große Summen angeboten hatte. Aufgrund der Kriegsjahre gab es zu wenig ausgebildete Geophysiker, und wenn man den Richtigen traf, konnte man sich dumm und dämlich verdienen. Eines jedenfalls war klar: Hier in Ergenrum, weit entfernt von der mir gewohnten Umgebung in Kairo, war ich in Versuchung, in die Welt hinauszuziehen und den faden Job bei der Regierung samt der blöden Rente, die darauf folgen würde, sausen zu lassen. Vor allem, wenn man mir solch einen Job unter die Nase hielt. Wieder überkam mich Müdigkeit in der Hitze neben dem Kamin, aber nur für Sekunden, dann konnte ich wieder klar denken. Ich setzte mich aufrecht hin. Noch immer saßen wir allein in dem großen Raum. Antonopoulos stand wie ein Wachsoldat hinter uns. Der Empfangschef war noch nicht wieder am Empfang erschienen. Das kam mir seltsam vor, ich beschloß, daß es an der Zeit war, etwas herauszufinden. »Es muß doch irgendwelche Bedingungen geben, die man einhalten muß, wenn man Ihr Angebot annimmt – oder?« bohrte ich.

»O ja! Ihre Bank und Ihr Chef in Kairo müßten benachrichtigt werden.«

»Und sonst nichts?«

»Nein. Außer, daß Sie augenblicklich nach Kairo abreisen müßten, um dort Mr. Edde zu treffen. Er ist mein libanesischer Repräsentant in Ägypten.«

»Kein Zug verläßt Ergenrum.«

Er winkte ungeduldig ab.

»Antonopoulos wird das arrangieren. Die Straßen sind für normale Fahrzeuge gefährlich, aber er muß im Winter viel in dieser Gegend herumreisen. Er besitzt einen deutschen Geländewagen, ein Gefährt, das vorne Räder und hinten Raupenschlepper hat. Damit würden Sie nach Ankara gefahren, und von dort aus können Sie nach Ägypten fliegen, sobald die Landebahn frei ist. Natürlich auf meine Kosten!«

»Und wann?«

»Auf der Stelle!« Er wirkte überrascht und bestimmt zugleich. »Ich habe das schon gesagt. Edde braucht dringend jemand im Persischen Golf. Ein Ausnahmegehalt fordert die Einstellung auf Ausnahmesituationen – deshalb zahle ich ja so viel. Dann bewegen sich die Leute in meinem Tempo.«

»Ich bin hier, um jemanden zu treffen – den muß ich erst sprechen«, sagte ich beiläufig und wartete, wie er reagieren würde. Er warf Antonopoulos einen Blick zu und runzelte die Brauen. Dann legte er die Hand auf meinen Stuhl und lehnte sich vertraulich nach vorne. Er war ganz unschuldsvoll, als er fragte:

»Dieser jemand – ist das Caleb Grant?«

»Ja, wenn Sie das interessiert.«

»Es interessiert mich.« Seine Finger schlossen sich eng um die Armlehne meines Stuhles. »Ich werde ehrlich mit Ihnen sein. Aber überlegen Sie es sich gut: Für wie viele Menschen würde mein Gehaltsangebot eine einmalige Gelegenheit darstellen. Sie müssen mein Angebot auf der Stelle annehmen oder ablehnen. Grant macht sich sehr wichtig, jawohl, das stimmt. All die wilden Gerüchte, die er zur Zeit in Umlauf gebracht hat, passen mir überhaupt nicht ...«

»Geschichten von einem größeren Beben, das hier stattfinden soll?«

»Wo haben Sie das gehört? In Kairo?« Seine Augen schlossen sich halb, als er das fragte. Offenbar hatte ich ihn beunruhigt. Antonopoulos schlenderte zu der Glastür zum Garten und spähte hinaus, um nach dem Wetter zu sehen. Dann begab er sich zurück auf seinen alten Platz. Ich hoffte, daß bald jemand hereinkommen würde – allein mit den beiden überfiel mich plötzlich eine leise Angst. »Ich habe davon gehört, bitte fahren Sie fort, Mr. Ionides.«

»Ich vermute, man hat Sie hierhergebracht, um einige seiner Theorien zu bestätigen, ja um sie nach Verlassen der Türkei in der Außenwelt zu verbreiten. Haben Sie vor, das zu tun, Mr. Shand?«

»Deshalb also haben Sie mir den Job angeboten? Um mich loszuwerden – ja?«

»Wie ich schon vorhin erwähnte, ich zahle außergewöhnlich hohe Gehälter und verlange dafür außergewöhnliche Kooperation von meinen Angestellten.«

»Und wenn Sie jene Kooperation, von der Sie sprechen, nicht erhalten?«

»Ich mach' keine Geschäfte mit Leuten, die nicht kooperieren, Mr. Shand.« Er warf seine Zigarre ins Feuer und schob seine Manschette zurück, um auf die Uhr zu sehen. Diesmal sah er Antonopoulos nicht an. »Wenn Sie sofort abreisen, können Sie sich meinen Vorschlag überlegen und entscheiden, ob Sie ihn annehmen wollen, nachdem Sie Edde in Kairo getroffen haben. Ich kabele ihm meine Instruktionen, sobald Sie die Stadt verlassen haben.«

Ich fühlte einen Augenblick die Versuchung, ihn mit seinen eigenen Waffen zu schlagen – mich von ihm nach Ankara transportieren zu lassen und dort die Britische Botschaft aufzusuchen. Da wäre ich mit einem Schlag aus dem ganzen Schlamassel heraus, dachte ich. Er aber zerschlug mit einem Satz alle meine Versuchungen. Abrupt stieß er hervor: »Ja oder nein, Mr. Shand?«

»Nein!«

Er stand auf und schlängelte sich durch das Labyrinth von Tischen und Sesseln auf die geschlossene Tür zur Halle zu. Für einen so korpulenten Mann bewegte er sich mit erstaunlicher Agilität, einmal warf er Antonopoulos einen wortlosen Blick zu. Ich bemerkte nicht, daß er ein Zeichen gab, aber sobald sich Ionides der Tür genähert hatte, öffnete sich die Glastür zum Garten, und zwei Männer traten herein. Sie waren klein und dunkel, trugen Mäntel und Mützen, auf denen Schnee lag. Ich erhob mich. Etwas an ihnen erinnerte mich an die beiden Männer in dem grauen Chrysler, die in der Wüste angehalten und über die Hügelkuppe zu uns hinabgeschaut hatten. Diese Szene damals im Sinai war mir plötzlich wieder unheimlich gegenwärtig; ich konnte dieselbe Atmosphäre spüren, als sie langsam näher kamen und einer seine Hand unter seinen Mantelrevers schob. Obgleich hinter meinem Rücken das Feuer prasselte, begann ich zu frieren. Der Raum wirkte so überaus normal; Ionides' breiter Rücken verdeckte nun die Tür, Antonopoulos war ihm nachgegangen, um sie für ihn aufzuhalten, die Netzvorhänge bewegten sich im Wind. Im Hof, direkt hinter dem Garten parkte der graue Chrysler. In meinem Kopf überschlugen sich die Gedanken: Ich wußte, ich würde die Tür nie erreichen, ehe die beiden bei mir angelangt waren. Mir war klar, daß Antonopoulos mit Ionides den Raum verlassen und mich mit diesen beiden schweigenden Männern allein lassen würde. Die Einsamkeit Ergenrums überfiel mich erneut. Das waren zwei Experten. Sie konnten Menschen verschwinden lassen, ohne eine Spur: Ein Telefonanruf, der mich dringend abrief, eine Frau, die später mit meinem Paß kam, um meinen Koffer zu holen und die Rechnung zu begleichen. Der Schnee würde mich verschlingen. All das schien realistisch, entsetzlich, als habe es sich schon ereignet. Ich hätte schreien können, als sich die Tür öffnete, aber der Empfangschef war wahrscheinlich nicht auf seinem Posten ... Ich sah mich nach einer Waffe um, wohl wissend, daß keine Waffe es mit der Pistole aufnehmen konnte, die der zweite Mann in seiner Brusttasche verbarg.

»Sie haben Ihre Zigaretten auf dem Stuhl vergessen.« Antonopoulos war es, der das rief. Er sprach wie jemand, der zum Abendessen gehen will. Ich hob das Glas auf, das Ionides hatte stehenlassen, und zerschlug es am Tisch. Ich behielt den Fuß und einen Teil des gezackten Kelches in der Hand. Antonopoulos sah sich bei dem splitternden Geräusch um und sah wieder weg, als er die Hand ausstreckte, um den Türgriff zu ergreifen. Er öffnete Ionides, der noch immer ein paar Schritte entfernt stand, die Tür. Wenn Sie draußen wären ... Aber da bemerkte ich Antonopoulos' erschreckte Miene. In der Türe stand ein Mann, kam herein, blieb stehen und sagte:

»Ich bin Frank Schaeffer – von der Amerikanischen Botschaft.«

Die Szene gefror. Der Amerikaner, der im Türbogen stand, war gut gekleidet, trug einen dunklen Anzug und war ein Mann Ende Vierzig, kurz und kräftig gebaut. Einige Minuten stand er, ohne ein Wort zu sagen, und überblickte die vor ihm liegende Szenerie im Zimmer. Er lächelte. Dann machte er einen Schritt nach vorne und hinderte so Ionides daran, den Raum zu verlassen. Im selben Augenblick rief er mir zu:

»Sie müssen Mr. Shand sein! Der Botschafter wünscht dringend, mit Ihnen zu sprechen, sobald wir es schaffen, telefonisch nach Ankara durchzukommen.«

Seine Augen wanderten zu Ionides. Er lächelte immer noch.

»Und der Herrgott weiß, wann uns das in solch einer Nacht gelingen wird.«

Antonopoulos machte eine schnelle Geste mit dem Kopf, die man fast nicht sehen konnte, und die beiden Männern in ihren Mänteln und Mützen verschwanden eilig durch das Glasfenster hinaus in den Garten. Schaeffer beobachtete, wie sie sich zurückzogen, und wandte sich an Antonopoulos.

»Was waren denn das für zwei Typen?« Sein Ton verriet nur mildes Interesse, nichts weiter.

»Angestellte des Hotels, nehme ich an. Sie müssen auf der falschen Seite ins Haus gekommen sein.«

Antonopoulos zeigte dieselbe milde Gelassenheit. Schaeffer trat ans Fenster und schloß es.

»Wir wollen solche Leute heute nacht nicht hier im Salon

haben, nicht wahr?« sagte er zu Antonopoulos, als der mit Ionides den Raum verließ und die Tür hinter sich schloß. »Es muß zehn Grad unter Null sein draußen.« Langsam kam er auf mich zu, schlängelte sich durch die Tische, zog sein Zigarettenpaket heraus und bot mir eine an.

»Zigarette? Sie haben Schwierigkeiten gehabt, nehme ich an?«

Ich blickte auf meine Hände hinunter und bemerkte, daß ich noch immer das zerbrochene Glas hielt.

Ich ließ diese primitive Waffe in den Kamin fallen und griff nach einer amerikanischen Zigarette. Ich ärgerte mich, als ich bemerkte, daß meine Hand leicht zitterte und meine Lippen noch steif waren, als ich mich vorbeugte, um mir Feuer geben zu lassen. Aber der erste Zug aus der Zigarette beruhigte mich sogleich.

»Es muß keine sehr schöne Erfahrung für Sie gewesen sein, nicht wahr?«

»Haben Sie mitbekommen, was passiert ist?« Ich zog kräftig an meiner Zigarette und betrachtete Schaeffer nun etwas genauer. Seine dunklen Haare waren säuberlich nach hinten gekämmt, er war glatt rasiert, hatte eine rosige Haut, einen guten Knochenbau und ein kräftig nach vorne springendes Kinn. Ich hatte den Eindruck, als sei er ein Mann, der oft lächelte, ohne sich dabei anstrengen zu müssen, bemerkte aber auch, daß seine Augen vorsichtig beobachteten und auf der Hut waren. Er setzte sich in den Stuhl, in dem ich gesessen hatte, und wies auf Ionides' Stuhl. Ich setzte mich.

»Und Sie sind von der Amerikanischen Botschaft?«

Mein Ton muß etwas zweifelnd geklungen haben. Er zog ein kleines Mäppchen aus seiner Brusttasche und reichte es mir wortlos.

»Ja, dieser Teil der Sache ist wirklich wahr – ich gehöre zur Botschaft.« Ich öffnete das Mäppchen und sah seinen Namen und ein ziemlich schlechtes Photo. Sein Beruf war mit Berater angegeben, was immer damit wohl gemeint war. Er steckte das Mäppchen wieder in seine Tasche und zündete sich nun selbst eine Zigarette an. »Ich war dabei zu versuchen, Sie ausfindig zu machen, als ich hierher geriet – Ihr Schlüssel hing nicht am Brett ...«

Er machte eine Pause, und irgendwo wurde ein Wagen angelassen. Wir hörten mehrere Versuche, ehe der Motor ansprang und der Wagen davonfuhr. Schaeffer betrachtete mich kühl.

»Das wird wohl der graue Chrysler gewesen sein, der im Hof abgestellt war. Ich habe einige Minuten damit verbracht, dieses Fahrzeug aus dem Fenster des ersten Stockes zu beobachten, habe aber niemand gesehen, der in seine Nähe kam. Lynn schickt Ihnen ganz liebe Grüße ...«

»Geht es ihr gut? Ich habe so auf ihren Anruf gewartet.«

»Sie ist in Ramaks Haus aufgehalten worden. Sie haben dort ein ziemliches Problem. Lynn ist ins Bett gegangen, und sie schläft sicher noch immer. Morgen früh wird sie ein ganz neuer Mensch sein.«

Die Geschehnisse dieses Abends hatten mich erschüttert, und ich konnte noch nicht allzu klar denken. Jetzt erst spürte ich den Zorn über das, was Ionides von mir verlangt hatte. Ich sollte die Angelegenheit dem Manager des Hotels melden, aber als ich aufstand, machte Schaeffer eine Bewegung, die mich wieder in den Stuhl drängte.

»Es ist vielleicht nicht klug«, sagte er leise. »Die Leute vom Hotel werden dann vielleicht Ihre Beschwerden an die Polizei und Isbul, den hiesigen Polizeichef, weitergeben. Der ist ein schwieriger Charakter. Wir sind weit von Ankara entfernt, und er neigt dazu, sich in dieser Stadt zu gebärden, als wäre sie sein privates Königreich. Haben Sie vergessen, daß es ein Problem mit Ihrem Paß gibt?«

Ich setzte mich wieder und kam mir ein bißchen töricht vor. »Oh, das hatte ich ganz vergessen, hat Ramak Ihnen das erzählt?«

»Nein – Lynn hat es mir erklärt, als wir allein waren. Sie ängstigt sich um Sie – und fühlt sich verantwortlich dafür, daß man Sie hierhergebracht hat ...«

»Das ist Ramaks Schuld, sie konnte nichts dafür. Sie hatte

keine Ahnung, daß er mich über die Grenze schmuggeln wollte, und dann war es zu spät.«

»So hatte ich es mir auch vorgestellt. Sie müssen vorsichtig sein. Isbul ist einer dieser Türken alten Stils. Er macht sich nichts aus Fremden, ganz gleich, welcher Nationalität sie sind. Automatisch nimmt er immer an, es seien Spione. Wenn ich es schaffe, Verbindung mit der Botschaft aufzunehmen, wollen Sie über mich etwas bestellen lassen? Sie können Ihr Problem dann Ihren eigenen Leuten darlegen.«

»Vielen Dank, ich hatte schon meinen eigenen Telefonanruf an die Britische Botschaft angemeldet.«

Er betrachtete mich zustimmend, und ich sprach weiter. »Wenn Sie als erster durchkommen, wäre es hilfreich, wenn Sie mein Problem ansprechen würden. Ich habe keine Lust, in ein türkisches Gefängnis geworfen zu werden.«

»Allerdings, das sind keine Ferien, die ich Ihnen empfehlen würde. Ich habe von Lynn gehört, daß Sie hierhergebracht worden sind, um die Resultate von Calebs Untersuchungen zu prüfen, stimmt das?«

Ich zögerte, denn ich war mir nicht sicher, wie innig die Beziehungen zwischen den Grants und Schaeffer waren. Ich hatte überhaupt keine Lust, mich mit einer dritten Person in eine Diskussion über Seismologie einzulassen. Ich fühlte, daß der Amerikaner mein Zögern verstand.

»Wenn ich Ihnen irgendwie damit helfen kann, daß ich sage, daß ich Caleb Grant schon eine gute Weile kenne, so will ich das gerne tun. Mein Job ist es, die Interessen meiner amerikanischen Landsleute zu vertreten, die im Ausland leben. Und aus diesem Grund bin ich auch jetzt in Ergenrum. Allerdings ist die Stadt durch den Schneesturm von ihrer Umwelt abgeschlossen.«

»Sie meinen, kein Zug kann die Stadt verlassen?«

»So ist es, kein Zug, kein Auto, kein Gütertransport. Nur eine einzige Telefonleitung funktioniert noch, aber ich möchte wetten, das es nicht mehr lange dauert, bis auch die ausfällt. Ich habe das Gefühl, ins Mittelalter zurückversetzt zu sein.«

»Und Isbul benimmt sich auch mittelalterlich, wie?«

»Vor hundert Jahren wäre er in seinem Element gewesen.«

Ich rutschte in meinem Stuhl hin und her, mein Blick fiel auf das zerbrochene Glas, das ich in die Feuerstelle geworfen hatte. »Die Geschichte, daß kein Wagen die Stadt verlassen kann, macht mich nervös. Ich habe den Eindruck, daß diese beiden Männer, die durch die Glastür hereingekommen sind, gekommen waren, um mich mit dem Chrysler abzuholen.«

»Den Eindruck hatte ich auch. Wo Sie sie hingebracht hätten, das ist eine andere Geschichte. Ionides hat am anderen Ende des Boulevards ein großes Haus gemietet. Aber ich kann mir nicht vorstellen, daß er einen gekidnappten Menschen unter seinem eigenen Dache beherbergen würde.«

»Mich überrascht es, daß er sich überhaupt auf derlei einläßt und persönlich daran teilnimmt. Diese skrupellosen Geschäftsleute überlassen doch so etwas normalerweise ihren Angestellten.«

»Normalerweise ja, aber hier sind wir so ziemlich am Ende der Welt, und unser guter Freund Ionides war wohl schon ziemlich ungeduldig. Grant hat diese idiotische Erdbebentheorie entwickelt. Es ist nur eine Frage der Zeit, ehe ein ausländischer Journalist diese Geschichte aufgreift. Ich nehme an, davor hat Ionides Angst.«

»Sie meinen, wegen der großen Landauktion, die im Anrollen ist?« Ich betrachtete Schaeffer erneut, als er weitersprach. Der beängstigende Zwischenfall, der sich vor ein paar Minuten hier abgespielt hatte und vor dessen Konsequenzen er mich bewahrt hatte, schien längst vergessen. Schaeffer saß entspannt und rauchte. Er war einer jener seltenen Menschen, die einem sofort Vertrauen einflößen. Ich konnte mir gut vorstellen, daß er seine Landsleute ruhig und ohne Wind zu machen aus schwierigsten Situationen rettete.

»Ich versteh' das nicht«, fuhr ich fort. »Sicherlich würde ein Gerücht über ein kommendes Erdbeben die großen Firmen davon abhalten, mitzusteigern?«

»Einige wird es davon abhalten. In jedem Formular, in

jedem Kaufvertrag gibt es eine Klausel, daß die Grabungsarbeiten so schnell wie möglich in die Wege geleitet werden müssen. Das bedeutet für den Besitzer, daß er eine Menge wertvoller Ausrüstungsgegenstände und Materialien herschaffen muß, die zerstört werden, wenn es hier ein Erdbeben gibt. Dennoch wird es die Leute nicht davon abhalten herzukommen, aber es ist möglich, daß es die Summen beim Steigern in Grenzen hält. Und das ist Ionides gar nicht recht, er möchte utopische Summen. Er ist prozentual beteiligt, und er möchte sein Geld. Haben Sie ihm gesagt, daß Sie hierhergekommen sind, um Calebs Entdeckungen zu untersuchen?«

Ich lächelte reuig in mich hinein: Ich hatte geglaubt, ich hätte ihn von diesem Thema abgelenkt, aber geschickt hatte er die Unterhaltung wieder an diesen Punkt gebracht. Ich entschloß mich, ihm zu antworten.

»Ja, was auch immer es ist, was er bestätigt haben will, ich werde es ansehen. Um ehrlich zu sein, habe ich darüber gerätselt, was es sein könnte, seit wir Jerusalem verlassen haben.«

»Lynn hat mir erzählt, was dort geschehen ist. Was für ein Glück für sie, daß Sie zur Hand waren und ihr helfen konnten.« Er machte eine Pause und bot mir erneut eine Zigarette aus seinem Paket an. Ich lehnte ab. Er zündete sich selbst eine an. »Würde es Ihnen etwas ausmachen, mir alles genau zu erzählen, was passiert ist? Ich habe die Geschichte von Lynn gehört und würde sie gerne noch einmal von Ihnen hören. Es wäre schön, wenn Sie ganz von vorne anfangen könnten, in Kairo.«

Ich erzählte schnell und ohne zu stoppen. Alles lief noch einmal vor meinem geistigen Auge ab, ich berichtete ihm alle Ereignisse, die uns zugestoßen waren, seit ich Lynn getroffen hatte. Er war ein ebenso guter Zuhörer wie Sergeant Stark. Der Gedanke, er hätte vielleicht auch denselben Beruf, schoß mir plötzlich durch den Kopf. Ich kam zum Ende und erzählte, wie wir in Ergenrum angekommen waren und wie ich Antonopoulos wiedergetroffen hatte. »Der Hauptpunkt, der alles verbindet«, sagte ich, »ist der graue Chrysler, der nun im ganzen viermal aufgetaucht ist: zum ersten Mal vor meinem Büro in Kairo, dann in der Sinaiwüste, später, als wir in Tel Aviv einfuhren und nun hier.«

»Und Sie haben nie das Nummernschild lesen können?« bemerkte er. »Sie sahen *einen* grauen Chrysler an vier verschiedenen Orten.« Mehr denn je klang er wie Stark. Ein Mann, der nichts als zufällig hinnimmt und der, um glauben zu können, Beweise braucht. Bei Wissenschaftlern schätze ich diese Eigenschaft sehr. Schaeffer machte sich nun daran, mir einen gehörigen Schrecken einzujagen. Er lehnte sich in seinem Stuhl zurück und sah mich an, als ob er sich zum letzten Mal ein genaues Bild von mir machen wolle und sagte dann: »Sie warten jetzt also darauf, Grant zu treffen? Das wird schwierig werden.«

»Warum? Ist er denn nicht in Ergenrum?«

»Doch, aber vor zwei Tagen hat Isbul ihn festgenommen. Er wird in der Zitadelle gefangengehalten, das ist hier das Stadtgefängnis.«

Schaeffer ging in die Halle hinaus und bestellte Kaffee, während ich das eben Gesagte verdaute. Die Nachricht hinterließ in mir einen Mischmasch von Emotionen. Einerseits war ich erleichtert, daß ich Ergenrum nun sobald wie möglich wieder verlassen konnte, andererseits aber verspürte ich diese seltsame Neugier, die nun nicht gestillt werden würde. Und dann machte es mir auch zu schaffen, Lynn zu verlassen. Mir gefiel nicht, was ich von Isbul, dem Polizeichef, gehört hatte. Er schien mir ein rigoroser und altmodischer Mann. Als der Ober mit dem Kaffee kam, betrat auch Schaeffer wieder den Raum. Ich bemerkte sogleich, daß er ein ernstes Gesicht machte.

»Die letzte Telefonverbindung zur Außenwelt ist abgebrochen. Nun sind wir völlig abgeschnitten.« Er wartete, bis der Mann mit dem Tablett hinausgegangen war. »Ich frage mich ernstlich, ob es nicht besser ist, wenn Sie dieses Hotel ohne großes Aufsehen verlassen und mit mir zu Ramak gehen.«

»Aber wieso? Ramak hat mir geraten, hier eine Nacht zu bleiben, damit meine Ankunft normal aussehen soll. Für Isbul, verstehen Sie?«

»Vielleicht hatte er damit nicht so unrecht. Aber wie die Sache nun liegt, ist die ganze Stadt von der Außenwelt abgeschnitten, und Ionides könnte sich ermutigt fühlen. Ihnen erneut auf den Pelz zu rücken. Lassen Sie mich mal einen Augenblick nachdenken.«

»Wieso hat man Grant festgenommen?«

»Man hat ihn beschuldigt, einen archäologischen Fund an sich gebracht zu haben, den man in seiner Satteltasche fand. Hier ist es verboten, solche Gegenstände außer Landes zu bringen, ohne daß man die Behörden davon informiert. Grant kennt dieses Land seit Jahren – er würde nicht einmal einen Stein auf der Straße aufheben und einstecken.«

»Sie meinen, man hat ihm das Objekt untergeschoben?«

»Das könnte sehr wohl sein«, stimmte Schaeffer vorsichtig zu. »Grant ist noch nie von der Polizei aufgehalten worden.«

»Sie sprachen davon, daß dies die erste Anklage wäre, gibt es noch eine zweite Anklage?«

»Die zweite Anklage ist wirklich der Gipfel. Isbul ist erst heute morgen damit herausgerückt. Und das ist auch der Grund, warum niemand früher hergekommen ist, um mit Ihnen zu sprechen. Wir waren ganz schön damit beschäftigt, das Chaos zu beseitigen.« Er machte eine Pause. Ich spürte, daß es ihm widerstrebte, das zu sagen, was er nun sagen sollte. »Isbul hatte ihn festgenommen, weil er unter dem Verdacht der Spionage steht. Er sagte, Spionage für die Sowjets. Sie werden das vielleicht nicht wissen, aber hier im östlichen Anatolien liegt die Hysterie des Spionageverdachts ziemlich nahe unter der Oberfläche. Wir sind nur ein paar hundert Kilometer von der russischen Grenze entfernt. Und die Türken hassen die Russen wie nichts sonst auf der Welt. Dieser Verdacht ist wohl das Schwerwiegendste, was Isbul gegen Caleb vorbringen konnte.«

»Glauben Sie, daß Ionides seine Hand dabei im Spiel hat?« fragte ich leise.

»Mag sein, jemand hat davon gesprochen. Ich wüßte nur zu gerne, was es war, das sie in Calebs Satteltasche gefunden haben.« Schaeffer klang nun sogar etwas beunruhigt, wenn ein Mann wie er überhaupt beunruhigt klingen konnte, aber dann lächelte er wieder. »Natürlich ist es vollkommen idiotisch, aber man muß sich damit auseinandersetzen. Und um ehrlich zu sein, das ist ein anderer Grund, warum ich Sie aus diesem Hotel schaffen möchte. In Ramaks Haus sind Sie sicher, falls man versuchen sollte, etwas mit Ihnen anzustellen. Vielleicht wollen sie Ihnen auch etwas anhängen ...«

»Das würde Ihre Arbeit um einiges erschweren, wie?«

Er betrachtete mich, sagte aber nichts, und ich gab ihm Note 1, was die Diskretion anbetraf: Nicht ein einziges Mal hatte er angedeutet, daß Ionides hinter der Anklage Grants stehen konnte. Dennoch hatte er nicht den Eindruck gemacht, als ginge er mir aus dem Wege. Er wartete nun, daß ich verstehen sollte, worauf er hinauswollte.

»Die Tatsache, daß ich hierherkam, um Grant zu treffen, wird sich bald herumsprechen«, sagte ich. »Wenn ich also mit irgendwelchen diskriminierenden Papieren überrascht würde, Papieren, die deutlich machen würden, daß auch ich für die Sowjetunion spionieren soll, dann würde sich der Fall Grant noch weiter erschweren. Es wäre gefährlich für ihn, nicht wahr?«

»Auch ich habe schon daran gedacht«, gab er zu. »Und ich habe einen Weg überlegt, Sie aus diesem Hotel zu schaffen, obwohl Sie hier schon registriert sind. Wenn Sie, ohne sich zu verabschieden, einfach mit mir mitkommen, können Sie das Geld für Ihre Rechnung im Schlafzimmer zurücklassen. Haben Sie eine Ahnung, was es kosten wird?«

»Ja, in meinem Schlafzimmer hängt ein Plan mit den Tarifen. Ich werde ein bißchen mehr dalassen, um sicher zu sein, daß ich alles bezahlt habe ...«

»Haben Sie türkisches Geld?«

»Ramak hat mir mehr als genug geliehen, aber wann soll ich mich hinausschleichen?«

»Mein Schlafzimmer ist im ersten Stock. Von dort aus können wir auf ein niedriges Dach unter dem Korridorfenster hinauskriechen. Dann kann man in den Hof hinunterspringen. Der Schnee macht es möglich, leicht und ungehört aufzukommen. Ich bin fast eine Stunde herumgelaufen, habe niemand gesehen, habe aber alles geprüft, von den Garagen aus geht ein großes Tor hinaus auf eine Nebenstraße. Dieses Tor wird erst sehr spät abgeschlossen. Ramak sagte mir, er hätte Ihnen gezeigt, wie Sie aus dem Hotel in sein Haus gelangen könnten, ist das wahr?«

»Ja, das hat er. Aber wieso gehe ich nicht einfach durch die Vordertür, wenn die Halle später leer ist?«

»Weil der Mann an der Rezeption wieder dort sitzt, und er wird dort die ganze Nacht bleiben. Am Morgen wird die Reinemachefrau die Türe aufsperren und entdecken, daß Sie nicht in Ihrem Schlafzimmer sind. Man wird das Geld entdecken, das Sie auf die Kommode gelegt haben. Sie sind hier sehr ehrlich. Die Frau wird das Geld beim Empfangschef abgeben. Und dann können wir das nachmachen, was uns andere bereits vorgemacht haben – Ramak wird morgen früh anrufen und sagen, daß Sie dringend abreisen mußten.«

»Das wird man hier im Hotel aber seltsam finden«, sagte ich zweifelnd.

»Das Hotel wird Geld vorfinden, und es ist eigentlich nur die Bezahlung, die ihnen Sorge macht. Auf keinen Fall werden sie Isbul anrufen. Das tut niemand hier in der Stadt, wenn es vermieden werden kann. Hören Sie, Shand, ich möchte einen Punkt ganz klarmachen: Ich schlage Ihnen all das nur vor, verstehen Sie, Sie müssen selber entscheiden, was Sie tun wollen, es geht um ihr eigenes Wohlbefinden.« Er lächelte mit grimmigem Humor. »Haben Sie viel Gepäck?«

»Nur einen Koffer, den ich leicht tragen kann. Weit muß ich ja nicht gehen. Wann gehen Sie?«

Er sah auf die Uhr. »Es ist jetzt kurz vor sieben, und ich

schlage vor, wir gehen um neun Uhr. So haben Sie noch Zeit, hier zu essen, und um die Zeit ist es auch auf dem Garagenhof ziemlich still. Heute nacht wird in Ergenrum niemand mit dem Auto herumfahren.« Er betrachtete mich scharf von der Seite. »Sie müssen trotzdem vorsichtig sein. Jemand könnte Sie bei Ihrer Kletterpartie erwischen, und das könnte ziemlich peinlich werden.«

»Oh, ich passe auf. Sie werden also hier sein, bis ich gehe?«

»Das würde ich gern, aber ich muß selbst ziemlich rasch aus dem Hotel heraus. Es gibt einen türkischen Rechtsanwalt, den ich Calebs wegen sehen muß. Nachdem die Telefone nicht funktionieren, bin ich auf meine Füße angewiesen. Aber früher oder später treffen wir uns in Ramaks Haus.« Er stand auf, betrachtete das zersprungene Glas in der Feuerstelle, hob es auf, trat an das Glasfenster, öffnete es und warf das Glas in den Schnee hinaus. Als er zurückkam, wischte er sich den Ärmel ab. »Es wäre töricht, so ein Detail zurückzulassen, über das sich die Menschen den Kopf zerbrechen werden. Draußen wird's immer schlimmer. Sind Sie sicher, daß Sie den Weg zu Ramaks Haus kennen? Bei diesem Schnee kann man sich in der Stadt leicht verlaufen.«

»Ich schaff das schon. Vielen Dank für Ihre Hilfe von vorhin. Ich möchte gar nicht darüber nachdenken, wo ich jetzt wäre, wenn Sie nicht gekommen wären.«

»Ja, lieber nicht. Und vielleicht sollten Sie besser in der Halle auf Ihr Essen warten. Oder in Ihrem Zimmer. Überall, nur nicht hier.«

Ich ging hinaus in die Halle und fühlte mich erleichtert, aus dem riesigen leeren Salon herauszukommen. Schaeffer verschwand die Treppe hinauf. Ich beugte mich über eine große Landkarte der Provinz Ergenrum. Ein Empfangschef, den ich noch nicht kannte, saß hinter dem Empfangspult und las in einer türkischen Zeitung. Ich betrachtete noch immer die Landkarte, als Schaeffer, der einen schweren Mantel trug und einen Hut aufhatte, die Treppen heruntergerannt kam. Er winkte mir zu, als er hastig zum Eingang strebte, die innere Tür öffnete und verschwand. Innerhalb von Minuten kehrte er zurück, lief nun langsamer und wischte sich den Schnee vom Mantel, der auf den Teppich fiel und sofort schmolz.

»Draußen ist es grauenhaft«, sagte er fröhlich, als er neben mir stand. Dann sprach er mit leiser Stimme weiter. »Warten Sie, lassen Sie mir dreißig Sekunden Zeit, dann folgen Sie mir die Treppe hinauf ...«

Ich nickte und beschäftigte mich wieder mit der Landkarte, dann stieg ich langsam die Treppen hinauf. Der Mann am Empfang war noch immer mit seinen Papieren beschäftigt. Ich entdeckte Schaeffer im Gang des ersten Stocks. Er stand in seiner geöffneten Zimmertür, und das Licht schien hinaus in den dunklen Gang. Er wartete auf mich. Sein Zimmer war nur drei Türen von meinem eigenen entfernt, der Gang war leer, und ich konnte bis zum Ende sehen, an dem die schwache Birne von der Decke hing.

»Der graue Chrysler parkt in der Nähe des Hotels auf dem Gehsteig. Er ist auf der linken Seite des Boulevards, und ich habe ihn nur erkennen können, weil der Wind die Schneeflocken fortwehte und mir die Sicht ermöglicht hat. Wenn Sie einen Telefonanruf von Ramak erhalten sollten, der Ihnen sagen läßt, wohin Sie kommen sollen, ignorieren Sie ihn. Gehen Sie auf gar keinen Fall aus der Eingangstüre vorn. Jetzt sehen wir besser noch nach, wie Sie aus meinem Zimmer hinausgelangen.« Noch einmal blickte er prüfend den Korridor entlang und trat dann an ein Doppelfenster, um hinauszublicken ins Schneegestöber. Nach einigen Sekunden bewegte er den Fenstergriff und versuchte, die untere Hälfte des Fensters zu öffnen. Aber sosehr er auch zog, das Fenster rührte und regte sich nicht.

»Es ist zugefroren«, sagte er, »haben Sie Ihren Zimmerschlüssel dabei? Wunderbar. Wenn jemand kommt, tun sie einfach, als ob nichts wäre, und gehen weiter zu Ihrem Zimmer, dort warten Sie. Zwei laute Klopfer, dann zwei leisere Klopfer ist mein Zeichen, dann lassen Sie mich herein.« Er schlüpfte zurück in sein Zimmer und schloß die Tür hinter sich. Schnell war er wieder zurück und trug etwas in seiner Hand, mit dem er sich am Fenster zu schaffen machte. Es gab ein kleines Geräusch, als ob Glas splitterte, als das Eis brach und das Fenster aufging. Die bitterkalte Nachtluft strömte in den Gang. Er schloß das Fenster leise und versperrte es erneut. Er flüsterte.

»Jetzt ist alles fertig. Essen Sie, und dann wird es Zeit, daß Sie gehen. Aber ich rate Ihnen, beeilen Sie sich nicht zu sehr. Prüfen Sie erst, ob niemand auf dem Hof ist, und brechen Sie sich nicht den Hals. Das Dach sieht verdammt schlüpfrig aus.« Er packte mich in der Dunkelheit am Arm, und ich fühlte den Druck seiner Hand. So gingen wir den Korridor entlang zur Treppe. Dort trennten wir uns, und ich ging in mein Zimmer.

Ich blieb in der Türe stehen und knipste das Licht an. Ich prüfte den Raum genau, aber offenbar konnte sich nirgends jemand verstecken außer im Badezimmer. Ich schloß die Tür und sperrte sie ab, hob eine schwere Vase vom Nachttisch, schlich hinüber zum Badezimmer und öffnete die Tür mit einem Ruck. Das Licht des Schlafzimmers fiel in den leeren Raum, und ich konnte sehen, daß er leer war. Ich kam mir albern vor. Ich hatte noch immer nicht gebadet, und es sah auch nicht so aus, als ob ich heute noch baden würde. Ich fing an, meine paar Habseligkeiten zu packen, die ich aus meinem Koffer genommen hatte, und dachte über Frank Schaeffer nach.

Selbst ein Mann, der die Aufgabe hatte, sich in der Fremde um seine amerikanischen Landsleute zu kümmern, war sicherlich nicht immer ganz so trickreich wie Frank Schaeffer. Trugen Berater immer eine Anzahl kleiner handlicher Gerätchen mit sich herum, mit denen sich verschlossene Fenster öffnen ließen? Langsam legte ich Stück um Stück meiner Kleider in den Koffer und dachte weiter nach. Seit dem Frühstück mit den beiden Tassen Kaffee und dem Schwarzbrot hatte ich nichts gegessen. Ich war ziemlich hungrig, wollte mich aber nicht länger im Pera Palas aufhalten. Ich faßte den Entschluß, das Hotel sofort zu verlassen. Ich betrachtete das Blatt, auf dem die Preise standen, rechnete aus, was ich schuldig war, und legte noch einen großzügigen Betrag darauf. Ich steckte das Geld in einem Briefumschlag und schrieb einen Zettel dazu: *Mr. Kröse, es tut mir leid, aber ich mußte dringend abreisen. Bitte melden Sie mein Telefongespräch an die Britische Botschaft ab.* Ich fügte den zweiten Satz hinzu, um ihn wissen zu lassen, daß ich wirklich selbst den Zettel geschrieben hatte. Ich wollte auf keinen Fall, daß er anfing, sich Sorgen um mich zu machen und die Polizei benachrichtigte, noch ehe Ramak ihn erreichte. Ich zog den pelzgefütterten Mantel an, den Ramak mir geliehen hatte, warf noch einen Blick in mein Zimmer und machte mich zum Gehen fertig. Dann hob ich meinen Koffer, knipste das Licht aus und öffnete vorsichtig die Tür. Ich hatte ausgerechnet, daß ich in etwa 15 Minuten in Ramaks Haus sein würde.

12. Kapitel

Ich legte meinen Koffer flach auf das schneebedeckte Dach, um zu verhindern, daß er allein hinunterrutschte und über die Dachrinne hinunterpolterte in den leeren Hof. Es schneite heftig, und schon jetzt fühlte sich mein Kopf eisig an. Wasser lief mir in den Kragen, und ich schüttelte mich. Ich klammerte mich an die Fensterbrüstung und wäre um ein Haar mit meiner behandschuhten Hand abgerutscht. Mit der anderen Hand versuchte ich so leise wie möglich das Fenster zu schließen. Als ich auf dem Dach landete, knackte das frisch gefrorene Eis. Ich hielt mich ganz nah an der Mauer und stand bis zu den Knöcheln im tiefen Schnee. Da sah ich ihn kommen. Einen Augenblick schwindelte mir, so daß ich glaubte, auf dem rauhen Eis auszurutschen und hinabzustürzen. Der neue Besucher, den ich nur als undeutlichen Schatten wahrnehmen konnte, ging auf der anderen Seite des Fensters vorbei. Ein dunkler Schatten, der eine Kiste trug. Er bewegte sich in Richtung auf das Zimmer, das ich soeben verlassen hatte. Als er an der Lampe vorbeiging, die von der Decke des Korridors hing, konnte ich ihn etwas genauer sehen. Ich hielt mich ganz still. Er drehte sich um, und aus seiner Bewegung entnahm ich, daß er den Gang hinunterspähte, in meine Richtung. Meine Hand verkrampfte sich, um das schlüpfrige Fensterbrett, meine Beine wurden steif, als ich versuchte, die Balance zu halten. Der Schrecken hätte mich fast vom Dach stürzen zu lassen.

Die dunkle Silhouette beugte sich nach vorne, wie um durch ein Schlüsselloch zu spähen, und richtete sich dann wieder auf. Die Figur näherte sich der Türe, ich sah, wie sie ruckartig die Ellenbogen bewegte. Das Haar in meinem Nakken richtete sich auf. Der Mann versuchte, mit verschiedenen Schlüsseln die Türe zu öffnen. Im trüben Licht des Korridors sah ich, wie sich die Tür zu meinem Zimmer öffnete. Er hob seine Kiste auf und ging hinein, ohne das Licht anzuknipsen. Die Tür schloß sich wieder. Vielleicht lag es an meinem leeren Magen, daß mir übel wurde. Wäre ich zum Essen hinuntergegangen, dann würde er jetzt im Dunkeln auf mich warten. Ich wendete meinen Kopf und sah hinunter in den Hof. Ein großes weißes Rechteck aus frisch gefallenem Schnee.

Soweit ich sehen konnte, waren alle Garagentüren geschlossen, aber die große doppelflügelige Tür, die auf die Straße hinausführte, konnte ich nicht sehen. Um so leise wie möglich vom Dach gleiten zu können, beugte ich mich nieder und ließ mich auf Hände und Knie fallen. Dann drehte ich mich um, setzte mich und streckte meine Beine aus, langsam schob ich meinen Körper die Dachschräge hinab. Als ich fast am Ende angekommen war und versuchte, die Dachrinne zu erreichen, begann ich plötzlich zu rutschen und konnte mich nicht mehr bremsen. Da nirgends ein Halt war, griff ich nach meinem Koffer, und so Hals über Kopf stürzte ich vom Dach hinunter in eine Schneewehe, die in der Nähe der Hauswand lag. Fast erstickt und hustend arbeitete ich mich nach Luft schnappend aus dem dichten Schnee, bekam Hände und Füße frei, erhob mich und rutschte im selben Moment auf dem eisigen Kopfsteinpflaster aus. Ich schlug der Länge nach hin und fühlte einen Schmerz im Hinterkopf, der mir den Atem nahm. Für Augenblicke lag ich, ohne mich zu rühren, im Schnee und spürte, wie die Schneeflocken in mein Gesicht fielen. Ich fragte mich, ob ich mir etwas gebrochen hätte. Schaeffer hatte mich vor diesem verdammt steilen Dach gewarnt. Endlich erhob ich mich taumelig und brauchte fünf Minuten, um meinen Koffer im Schneehaufen zu finden. Fast hatte ich schon die Hoffnung aufgegeben, als meine Finger seinen Griff berührten. Ich zerrte ihn aus dem Schnee hervor, und mit übermenschlicher Anstrengung, vollkommen erschöpft und mit Schmerzen im Kopf, schleppte ich mich zu der großen Flügeltür. Langsam sah ich das Tor durch den fallenden Schnee auf mich zukommen, ich machte keine schnellen Schritte, um nicht noch einmal auf dem tückischen Kopfsteinpflaster auszurutschen. Endlich erreichte ich das Tor und entdeckte, daß es verriegelt war.

Ich lehnte mich dagegen und wartete, bis ich wieder zu Atem kam. Ich sah hinauf zu den dunklen Fenstern des Hotels, die auf den Hof hinuntergingen. Am Ende jedes Stockwerks befand sich ein schwach erleuchtetes Fenster. Das war das Fenster zum Korridor. Ich machte mich daran, das Tor aufzuriegeln. Es gab kein Schloß, sondern einen eisernen Riegel, der durch zwei Schlaufen geschoben war. Dickes Eis bedeckte die Schlaufen und den Riegel, und er rührte und regte sich nicht. Ich hatte Angst davor, den Handschuh auszuziehen, um mit der nackten Hand an das Eisen zu greifen, aber der Handschuh machte mich ungeschickt. Ich hämmerte mit meiner behandschuhten Faust gegen das Eisen und glaubte, damit die Eisschicht brechen zu können. Aber ich wagte nicht, laut genug zuzuschlagen, um nicht das ganze Hotel zu wecken. Mein Gehirn funktionierte nicht richtig. Ich brauchte mehrere Minuten, ehe ich meine behandschuhte Hand, so fest ich konnte, auf den Eisbelag legte und zudrückte. Ich spürte, wie die Kälte durch meine Finger stieg und das ließ mich erkennen, daß ich Erfolg haben würde. Die Wärme meiner Hand würde das Eis schmelzen. Irgendwo hinter mir hörte ich Tellergeklapper. Jemand hatte eine Tür oder ein Fenster geöffnet. Ich stand vollkommen still und wagte nicht zu atmen. Dann hörte ich ein metallenes Kratzen und danach einen dumpfen Schlag. Jemand hatte etwas in die Abfalltonne geworfen. Der Schlag, der wie das Schließen einer schweren Tür klang, echote in der merkwürdigen Stille des verschneiten Hofes, einer Stille, in der man das kleinste Geräusch sehr deutlich hören konnte.

Nun war es mir gelungen, die Finger unter den Griff des Riegels zu schieben und ihn nach oben zu drehen. Das Eis barst und splitterte ab, als ich den Griff so bewegte, und fiel auf die Pflastersteine nieder. Ich fing an, das schwere Tor nach innen zu drücken, und das machte ein lautes, quietschendes Geräusch: Die Türangeln waren rostig und dick mit Eis überzogen. Das Eis zerbrach unter meinem Druck, und die Türangeln ächzten und stöhnten. Ich erwartete jede Minute, daß sich hinter mir eine Tür öffnen und jemand herauskommen würde, um nachzusehen, woher der Lärm kam. Ich griff nach meinem Koffer, schob mich durch die Tür, gelangte in den Gewölbegang und fiel erneut, auf den Pflastersteinen ausrutschend, auf meine Knie. Mein Koffer rettete mich, so daß ich nicht platt auf den Bauch fiel, aber der Schmerz in meinen Knien betäubte mich fast. Behutsam stellte ich mich wieder auf die Füße. Die Pflastersteine waren mit einem Eismantel bedeckt, und es war, als müsse man zu Fuß über einen zugefrorenen See wandern. Ich wendete mich nach links und ging die enge Seitenstraße hinab, um auf den Boulevard zu gelangen. Das war die Route, die mir Ramak gezeigt hatte. Es war der einzige Ausweg, den ich wußte, um zu seinem Haus zu gelangen. Natürlich bedeutete das, wenn jemand in dem grauen Chrysler auf mich wartete, würde er mich sehen.

Ich konnte keine Menschenseele auf der Straße entdecken. Es schneite heftig, und ich schleppte mich die weiße Straße entlang, bis zu der Stelle, wo sie in den Boulevard mündete. Dichter Nebel, feucht und eiskalt, hatte sich über die Stadt gesenkt. Ich schaute nach beiden Richtungen hinaus auf den leeren Boulevard und konnte den Chrysler nicht entdecken. Aber ich sah den Eingang zum Peras Palas, der nur ein paar Meter von meinem Standort entfernt lag. Die Lampen glitzerten trübe durch den Schnee. Ich ging den breiten Gehsteig entlang. Aus Angst, gesehen zu werden, hielt ich mich so nahe wie möglich am Haus. Es war unglaublich still. Ich stapfte vorsichtig durch den Schnee, um nicht noch einmal auszurutschen. Meine Schuhe und Hosen waren bereits naß und eisig, und nur Ramaks pelzgefütterter Mantel hielt meinen Körper warm. Ich schlug mich weiter durch und war nicht sicher, in welche Richtung ich zu gehen hatte. Für einen Augenblick hielt ich an und versuchte, die Gebäude zu meiner Rechten zu erkennen. Soweit ich mich erinnern konnte, hatte die Seitenstraße, die im rechten Winkel vom Boulevard abbog, fast gerade zu Ramaks Haus geführt. Sie war 500 Meter vom Hotel entfernt gewesen. Wie zum Teufel hieß die Straße noch, in der Ramak lebte? Vatan Cadessi – oder so ähnlich. Ich ging weiter und sah mich nach den Häusern um, an die ich mich von gestern erinnerte. Aber mir schien, als gehe ich im Schneesturm durch eine totale Öde. Kein Haus war zu erkennen. War ich vom Boulevard abgekommen und in irgendeinen Park geraten? Dann hörte ich ein Geräusch, das auf mich zukam. Das Surren eines Motors, das immer lauter wurde. Plötzlich tauchten aus dem Schnee zwei Scheinwerfer auf. In Panik, rannte ich ein paar Schritte und fiel hin. Mein Gesicht schlug auf das kalte Eis auf. Noch immer krampften sich meine Finger um den Griff meines Koffers. Halb betäubt, machte ich mich darauf gefaßt, von den Rädern überrollt zu werden. Aber dann hörte ich, wie sich das Motorengeräusch entfernte. Das Auto war hinter mir vorbeigefahren, hatte mich nicht einmal gesehen.

In neuer Panik, zwang ich mich, wieder aufzustehen. In einer solchen Nacht waren wohl wenig Autos in der Stadt unterwegs. Wenn ja, dann bewegten sie sich in einem Konvoi, um sich gegenseitig helfen zu können. Ich hatte Angst, daß ein weiteres Fahrzeug auf der Bildfläche erscheinen würde. Über das Eis kriechend, schob ich mich weiter in der Richtung, von der ich glaubte, daß sie zu Ramaks Haus führte.

Ich konzentrierte mich und versuchte, die Richtung zu halten. Plötzlich tauchte ein Haus zwischen den weißen Schneevorhängen auf. Ich würde an dieser Mauer entlang meinen Weg suchen, um nicht wieder in die Mitte der Straße zu kommen. Mit einer kleinen Hoffnung, vielleicht doch mein Ziel zu erreichen, stapfte ich los. Plötzlich wurde mir klar daß ich im Schneegestöber vollkommen die Richtung verloren hatte und daß es gut möglich war, daß ich mich auf der falschen Seite des Boulevards befand. Die bedrückende Stille wurde immer schlimmer. Als ich bewegungslos stehenblieb, hörte ich ein leises Summen, das mir gar nicht gefiel. Fast eine Minute blieb ich so am selben Ort, bis ich spürte, wie die Kälte durch meine nassen Hosen und Schuhe und meine Beine hinauf in meinen Bauch kroch. Meine Hände fühlten sich taub an, und mein Gesicht brannte im Schnee. Es wurde mir klar, daß nur ein einziger weiterer Ausrutscher mich in eine tiefe Ohnmacht schicken würde. – Niemand würde mich finden, bis es morgen hell war. Ich würde erfrieren müssen. Als ich mich noch im Peras Palas befand, war mir die Idee, das Hotel zu verlassen, recht einleuchtend erschienen. Aber hier draußen auf dem Boulevard kam mir mein Unterfangen wie der reinste Irrsinn vor.

Ich überquerte drei Seitenstraßen, die alle im rechten Winkel vom Boulevard abgingen. Ich wußte nun nicht mehr, wie viele wir mit dem Mercedes überquert hatten, ehe wir ins Hotel gelangt waren. Aber ich erinnerte mich daran, daß es wenigstens eine gewesen sein mußte, doch drei kamen mir zu viel vor. Ich erreichte die vierte Querstraße und wartete vorsichtig, ehe ich mich auf die freie Fahrbahn begab, horchte nach allen Seiten, ob sich nicht von irgendwo ein Auto näherte. Dann trat ich vom Gehsteig und überschritt die Straße. Ich wollte mir noch eine Straße erlauben, ehe ich wieder umkehrte. Nachts verliert man jedes Ortsgefühl und jedes Gefühl für die Entfernung. Ich überquerte ein großes Stück Straße, und dann sah ich, daß ich mich an einer hohen Gartenmauer befand. Ich blieb stehen und stellte meinen Koffer ab. Ich wußte, es hatte eine Gartenmauer zwischen dem Peras Palas und der Straßenkurve gegeben. Der Schnee begann jetzt, noch schwerer zu fallen. Ich blieb auf dem Gehsteig stehen, stampfte mit den Füßen, um sie zu wärmen, und schlug mit den Armen kreuzweise über meine Brust. Mein Kopf fühlte sich seltsam leicht an, und das stürzte mich in neue Ängste. Wenn ich nicht bald in die Wärme kam, würde ich ohnmächtig werden. In diesem Augenblick bemerkte ich, daß der Mond durch die Wolken kam.

Den Mond selbst sah ich nicht, aber sein bleiches und schwächliches Licht breitete sich fast in grausiger Deutlichkeit über die schneebedeckten Mauern und Straßenzüge, hinter denen die grimmigen schwarzen Schatten der Häuser lagen. Der Eingang zu dem Haus, an dessen Mauer ich mich befand, war nur einige Meter von mir entfernt. Es waren geschmiedete Eisentore, die etwa zwei Meter hoch waren. Die Eisenstangen waren eisbedeckt und glitzerten im Mondlicht. Ich war schon dabei, auf das Haus zuzugehen, als ich mich umdrehte. Das Mondlicht fing sich auf einem massiven Objekt, das in der Luft zu hängen schien. Ein weiß-verzuckerter Konus mit nackten Bäumen, die sich scharf vom weißen Hintergrund abhoben. Ein brutal geformtes Stück Architektur, das ich sofort erkannte. Das war die Seljuk-Moschee, die wir bei unserer Einfahrt in die Stadt links liegen gelassen hatten. In diesem Moment verschwand der Mond hinter den Wolken, und ich stand wieder im Dunkeln. Die Moschee lag also *hinter* mir. Verwirrt von der Kälte und vom Hunger, war ich viel zu weit gegangen. Ich hatte Ramaks Haus schon hinter mir gelassen. Nun breitete sich wieder ein leiser Schimmer des Mondlichts über die weißen Straßen, und ich hob meinen Koffer auf und marschierte an dem schmiedeeisernen Tor vorbei, meinen eigenen Schritten nach zurück. In der Garageneinfahrt des Gebäudes stand ein Wagen – ein Chrysler. Seine Farbe festzustellen war unmöglich, denn er war völlig mit Schnee bedeckt. Dann öffnete sich die Tür, und Licht strömte heraus auf die Straße. Ich wurde geblendet und voll beleuchtet. Jeder, der aus dem Haus trat, konnte mich sehen. Ich hörte jemand schreien, mir etwas zurufen, drehte mich um und rannte an der Mauer entlang, rutschte aus, aber hielt mich mit der linken Hand am Gitter aufrecht. Ich fiel zwar nicht hin, aber ich wurde doch mehrere Sekunden lang aufgehalten, als meine Hand an dem glitschigen, eisigen Gitter hinunterrutschte. Ich rappelte mich auf und rannte weiter die Mauer entlang. Der Mond verschwand, und wieder begann es heftiger zu schneien. Ich hörte das Knarren, als das Eisengatter geöffnet wurde, Stimmengewirr klang zu mir herüber. Schaeffer hatte gesagt, daß Ionides ein Haus am anderen Ende des Boulevard gemietet hatte; der Chrysler parkte in der Einfahrt. Der plötzliche Schock ließ mich meine Unbeweglichkeit vergessen. Ich begann zu überlegen, was nun geschehen würde. Sie würden mir auf dieser Seite des Fußweges folgen. Schnell wendete ich mich nach rechts, lief über den Gehsteig, kletterte über die Schneewehe am Rande der Straße und hastete, so schnell ich konnte, direkt über den Boulevard. Die Angst machte mir Beine. Mein Kopf arbeitete schnell. Ich überquerte den Boulevard, kletterte über die Schneewächte auf der anderen Seite und wandte mich auf dem Gehsteig nach links. Hinter mir versuchte ein Motor zu starten. Der Chrysler wurde angelassen. Ich hörte die Maschine spucken und immer wieder absaufen. Dann endlich fuhr das Auto aus der Einfahrt und drehte in meine Richtung. Ich lief weiter, entschlossen, Ionides diesmal nicht in die Falle zu gehen. Nun war ich höchstens zwei Straßen von Ramaks Haus entfernt, nur auf der anderen Seite des Boulevard. Hinter mir hörte ich, daß der Chrysler ganz langsam fuhr, und riskierte einen schnelleren Schritt. Ich schaffte es, fast zu rennen. Grimmig biß ich die Zähne aufeinander. Ich mußte Ramaks Haus finden, ehe sie mich erwischten.

Der Wagen war ein gutes Stück entfernt, das hörte ich. Immerzu summte in meinen Ohren das Geräusch des mir folgenden Wagens. Ich vermutete, daß auch jemand zu Fuß auf meinen Fersen war und den Bürgersteig im Licht der Scheinwerfer nach mir absuchte. Ich hatte schon ein Stück Weges zurückgelegt, hatte zwei Straßen überquert und war außer Atem, als ich den Wagen näher kommen hörte. Er fuhr nun etwas schneller. Ich blickte über die Schulter, durch das Schneegestöber sah ich kein Licht. Die Scheinwerfer mußten ausgeschaltet sein, aber der Motorenlärm klang entsetzlich nahe. Dann plötzlich stoppte das Geräusch, jemand hatte den Motor ausgeschaltet. Instinktiv hielt auch ich inne, stellte meinen Koffer leise auf den Boden und wartete. Sie waren trickreich. Hatten plötzlich angehalten, um zu lauschen. In einer solchen Nacht hörte man Schritte bis in weite Ferne; selbst die Schritte von müden Füßen, die durch den tiefen Schnee stapften. Ich stand und überblickte den Boulevard, meinen Rücken an die Wand eines Hauses gelehnt. Hinter mir führten Treppen hinunter in den Keller, und für Augenblicke war ich in Versuchung, meinen Koffer zu nehmen und dort hinunterzusteigen, um mich zu verbergen. Dann aber verwarf ich diesen Plan: war ich erst mal dort unten, saß ich in der Falle. Ein Gefühl der Taubheit stellte sich schnell wieder ein. Während des Fußmarsches war meine Zirkulation in Gang gekommen, aber nun kroch die Kälte in mir hoch, so daß ich das seltsame Gefühl hatte, langsam von den Füßen aufwärts zu Eis zu erstarren. Alles, was sie tun mußten, war, mich weiter so stehen zu lassen. So lange, bis ich zu Boden fallen und erfrieren würde. Ich wartete, wie mir schien, mehrere Minuten, dann hörte ich, wie der Motor erneut ansprang. Ein blasses Licht fuhr an mir vorbei, und mein Herz setzte kurz aus. Ich wartete noch ein Momentchen und fing dann an zu laufen. Der Chrysler hatte mich überholt und war nun irgendwo vor mir – das war einesteils sicherer, anderenteils lief ich Gefahr, in sie hineinzulaufen.

Ich überkreuzte eine andere Straße. Ich konnte keine Häuser sehen, nur eine niedrige Mauer an der Straßenecke.

Ich verließ den Boulevard, ging die Seitenstraße hinunter, fand einen Eingang, kletterte ein halbes Dutzend niedriger Stufen hinauf und befand mich vor der weiß in die Nacht ragenden Masse der Moschee. Dieser kleine Umweg war die Sache wert gewesen. Ich wußte jetzt, wo ich mich befand. Ich ging zurück auf den Boulevard, und innerhalb von zwei bis drei Minuten stieß ich an der Kurve auf ein Straßenschild. Der Schnee fiel dicht, deshalb wagte ich es, rasch ein Streichholz anzuzünden. Ich schützte die Flamme mit meiner Hand und beugte mich nieder, um die verwischten Schriftzeichen zu entziffern. Eis bedeckte das Straßenschild, aber unter der dicken Schicht konnte ich undeutlich einen Namen ausmachen – Vatan Cadessi – Ramaks Straße. Vorsichtig überquerte ich noch einmal den breiten Boulevard, kam auf der anderen Seite zu der ersten Gartenmauer, auf der das schmiedeeiserne Gitter aufgepflanzt war, hörte vor mir den Chrysler summen und dann anhalten. Ich stellte meinen Koffer ab, der eine Tonne zu wiegen schien, und lehnte mich gegen die Mauer. Es bereitete mir unsägliche Mühe, den Schnee aus meinem Haar zu streifen. Ich tat das zum zwanzigsten Mal, und mein Kopf fühlte sich an wie ein Eisblock. Ich war so nahe an der völligen Erschöpfung, daß ich fast nicht mehr denken konnte. Doch ich wußte, daß es bald zu spät sein würde. Das Sausen in meinen Ohren war nun lauter geworden, wenn ich mich umwendete und die schmiedeeisernen Gitter betrachtete, schienen sie in der Luft zu beben. Ich fühlte mich, als ob ich keinen Schritt mehr gehen könne. Natürlich hatten sie mir nun einen Hinterhalt gebaut, auf dem Boulevard hatten sie mich nicht entdeckt und errieten wohl, daß ich zu Ramaks Haus strebte. Sie hatten mich überholt, um vor mir dort zu sein.

Wer auch immer etwas mit Grant im Sinne hatte, würde gewiß Beziehungen zu Ramak unterhalten, das wußten sie. Obwohl ich so erschöpft war, konnte ich mit einer seltsamen Klarheit nachdenken. Wie riskant die Sache auch sein mochte, ich hatte keine Lust, mich in dieser nächtlichen und grauenvollen Stadt ein zweites Mal zu verlieren. Ich war entschlossen, jetzt gleich ins Haus zu gelangen, und zwar sicher. Wenn sie mich sehen würden, wollte ich mich wehren. Ich würde sie sicherlich früher bemerken und in der rechten Hand hatte ich eine Waffe. Ich umspannte den Griff meines Koffers noch fester und ging langsam an der Mauer entlang. Soweit ich mich erinnern konnte, war Ramaks Haus das dritte auf dieser Seite des Boulevards. Ich ging an einem Eingangstor vorbei, dann an einem zweiten und verlangsamte die Schritte. Jeden Augenblick rechnete ich damit, jemand durch den Schnee auf mich zukommen zu sehen. Ich war schon eine Zeitlang an der Mauer entlanggegangen, als mir einfiel, daß Ramaks Garten größer war als die anderen. Ich versuchte, in zwei Richtungen zu blicken. Windböen trieben mir dicke Flocken ins Gesicht. Nun sah ich das Gartentor, es war geöffnet, und dahinter entdeckte ich eine dunkle, kompakte Masse – ein geparktes Auto. Dann tauchte der Mann auf. Er war kleiner als ich. Ich sprang ihn an, als nur noch ein Fuß breit Boden uns trennte. Er machte eine Bewegung, als ich den Koffer nach vorne schwang und ihn mit aller Kraft gegen ihn schleuderte. Ich zielte auf seine Knie und ich glaube, daß ich traf. Er schrie etwas, ich fühlte einen Schlag an meiner Schulter, dann ging er zu Boden. Wieder hob ich den Koffer und ließ ihn auf seinen Kopf niedersausen. Jemand rief etwas, ich hörte, wie sich die Autotür öffnete, aber da rannte ich schon durch das Gartentor den Auffahrtsweg entlang und stieß an eine große menschliche Gestalt, die mich packte, mich umdrehte und nahe an meinem Gesicht sagte:

»Ganz ruhig – wir müssen sie loswerden. Ohne viel Aufhebens ...«

Ich nehme an, der Schlag mit dem Koffer war ein Zeichen für Ramak gewesen. Ich bemerkte, daß er einen Stein in der Hand hielt, als er mich losließ. Ein zweiter Mann tauchte auf, Ramak machte eine Bewegung, und der Mann verschwand hinter einem Baum. Ramak ließ mich stehen. Um ihm nicht im Weg zu sein, blieb ich, wo ich war, denn ich hatte in der Hand des zweiten Mannes ein Messer blitzen sehen. Ein dritter Mann rannte aus der Richtung des Hauses an mir vorbei, und ich hatte den Eindruck, als wäre der Garten voller Leute. In diesem Moment zerriß ein Splittern die Nacht: Ramak hatte den schweren Felsbrocken auf ein Fenster des Chryslers geschleudert. Hastig wurde der Wagen gestartet. Man hörte ihn aufheulen, und aus dem nächsten Geräusch schloß ich, daß er gewendet hatte und eilig die Straße hinunter in Richtung Boulevard davonfuhr. Zu sehen war im fallenden Schnee nichts. Der Lärm des davonfahrenden Wagens wurde unterbrochen von einem schleifenden metallischen Schlag, als das Fahrzeug mit irgendeinem Gegenstand zusammenstieß, dann war es plötzlich ganz still, so still, daß ich Ramaks Schritte im weichen Schnee hören konnte, als er sich mir näherte. Als er neben mir stehenblieb, erschien der zweite Mann am Gartentor. Mit einem Taschentuch wischte er die Klinge des Messers ab.

»Sie haben uns sehr geholfen«, sagte Ramak, als er mich am Arm nahm. »Nun, das wird eine Lektion für sie sein. Vielleicht werde ich ihnen später noch eine Lektion erteilen.«

»Ich hatte beschlossen, mich davonzumachen aus dem Hotel ...«

»Warten Sie, sprechen Sie, wenn wir drin sind. Sie sehen nicht gut aus. Schaeffer hat mich aus dem Büro des Rechtsanwalts angerufen, um mir mitzuteilen, was Sie tun würden.« Er hob meinen Koffer auf, nahm mich am Arm und führte mich den Weg entlang zur Tür. Zwei weitere Männer kamen die Auffahrt entlang und schlugen große Schneewehen von den Zweigen der Bäume, als sie darunter hervorgekrochen kamen.

»Haben Sie auf mich gewartet?« fragte ich.

»Nein, ich habe Sie noch nicht so früh erwartet. Aber einer meiner Männer hat gemeldet, daß vor der Tür ein Wagen geparkt sei. Da beschlossen wir, hinauszugehen und die Sache zu untersuchen. Aufgepaßt!«

Ich war über die erste Stufe gestolpert. Als Ramak die

Doppeltüren, die in die Halle führten, geöffnet hatte, kam mir die Wärme wie eine Welle entgegen. Unsicher trat ich ein. Ich stand auf dem polierten Boden, während der Schnee zu kleinen Pfützen um meine Füße herum schmolz. Hinter mir schloß Ramak die Tür, versperrte und verriegelte sie, ging an mir vorbei und sah sich dann um. Vielleicht war es der Hunger oder die Wärme, was mir den Rest gab: Ich fühlte, wie meine Füße unter mir nachgaben. Als letztes hörte ich noch, wie Ramak auf mich zustürzte, ehe ich zusammenbrach.

Das erste, was ich wieder wahrnahm, war ein brennendes Holzscheit. Ein riesiges Stück eines Baumstumpfes in Form einer Trommel, das in der Mitte eines großen Feuerplatzes lag, umtanzt von kleinen Flammen, geschwärzt am unteren Ende und auf einem breiten Gitter liegend. Dann überflutete mich das Gefühl wohliger Wärme, ein ekstatisches Gefühl, durch und durch warm und wohl zu sein. Ich war so entspannt, so gemütlich und so friedlich, daß ich vergaß, darüber nachzudenken, wo ich war. Ich saß mit dem Rücken gegen eine Couch gelehnt, eine lange schwarze Couch, die dem Feuer gegenüberstand, und meine Beine waren auf den Kissen ausgestreckt. Etwas bewegte sich hinter der Couch. Dann erschien ein Gesicht und schaute auf mich herab. Ihr langes schwarzes Haar war auf ihrem Kopf festgesteckt, und ihre kleinen Ohren waren zu sehen.

»Was ist los, Lynn?« fragte ich.

»Du bist in Ramaks Haus. Du hast das Bewußtsein verloren, vor ein paar Minuten, als du hereinkamst. Sei ganz ruhig und entspanne dich. Das Abendessen ist bald fertig. Ich glaube doch, du möchtest etwas essen, oder?«

»Ich könnte ein ganzes Pferd verschlingen. Ich habe seit dem Frühstück nichts gegessen, und das war im Peras Palas nicht gerade üppig.« Wie taktvoll sie war! Kein Mann hat es gern, wenn man davon spricht, daß er ohnmächtig geworden ist. Sie hatte es hübsch ausgedrückt. Du hast das Bewußtsein verloren, hatte sie gesagt. Das klang irgendwie besser. Ich nahm das Glas aus ihrer Hand und fragte sie, was darin sei.

»Versuch es«, sagte sie. Vorsichtig nahm ich einen Schluck. Es war Brandy, sehr guter alter Brandy mit einem wunderbar vollen Geschmack. Als ich an dem Glas nippte, lehnte sie ihre Arme über die Couchlehne und beobachtete mich. Soweit ich sehen konnte, trug sie ein schwarzes Kleid mit langen Ärmeln und einem hohen chinesischen Kragen. Ich hatte mich noch nicht umgesehen, aber ich hatte das Gefühl, daß der Raum, in dem ich mich befand, sehr groß war. Ich bemerkte verschiedene Lampen, die ein warmes Licht verbreiteten. Der große Kamin, in dessen Rachen die Flammen tanzten, und das schwarze Sofa, das im Licht der Flammen rot aufglänzte, gaben dem Raum, der halb im Dunkeln lag, etwas wundervoll Beruhigendes. Ich streckte meine Beine aus, runzelte die Brauen und sah an mir herunter. Ich trug einen schwarzen Seidenmorgenrock, der mit großen orientalischen Drachen bestickt war – etwas zu exotisch für meinen Geschmack. Jemand hatte mir den Mantel ausgezogen, die durchweichte Hose abgestreift. Als ich aufblickte, kicherte Lynn spitzbübisch.

»Wie du aussiehst! Es war Ramak, der dich ausgezogen hat! Deine Kleider waren patschnaß und trocknen gerade.« Sie lehnte sich nach vorne, das Licht der Flammen spielte auf ihrem Haar und auf dem großen Steckkamm, der aus ihrem Haarknoten ragte.

»Jetzt wirst du, solange du in Ergenrum bist, hier wohnen bleiben, nicht wahr?«

»So Gott will.« Ich trank den Rest des Weinbrands mit einem Schluck, sie lehnte sich nach vorn und nahm mir das Glas ab.

»Noch mal?«

»Nein, das ist genug. In meinem derzeitigen Zustand werde ich von ein paar Tropfen betrunken. Ich nehme an, du kennst Frank Schaeffer, oder?«

»Vater kennt ihn seit Jahren.« Ein leiser ängstlicher Ausdruck schien über ihr Gesicht zu ziehen, war aber sofort wieder verschwunden. Sie lächelte.

»Du hast ihn im Peras Palas getroffen, nicht wahr?«

»Ja, er riet mir, das Hotel zu verlassen – durch das Fenster, verstehst du. Ich allerdings kann diese Art, ein Hotel zu verlassen, nicht empfehlen. Ich hab' die Seitenstraße verfehlt, in der euer Haus liegt, und bin, wie es mir scheint, für Jahrzehnte im Schnee herumgeirrt.« Dann erzählte ich ihr alles, was passiert war, sie hörte mit ernster Miene zu, ohne ihre Augen auch nur für Minuten von meinem Gesicht abzuwenden. Als ich fertig war, sah ich mich um. Ramaks Stimme klang aus der Dunkelheit. Ich hatte nicht gehört, wie er hereingekommen war.

»Wenigstens brauchen Sie sich um die Leute im Auto keine Sorgen mehr zu machen – und um das Auto auch nicht.« Ich drehte den Kopf nach ihm um. Er trat auf mich zu ins Licht, wo ich ihn sehen konnte. Der warme Schein des Feuers spiegelte sich auf seinem starkknochigen Gesicht.

»Was ist mit ihnen passiert?« fragte ich.

»Sie haben versucht, in schneller Fahrt die Mauer umzustoßen. Aber die Mauer wollte nicht weichen. Übrigens muß ich Sie um einen großen Gefallen bitten, aber später, erst müssen Sie etwas essen ...«

»Ramak!« Lynns Stimme zitterte vor Entrüstung.

»Du willst David doch nicht darum bitten ...«

»Später, später!« Ramak hob seine Hand in die Luft und lächelte. »Bitte keine Diskussion vor der Mahlzeit, bitte! Das Abendessen wird bald fertig sein!« sagte er zu mir. »Wir können uns später unterhalten.«

Ich erhob mich von der Couch, band die Schärpe meines Morgenrockes enger um die Hüften und sah mich um. Der Raum war groß, der Boden war mit wunderbaren orientalischen Teppichen bedeckt, was mir das Gefühl von Luxus vermittelte. Schwere, bis zum Boden reichende Vorhänge verdeckten die Fenster, und eben genug Möbel standen herum. Möbel, die jemand nachlässig aber geschmackvoll arrangiert hatte. Ich hatte das Gefühl, daß ich in diesem Zimmer wochenlang sitzen und lesen könnte.

»Ich ziehe mich besser um«, sagte ich. »Ist mein Koffer irgendwo hier?«

Ramak schmunzelte. Er stand vor mir, seine Hände auf dem Rücken verschränkt, und betrachtete spitzbübisch Lynn, die auf einer anderen Seite stand. »Das Essen ist gleich fertig. Haben Sie etwas dagegen zu speisen, wenn Sie keine Hosen anhaben und eine Dame in der Nähe ist?«

»Die Dame hat jedenfalls nichts dagegen«, rief Lynn eifrig. »Aber sie hat was dagegen, wenn das Essen kalt wird. Ist es dir nicht gemütlich so, David? Du kannst dich doch nach dem Essen umziehen.«

Eine schlanke Frau kam durch die Tür am anderen Ende des Raumes und näherte sich uns mit grazilen Schritten. Als sie ins Licht trat, entdeckte ich, daß sie jünger war, als ich erwartet hatte. Eine Frau Ende der Dreißiger mit einem kurzärmeligen grünen Kleid. Ihr dunkles Haar war kurz geschnitten, sie sah lebhaft und frohgelaunt aus. Ramak stellte uns vor, und sie streckte mir eine schlanke Hand entgegen. »Das ist meine Frau, Renée.« Er legte einen Arm um ihre Schultern, drückte sie und sah sie an. »Ich habe sie aus Paris gekidnappt, und zwar schon vor dem Krieg, und habe sie hierher geschleppt in meinen Harem. Immer nur eine Nasenlänge vor der französischen Polizei!«

»Es handelt sich hierbei um einen Einfrauharem, Mr. Shand«, sagte sie zu mir gewandt. Ihr Händedruck war kühl und fest. »Ich bitte Sie, solange Sie wollen bei uns zu bleiben, Sie sind mir sehr willkommen.« Sie schüttelte Ramaks Arm ab und legte ihre Hände auf meinen Arm, drehte mich zum Feuer und betrachtete mein Gesicht. Sie studierte mich mit lachenden Augen und sagte dann, zu Ramak gewendet: »Er sieht so gut aus wie du! Du sprichst von einem Harem, aber weißt du nicht, daß in Frankreich viele Frauen meines Alters einen Liebhaber haben?«

Von da, wo ich stand, konnte ich Lynn sehen, und obgleich ihre Miene über Madame Ramaks Bemerkung amüsiert war, zeigten ihre Augen doch eine leichte Ungeduld, die erst verschwand, als Madame die Hände von meinem Ärmel nahm. Ramak zuckte wohlgelaunt die Achseln und streichelte seinen Schnauzbart.

»Wie du willst, meine Liebe! Nimm dir einen Liebhaber! Ich werde ihn umbringen. Selbstverständlich!«

Madame Ramak wandte mir ihr Gesicht zu, sie strahlte. Einzeln betrachtet waren ihre Züge von keiner besonderen Schönheit, aber sie strahlte eine Wärme und eine starke Persönlichkeit aus, wie ich sie auch bei Lynn bemerkt hatte.

»Ich weiß, es wird Ihnen nichts ausmachen, mit Lynn allein zu speisen. Da ist das Essen schon!« sagte sie.

Zwei ältliche Frauen hatten den Tisch vor dem Feuer gedeckt, und Ramak verließ mit seiner Frau das Zimmer, nachdem er uns erklärt hatte, daß er eine wichtige Angelegenheit erledigen müsse. Ich fragte mich, ob die wichtige Angelegenheit wohl Mr. Constantin Ionides betraf. Wir setzten uns an den kleinen Tisch und machten uns über den ersten Gang her. Es war Lammbraten mit Gemüse. Gewöhnlich ist das nicht gerade eines meiner liebsten Gerichte, aber er war in Wein gekocht und zerschmolz einem auf der Zunge. Ich aß eine riesige Menge, und Lynn legte immer wieder neue saftige Fleischstücke auf meinen Teller, denn neben ihr auf einer Wärmeplatte stand die große Schüssel und glitzerte im Licht der Kerzen. Wir sprachen fast nicht, und im Licht des züngelnden Feuers sah ich, wie ihre dunklen Augen mich beobachteten. Einmal wollte ich den Mund öffnen, um etwas zu sagen, aber sie machte mir ein Zeichen zu schweigen.

»Du brauchst nicht zu reden, während du ißt – ich sehe, wie schrecklich hungrig du bist.«

Ich trank zwei riesige Gläser Rotwein, die sich vergnügt in meinem Magen mit dem Brandy mischten. Als ich den zweiten Gang, ein großes Stück eines pikant gewürzten Kuchens gegessen hatte, kehrte langsam das Leben in mich zurück. Lynn zog am Klingelzug, und eine der beiden Frauen erschien und brachte Kaffee. Er war schwarz und sehr stark und wurde mit einer kleinen Platte von gelben Honigkeksen serviert. Ich zündete mir eine Zigarette an, dann eine zweite, die ich über den Tisch reichte, und legte mich in meinem Stuhl zurück, um mich zu entspannen.

»Weißt du, was ich glaube? Ich werde das alles überleben. Daran hatte ich im Schneegestöber schon gar nicht mehr geglaubt. Um was will Ramak mich eigentlich bitten?«

Wieder nahm ihr Gesicht den ängstlichen Ausdruck an. Sie ließ ihren Kopf hängen, während sie in ihrem Kaffee rührte. Dann blickte sie auf und betrachtete mich mit gequältem Gesicht.

»Er möchte, daß du meinen Vater triffst. Er ist im Gefängnis.«

»Ich weiß – Schaeffer hat es mir erzählt. Ich hätte schon früher davon gesprochen, aber ich hatte den Eindruck, daß du im Augenblick keine Lust hattest, etwas darüber zu hören.«

»Du hattest recht«, sie lächelte. »Ich habe genossen, mit dir zu essen und wieder zusammenzusitzen und dir zuzusehen, wie hungrig du warst. Das hat mich für Augenblicke meine Probleme vergessen lassen.«

»Ich verstehe dich gut – das muß ganz ekelhaft aussehen, wenn ich mich so gierig vollschlage.« Ich rauchte meine Zigarette und schwieg einen Augenblick. Dann sagte ich ernst: »Ich werde hingehen und deinen Vater treffen. Das war es, weshalb ich hergekommen bin. Selbst, wenn er im Gefängnis sitzt.«

»Das brauchst du wirklich nicht tun, David!« Ihre Stimme klang dringlich, und ihre Augen wirkten im Licht des Feuers groß und ängstlich. »Du hast Schreckliches mitgemacht heute nacht. Du kannst heute das Haus nicht mehr verlassen – ich werde das einfach nicht erlauben!«

»Heute nacht noch?« Ich war erschreckt herumgefahren und saß hoch aufgerichtet in meinem Stuhl. »Du willst doch nicht sagen, daß Ramak mich noch heute abend in die Zitadelle bringen will?«

»Ja, das hat er vor! Ich finde es verdammt lächerlich. Du mußt jetzt erst mal richtig ausschlafen nach all dem, was du durchgemacht hast. Ich meine nicht nur dein schreckliches Umherirren im Schnee, sondern auch das, was sich mit Ionides in der Hotelhalle abgespielt hat. Ich werde Ramak sagen, daß du einfach nicht gehen kannst!«

Ich beobachtete sie sekundenlang. Als wir angefangen hatten zu essen, war mir ihr Gesicht weiß erschienen, kein bißchen Farbe war auf ihren Wangen zu entdecken gewesen. Aber nun strahlte sie vor Entrüstung, und ihre Augen blitzten. In dem stillen Raum mit den schweren Vorhängen war kein Ton zu hören, außer ab und zu ein gemütliches Knakken, wenn die Scheite im Kamin sich bewegten und Funken aufsprühten. Ich fühlte mich jetzt so gewärmt, daß ich beinahe wünschte, mich vom Feuer zu entfernen. Lynn läutete, und während ich saß und ins Feuer starrte, erschien eine der beiden Frauen und räumte den Tisch ab. Als wir wieder allein waren, standen wir auf und setzten uns auf die Couch. Ich hatte Lust, den Arm um sie zu legen, aber etwas in ihrer Haltung hielt mich davon ab. Ich konnte fühlen, daß in ihrem Inneren die Sorge um mich mit der Sorge um ihren Vater rang.

»Ich könnte doch morgen früh hingehen und deinen Vater treffen«, schlug ich vor.

»Da gibt es ein Problem – Ramak wird es dir erklären.« Sie drehte mir ihr Gesicht zu und zog heftig an ihrer Zigarette. »Aber ich will einfach nicht, daß du noch heute nacht in dieses schreckliche Gefängnis gehst! Versprich mir das!«

»Keine Sorge – ich werde jetzt erst mal mit Ramak sprechen.« Ich sah auf die Uhr, es war fast zehn. »Eins ist sicher, um diese Zeit werden sie keine Besucher mehr im Gefängnis erlauben. Wie ist es überhaupt passiert – ich meine, wie haben sie ihn festgenommen?«

»Vor drei Tagen fuhr Vater den Boulevard hinunter, als plötzlich ein Polizeiwagen ihm den Weg versperrte und zum Halten zwang. Isbul selbst saß im Wagen. Er ist ein gräßlicher Typ. So tückisch! Vater trägt immer eine alte Satteltasche mit sich herum. Darin hat er seine Papiere und Werkzeuge. Sie haben ihn durchsucht, und in dieser Satteltasche haben sie Papiere gefunden, von denen sie sagen, daß es eine Skizze des Forts ist, das vor der Stadt liegt. Sie sagen auch, daß sie einen Gegenstand gefunden haben, aus einer Ausgrabung, verstehst du, etwas Archäologisches. Das hätte hinten in seinem Auto gelegen. Und dafür haben sie ihn festgenommen. Später dann kam die Version mit den Papieren, und sie haben ihn beschuldigt, ein Spion zu sein.«

»Da stimmt doch irgend etwas nicht. Entweder ist einer ein Dieb und entwendet archäologische Gegenstände, oder er ist ein Spion, beides zusammen klingt doch unglaubwürdig.«

»Das ist es auch, was sein Rechtsanwalt sagt. Das wird er verwenden, um ihn zu verteidigen.« Sie kreuzte die Arme über der Brust und starrte ins Feuer. »Ich mache mir so schreckliche Sorgen. Die Anschuldigung, ein Spion zu sein, ist sehr gefährlich. In Anatolien könnte man genausogut angeklagt sein, ein Mörder zu sein. Das ist hier dasselbe, wie wenn man ein russischer Spion ist.«

»Dieses Fort, das er angeblich skizziert hat, hat er sich jemals in der Nähe dieses Forts aufgehalten?«

Sie zögerte einen Moment. Ich sah, wie sie die Arme fester um sich schlang, als ob sie die Furcht zurückhalten wolle. »Ich fürchte, ja. Dieses Fort liegt in der Nähe einer alten, aufgegebenen Mine am Fuß der Berge im Norden der Stadt. Dort geht er regelmäßig hin, wenn er allein sein will, um nachzudenken. Die Mine ist vor Jahren aufgegeben worden, deshalb begegnet ihm dort kein Mensch.«

»Schaeffer wird ihn sicher bald herausholen«, sagte ich, um sie zu beruhigen. »Dieser Mann scheint zu arbeiten wie ein Wilder, und bei diesem Fall gibt er sich besondere Mühe, wie mir scheint. Sag mir mal eins, Lynn. Diese Entdeckungen, die dein Vater mir zeigen möchte, ich nehme an, das sind seismologische Daten, oder? Woher hat er sie – aus dem Institut in Ankara?«

»Ich glaube, ja. In Wirklichkeit weiß ich fast gar nichts von der ganzen Sache. Wieso?«

»Du sagtest, daß er Werkzeuge mit sich herumträgt, in seiner Tasche. Ich habe mir nur eben überlegt, ob das seine Instrumente sind, sozusagen sein eigener Seismograph, mit dem er gemessen hat. Stammen seine Messungen daher?«

Sie sah mich verwundert an. Ihr Gesicht zeigte eine leise Verwirrung. »Das glaube ich nicht. Das wüßte ich doch, wenn er einen hätte.«

»Ramak hat vor ein paar Tagen gesagt, daß dein Vater während des Krieges die meiste Zeit in der Türkei lebte. Warst du die ganze Zeit bei ihm? Und was tat er eigentlich hier?«

»Wir sind 1940 hergekommen, da war ich achtzehn. Vater hatte einen Job bei dem Institut in Ankara angeboten bekommen. Ich wollte nicht aus England weg, aber er war unglaublich auf diesen Job aus. Deshalb sind wir hergekommen. Eine seltsame Reise, kann ich dir sagen. Wir sind nach Lissabon geflogen, und dort haben wir wochenlang herumgesessen und gewartet. Dann ist es uns gelungen, ein spanisches Schiff ausfindig zu machen, das von Cadiz nach Istanbul segelte.«

»Und den ganzen Krieg über hat er also beim Ankara-Institut gearbeitet?«

»Ja, außer acht Monate, die er in Damaskus verbracht hat. Dort habe ich auch Arabisch sprechen gelernt. Er arbeitete wieder als Mediziner, wenigstens für eine Zeit. Er hat Verwundete der alliierten Truppen versorgt. Ich war Krankenschwester. Ich habe fast einen reizenden Franzosen geheiratet, aber glücklicherweise habe ich noch früh genug herausgefunden, daß er außer mir noch zwei anderen Mädchen den Hof machte, die auch dachten, er würde sie heiraten.« Ein Schatten flog über ihr Gesicht. »Damals hat mich das ganz schön fertiggemacht. Hast du jemals so etwas erlebt, David?«

Ich erzählte ihr von Rose Gordon und bemerkte, daß ich, seit ich in Jerusalem angekommen war, nicht mehr an sie gedacht hatte. Sie hörte mir zu, ohne mich zu unterbrechen, und starrte auf den Baumstamm, der nun halb verbrannt in den Flammen glühte. »Wir haben etwas Gemeinsames, wie? Ist es für dich noch sehr schlimm?«

»Erst dachte ich, es würde lange schmerzen, aber eben merke ich, daß ich es fast vergessen hatte. Vielleicht war es doch richtig, daß du mich in die Türkei verschleppt hast.«

»Ich weiß nicht genau, ob ich dich verschleppt habe. Das klingt, als ob ich eine treulose orientalische Meerjungfrau wäre ...« Sie blickte zur Decke hinauf, und ich fühlte, daß sie plötzlich starr wurde. »Was war das?« Sie packte mich am Arm, ihre Finger gruben sich in mein Fleisch und übertrugen ihre Furcht. Ich spürte, wie sie anfing zu zittern und sich nicht beherrschen konnte. »O mein Gott! Nein! Nein! Nein! ...« Sie vergrub ihr Gesicht an meiner Brust und hielt sich beide Hände an die Ohren. Sie zitterte und schien tödlich erschrocken. Der Kristalleuchter, der über dem Kamin hing, wiegte sich leise hin und her wie ein Pendel, vorwärts und rückwärts, je nachdem, wie die Erdstöße liefen. Es war viel schlimmer als das Beben, das ich am Morgen gespürt hatte. Auch mir fuhr der Schrecken in die Glieder, doch ich versuchte es vor ihr zu verbergen. Der Schatten des Kronleuchters, der durch das Feuer überdimensional groß erschien, bewegte sich an der Decke hin und her und schwang wie ein riesiger Vogel auf uns zu und wieder zurück, als sei er eine natürliche riesige Nadel auf einem Seismographen. Ich fühlte, wie das Haus in seinen Grundfesten erbebte, und eine kleine Dekoruhr, die auf dem Rand des Kaminsimses stand, fiel hinunter und zersprang mit lautem Klirren auf dem Boden. Lynns Körper zuckte wie im Krampf bei diesem Geräusch.

»O Gott! Das Haus wird noch über uns zusammenbrechen ...«

Meine Augen konnten sich nicht von dem schwingenden Kronleuchter lösen. Ich bemerkte, daß das Schwingen langsamer wurde und abebbte. Plötzlich war Lynn ganz schlaff und schluckte ein paarmal, ehe sie sprach.

»Hat's aufgehört? Sag doch!«

Der Kronleuchter schwang nur noch ganz wenig. Wir hätten hinausgehen sollen auf die Straße, denn die meisten Todesfälle ereignen sich bei Erdbeben stets, wenn Leute im Haus bleiben und ihnen die Decke auf den Kopf fällt. Wenn ein Beben anfängt, dann hat es eine seltsam hypnotische Wirkung auf die Menschen. Vor Schreck gelähmt, bleiben sie einfach dort sitzen oder stehen, wo sie gerade sind. Der Kronleuchter kam zur Ruhe, und auch der lange Schatten bewegte sich nicht mehr.

Leise streichelte ich ihren Kopf. Irgendwo draußen fing ein Hund an hysterisch zu bellen. Selbst Tiere werden steif vor Schrecken bei einem Erdbeben.

So saßen wir mehrere Minuten lang, ohne irgend etwas zu sagen! Beide warteten wir darauf, daß es wieder losgehen würde. Vielleicht diesmal mit einem heftigeren Stoß, der wirklich das Haus zum Zusammenstürzen bringen würde. Wiederum ein Fehlverhalten! Aber so, wie wir bekleidet waren, hätten wir uns draußen in der Kälte den Tod geholt. Ich hatte in meinem Leben genügend seismographische Aufzeichnungen gesehen, um zu wissen, daß es Tausende von kleinen Beben gab, die nie über sechs Maßeinheiten auf der Richterskala anstiegen. Diese Skala ist eine quantitative Wertskala, auf der der Wert sich nach dem größten Ausschlag eines Standardseismographen bezieht, gemessen bei einer gegebenen Entfernung vom Epizentrum, dem Ausgangspunkt der unterirdischen Erschütterung des Bebens was wir soeben erlebt hatten, war ein mildes Beben gewesen. Ich bezweifelte, daß irgendein Gebäude in Ergenrum Schaden erlitten hatte. Aber es war das zweite Beben, das ich hier erlebt hatte, und es gefiel mir absolut nicht.

»Es tut mir leid, David ...« Sie hob den Kopf, und ich küßte sie zart. Für Augenblicke drängte sie sich an mich und küßte mich, dann sah sie wieder zu mir auf und sprach weiter. »Ich bin solch ein Hasenfuß ... Ich kann so was einfach nicht aushaken. Jetzt lebe ich hier schon seit Jahren und weiß, daß wir direkt auf dem anatolischen Graben sitzen und daß wir jede Minute erwarten können ...« Ich fühlte sie erneut erschauern und umfing sie fester, aber sie schien sich nun in der Hand zu haben. Sie setzte sich aufrecht hin und sprach weiter. »Es ist so idiotisch, ich weiß das schon. Seit ich in der Türkei angekommen bin, hat es kein größeres Beben gegeben. Aber ich habe solche Angst davor, daß es passieren wird. Es gibt Menschen, die haben Angst vor großen Höhen oder davor, in einem kleinen Raum eingeschlossen zu werden wie im Lift zum Beispiel. Ich habe Angst vor Erdbeben, und wenn ich in einer Zone bin, in der so etwas leicht passiert, dann kann ich mich nicht dagegen wehren.«

Ich starrte sie an und versuchte, nicht allzu überrascht auszusehen. »Und dein Vater zwingt dich, hier zu leben ... Wo er weiß, daß ...«

»Das ist nicht wahr! Du darfst kein Wort davon sagen, wenn du ihn siehst, hörst du!« Sie sprach jetzt dringlich, packte mich an der Hand und hielt mich fest. »David, er hat keine Ahnung, verstehst du. Ich habe ihm das nie gesagt, was hätte ich sonst tun sollen? Ich liebe ihn doch, und er ist Seismologe ...«

»Die meisten Seismologen sind nie in einem Gebiet gewesen, wo ein Erdbeben wirklich stattgefunden hat, ich zum Beispiel noch nie.«

»Du verstehst einfach nicht – er ist anders. Er glaubt, daß es die einzige Möglichkeit ist, etwas über die Erdbeben herauszufinden, etwas, womit man sie wirklich in den Griff bekommt, verstehst du. Er möchte sie voraussehen ... Jeder Fortschritt in der Wissenschaft wurde von Leuten angeführt, die vor allen anderen das Unmögliche für möglich hielten. Seine Wissenschaftlerkollegen lachen über ihn, wie sie über alle Pioniere gelacht haben. Er hat sogar schon überlegt, ob man nicht eine Flüssigkeit in den Graben einführen könne, um ihn zu kühlen, bevor etwas passiert ...«

Ich mußte mich umdrehen. Ich konnte ihr nicht mein Gesicht zeigen, auf dem sich meine Ungläubigkeit widerspiegelte. Um Grant schien es schlimmer zu stehen, als ich erwartet hatte. Ich fühlte in mir tiefen Groll gegen Grant, der seine Tochter dieser endlosen Quälerei ausgesetzt hatte.

Aber nein, man konnte Grant nicht die Schuld geben. Lynn hatte ihr schreckliches Geheimnis vor ihm verborgen, weil sie ihn liebte.

»Du wirst doch nichts davon zu ihm sagen, oder?« drängte sie mich. Sie betrachtete mich mißtrauisch, und neue Furcht trat in ihre Augen.

»Aber er sollte das doch wissen ...« setzte ich an.

»Ich bitte dich aber darum, es ihm nicht zu sagen!« Sie drückte meine Hand, so fest sie konnte, als ob sie mich damit überzeugen könne. »Wenn wir nicht gerade dieses Erlebnis gehabt hätten, hättest du nie etwas davon gewußt. Ich habe mich nicht beherrschen können. Wenn er davon weiß, wird es all die Jahre unseres Zusammenlebens ruinieren, in denen ich ihm nicht davon erzählt habe. Er wird sich schreckliche Sorgen machen und wird sich die Schuld geben, daß er nichts bemerkt hat ... Sein Lebenswerk steht auf dem Spiel, um Himmels willen!«

»Nun, du brauchst vor mir keine Angst zu haben. Ich sage ihm nichts.«

»Versprich mir das!« sagte sie wild.

»Ich verspreche es dir.«

Sie ließ sich auf die Couch zurückfallen, erschöpft und schwach. Hinter mir vernahm ich ein Geräusch. Jemand schlurfte leise über den Boden, und als ich mich umsah, stand Renée Ramak hinter mir. Ihre Hände waren am Hals ihres Morgenrocks verkrampft. Aber äußerlich war ihr Gesicht ruhig, und sie sprach mit leiser Stimme.

»Es tut mir leid, daß ich nicht früher heruntergekommen bin, um nachzusehen, wie es Ihnen geht. Ich saß gerade in der Badewanne, als es losging. Ich hasse nichts mehr, als in einer Badewanne zu sitzen, wenn ein Erdbeben anfängt.«

Ich stand auf, aber meine Beine waren verkrampft und steif von der überstandenen Anspannung. »Kann ich Ihnen einen Drink machen?« Lynn machte eine Bewegung über ihren Rücken hin, und hinter der Couch fand ich einen kleinen Tisch, auf dem Flaschen und Gläser standen. Im halbdunklen Raum kam Frau Ramak auf ihren Pantöffelchen hinter mir hergetrippelt. Eine leise Welle ihres Parfüms traf mich, als ich die Gläser vollschenkte.

»Hatte Lynn große Angst?« flüsterte sie. »Machen Sie ihr auch einen Drink.«

»Wir beide hatten etwas Angst«, sagte ich behutsam, so daß beide mich hören konnten. »Natürlich hat das nichts zu sagen.«

»Selbstverständlich nicht! Gesundheit!« Sie hob ihr Glas. Ich reichte Lynn einen Brandy und ging zurück zum Tisch, um mein eigenes zu holen.

»Das tut gut«, fuhr sie fort. »Und jetzt finde ich, wir sollten uns alle hinsetzen und über die Sache plaudern, damit wir unseren Schrecken überwinden können, oder? Wissen Sie«, bemerkte sie, als sie ihre Beine kreuzte und sich auf der Couch niedersetzte, »es ist so dumm, sich davon erregen zu lassen. Diese kleinen Beben kommen hier so oft, und nie passiert etwas, also warum sollte man sich so erschrecken lassen. Mein Mann zum Beispiel scheint sie gar nicht zu bemerken.«

Um Lynns willen wollte ich sie von diesem Thema abbringen. »Wo ist er denn jetzt?« fragte ich. »Die Nacht scheint mir nicht gerade dazu angetan, das Haus zu verlassen.«

»Ich habe keine Ahnung.« Sie betrachtete mich, und ihre Augen schienen zu lächeln. »Zu Hause in Paris erzählt jeder gute Franzose seiner Frau alles – nun ja, also fast alles! Aber über sein Geschäft, da weiß sie wirklich alles. Ramak aber erzählt mir nichts. Er ist Türke. Er lebt sein Leben, wie er es für richtig hält. Wissen Sie – ich darf Sie doch David nennen, ja? David, ich muß sagen, ich habe das ganz gern, wie er das macht.« Sie hob ihren Kopf, als Lynn sich erhob und ihr Kleid glattstrich. »War es schön, zusammen zu essen? Hat es euch geschmeckt?«

»Ja.« Lynn zuckte mit den Füßen auf dem polierten Boden, sie wollte fortgehen. »Das Lamm ist mir wirklich auf der Zunge zergangen. Macht es euch etwas aus, wenn ich jetzt hinaufgehe? Ich bin ein bißchen zittrig.«

Ich glaube, daß ihr die letzte Bemerkung sofort leid tat,

denn sie versuchte, einen Witz zu machen. »Und wenn Ramak jetzt nach Hause kommt und euch beide sieht, wie ihr in Morgenröcken auf dem Sofa sitzt, wird er denken, daß ihr das wahrgemacht habt, worüber wir vorher gescherzt haben.«

»Das wird ihm guttun«, lächelte Renée. »Vielleicht verbringt er dann ein bißchen weniger Zeit damit, die verschleierten Frauen im Basar anzugaffen!«

»Ich dachte, Atatürk hat dem allen ein Ende gemacht«, sagte ich, als Lynn gegangen war. »War er nicht gegen diese alten orientalischen Sitten, die er für hinterwäldlerisch hielt?«

»Ja! Aber ich glaube, daß es mehr braucht als die Meinung eines Mannes, um die Gewohnheiten der Frauen zu verändern! Hier leben wir in einer der entferntesten Gegenden der Türkei. Ich bin sicher, daß viele Frauen hier noch nie etwas von Atatürks Forderungen gehört haben.« Wir plauderten ein bißchen. Renée erzählte mir von ihrem Leben in Paris, ehe sie geheiratet hatte. Früher hatte sie ihr Geld als Lektorin in einem französischen Verlag verdient. Dann aber wechselte sie mit erstaunlicher Schnelligkeit das Thema.

»Ardan hat mir erzählt, daß es vielleicht Schwierigkeiten wegen Ihres Passes gibt ...« Sie lächelte und drückte ihre Zigarette in dem silbernen Aschenbecher aus. »O ja, ich weiß schon, daß Sie ins Land geschmuggelt worden sind. Ich finde das nicht richtig, ich habe ihm das auch gesagt! Aber für Caleb Grant tut er einfach alles und ich eigentlich auch! Er hat das Leben unseres kleinen Mädchens gerettet, wissen Sie! Sie hatte Cholera, und dieser Idiot von Doktor hier am Ort dachte, es wäre einfach Fieber. Aber darüber wollte ich gar nicht mit Ihnen sprechen. Wenn Sie Pech haben und der Polizeichef hierherkommt, dann wäre es besser, wenn er Sie nicht hier finden würde. Ramak hat mich gebeten, mit Ihnen darüber zu sprechen.«

»Ich kann gehen, wenn ich ihm Schwierigkeiten bereite ...«

»Sie Guter!« Sie schlug mich liebevoll auf den Arm. »Das

meine ich natürlich nicht, ich meine etwas ganz anderes! Ich nehme an, der Fall wird nie eintreten, aber aus Vorsicht werden wir einmal besprechen, was wir täten, wenn es soweit käme. Ich möchte, daß Sie mit mir für ein paar Minuten nach oben kommen.«

Ich stand auf, und wir gingen aus dem Zimmer. Ich bemerkte, daß die Uhr, die herabgefallen war, noch immer neben dem Kamin lag, hob sie auf und stellte sie auf den Kaminsims.

»Während des Erdbebens ist sie herabgefallen«, erklärte ich. »Sie ist zwar nicht zerbrochen, aber sie ist stehengeblieben.«

»Ich werde sie zur Reparatur nach Ankara schicken.« Sie machte eine Pause, ihre schlanke Silhouette hob sich dunkel vom Licht des Kaminfeuers ab. »Könnten Sie mir einen Gefallen tun? Stellen Sie irgendeine Zeit ein, aber nicht die Zeit jetzt, verstehen Sie? Ich will nicht, daß die Zeiger dort stehen, wo sie jetzt sind.«

Ich sah sie kurz an und drehte dann mit meinen Fingern vorsichtig an den kleinen Rädchen auf der Rückseite der Uhr, ich bewegte die Zeiger ein paar Stunden weiter. So also zeigte sich ihre Nervosität. Obwohl sie nach außen hin fröhlich wirkte, wollte Renée doch, daß nichts in diesem Hause sie an die genaue Zeit des Erdbebens erinnern sollte. Ich folgte ihr aus dem Zimmer und stieg die Treppe hinauf. Ich muß gestehen, daß ich mich etwas verlegen fühlte. Wir beide trugen Morgenröcke, und ich fragte mich, ob ihr heißblütiger Ehemann es sehr komisch finden würde, wenn er uns in diesem Aufzug im ersten Stock ertappte. Renée, dessen war ich sicher, verschwendete nicht einmal einen Gedanken an ihn.

»Hier haben wir Calebs Zimmer, dort arbeitet er«, sagte sie und führte mich in ein Zimmer, dessen Tür am Ende der Treppe lag. »Er ist schrecklich schlampig ...« Sie betrachtete mich boshaft und fügte hinzu. »Ich nehme an, alle Wissenschaftler sind solche Schlamper!« Ich sah mich neugierig in dem Zimmer um. Ein schmaler, langer Raum, Tische und

Couch waren mit Stößen von Papieren bedeckt. Rechterhand der Tür stand ein altes Schreibpult. Am anderen Ende, vor den Vorhängen, die bis zum Boden reichten, bemerkte ich zwei Lehnstühle, die auf einem großen, weichen Teppich standen. Die linke Wand war vollständig mit einem wundersam geschnitzten Holzgitter bedeckt. Zwischen den Papierstößen auf der Couch bemerkte ich eine Seismogrammrolle, Renée bemerkte mein Interesse und sagte:

»Sehen Sie die Sachen ruhig an, wenn Sie wollen.«

»Vielleicht hat er nicht gern, wenn man in seinen Sachen schnüffelt.«

»Aber sicher wird ihm das nichts ausmachen! So ist er wirklich nicht. Sie sind Seismologe und Sie sind hergereist, um ihn zu sehen.«

»Diese Rolle hier würde ich gern anschauen ...«

»Ja, schauen Sie sie an! Caleb hat mir oft seine Sachen gezeigt, wenn ich ihn besucht habe.« Sie zog die Rolle unter den Papieren hervor und reichte sie mir. »Hier, wenn es Ihnen Spaß macht. Dann möchte ich aber, daß Sie mir erklären, was es ist. Caleb hat mir stundenlang zu erklären versucht, woran er arbeitet, aber ich habe nie ein Wort verstanden. Er ist so technisch in seiner Art zu erklären.«

»Das ist ein Seismogramm. Eine Rolle, wie man sie in einen Seismographen spannt. Ein Seismograph ist ein Instrument, mit dem man Erdbeben aufzeichnen kann. Eine ganz empfindliche Nadel nimmt jede Erdvibration auf und überträgt sie kratzend auf ein Papier, das vorher mit Rauch geschwärzt wurde. Sie hinterläßt eine weiße Spur, der dünne schwarze Film auf dem Papier wird abgekratzt, verstehen Sie ...«

Sie drückte mir vor Freude den Arm. »Sehen Sie, wie einfach es ist, mir das zu erklären! Sie kann ich verstehen! Caleb gebraucht so lange Worte, die mir nicht in den Kopf wollen – was gibt's?«

»Nichts, ich habe diese Rolle nur näher betrachtet.« Innerlich sagte ich mir, daß ich mein Gesicht besser kontrollieren müsse: Renée nahm jede Veränderung in der Miene eines Mannes sehr schnell auf und hatte das leise Runzeln meiner Brauen bemerkt. Zwei Dinge wollten mir nicht in den Kopf: die Größe des Papiers und das Fehlen jeglicher Angaben, woher es stammte. Ich kenne fast alle Standardgrößen von Seismographen und deshalb auch alle Standardgrößen von Papieren, die man dazu braucht. Dieses Papier war schmaler als jedes andere, das ich gesehen hatte, und gehörte offensichtlich in ein abnormal schmales Gerät. Auf alle Fälle war es in Amerika hergestellt. Bertin hatte dasselbe Material besorgt, als er in Kairo den Wichert-Seismographen benützte. Aber jedes Seismogramm, das ich bis dato in der Hand gehalten hatte, gab deutlich Auskunft über seinen Ursprung – man konnte dort die Nummer des Instruments lesen, das Datum und die Dekade. Die einzige Andeutung, die ich auf dieser Rolle finden konnte, war ein hastig mit Bleistift gekritzeltes Datum, 15. Dezember 1945. Als ich die Rolle zurück zu den Papieren aufs Sofa legte, nahm ich an, daß sie vom Ankara-Institut stammen mußte. Renée zupfte mich am Ärmel und führte mich hinüber zu dem geschnitzten Holzwerk auf der linken Wand.

»Finden Sie nicht, daß das eine wundervolle Arbeit ist?«

»Sehr hübsch, wirklich.« Ich wunderte mich ein bißchen über ihren Enthusiasmus. Der Entwurf und die Zeichnung waren außergewöhnlich schön und zart, das Holz war prächtig verarbeitet, aber ich hielt diese Wand dennoch nicht für ein Meisterstück. Sie zerrte mich näher und befühlte das Holz mit den Fingern.

»Nun sehen Sie nur, wie dieses Blatt geschnitzt ist, sehen Sie es sich genau an.«

Ich betrachtete das Machwerk – eine einzige Lampe, die in der Nähe der Vorhänge von der Decke hing, war nicht stark genug, um mir die Details, die im Dunkeln waren, deutlich vor Augen führen zu können.

»Ziemlich alt, wie«, fragte ich, um etwas zu sagen, »aber das ganze Haus muß Hunderte von Jahren alt sein, nicht wahr?«

»Legen Sie mal Ihren Finger hier auf diesen Holzknopf, drücken Sie, fest«, sie führte mir die Hand, und ich drückte. Man hörte ein leises Klicken, als ob ein Schloß aufginge, und die geschnitzte Holzwand ließ sich nach innen öffnen, sie hatte Angeln wie eine Tür, und ich folgte Renée, die durch die Tür trat. Sie schloß die Tür, und ich sah mich verblüfft um. Wir befanden uns in einem kleinen Raum, der kaum größer war als eine Kammer. Eine lange, mit Leder bezogene Sitzbank lief die Wand entlang, und von dort aus konnten wir durch das Holzgitter, das sich von innen viel lichtdurchlässiger erwies, hinausblicken ins Zimmer. Ein seltsamer Effekt, den ich nicht erwartet hatte.

»Gefällt es Ihnen«, wisperte Renée.

»Was ist denn das?«

»Wir glauben, daß es einmal ein Teil der Haremszimmer war.« Sie kicherte. »Selbst Grant weiß nichts von der Existenz dieses kleinen Zimmers, und er wohnt hier schon seit längerer Zeit. Ramak hat mir gesagt, ich solle Ihnen dieses Versteck zeigen, falls Isbul hierherkommen sollte ...«

Sie legte mir ihren Finger auf die Lippen und sagte selbst kein Wort mehr.

Wir hörten Schritte, die näher kamen. Wir hatten die Tür zu Grants Zimmer offenstehen lassen, und nun erschien Lynn auf der Schwelle. Noch immer war sie vollständig bekleidet und trat ins Zimmer, wo sie einen Augenblick verblüfft stehenblieb. Sie stemmte die Hände in die Hüften und sah um sich. Sicher fragte sie sich, warum die Tür offenstand und das Licht brannte, aber niemand im Zimmer war. Dann warf sie einen langen Blick auf das hölzerne Gitterwerk, und ich war mir fast sicher, daß sie uns sehen mußte. Statt dessen aber wendete sie sich ab, drehte das Licht aus und verließ das Zimmer, sie schloß die Tür hinter sich. Renée kicherte, sie stand im Dunkeln neben mir.

»Da, was habe ich Ihnen gesagt. Man kann nichts sehen.«

»Auch sie kennt das Zimmer nicht?«

»Niemand kennt es außer Ramak und mir. Sie müssen sich hier verstecken, wenn die Polizei kommt.«

»Aber sie werden doch die Sachen finden, die in meinem Zimmer liegen.«

»Ramak hat auch daran gedacht. Sie werden auf ein Zettelchen schreiben, daß sie in einen anderen Teil der Stadt mußten und in ein paar Tagen zurückkommen. Die werden nach einem Mann suchen und sich sicherlich nicht um Ihre Sachen kümmern. Aber wenn sie's doch tun, dann gebe ich ihnen das Zettelchen.«

»Sehr gut, sehr gut. Wollen wir nicht lieber wieder hinausgehen? Wie macht man die Tür von innen auf?«

»Hinaus geht es über einen anderen Weg.« Sie drückte sich an mir vorbei. Im Dunkeln zupfte ihre Hand an meinem Ärmel. Ich folgte ihr, aber mein Ortsinn hatte im Dunkeln nachgelassen, und ich stieß mit ihr zusammen.

»Warten Sie eine Minute!« Ihre Stimme klang, als mache sie sich über mich lustig. »Ich will erst mal nachsehen, ob der obere Treppenabsatz frei ist.« Sie öffnete eine Tür, und ein Streifen Helligkeit erschien. Sie äugte vorsichtig hinaus, machte dann eine Bewegung, ihr zu folgen. Sobald ich aus der Tür trat und auf dem leeren Treppenabsatz stand, schloß sie die Tapetentür. Ich sah mich um und betrachtete diese Tür genauer. Sie war von außen ein großes Ölgemälde. Ein schnauzbärtiger Türke ritt auf einem springenden Pferd. In Meterabständen hingen auf dem Korridor weitere Ölbilder, und ich hätte niemals entdeckt, daß eines davon einen Geheimeingang verbarg.

»Kann man hier auch hinein?« fragte ich.

»Nein, hinein kann man nur von der anderen Seite. Die Tür läßt sich nur von innen öffnen. Schreiben Sie mir jetzt bitte das Papier, ehe wir es vergessen. In Ihrem Zimmer liegt ein Block, ich zeige es Ihnen.« Mein Zimmer befand sich am Ende eines zweiten Korridors, der von dem ersten abbog. Sie stand wartend neben mir, während ich schrieb. Ehe sie hinausging, machte sie eine Handbewegung gegen die Fenster, an denen die Vorhänge zugezogen waren.

»Am Morgen werden Sie einen sehr interessanten Ausblick über die ganze Stadt haben.« Sie machte eine Pause und blieb neben der Tür stehen, als ob sie nicht sicher wäre, was es noch zu sagen gab. Dann sagte sie hastig: »David!« Sie sah mich nicht an dabei. »David, bald wird mein Mann mit Ihnen sprechen. Denken Sie immer daran, Sie müssen selbst entscheiden, was Sie tun wollen.« Schon hatte sie die Tür hinter sich geschlossen. Ich war allein.

Der Raum war gemütlich eingerichtet. Der Boden war ausgelegt mit einem blauen Teppich, auf dem noch einige kleinere türkische Brücken lagen. Das glänzende, frisch geputzte Messingbett stand an einer Wand, und an der Wand gegenüber war ein großer Kleiderschrank mit drei Flügeltüren mit Spiegeln. In einer Ecke war ein Waschbassin über einem Marmorsockel. Ich fing an, meinen Koffer auszupacken, und zog mir den Anzug an, den ich im King Solomon getragen hatte. In meinem Kopf ließen mir zwei Fragen keine Ruhe mehr. Beide hatten mit den Grants zu tun. Wieviel länger konnte Lynn es aushalten, in der Zone des anatolischen Grabens zu leben? Die andere Frage war: Auf welchem Seismographen war die Rolle in Grants Zimmer entstanden? Ich war mir sicher, daß er ein Miniaturinstrument dafür verwendet haben mußte, aber ich hatte ein solch kleines Instrument noch nie gesehen. Selbstverständlich war es theoretisch möglich, einen solchen Apparat zu bauen, aber es war sehr teuer. Die Regierung stellte sicher nicht genügend Geld zur Verfügung, um einem Seismologen solche Spielereien zu ermöglichen. Ich dachte noch immer über die beiden Fragen nach, als ich die Treppe hinunterging und Ardan Ramak im Wohnzimmer vorfand, der auf mich wartete. Er hatte frische Holzblöcke ins Feuer gelegt, und als meine Augen auf die tote Uhr fielen, erinnerte ich mich an die Zeit, sah auf meine Armbanduhr und fand, daß es 11 Uhr 30 war. Sein erstes Wort, als er sich vom Feuer aufrichtete, erschreckte mich.

»Ich möchte, daß Sie heute nacht in die Zitadelle fahren, um Grand zu treffen. Es ist sehr wichtig.«

»Warum heute nacht? Es ist fast Mitternacht, und sie werden mich wohl kaum mehr hineinlassen?«

»Es ist alles arrangiert.« Er stand mit dem Rücken zum Feuer, eine hohe, eine magische Figur. Seine Hände waren in den Taschen vergraben. Er hatte weitere Lampen angezündet, und ich sah ziemlich deutlich, wie ernst sein Gesichtsausdruck war.

»Isbul ist eine bizarre Persönlichkeit«, fuhr er fort. »Es ist typisch für ihn, zu gestatten, daß ein Gefangener auch noch um viertel vor zwölf Besucher empfangen kann.«

»Ist es nicht besser, wenn Sie gehen? Immerhin sprechen Sie doch Türkisch.«

»Grant hat darum gebeten, daß Sie kommen. Es ist sehr wichtig. Ehe Sie hierherkamen, hatte ich ein längeres Telefongespräch mit ihm. Isbul hat sicher zugehört. Ich habe Grant gesagt, daß Sie Bertins Assistent sind.«

»In einem Gefängnis sind nur wenige Besucher erlaubt, besonders bei jemand, der eines schweren Verbrechens angeklagt ist. Isbul ist ein perverser Charakter, das kann ich Ihnen sagen. Wenn Sie heute nacht nicht gehen, kann es sein, daß Sie Grant überhaupt nicht mehr sehen dürfen.«

»Werde ich ihn treffen, diesen Isbul?«

»Das bezweifle ich. Ich nehme an, der Grund, weshalb er Ihnen die Gelegenheit gibt, Grant zu besuchen, ist Ihre Nationalität. Er fürchtet wahrscheinlich, daß Sie großen Wirbel machen könnten, wenn Sie Grant nicht zu sehen bekämen. Vielleicht würden Sie sogar die Zeitungen alarmieren. Isbul arbeitet gerne im geheimen. Im übrigen glaube ich, daß Grant nicht gut zu essen bekommt. Wenn Sie gehen, sind Sie doch bitte so freundlich und nehmen Sie das Essen mit, das ich für ihn herrichten lassen habe. Wäre Ihnen das möglich?«

»Sicherlich, *wenn* ich überhaupt gehe.« Sobald ich diesen Satz gesagt hatte, fühlte ich mich irgendwie nutzlos. Ramak hatte mich zwar gegen meinen Willen in dieses Land geschmuggelt, aber nun war ich einmal da. Ich hatte eine gewisse Verantwortung den Menschen gegenüber, die mir etwas bedeuteten. Das war Lynn und auch ihr Vater. Ich dachte noch immer darüber nach, als die Tür aufging und Lynn hereintrat. Sie trug einen Pappkarton in der Hand.

»In der Küche sagen sie mir, daß ich das herbringen soll«, sagte sie zu Ramak. »Du gehst selber hin, nicht wahr?«

»Die Erlaubnis ist auf Mr. Shand ausgeschrieben.«

»Ramak! Ich glaube, wir haben das doch wirklich genügend besprochen! David muß heute nacht einmal wirklich gut schlafen ...«

»Ich habe doch den ganzen Tag geschlafen«, erinnerte ich sie. »Und es sieht so aus, als ob ich der einzige Mensch bin, dem es erlaubt ist, deinen Vater zu besuchen.«

Da stand sie hilflos, den Pappkarton in der Hand, ihr vorwurfsvoller Blick auf Ramaks Gesicht. Ramak sah mich an.

»Es gibt keine moralische Verpflichtung für Sie, ihn zu besuchen. Bitte merken Sie sich das. Wenn Sie nicht gehen wollen, kann ich im Gefängnis anrufen und sagen, daß heute niemand mehr kommt.«

»Du versuchst immer mehr, ihn zu überreden«, warf ihm Lynn vor.

»Nein, ich erlaube ihm, seine eigene Entscheidung zu treffen. Wenn er sich dafür entschieden hat, nicht zu gehen, werden wir das Taxi wegschicken, das vor der Tür wartet, und in der Zitadelle anrufen ...«

»Du hast in dieser grausigen Nacht einen Taxifahrer hierhergeschleppt?« Ärger und Ungläubigkeit mischten sich in ihrer Stimme. »Ich dachte, du fährst ihn selber hin.«

»Aber denk doch mal nach!« Ramak starrte sie böse an. »Du weißt doch, wie unglaublich mich Isbul haßt. Wenn er mich sieht, ist es doch möglich, daß er sagt, es wäre nun zu spät für Besucher oder etwas Ähnliches. Das Taxi kann ihn hinbringen und kann ihn wieder herbringen, natürlich nur, wenn er will.«

Ich stand auf und warf meine Zigarette ins Feuer. Alles sah so aus, als sei es schon beschlossen. Ich war versucht, wirklich einzuwilligen.

»In einer Minute bin ich wieder da«, sagte ich. »Ich geh' nur noch mal rauf und hole meinen Mantel.« Als ich ging, sagten beide kein Wort, und ich stieg die Treppe hinauf.

Noch immer saßen sie schweigend und warteten auf

mich, als ich ins Wohnzimmer zurückkam. Lynn folgte uns zur Tür sie trug den Karton mit dem Essen. Als wir die Außentüre öffneten, bat Ramak sie, wieder ins Zimmer zu gehen, und nahm ihr den Karton ab. Ich folgte Ramak hinaus in die Nacht. Hinter mir hörte ich Lynn rufen:

»Viel Glück!«

Das Wetter hatte sich vollständig geändert. Es schneite nicht mehr. Der Himmel war klar; riesige glitzernde Sterne standen über der Stadt. Es war unglaublich kalt, so kalt, daß das Atmen weh tat, als ich mit Ramak den breiten Weg zur Straße hinunterlief. Der verkrustete Schnee brach unter meinen Füßen ein, und die dunklen Föhren zu beiden Seiten des Weges hatten ein grimmiges Aussehen. Ramak öffnete das Tor, das Eis splitterte und brach, ein lautes Geräusch in dieser sternklaren Stille.

Vor dem Tor wartete ein altes, schwach aussehendes Auto. Plötzlich wurde die Stille der Nacht von einem entsetzlichen und grauenvollen Heulen durchbrochen.

Das Blut gerann mir bei diesem Ton. Es war ein Tierschrei, wild und verzweifelt, der sich immer wiederholte. Der Taxifahrer kroch noch tiefer in seinen dicken Schal und rutschte ungemütlich hinter seinem Steuer hin und her. Ramak stand still und drehte den Kopf nach einer Seite. Wir lauschten dem Geheul, das nicht allzu weit entfernt war. Ein wimmerndes Heulen, elend und verzweifelt wild zur gleichen Zeit.

»Hübsch hört sich das nicht an, oder?« bemerkte er.

»Das klingt wie Wölfe.«

»Das sind Wölfe. Sie kommen in die Stadt herunter, um Nahrung zu suchen. Deshalb muß man immer eine Pistole bei sich haben, wenn man in die Vorstadt fährt. Manchmal kommen sie bis auf den Boulevard.«

Er warf einen Blick auf den Karton und sagte beiläufig.

»Wenn die Wächter Sie nach dem Karton fragen, zeigen Sie ihnen ruhig das Essen. Und umarmen Sie Caleb von mir.«

Ich nickte und kletterte auf den Rücksitz des Autos, in

meinen Ohren gellte noch immer das Heulen der Wölfe. Der Fahrer brauchte mehrere Minuten, um das Auto anzulassen. Dann setzten wir uns in Bewegung. Ramak winkte und ging dann zurück zum Haus. Ich hielt den Karton an mich gedrückt und setzte mich zurecht. An der Ecke sah ich den Chrysler, seine Schnauze war an der Steinwand plattgedrückt und verbeult, die Windschutzscheibe zersplittert. Das mußte Ramak mit seinem Stein gewesen sein. Das Vehikel wirkte unglaublich verlassen und einsam. Und dann waren wir vorbei und fuhren über den verlassenen Boulevard an der Seljuk-Moschee vorbei und weiter in Richtung der Zitadelle.

13. Kapitel

Mein erstes Zusammentreffen mit Caleb Grant werde ich wohl nie vergessen. Ich glaube, daß man nur ein oder zweimal in einem Leben eine Person trifft, die einen unauslöschbaren Eindruck auf einen macht, entweder durch eine überzeugende Persönlichkeit, eine tiefe Humanität oder eine große Kraft der Gedanken und des Wissens. Grant kombinierte alle drei dieser Eigenschaften in seiner Person. Der tiefe Eindruck, den er auf mich machte, ging mir vielleicht auch deshalb so nahe, weil er für mich gänzlich unerwartet kam. Während ich noch in dem alten Taxi saß, spürte ich, wie die Nervosität in mir ständig wuchs. Mehrere Dinge und Gedanken machten mich nervös. Da war zunächst einmal die Vorstellung, ausgerechnet um Mitternacht die Zitadelle zu besuchen. Ich fühlte wenig Enthusiasmus über diese Aussicht. Dann gab es die Möglichkeit, mit Isbul zusammenzutreffen. Auch das schien kaum einladender als die erste Vorstellung und war nicht dazu angetan, meine steigende Angst zu besänftigen. Und dann würde ich nun zum ersten Mal mit Lynns Vater sprechen. Ich stellte fest, daß ich mich vor diesem Treffen fürchtete. Fragmente ihrer Unterhaltung, die sie nach dem Schock des Erdbebens mit mir geführt hatte, stiegen an die Oberfläche. Ich war davon überzeugt, daß Grant zu den Typen gehörte, die glaubten, ein Beben voraussagen zu können. Während der langen Jahre, die er im Ausland verbracht hatte, war Grant nach meiner Vorstellung irgendwann verrückt geworden. Er war von der Welt der Tatsachen und der Realitäten in eine Phantasiewelt abgewandert, und ich sollte mir nun anhören, was für Märchen er mir auftischen würde. Danach würde ich in Ramaks Haus zurückkehren und mit Lynn sprechen müssen. All das waren keine rosigen Aussichten für mich.

Unter dem wolkenlosen Nachthimmel, der schwer von Sternen war, schien die Stadt in einem todesähnlichen Schlaf zu liegen. Wir fuhren langsam den sanften Hügel hinauf durch den Schnee. Ich stellte fest, daß Ergenrum nicht in einer völligen Ebene lag, sondern auf verschiedenen Hügeln gebaut war, die allmählich vom Norden und von dem Gebirge aus zum Tal hin abstiegen. Wir fuhren in die Richtung der höheren Berge. Der Distrikt, den wir durchquerten, unterschied sich von dem, was ich bis dahin von der Stadt gesehen hatte. Es gab keine großen Häuser wie in der Nähe des Boulevards. Die Straßen waren klein und gewunden und unendlich arm. Zwei Stockwerke hohe Häuser drängten sich in einer endlosen Linie zusammen. Hier und da gab es eine Lücke, in der Dunkelheit herrschte. Kein anderes Auto war zu sehen, kein menschliches Wesen war auf der Straße. Es war nichts weiter zu vernehmen als das rasselnde Geräusch des Motors und das leichte Klirren, wenn wir über Unebenheiten auf der Straße fuhren. Ab und zu mußte der Fahrer anhalten und dann vorsichtig durch eine Schneewehe fahren. Es war eisigkalt im Inneren des Taxis, und die Stadt wirkte wie eine riesige kristalline Struktur. Die Dächer ragten wie mit scharfen Kanten in den Himmel hinauf und glitzerten. Lange Eiszapfen hingen von den Dachrinnen herab, die Fenster schimmerten voller Eisblumen.

Zitternd saß ich im Innern des Autos und grübelte über das, was kommen sollte. Nach etwa zehn Minuten beschloß ich, den Karton mit den Nahrungsmitteln, der auf meinem Schoß stand, zu untersuchen. Ich weiß heute nicht mehr, warum ich das tat. Aber ich hatte ja einige Erfahrungen gesammelt mit den Tricks, die Ramak anzuwenden pflegte, und glaubte ihm immer noch nicht die Gründe, die er angegeben hatte, um nicht mit mir kommen zu müssen. Als meine steifgefrorenen Finger endlich die Schnüre aufgeknotet hatten, fühlten sie sich leblos und wie Eiszapfen an. Ich hob den Deckel des Kartons, schob ihn ins Licht der Innenbeleuchtung und betrachtete mit leisem Ekel den Inhalt des Kartons. Dort lagen zwei große, gar nicht türkisch aussehende Würste, ein Laib schwarzes Brot, einige Orangen und eine Flasche Ziegenmilch. Ich stupste eine der Würste mit dem Finger an und erschauerte. Das weiche, gummihafte Äußere ihrer Haut war äußerst unangenehm. Einen Moment war ich sehr dankbar, daß ich mich nicht in Grants Lage befand, und schloß den Karton. Wir fuhren nun einen steilen Hügel hinauf, ich knotete die Schnur wieder fest. Als ich aufblickte, lag die Zitadelle vor mir. Ein großes, karges Fort, das in die Stadtmauer eingefügt war. Nackte, aufstrebende Wände, auf denen runde Wachtürme saßen. Alles in allem eine drohende schwarze Silhouette gegen den funkelnden Nachthimmel. Mein Mut sank, als wir auf dem Gipfel des Hügels angekommen, vor der großen gewölbten Toreinfahrt anhielten, vor der die uniformierten Wächter Wache standen, auf und ab gingen und mit den Füßen stampften. Um sicher zu sein, daß der Fahrer Ramaks Anweisungen Folge leisten würde, hier auf mich zu warten, gab ich ihm eine Handvoll Geld und ließ ihn den Fahrpreis selbst herauszählen. Ich stieg aus und erwartete, daß meine Füße bis zum Knöchel in den Schnee sinken würden, aber zu meiner Verblüffung war er hart und glatt wie ein Betonboden. Zwei Wächter führten mich durch den Torweg, deuteten mir durch Gesten an, zu warten, und als ich mich umsah, schloß sich das riesige Gitter hinter mir. Die große schwere Eisentür schlug mit einem endgültigen Schlag in das Schloß, Eis splitterte klirrend von den Beschlägen. Ich hatte das unangenehme Gefühl, völlig von der Außenwelt abgeschnitten zu sein.

Ich folgte den Wächtern. Man führte mich über einen leeren Hof, auf dessen Seiten überall nackte Mauern zum Himmel emporstiegen. Dann betraten wir eine Art Wachraum, in dem ein dritter uniformierter Polizist hinter einem mit Papieren überladenen Tisch stand. Der Mann durchsuchte gerade einen Stoß Akten, der vor ihm auf dem Tisch lag. Der Raum wurde von einer Öllampe erhellt, die auf dem Tisch stand. Der Polizist blickte nicht gleich auf, so daß ich Zeit hatte, seine Uniform genau zu betrachten. Er trug dunkelblaue Hosen und eine Jacke, die einen sternförmigen Orden auf der Brust zeigte. Ein pelzgefütterter Mantel hing über einem Stuhl. Er zog den Mantel an und sagte zu meiner Verwunderung auf französisch:

»Sie sind Mr. Shand – Sie kommen, um Mr. Grant zu besuchen, nicht wahr? Bitte geben Sie mir Ihren Paß.«

Ich holte meinen Paß heraus und legte ihn auf den Tisch. Die Sache fing böse an. Ich versuchte, lässig auszusehen, und der Mann setzte sich hinter den Schreibtisch, öffnete seine Schublade und nahm ein gedrucktes Formular heraus. Er griff nach seinem Füller. Er öffnete meinen Paß, schrieb meinen Namen auf, die Nummer des Passes, meinen Beruf. Es würde nur noch Sekunden dauern, und er würde den Paß durchblättern, um sich zu informieren, wann ich das Land betreten hätte. Der Boden war mit rohen Steinen gepflastert, und hinter ihm befand sich eine große Tür in der massiven Steinwand. Gerade hatte er in Druckbuchstaben meinen Beruf niedergeschrieben, als sich diese Türe öffnete und ein weiterer uniformierter Wächter ins Zimmer trat.

Die Öllampe, die gefährlich nahe an der Tischkante stand, kam ins Schwanken, als sich der am Tisch sitzende Türke umwandte, um zu sehen, wer hereingekommen war. Sie kippte und war dabei, vom Tisch zu fallen, während dickes Öl auf die Steine hinunterrann. Der Polizist hinter dem Schreibtisch sprang auf, ich griff mit schneller Hand zu und bekam die Lampe zu fassen. Er nahm Sie mir aus der Hand und bemerkte erst dann, daß er in einer Öllache stand.

»Es tut mir leid«, sagte ich schnell, »Sie haben sie mit ihrem Mantelärmel umgestoßen ...«

»Dieser Mann wird Sie zu Grant bringen«, schnappte der Türke hastig. Ich wollte nach meinem Paß greifen, aber wieder bellte er kurz angebunden. »Lassen Sie das hier! Sie kriegen das, wenn Sie rausgehen.« Er musterte mich erneut. »Dreißig Minuten mit dem Gefangenen, keine Minute mehr! Der Wächter wird Sie durchsuchen nach Waffen, das sind die Bestimmungen hier.«

Der andere Türke öffnete die Tür noch weiter, und ich sah, daß sie auf der anderen Seite mit eisernen Nägeln beschlagen war. Ich trat hindurch in einen weiten Gang, der von einigen Öllampen nur schwach erleuchtet war. Bänke liefen an den Wänden entlang. Als der Wächter die Tür hinter sich zugezogen hatte, verschloß er sie, sagte etwas auf türkisch und machte dann eine Bewegung. Ich verstand, daß er mich nun abtasten wollte. Ich stellte den Karton auf die Bank, hob meine Hände und drehte mich zur Wand. Mit schnellen, geschickten Griffen seiner erfahrenen Hände berührte er mich unter den Armen, fuhr meine Seiten hinunter, betastete meinen Rücken, sagte noch irgend etwas, was ich nicht verstand, und ging vor mir her den Gang hinunter, während der Ring mit den Schlüsseln an seiner Hand wippte. Ich folgte ihm in die Tiefen des Forts.

Wir schienen ein Labyrinth zu durchqueren. Alle Gänge sahen für mich gleich aus, überall hingen Öllampen von der Decke, und es roch schlecht nach einer Mischung aus Feuchtigkeit, sauer gewordenem Öl und Menschen. Unsere Schritte klangen hohl auf dem ausgetretenen Steinfußboden. Der Herrgott mochte wissen, wie viele arme Hunde diesen Weg entlanggeschlichen waren. Wir waren an vielen eisenbeschlagenen Türen vorbeigegangen und wendeten uns nun einem neuen Gang zu, in dem die Türen kleine Gucklöcher zeigten, die mit Eisengittern verschlossen waren. Ich wußte, daß wir nun den Kern der Zitadelle erreicht hatten. Durch die Fensterchen drangen schwache Laute, das Knarren von Bettfedern und leises Husten zu uns auf den Gang hinaus. Wir blieben vor einer Tür stehen, der Türke zeigte mit dem Finger auf seine Uhr und wies mit einem schmutzigen Fingernagel auf die Zeit, zu der mein Besuch zu Ende war. Auf seiner Uhr war es 50 Minuten nach 11, und er wies auf 20 Minuten nach Mitternacht. 30 Minuten mit Grant: mehr nicht! Der Türke nahm einen seiner Schlüssel vom Bund, schob ihn ins Schloß, drehte ihn und öffnete die schwere Tür.

Grants Öllampe war in Höhe des Bettes in einer kleinen Nische in der Wand abgestellt, und schwere dunkle Schatten hingen in der großen Zelle. In dem schwachen Licht sah ich kurz sein Gesicht, ehe er aufstand. Er hatte einen Bart, und sein Haar war zerzaust und hatte eine andere Farbe als Lynns Haar. Ein Mann, fast so groß wie Ramak, aber breiter gebaut, mit schweren Schultern, wie ein Sportler. Ich stand in der Tür und starrte ihn an. Er erinnerte mich an die alten Propheten im Testament. So, dachte ich, müssen die ausgesehen haben. Eine wundersame körperliche Präsenz war zu spüren. Eine Aura fast, die seinen Kopf umgab, seine prüfenden Augen glitzern ließ. Als er anfing zu sprechen, war seine Stimme tief und warm. Für meine Begriffe sah er nach den durchstandenen Strapazen erstaunlich gut aus.

»Sie müssen Mr. Shand aus Kairo sein – schön, daß Sie gekommen sind, nachdem Bertin nicht kommen konnte.«

»Ich hoffe nur, daß ich Ihnen nützen kann.«

Sein Händedruck war fest und warm. Während er meine Hand schüttelte, beobachtete er mich sehr genau. Dann griff er nach dem Karton, den ich unter dem Arm getragen hatte. Doch der Wächter mischte sich ein, nahm ihn mir ab, trug ihn in die Nähe der Lampe, öffnete ihn und betrachtete den Inhalt. Grant stand mit den Händen in den Hüften einen Augenblick da und sah dem Wächter zu. Der Mann befühlte die Würste und nahm das Brot in die Hand. Der Amerikaner zog eine Banknote aus seiner Hosentasche und hielt sie dem Türken hin. Er sagte etwas in dessen eigener Sprache und kicherte ein wenig. Der Mann reichte ihm den Karton, und Grant schob ihn unter die Bank. Dann setzte er sich. »Ich kann's nun mal nicht ausstehn, wenn die Kerle mein Essen befingern«, sagte er wohlgelaunt. »Isbul ist ein Hund. Er läßt sie ihre Schuhe polieren, aber ihre Hände brauchen sie nie zu waschen.« Er nahm eine Zigarette aus dem Paket, das ich ihm hinhielt, als der Türke die Tür hinter sich geschlossen hatte. Er deutete mir an zu warten, als ich das Streichholz anzünden wollte, und horchte hinaus, ob der Wächter davonging.

»Rauchen ist nicht erlaubt?« fragte ich.

»Nein, danke Ihnen. Werfen Sie das Streichholz aus dem Fenster.«

Ich warf das Streichholz durch die kahle Öffnung hoch oben in der Wand. Er nahm einen tiefen Zug.

»Mann, tut das gut. Isbul schätzt Gefangene, die Raucher sind, sehr. Denen nimmt er nämlich ihre Zigaretten ab und wartet hoffnungsvoll darauf, daß sie zusammenbrechen. Wenn er mich lang genug hierbehielte, könnte es passieren, daß er mir das Rauchen abgewöhnen würde. Setzen Sie sich doch, hier auf die Bank. Warten Sie, ich möchte stehen. Reden Sie, bitte. Ich glaube, ich muß ein bißchen herumlaufen!«

Ich setzte mich auf die Bank in die Nähe des kleinen Ölheizers. Die Temperatur im Innern der Zelle war nahe dem Gefrierpunkt, denn das vergitterte Fenster zur Außenwelt war nicht verglast. Die eiserne Bettstatt stand ziemlich nahe an der Wand, und ich konnte keine Matratze sehen, nur ein paar Decken. In der Nähe des Fußendes stand eine primitive Toilette.

»Ich weiß nicht, wie Sie's hier aushalten«, bemerkte ich. »Sind Sie die ganze Zeit hier gewesen?«

»Die meiste Zeit ja. Ich friere jetzt nicht mehr. Wenn man Gedanken hat, die einen beschäftigen, und Probleme im Kopf wälzen muß, vergißt man zu frieren. Setzen Sie sich ganz nahe an den Ofen, dann werden Sie die Wärme fühlen. Sie kommen aus Ägypten, nicht wahr? Sie müssen sich doch halb totfrieren hier. Wie geht es allen?«

»Lynn ist ziemlich hoffnungsvoll. Sie rechnet fest damit, daß Sie bald herauskommen ...«

»Damit hat sie recht.«

Ich sah ihm ins Gesicht und er lächelte.

»Frank Schaeffer wird schon irgendeinen Weg finden. Er ist ein richtiger Fuchs auf diesem Gebiet. Und Sie, Sie sehen jünger aus, als ich es erwartet habe.«

Wieder lächelte er, als er mein betretenes Gesicht sah. »Das ist positiv, ich meine, ich freue mich darüber. In unserem Beruf – und ich glaube, das gilt auch für andere Berufe – sind die Männer über Vierzig bereits völlig festgelegt. Man hat sie indoktriniert, die älteren Männer haben das besorgt und sie können nicht mehr anders denken, als man es ihnen beigebracht hat. Es sei denn, sie hatten Glück, wie Ed Bertin, und besitzen die wunderbare Gabe, über die Jahre hin ihre Jugend zu retten.«

»Ich nehme an, Sie haben Dinge entdeckt, die Sie mir zeigen wollten und die ich untersuchen sollte«, sagte ich behutsam. Ich machte mir Sorgen, daß die dreißig Minuten zu Ende gehen würden, ehe er mir mitteilen konnte, warum er mich hatte sehen wollen.

»Wir haben nur eine halbe Stunde«, sagte ich und sah ihn an.

»Ja, das ist die Besucherzeit für zwei Wochen, die ich jetzt aufbrauche.«

»Das habe ich nicht gewußt ...« Ich war entsetzt. »Sie meinen, Lynn wird nicht hierherkommen können und ...«

»Nein, aber das ist richtig, ich möchte nicht, daß sie hierher kommt, nicht an diesen Ort«, unterbrach er mich fast grob. »Sie würde gräßliche Erinnerungen an diese Erfahrung mit sich herumtragen. Wo übrigens ist Ed gerade?«

»Er ist nach Washington geflogen, schon bevor ich Kairo verließ. Pech für Lynn, sie hat ihn um ein paar Tage verfehlt.«

»Viele Kollegen fahren in letzter Zeit in die USA, nicht wahr. Ob es Ed da gefallen wird? – Er betet die Sonne doch geradezu an.«

Ich betrachtete ihn verblüfft und sagte nichts. Soweit ich Linquist in Beirut verstanden hatte, war Grant schon seit längerer Zeit aus dem Geschäft. Und doch schien er genau zu wissen, daß in Amerika auf dem Gebiet der Seismologie etwas vor sich ging. Grant setzte sich neben mich.

»Hat Lynn Ihnen irgend etwas über meine Untersuchungen erzählt?«

»Nein«, log ich. »Was für Untersuchungen sind das?«

»Dazu kommen wir später. Ich bin hier in Anatolien, seit der Krieg begann. Ich habe gelernt, die Türken zu lieben. Ja, ich liebe sie wirklich sehr. Sie sind ehrlich, sie sind anständig, sie arbeiten hart – und sie leben auf dem Vulkan. Ihr Leben ist die reinste Hölle. Sie haben einen besonderen Namen für Anatolien hier in dieser Gegend: Das gebrannte Land. Seit Jahrhunderten kocht im Inneren der Erde das Feuer, das immer wieder zu Katastrophen führt, die Städte verwüsten und Dörfer vernichten. Jede Nacht geht hier jeder zu Bett, ohne zu wissen, ob er morgen wieder aufwachen wird. Ob er seinen Nachbarn noch am Leben findet, ob sein Haus noch stehen wird, ob die Familie noch existieren wird, ob alles das, was man zum Leben braucht, noch da sein wird ...« Seine Stimme bebte leise, aber er riß sich zusammen. Nur seine Finger spielten an den Kanten seiner Ärmel, während er sprach. »Im Süden des Landes gab es griechische Tempel, aber sie sind unter den Erdmassen eines Erdbebens verschwunden. Dieses Land ist nie frei gewesen. Immer hat es in Habachtstellung leben müssen, immer wieder ist es zerstört worden, wieder aufgebaut worden, um einem neuen katastrophalen Erdbeben entgegenzuleben. Immer warten alle auf das nächste Mal. Wenn es eine Möglichkeit gäbe, dieses Entsetzen zu verhindern, ja, selbst wenn es nur möglich wäre, die Leute zu warnen, ehe das Beben kommt, wäre das sicher ein Menschenleben wert. Dutzende von Menschenleben wäre es wert. Ich finde, daß ein Mann dieser

Sache sein Leben widmen muß ... Wir geben Millionen für unsere Kriegsmaschinen aus, wir versuchen zum Mond zu fliegen, und hier ...« Er erhob sich und stampfte hart auf den Steinboden. »... das, das ist es, woran wir denken sollten. Der Boden, auf dem wir leben, unser Untergrund, diese unstabile Kruste, die alle Augenblicke an jeder Stelle aufbrechen kann, eine Stadt verschlucken kann, ja, eine ganze Provinz. Hier finde ich, müssen wir anfangen, das ist unser erstes Problem ...«

Er fing an, langsam in der Zelle auf und ab zu gehen und sich seinen Hinterkopf mit der Hand zu reiben, während er sprach. Ich wußte, ein Teil seiner Gedanken war völlig von seiner Vision erfüllt, ein anderer Teil aber war ganz präsent, und kalkulierte den Erfolg, den er mit diesen Worten bei mir zu haben wünschte.

»Shand, ich glaube ... Glaube ich wirklich nur? ... Nein! Das ist zu schwach. Ich weiß, daß ein großes Erdbeben in Anatolien unmittelbar bevorsteht, daß es diese Stadt in wenigen Tagen erschüttern wird. Die Sache folgt einem gottverdammten Muster ...«

»Was für einem Muster?«

»Dem Muster, das ich in meiner Untersuchung des Epizentrums unter dem Anatolischen Graben entdeckt habe. Vor Jahren habe ich es aufgegeben, die Seismographen zu beobachten, die sie auf der ganzen Welt im Auge behalten. Ich habe all meine Anstrengungen und meine Untersuchungen auf diese spezielle Zone beschränkt, die am Anatolischen Graben liegt. Ich glaube, wenn man eine dieser Zonen genau beobachtet – man kann wählen, welche man möchte – muß es möglich sein, ein Muster zu finden, in welchem diese Spezialzonen funktionieren. Und das habe ich getan.«

»Ehe ich vergesse, das habe ich Ihnen mitgebracht.« Ich reichte ihm drei Packungen Zigaretten, die ich aus meiner Tasche genommen hatte, ehe ich mein Schlafzimmer in Ramaks Haus verließ. Vorher hatte mir Lynn gesagt, daß er rauchte. Ich nahm die Zigaretten nun zum Vorwand, um das

Gespräch zu unterbrechen, um nachdenken zu können. Ich befand mich in einer Art Schockzustand: Alles war viel schlimmer, als ich mir das vorgestellt hatte. Grant dachte wirklich, er hätte eine Methode gefunden, um Erdbeben vorauszusagen. Er war nicht verrückt. Was mich wirklich unsicher machte, war das Gefühl seiner Klugheit, Nüchternheit und Denkenskraft, die Art, wie er darüber sprach. Aber er war gewiß ein Mann, der einer ungeheuren Bestimmung lebte. Ich setzte an, um zu sprechen, schwieg wieder und sagte dann doch das erste, was mir in den Kopf kam, um ihn daran zu hindern, den Faden, an dem er spann, zu verfolgen.

»Sie haben Dinge entdeckt, Sie haben Beweise – Ihre Untersuchungsprotokolle, wollen Sie, daß ich sie mir ansehe?«

»Nicht nur ansehen!« In seinen Augen stand Heiterkeit. »Ich trau mir allerhand zu, verstehen Sie, aber im Fall, daß mir etwas passiert, möchte ich, daß jemand von meinen Untersuchungen weiß, versteht, was ich gemacht habe. Sonst ist alles umsonst gewesen. Deshalb habe ich nach Ed Bertin geschickt, verstehen Sie?«

»Also bezieht sich Ihre Untersuchung auf die hiesige Erdbebensituation? Ist das so?« fragte ich behutsam.

»Das ist richtig.«

»Sie haben also mit einem Seismographen gearbeitet und Seismogramme gemacht. Wo haben Sie diese Seismogramme her?«

Zum ersten Mal bemerkte ich, wie müde er eigentlich war. Gleichzeitig sah ich das Mißtrauen in sein Gesicht kommen. Er beobachtete mich, wie man in einem Verhör den Polizisten beobachtet, der einen verhört. Als wäre ich Isbul.

»Vom Institut in Ankara«, sagte er ziemlich abrupt.

»Verstehe, dort haben Sie eine Standardausrüstung, stelle ich mir vor, oder?«

»Auf was wollen Sie eigentlich hinaus, Shand, ich verstehe Sie nicht.«

»Ich meine einen Standardseismographen – wie den, den

sie in Beirut haben oder in Upsala in Schweden oder wir in Kairo.«

»Ja, eine Standardausrüstung, ja, das ist es.«

»Woher kommt dann die Rolle mit dem Seismogramm, die ich in Ihrem Zimmer in Ramaks Haus entdeckt habe?«

Er blieb stehen, sagte kein Wort und schob nur seine Hände tief in seine Manteltaschen. Wegen der Kälte war er angezogen, als wollte er gleich das Haus verlassen. Er trug einen schweren Mantel über einem dunklen Anzug. Er nahm die Zigarette aus dem Mund und zertrat sie mit dem Stiefel, ehe er antwortete. Er antwortete mir mit einer Frage.

»Mrs. Ramak hat Sie in mein Zimmer geführt?«

»Ja. Sie sagte, es würde Ihnen nichts ausmachen. Ich wollte sehen, wo Sie arbeiten. Ich sah die Rolle mit dem Seismogramm. Sie lag zwischen Papieren auf dem Sofa. Ich habe sie angeschaut. Sie kommt aus keiner Standardmaschine, das weiß ich.«

»Es ist ein amerikanisches Gerät. Sie haben wahrscheinlich bemerkt, daß das Papier ein amerikanisches Fabrikat ist. Es kommt aus Kalifornien. Haben Sie die Identifikationsnummern am Rand entdeckt? ...« Er machte eine Pause. »Obwohl, wenn ich's recht überlege, haben sie manchmal gar keine.«

»Ich dachte, Sie hätten aufgehört, die Seismographen aus anderen Teilen der Welt zu beobachten. Vor Jahren schon, sagten Sie«, erinnerte ich ihn.

»Stimmt auch! Ich kriege diese Seismogramme geschickt, aber ich schaue sie mir nie an. Shand, ich möchte, daß Sie etwas für mich tun.« Wieder lief er in der Zelle auf und ab und nahm einen schmalen Schlüssel aus seiner Tasche, trug ihn eine Weile in der Hand. Dann kam er zu mir an die Bank.

»Dieser Schlüssel gehört zu einer Metallbüchse, die unten in meinem Schrank liegt. Der Schrank in meinem Zimmer in Ramaks Haus. Wenn Sie zurückkommen, möchte ich, daß Sie die Kiste aufschließen und die Papiere lesen, die darin sind, sehr aufmerksam lesen, verstehen Sie.«

»Sind das die Niederschriften Ihrer Untersuchungsergebnisse?«

»Ein paar davon. Lesen Sie sie zuerst einmal und lassen sie sich durch den Kopf gehen. Dann sage ich Ihnen, wo Sie den Rest meiner Papiere finden.«

»Ich werde nicht noch einmal herkommen können«, sagte ich unruhig.

Er zögerte kurz und rieb wieder seinen Hinterkopf, dann machte er eine ungeduldige Bewegung mit der Hand. »Wir können am Telefon sprechen – das erlauben sie mir manchmal. Und hören Sie, wenn Sie den ersten Schwung durchgelesen haben, dann machen Sie sich mal ein paar Gedanken über die armen Menschen, die hier immer leben müssen. Sie sind ja nur zu einer Stippvisite hier. Warten Sie, ich möchte Ihnen etwas zeigen. Stehen Sie mal auf und lassen Sie mich die Bank hier herüberziehen.« Er zog die Bank an die Wand, an der das Fenster war, und bat mich, hinaufzusteigen und hinauszusehen. Ich stieg auf die Bank und hatte das Fenster gerade in Kopfhöhe. Ich hatte geglaubt, auf einen Hof hinauszusehen, aber nun sah ich, daß das Fenster in eine Außenwand des Forts geschnitten war und daß man von hier aus die Stadt sehen konnte. Mein Blick fiel auf das erbärmliche Gewirr von kleinen Lehmhütten, über denen der Mond hart und weiß wie das Auge eines Vogels stand und die flachen Mauern und flachen Hausdächer beschien. Auf einigen Dächern sah ich steinerne Walzen und fragte mich, warum man sie auf den Dächern aufhob. Als ich auf den Boden sprang und den Staub von meinem Mantel wischte, betrachtete ich die Wand und entdeckte, daß die Steine hart waren und daß der Mörtel, der dazwischen war, sich bereits aufzulösen begann.

»Ich habe hinausgesehen, es sieht traurig aus.«

»Es sieht mehr als traurig aus«, brummte er. »Es sind grauenhafte Slums. So leben die Menschen in Anatolien. Können Sie sich vorstellen, was passiert, wenn ein Erdbeben diese armseligen Hütten erschüttert?«

»Sie werden zusammenbrechen. Wieso liegen Steinwalzen auf den Dächern?«

»So leben diese Menschen! Wenn es regnet oder der Schnee

schmilzt, wird der Schlamm weich und uneben und dann benutzen sie die Steinrollen, um ihn wieder flach zu rollen. Im Sommer halten sie ihre Hühner auf dem Dach. Das stinkt so, daß man es nur glaubt, wenn man es selber gerochen hat. Ich möchte, daß Sie sich daran erinnern, wenn Sie in meinen Aufzeichnungen lesen. Diese Leute sind sowieso arm. Aber durch diese Erdbeben sind sie wirklich verzweifelt arm, sie sind Verlorene. Es sei denn, man könnte sie vorher warnen, und sie können ihre Habseligkeiten in Sicherheit bringen. Solange ein Mann seine Familie und seinen Hausrat hat, hat er noch Hoffnung. Denken Sie an die Flüchtlinge in Europa, die während des Krieges ihre mageren Besitztümer Hunderte von Meilen schleppten. Für sie bedeutete das eine Hoffnung. Wer einmal keine Hoffnung mehr hat, ist so gut wie tot. Ich habe sie gewarnt, aber sie hören nicht auf mich. Sie hoffen einfach, daß es nicht passieren wird. Also bleibt mir nur eines zu tun übrig, und das werde ich auch tun.« Er sagte alles das mit einer leisen und intensiven Dringlichkeit, die mich erschreckte. Dann zuckte er mit den Schultern und lächelte.

»Wie wollen Sie denn hier im Gefängnis etwas für die Leute tun?« fragte ich.

»Man kann alles tun, wenn man wirklich will.«

Da hörte ich durch das kleine vergitterte Fenster an der Tür die Schritte des Wächters, wie er den Gang entlangkam. Plötzlich drang jener gräßliche Laut, den ich schon vorher, als ich ins Taxi eingestiegen war, gehört hatte, durchs Fenster zu uns herein. Jenes Heulen, bei dem einem das Blut gerann. Wölfe, die nicht weit entfernt einander etwas zuriefen, wie es schien. Es begann mit einem leisen Wimmern und wuchs dann zu einem hohen schrillen Heulen, bei dem einem das Haar im Nacken aufstand. Grant schaute hinauf zum Fenster und zuckte die Schultern.

»Ich glaube, diesmal werden sie bis zum Stadtzentrum vorstoßen. Sie haben Instinkt, sie sind gewarnt.«

»Wegen des Erdbebens?«

Er zuckte die Schultern, und dann hörten wir den Schlüssel des Wächters, der die Tür aufsperrte.

»Vielleicht ist es nur der Hunger, aber man weiß, daß der Instinkt der Tiere Jahrtausende alt ist. Wer kann sagen, was sie hereintreibt? Eines weiß ich sicher, sie sind nicht nur Plünderer und Wegelagerer, sie kommen aus anderen Gründen in die Stadt. Auch eine Horde Ratten ist in der Vorstadt Drusa aufgetaucht. Der Fluß ist gefroren und sie suchen Nahrung. Kein guter Platz im Augenblick – Ergenrum!«

Er streckte seine Hand aus, als der Wächter in die Zelle trat. »Ich bin sehr froh, daß Sie gekommen sind, Mr. Shand. Lynns Menschenkenntnis hat sie nicht getrogen. Bitte grüßen Sie Schaeffer und Renée.« Er machte eine Pause. »Und bitte sagen Sie Ramak meinen Dank.«

»Ich hoffe sehr, daß Sie dieses Höllenloch bald verlassen dürfen.« Ich trat auf die offene Tür zu, ich hatte die Absicht, die Zitadelle, so schnell ich konnte, hinter mir zu lassen. Der Wächter hielt mich zurück. Er legte seine Hand auf meinen Arm und sagte etwas zu Grant. Der Amerikaner hörte zu, seufzte dann und sagte:

»Sie sind besser auf der Hut, Shand, Isbul möchte mit Ihnen sprechen.«

Der Polizeichef empfing mich in seinem komfortabel ausgestatteten Büro im ersten Stock. Der Raum war so groß wie Grants Zelle, Teppiche bedeckten den Boden, und drei Ölheizer verbreiteten wohlige Wärme. Eine Öllampe hing von der Decke und warf ihr Licht auf den Stuhl, der für Besucher freigehalten war, während der Polizeichef selbst im Schatten saß. Als ich hereinkam, erhob er sich nicht aus seinem Stuhl, sondern machte eine Bewegung zu dem ihm gegenüberstehenden Sessel. Er war dabei, sich die Nägel zu polieren, und fuhr damit ungerührt fort. Er war ein kurzer untersetzter Mann, der seine zu enge Uniform zu sprengen schien. Eine Polizeimütze lag auf dem Tisch, der sonst leer war. Als ich mich setzte, konnte ich sein Gesicht nicht deutlich erkennen, hatte aber einen flüchtigen Eindruck von einer Stirnglatze und einem bleistiftstrichdünnen Schnurrbart, der sich bis über die Mundwinkel herabzog. Er überraschte mich, als er in sehr gutem Englisch sagte:

»Sie sind Brite, wie ich höre, Mr. Shand? Wir unterhalten ausgezeichnete diplomatische Verbindungen mit der britischen Regierung, und wie ich weiß, sind Sie als Seismologe ein Angestellter Ihrer Regierung, nicht wahr?«

Die respektvolle Art, mit der er mich ansprach, überraschte mich erneut. Was für ein völliger Widerspruch zu allem, was man mir von Isbul erzählt hatte. Er sah die instinktive Bewegung meiner Hand zu meiner Tasche und verstand sogleich.

»Bitte rauchen Sie doch.« Er öffnete eine Schublade, nahm einen lackierten Aschenbecher heraus und schob ihn mir über den Tisch. Dann beugte er sich vor und entzündete sein Feuerzeug. Diese Aktionen ließen ihn für Sekunden ins Licht der Lampe geraten. Nur mit Mühe konnte ich meinen Schrecken verbergen, als ich mich nach vorne beugte, um meine Zigarette anzünden zu lassen. Über seine linke Schläfe lief eine häßliche Narbe, und unter dem dünnen Schnurrbart entdeckte ich einen aufgeworfenen Mund mit grausam gekräuselten Lippen.

»Vielen Dank.« Ich war fast erleichtert, als er sich wieder zurechtsetze und sein Kopf im Schatten lag. »Es ist wohl korrekter zu sagen, daß ich im Augenblick für die ägyptische Regierung arbeite.«

»Aber ja! Ihrem Alter nach zu schließen, haben Sie gewiß im Krieg bei der Armee gedient, nicht wahr?«

»Fast fünf Jahre.«

»In dieser Gegend hier?«

»Ich war die meiste Zeit in Nordafrika stationiert.«

»Sie sprechen mehrere Sprachen?«

»Nur Englisch und Französisch.« Ich wußte nicht, auf was er hinauswollte, und das ängstigte mich ein bißchen. Er sprach ohne Umschweife, blieb aber immer höflich und distanziert. Ich sagte mir im stillen, man dürfe einen Mann nicht nach seinem Äußeren beurteilen. Wie mir schien, verschaffte mir die Tatsache, daß ich für die Regierung arbeitete, einen gewissen Respekt bei ihm. Wie müde muß ich damals gewesen sein, um so etwas zu denken?

»Sprechen Sie auch Arabisch?« fragte Isbul. »Das müßten Sie ja wohl, wenn Sie in Ägypten arbeiten, wie?«

»Nicht wirklich gut. Nur ein paar Sätze. In Kairo kommt man mit Englisch ziemlich gut durch.« Etwas störte mich, aber im Augenblick wußte ich nicht, was. Isbul schien mehr über mich zu wissen, als ich erwartet hatte. Dann fiel mir ein, daß Ramak meinen Besuch im Gefängnis angemeldet hatte. Bei dieser Gelegenheit hatte er wohl einiges über mich erzählen müssen, den Mann beschreiben müssen, der Grant besuchen wollte. Der Polizeichef saß nun rittlings auf seinem Drehstuhl und schaute mich nicht an. Noch immer war er mit seinen Nägeln beschäftigt, und das einzige Geräusch im Raum war das Kratzen seiner Nagelfeile und das leise Bullern der Heizöfen. Ich wurde unruhig, als Isbul über eine Minute lang kein Wort sagte, war aber auf der Hut und schwieg auch. Ich hatte irgendwo gelesen, daß es ein berühmter Trick bei Verhören war, dem Verdächtigen das Gefühl zu vermitteln, daß er jetzt reden müsse. Es konnte gut sein, daß er dann zuviel sagte. Isbul legte die Feile in die Schublade und verschränkte seine Hände auf der Tischkante. Ich betrachtete seine kurzen breiten Finger.

»In welcher Waffengattung haben Sie gedient?«

»Bei der Infanterie.«

»Wie unangenehm.« Er machte eine Pause, legte seine Hände auf die Armlehne seines Stuhles, und ich dachte, nun würde er sich erheben und das Verhör wäre zu Ende. Dann aber lehnte er sich im Stuhl zurück und fragte leise:

»Und Sie haben einen Teil dieser Zeit beim britischen Geheimdienst gearbeitet?«

Auf diese Frage war ich nicht vorbereitet. Verblüffung muß sich in meinen Zügen ausgedrückt haben, eine Verblüffung, die man vielleicht als Schrecken hätte auslegen können.

»Nein«, sagte ich. »Damit hatte ich nichts zu tun.« Im

Unterbewußtsein begann mein Alarmsystem zu schrillen: Man verdächtigte Grant der Spionage für die Sowjetunion. Ich war gekommen, um Grant zu besuchen. Und nun bewegte sich Isbuls Verhör in eine gefährliche Richtung. Er aber sprach, ohne seinen Ton zu ändern, ruhig weiter, als wäre es die natürlichste Sache der Welt.

»Nachdem Sie zwei Sprachen beherrschen, könnte man es annehmen. Zwei Sprachen waren die Grundbedingung, um in diesem Zweig der britischen Armee tätig zu werden: Übrigens, Ihr Paß liegt draußen auf dem Pult, so sagt man mir, vergessen Sie nicht, ihn mitzunehmen, wenn Sie hinausgehen.«

Ich versuchte, mich in meinem Stuhl zu entspannen und ruhig zu wirken, aber es fiel mir schwer. Spielte Isbul mit mir? Versuchte er gezielt, mich zu erschüttern? Der Paß war mein wunder Punkt. Dieser Paß konnte mich daran hindern, die Zitadelle wieder zu verlassen. Hatte Isbul das fehlende Einreisevisum bemerkt oder nicht? Er hatte angedeutet, man werde mir gestatten, das Gefängnis zu verlassen. Ich merkte, daß ich erschöpfter war, als ich geglaubt hatte. Verschreckt von dem zuvor Erlebten in Ramaks Haus und von der Tatsache, in die Zitadelle gekommen zu sein. Angestrengt vom Gespräch mit Grant, das meine entferntesten Verdachtsmomente bestätigt hatte. Dann der Schock, als ich hörte, Isbul wolle mich sprechen, als ich schon glaubte, das Gefängnis verlassen zu können. Ich mußte nun sehr vorsichtig vorgehen. Ich beschloß, so wenig wie möglich zu sagen.

»Wie lange wollen Sie in Ergenrum bleiben?« fragte mich der Polizeichef.

»Nun, wie ich verstanden habe, kann im Augenblick keiner die Stadt verlassen – bei diesem Wetter meine ich.«

»Das ist wahr. Und wenn sich das Wetter schneller klärt, als man denkt?«

»Ich habe vor, nur kurze Zeit hierzubleiben. Ich muß zurück nach Kairo, mein Urlaub ist in vierzehn Tagen um.«

»Haben Sie Mr. Schaeffer schon vorher getroffen? In Kairo? Er ist mehr als einmal dort gewesen.«

»Nein, ich habe ihn hier zum ersten Mal getroffen. In dem Hotel, in dem ich wohne.« Wieder fühlte ich mich verunsichert. Isbul mußte einen Informanten im Pera Palas sitzen haben. Ich ging beinahe so weit, zu sagen, daß wir uns nur kennengelernt hätten, weil wir dieselbe Sprache sprechen, hielt mich aber dann zurück: Es war nicht nötig, mich in irgendeiner Weise für mein Gespräch mit dem Amerikaner zu rechtfertigen, es sei denn, er fragte mich danach. »Gibt es keine Möglichkeit, Grant aus dem Gefängnis zu entlassen? Gegen Kaution vielleicht?« Mir schien das die natürlichste Frage für einen Besucher im Gefängnis zu sein, und ich dachte, daß ich vielleicht Mißtrauen erregen würde, wenn ich sie zur gegebenen Zeit nicht gestellt hätte. Isbul vermied es, mir eine direkte Antwort zu geben.

»Bis jetzt ist noch keine Entscheidung gefallen. Er ist angeklagt, ein schweres Vergehen begangen zu haben.«

»Ich muß gestehen, daß ich ziemlich erstaunt war, als ich das hörte. Immerhin ist er Seismologe und Wissenschaftler. Gibt es nicht die Möglichkeit, daß man sich geirrt hat?« Hastig verbesserte ich mich. »Ich meine, vielleicht war alles ein Mißverständnis?«

»Unsere Verhöre werden die Wahrheit ans Licht befördern.« Isbul stand hinter seinem Schreibtisch, immer noch außer der Reichweite des Lichtkegels, eine kurze dunkle Figur in den schweren Schatten des Raumes. Auch ich erhob mich, allerdings ohne große Hoffnung, entlassen zu werden.

»Sie wohnen im Pera Palas?« fragte er mich mechanisch.

»Ich habe ein Zimmer so groß wie ein Ballsaal.«

Isbul griff unter seinen Schreibtisch und schien einen Knopf zu drücken. Hinter ihm öffnete sich die Tür. Der Wächter hatte sicherlich draußen gewartet und hielt sich bereit, falls ich Schwierigkeiten machte. Ich wünschte Gute Nacht, drehte mich um und trat hinaus auf den Gang. In der Wachstube am Ende des Ganges fand ich den Türken, der mich am Anfang interviewt hatte, damit beschäftigt, seine Schuhe zu polieren. Er hatte auch die Öllache vom Boden gewischt, und nun fiel mir Grants Bemerkung ein, daß Isbul auf peinlicher Sauberkeit der Stiefel bestand, sich aber um gewaschene Hände nicht zu kümmern schien. Mein Paß lag noch immer auf dem Schreibtisch, und zwar auf derselben Stelle, wie mir schien. Der Mann machte eine Bewegung mit dem Tuch. Ich hob meinen Paß auf und steckte ihn ein. Während der Wächter weiter seine Stiefel polierte, öffnete ein zweiter Wächter die Außentür und führte mich in den Hof. Ich trat hinaus in die Nacht. Sekundenlang durchrieselte mich ein Frösteln, und meine Lungen füllten sich mit eiskalter Luft. Ich hatte ein belebendes Gefühl und atmete tief. Mein Paß steckte in meiner Tasche. Ich stand vor den geschlossenen Doppeltüren, während der Wächter ein am Ofen gewärmtes Tuch auf das Schloß drückte, um das Eis zu schmelzen. Endlich gelang es ihm, den Schlüssel ins Schloß zu stecken, er sperrte auf und öffnete ein schmales Paneel in der rechten Seite des Tores, gerade groß genug, um einen Mann durchzulassen. Ich trat hinaus, und die kleine Türe wurde hinter mir zugeschlagen. Drinnen hörte ich, wie sich der Schlüssel im Schloß drehte. Vor der Zitadelle stand kein Wächter mehr. Um diese Zeit lag der Platz menschenleer und verlassen im Schnee. Ich konnte auch keinen Wagen entdecken. Das Taxi war ohne mich abgefahren.

14. Kapitel

Ich machte mich auf und wanderte den Hügel hinunter, so schnell ich auf dem rutschigen Untergrund konnte. Im ersten Augenblick hat es mich ziemlich mitgenommen, als ich entdeckte, daß das Taxi nicht dort stand, wo ich es verlassen hatte. Aber dann überkam mich ein Gefühl der Erleichterung, die grauen Mauern der Zitadelle hinter mir gelassen zu haben, daß ich beschloß, meine Zeit nicht mit Klagen und

Fluchen zu vertun. Es war alles viel zu leicht gegangen, fand ich: Isbul hatte keine wirklich peinlichen Fragen gestellt. Er hatte das Fehlen des Einreisevisums nicht bemerkt, und das schien mir seltsam. Im Augenblick aber konzentrierte ich mich einzig und allein darauf, Ramaks Haus so schnell wie möglich zu erreichen. Die Nacht war klar, und die Seljuk-Moschee bildete einen riesigen Meilenstein im Gewirr der Straßen. Bis dorthin würde ich mich durchschlagen können, und dann wußte ich den Weg. Sicherlich, so denke ich heute, beschwingte mich die klare Nachtluft und machte mich optimistisch.

Als ich am Fuße des Hügels angekommen war, wandte ich mich nach links und wanderte eine lange und stille Straße hinauf unter den großen Eiszapfen, die von den Häusern hingen. Nun fing ich an, die Kälte zu spüren. Sie betäubte mich eher, als daß sie mich aufrüttelte. Ich mußte in Bewegung bleiben und versuchen, so bald wie möglich mein Ziel zu erreichen. Ich kam an eine Straßengabelung und wendete mich noch einmal um. Hinter mir ragte das Fort abweisend in die Nacht. Ein riesiger, grimmiger Koloß, der sich drohend gegen den sternenbedeckten Himmel abhob und einen langen Schatten in den Schnee warf. Erstarrt blieb ich stehen, zu meiner Linken hatte sich etwas bewegt.

Der Mercedes schob sich aus einer Seitenstraße heraus wie ein Geist. Im Leerlauf, denn es ging bergab, rollte er auf mich zu, bremste. Ramak lehnte sich über den leeren Beifahrersitz und öffnete von innen die Tür.

Ich setzte mich, und noch während ich die Tür schloß, löste er die Bremse und fuhr im Leerlauf weiter den Hang hinunter. Er trug einen dicken Mantel, ein Schal vermummte seinen Hals und auf dem Kopf saß ihm eine Pelzmütze. Er grinste mir rasch zu, als er am Lenkrad drehte und mit voller Geschwindigkeit in eine kleine Seitenstraße abbog, wo er im Schatten anhielt. Mit einer schnellen Bewegung schaltete er die Scheinwerfer ab. Nun sah ich, daß zwischen den Wänden der Häuser und der Karosserie nur wenig Platz war. Langsam fuhr er tiefer in die Straße hinein. Als wir uns einer

Kurve näherten, bremste er erneut und hielt an. Er wendete sich auf seinem Sitz um und starrte durch das Hinterfenster.

»Ich glaube, von hier aus können wir sie sehr gut sehen«, bemerkte er.

»Wen?«

»Die Leute, die Ihnen von der Zitadelle aus folgen werden.«

Ich drehte mich um und bemerkte am Ende der Straße den freien Raum, der wie ein mondbeleuchteter Schlitz zu sehen war. Man konnte dort ein Stück der größeren Straße übersehen, der Schnee glänzte im milden Nachtlicht, und die Eiszapfen funkelten an den Dächern. Der mondbeschienene Ausblick war leer.

»Als ich herauskam, war das Taxi weg«, sagte ich. »Ich dachte, Sie hätten arrangiert, daß es auf mich warten solle!«

»Das habe ich auch getan. Ich sagte, der Fahrer solle zehn Minuten warten, und, wenn kein Wächter zu sehen war, nach Hause fahren.«

»Wieso denn zum Teufel?«

»Weil Ihnen, wenn Sie mit dem Taxi zu mir nach Hause gefahren wären, ein Polizeiwagen gefolgt wäre. Man hätte Sie vor meiner Gartentüre festgenommen, nachdem man gewußt hätte, wohin Sie unterwegs waren. Erzählen Sie mir nun genau, was geschehen ist ... Da, sehen Sie, da fahren sie.«

Ein kleines Auto kroch den Berg hinauf und fuhr am Straßenausschnitt, den wir überblicken konnten, vorbei. Es war in der Richtung unterwegs, die ich zu Anfang genommen hatte.

»Jetzt erzählen Sie mir mal«, drängte Ramak. »Wir werden hier warten und ein paar Minuten verstreichen lassen, so daß sie nicht hören, wenn ich meinen Motor anlasse. Um diese Zeit trägt die Luft die Töne sehr weit.«

Also erzählte ich ihm alles, was vorgefallen war, und endete mit meinem Verhör bei Isbul. Er grinste sardonisch, als ich ihm sagte, wessen er mich beschuldigt hatte.

»Isbul reagiert haargenau so, wie ich es mir gedacht hatte«, kommentierte er. »Er ist ein wahrer Experte in der Schocktaktik. Erst gibt er Ihnen das Gefühl, als würde nichts passieren. Sie würden das Gefängnis besuchen, ohne ihn zu sehen. Dann, wenn Sie anfangen, sich sorglos zu fühlen, und wenn Sie weggehen wollen, läßt er Sie holen. Er macht sich Sorgen. Er glaubt, Sie haben wie Grant etwas mit der Spionagegeschichte zu tun. Dann spielt er seinen nächsten Trumpf aus. Er läßt Sie das Gefängnis verlassen, wenn Sie schon denken, daß Sie jetzt festgenommen werden. Wieder vergessen Sie alle Vorsicht und fühlen sich erleichtert, aber da schickt er Ihnen einen Wagen nach – vielleicht nur um zu sehen, ob Sie wirklich im Pera Palas wohnen.«

»Sie haben gesagt, er könnte mich vor Ihrer Haustüre festnehmen.«

»Ich bin nicht sicher, ob er das tun wollte, aber das wäre charakteristisch für ihn. Er weiß, daß Sie nichts Böses ahnen, und er schlägt zu. Stellen Sie sich vor, was für einen Schock Sie bekommen, wenn Sie fast Ihr Schlafzimmer erreicht haben und kurz vorher werden Sie festgenommen und in die Zitadelle geschleppt. Ich glaube, jetzt können wir heimfahren.« Er ließ den Motor an, der nach drei Versuchen zu laufen begann, und fuhr langsam durch das Labyrinth enger Straßen, mal nach rechts, mal nach links, aber immer in Richtung des Atatürk-Boulevards. Außer uns war kein anderes Fahrzeug unterwegs. Es schien, als führen wir durch eine tote Stadt. Ramak hielt an jeder Kreuzung an, um sich zu vergewissern, daß niemand kam. Ich nahm an, daß er auf keinen Fall das Polizeiauto treffen wollte. Wir fuhren gerade den Boulevard hinunter, an der Seljuk-Moschee vorbei, als ich noch einmal von meinem Paß zu sprechen anfing.

»Was für ein Glück, daß nicht Isbul selbst es war, der meinen Paß untersucht hat.«

»Da wäre ich mir nicht so sicher.«

»Der Paß lag noch immer in der Wachstube, als ich zurückkam.«

»Aber Isbul hätte ihn anschauen können, während Sie mit Grant redeten.«

»Dann hätte er mich doch wegen illegalen Betretens des Landes festnehmen können«, widersprach ich.

Ramak schüttelte seinen Kopf und sah wieder hinaus auf den Boulevard.

»Ich fürchte, Sie haben keine große Erfahrung mit Polizeichefs. Wenn er herausfinden will, wohin Sie gehen, kann er einfach warten. Festnehmen kann er Sie immer noch – das heißt, wenn er Sie findet.«

»Das ist ja sehr trostreich, was Sie da sagen. Wenn er herausfindet, daß ich nicht mehr im Pera Palas wohne, kommt er geradewegs zu Ihrem Haus.«

»Das ist nicht so sicher. Wenn es irgendeine Möglichkeit gibt, die Sache hintenherum zu machen, ist Isbul der Mann, dem das gelingt. Ich glaube sogar, daß er in diesem Auto saß. Dann wird er beim Pera Palas vorsprechen, wird vorgeben, die Registrationsformulare prüfen zu wollen, und wird sehen, daß Sie sich eingetragen haben. Dann wird er bemerken, daß kein Schlüssel am Brett hängt, und wird annehmen, daß Sie zu Bett gegangen sind ...« Er runzelte die Brauen und wendete sich mir zu. »Wo ist übrigens der Zimmerschlüssel?«

»In meiner Tasche. Ich dachte, es wäre das Beste, daß ihn niemand vorfindet, ehe ich Zeit hätte, am Morgen anzurufen.«

»Das war geschickt! Einer meiner Leute kann den Schlüssel zurückgeben. Geben Sie ihn mir her.« Ich reichte ihm den Schlüssel, während er immer langsamer fuhr, so daß wir nur noch dahinkrochen. Wir waren nun an der Ecke des Boulevards mit der Vatan Cadessi angekommen. Da bemerkte ich plötzlich, daß der Chrysler verschwunden war: ein paar lockere Steine lagen dort, wo das gestrandete Vehikel vorher gelegen hatte. Von dem Auto selbst war nichts zu sehen. Ramak fuhr langsam und behutsam über die Kreuzung, als wolle er weiter den Boulevard entlangfahren. Er äugte links aus dem Fenster, machte dann eine scharfe Kurve und bog in seine eigene Straße ab. »Wir haben Glück«, bemerkte er. »Ich dachte, das Polizeiauto stände vor meinem Haus.«

»Was ist nur aus dem Chrysler geworden? Er stand noch dort, als ich zum Gefängnis fuhr?«

»Der Polizeiabschleppdienst hat ihn inzwischen geholt. Isbul hat einen anonymen Anruf erhalten, der ihm über den Zusammenstoß berichtete.« Er fuhr die Anfahrtsstraße zu seinem Garagentor hinauf und hielt unter den Föhren. Aus dem Hintergrund kam ein dickvermummter Mann auf uns zu und schloß das Tor. Es sah so aus, als habe Ramak die ganze Nacht über Männer um sein Haus postiert.

»Dieser Telefonanruf«, fuhr er fort, »wird sich wahrscheinlich peinlich für Herrn Ionides erweisen.« Er grinste mich an und legte seine Hand auf den Türgriff, um von innen zu öffnen.

»Wie meinen Sie, nur weil sein Auto einen Zusammenstoß hatte?«

»Schlimmer als das. Auf dem Fahrersitz waren Blutspuren, und im Handschuhfach wird man etwas ganz anderes finden. Ich habe lange auf die Gelegenheit gewartet, eigentlich seit man Grant unter einem falschen Verdacht ins Gefängnis gesteckt hat. Im Handschuhfach werden Isbuls Männer eine Filmrolle finden. Auf dieser Filmrolle wird man Fotos sehen, die in der Nähe jener verbotenen Gegend aufgenommen sind, die Grant angeblich aufgezeichnet hatte.« Er sah mich an und lächelte verschmitzt. »Das Auto ist unter dem Namen Antonopoulos gemeldet. Aber Isbul weiß sehr wohl, daß er Ionides rechte Hand ist. Ich bin ja gespannt, wer als nächstes in die Zitadelle kommt.«

»Wird das für Grant von Nutzen sein?« fragte ich, als wir ausstiegen. Eine zweite schwervermummte Figur trat ans Auto heran und setzte sich hinter das Steuer, um den Mercedes in die Garage zu fahren.

»Ich fürchte, nicht allzu sehr. Auf jeden Fall wird es Isbul ziemlich verwirren, und außerdem habe ich damit eine alte Schuld an Ionides abgezahlt.«

Die Tür flog auf, sobald wir davor standen, und jemand, den ich schon längst im Bett vermutete, stand in der Tür. Um sich vor der Kälte zu schützen, hatte Lynn einen Mantel über die Schulter gelegt. In ihren Augen lag eine Mischung aus Erleichterung und Furcht. Ich nahm sie am Arm und führte sie in die warme Halle zurück. Lynn hatte ich irgendwie erwartet, nicht aber eine zweite Person, die im Hintergrund der Halle zu warten schien. Ein Mann, der eine Zigarette rauchte und der, während er die Zigarette aus dem Mund nahm, lächelnd auf mich zukam. Als er unter der Lampe vorbeiging, erkannte ich Frank Schaeffer. Ich sah, daß er sich, seit wir uns zum letzten Mal gesehen hatten, rasiert hatte.

Die ersten fünfzehn Minuten verbrachte ich mit Lynn vor dem Feuer. Ich trank Kaffee und beantwortete ihre Fragen, während Schaeffer und Ramak sich in einen anderen Teil des Hauses begeben hatten. Ich versuchte, sie, so gut ich konnte, zu beruhigen und berichtete von den Umständen, unter denen ihr Vater zu leben hatte, als wären sie nicht allzu hart. Sie aber drang mit tausenderlei Fragen nach Details in mich und wollte sich nicht mit dem zufriedengeben, was ich ihr sagte.

»Wie groß ist seine Zelle ...« – »Hat sie ein Fenster ...« – »Hat er eine Heizung in seiner Zelle ...«

Ich versuchte, so vage wie möglich zu bleiben, konnte aber nicht verhindern, daß sie nach einiger Zeit ein ziemlich genaues Bild seiner Unterkunft hatte. Sie nahm die Sache leichter als erwartet. Vor allem, als ich ihr erzählte, daß er die ganze Zeit in seiner Zelle auf und ab gewandert war, fühlte sie sich ein wenig erleichtert.

»Hast du ihm das Paket mit dem Essen gegeben«, fragte sie in diesem Moment.

»Ja, sie haben ihm erlaubt, es zu behalten.«

Plötzlich war Ramak im Zimmer. Wieder einmal hatte ich ihn nicht kommen hören.

»Da wird er wenigstens genügend zu essen haben«, sagte Ramak beruhigend zu Lynn. »Und jetzt glaube ich aber doch, daß du ins Bett gehen solltest. Du hast alle Neuigkeiten gehört, und Mr. Schaeffer möchte ein Wort mit unserem Freund hier wechseln.«

»Vielleicht hast du recht, ich gehe besser zu Bett.« Lynn erhob sich, legte eine Hand auf meine Schulter und drückte mich innig. »Ich falle fast um vor Müdigkeit. Vielen Dank, David, für alles, was du getan hast. Morgen sprechen wir weiter darüber.« Unter ihren Augen zeichneten sich dunkle Ringe ab, und ich war erleichtert, daß Ramak sie dazu brachte, endlich ins Bett zu gehen. Er legte den Arm um ihre Schultern, und zusammen verließen sie das Zimmer. Frank Schaeffer setzte sich in den Stuhl mir gegenüber und betrachtete die brennenden Scheite. Der dicke Baumstamm war nun schwarz und ausgehöhlt, nur im Inneren glühten noch einzelne schuppenförmige rote Holzstücke. Er glich einem Miniaturinferno. Schaeffer sah wie immer munter aus.

Ich erzählte ihm, was ich bereits Ramak über Grant erzählt hatte. Er lauschte mit jenem beiläufigen Interesse, das ich nun schon kannte. In Wirklichkeit entging ihm kein Wort, das ich sagte. Als ich geendet hatte, bot er mir eine Zigarette an. Dann fragte er genau das, was ich erwartet hatte.

»Wann werden Sie die Papiere aus der Metallbüchse lesen, über die er Ihnen berichtet hat?«

»Vielleicht lese ich ein paar davon schon heute nacht oder heute morgen besser. Ich habe zwar gedacht, ich wäre hundemüde nach allem, was heute passiert ist, aber die Aufregung und die kalte Nachtluft haben mich neu belebt.«

»Würde es Ihnen etwas ausmachen, mir darüber zu berichten, was Sie von den Papieren halten, wenn Sie sie gelesen haben?«

Er sah meine Überraschung und fügte hinzu.

»Wenn irgend etwas an dieser Erdbebentheorie dran ist, muß ich es wissen.«

»Ich glaube nicht daran ...« Ich hörte auf zu sprechen, ging zur Tür am anderen Ende des Raums und schloß sie leise. »Falls Lynn herunterkommt!« erklärte ich ihm und setzte mich wieder auf die Couch. »Ich will ihr nicht weh tun, verstehen Sie?«

»Sie meinen, wenn Sie mir jetzt gleich sagen, daß Calebs Untersuchungen vollkommener Quatsch sind?«

»In etwa, ja. Man kann Erdbeben nicht voraussagen.« Ich sah den Amerikaner durchdringend an. »Hat Grant schon einmal ein Erdbeben vorausgesagt?«

»Soviel ich weiß, ist dies das erste Mal.« Schaeffer zögerte und zündete sich eine neue Zigarette an. »Ich fürchte, er ist zu weit gegangen. Er hat überall erzählt, daß die Stadt bald von einem Erdbeben heimgesucht würde, und hat gebeten, das allen Menschen mitzuteilen, solange noch Zeit zur Evakuierung sei. Ich bin erst jetzt aus Ankara gekommen und wußte nicht, was hier vorging. Er hat sogar einen Freund – Cambel, heißt er –, der die hiesige Radiostation unter sich hat, zu überreden versucht, in den Nachrichten bekanntzugeben, daß ein Erdbeben bevorsteht, und eine Warnung auszusprechen. Können Sie sich das vorstellen?«

Ich sagte nichts und schaute schweigend ins Feuer, so daß Schaeffer meinen Gesichtsausdruck nicht ergründen konnte. Grants Besessenheit war also noch schlimmer, als ich gedacht hatte. Es war geradezu gefährlich, ihn weiter auf freiem Fuß zu lassen, wenn er dererlei Geschichten verbreitete. Man mußte ihn daran hindern, weitere Gerüchte in die Welt zu setzen. Und doch, als Grant mit mir sprach, hatte er mich tief beeindruckt. Er war ein vollkommen ausgeglichener Mann, ein Mann, der körperlich und geistig voll auf der Höhe war. In meinem tiefsten Inneren fühlte ich, daß er sich in neuen Dimensionen bewegte, für die meine alten Maßstäbe nicht mehr paßten.

»Meinen Sie nicht, daß jemand diese Geschichten erfunden hat«, fragte ich.

»Ich fürchte nein. Ich kenne diesen Cambel ziemlich gut. Er spricht gut Englisch und es gibt keine Mißverständnisse zwischen uns. Er ist bei mir im Pera Palas aufgetaucht und hat mich um Rat gefragt. Er betrachtet mich, vielleicht, weil ich kein Türke bin, als einen neutralen Berater.«

»Was haben Sie ihm gesagt?«

»Ich war sehr vorsichtig. Ich wollte ihm nichts Direktes sagen. Ich sagte, er sei der Leiter der Radiostation und müsse seine eigene Entscheidung treffen. Aber ich bat ihn, behutsam und aufmerksam zu sein.«

Ich betrachtete Schaeffer voller Verblüffung. Ich hatte erwartet, daß er Cambel mitgeteilt habe, er solle Grant die Radiostation unter keinen Umständen überlassen. Ich sagte es ihm, und er rutschte unruhig auf seinem Stuhl hin und her und begann dann zu sprechen.

»Ich nehme an, es ist nicht die Frage, ob er mit dieser ganzen Sache recht hat? Nein, warten Sie, lassen Sie mich zu Ende sprechen, ehe Sie mir antworten. Ich bin kein Seismologe, aber eines ist mir klar: Die Autoritäten auf diesem Gebiet sind sich darüber einig, daß es keine Methode gibt, um ein Erdbeben vorauszusehen. Ich schenke dieser Aussage Glauben. Auf der anderen Seite aber hält man Grant für einen der besten Wissenschaftler auf diesem Gebiet, das heißt, ehe der Krieg begann. Spitzenleute wie Bertin und Linquist und wie auch Ihr Mann in London, Humphreys, haben ihn als den besten in seinem Fach anerkannt. Nun, Mr. Shand, gibt es einen Punkt, der mir zu schaffen macht. Vielleicht überrascht Sie das, nach allem, was ich bis jetzt gesagt habe, aber in dieser Stadt leben einhunderttausend Menschen. Viele dieser Menschen sind arm. Alles, was sie besitzen, liegt hier innerhalb dieser alten Mauern. Nehmen wir einmal an, Grant hätte recht?«

»Das wäre ein riesiger Zufall. Haben Sie Angst wegen der Erschütterung, die wir bereits hatten? Das kommt in diesem Teil der Welt oft vor. Wir sitzen doch direkt über dem Anatolischen Graben, genauso wie San Francisco direkt über dem San-Andreas-Graben sitzt. Das Problem ist folgendes: man müßte unterscheiden können, welche Art von Vorbeben dem großen Beben vorausgehen. Und das kann man nicht! Grant hat sich da in die falsche Theorie verrannt!«

»Und da sind Sie ganz sicher?«

Ich zögerte.

Wieder dachte ich an Grant, wie er in seiner kalten Zelle auf und ab ging. Ich versuchte ihn als einen alten Mann abzutun, bei dem eine Schraube locker war. Es gelang mir nicht. Er war ein Mann mit fast magnetischer Persönlichkeit, der zufällig diesen Teil des Landes in sein Herz geschlossen hatte. Ein Mann, der völlig normal schien, wenn man vergaß, was für eine Theorie er einem eben verkaufen wollte.

»Also lehnen Sie das Ergebnis seiner Untersuchungen ab?« fragte Schaeffer behutsam. Ich blickte ihn an und fühlte mich immer ungemütlicher.

»Ich habe sie noch nicht gelesen.«

»Und das sollten Sie bedenken.«

»Da gibt es eine Sache, die ich nicht verstehe«, sagte ich langsam. »Wo hat er seine Seismogramme her.« Ich beobachtete Schaeffer scharf, als ich das sagte. Er starrte zurück, ohne eine Miene zu verziehen. »Ich habe schon eines seiner Seismogramme gesehen«, sagte ich. »Es war in seinem Zimmer im oberen Stock. Es stammt aus einem sehr schmalen Instrument. Einem Instrument, das viel kleiner ist als die, die es sonst gibt, obwohl es theoretisch nicht schwer sein sollte, ein solches Gerät zu bauen. Es wäre nur ziemlich teuer, es zu bauen. Hat Grant, irgendwo versteckt, ein eigenes Instrument?«

»Ich glaube, man hat ihm die Seismogramme aus Ankara geschickt«, erwiderte Schaeffer in verwundertem Ton.

»Vielleicht stimmt das, ich weiß es nicht. Sie machen sich große Sorgen um Grant, nicht wahr, Mr. Schaeffer?«

»Das ist nun mal mein Job.«

»Ich spreche nicht darüber, daß er im Gefängnis sitzt. Ich spreche über seine seismologischen Theorien.«

»Ich dachte, das hätte ich erklärt«, sagte Schaeffer leise. »In dieser Stadt wohnen viele, viele Menschen. Wenn Sie heute nacht diese Untersuchungen durchlesen, bitte sagen Sie mir morgen früh, was Sie davon halten.«

»Werden Sie herkommen? Ich kann nicht zurück ins Pera Palas. Überhaupt weiß ich nicht, ob ich morgen das Haus verlassen kann, jedenfalls nicht, wenn sich das Wetter nicht ändert.«

»Ich komme irgendwann morgen hier vorbei«, Schaeffer erhob sich. »Es tut mir schrecklich leid, Sie so lange aufgehalten zu haben ...«

»Ich glaube, ich könnte nicht einschlafen, auch wenn ich es versuchte. Sind Sie heute abend mit dem türkischen Rechtsanwalt zusammengekommen?«

Er schob seine Lippe vor, grinste dann und nahm seinen Mantel vom Stuhl.

»Er wird Isbul rechtlich in die Mangel nehmen, so gut er kann. Aber was wir wirklich brauchen, ist der Telefonkontakt mit Ankara. Ehe wir nicht durchkommen oder wenn nicht einer von uns es schafft, die Stadt zu verlassen, ist das alles hier Essig. Hat Isbul Ihren Paß angeschaut?«

»Das weiß ich nicht. Ich wünschte nur, ich wüßte es.«

Er ging hinaus, um Ramak zu suchen. Bald danach zog ich mich zurück. Ich ging die Treppe hinauf und den Gang entlang, an dem die Ölbilder hingen. Die Öllampen brannten immer noch. Ich nahm an, Lynn und Renée schliefen beide schon selig. Auch die Dienstboten hatten sich zurückgezogen. Irgendwo im unteren Stock hörte ich ein Radio, ein türkischer Sender. Als ich mich über das Treppengeländer beugte, sah ich Ramak in der Halle stehen. Er horchte durch die offene Tür und machte eine Bewegung, ich solle den Mund halten. Dann schwieg der Sprecher. Ramak rief zu mir herauf: »Die letzten Wetterberichte für heute nacht. Für die Flugzeuge. Obwohl keine fliegen können, geben sie sie trotzdem durch. Alle Flugzeuge sind am Boden und werden dort bleiben. Wir werden 22 Grad Kälte haben, und in der Früh wird es zu heftigen Schneefällen kommen. Schlafen Sie recht gut!«

Ich wartete, bis er wieder ins Zimmer gegangen war und die Tür geschlossen hatte, ehe ich leise die Tür zu Grants Zimmer aufmachte. Das Zimmer sah noch so unordentlich und erwartungsvoll aus, als käme Grant jeden Augenblick herein. Ich fand die Metallschachtel dort, wo er es mir beschrieben hatte, in dem Schrank, der am Fenster stand. Ich verließ das Zimmer und trug die Büchse unter meinem Arm. Ich warf einen Blick zurück auf das hölzerne Schnitzwerk. Es sah aus wie eine feste Wand, und niemand hätte wohl je erraten, daß es ein heimliches Zimmer verbarg. Ich stellte die Schachtel auf mein Bett, zog die Vorhänge beiseite und blickte aus dem Fenster. Ich hatte einen klaren Blick die gewundenen Sträßlein hinunter, in denen ich umhergeirrt war, als ich das Haus von Ramak suchte. Dahinter breitete Ergenrum sich langsam die Hügel hinunter. Der Mond war kurz vor dem Untergehen, aber noch immer gab es genügend Licht, um die schneebedeckten Hausdächer zu sehen. Dahinter die dünne Linie der Stadtmauer und die drohende Silhouette der Zitadelle, in der Grant wieder eine bittere Nacht verbringen mußte. Ich schloß die Vorhänge eilig und kroch fröstelnd in mein Bett.

Die Akten in der Blechbüchse waren umfangreich, eine Anzahl getippter Blätter. Ich fragte mich, ob vielleicht Lynn sie abgeschrieben hatte. Sie hatte mir gegenüber erwähnt, daß sie Schreibmaschine schreiben konnte. Die Daten bezogen sich auf sechs aufeinanderfolgende Jahre – die ganze Zeit, die Grant in der Türkei verbracht hatte. Es war eine Liste über die Vorbeben im Anatolischen Areal. Und speziell in der östlichen Zone. Sie waren nach Sequenzen geordnet. Die Ausmaße der Beben waren verzeichnet, die zeitlichen Abstände zwischen den verschiedenen Beben und die Anzahl der Beben bis zum Ausbruch eines großen Erdbebens im Süden. Alles war auf das Gewissenhafteste notiert worden und danach analysiert. Es waren vor allen Dingen die Analysen, die ich besonders interessant fand. Am Anfang las ich sie skeptisch verblüfft durch, später nahmen sie mich ganz gefangen. Einmal stand ich auf, um einen Notizblock zu holen, und rechnete einige der Ergebnisse nach. Ich konnte keinen Fehler finden. Ich hatte um 2 Uhr morgens angefangen zu lesen und um vier war ich mit allem fertig. Auf der Titelseite hatte ich eine Notiz entdeckt, die besagte, daß die Kartei nicht bis zur Gegenwart geführt worden war. Es fehlten die Aufzeichnungen etwa eines Jahres. Dann fiel mir ein, daß Grant gesagt hatte, er werde mir zuerst nur die Hälfte seiner Aufzeichnungen geben und den Rest später nachschicken. Dies aber war viel mehr als die halbe Kartei, es sei denn, die Aufzeichnungen des letzten Jahres waren bei weitem detaillierter und genauer. Ich vermutete es, denn gegen Ende der Kartei wurde jedes Detail auf immer genauere und eindringlichere Weise geschildert.

Noch immer fühlte ich mich hellwach. Ich stand auf und fing an, im Zimmer umherzugehen. Die Aufzeichnungen waren zwar nicht komplett, aber sie zeigten doch eines: Grant hatte seine Untersuchungen auf ein Areal konzentriert, auf die Provinz Ergenrum, auf ein Epizentrum. Er hatte langsam und vorsichtig eine Art Muster aufgebaut, nach dem die Vorboten eines großen Erdbebens erfaßt werden konnten. Das einzige Problem war nun, herauszufinden, ob dieses Muster anzuwenden war. Soweit ich es beurteilen konnte, mußte es gehen. Aber mir fehlten die Papiere, die ich noch nicht gelesen hatte. Noch immer war ich zwar überzeugt, daß es mit seinen Untersuchungen nichts Ernsthaftes auf sich haben konnte, aber in mir wuchs langsam eine Unsicherheit und eine Erregung, die mir Angst machte. Und dann überkam mich plötzlich die Müdigkeit. Ich legte die Kartei in die Büchse zurück, sperrte sie ab und schob sie unter mein Bett.

Noch immer konnte ich nicht auf der Stelle einschlafen. Die eben gelesenen Fakten wirbelten in meinem Kopf hin und her. Auch andere Sachen tauchten in meinen Halbträumen auf: ein kleines Instrument, ein Seismograph, der das Seismogramm in Grants Zimmer geschrieben haben mußte. Lynn fiel mir ein, ihre Unfähigkeit, in einer Erdbebenzone zu leben, das Verhör mit Isbul und vor allem Grant selber. Was hatte er doch gesagt, als ich ihn fragte, was er vom Gefängnis aus für die Menschen unternehmen konnte? *›Man kann alles, wenn man nur will.‹*

15. Kapitel

Das Donnern einer Explosion, die wie ein Kanonenschuß dröhnte, schreckte mich aus meinem Schlummer. Einen Moment lang glaubte ich, nun wäre Grants Erdbeben doch über die Stadt gekommen. Dann bemerkte ich, daß in meinem Zimmer alles still war. Ich sprang verwirrt aus dem Bett, und in diesem Augenblick klopfte jemand dringlich an meine Zimmertür. Auf mein »Herein« kam Lynn ins Zimmer, knipste das Licht an und eilte zum Fenster. Sie hatte einen Morgenrock über ihr Nachthemd gezogen und war noch dabei, den Gürtel zuzubinden.

»Entschuldige bitte, daß ich dich störe, aber der Knall kam von dieser Seite des Hauses. Ich bin auf der anderen, im Rückgebäude, verstehst du?« Sie riß an der Vorhangschnur, und es gelang ihr, die Vorhänge zu öffnen. Draußen dämmerte es gerade. Die Stadt lag in einem kalten blauen Morgenlicht. – »Es klang wie eine Explosion«, sagte ich und trat neben sie ans Fenster.

»Es kam von Süden her.«

Ihre Haare waren mit einem weißen Tuch zu einem Pferdeschwanz gebunden, ihre Stimme bebte. Ich rieb den Schlaf aus meinen Augen und starrte hinunter auf die leere Straße. Dann begann plötzlich alles auf entsetzliche Weise klarzuwerden: Der Karton mit den Nahrungsmitteln – die Würste, die sich wie Gummi anfühlten – Schaeffers Frage, die er wie nebenbei stellte – und Grants rätselhafte Bemerkung. *Ich habe sie gewarnt, aber sie hören nicht auf mich ... Also bleibt mir nur eines zu tun übrig, und das werde ich auch tun.* Die grimmigen Konturen der Zitadelle hoben sich scharf ab gegen den weißen Himmel und den Schnee. Dampfartiger Rauch stieg auf und erhob sich über die Stadtmauer. Die Explosion war aus dem Gefängnis gekommen.

»Er ist ausgebrochen«, sagte ich leise, »stimmt es? Er hat ein Loch in seine Zellenwand gesprengt mit dem Dynamit, das ich ihm geliefert habe. In diesem verdammten Freßkarton.«

»Ich weiß nicht ...«

»Ach, du weißt nicht?« Ich packte sie an den Schultern und drehte sie zu mir herum. Ich wollte ihr Gesicht sehen. »Du hast mir den Karton gegeben. Das Dynamit war in den Würsten. Wie viele Jahre glaubst du, daß mir die Türken dafür geben werden in ihrem schönen Gefängnis?«

»David, ich schwöre, ich wußte nicht ...«

»Ja, genauso wie du nicht wußtest, daß Ramak mich über die syrische Grenze schmuggeln würde, genauso wie du immer tunlichst vermieden hast, mir zu sagen, wie weit im Norden dein Vater lebte, als wir uns zum erstenmal trafen. Ist es nicht so? Ich möchte nur wissen, wie oft ich noch auf dich hereinfallen werde.«

Sie erzitterte unter meinem Griff, und langsam gewann sie etwas wie Selbstvertrauen zurück, hob ihren Kopf und schaute mich an.

»Ich wußte es wirklich nicht. Wenn ich's gewußt hätte, hätte ich Ramak nicht erlaubt, dich dort hinzuschicken. Verstehst du, ich wußte es nicht.«

»Aber als du die Explosion hörtest, kamst du sofort in mein Zimmer gerannt, denn nur von dieser Seite des Hauses aus hat man einen Blick auf die Zitadelle.«

»Ja, ich habe erraten, was passiert ist, als ich aufwachte und die Explosion hörte«, gab sie zu. »Nachdem er mit Vater am Telefon gesprochen hatte, habe ich Ramak etwas sagen hören, das ich nicht ganz verstand. Er legte mir den Arm um die Schulter und sagte, daß Vater nicht mehr lange in der Zitadelle bleiben müsse, und ich solle mich nicht ängstigen. Ich glaube, im Unterbewußtsein wurde ich schon mißtrauisch. Deshalb wollte ich auch nicht, daß du letzte Nacht in die Zitadelle gehen solltest.« Sie machte sich los und wanderte im Zimmer auf und ab. »Du darfst dieses Haus nicht verlassen. Wenn Isbul dich verdächtigt, daß ...«

»Ach, darüber mach dir keine Sorgen! Er verdächtigt mich nicht nur, er *weiß*, daß ich es war!« Ich war unglaublich wütend und wollte ihr das auch zeigen. »Grant hat nur einen Besucher gehabt, nur einen einzigen Besucher! Und das war ich! Die einzige Person, die Dynamit ins Gefängnis hätte einschmuggeln können, bin ich, und dieser fette Türke ist kein Dummkopf. Was mein Verlassen des Hauses betrifft, da stimme ich dir zu. Ich kann genauso gut hier abwarten, bis er kommt und mich holt. Der Herrgott weiß, daß er nicht lang brauchen wird, um mich hier zu finden. Ramak war es ja, der mich überhaupt ins Gefängnis geschleust hat.«

Sie trat ans Fenster und schaute erneut hinaus auf die Rauchwolken, die über die Mauern der Zitadelle stiegen. Sie biß sich in die Knöchel und wisperte dann: »Um Gottes willen, was wird nur jetzt mit ihm geschehen?« Dann straffte sie ihre Schultern, drehte sich zu mir um und sah mich an. »Ich werde dir Kaffee machen. Ich glaube nicht, daß du jetzt noch schlafen kannst.«

»Du machst wohl Witze!« schnappte ich, als sie das Zimmer verließ. Ich wusch mich und zog mich an. Wenigstens wollte ich repräsentabel aussehen, wenn Isbul mich abholte. Noch nie im Leben hatte ich mich so isoliert und allein gefühlt. Ich war illegal in die Türkei eingereist, hatte heimlich das Pera Palas verlassen, und nun hatte ich mich ins Gefängnis schleusen lassen und einem Gefangenen, der dort unter schwerem Verdacht eingesperrt war, Dynamit geliefert. Als ich fertig war, trat ich zurück ans Fenster, der Rauch war verflogen, und für Sekunden schien alles nur wie ein schlechter Traum. Etwas Grauenhaftes, das man beim Erwachen empfindet und dann erleichtert zur Seite schiebt. Dann aber fiel erneut die Realität über mich her. Ich wußte, daß ich in ein paar Stunden in einer jener eiskalten leeren Zellen sitzen würde, wie sie bis vor einer halben Stunde auch Grant noch bewohnt hatte.

Um mich mit etwas zu beschäftigen, nahm ich die Metallbüchse, in der Grants Papiere lagen, und trug sie in sein Zimmer. Ich stellte sie wieder unten in den Schrank. Jemand hatte die Vorhänge zugezogen. Nur ein schmaler Lichtstreifen fiel ins Zimmer. Ich sah mich überall nach dem kleinen Seismogramm um, konnte es aber nirgends finden. Plötzlich hörte ich Stimmen im Erdgeschoß. Ich verließ das Zimmer, und als Ramak die Treppe heraufkam, stand ich schon wieder vor meiner eigenen Tür. Ich ging ins Zimmer und ließ die Tür offen, so daß er mir folgen konnte. Das tat er auch und schloß behutsam die Tür hinter sich, ehe er anfing zu sprechen.

»Gerade habe ich erfahren, daß Grant heute morgen aus dem Gefängnis ausgebrochen ist.«

Seine Worte zerstörten die letzte Hoffnung, die ich noch gehabt hatte, die Explosion hätte nichts mit Grant zu tun. Ich setzte mich auf die Kante meines Bettes.

»Diese Neuigkeit ist eine riesige Überraschung für mich«, sagte ich. »Ich frage mich, wie jemand es schaffen konnte, ihm Dynamit in die Hände zu spielen.«

»Sie waren das, Sie haben ihm das ins Gefängnis gebracht, es war in dem Karton mit den Würsten. Ich habe Ihnen schon einmal gesagt, daß ich für Caleb alles nur Erdenkliche tun würde.«

»Das muß nett sein, wenn man so einen Freund wie Sie besitzt. Wie viele Jahre glauben Sie denn, daß man mir geben wird, und wie viele werden sie Grant geben, wo wir schon davon sprechen?«

»Kein einziges. Meine nächste Tat wird sein, Sie beide aus der Türkei herauszuschmuggeln. Auch das werde ich schaffen. Sie dürfen das Haus nicht ohne meine Erlaubnis verlassen. Später werden wir Sie irgendwo verstecken müssen, bis das Wetter besser wird. Renée hat Ihnen doch die Geheimkammer hinter Grants Zimmer gezeigt, nicht wahr?«

»Ja.« Ich erhob mich vom Bett und trat auf ihn zu. »Wer glauben Sie eigentlich, wer Sie sind, Ramak? Sie verpfänden Menschen wie Gegenstände, wenn es Ihnen in den Kram paßt. Ich bin doch kein Objekt. Sie haben mich in dieses verdammte Land geschmuggelt, Sie haben mich in dieses verdammte Gefängnis geschickt und mir, ohne daß ich davon wußte, Sprengkapseln untergeschoben, die ich abgegeben habe. Was wäre mir denn passiert, wenn Isbui das bemerkt hätte, sobald ich im Gefängnis ankam?«

»Ich war sicher, daß er Sie erst nach dem Besuch sprechen

würde. Das ist seine Methode. Er benutzt sie immer, um die Leute zu erwischen, wenn sie die Verteidigung aufgegeben haben. Wenn Sie mich fragen, ist das eine seiner Schwächen. Er wiederholt stets denselben Trick. Und noch etwas will ich Ihnen sagen: Ich glaube gar nicht, daß er denkt, Sie hätten mit der Sache zu tun ...«

»Aber sicher wird er das wissen!« warf ich ihm ins Gesicht. »Für wie blöd halten Sie die Polizei eigentlich? Es gab nur einen Mann, der Grant besucht hat. Ich war der einzige, der mit einem Paket unterm Arm das Gefängnis betrat! Nur ich bin verdächtig!«

»Bitte, bitte!« Er hob seine Hände. »Ich verstehe ja Ihren Groll, aber Grant hat das Leben meines kleinen Mädchens gerettet. Sie werden sie heute morgen kennenlernen, und vielleicht verstehen Sie mich dann. In diesem Augenblick sitzt Isbul wahrscheinlich Antonopoulos gegenüber und verhört ihn wegen der Zusammenhänge mit der Explosion.«

»Antonopoulos?«

»Ja. Ich habe Ihnen das letzte Nacht nicht gesagt. Die Polizei hat etwas unter dem Rücksitz des Chrysler gefunden: Dynamit vom selben Typ wie das, das Grant benutzt hat, um ein Loch in die Mauer zu sprengen. Isbul ist ein Fachmann auf diesem Gebiet, auch seine technischen Experten werden es ihm bestätigen.« Er trat zum Fenster, als er hörte, daß ein Auto die Vatan Cadessi entlangfuhr. Das Auto fuhr vorbei, und er sprach weiter. »Es gibt bereits zwei Zeugen, die von ihrem Haus aus gesehen haben, daß ein amerikanischer Wagen unter Grants Fenster anhielt. Jemand stieg aus dem Auto und schob eine lange Stange an der Wand hoch, an deren Ende etwas hing. Die Stange kam dem Fenster ganz nahe. Bald wird man ihnen den grauen Chrysler zeigen, und sie werden dieses Gefährt sofort identifizieren können.«

»Ihre Zeugen?«

»Ja, es sind arme Menschen, aber sie haben ein Herz von Gold«, bemerkte Ramak. »Außerdem können sie ein bißchen Geld gebrauchen.«

Die Art, wie der Türke mit den Gesetzen umsprang, gefiel mir nicht. Aber der menschliche Instinkt fürs Überleben ist wohl stärker als die Moral.

Gegen meinen Willen war ich von seiner Geschicklichkeit beeindruckt. Es war gut möglich, daß seine Ränke Erfolg haben würden, aber ich hatte noch immer meine Zweifel. »Wie kommt Grant dazu, eine solche Idiotie zu begehen?« fragte ich.

»Ich weiß nicht, was er vorhat. Aber wir kennen einander gut. Gut genug, um am Telefon zu verstehen, was er von mir wünschte.«

»Wieso haben Sie nicht versucht, das Paket durchs Fenster hineinzuschieben, wie Sie es mir beschrieben haben. Es wäre doch gegangen, oder?« fragte ich, während ich mit ihm die Treppe hinunterging. »Wenn die beiden Zeugen sagen, daß sie so etwas gesehen haben ...«

»Das wäre sehr riskant gewesen, viel riskanter, als das Paket mit Ihnen mitzuschicken.«

»Und Grant wußte, daß ich ihm das Zeug bringen würde?«

»Nein ...« Auf dem Treppenabsatz angekommen, hörten wir unten eine Tür aufgehen, und Stimmengemurmel drang zu uns herauf. Ramak packte mich am Arm, öffnete die Tür zu Grants Zimmer und schob mich hinein. Er flüsterte: »Hören Sie, wenn es Isbul ist, verstecken Sie sich im Geheimzimmer ...« Er trat an die Treppe, lehnte sich an das Geländer und winkte mir dann zu.

»Es ist nur der Amerikaner, Schaeffer.« Als wir die Halle erreichten, hatte Schaeffer seinen Mantel dem Diener gereicht.

»Ist Grant hier?«

»Nein. Sie haben die Neuigkeit gehört?«

»Ja, der Rechtsanwalt hat mich vor zehn Minuten im Pera Palas erreicht. Ramak, kann ich kurz mit Ihnen allein sprechen?«

»Sprechen Sie ruhig, wir werden zusammen frühstücken.« Ramak ging mit uns in den gegenüberliegenden Raum, in dem ich noch nicht gewesen war. »Sie wollen doch frühstücken, Mr. Schaeffer, oder?«

»Wenn wir dabei sprechen können.« Schaeffer warf mir erneut einen Blick zu, trat dann zurück und ließ mich zuerst das Zimmer betreten. »Sie sind früh auf den Beinen, Shand«, bemerkte er.

»Wundert Sie das?«

Es war ein mittelgroßer Raum, und obgleich es draußen Tag wurde, waren die Vorhänge noch immer geschlossen, vielleicht, damit niemand von draußen hereinsehen konnte. Der Frühstückstisch war gedeckt, mehrere Teller standen auf dem Tisch, ein Korb mit Semmeln, daneben verschiedene Marmeladen und ein riesiger Topf Kaffee, aus dem Ramak drei Tassen vollschenkte. Ein Radiogerät, wahrscheinlich das, das ich von oben gehört hatte, als die Wettervorhersage angesagt wurde, stand auf einem Regal. In der Ecke glänzte ein riesiger alter Samowar.

»Lynn ist noch nicht aufgestanden?« frage ich Ramak, der mir die Tasse reichte. Er warf mir einen Blick zu, schüttelte seinen Kopf und sagte, weder Lynn noch seine Frau würden in den nächsten zwei Stunden herunterkommen. Schaeffer saß mir am Tisch gegenüber. Er saß sehr aufrecht, und ich wunderte mich, daß er sich noch ins Haus traute, nachdem er die Neuigkeit gehört hatte. Ramak setzte sich an den Tisch, nahm einen Schluck Kaffee.

»Glauben Sie, daß Sie mit ihm Verbindung bekommen werden?«

»Sie meinen, er sollte sich den Behörden ausliefern, oder?« erwiderte der Türke.

»Wenn Sie meinen offiziellen Ratschlag hören wollen, jawohl.« Schaeffer war eifrig damit beschäftigt, Marmelade auf sein Brötchen zu häufen. »Andererseits, es ist von ihm aus gesehen wohl besser, wenn er sich versteckt hält, bis wir Ankara am Telefon haben. Wenn ich das sage, denke ich sozusagen laut, verstehen Sie. Natürlich, wenn man beweisen könnte, daß man ihn mit Gewalt aus dem Gefängnis entführt hätte ...« Er biß in sein Brötchen. »Ausgezeichnete Marmelade! Wo war ich stehengeblieben? Ach ja, wenn wir die Sache so hindrehen könnten, wie ich sagte, könnte man sie nicht gegen ihn verwenden.« Ramak nickte und sagte nichts. Der Amerikaner fuhr fort: »Glauben Sie, daß irgend jemand weiß, warum er so eilig aus der Zitadelle ausbrechen wollte? Ich meine, hat er irgendwas zu diesem Thema geäußert?«

Ramak und ich schüttelten den Kopf. Schaeffer führte die Konversation zu anderen Alltäglichkeiten zurück, als wünsche er, das Gespräch über Grant abzubrechen. Keiner sollte aus Versehen zu viel sagen. Wir frühstückten langsam und gemütlich. Niemand schien in Eile zu sein. Ab und zu fuhr ein Auto am Haus vorbei. Jedesmal, wenn wir einen Wagen näherkommen hörten, wurde Schaeffer aufmerksam. Ich glaube, daß er immer wieder hoffte, Grant werde plötzlich in der Tür stehen. Als wir den Kaffee ausgetrunken hatten, lehnte Ramak sich zurück und stellte das Radio an. »Wollen mal hören, wie die Wettervorhersage ist«, schlug er vor, »außerdem gibt's vielleicht andere Neuigkeiten.« Eine Männerstimme sprach mehrere Minuten lang Türkisch, und Ramak berichtete, daß die Wettervoraussage gleichgeblieben sei; niedrige Temperaturen, schwere Schneefälle wurden erwartet. Man hatte auch berichtet, daß Bulldozer die Straße nach Erzincan teilweise vom Schnee geräumt hätten. Es gab eine lange Sendepause, auf die eine kurze türkische Ansage folgte. Dann begann eine andere Männerstimme zu sprechen. Ich sah, wie Schaeffer und Ramak sich anschauten. Obwohl sie türkisch sprach, schien auch mir die Männerstimme vertraut.

»Das ist Grant«, sagte Schaeffer leise. »Er hat es geschafft, sich zu Cambel durchzukämpfen ...«

Wir horchten angespannt. Der tiefe Wohlklang von Grants Stimme füllte den Raum. Ich glaube nicht, daß Schaeffer allzuviel von dem verstand, was er sagte, aber ich beobachtete Ramaks Gesicht, um seine Reaktion deuten zu können. Grant sprach nur kurz, etwa drei Minuten. Er schloß seine Rede, und ein anderer Sprecher begann, weitere Nachrichten zu verlesen. Ramak drehte das Radio ab.

»Was hat er gesagt?« fragte Schaeffer leise. »Mein Türkisch ist nicht so gut, um alles zu verstehen.«

Ramak erhob sich, öffnete einen Schrank, goß Brandy in drei Gläser und stellte sie auf den Tisch. Er sah grimmig aus und nahm einen tiefen Schluck aus seinem Glas. Schaeffer sagte: »Ich habe etwas verstanden, er sprach von einer Seuche. Was genau hat er gesagt, Ramak?«

»Er hat eine Warnung an die gesamte Stadt ausgesprochen. Er sagt, es handle sich um den Ausbruch der Beulenpest oder Lungenpest, wie die Mediziner sie nennen. Er sagt, daß bereits viele Menschen daran gestorben sind. Die Behörden würden die Sache aber verheimlichen wollen. Die Krankheit sei in Drusa, einer Vorstadt von Ergenrum, ausgebrochen, wo eine Horde von Ratten eingezogen sei, als der Fluß zufror. Er hat erklärt, daß die Flöhe der Ratten die Menschen anstecken, wenn sie sie beißen. Er hat auch ein paar Symptome genannt: Zittern, Schüttelfrost, Schwierigkeiten beim Atmen. Er sagt, daß die Behörden die Krankheit anfangs für Influenza gehalten haben. Er riet den Leuten, die Stadt auf der Stelle zu verlassen, und erinnerte sie daran, daß er es gewesen ist, der vor drei Jahren den Ausbruch der Cholera entdeckt hat. Auch damals hätten die Behörden versucht, die Seuche geheimzuhalten. Ich habe vielleicht ein paar Sachen vergessen, aber alles in allem hat er das gesagt, was ich hier berichte.«

»O Gott!« Schaeffer stieß das mit einem kleinen Seufzer heraus und zündete sich eine Zigarette an. Er betrachtete uns beide und sagte dann zu Ramak: »Glauben Sie, daß er mit dieser Nachricht einen riesigen Exodus und eine große Panik in Gang bringen kann und will?«

»Das weiß ich nicht«, erwiderte Ramak langsam, »aber ich nehme es fast an. Die Straße nach Erzincan ist nun bis zu einem bestimmten Punkt wieder passierbar. Das haben sie soeben im Radio durchgegeben.«

»Wie klug er ist!« Schaeffer schlug leicht mit der geschlossenen Faust auf den Tisch. »Mein Gott, ich wußte, daß er klug ist, aber das schlägt doch alles bisher Dagewesene! Zu was ein Mann doch fähig ist, wenn er von einem Gedanken besessen ist. Ich habe nicht gewußt, daß er derart starke Motivationen hatte ...« Irgendwie klang das so, als ob er sich selber teilweise für das Geschehen verantwortlich machte. Er schloß die Augen zu engen Schlitzen, und ich erriet, daß er heftig nachdachte.

»Wieso war das so klug?« fragte ich. »Ich sehe wohl, daß er versucht, einen riesigen Ausmarsch der Stadtbewohner in die Wege zu leiten, weil er an sein verdammtes Erdbeben glaubt, aber ...«

»Aus mehreren Gründen hat er die Sache sehr schlau angepackt. Er hat genau überlegt, was er in seiner Radioansprache sagen mußte, um die Leute an der richtigen Stelle zu treffen.«

»Und trotzdem glaube ich nicht, daß wir Grund haben, uns Gedanken zu machen über die Panik, die ausbrechen könnte«, schlug ich vor. »Die Behörden brauchen nichts weiter zu tun, als eine weitere Radioansage durchzugeben, in der sie die Sache bestreiten ...«

»Na, das tun sie ganz gewiß!« platzte Schaeffer heraus. »Doch wohin wird sie das bringen? Die Geschichte mit der Cholera ist doch noch nicht so lange her.«

»Damals haben sie auch im Radio die Sache negiert«, sagte Ramak kühl. Der Türke betrachtete mich ernst, und ich bemerkte, wie sehr er sich um Grant sorgte. Schaeffer war es dann, der als erster handelte. Er stand auf und sah sich um.

»Ramak, darf ich Ihr Telefon benutzen? Ich möchte einen letzten Versuch unternehmen, nach Ankara durchzukommen.«

»Es steht draußen in der Halle.« Schaeffer wandte sich noch einmal um und fragte mich: »Shand, haben Sie letzte Nacht Grants Aufzeichnungen gelesen?«

»Ja, aber das sind nicht alle.«

»Was halten Sie von dem, was Sie gelesen haben? Sie wollten es mir doch sagen.«

»Ich habe noch keine feste Meinung. Ich muß erst alle seine Aufzeichnungen gelesen haben.«

Schaeffer drehte sich mir ganz zu und lächelte, aber als er sprach, schwang eine verborgene Dringlichkeit in seiner Stimme. »Hören Sie, ich bitte Sie um einen Gefallen. Sie sind der einzige, der mir sagen kann, was ich dringend wissen muß. Sie haben einen Teil von Grants Aufzeichnungen gelesen. Sagen Sie mir bitte: Gibt es irgendeine Chance, daß er mit dem, was er behauptet, recht hat?«

»Ich habe das, was ich gelesen habe, sehr interessant gefunden. Weiter möchte ich im Moment nicht gehen.«

»Aber das ist immerhin schon ziemlich weit von dem entfernt, was Sie noch gestern abend dachten, nicht wahr?« Er sah mich verschmitzt an. »Na, dann geh' ich wohl besser und versuche zu telefonieren.«

Ich ging die Treppe hinauf und hatte Angst davor, Lynn zu begegnen. Ich wollte nur ungern derjenige sein, der ihr über die jüngsten Ereignisse berichten mußte. Ich traf einen Frühaufsteher, aber es war nicht Lynn. Renée stand am Kopf der Treppe.

»Thérèse wird bald herunterkommen, und da werden Sie einen neuen Freund gewinnen, mit dem Sie plaudern können. Sie ist erst sieben, aber hat schon ein Auge für die Männer ...« Sie betrachtete mein Gesicht und sagte: »David, ist irgend etwas los?« Ich berichtete ihr von der Radioansage. Sie hörte mir ernsthaft zu. Dann nickte sie, und ihre Reaktion auf die Nachricht war völlig verschieden von Ramaks Reaktion.

»Es gibt Menschen auf dieser Welt, die sind wirklich sehr stark. Stark genug, um ihren Weg zu suchen, ohne auf alles andere zu achten. Ich glaube, Caleb Grant ist solch ein Mann.«

»Aber er könnte eine Panik heraufbeschwören – und bei diesem Wetter ...«

»Ich glaube, die Sache rollt bereits. Viele arme Menschen kennen ihn gut. Er hat sich oft bei ihnen umgetan. Besonders in den Slums von Drusa hat er gearbeitet. Diese Menschen werden ihm vertrauen.«

»Aber das macht die Sache doch nur schlimmer.«

»Nehmen wir mal an, er hat recht? Glauben Sie, daß es unmöglich ist? Glauben Sie, daß Sie in Ihrem Alter mehr wissen, als er weiß?«

Ich war erstaunt, daß sie die Sache so leicht genommen hatte und daß sie ihm noch dazu zu glauben schien. Wie konnte sie nur ungerührt die Treppe hinunterlaufen und ihren Tag beginnen, wie sie jeden anderen Tag begann. Ich ging zurück in mein Zimmer und bemerkte, daß Lynns Schlafzimmertür noch immer geschlossen war. Grants Radionachricht hatte für eine Weile meine eigenen Probleme vertrieben. Das bedrohliche Gefühl, daß Isbul jede Minute ankommen und mich festnehmen könnte, begann mich nun von neuem zu ängstigen. Ich schloß die Türe hinter mir und setzte mich aufs Bett. Was würde mit mir geschehen? Ich rauchte einige Zigaretten, sah aus dem Fenster und bemerkte, daß die Straße noch immer ruhig dalag. Eine halbe Stunde später aber begann der Massenexodus.

Draußen war es so kalt, daß ich einen Mantel anzog und einen Schal um den Kopf wickelte, ehe ich die Tür öffnete und auf den winzigen Eisenbalkon hinaustrat, der den Garten überblickte. Zwischen zwei schneebedeckten Föhren konnte ich den Atatürk-Boulevard genau einsehen. Die breite Straße war nun von einer sich langsam dahinschleppenden Menschenmenge überfüllt. Ochsenwagen und Menschen zu Fuß, die riesige Bündel trugen, Hunde, Kinder und alte Leute. Alle wanderten in Richtung Westen der fernen Straße zu, die sie nach Erzincan führen sollte. Der Zug erinnerte mich an Flüchtlingszüge aus verschiedenen Ländern, die ich auf Fotos gesehen hatte. Die riesige Prozession schob sich nur zwei Häuser von mir entfernt über den Boulevard, aber dennoch war fast nichts zu hören. Nur das Quietschen der alten Ochsenkarren und das Tuten einer Hupe, wenn ein Wagen versuchte, an der Prozession vorbei vorzufahren. Niemand schien zu sprechen; sie schleppten sich einfach mit gesenkten Köpfen durch den Schnee, schoben ihre Handwagen, hielten ihre Kinder auf dem Arm und führten ihre Ochsen. Männer, Frauen, junge und alte, es wirkte wie ein biblischer Exodus. Sie hatten Grants Warnung empfangen und flohen aus der Stadt, ehe es zu spät war. Jetzt, in den bitterkalten Morgenstunden, waren es hauptsächlich die armen Leute, die Grant geglaubt hatten und seinen Rat befolgten. Ich blieb nur ein paar Minuten draußen stehen, einmal, weil ich das Schauspiel nicht länger ertragen konnte, und auch, weil mir klar wurde, daß ich mich besser nicht zeigen sollte. Kurz danach betrat Grant das Haus.

Ich nahm an, daß Grant in sein Zimmer gehen würde, und ging sofort zu ihm hinüber, aber dann fand ich die Situation peinlich, so einfach in sein Zimmer eingedrungen zu sein. Ganz instinktiv trat ich an das Holzgitter, fand das Plättchen, drückte es, schob die Tür auf und verschwand in dem Geheimzimmer. Im Halbdunkel setzte ich mich auf die lederbezogene Bank, und schon betraten sie das Zimmer, Grant vorweg, Schaeffer dicht hinter ihm. Schaeffer sah sich langsam im Zimmer um, schloß dann die schwere Tür hinter sich und trat ans Fenster, um hinauszusehen, ob sich jemand dort versteckte. Grant zog seinen Mantel aus und ließ ihn auf den Boden fallen. Er wirkte erstaunlich fit, seine Augen glänzten, Energie schien bis in seinen Haarspitzen zu zittern. Schaeffer sagte: »Caleb, ich glaube, es ist fair, wenn ich dir sage, daß ich in Ankara um einen Ersatzmann für dich gebeten habe. Ich habe es getan, noch ehe die Telefonleitung zusammengebrochen ist. In zwei oder drei Tagen wird er von Washington aus hergeflogen werden.«

»Das überrascht mich nicht. Ist es Bertin?«

»Vielleicht. Ich bin draußen gewesen, um das Instrument zu prüfen. Das war an dem Tag, als sie dich festgenommen haben. Ich konnte es aber nicht finden. Zigarette?«

Schaeffers Art zu sprechen verriet eine unterdrückte Dringlichkeit. Er sprach leise, und in einem gewöhnlichen Zimmer hätte ich ihn nicht hören können. Aber die Form des

Gitters schien etwas mit dem akustischen Phänomen dieses Zimmers zu tun zu haben. Jedes Wort war für mich klar verständlich. Gerade wollte ich mich bemerkbar machen, als Schaeffer von dem Instrument sprach und die Neugier mich packte. Grant nahm eine Zigarette und wartete, während Schaeffer sie ihm anzündete. Er nahm einen tiefen Zug und sagte dann: »Ich habe ihn fortgeschafft. Den Generator auch. Ich habe ihn in einen Seitenschacht gebracht, als ich letztes Mal dort war.« Er machte eine Pause und zog an seiner Zigarette. »Man ist mir gefolgt.«

»Wer ist dir gefolgt?« – »Ich glaube, es waren Ionides Leute. Das Geräusch eines Motors hatte mich aufmerksam gemacht. Ich war nicht sicher, aber ich wollte kein Risiko eingehen.«

»Das war keine leichte Sache – das schwere Zeug ganz allein zu verschieben.«

»Nein, aber ich habe es geschafft. Es freut mich, daß du nichts gefunden hast. Das bedeutet, daß auch niemand anderer etwas finden wird. Ich werde dir zeigen, wo ich das Instrument versteckt halte. – Wenn Bertin kommt, muß er wissen, wo es ist.«

Grant wirkte ruhig, fast heiter. Das einzige, was ich als Spannung im Raum empfand, ging von Schaeffer aus. Es zeigte sich in der Art, wie er die Schultern hielt, und an dem leisen, metallischen Klang seiner Stimme. Er zog einen Stuhl heran und setzte sich Grant gegenüber. Noch immer konnte ich sehr gut verstehen, was er sagte. »Das Instrument hatte nichts angezeigt, oder?«

»Nun, es hat sehr viel gezeigt, aber nicht das, worauf wir warten. Was es gezeigt hatte, waren all die Symptome, die einem großen Erdbeben vorausgehen. Der Druck baut sich immer mehr auf, verstehst du? – Ich glaube, demnächst wird etwas passieren.«

»Caleb, das kannst du doch nur vermuten«, drängte Schaeffer sanft.

»Hast du gehört, was ich im Radio gesagt habe? Ich bin aus dem Gefängnis direkt zu Cambel gegangen.«

»Cambel wird in Schwierigkeiten kommen, oder?«

»Nein! Ich habe ihm natürlich nicht gesagt, woher ich kam. Niemand wußte, daß ich im Gefängnis war. Isbul wollte die Presse nicht informieren, um die Sache heimlich abzuhandeln. Also dafür kann er Cambel nichts antun.«

»Aber Cambel ist dein Handlanger. Er hat die Panik einer ganzen Stadt zu verantworten. Das genügt doch.«

Grant lachte heftig, aber ohne Humor. »Wenn dann das Erdbeben kommt, wird Cambel der Held der Stadt sein.«

»Was für ein Selbstvertrauen du hast, Caleb«, sagte Schaeffer. Sein Ton klang traurig. »Wieso hast du diese idiotischen Sachen gemacht?«

»Weil in dieser Stadt hunderttausend Leute leben, die auf einem Pulverfaß sitzen, das jeden Augenblick hochgehen kann!« Ein Ton der alten Wildheit hatte sich wieder in seine Stimme gestohlen, ein Ton, der mich an jenen Grant erinnerte, den ich in der Gefängniszelle besucht hatte. Er hielt seine Hände zwischen den Knien verschlungen und starrte Schaeffer an. »Du hast eine andere Aufgabe als ich. Ich bin zuerst einmal Seismologe. Wenn der Kapitän eines Schiffes weiß, daß sein Fahrzeug sinken wird, befiehlt er der Mannschaft, das Schiff zu verlassen. Das habe ich getan. Ich habe die Menschen hier dazu gedrängt, die Stadt zu verlassen, bevor sie in Trümmer fällt. Ich habe alles für sie getan, was du auch wolltest, als du vor sechs Monaten hier aufgetaucht bist. Ich habe dein Instrument gewartet, Tag und Nacht. Ich habe es beobachtet, weil ich es noch zu einem anderen Zweck verwenden konnte, weil ich versuchen mußte, diese teuflische Bedrohung, die über den Menschen hier schwebt, abzuwenden ...«

»Caleb!« unterbrach Schaeffer den immer lauter werdenden Redeschwall und legte seine Hand auf Grants Arm. »Ich beschuldige dich doch gar nicht dafür, daß du die Untersuchungen durchgeführt hast. Gott der Herr weiß, wenn du eine Antwort gefunden hättest ...«

»Ich habe sie gefunden, verdammt noch mal!«

»Was ich dir zur Last lege, ist, daß du die Aufmerksamkeit

auf dich gezogen hast – die öffentliche Aufmerksamkeit. Das ist etwas, was wir uns nicht leisten können. Und du hättest wohl keine dramatischere Art und Weise finden können, um dich ins Licht der Öffentlichkeit zu rücken.«

»Du hättest Ankara von der Existenz des Apparates unterrichten sollen.«

»Das war viel zu gefährlich. Die Türken sind unglaublich nervös, was ihren riesigen und gefährlichen Nachbarn im Norden betrifft. Man braucht ihnen nur einen greifbaren Grund zur Angst zu liefern, und sie drehen durch.«

»Wahrscheinlich hast du recht«, gab Grant zu. »Es tut mir leid. Aber ich hatte keinen anderen Ausweg. Auf meine Erdbebenwarnung hätten die Leute einfach nicht reagiert. Bei einer Krankheit aber, einer Seuche, reagieren sie. Das ist etwas, was sie verstehen. Diese Welt ist ein Ort voller Ironie, Frank. Nur die Angst vor Verständlichem schafft es, Menschen in Bewegung zu setzen.«

»Selbstverständlich gibt's keine Beulenpest, oder wie ist das?«

»Man kann eine Seuche nur wirklich diagnostizieren, wenn man bakteriologische Untersuchungen macht. Du kennst ja meine Ausrüstungssachen, da kannst du dir selber ein Bild machen.«

»Ich glaube nicht, daß du damit durchkommst, Caleb. Dieser Versuch, die Leute in Panik ...«

»Es hat schon geklappt«, sagte Grant aufgeregt. »Geh doch raus, schau doch an, was auf dem Boulevard vor sich geht.«

»Die Behörden werden deiner Geschichte widersprechen. Sie werden gerade das, was du mir über die Bakteriologie sagtest, ins Gespräch bringen ...«

»Laß sie doch, wer wird denn auf die hören! Denk doch, wie sie damals die Cholerageschichte behandelt haben. Heute nachmittag schon hat sich der Exodus in einen wahren Bergrutsch verwandelt, das wirst du sehen. Das heißt, wenn Ergenrum noch steht. Sie werden sie nicht in der Stadt halten können, diese Leute.« Noch immer hielt Grant seine

Hände verschlungen und starrte nun direkt auf mich. »Hatte Shand Schwierigkeiten wegen des Besuchs im Gefängnis?« Nun war ich ganz sicher, daß er mich ansah, was bedeuten würde, daß bald auch Schaeffer von meiner Existenz im Zimmer wußte. Aber Grant wandte seine Augen, ohne den Ausdruck zu verändern, von mir ab und blickte Schaeffer an.

»Was würde es bedeuten, wenn er in Schwierigkeiten ist?« fragte Schaeffer kurz.

»Daß wir ihn aus der Stadt schmuggeln müssen, sobald die große Panik anfängt. Die Polizei kann in so einem Moment nicht jeden kontrollieren. Bring du ihn nach Ankara, gib ihn bei seinen Botschaftsleuten ab, die werden ihn schützen. Ich hätte nie geglaubt, daß Ramak das Dynamit durch ihn schicken würde.«

»Sicher, auch ich möchte, daß Shand die Stadt verläßt. Aber du auch. Wir werden euch beide hinausschmuggeln.«

»Ich bleibe. Bis der Ersatzmann ankommt, bleibe ich. Ich muß den Seismographen für dich überwachen. Und ich bleibe auch noch, wenn der neue Mann da ist. Ich möchte erstens diese falschen Anschuldigungen klären und zweitens habe ich meine Untersuchungen noch nicht beendet.«

»Ich kann das Instrument selber prüfen.«

»Auf alle Fälle muß ich dir ja erst zeigen, wo ich das Instrument versteckt habe.«

»Ja, wir werden zusammen dorthin gehen«, stimmte Schaeffer ihm zu. »Aber das können wir erst machen, wenn es dunkel geworden ist, man darf dich nicht sehen.«

»Ramak wird uns aus dem Haus schmuggeln ... Oh, merkst du was?«

Nun wußte ich, warum meine Hände gezittert hatten. Ein neues Beben rüttelte an den Mauern des alten Hauses. Eine Vibration, die mein Haar sträubte, schien vom Boden herauf durch mich durchzuzittern. Schaeffer sah hinauf zur Decke, die Lampe bebte leise. Als Seismologe sollte ich jede Möglichkeit begrüßen, ein Beben miterleben zu können. Aber ich saß da, die schweißfeuchten Hände um die Lehnen der Bank gekrampft, und rührte mich nicht. Allmählich ließ das Beben nach, und ich fragte mich, wo wohl die arme Lynn stecken mochte. Grant sprach wieder.

»Siehst du, das muß ich noch bis zu Ende untersuchen, solange das Instrument arbeitet. Glaubst du immer noch, daß man mich einsperren müßte, Frank?«

»Das habe ich nie gesagt«, protestierte Schaeffer. »Aber ich glaube, daß du deine Entdeckungen falsch beurteilst. Du kannst doch nicht wissen ...«

»Hat Shand meine Papiere gelesen? Ich habe ihm Papiere gegeben, die er sich anschauen sollte.«

»Ja, ich glaube, er ist die ganze Nacht wach gesessen und hat sie gelesen.«

»Und? Glaubt er jetzt, daß man mich ins Irrenhaus sperren soll?«

Schaeffer zögerte und zündete sich eine neue Zigarette an. »Nein, wenn ich recht verstehe, klang er, als ich mit ihm sprach, viel weniger sicher, was seine eigene Meinung betraf. Sehr viel weniger sicher, ob du nicht doch recht hättest. Aber er sagte mir, er müßte die zweite Hälfte der Aufzeichnungen lesen, um sich ein wirkliches Bild zu machen.«

»Er meint, die Papiere, die ich in der Mine aufhebe. Wir werden sie abholen, wenn wir hinausfahren. Dann muß er sie lesen. Ich habe keine Daten des Geheimdienstes darin verzeichnet ...«

»Ich glaube immer noch, daß du die Sache bei weitem überschätzt. Du traust deiner eigenen Theorie viel zu sehr.« Schaeffer blieb hart.

»Ja, ich traue ihr!« explodierte Grant. »Und was ist mit dir? Nur weil ein kleiner Chiffriergehilfe mit Namen Gouzenko in Ottawa übergelaufen ist, willst du ...«

»Vorsicht!« Schaeffers Stimme hatte einen scharfen Klang. »Keine Namen!«

»Tut mir leid. Dieses Beben eben hat mich wohl mehr mitgenommen, als ich dachte. Aber du glaubst doch auch daran, daß die Ereignisse demnächst eintreten, auf die du wartest. Und du hast viel weniger Grund, daran zu glauben als ich, der ich nur aus einem einzigen Grund in diesen Teil der Welt gereist bin.«

»Du könntest recht haben ...« Schaeffer hörte plötzlich auf zu sprechen, wandte sich eilig um und trat zum Fenster. Dort blieb er mehrere Minuten stehen, während Grant ihn von hinten beobachtete. Mehrere Wagen waren am Haus vorbeigefahren, während sie sprachen, aber nun hatte man eines vor der Tür halten hören. Schaeffer spitzte durch den Spalt zwischen den Vorhängen hinaus, um zu sehen, was vorging. Ich selber saß vollkommen betäubt von dem, was ich gehört hatte, hinter meinem Holzgitter. Ein Laie hätte ihrer Unterhaltung zuhören können, ohne zu wissen, um was es ging. Aber für mich bedeutete das Gesagte etwas. Auf einmal waren alle Teile des Puzzles an die richtige Stelle gerutscht. Der Grund, warum mehr als ein amerikanischer Seismologe dringend nach Washington beordert worden war, wurde mir nun klar. Die ausweichenden Bemerkungen, die Bertin mir gegenüber gemacht hatte, das anomal kleine Seismogramm, das plötzlich aus diesem Zimmer verschwunden war – und natürlich die Existenz einer Person wie Frank Schaeffer.

Es war ein Name, der in meinem Gehirn die Gedankenverbindung zustande gebracht hatte. Der Name war Gouzenko. Ein Name, der im vergangenen Jahr durch die Schlagzeilen der Weltpresse gegangen war. Im September 1945 war ein sowjetischer Geheimdienstmann, der in der russischen Botschaft in Ottawa arbeitete, zum Westen übergelaufen. Von Bertin hatte ich das Gerücht vernommen: Gouzenko hatte berichtet, daß die geheime Formel, die man zum Herstellen einer Atombombe benötigte, den Russen weitergegeben worden war. Während des gleichen Gesprächs hatte Bertin mir mitgeteilt, daß er sich vorstellen könne, es würde bald neue Jobs für Seismologen geben. Seismologen, die mit einem Seismographen an der sowjetischen Grenze aufgestellt werden würden, um die Vibration des ersten erfolgreichen Abschusses der Bombe aufzunehmen. Das also war das Geheiminstrument, das Grant im Minenschacht versteckt hielt. Ein Seismograph, der im Erdinneren die Schock- und Detonationswellen einer sowjetischen Bombenexplosion aufzeichnen sollte. Während er an diesem Instrument arbeitete, hatte er nebenbei das Muster der Erdstöße untersucht und aufgezeichnet und daraus erkannt, daß ein größeres Erdbeben bevorstand.

Ich verstand nun auch das große Bedürfnis nach Geheimhaltung in einem Land wie der Türkei. Schaeffer selbst hatte den Grund genannt. Die Amerikaner wollten kein Risiko eingehen und keine weiteren Gründe für eine russische Feindschaft gegen die Türkei in die Wege leiten. Noch dazu in einer Zeit, in der die Sowjetunion bereits einen bemerkenswerten Druck auf dieses Land ausübte. Grant war nun in die Falle gegangen: Indem er versucht hatte, die Stadt vor dem Erdbeben zu warnen, von dem er glaubte, daß es im Anzug war, hatte er sich die Feindschaft Ionides aufgehalst, der den Verkauf der Schürfrechte in einer ruhigen Atmosphäre über die Bühne zu bringen trachtete. Ich war noch ganz damit beschäftigt, meine neuen Erkenntnisse auszusortieren, als Schaeffer vom Fenster zurücktrat und seufzte: »Ich dachte schon, es wäre Isbul. Sie haben so lange gebraucht, bis sie ausgestiegen sind. Aber dann habe ich gesehen, daß sie nur Gemüse gebracht haben. Du mußt dich, bis es dunkel wird, versteckt halten. Dann werden wir zur Mine hinausfahren.«

»Und danach?«

»Ich werde mir darüber Gedanken machen. Ich hoffe noch immer, daß ich nach Ankara durchkomme. Ich mache mir Sorgen, wenn du hierbleibst, aber ...« Er brach ab, als jemand an der Tür klopfte. Grant rief, man solle hereinkommen. Es war Renée, die in der Tür stehenblieb und eilig rief:

»Isbul ist eben mit seinen Männern eingetroffen. Ardan hat ihn auf der Straße gesehen. Sie müssen ihr Auto an der Ecke stehengelassen haben. Sie kommen durch den Garten ...«

»Können Sie ihn verstecken, ja oder nein?« Schaeffer stand nun und schien der Situation völlig gewachsen zu sein.

»Ja, das können wir. Wir verstecken ihn an einem Ort, den Isbul nie finden wird. Es gibt hier ein ...«

»Sagen Sie nichts! Ich will es nicht wissen. Ich gehe jetzt. Wenn Isbul fragt, was ich hier wollte, sage ich ihm, ich wollte von Ramak wissen, ob er Grant gesehen hat. Viel Glück, Caleb!«

Ich hörte seine Schritte die Treppe hinunterpoltern. Renée trat neben das geschnitzte Gitter und drückte den Knopf. »Hier ins Geheimzimmer«, sagte sie zu Grant. »Setzen Sie sich hinein und halten Sie sich ganz ruhig. Niemand kann Sie von draußen sehen. Ich lasse die Tür zu Ihrem Zimmer offen, das wirkt unschuldiger ...« Grant griff nach seinem Mantel und schlüpfte hinter die Tapetentür. Ich hörte, wie unten die Vordertür des Hauses geöffnet wurde.

16. Kapitel

Es dauerte etwa zehn Minuten, ehe der Polizeipräsident im Zimmer anlangte. Ich hatte Grant angesprochen, als er den kleinen Raum neben mir betrat. Er hatte einen erstaunten Laut ausgestoßen. Dann hatte er sich ohne ein weiteres Wort neben mich auf die lederbezogene Bank gesetzt. Schon ehe sie das Zimmer betraten, hörte ich Renées warnende Stimme. Sie sprach lauter als gewöhnlich.

»Und hier ist der Raum, in dem Mr. Grant gearbeitet hat ...« Isbul trat durch die Tür, ihm folgten zwei uniformierte Polizisten, von denen jeder einen Koffer trug. Isbul schaute sich um und sagte etwas auf türkisch. Grant neben mir bewegte sich nicht. Wir sahen, wie der Polizeichef zum Fenster trat, während seine beiden Männer anfingen, die Papiere, die auf dem Tisch lagen, in die Koffer zu packen. Isbul wiederholte, was Schaeffer etwas früher getan hatte: Er starrte hinaus auf den Balkon, um sicherzugehen, daß sich dort niemand verbarg. Plötzlich wendete er sich hastig um, als Renée das Zimmer betrat.

»Haben Sie einen Hausdurchsuchungsbefehl?« fragte sie auf französisch.

»Selbstverständlich!« Isbul nahm ein zusammengefaltetes Papier aus seiner Tasche und reichte es ihr. Dann stellte er sich mit in die Hüften gestützten Händen vor sie hin und beobachtete sie. Die Art, wie er sie mit den Augen abtastete, schien mir nicht gerade angenehm zu sein. Zum erstenmal sah ich ihn in seiner ganzen Größe. Ich kann nicht sagen, daß er mir besser gefiel als vorher. Seine dunkelblaue Uniformhose war in die weichen Reitstiefel gesteckt. Ein Schulterhalfter mit einer Pistole und ein weiterer um die Hüften machten seine Ausrüstung aus. Er war einige Zentimeter kleiner als Renée, und seine kleinen Schweinsaugen strichen über ihren Körper, während sie den Hausdurchsuchungsbefehl las. Sie reichte ihn zurück und sagte:

»Scheint in Ordnung zu sein.« Sie wirkte ganz ruhig.

»Also sprechen Sie Türkisch, wie?«

»Ja, aber mit den Angestellten der Regierung spreche ich lieber Französisch.«

Ich hatte Angst um sie, als ich sah, wie Isbul an seinem dünnen Schnurrbart zupfte und sie weiter anstarrte. Sie starrte zurück, zeigte ein leises Lächeln und bog übertrieben den Kopf, um zu betonen, wie klein er neben ihr wirkte. Isbul stand nur knappe zwei Meter von dem geschnitzten Gitter entfernt, kam nun noch einige Schritte näher und lehnte sich an das Schnitzwerk. Er kreuzte die Arme über der Brust, und ehe er weitersprach, starrte er Renée lange an.

»Sie wissen hoffentlich, was für eine Strafe auf das Verstecken eines ausländischen Spions steht?«

»Ah, man hat Mr. Grant bereits verurteilt?«

»Sie wissen sehr gut, daß man ihm noch keinen Prozeß machen konnte.«

»Dann beschuldigen Sie ihn also einer Sache, die noch nicht bewiesen ist. Mein Mann, und da bin ich sicher, wird das dem Kommandanten in Ankara sofort melden, wenn die

Telefonleitungen wieder zu gebrauchen sind. Und noch was, sind Sie so schwach, daß Sie nicht anständig stehen können, wenn Sie sich hier in meinem Haus befinden?«

Isbul richtete sich auf und lehnte sich nicht mehr an das Schnitzwerk. Ich hielt den Atem an. Renées Taktik war klar darauf abgezielt, seine Aufmerksamkeit, während er im Zimmer war, von uns abzulenken. Ich hatte Angst, daß sie zu weit gegangen war, viel zu weit. Und dann erschien Ramak hinter seiner Frau in der Tür.

»Worüber werde ich mich beschweren beim Kommandanten?« fragte er.

»Über das Benehmen dieses Mannes. Er hätte mich auch gleich überfallen können ...«

»Überfallen?« Ramak nahm das Stichwort sofort auf, zog seine Frau näher zu sich und schob sie durch die Tür, betrat selbst das Zimmer und sagte: »Ich glaube nicht, daß mir das gefällt, was ich da höre, Isbul.« Er sagte es in einem gefährlichen Ton. Er überragte den kleinen Polizeichef, der protestieren wollte. Aber aus irgendeinem Grund war er nicht mehr ganz so selbstsicher wie vorher.

»Das wird Sie nicht weiterbringen«, schnappte er. »Zwei meiner Männer waren mit uns im Zimmer, und zwar die ganze Zeit.«

»Es gibt so etwas wie verbale Beleidigung«, sagte Renée giftig, »und außerdem gefällt mir nicht, wie Sie Ihre Augen benutzen, mein Herr.«

»Diese beiden Männer haben mein Haus auf den Kopf gestellt«, sagte Ramak leise. »Verstehen Sie Französisch?«

»Nein! Was hat das damit zu tun!«

»Dann haben Sie ja wohl auch kein Wort davon verstanden, was sie zu meiner Frau gesagt haben ...«

»Ich werde mich persönlich beim Kommandanten beschweren«, sagte Renée über Ramaks Schulter hinweg. »Seine Anspielungen waren ziemlich klar.«

»Ich habe ihr den Hausdurchsuchungsbefehl gezeigt, nichts weiter«, sagte Isbul außer sich.

»Dann machen Sie schon und durchsuchen Sie das Haus«,

bellte Ramak, ebenso wütend wie Isbul. »Aber dieses Mal werde ich derjenige sein, der Sie herumführt, und zu meiner Frau sagen Sie gefälligst kein weiteres Wort mehr, ist das klar ...«

Isbul stieß ihn zur Seite und versuchte, aus dem Zimmer zu gehen. Dann bemerkte er, daß Renée noch immer die Tür blockierte. Sie zog sich nur ganz langsam zurück. Isbul verließ den Raum, und Ramak marschierte hinter ihm. Sie liefen den Gang hinunter. Die beiden Polizisten waren damit fertig, die Papiere in die Koffer zu packen. Sie hatten auch die Stahlbüchse, die ich vergessen hatte abzuschließen, ausgeleert und schleppten nun die Untersuchungen mit, die ich die Nacht über gelesen hatte. Sie gingen auf den Gang und schlossen die Tür. Neben mir rückte Grant hin und her, nahm eine Zigarette aus der Tasche, steckte sie sich in den Mund, zündete sie aber nicht an.

»Lieber Gott«, sagte ich flüsternd, »sie hat's ein bißchen übertrieben, nicht wahr. Das war riskant.«

»Das ist typisch für sie. Aber sie war in einer stärkeren Position, als Sie dachten und sich vorstellen konnten. Sechs Monate sind es jetzt her, daß Isbul Schwierigkeiten wegen einer weiblichen Gefangenen hatte. Man hat das nach Ankara berichtet, und wir alle hofften, es würde ihm den Hals brechen. Aber er hat es geschafft zu bleiben. Noch eine Geschichte wegen einer Frau, das wäre genau das, was ihm jetzt noch fehlt.« Er wechselte das Thema. »Haben Sie zugehört, was wir besprochen haben, Shand?«

»Ja, ich bin hier hereingeschlüpft, als ich jemand die Treppe heraufkommen hörte. Dann hoffte ich, Sie würden wieder weggehen. Ich nehme an, Sie benutzen irgendeinen Spezialseismographen, um Ihre Untersuchungen zu führen. Ich habe vieles nicht verstanden, was Sie gesagt haben, akustisch, verstehen Sie.« Ich hatte das Gefühl, es wäre nicht so gut, Grant zu gestehen, daß ich doch alles verstanden hatte. Er verdaute an diesem Satz einen Moment, und ich war nicht sicher, ob er mir glaubte. Aber es war ihm im Augenblick sehr recht, so tun zu können, als ob er mir glaubte.

»Es ist, als warte man am Bahnhof auf einen Zug, nicht wahr«, sagte er kühl. »Und vielleicht wäre es nicht schlecht, wenn wir all das für uns behalten würden. Lassen Sie Schaeffer nicht wissen, daß Sie hier waren. Er hat mir schon mehr geholfen, als er sollte. Wollen Sie meine anderen Untersuchungen sehen, Shand?«

»Nicht, wenn es Sie in weitere Schwierigkeiten bringt.«

»Wenn man mehr Schwierigkeiten kriegt, als man gewohnt ist und das für längere Zeit, fängt man an, sie nicht mehr zu bemerken.« Er kicherte. »Ich habe die Schwierigkeiten in mein Leben integriert, das ist mein Leben. Mein Gott, wäre ich froh, wenn ich die verdammte Zigarette anzünden dürfte. Ich werde Sie dorthin mitnehmen, wo das Instrument steht. Ich möchte, daß Sie den Rest meiner Untersuchungen lesen. Vielleicht müssen Sie eine Weile dort draußen bleiben mit mir.«

»Bei diesem Wetter? Der Wetterbericht ist grimmig. Eine ganze Tonnenladung neuer Schnee steht uns bevor. Sie haben doch nicht etwa vor, in dieser Mine, von der Sie sprachen, zu bleiben. Jedenfalls hoffe ich das nicht?«

»In den tieferen Schächten ist es nicht so schlimm. Die Kälte dringt nicht bis unter ein gewisses Niveau der Erde. Wir werden im Laufe des Tages sehen, wie sich alles macht.« Er schwieg, wir hatten geflüstert. Nun bemerkten wir, daß jemand von außen am Türgriff drehte. Die Tür quietschte leise und öffnete sich sacht. Wir saßen ganz still und sagten kein Wort. Jemand kam herein und schloß die Tür mit ebensolcher Sorgfalt. Es war Lynn. Sie war voll angezogen, trug einen dunkelblauen Marinepullover und dazu hellblaue Hosen. Sie lehnte sich mit dem Rücken an die Tür und schaute sich im Zimmer um. Ihr Gesicht war weiß. Sie sah erschöpft und müde aus. Grant bemerkte an einer meiner Bewegungen, daß ich aufstehen wollte, und hielt mich mit der Hand am Arm fest. Natürlich hatte er recht: Ihre behutsame Art, ins Zimmer zu kommen, wies darauf hin, daß die Polizei noch im Haus war. Wir durften auf keinen Fall riskieren, daß sie zurück ins Zimmer kamen und uns drei zusammenfanden. Sie betrachtete abwesend das Schnitzwerk, hinter dem wir beide saßen, und verließ dann wieder das Zimmer. Leise schloß sie die Tür hinter sich. Ich fühlte mich vor Erschöpfung schwach. Grant sagte leise: »Ich möchte, daß Sie mir etwas versprechen, Shand. Falls Sie nicht mitkommen wollen in die Mine, sondern noch heute abend die Stadt verlassen können, nehmen Sie Lynn mit. Mir wäre es am liebsten, sie wäre schon unterwegs. Ich habe auch Ramak darum gebeten, aber ich glaube, er wird Ergenrum nicht verlassen. Jemand muß sie sobald wie möglich von diesem Ort wegschaffen. Im Moment ist es natürlich fast nicht möglich, ich weiß«, sagte er. »Isbul wird Leute aufgestellt haben, die das Haus bewachen.«

»Ich werde mein Bestes für sie tun, glauben Sie mir. Liegt die Mine weit von der Stadt entfernt?«

»Nein. Sie liegt im Norden am Fuße des Bulbul Dağ, das ist der Nachtigallenberg. Dort gibt es eine Anzahl verlassener Chrombergwerke und leerer Stollen. Man kommt sich ein bißchen vor, als befände man sich in den Katakomben von Rom. Man muß aufpassen, daß man sich nicht verirrt.«

»Und glauben Sie wirklich, daß Sie dorthin gelangen, ohne daß Isbuls Männer Sie fangen?«

»Wir haben drei Vorteile ...« Er sprach immer noch so, als wäre er sicher, daß ich mit ihm kommen würde. »Zum ersten die Dunkelheit, zum zweiten den großen Exodus aus der Stadt – die Hälfte von Isbuls Männern ist damit beschäftigt, die Flüchtlinge zu kontrollieren – und dann als drittes: Ramak. Wenn er uns in seinem Auto von diesem Haus bis zum Fluß hinunterschafft, dann können wir den Rest des Weges allein zurücklegen. Der Fluß ist der Schlüssel zum Zugang, verstehen Sie?«

»Wie meinen Sie das?«

»Ich möchte jetzt besser nicht über Details sprechen.« Er lachte leise. »Vielleicht verlieren Sie dann die Lust mitzukommen. Ich nehme doch an, daß Renée uns sagt, wenn die Kerle draußen fort sind, wie.«

Lange Zeit saßen wir und warteten hinter dem geschnitzten Gitter – und obwohl Luft hereinkam, fiel mir das Atmen schwer. Ich konnte einfach nicht verstehen, daß Grant so ruhig war. Wie klar er alle Sachen betrachtete, wie ruhig er einen Zeitplan ausarbeitete, wie er zu scherzen verstand, während er sprach. Man hatte ihn angeklagt, ein Spion der Sowjetrepublik zu sein. Er hatte sich mit einer hochexplosiven Ladung aus dem Gefängnis befreit. Er hatte eine gefährliche und falsche Radioansage durchgeboxt, und in diesem Augenblick durchsuchte die Polizei dieses Haus nach ihm. Trotzdem verhielt er sich viel ruhiger, als ich mich fühlte. Ich hatte vergessen, daß Isbul mit seinen Männern zu Fuß das Haus betreten hatte. Deshalb wartete ich auf das Geräusch eines Wagens als Zeichen dafür, daß sie abgefahren waren. Als sich die äußere Tür öffnete, sprang ich vor Schrecken beinahe auf. Renée betrat das Zimmer und rief durch das Gitter, als sie den Knopf drückte:

»Sie sind weg, Caleb ...« Sie hörte auf zu sprechen, als sie mich sah. »Mein Gott! Ich hab' einfach nicht verstanden, wo Sie plötzlich hinverschwunden waren, David. Isbul hat nach Ihnen gefragt. Ich sagte, Sie müßten wohl ausgegangen sein.«

»Er wollte mich festnehmen?« Ich streckte mich und stand mitten in Grants Zimmer. Seit ich das kleine Kabäuschen betreten hatte, hatte ich mich fast nicht gerührt.

»Nein, das glaube ich nicht! Sie haben Ihre Sachen durchsucht, aber sie haben natürlich das ganze Haus durchsucht. Er hatte sechs Leute dabei. Ich bin fast gestorben, als er darauf bestand, in diesem Zimmer zu bleiben.«

»Du hast das sehr gut hingekriegt, meine Liebe«, sagte Grant und drückte sie liebevoll. »Ist Schaeffer weg?«

»Ja, er war gerade dabei zu gehen, als Isbul ankam. Sie haben fast nicht miteinander gesprochen. Soll ich euch Kaffee machen? Ardan sagt, ihr bleibt besser hier oben, falls Isbul noch einmal zurückkommt. Aber er glaubt nicht, daß das wahrscheinlich ist.«

»Warum nicht?« fragte ich. »Das ist doch sicher eine leichtsinnige Annahme?«

»Das wird Ardan euch selber sagen! Da ist er schon. Ich gehe hinunter und mache Kaffee.« Ramak hatte vor unterdrücktem Zorn ein ganz steifes Gesicht und hielt ein Glas in der Hand. Er setzte sich auf die Couch. »Ich werde zusehen, daß dieser Mensch entfernt wird, und wenn es das letzte ist, was ich tue. Der ist die letzte Zeit Polizeichef gewesen!« Er hob sein Glas und trank uns grimmig zu. »Unter uns, meine Herren, es wird sicher nicht das letzte sein, was ich tue, verstehen Sie mich? Er hat Antonopoulos freigelassen, aber er hat ihm gesagt, er dürfe die Stadt nicht verlassen ...«

»Wissen Sie das von ihm selbst?«

»Aber nein, aber hier in Ergenrum reisen die Neuigkeiten ziemlich schnell.« Er zwinkerte. »Er weiß jetzt gar nicht mehr, wo ihm der Kopf steht, unser guter Isbul. Zwei völlig verschiedene Leute, die beide keine Verbindung zueinander haben und in deren Sachen man Fotografien und Zeichnungen des Gebiets und der Baracken in der Nähe von Drusa gefunden hat. Die Leute scheinen nur eine einzige Verbindung miteinander zu haben: sie gebrauchen Sprengladungen. Isbul ist immer noch gefährlich, aber ich bin sicher, er glaubt, daß Caleb das Opfer eines Tricks ist, den er noch nicht verstanden hat. Das ängstigt ihn ganz besonders. Wann willst du, daß ich dich nach Drusa bringe, Caleb?«

»Sowie es dunkel ist. Was tut sich eigentlich auf dem Boulevard draußen?«

Seit er das Zimmer betreten hatte, hatte Ramaks Laune sich wieder gebessert. Er war jetzt nicht mehr wütend, sondern schien eher amüsiert. Aber nun, als er zu Grant aufblickte, wurde seine Miene wieder ernst. »Es wird immer schlimmer. Viele Leute sind dabei, die Stadt zu verlassen. Natürlich gibt es offizielle Nachrichten im Radio, die der Geschichte von einer Seuche widersprechen, und das macht die Sache nur noch schlimmer.«

»Du findest das, was ich getan habe, nicht in Ordnung, nicht wahr?« fragte Grant.

»Du mußt deine eigenen Entscheidungen treffen, ich werde dir helfen, wann immer ich kann, und du weißt es.«

»Ich brauche einen Wagen und jemand, der mich heute nacht nach Drusa fährt.«

Grant zögerte. »Shand kommt vielleicht mit. Und Schaeffer wird auch dabeisein. Ich möchte hier nicht später als neun Uhr abfahren.«

»Ich werde alles arrangieren. Du weißt, ich habe dreißig Leute aus Izmir hierhergebracht, für den Fall, daß es Ärger gibt. Sie sind über die ganze Stadt verteilt. Ich glaube, du wirst ein paar von ihnen gebrauchen können.« Grant nahm den Kaffee entgegen, den Renée auf einem Tablett hereinbrachte, dann blickte er verwirrt auf: »Wieso sollte ich die benötigen, Ardan?«

»Wegen Ionides.«

»Wir werden mit ihm keine weiteren Schwierigkeiten haben.« Grant wischte die Sorge um den Griechen mit einer Handbewegung weg, aber ich fing einen Blick aus Ramaks Augen auf und gab ihn auch zurück. Ich war ebenso wie der Türke davon überzeugt, daß wir noch einiges von Konstantin Ionides zu erwarten hatten.

Eine Stunde, nachdem Isbul und seine Männer unser Haus verlassen hatten, traf Schaeffer zu einem kurzen Besuch ein. Ich saß gerade mit Lynn in meinem Zimmer und sprach mit ihr, als der Amerikaner in der Tür erschien, zögerte und dann lächelte und auf uns zukam, als Lynn ausrief:

»Frank! Haben Sie es schon geschafft, nach Ankara zu telefonieren?«

»Nein, sie sagen, es wird mindestens 48 Stunden noch keine Verbindung geben. Ich komme gerade von Ihrem Vater, und ich glaube, er möchte Ihnen etwas mitteilen. Er ist in seinem Zimmer.« Er wartete, bis sie hinausgegangen war und schloß dann die Tür. »Ich bin hergekommen, um sicherzugehen, daß sie Caleb nicht gefunden haben, und nun möchte ich einen kurzen Schwatz mit Ihnen halten. Ich nehme an, Ramak wird versuchen, Sie heute nacht aus der

Stadt zu schmuggeln, heute nacht oder morgen früh, stimmt das?«

»Er hat sich noch nicht genau dazu geäußerst, warum?«

»Nun, es könnte mit Lynn Probleme geben. Ich mache mir Sorgen um sie.« Er ging zum Fenster und schaute rechts hinunter auf den Boulevard. »Mein Gott, das Gedränge wird immer größer. Jetzt sieht es wirklich aus, wie wenn es eine Massenevakuierung werden würde. Diese Radionachrichten der Behörden tragen nur dazu bei, eine Panik aufkommen zu lassen. Je mehr sie es bestreiten, daß es eine Seuche geben wird, um so weniger glauben ihnen die Leute. Es sieht so aus, als habe Caleb damit recht gehabt. Wie dem auch sei, die Geschichte mit der Cholera ist noch frisch in aller Erinnerung.«

»Und welches Problem mit Lynn meinen Sie?«

Schaeffer setzte sich in einen Stuhl, und es sah aus, als müßte er sich erst entscheiden, was er mir erzählen wollte. Er beobachtete mich. Endlich sagte er:

»David, im Moment habe ich ziemlich viel Boden unter den Füßen verloren. Gewöhnlich habe ich ein oder zwei Leute, von denen ich weiß, daß ich mich auf sie verlassen kann. Aber so, wie die Sache jetzt aussieht, muß ich als ›One-man-show‹ auftreten.« Wieder sah er mich an und fuhr dann fort: »Und so, wie Sie die Sache in Jerusalem behandelt haben, nehme ich an, daß Sie ein ziemlich harter Kunde sind.«

»Ich habe damals ganz instinktiv gehandelt, Schaeffer.« Ich fragte mich, auf was er hinauswollte. Die Bemerkungen über Lynn machten mich ziemlich nervös.

»Es gibt eine Menge Schwierigkeiten. Der Rechtsanwalt bemüht sich darum, die Anklage wegen Spionage niederzuschlagen, ehe sie Grant wieder schnappen. Seine Taktik ist es, Isbul auszuschalten, bis ich Ankara erreiche, dann können wir etwas unternehmen. Es gibt aber noch andere Probleme ...« Er sprach nicht weiter, und ich schwieg.

»Also, ich weiß mehr über Ihre Reise, seit Sie Kairo verlassen haben, als Sie sich vorstellen«, fuhr Schaeffer fort. »Hat ein Mann namens Johnson nicht in Kairo bei Ihnen vorgesprochen?«

»Aber ja, das hat er getan. Ich dachte, ich hätte Ihnen das schon einmal erzählt – als wir uns zum erstenmal im Pera Palas trafen.«

Ich bemerkte, daß Schaeffer sich auf diese Weise dem Punkt näherte, den er mit mir besprechen wollte; ich war ziemlich sicher, daß ihm nie etwas entfiel.

»Ich habe Johnson zu Ihnen geschickt«, sagte er. »Und jetzt sage ich Ihnen, daß Grant vor fünf Tagen einen Telefonanruf erhielt, in dem man ihm sagte, daß seine Tochter gekidnappt worden sei. Und wenn er sie je lebend zurückhaben wollte, müßte er sofort damit aufhören, davon zu sprechen, daß ein großes Erdbeben bevorstünde. Uns war klar, daß Ionides hinter der Sache stand. Er hat ein Interesse daran zu verhindern, daß die internationale Presse die Geschichte aufgreift und damit die Auktion gefährdet, die nächsten Monat stattfinden soll.«

Ich brauchte einige Minuten, ehe ich antworten konnte. Erst jetzt begriff ich, wie bedrohlich diese Neuigkeit für Schaeffer gewesen sein mußte. Ich antwortete, ohne zu der Geschichte Stellung zu nehmen.

»Das muß ein böser Schock für Sie gewesen sein, wie?«

»Das war's. Und wir konnten ihrer so schwer habhaft werden! Johnson flog nach Jerusalem und entdeckte nichts weiter, als daß Sie das King Solomon verlassen hatten, wohin, wußte man nicht. Auf der Straße nach Beirut hat er Sie auch verfehlt ...«

»Ich glaube, ich weiß, was damals passiert ist«, warf ich ein. »Ich habe mit einem Wagen, der uns nachkam, Verstecken gespielt – einem amerikanischen Wagen – er war sehr schnell und kam hinter uns her. Ich habe meinen Wagen hinter einem Gebäude geparkt. Er ist an uns vorbeigeschossen, als wäre der Teufel hinter ihm her.«

»Ja, das wird Johnson gewesen sein! Dann in Beirut hatte er wieder kein Glück. Die Botschaft dort hatte die Universität informiert, falls Sie auftauchen sollten, wolle man Sie dringend sprechen. Aber Linquist kam gerade erst von seiner Reise zurück, und als wir ihn gewarnt hatten, waren Sie uns schon wieder entkommen.«

»Das erklärt einiges. Ich sah einen Wagen vor unser Hotel fahren, gerade als wir abreisten.« Ich betrachtete ihn neugierig. »Aber wieso hat Johnson in Kairo nach Lynn gefragt? Damals hatte man sie doch noch nicht entführt.«

»Das war eine Routineuntersuchung«, erwiderte Schaeffer leichthin. »Caleb machte sich Sorgen, weil sie die weite Reise so ganz allein unternommen hatte, und bat mich, in Kairo Leute loszuschicken, die mit ihr in Kontakt treten sollten.«

Ich glaube eher, daß sie sich Sorgen gemacht haben, als sie hörten, daß sie das Land verlassen hatte, dachte ich bei mir. Aber Schaeffer schien für alles eine plausible Erklärung zu haben.

»Und woher wußten Sie, daß sie nach Kairo unterwegs war?« fragte ich weiter.

Er zögerte sekundenlang. »Ich wußte es erst, als sie schon eine Weile abgereist war. Ich habe das aus Ramak herausgeholt, als ich bemerkte, daß sie nicht mehr in der Stadt war. Jetzt wissen Sie wirklich alles, und ich erzähle Ihnen das nicht umsonst. Ich möchte Sie daran erinnern, was passiert ist, und möchte Sie warnen, daß sich alles das wiederholen kann.«

»Sie meinen, Lynn ist in Gefahr?«

»Sie *könnte* in Gefahr sein. Ramak wird herausfinden, was in Ionides' Organisation vonstatten geht. Ich weiß nicht, wie er das macht, und ich will es auch nicht wissen. Ich rate auch Ihnen, besser mit niemandem darüber zu reden. Ich schätze, daß nun, nachdem Grant aus dem Gefängnis entwichen ist, der Grieche versuchen wird, ihn in die Hände zu bekommen. Er muß ihn davon abhalten, weiter über das Erdbeben zu sprechen. Gott der Herr weiß, daß Ionides Caleb mittlerweile hassen muß wie den Teufel. Ich jedenfalls möchte, daß Sie auf Lynn aufpassen. Ich möchte, daß Sie sie aus der Stadt schaffen, wenn es dazu eine Chance gibt. Es ist möglich, daß ich nicht greifbar sein werde, und Ramak ist mit seinem Privatkrieg, den er mit dem Griechen führt, beschäftigt.«

»Was hat Ramak vor?«

»Das weiß ich auch nicht so genau. Aber er hat dreißig Männer aus seinem Heimatort Izmir nach Ergenrum gebracht, und auch Ionides hat Leute in die Stadt eingeschleust. Das ist auch etwas, von dem Caleb nichts weiß.« Er lehnte sich nach vorn und sprach nun ziemlich leise. »Ich möchte, daß es Ihnen klar ist, David, wie die Sache laufen kann. Es ist möglich, daß diese Stadt in einen Zustand der Anarchie verfällt und das, noch ehe es Nacht wird. Die Polizei hat alle Hände voll zu tun, mit dem Exodus fertig zu werden. Man erwartet Plünderungen und dergleichen. Auf der anderen Seite werden Ionides und Ramak die Situation für sich ausnützen. Es kann ziemlich wild werden, nehmen Sie mein Wort dafür, und ich bitte Sie, sich so nah wie möglich bei Lynn zu halten und auf sie zu achten.«

Kurz danach verließ er das Zimmer und versprach, gegen neun Uhr abends zurück zu sein. Ich nahm an, daß er bis dahin mit Grant besprochen hatte, ob er mit ihm zur verlassenen Mine hinausgehen wolle. Der Tag verstrich. Grant und ich brachten eine Weile artig im ersten Stock zu. Später aber wurden wir unruhig, und Ramak erlaubte uns, nach unten zu kommen, solange wir die Zimmer im vorderen Teil des Hauses nicht betraten. Man hatte wieder die Vorhänge geöffnet, um Isbuls Wächter nicht mißtrauisch zu stimmen, und in den vorderen Räumen hätte man uns von der Straße aus sehen können. Ramak verbrachte viel Zeit am Telefon. Man hörte kurze Gespräche, und ich nahm an, daß er seine Männer anleitete, in den verschiedenen Gegenden der Stadt Posten zu beziehen. Das Mittagessen wurde in der Bibliothek serviert, die den großen Garten im hinteren Teil des Hauses überblickte. Ich saß lange und unterhielt mich mit Lynn.

»Was ist eigentlich los?« wollte sie wissen. »Kein Mensch sagt mir was. Werden wir versuchen, Ergenrum zu verlassen?«

»Das nehme ich an. Vielleicht heute nacht oder ganz früh am Morgen. Mir hat man auch noch nicht viel darüber berichtet.«

»Und Vater? Kommt er mit uns? Ich habe gehört, wie Ramak mit Frank gesprochen hat, und der glaubt, daß wir alle in der Verwirrung auf der Straße entkommen können.«

»Das glaube ich auch ...« Sie betrachtete mich mißtrauisch, und ich tat so, als verlöre ich die Geduld. »Wirklich, Lynn, ich weiß nicht mehr als du. Du bist jetzt schon ziemlich entnervt, was?«

»Ja, ich muß sagen, daß ich fast froh wäre, das Land zu verlassen.« Sie lächelte kurz. »Nein, das hätte ich nicht sagen sollen. Ich meine es wirklich nicht so.« Aber sie hatte es sehr wohl so gemeint. Ich wußte nun, daß sie nicht mehr lange durchhalten konnte; sie stand allzusehr unter Druck. Die Lage, in der ihr Vater sich befand, die Atmosphäre im Haus, die Angst, weiterhin im *verbrannten Land* leben zu müssen, alles das war zuviel für sie. Obgleich wir Ramaks vier Wände nicht verlassen hatten, spürte man doch die steigende Spannung in der Stadt draußen, die durch alle Ritzen zu uns hereinzudringen schien.

»Ein Gerücht macht sich breit«, sagte Ramak nach einem weiteren Telefongespräch. Es muß gegen vier gewesen sein. »Man sagt, in Drusa allein wären über tausend Fälle von Erkrankungen zu beklagen.«

»Das kann doch nicht wahr sein, hoffe ich?« fragte ich eilig. Er schüttelte traurig den Kopf und schaute zur Tür hinaus in den Gang, um zu sehen, ob uns jemand hören könne.

»Natürlich ist es nicht wahr, nichts davon ist wahr. Es ist Ihnen doch klar, daß Grant in den nächsten ein oder zwei Tagen diese Provinz verlassen muß, vielleicht muß er sogar die Türkei verlassen. Wenn diese armen Menschen entdecken, daß man sie hereingelegt hat, werden die, die ihn einst liebten, ihn hassen und ihn lynchen wollen.«

»Es sei denn, das Erdbeben kommt.«

»Es wird kein Erdbeben geben!«

Ramak würde noch immer für Caleb Grant tun, was er konnte, aber der Türke glaubte nicht einen Moment daran, daß eine Katastrophe bevorstand.

Als wir so sprachen, ging die Tür auf und ein etwa siebenjähriges Mädchen kam hereingerannt. Sie jubelte, als sie ihren Vater entdeckte. Ihr bräunliches Haar, das dieselbe Farbe hatte wie das von Renée, war lang und hing bis über die Schultern herab. Sie trug ein dunkelrotes Kleid aus schwerem Stoff, und als Ramak nach einer Umarmung das Zimmer verließ, begann sie mit mir zu plaudern, bis Lynn kam und mich befreite. Sie sprach französisch, zwitscherte wie ein kleiner Vogel. Um fünf gab es einen häßlichen Zwischenfall.

Ich hörte, wie an die Eingangstür gehämmert wurde, und raste hastig die Treppe hinauf. Ich war sicher, daß Isbuls Männer jeden Augenblick ins Haus platzen würden. Grant kam aus seinem Zimmer, und wir standen nebeneinander und beugten uns über das Treppengeländer. Die Eingangstür war von hier aus nicht zu sehen, und wir konnten nur hören, wer hereinkam. Ramak lief am Fuß der Treppe vorbei, es gab einen aufgeregten Wortwechsel. Türkisch klang zu uns herauf, die Tür schlug zu, und drei Männer betraten die Halle, Ramak folgte ihnen. Zwei der Männer stützten einen dritten zwischen sich, und Ramak rief Grant zu, er solle herunterkommen und auch Renée schicken. Thérèse wurde hastig in ihr Zimmer gebracht. Ich folgte Grant hinunter in das große Zimmer am hinteren Ende des Hauses.

»Man hat viele Male auf ihn eingestochen«, sagte Ramak leise, als sich Grant über den Mann beugte und ihn untersuchte. Man hatte ihn auf die Couch gelegt, auf der ich mit Lynn gesessen hatte. Die beiden Männer, die den Verletzten hereingetragen hatten, standen in ihren Mänteln neben dem Fenster und hielten ihre Mützen in der Hand. Sie waren rauhbeinige Kerle mit wirren riesigen Schnurrbärten. Ich stellte mir vor, daß es zwei der Männer waren, die Ramak aus Izmir importiert hatte.

»Wer ist das?« fragte ich.

»Mehmet Tusan, einer meiner Männer. Er war mit einer gefährlichen Mission unterwegs. Er mußte einen Auftrag für mich erledigen. Wie gefährlich er war, kann man jetzt sehen.«

Ich verstand sogleich und erinnerte mich, was Schaeffer gesagt hatte. Sicherlich war das ein Mann, der sich in Ionides Organisation eingeschmuggelt hatte, und ganz offenbar war man ihm auf die Schliche gekommen. Erst in diesem Augenblick begriff ich, welche Gefahren über uns schwebten. Die Gefahr, die vom Polizeipräsidenten Isbul ausging, war geradezu harmlos. Lynn kam die Treppe herunter, während Grant den Mann untersuchte, und ich erriet, daß Renée sie uns geschickt hatte.

»Kann ich helfen?« fragte sie leise.

»Komm hierher, bitte«, sagte Grant.

Während sie zusammen versuchten, den Mann auszuziehen, fühlte ich ein leises Beben. Eine schwache Erschütterung, die die Stadt kurz erzittern ließ. Ich beobachtete Lynn, aber sie schien nichts zu bemerken. Sie beugte sich über den Mann, um ihm das Hemd vom Rücken zu entfernen. Mir fiel ein, daß sie 18 Monate in Damaskus als Krankenschwester gearbeitet hatte. Minuten später begann der Mann auf der Couch sich zu bewegen. Er griff nach Grants Anzugaufschlägen und krächzte etwas. Grant blickte Ramak an und sagte etwas zu ihm. Der Türke trat vor und beugte sich mit seinem Ohr über Tusans Mund. Der geschwächte Mann stammelte in pathetischer Hast einige Sätze, dann fiel sein Kopf zurück und er lag still. Grant prüfte seinen Puls und schüttelte den Kopf.

Die beiden Männer, die ihn hereingebracht hatten, trugen den Leichnam hinaus in den Gang, der zur Küche führte und in den hinteren Teil des Hauses. Als sie fort waren, verließen auch Grant und Lynn das Zimmer. Grant kam allein wieder zurück und schloß die Tür hinter sich.

»Man hätte nichts mehr für ihn tun können«, erklärte er Ramak. »Es hat mich überrascht, daß er überhaupt das Haus erreicht hat. Wirst du die Polizei verständigen? Dann gehe ich wohl lieber woanders hin, um auf Schaeffer zu warten.«

»Das ist nicht nötig. Könntest du hinaufgehen und Renée erzählen, was passiert ist? Sie wird sich ängstigen.«

»Ich habe Lynn rauf geschickt ...« Dann begriff Grant plötzlich, daß der Türke ihn aus dem Zimmer haben wollte. »Aber natürlich werde ich hinaufgehen und mit ihr sprechen.« Ramak wartete, bis er gegangen war, und goß mir einen Brandy ein. Ich fragte ihn, ob er auch einen trinken wolle, und er antwortete mir:

»Nein, das macht mich nur noch wütender. Und damit ist wohl eines ziemlich klar. Es kommt nicht in Frage, daß Sie oder Lynn ohne Schutztruppen das Haus verlassen. Und es müssen verdammt gute Schutztruppen sein. Einer von Antonopoulos Männern hat Tusan auf dem Gewissen. Heute abend werde ich mit Caleb zusammen etwas Bestimmtes unternehmen müssen, nachdem es dunkel geworden ist. Eigentlich wollte ich Sie hier mit meiner Familie lassen – außerdem zwei von meinen Wächtern. Nach diesem Vorfall ist das unmöglich. Sie werden alle zusammen mitkommen müssen, und ich werde Sie später selbst aus der Stadt bringen.«

»Halten Sie es für eine gute Idee, Lynn mitzunehmen, Renée und das Kind?«

»Ich hätte keinen Augenblick Ruhe, wenn ich sie hier im Haus zurückließe. Ich kann nicht genügend Männer entbehren, um für ihre Sicherheit zu garantieren. Antonopoulos weiß, daß er uns hier finden kann. Was er jedoch nicht weiß, ist, wo wir hingehen werden, Genug davon!« Sein Gesicht nahm einen wilden Ausdruck an, als ich protestieren wollte. »Ich habe mich entschieden, punktum!« Er verließ das Zimmer, und ich setzte mich, um eine Zigarette anzuzünden. Fünf Minuten brauchte ich, ehe ich mich entschlossen hatte, mit Ramak zu sprechen. Dann erhob ich mich und suchte nach ihm. Als ich in die Halle trat, änderte ich meine Meinung und ging die Treppe hinauf, um erst mit Grant zu sprechen. Er saß auf einer Couch in seinem kleinen Zimmer und kritzelte irgendwelche Berechnungen in seinen Notizblock. Als ich hereinkam, winkte er mir mit einem Buch, das er in der Hand hielt.

»Das ist alles, was von meinen Untersuchungen übriggeblieben ist – dies und die Aufzeichnungen, die ich in dem Stollen der Mine versteckt habe.«

»Ich komme herauf, um mit Ihnen über unsere Fahrt zur Mine zu sprechen. Ramak hat vorgeschlagen, daß wir alle mitkommen.«

»Ich weiß. Aber nur nach Drusa. Von dort aus können Sie und ich uns zur Mine aufmachen, während die anderen aus der Stadt gebracht werden.«

»Selbst die Fahrt nach Drusa scheint mir nachts ziemlich gefährlich. Glauben Sie nicht, daß ich damit recht habe? Wir könnten noch jetzt sofort die Stadt verlassen ...«

»Ramak hat mich davon überzeugt, daß sein Plan der beste ist – für Lynn und für die anderen. Wenn Sie anderer Meinung sind, bitte sprechen Sie doch mit ihm selbst.«

Ich verließ den Raum, um nach Ramak zu suchen. Er saß am Wohnzimmertisch und las ein beschriebenes Blatt, als ich die Tür öffnete und im Türrahmen verharrte, so daß man mich von draußen durch das Fenster nicht sehen konnte.

»Ich wollte noch einmal über Ihren Plan mit Ihnen sprechen ...« Er bot mir einen Stuhl an, und ich setzte mich neben die Tür. Er trat neben mich, um mir zuzuhören. »Hören Sie, Ramak, ich glaube immer noch, es wäre besser, wenn wir versuchen würden, Lynn heute nacht aus der Stadt zu bringen, wenn Sie ein Transportmittel besorgen können. Ich nehme Ihre Frau und Ihr Kind mit, wenn Sie wollen.« Ich dachte schon, er würde erneut explodieren, aber er nickte nur, legte seinen Arm um die Stuhllehne und antwortete:

»Vielen Dank für das Angebot. Ein Wagen wäre aufzutreiben. Isbul übrigens hat vor einer Stunde seine Männer von den beiden Straßenseiten zurückgepfiffen. Das war kurz bevor sie den armen Tusan hereinbrachten. Ich glaube, es ist jetzt soweit, daß der Polizeichef keinen seiner Männer mehr entbehren kann.«

»Dann würde ich keine große Schwierigkeit haben, mit den Frauen das Haus zu verlassen, nicht wahr.«

»Nein, die Schwierigkeiten würden sich später ergeben. Wenn Sie Ergenrum hinter sich haben und auf der Straße nach Erzincan fahren, werden Sie bei den Straßensperren der Polizei gestoppt werden. Die Polizei kann nichts unternehmen, um die Leute, die die Stadt verlassen wollen, aufzuhalten. Sie können sich aber genau anschauen, wer die Stadt verläßt. Nehmen wir einmal an, Sie werden festgenommen, was dann? Lynn, meine Frau und mein Kind wären in dieser grauenhaften Prozession gefangen, würden nach Westen mitgezerrt und wären ohne Schutz. Glauben Sie, das kann ich riskieren?« Auf seinem Gesicht erschien ein ganz kleines Lächeln. »Würden Sie das Lynn zumuten?«

»Wohl kaum. Aber die Straße nach Erzincan ist doch offen ...«

»Nein! Sie haben die Radiomeldung mißverstanden. Die Straße ist offen, das bedeutet, es gibt keine Schneeverwehungen. Allerdings gibt es noch immer einige Lawinen, die vor morgen nicht entfernt werden können. Bulldozer sind bereits unterwegs.« Wieder hatte er mich mit seiner Logik geschlagen, und zum erstenmal hatte ich das Gefühl, daß ich nicht recht daran tat, an seinem Urteil zu zweifeln. Trotz all seiner Skrupellosigkeit war dieser Türke ein unglaublich kluger und vorausschauender Mann, und ganz sicherlich waren die Chancen für mich und die Frauen besser, wenn wir ihn an unserer Seite hatten. Ich ging allein die Treppe hinauf. Später klopfte Lynn und kam zu mir herein. Thérèse und Renée waren bei ihr. Ihre Gesellschaft tat mir gut. Für ein paar Augenblicke vergaß ich, was auf uns wartete, sobald es Nacht wurde. Die gefährliche Reise nach Drusa, die Mine mit ihren Schächten und Stollen, Isbul, der auf mich lauerte, oder noch schlimmer – Antonopoulos und seine Männer.

17. Kapitel

Über uns erhob sich das massige mondbeschienene Bergmassiv des Nachtigallenbergs in den blassen, bitterkalten Winterhimmel, als Grant den Ford durch die engen Straßen des Vororts Drusa steuerte. Ich saß neben ihm und fühlte, wie die Reifen auf der schneeverwehten Straße rutschten und kratzten. Hinter uns auf dem Rücksitz saßen zwei Türken, Männer Anfang der Dreißig, tiefvermummt in ihre Pelze und mit den spitzen Hüten, die die Bewohner Anatoliens im Winter tragen. Vor uns her fuhr der Mercedes, Ramak steuerte, und Lynn saß neben ihm. Vier weitere Türken hatten auf den Hintersitzen Platz genommen. Im letzten Moment hatte sich der Plan, zusammen zu fahren, fast noch verändert. Plötzlich hatte Grant versucht, Ramak davon zu überzeugen, daß es vielleicht doch besser sei, seine Familie mit Lynn im Haus zurückzulassen, aber es war seine eigene Tochter gewesen, die ihm widersprach.

»Ich bleibe bei dir«, sagte sie. »Wenn es ein Erdbeben gibt und du bist unterwegs, werde ich mich zu Tode ängstigen. Ich werde nicht wissen, wie es dir geht, und das wird mich wahnsinnig machen.«

Sie hätte kein schlagenderes Argument wählen können. Grant glaubte an sein Erdbeben, hatte seine Überzeugung, die ihn mit beinahe religiöser Intensität erfüllte. Er hatte nachgegeben, ohne sich weiter zu widersetzen. Wir hatten das Haus durch eine Hintertür verlassen. Unser Weg führte uns durch den großen Garten, der mir in der Nacht noch viel größer schien als am Tage. Durch eine Pforte in der hinteren Gartenmauer traten wir auf eine Nebenstraße hinaus, auf der drei Autos auf uns warteten. Die drei hintereinander fahrenden Wagen schienen mir von Anfang an ein gefährliches Risiko. Eine solche Prozession in den nächtlichen Straßen mußte von der Polizei bemerkt werden. Ramak aber kannte kleine und versteckte Umgehungsstraßen, die uns nach Drusa brachten. Wieder einmal bemerkte ich, daß er genau wußte, was er tat. Die Nebenstraßen, durch die wir fuhren, waren verlassen, enge Schneeschluchten mit Eiszapfen an den Dächern. Unsere Scheinwerfer spielten auf verlassenen Hauswänden.

Wir fuhren nun stetig bergab, der schneeweiße Gipfel des Bulbul Dağ ragte über den flachen Häusern auf. Die Nacht war still und klar. Die Straße, auf der wir fuhren, war nun breiter, so daß ein Auto das andere überholen konnte. Plötzlich heulte der schrille Ton einer Polizeisirene durch die dunkle Nacht. Der Polizeiwagen mußte hinter uns sein, ziemlich nahe sogar, das konnte man dem Geräusch entnehmen. Grant reagierte auf der Stelle. Er trat aufs Gaspedal, überholte Ramak, winkte mit der Hand aus dem Fenster als Zeichen, er solle ihm folgen, und raste in halsbrecherischer Fahrt die Straße entlang. Ich fühlte, wie die Räder unter uns rutschten und wie wir kurz davor waren zu schleudern, als er nach links abbog und dann wieder nach rechts, während sich die Straße leise zum Fluß hinabsenkte. Im Mondlicht konnte ich das Eis des Flusses erkennen, wie es in bleichen Flächen unter dem Schnee lag, den der Wind aufblies. Grant verlangsamte etwas seine Fahrt, als wir zu einer Kreuzung kamen, drosselte dann den Motor noch mehr und holperte über die Uferböschung hinunter auf den Fluß. Ich setzte mich kerzengerade auf und starrte ihn an. War er verrückt geworden? Er fuhr hinaus in die Mitte des Flusses. Wir rutschten, nur noch das Eis war unter uns. Ich erwartete jeden Augenblick ein grauenhaftes Knacken ... Grant hatte den Wagen nun wieder in seiner Gewalt und fuhr den Lauf des Flusses entlang. Er kurbelte das Fenster herunter und winkte den anderen Wagen, ihm zu folgen. Nach ein paar hundert Metern befanden wir uns im Schatten des riesigen Steilufers. Ich drehte mich um und sah, daß der Mercedes uns auf dem Eis folgte und daß auch der dritte Wagen hinter ihm gefahren kam. Grant chauffierte den Wagen, so nah er konnte, an das Steilufer heran und hielt an. Er stellte den Motor ab und knipste die Scheinwerfer aus.

»Glauben Sie, das Eis wird uns tragen?« fragte ich.

»Gewiß doch, um diese Jahreszeit ist das Eis meterdick.«

Er kurbelte das Fenster nach oben, um die betäubende Kälte auszuschließen, die hereingedrungen war, öffnete es aber wieder, als Ramak neben das Auto trat. Auch er hatte angehalten und seinen Motor abgestellt.

»Caleb, was sollen wir hier?« Der Türke machte ernste Augen.

»Wir mußten der Polizei entwischen. Ich glaube, sie haben unsere Lichter bemerkt, als wir durch eine Nebenstraße fuhren. Ich bin sicher, jetzt durchsuchen sie ganz Drusa, um uns zu finden. Aber hier werden sie uns nicht entdecken, und das war sowieso mein neuester Weg zur Mine, verstehst du.«

»Wie? Den Fluß entlang? Ist das dein Ernst?« Ramak schien ungläubig, und plötzlich fiel mir auf, daß die beiden Männer die Rollen gewechselt hatten. Zum erstenmal, seit ich beide kannte, war Grant die dominierende Figur. Ich fragte mich, ob das die normale Beziehung zwischen Grant und dem bewundernswertem Türken war.

»Im Winter ist das die beste Route, um zur Mine zu gelangen, ohne gesehen zu werden.« Grant war wie neugeboren, eine unglaubliche Energie und Kraft strahlte von ihm aus. Er war wieder der Mann, der mich in jener Nacht in der Zitadelle so tief beeindruckt hatte.

Wir warteten etwa zehn Minuten unter dem Steilufer, während Ramak und einer seiner Männer zurück nach Drusa liefen, um die Lage zu sondieren. Das Haus, in dem Lynn und die anderen Frauen warten sollten, lag innerhalb der Mauern der Vorstadt. Der Türke kam mit schlechten Neuigkeiten zurück.

»Mindestens drei Polizeiwagen fahren in Drusa umher und suchen nach uns«, informierte er uns durch das offene Fenster. »Ich glaube, sie werden noch eine Zeit damit beschäftigt sein. Wir können jetzt nicht in das Haus, das ist zu gefährlich.«

»Gut, dann gehen wir eben alle zusammen«, sagte Grant ungerührt und ließ seinen Motor an. »Ich fahre jetzt nach Oberdrusa. Dort können wir die anderen lassen, bis wir wieder zurück sind. Ich glaube nicht, daß noch irgendeine Menschenseele dort zurückgeblieben ist, wir werden die Häuser für uns haben.«

»Oberdrusa?« Ramaks Stimme klang zweifelnd. »Das ist nicht der beste Platz, um auf euch zu warten ...«

»Wir haben keine Wahl. Es ist der einzige Ort, der uns noch bleibt. Folge mir mit dem Wagen und bitte sag den anderen, sie sollen sich hinter dir halten. Weiter oben gibt es eine Stelle, an der das Eis des Flusses in der Mitte dünner wird. Versuch, dich direkt hinter mir zu halten. Fahr in meiner Reifenspur.« Er kurbelte das Fenster hinauf, noch ehe Ramak Zeit hatte zu antworten. Wir fuhren los. Wir hielten uns so nah wie möglich am rechten Steilufer. An der unteren Hälfte des Nachtigallenberges entdeckte ich eine Gruppe kleiner Blöcke, die ich schon an dem Tag, als wir in Ergenrum einfuhren, als viereckige Felsblöcke angesehen hatte. Nun aber sah ich deutlich, daß es sich nicht um Felsblöcke, sondern um primitive Häuschen handelte, Gruppen von Lehmhäuschen, die in Terrassen übereinander an den Berghang gebaut waren.

»Oberdrusa?« fragte ich. Grant nickte und wich einer Schneewehe aus. Wir fuhren ohne Scheinwerferlicht, denn der Mond beleuchtete den gefrorenen Flußlauf klar und deutlich. Wir näherten uns jetzt einer Zone mit blasserer Färbung, eine Halbinsel helleren Eises, die sich neben dem Steilufer erstreckte. An der flachen Flußbiegung, zu der wir nun gelangten, hatte der Wind den Schnee vom Eis gefegt. Ich beobachtete nervös die breite blaßgefärbte Stelle im Eis, die sich in der Mitte des Flusses befand. Ich wendete den Kopf und sah, daß die anderen uns folgten. Wir alle hielten uns so nah am Ufer wie irgend möglich.

»Sind Sie sicher, daß wir das schaffen – ich meine, wir alle?«

»In Ramaks Auto sitzt meine Tochter. Sie glauben doch nicht, daß ich ihr Leben riskieren würde, oder? Hier am Ufer ist das Eis dick genug, ich bin oft hier gefahren, ich kenne mich aus.«

Ich fühlte mich nicht ganz so zuversichtlich wie er. Jener Finger bleicheren Eises, der sich neben uns erstreckte, ließ am Rande nicht viel mehr hartes Eis als eine Autobreite übrig. Grant fuhr nun so langsam, daß ich das Gefühl hatte, der Ford würde stehenbleiben. Er überquerte die schmalste Stelle des noch harten Eises, und ich blickte durch das Rückfenster nach dem schweren Mercedes, der uns folgte. Mir schien, als brauche Ramak Jahre, um diesen Engpaß zu überwinden. Meine Hände in meinen Handschuhen begannen zu schwitzen, aber in diesem Augenblick hatte Ramak die schmale Stelle hinter sich gelassen und die sichere breite Eisschicht erreicht. »Gut, Sie haben's geschafft«, sagte ich. Grant nickte, als hätte es nie einen Zweifel daran gegeben. Ich hatte aber wohl bemerkt, mit was für nervösen Blicken er im Rückspiegel das Manöver beobachtet hatte. Wir fuhren nun etwas schneller, und nach einiger Zeit begaben wir uns in die Mitte des Flusses. Das Ufer linker Hand begann sich nun zu senken, und in einiger Entfernung direkt unter den seltsamen Behausungen von Oberdrusa wurde es ganz flach.

»Wir werden die anderen außerhalb des Dorfes zurücklassen«, sagte Grant. »Ich möchte nicht, daß sie im Dorf selbst überrascht werden, wenn irgend etwas passiert.«

Er meinte das Erdbeben. Auch mir gefiel das Aussehen der aneinandergelehnten Häuschen in Oberdrusa nicht, wie es sich mir im Mondlicht darbot. »Was genau würde passieren, wenn sie dort oben wären?« fragte ich.

»Ein größeres Beben würde diese elenden Hütten zusammenfallen lassen wie Kartenhäuser. Wenn die anderen hier unten am Ortseingang auf uns warten, sind sie in der Nähe einer Straße, die das Nordufer entlangführt, und auf der sie sich aus der Gefahrenzone retten könnten.« Er drehte am Steuerrad, und wir näherten uns dem Nordufer. »Ich möchte Ihnen jetzt keine Angst machen. Aber auch wir, wenn wir gerade zu Fuß in dem Dorf unterwegs sind, könnten in Gefahr geraten, das können Sie sich sicher vorstellen, oder?«

»Ja, das kann ich«, sagte ich ohne großen Enthusiasmus. »Wir müssen also zu Fuß zur Mine hinaufklettern?«

»Wir müssen nicht. Es gibt auch eine Straße am Südufer. Die hätten wir benutzen können, wenn wir durch Drusa gekommen wären. Aber es wäre möglich, daß wir auf berittene türkische Soldaten treffen, die von den Baracken kommen. Wie Sie wissen, habe ich keine Lust, in dieser Gegend gesehen zu werden, nachdem Isbul mich verdächtigt hat, Skizzen des Militärgeländes angefertigt zu haben.«

»Wird Schaeffer auch die Route über den Fluß nehmen? Ich meine, wenn er später in Ramaks Haus eintrifft?«

»Nein, ich fürchte, das wird er nicht tun. Ich habe ihm nie etwas von dieser Route erzählt. Vielleicht macht es ihn auch nicht gerade glücklich, wenn ich sie benutze, verstehen Sie? Er wird die Straße am südlichen Ufer durch Drusa nehmen. Er wird über die Brücke kommen und sich der Mine von der Ostseite nähern. Man kann nur hoffen, daß ihn die Kavallerie nicht aufgreift.«

»Meinen Sie, die sind in einer solchen Nacht unterwegs?«

»Diese türkischen Reiter sind bei jedem Wetter unterwegs, teilweise, weil sie patrouillieren müssen, teilweise aber auch, um sich zu trainieren. Wissen Sie übrigens, daß 1916 der Zar Truppen geschickt hat, die in Anatolien einfielen und Ergenrum besetzten? Das ist auch einer der Gründe, warum unsere Freunde hier die Russen hassen und fürchten. Isbuls Zimmer in der Zitadelle war damals das Hauptquartier des russischen Kommandanten.«

Der Schnee lag nun dicht auf dem Eis des Flusses, wo das Steilufer überhing. Der Ford holperte über die harten Schneewehen und schwankte ungemütlich, als Grant das flacher werdende Ufer hinanfuhr. Wir kamen auf eine Straße, die schmal und steinig war. Die niedrigen Häuschen stiegen neben uns den Berghang hinauf und duckten sich, als frören sie im Schnee des Abhangs. Nirgendwo war ein Licht zu sehen.

»Ich kenne diesen Ort sehr gut«, bemerkte Grant. »Ich bin hier oft auf meinem Weg zur Mine vorbeigekommen und habe mit diesen Leuten gesprochen. Ich glaube, ich bin der einzige Nichtasiate, den sie jemals zu Gesicht bekommen haben. Ich habe ihnen auch hin und wieder als Arzt helfen können.« Er drehte sich um und sah zu, wie die beiden Wagen hinter ihm anhielten. »Das ist das Ende der Straße, wir steigen besser aus«, sagte er.

Der Schnee war hartgefroren, und man glaubte, auf Zement zu laufen. Es war bitterkalt, und über dem Flußufer sah ich im Osten die Stadtmauern; am Südufer des Flusses waren die Mauern teilweise zerfallen und gingen in die Häuser und Dächer von Drusa über. Ich betrachtete ängstlich den Himmel, aber noch immer war er von einer klaren dunklen Bläue. Der Mond hing über der Stadt, und die Sterne glitzerten kalt. Meine Wangen prickelten vor Kälte. Ich spürte, wie meine Hände in den Handschuhen steif wurden, und stampfte auf dem felsenharten Schneeuntergrund, um meine Blutzirkulation in Gang zu bringen. Lynn, tief in einen Pelzmantel vermummt, trat zu mir.

»Soviel ich verstehe, sollen wir hier bleiben, bis Vater irgendwohin gegangen ist. Wohin denn nur, und was soll das alles, David? Ich dachte, er hätte seine Papiere in Ramaks Haus aufgehoben.«

»Er hat einige an einem Ort über Drusa versteckt. Er möchte, daß ich sie lese. Wir müssen sie holen, ehe wir abreisen können. Er ist oft hier draußen gewesen.«

Für Minuten waren wir allein, denn Grant und Ramak untersuchten die nahen Häuser. Ich glaube, daß ihr niemand allzu viel erklärt hatte, und sie klang nun ängstlich und mißtrauisch, ihre Augen beobachteten mich.

»Ja«, sagte sie leise, »die alten Minen haben ihn interessiert, die am Fuß des Bulbul Dağ liegen. Du bleibst doch bei uns hier unten, oder?«

»Ich glaube, ich gehe mit ihm hinauf ...« Das Wort blieb mir im Munde stecken, als ein gräßliches Geheul die Stille der Nacht zerriß. Ein Ton, der fort und fort ging und dem, als er endete, andere, ebenso unheimliche Heultöne antworteten. Diese Laute kamen aus dem oberen Teil von Drusa, und die beiden Türken, die neben dem Mercedes standen, hörten auf, ihre Hände gegen den Körper zu schlagen, um sich zu wärmen, und starrten bewegungslos nach oben. Lynn erbebte, ihre Augen weiteten sich vor Furcht. Auch sie starrte hinauf.

»Du mußt doch da nicht hinauf, oder, sag doch?« Ich drückte ihren Arm durch den dicken Pelz und sah, daß Ramak mir zuwinkte, und führte sie zu einem primitiv aussehenden Haus. Ramak griff in den Mercedes und hielt ein Gewehr in der Hand. Ich fragte mich, ob er es nur der Wölfe wegen mitgebracht hatte. An den anderen Türken konnte ich keine Waffen entdecken, aber sie waren dermaßen vermummt, daß sie leicht ein ganzes Waffenarsenal unter dem Mantel hätten verbergen können. Antonopoulos' Leute waren in der Nähe der Mineneingänge gesehen worden, und Ramaks Bewaffnung ging wohl auf ihr Konto. Weiter fragte ich mich, was wohl aus Frank Schaeffer geworden sei. Ich wünschte im stillen, daß er noch zu uns stoßen würde. Die Ruhe und Entschiedenheit des Amerikaners vermittelten mir stets ein Gefühl der Stabilität mitten in der fremden und bedrohlichen Umgebung in Ergenrum, wo ich mich unter den wilden und fremdartigen Türken und vor ihrem mittelalterlichen Hintergrund nicht ganz zu Hause fühlte. Noch nie im Leben hatte ich die fremde Umgebung als dermaßen stark und bedrohlich empfunden wie in dem Augenblick, als ich mit Lynn auf das Lehmgebäude zuwanderte.

»Hier haben wir ein Haus gefunden, wo ihr warten könnt«, sagte Ramak kurz angebunden. »Wir haben auch für Heizung gesorgt. Es wird einigermaßen bequem sein.«

»Wir werden Männer bei ihnen zurücklassen, nicht wahr?« fragte ich.

»Vier Männer bleiben hier, vier kommen mit uns.«

»Sind welche dabei, die Auto fahren können?« bohrte ich weiter. Ich machte einen schlimmen Fehler, vor Lynn diese Frage zu stellen, aber es war mir eingefallen, was Grant gesagt hatte. Oberdrusa konnte bei einem Erdbeben zusammenstürzen, und was dann?

»Alle können fahren!« Ramak verließ uns ungeduldig, um Renée entgegenzugehen, die Thérèse auf dem Arm trug. Das Kind war wohlverpackt, trug seinen eigenen kleinen Pelzmantel und Pelzhut und war in eine Decke eingewickelt. Erst dachte ich, es schliefe, aber dann sah ich die kleinen, wachsamen Augen, die mich ernst betrachteten. Lynn fragte in diesem Moment genau das, was ich befürchtete.

»Was hat das zu bedeuten, wieso fragst du, ob einer der Männer Auto fahren kann? Wir warten doch alle hier, bis ihr zurück seid, oder?«

»Falls es zu kalt wird, könnte man euch zurückbringen in die Stadt.« Ich versuchte mein Bestes, aber es gelang mir nicht, sie zu beruhigen.

»Du mußt doch nicht mit ihnen gehen!« schrie sie plötzlich, und ihre Augen sprühten. »Alles das hier hat doch gar nichts mit dir zu tun! Überhaupt nichts! Ich hätte dich nie an diesen gräßlichen Ort zerren sollen. Mir zuliebe, bitte, geh nicht ...«

»Wir sind ja bald zurück ...«

Sie starrte mich fast böse an und blieb stehen, als ihr Vater in der Tür des einstöckigen Hauses auftauchte. Der Raum, den Grant gefunden hatte, lag in einem flachen Gebäude mit Lehmboden, auf dem Stroh verstreut war und einige Strohmatten lagen. Es gab zwei Stühle und eine Bank, die an der Wand lehnte. Alle weiteren Besitztümer waren offenbar von den Besitzern auf die Flucht mitgenommen worden. Aus einem anderen Haus hatte Grant zwei Ölheizer herbeigeschafft und angezündet. Die Wärme begann sich bereits im Zimmer breitzumachen. Renée kam mit dem Kind herein und setzte sich auf einen der Stühle in der Nähe des Ofens. Sie zog eine Flasche mit Kaffee hervor. Die Wölfe hatten wieder angefangen zu heulen, und ich fühlte Erleichterung, als ich bemerkte, daß einer der Türken eine Pistole aus der Tasche zog und sie neben sich auf die Bank legte. Renée reichte mir einen Becher Kaffee, dann tranken auch die anderen.

»Sie denken aber auch wirklich an alles«, sagte ich. »Vielen Dank.«

»Das muß ich ja wohl! Ardan vergißt doch alles!«

Das war der erste humorvolle Satz, den ich seit Stunden gehört hatte. Als wir aufbrachen, rief Lynn mir nach:

»Paß wenigstens gut auf dich auf!«

Grant ging vor mir her, und ich folgte ihm mit Ramak. Die vier Türken hielten sich im Hintergrund. Wir fingen an, den steilen Berghang hinaufzuklettern, suchten einen Zickzackweg durch die Häuser. Grant zögerte keine Minute. Er schien den Weg durch dieses Labyrinth aufs genaueste zu kennen. Wir erklommen eine Treppe, arbeiteten uns durch eine enge Straße, in die kein Mondlicht eindrang, und stiegen eine weitere Terrasse hinauf. Dies war der seltsamste Fußmarsch, den ich je unternommen hatte. Ab und zu mußten wir über schmale Steinstufen steigen, die zwischen Hauswänden eingeklemmt lagen, dann wieder führte uns unser Weg mitten durch ein verlassenes Haus oder durch einen verschneiten Garten. Grant suchte die kürzeste Route aus, und wir folgten ihm. Die Häuser hatten Räume auf den verschiedenen Ebenen, meist betraten wir ein Haus im Erdgeschoß, durchmaßen den von Lehmwänden umgebenen Raum, stiegen im Hintergrund eine Treppe hinauf, fanden uns im nächsten Raum, der ein Stockwerk höher und den Hang hinauf zurückversetzt lag, um nach einigen Treppenstufen in einem dritten, noch höher gelegenen Raum zu landen. Dazwischen überquerten wir Terrassen und weitere Räume, ein Haus schien stets verschiedene Flächen und Terrassen zu besitzen. Fast alle Häuser waren leer. Man hatte sogar die Möbel entfernt und nur zurückgelassen, was man nicht tragen konnte oder was nicht zu gebrauchen war.

Ich fragte mich, wie Grant wohl zumute sein mochte. Er war es gewesen, der die Massenevakuierung der Stadt in die Wege geleitet hatte. Seinetwegen waren die Bewohner mitten im Winter hinausgeströmt in die Schneewildnis und die Einsamkeit der Berge. Aber soweit ich das beurteilen konnte, beeindruckten ihn solche Gedanken nicht weiter; er war wie Moses. Der Glaube, der ihn vorantrieb, loderte in ihm und machte ihn unverletzlich. Einmal, als das Mondlicht über eine Treppe in ein Haus fiel, sah ich ihn am oberen Ende der Treppe kurz den Kopf wenden. Sein wildes Haar, der große breite Bart und sein edles Profil im Mondlicht gaben ihm wiederum, wie damals im Gefängnis, das Aussehen einer biblischen Figur. Wir brauchten eine halbe Stunde, um bis zum oberen Ende des Dorfes zu gelangen. Dort ragte der Nachtigallenberg vor uns in die Höhe. Ich mußte nach Atem ringen und ein wenig verschnaufen, während Ramak zurückblieb, um auf die anderen Türken zu warten. Ich drehte mich zum Tal und sah hinunter.

Ich stand auf einer felsigen Plattform, und unter mir schlängelte sich eine kleine Straße ins Tal hinunter. Ich nahm an, daß es die Straße war, von der Grant gesprochen hatte, die über Drusa und die Brücke von Osten her zur Mine führte. Unter uns lagen die flachen Dächer der Lehmhütten und glichen riesigen Stufen. Eine Treppe, die der Mond in weißes Licht tauchte. Dazwischen liefen wie große Sprünge die kleinen engen Straßen, in denen der Schatten lag. Weiter unten schlängelte sich der gefrorene Fluß, und drüben lagen die schneebedeckten Häuser von Ergenrum. Die riesige Kuppel der Seljuk-Moschee ragte in den Himmel, andere Kuppeln, Minarette stiegen auf. Dahinter, weit entfernt, der geschlossene Umriß der Zitadelle, die sich klar gegen die südliche Stadtmauer abhob. Der Atatürk-Boulevard zeigte sich als breites weißes Band, das die Stadt vom Osten nach Westen durchlief.

»Kannst du hierbleiben bei den Männern, während ich Shand mit hineinnehme?« Grants Stimme erklang hinter mir. Ramak nickte und sagte etwas auf türkisch zu den Männern. Ich war Grant ein paar Schritte gefolgt. Vor uns am Berg lag die schattige Öffnung der Mine, als ein durchdringender schriller Schrei der hungrigen Wölfe die Nacht zerriß. Die Tiere waren ganz in der Nähe. Ich blieb stehen, steif vor Schrecken, und auch Grant machte keine Bewegung mehr. Die Wölfe erschienen über dem Kamm des Hügels am Straßenrand und warteten sieben, acht Meter entfernt auf uns. Ihr Fell war im Mondlicht deutlich zu sehen, struppig und eisverklebt. Das Leittier, ein großer schwerer Wolfsrüde, hörte auf zu heulen, machte einen Schritt nach vorne und knurrte beängstigend.

»Stillhalten!« Der Türke stand fast neben mir. Er hielt sein Gewehr in der einen Hand, in der anderen einen kleinen khakifarbenen Sack, den ich für einen Munitionsbeutel hielt. »Da, nehmen Sie das!« flüsterte er. Ich griff nach dem Beutel, er zielte mit dem Gewehr. »Ich möchte nur im Notfall schießen, falls Antonopoulos in der Nähe ist. Öffnen Sie den Sack ganz langsam, es ist Fleisch drin.« Mit bebenden Fingern zog ich die Schnüre auf und fand vier Stücke hartgefrorenen Fleisches im Sack.

»Nehmen Sie ein Stück heraus! Sehen Sie den Straßenrand, dort wo der Boden steil abfällt? Versuchen Sie, das Fleisch dort hinzuwerfen, beeilen Sie sich!« Ich hatte Angst, daß mir das schlüpfrige Fleisch aus der Hand gleiten würde, und griff fest zu, als ich es aus dem Sack zog. Drüben standen vier Wölfe, ihre Körper gespannt, als wären sie Federn, die sogleich losschnellen könnten. Ich hoffte mit aller Kraft, daß auch die anderen Türken Pistolen bei sich trugen. Ich warf das Fleisch in einem großen Bogen, und es segelte durch die Luft, fiel aber nicht weit genug entfernt nieder. Ich sah es am Rande der Straße liegenbleiben. Der Wolfsführer knurrte bösartig, wich ein paar Schritte zurück, ich machte mich schon darauf gefaßt, daß er mich anspringen würde. Ich fühlte schon fast seine scharfen Zähne nach meiner Gurgel schnappen, als er, die Schnauze in die Luft gehoben, den Geruch des Fleisches aufnahm, losrannte und, gefolgt von den anderen, mit der Schnauze an das Fleisch stieß. In seiner Gier, das Stück zu verschlingen, ehe die anderen ihn erreichten, schupste er das Fleisch über den Straßenrand. Es fiel den Abhang hinunter, die Wölfe folgten ihm, und ich kam nach mit Ramak, um nachzusehen, wie weit das Gelände abfiel. Wir sahen in eine Schlucht hinab, die um die 10 Meter tief sein mußte. Ich griff nach dem zweiten Fleischstück und warf es hinunter in die Schlucht. Die Tiere hatten begonnen, miteinander zu raufen, der zweite Fleischbrocken traf einen der Wölfe auf den Rücken, und er sah herauf, als ich das dritte Stück warf. Dieses Mal zielte ich besser: das Fleischstück fiel weit hinunter und verschwand. Zwei Wölfe rannten ihm nach, als ich das letzte Stück warf.

Diese paar Minuten standen unsere Silhouetten klar gegen das Mondlicht, und als ich hinunter ins Tal sah, bemerkte ich, daß man die Straße in ihren Windungen deutlich sehen konnte, wie sie zwischen den Schneewehen auftauchte und wieder verschwand. Man konnte sehen, wo sie die Brücke über den Fluß erreichte. Die Militärbaracken, flache und dunkle Gebäude, die von einem Drahtzaun umgeben waren, waren deutlich im Schnee zu erkennen.

»Wir gehen besser aus der Sicht«, sagte ich und rannte zu Grant zurück, der bei den vier Türken stehengeblieben war. »Kommen die bald wieder rauf?« fragte ich Ramak.

»Das glaube ich nicht, erst mal haben sie was zu fressen, außerdem werden sie sich raufen. Wenn sie fertig sind, werden sie in den Wald zurückrennen, der auf der anderen Seite des Berges liegt. Wir werden jedenfalls hier auf Sie warten, seien Sie unbesorgt.«

Grant wischte sich den Schweiß von der Stirn und sagte, daß wir in einer halben Stunde zurücksein würden. Gemeinsam gingen wir los. Als wir uns dem Berg näherten, sah ich, daß es mehr als einen Eingang gab. Der Schnee bedeckte die Spuren früherer Aktivitäten, und ich erkannte ein Stück Schmalspurschiene auf der gefrorenen Erde, einen alten vierrädrigen Trolley, einen Stapel eisbedeckter Bahnschwellen und einen riesigen, zusammengebrochenen Schuppen, in dem man gewiß früher das Erz gelagert hatte. Am dritten Eingang blieb Grant stehen, suchte in seinen Taschen und holte zwei Taschenlampen hervor.

»Nehmen Sie das, und passen Sie auf, wo Sie hintreten, sonst stolpern Sie über eine Bahnschwelle.« Für Minuten verhielt er am Eingang und lauschte, während er mit dem Strahl der Taschenlampe in den Schacht hineinleuchtete. Mir wurde klar, daß er prüfen wollte, ob jemand auf ihn lauerte. Es wäre ein leichtes für jedermann gewesen, uns an der

Grenze des Dorfes zu erwarten, während wir langsam über tausend Treppen den Berg hinaufklommen, dann hätte er nur noch im Dunkeln des Schachts verschwinden müssen, um uns zu erwarten. »Ich glaube nicht, daß sie dort drin sind«, flüsterte er. »Trotzdem, sprechen Sie ganz leise. In diesen Schächten hört man jedes Geräusch überdeutlich ...«

Der Tunnel, den wir nun betraten, war etwa zwei bis drei Meter hoch, mit alten Holzverstrebungen gestützt, die mir nicht gerade Zutrauen einflößten. Irgendwo hatte ich gelesen, daß in einer verlassenen Mine sogar der Klang einer menschlichen Stimme einen Erdrutsch auslösen kann. Ich nahm an, daß Grant diese Gefahren ebenso fürchtete wie die Bedrohung von seiten der Menschen. Ein schmaler Schienenstrang, eisüberzogen, führte ins Innere des Berges. Wir schritten immer weiter über das Geröll, das am Boden lag, und bald verschwand das Eis, und der Gang wurde abschüssiger. Zu der Zeit, als die Mine noch in Betrieb war, mußte es ein großes Bergwerk gewesen sein. Ab und zu ging ein Nebenschacht von unserem Hauptschacht ab, und die Schienen gabelten sich. Draußen war es still gewesen, aber hier im Inneren bedrückte mich das Schweigen immer mehr. Es war ein Schweigen ohne den geringsten Laut. Ich hatte das Gefühl, in einem alten Grab umherzulaufen. Grant hob die Hand, um mich zum Stillstehen zu bringen, als etwas über meinen rechten Fuß glitt. Als ich mit der Taschenlampe hinleuchtete, sah ich eine fette Ratte dem Ausgang zustreben.

»Jetzt sind wir fast da«, flüsterte Grant. »Hören Sie irgend etwas?«

»Nein.«

»Gut. Ich habe den Generator in eine Nische gebracht. Dort sind die Geräusche ziemlich abgeschirmt.«

Hier in der Höhle war es nicht so kalt, wie ich erwartet hatte. Ich machte eine Bemerkung darüber zu Grant. Seine Antwort beruhigte mich nicht gerade, muß ich sagen.

»Ja, das habe ich schon früher bemerkt. Ich glaube, das ist Wärme, die aus dem Inneren der Erde kommt. Wenn man noch weitergeht, strömt auch ein Gas aus, das einen erstickt, aber es scheint, daß es, bis es hier heraufkommt, ziemlich verdünnt ist. Jetzt zeige ich Ihnen einen Seismographen, wie Sie noch nie einen gesehen haben.«

Später begriff ich, daß dies wohl der Hauptgrund für Grant war, mich in die Mine zu nehmen. Es wäre ihm ein leichtes gewesen, die Akten allein zu holen und mir zu bringen, wenn er es als so dringlich empfand, daß ich seine Untersuchungen lesen sollte. Ich bin sicher, Grant selbst hatte viel mit dem Bau des Seismographen zu tun. Ein neuartiger Seismograph, der dazu entworfen worden war, die Schockwellen der ersten sowjetischen Atombombentests aufzugreifen. Ein Seismograph, der sich von allen normalen Instrumenten durch seine minimale Größe unterschied. Grant wollte einem Seismologenkollegen das wunderbare Instrument zeigen. Seine Taschenlampe tastete weiter den Tunnel entlang, und nach einer Zeit stieg der Lichtstrahl an der Wand empor. Das Instrument stand auf einer Lore. Leitungen liefen die Wand entlang in eine Nische, wo ein kleiner Generator friedlich vor sich hin pumpte. Ich ging an ihm vorbei, blieb vor dem Instrument stehen. Der Apparat war nicht größer als 40 Zentimeter. Während ich gebannt beobachtete, wie die Nadel über das Papier zitterte, und die kleine weiße Spur sah, die sich über das angerauchte Papier zog. Auch jetzt wieder notierte sie ein kleines, kaum spürbares Beben, eine zarte Vogelspur. Eines jener Millionen von winzigen Erdbeben, die wir nicht einmal bemerken. Ich hockte mich nieder und nahm meine eigene Taschenlampe, um den Apparat genau zu untersuchen. Während das Wiechert-Instrument im Keller meines Büros in Kairo als Kern einen Betonpfeiler hatte, erhielt Grants Maschine die Vibrationen durch einen eisernen Pfosten, der in den Boden des Schachtes eingegraben war. Der Apparat war ein Meisterstück technischer Erfindungsgabe und dennoch einfach in der Funktion. Er war auf etwa ein Drittel der normalen Größe verkleinert. Ich hätte die Existenz eines solchen Seismographen nie für möglich gehalten. Ich betrachtete ihn von allen

Seiten, sah das Stahlblatt, das man auf dem Boden der Lore befestigt hatte, um den Apparat aufrecht zu halten, und fand diese Idee, den Apparat auf einen Trolley-Wagen zu montieren, äußerst klug: So war es möglich, in Notfällen den Apparat leicht zu transportieren und ihn über das Netzwerk von Schienen in einem der verschiedenen Tunnel verstecken zu können. Als ich mich wieder aufrichtete, bemerkte ich das Ausschlagen der Nadel auf dem dunklen Papier.

»Was halten Sie davon?«

»Ich habe so etwas noch nie gesehen. Das ist ein Meisterwerk, brillant!«

»Ich freue mich, daß er Ihnen gefällt.« Man konnte sehen, wie zufrieden er war. In seiner Stimme klang unterdrückter Triumph, dann aber fuhr er fort: »Es wäre mir sehr recht, wenn Sie mit niemandem über diesen Apparat sprechen würden, auch nicht mit Schaeffer, mit gar niemandem, verstehen Sie. Durch Zufall haben Sie von seiner Existenz gehört, und deshalb hielt ich es für richtig, ihn Ihnen zu zeigen. In sechs Monaten wird er einer breiten Öffentlichkeit in Washington vorgestellt werden. Im Moment experimentiere ich noch damit, und die Patente sind noch nicht fertig abgeschlossen.«

»Verstanden! Ich habe ihn nie gesehen.« Ich war vorsichtig, ich wollte nicht zuviel und nicht zu wenig sagen. Grant hatte dieses Problem sehr geschickt behandelt, mit Wissenschaftlern kannte er sich aus. Er hatte begriffen, daß ich, da ich einmal von dem Instrument gehört hatte, mir immer weiter den Kopf darüber zerbrochen hätte und immer neugieriger geworden wäre. Nun, nachdem ich den ungewöhnlichen kleinen Seismographen besichtigt hatte, war meine Neugier befriedigt. Ich würde das Geschehene für mich behalten, bis weitere Details über den Wunderapparat an die Öffentlichkeit dringen würden. Er bat mich darum, mit der Taschenlampe in die nächste Nische zu leuchten, hob dort mit einem Wagenheber den Trolley an, schob einen flachen, schweren Stein zur Seite, der neben den Schienen lag, und brachte eine kleine Öffnung zutage. In der Öffnung lag eine

Stahlkiste, die der ähnelte, die ich in seinem Zimmer gefunden hatte und die seine ersten Aufzeichnungen enthielt. Er nahm einen Schlüssel aus der Tasche, schloß die Kiste auf und zog eine graue Mappe hervor. Er blickte mich an. Ich konnte ihn im Licht der Taschenlampe genau sehen.

»Shand, das ist der Rest meiner Aufzeichnungen. Ich habe viele Tage in dieser Mine verbracht, hier neben dem Seismographen. Ich habe Monate an diesen Aufzeichnungen gearbeitet. Ich habe alles notiert. Ich wollte, daß Sie zuerst die anderen Aufzeichnungen lesen sollen, um sie zu verdauen. Ich wollte Sie präparieren, wenn Sie mir erlauben, es so zu nennen, damit Sie in der Lage wären, diese neuen Erkenntnisse zu begreifen, und Mut genug haben, meine Entdeckungen zu akzeptieren. Wenn Sie morgen abreisen, nehmen Sie diese Mappe bitte mit. Lesen Sie sie erst in Ankara. Dann geben Sie sie in der Amerikanischen Botschaft für mich ab.«

Ich hatte das Gefühl, als gebe er mir die Mappe nur ungern. Es war, als hielten seine Hände sie länger umspannt, als es nötig gewesen wäre. Er reichte mir sein Lebenswerk. Eine Erregung durchrieselte mich, als ich die Mappe in der Hand spürte. Vielleicht gab es hier den verborgenen Schlüssel zu einem der größten Mysterien der Welt. Ein Mysterium, das riesige Teile unseres Globusses seit dem Anbeginn der Zeiten zerstört und in Angst gehalten hatte. Als ich das dachte, wurde mir zum erstenmal klar, was für einen tiefen Eindruck mir die Lektüre seiner ersten Untersuchungen gemacht hatte, selbst wenn darin nur angedeutet war, in welche Richtung sich Grants Untersuchungen bewegten. Der Schlüssel, wenn es überhaupt einen Schlüssel gab – lag in diesen Aufzeichnungen, die ich in der grauen Mappe in Händen hielt. Grant schloß die Büchse, legte sie zurück in das Felsloch, deckte den Stein darüber und sagte:

»Wenn irgend etwas passieren sollte, Shand, verstehen Sie, wenn mir irgend etwas passieren sollte und Sie haben diese Aufzeichnungen von mir gelesen und glauben, daß ich recht habe, dann möchte ich, daß Sie sich darum bemühen, meine Aufzeichnung zu veröffentlichen. Entweder in London oder in New York. Wo, das ist mir gleich.«

»Es wird Ihnen nichts geschehen, Grant, was sollte es ...«

»Wer kann das sagen«, unterbrach er mich. »In Anatolien kann einem Mann viel zustoßen. Ich werde noch eine Weile hierbleiben. Ich möchte noch einige Ergebnisse der Maschine hier testen, wenn das Erdbeben losbricht.« Er stand auf und legte mir die Hand auf die Schulter. »Shand, bitte sorgen Sie dafür, daß Lynn sicher aus Ergenrum herauskommt.«

»Darauf können Sie sich verlassen. Aber ich glaube, daß es auch für Sie besser wäre mitzukommen.«

»Dieses Land ist meine zweite Heimat. Sagen Sie Lynn, ich komme später nach. Hier in der Höhle ist es nicht unbequem, wissen Sie.« Er leuchtete mit seiner Taschenlampe in die nächste Nische, die neben dem Generator lag. »Ich habe Öllampen, einen Ölheizer, ein halbes Fäßchen Öl und sogar ein paar Dosen mit Nahrung. Übrigens, was ich noch sagen wollte. Gehen Sie nicht in den Nordwesten der Stadt. Ich weiß, Sie alle haben gedacht, daß ich die Geschichte mit der Seuche erfunden hätte. Nun, es ist nicht so. Es gibt mehrere Fälle von Beulenpest in diesem Teil der Stadt. Seit vierzehn Tagen versucht man, das totzuschweigen, aber ich habe zufällig davon gehört. Mittlerweile sind die Behörden in Panik. Sie fürchten, eine Seuche könne die Auktion, die bevorsteht, verhindern.«

»Wie sieht es aus, ist es schlimm?«

»Nein, ich glaube, es ist ihnen gelungen, die Kranken zu isolieren. Ich habe nur die bereits bestehenden Tatsachen etwas übertrieben. In den Armenvierteln gab es bereits Gerüchte über eine Seuche, doch erst als ich am Radio darüber sprach, begann die wahre Panik einzusetzen. Ich habe von Drusa gesprochen, weil ich wußte, daß die Leute dort mich am besten kannten, und ich nahm deshalb an, daß sie am ehesten auf mich hören würden. Damit habe ich auch recht, sie haben das Feuer geschürt.« Er sah auf die Uhr. »Wir steigen besser wieder hinauf zur Welt der Menschen und sehen nach, was da passiert. Ich werde Sie führen, allein würden Sie sich verirren.«

Der Rückweg schien mir schneller als der Hinweg. Plötzlich sah ich ein bleiches Rund vor uns liegen, dann den Nachthimmel und die glitzernden Sterne. Doch in dem Augenblick, als wir hinaustraten in die bitterkalte Nachtluft, wurde mir schlagartig klar, daß wir in der Falle saßen.

18. Kapitel

Nur einer der vier Türken, die Ramak begleitet hatten, war zu sehen. Er stand ganz nah am Eingang des Minenschachtes und hielt seine Pistole entsichert in der Hand. Als wir aus dem Dunkel traten, sprach er Grant dringlich in türkisch an, und der Amerikaner hörte ernsthaft zu und wendete sich dann an mich.

»Männer kommen den Hügel herauf. Sie kommen aus der Richtung der Straße. Ramak und die anderen sind ihnen entgegengegangen, um sie aufzuhalten. Ich glaube nicht, daß es sich um Polizisten handelt.«

»Wollen wir nicht hinuntergehen, um Ramak zu helfen?«

»Sie sind hier drüben, glaube ich ...«

Wir rannten über den Schnee zu der Stelle, wo die Wölfe verschwunden waren. Aber als wir uns der Kuppe des Hügels näherten, warnte ich Grant, und wir hielten an. Ich wollte nicht, daß wir uns als klare Silhouette gegen das Mondlicht abheben würden. Wir duckten uns und krochen behutsam vorwärts, um über den Abgrund hinaussehen zu können. Dann hielten wir wieder an. Unten lag der dunkle Fleck der Militärbaracken, aber weiter konnte ich nichts sehen, weder Ramak noch seine Männer, noch die, die angeblich den Hügel heraufkamen. Wir wagten uns noch weiter vor und hielten wieder an. Ich war an der Spitze, und mit einer Handbewegung brachte ich Grant und den Türken zum Stehen. Ein einzelner Mann kam ganz allein den Abhang heraufgeklettert. Er kletterte schnell und mit erstaunlicher Behendigkeit, ein Türke in einem dicken Mantel, Stiefeln und einer Astrachanmütze. Ich war zu verblüfft, bei dieser Klettertour zuzusehen, so daß ich nicht gleich etwas unternahm. Dann bemerkte ich Ramak, wie er hinter einem schneebedeckten Felsbrocken sein Gewehr hob. Auch er hatte den Mann bemerkt, und ich konnte sehen, daß er zielte, als der Kletterer die Straße erreichte. Ohne daran zu denken, daß ich mich aus meiner Deckung bewegte, rannte ich auf Ramak zu.

»Nicht, Ramak ...«

»He da, he da, halt, helfen Sie mir.«

Der Mann, der den Berg heraufgeklettert war, hatte das letzte Stück seiner Kletterpartie hinter sich. Ich griff hinunter nach seiner Hand und zog ihn herauf auf das Plateau.

Es war Schaeffer. Seine Handschuhe und die Vorderseite seines Mantels waren mit Schnee und Schmutz bedeckt, seine Stiefel mit Eis überzogen und verkratzt. Hastig sah er sich um und blickte den Abhang hinunter, den er heraufgekommen war. Er versuchte, zu Atem zu kommen, und als er sprach, keuchte er immer noch.

»Es ist Gefahr im Verzug ... Ich habe die Türken mit dem alten Auto unten gelassen und versucht, allein heraufzukommen, ohne gesehen zu werden ...«

»Antonopoulos?« fragte Ramak scharf.

»Ja, und er hat einen Haufen Männer bei sich. Sie haben den Eingang zur Mine mit Nachtfernrohren beschattet. Ich bin verdammt sicher, daß sie gesehen haben, wie Sie hineingingen. Schnell, laßt uns hier verschwinden, man kann uns hier sehen ...«

Hinter Ramak erschienen nun die anderen drei Männer, und der Türke winkte ihnen zu, sich wieder zu ducken. Wir liefen hinüber zu Grant, der vor dem Eingang der Höhle wartete. Schaeffer stellte ein paar kurze Fragen.

»Wie viele Männer hat Ramak hier oben? Vier? Wo sind

die anderen? Wo sind Lynn, Renée und das Kind? Caleb, du gehst besser wieder in die Mine. Bleib dort, bis der Ärger hier vorbei ist. Ich komme dann und hole dich ...«

»Antonopoulos und seine Leute kommen hier herauf?« fragte ich.

»Das glaub' ich wohl!«

Schaeffer sah zu, wie Grant eilig im Minenschacht verschwand. Dann drehte er sich um und sah hinunter auf die Militärbaracken.

»David, es wird eine Schießerei geben. Wenn's losgeht, ducken Sie sich. Ionides hat ein paar harte Kerle angeworben. Ich weiß, daß sie Expartisanen aus dem Krieg dabei haben. Richtige Gorillas, verstehen Sie. Ionides weiß, daß die Polizei unten in der Stadt alle Hände voll zu tun hat. Die Leute haben bereits mit den Plünderungen begonnen. Die Situation dort unten wird immer gefährlicher. Beinahe anarchistische Zustände, Ionides macht sich diesen Umstand zunutze. Jedenfalls vermute ich, jetzt ist der Punkt gekommen, an dem er versuchen wird, alle die Leute loszuwerden, die ihm Schwierigkeiten machen.«

»Sie meinen Grant?«

»Ja.«

Er zögerte und begann dann auf Ramak zuzugehen, der dabei war, seine Männer zwischen den Felsbrocken zu verteilen, von denen aus man die Straße und das Tal übersehen konnte.

»Vielleicht auch Sie! Die Geschichte mit der Seuche ist von ihm aus betrachtet schlimm genug, aber ich könnte mir vorstellen, daß er gleichzeitig auch jedes Gerücht über ein bevorstehendes Erdbeben zerstören möchte. Also auch jeden, der ihm irgendeine Art von Glaubwürdigkeit verleihen könnte.«

Nachdem Schaeffer mir das gesagt hatte, fing ich an, mir auch über meine Situation Sorgen zu machen. Plötzlich nahm jener Angsttraum eine bedrohliche und reale Form an. Heute nacht würde es außerhalb der Mauern der Stadt keinen einzigen Polizisten geben. Wir waren völlig auf uns und auf die Handvoll Männer angewiesen, die mit Ramak kämpften. Wir mußten es ganz allein mit den griechischen Revolverhelden aufnehmen, die irgendwo am Hang unter uns auf uns lauerten.

»Könnten wir nicht hinunterschleichen ins Dorf und uns in einem dieser verlassenen Häuser verstecken, bevor sie uns erreichen?« schlug ich vor. »Wir sind so heraufgekommen. Die anderen warten noch unten am Ufer des Flusses.«

»Das wäre womöglich noch gefährlicher.«

Schaeffer trat zur Seite, um nicht ins Blickfeld der weit entfernten Baracken zu kommen, und sah hinunter auf das Dorf.

»Sie arbeiten sich den Berg hinauf und werden bald da sein. Wir bieten ihnen eine gute Zielscheibe.«

Er fing meinen Blick auf, mit dem ich seine Kleider betrachtete, und grinste. »Das ist meine Verkleidung, die ich anlege, wenn ich mich als Türke fühlen will. Keiner würde mich für einen Amerikaner halten. Antonopoulos hat mindestens zwölf Männer bei sich, die alle zu Fuß unterwegs sind, und er hofft, uns zu überraschen ...« Er sprach nicht weiter, denn Ramak rief ihm leise etwas zu und winkte. Leichtfüßig rannte er über den Schnee. Ramak bedeutete uns, neben ihm niederzuknien und uns hinter einer großen Steinplatte zu verbergen. »Kann man sie schon sehen?« fragte Schaeffer. Ramak nickte und zeigte. Wir beide beugten uns vorsichtig über den Rand der Steinplatte. Ich hörte den Amerikaner grunzen. Unten am Hang, dort, wo die Straße eine Kurve machte und dann steil auf dem schneeverwehten Hang zu uns heraufstieg, gewahrte ich eine dunkle Linie von Gestalten, die gut voneinander Abstand hielten. Der Amerikaner beobachtete sie, ohne zu sprechen. So verhielten wir uns einige Minuten still, währenddessen die Prozession sich uns deutlich näherte. »Der Mann ganz außen«, sagte Schaeffer leise. »Ich bin ganz sicher, das ist Antonopoulos selbst.«

»Wenn sie hier heraufkommen, töten wir sie einen nach dem anderen«, bemerkte Ramak nüchtern. Er faßte sein Gewehr fester, und ich betrachtete Schaeffer, auf dessen Gesicht sich ein eigenartiger Ausdruck breitmachte, als er seine Blicke über die Landschaft im Tal schweifen ließ. Zweifellos zog der Amerikaner eine andere, friedlichere Lösung vor. Eine wirkliche Schießerei war ein zu großes Risiko. Vielleicht wäre er auf meinen Vorschlag eingegangen, uns in Oberdrusa zu verstecken, wenn nicht der geheime Seismograph im Minenschacht vorhanden gewesen wäre. Er war zum Bulbul Dağ heraufgestiegen, um das Instrument zu prüfen, vielleicht sogar, um es an eine andere Stelle zu schaffen und zu verstecken. Nun ergab sich ein neues Problem durch die Ankunft von Ionides Leuten. Die unruhige Linie der aufsteigenden Männer näherte sich, man sah, wie die Griechen von einem Deckungspunkt zum anderen eilten, sich hinter Felsbrocken verbargen, unter Schneewehen duckten, aus Mulden eilig auf kleine Hügel klommen. So kamen sie immer näher, und Ramak wartete geduldig, bis sie in Schußweite geraten würden. Auch die anderen Türken hatten ihre Waffen auf sie gerichtet. Ich betrachtete die Hände mit den Pistolen. Wir waren nur wenige, aber gut verteilt. Dann hockte ich mich neben Ramak und Schaeffer hinter die Felsplatte.

»Könnten wir uns nicht in der Mine verstecken?« flüsterte ich dem Amerikaner zu. »Soweit ich Grant verstanden habe, gibt es viele Tunnel und Gänge, wie Waben.« Schaeffer schüttelte den Kopf, und seine Augen glitten erneut über die winterliche Landschaft. Ein kalter Wind war aufgekommen, der vom Osten her dunkle Wolkenbänke über den Himmel blies. Ich erinnerte mich an die Wettervorhersage und fragte mich, ob wir nun auch noch einen Schneesturm zu erwarten hatten.

»Dann wären wir wie in einer Falle gefangen«, erklärte Schaeffer mir. »Es gibt nur vier Eingänge in das Bergwerk, und die liegen dicht beieinander. Sie müßten also nur diese Eingänge bewachen und keinen herauslassen. Hören Sie, halten Sie den Kopf aus der Schußrichtung, wenn es losgeht«, fügte er zu mir gewandt hinzu.

Plötzlich fühlte ich, wie Schaeffers behandschuhte Hand meinen Arm umspannte.

»Sehen Sie mal da drüben, sehen Sie das? Direkt hinter der Hügelkuppe vor den Baracken ...« Ich lehnte mich nach links, um besser sehen zu können, bemerkte nichts, fühlte nur, wie meine Augen vom weißen Schneelicht müde wurden. Einer der Türken, die etwas niedriger als Ramak hockten, erhob sich unvorsichtigerweise, und schon peitschte ein Gewehrschuß durch die Nacht. Das Echo taumelte wild zwischen den Bergspitzen herum, und mir sträubte sich das Haar. Schnee rieselte von einem Felsbrocken. Der Türke ließ sich flach auf das Gesicht fallen, und Ramak rief etwas. Der verletzte Türke verbarg seinen Kopf in seinen Armen. Wir alle krochen, soweit es ging, hinter unsere Deckungsfelsen, als ein zweiter Schuß die Nacht zerriß. Schaeffer wartete einen Augenblick und hob dann langsam den Kopf. Ich merkte, wie es ihm einen Ruck gab. Wieder drückte er meinen Arm. »Ich hab' richtig gesehen! Ramak, geben Sie mir Ihr Gewehr. Sagen Sie Ihren Männern, daß sie auf gar keinen Fall das Feuer eröffnen sollen!«

Der Türke zögerte einen Moment, aber etwas in dem Ton des Amerikaners brachte ihn dazu, ihm die Waffe auszuhändigen. Er rief seinen türkischen Männern einen kurzen Befehl zu. Schaeffer ergriff das Gewehr, untersuchte es rasch, stützte es auf einen niedrigen Felsen, zielte und schoß einen einzelnen Schuß ab. Ich glaube, daß er absichtlich an den sich uns nähernden Männern vorbeigezielt hatte, um eine sofortige Reaktion zu provozieren. Ein lautes Trommelfeuer war die Antwort von unten. Die Schüsse echoten und hallten, und ich hob meinen Kopf ein klein wenig und gewahrte nun, was Schaeffer schon die ganze Zeit bemerkt hatte. Über die Hügelkuppe vor den Militärbaracken kam eine berittene Patrouille geritten, eine Gruppe von etwa zwölf Reitern. Obgleich ich mich so tief beugte, daß ich von der Straße aus nicht gesehen werden konnte, gelang es mir doch, aus dem Augenwinkel zu sehen, wie die türkische Patrouille in Galopp fiel und näher kam.

»Wenn wir Glück haben, werden die die Sache für uns erledigen«, flüsterte Schaeffer Ramak zu und reichte ihm das Gewehr. »Also, um Himmels willen, halten Sie Ihre angeborene Ungeduld im Zaum!« Die Patrouille, die am Anfang dicht zusammengehalten hatte, öffnete sich nun zu einer langen Linie und überquerte die Straße. Man konnte das ferne Hufklappern bis zu uns herauf hören. Ihr Galopp wurde schneller, und man sah unter den Hufen der Pferde im Mondlicht den Schnee auffliegen. Sie glichen einer Gruppe angreifender Kosaken. Waffen blitzten auf, Gewehrläufe, gezogene Säbel. Die Pferdehufe donnerten immer lauter, sie formierten sich in einem sich öffnenden Halbkreis. Ihr Kommandant mußte Antonopoulos Leute von den Baracken aus beobachtet haben. Vielleicht aber auch war es eine Routinepatrouille, die zufällig im kritischen Moment über die Hügelkuppe heraufgekommen war. Sicherlich hätte der Grieche dieses Abenteuer überlebt, wenn nicht einer seiner Leute in Panik geraten wäre. Einige Sekunden lang war kein einziger Schuß zu vernehmen. Ich kroch ein wenig höher und sah gerade noch, wie sich einer der Griechen umwandte, erkannte, daß sie verfolgt wurden, und schoß. Einer der türkischen Reiter stürzte aus dem Sattel. Sein Fuß blieb im Steigbügel hängen, und das Pferd schleppte ihn über den Schnee. Ich hörte fernes Rufen, vielleicht einen Befehl. Die Reiter wechselten die Richtung, ritten schneller und schlossen ihren Halbkreis, als sie die griechische Linie erreichten. Man sah Arme, die in die Luft geworfen wurden und niederstießen, Pferde, denen man die Sporen gegeben hatte, richteten sich auf den Hinterbeinen auf, Schnee stäubte, Schüsse peitschten. Dann sah ich Antonopoulos seine Arme emporschwingen, um seinen Kopf zu schützen. Über ihm stand ein riesiges Pferd auf den Hinterläufen, stand sekundenlang, ehe es auf ihn niederbrach und ihn in den Schnee trat. Dann war es nur noch eine undurchsichtige Masse um sich tretender Pferde, rennender Männer, aufblitzender Waffen und Schreie. Der Schnee stäubte so heftig, daß man keine weiteren Details erkennen konnte. Erst als die Patrouille ihr blutiges Handwerk beendet hatte, trat plötzliche Stille ein. Ich bemerkte einen Griechen, der in einiger Entfernung durch den Schnee rannte, um die Straße zu erreichen. Ein Reiter wendete, jagte ihm nach. Der Grieche ließ sich hinter einen Felsbrocken fallen, aber der Arm mit dem blitzenden Säbel erreichte ihn, und er regte sich nicht mehr. Schaeffer ließ sich neben mir in die Hocke fallen und sah sich um. »Ramak, sagen Sie Ihren Leuten, sie sollen uns rasch in die Mine folgen, vorsichtig aber, ohne daß man sie sieht ...«

»Die Patrouille wird heraufkommen ...«

»Sicherlich! Wenn sie hier ankommen, müssen wir uns in der Mine bereits versteckt haben ...«

Wir krochen von den Steinplatten aus durch den Schnee, und als wir außer Blickweite der Patrouille waren, standen wir auf und rannten, so schnell wir konnten, zum dritten Mineneingang, zu dem Schaeffer uns führte. Im Tunnel zog er eine Taschenlampe heraus und führte uns rasch in einen Seitentunnel. Er sprang behende von Bahnschwelle zu Bahnschwelle den langsam sich senkenden Schacht hinunter bis zu einem Punkt, wo eine Gabelung war und der Tunnel breiter wurde. Ich nehme an, daß dies der Ort war, wo in alten Zeiten die Trolleywagen gewartet hatten, wenn Gegenverkehr auf den schmalen Geleisen herrschte. Dann entdeckte ich den eisernen Pfosten und das kleine Ölfaß, das auf der Seite lag. Ich fragte mich, ob Schaeffer uns an den Ort geführt hatte, wo früher der Seismograph gestanden hatte. Schaeffer atmete schwer und blieb stehen, machte eine schnelle Drehung mit seiner Taschenlampe und betrachtete die große Nische, neben der wir standen. »Hier, nehme ich an, können wir abwarten. Ich glaube nicht, daß sie die Tunnel durchsuchen werden.«

»Vielleicht haben sie uns gar nicht gesehen«, meinte Ramak.

»Da könnten Sie recht haben, aber wir können kein Risiko eingehen. Es ist möglich, daß wir hier eine Weile abwarten müssen. Ich gehe nochmal zurück und sehe nach, ob sie jemand heraufgeschickt haben, um zu kontrollieren.« Ich begleitete Schaeffer den Tunnel hinauf. Wir gaben uns Mühe, keinen Lärm zu machen. Wir versuchten, nicht auf die Kiesel zu treten, die zwischen den Bahnschwellen lagen. Als wir den Hauptschacht erreichten, knipste Schaeffer seine Taschenlampe aus. Wir tasteten uns im Dunkeln vorwärts und blieben stehen, als wir den Rundbogen zum Haupttunnel erreichten. In der Ferne leuchtete schwach das runde Loch nach draußen. Man konnte ein Stück des mondbeschienenen Himmels sehen. Wir hielten den Atem an und warteten. »Hören Sie was?« wisperte Schaeffer. Ich hatte deutlich das Kratzen eines harten Gegenstandes auf dem Felsen gehört, dann das kehlige Wiehern eines Pferdes. Man hatte einen Soldaten – vielleicht auch mehrere – heraufgeschickt. Sie verhielten vor dem Eingang zur Mine. Schaeffer zog mich in den Seitengang zurück und flüsterte: »Wir werden warten müssen. Vielleicht ziemlich lange. Das einzige, was ich hoffe, ist, daß sie nicht hereinkommen und sich umsehen ...«

Etwa eine halbe Stunde später kamen sie den Gang entlang, um sich in der Mine umzusehen. Sobald sie den Tunnel betraten, konnten wir sie hören. Ihre Stimmen, das Knallen ihrer Stiefel auf dem Boden des Schachtes. Der Klang hallte seltsam wider, verstärkt durch die Akustik des Bergwerks. Wir krochen in der Nische eng zusammen. Ich fragte mich, wo Grant sich wohl verborgen hielt. Der Führer der Patrouille schien sehr geschickt in seiner Taktik: Er hatte in einem der Seitentunnel eine noch intakte Lore entdeckt. Wir hörten, wie die Schritte sich entfernten. Dann vernahmen wir ein vollkommen anderes Geräusch, die Lore, die näherkam. Es mußte jemand darauf sitzen, der den Handantrieb bediente. Ich war ganz sicher, daß sie Taschenlampen bei sich trugen, denn sonst wäre eine Suche sinnlos gewesen. Wir lauschten und hörten die ratternden Räder näher kommen. Dazwischen das Klacken der Zahnräder bei Bedienung des Handbetriebes. Ramak war der erste, der Zeichen von Nervosität aufwies.

»Besser, wir verziehen uns tiefer in den Gang hinein«, schlug er vor.

»So könnten wir ihnen genau in die Arme rennen«, meinte Schaeffer. »Grant hat mir erzählt, daß einige der Schienenstränge, nachdem sie einen großen Bogen gemacht haben, wieder zum Ausgangspunkt zurückkehren.« Ich bewunderte Schaeffer, wie er auch in diesem Augenblick der Krise sich keinen Augenblick verplapperte, sondern vorgab, er hätte alles, was er über die Mine wußte, von Grant erfahren. Dennoch war ich sicher, daß er die Mine fast ebensogut kannte wie Grant. Wir saßen noch immer in unserer Nische, hörten aber, wie sich das Geräusch des Trolleys entfernte und in der Tiefe der Mine verlor. Als wir wieder von Schweigen umgeben waren, flüsterte Ramak.

»Wie wäre es, wenn wir uns tiefer in den Tunnel begeben würden, Jetzt, wo wir nichts mehr hören. Es ist solch ein Risiko, in der Nähe des Hauptausgangs sitzen zu bleiben.«

»Ich schlage vor, wir warten noch ein wenig ab«, hörte ich Schaeffers ruhige Stimme in der Dunkelheit. »Wenn wir uns nicht bewegen, haben wir einen Vorteil: Wir hören, wenn sie kommen.«

»Jetzt zum Beispiel«, sagte ich.

Die Lore kam zurück. Erst ein schwaches Schleifen, ein Klappern, später das Klacken, das, durch das Echo verstärkt, ziemlich laut an unsere Ohren schlug. Jemand bewegte sich im Dunkeln, und Schaeffers Stimme flüsterte dringlich: »Nicht, Ramak! Sie könnten ihnen genau in die Arme laufen.«

»Sie müssen den Wagen umgedreht haben«, protestierte der Türke. »Vielleicht prüfen sie nun jeden Tunnel.«

»Das können sie nicht«, sagte ich. »Die Anschlußstellen sind verrostet. Sie können nur dahin fahren, wo die eigentlichen Schienen hinführen, auf denen sie schon stehen.«

»Nicht unbedingt«, erwiderte Schaeffer nüchtern. »Wenn zwei von ihnen im Trolley sitzen, können sie aussteigen und ihn mit eigener Kraft auf einen anderen Schienenstrang heben.«

Das mechanische Klappern schwoll an. Der Trolley war nun ganz in unserer Nähe. Das Flüstern verstummte, wir hielten uns still und warteten. Ich fragte mich, ob sie den Trolley bereits auf eine neue Schiene gehoben hatten und ob sie nun auf einem Stollen fuhren, der zum Haupttunnel des Schachtes führte. Plötzlich wurde das Klacken viel lauter und zu meinem Entsetzen stellte ich fest, daß es aus der falschen Richtung kam: von *rechts*. Offenbar hatte der Schienenstrang, auf dem sie fuhren, die Lore im Kreis geführt und brachte sie nun von der anderen Seite zu uns zurück. Steif vor Furcht lauschte ich dem Hämmern der Räder auf den Schienen und wartete auf den Lichtschein, an dem ich erkennen würde, daß sie kamen. Nun war es zu spät, um wegzulaufen und den langen Tunnel zu überwinden, der zum Hauptschacht führte. Aus der Geschwindigkeit zu schließen, mit der der Wagen dahinfuhr, würden sie uns überholen, lange bevor wir den Ausgang des Tunnels erreichen würden. Nun war es klar; Schaeffer kannte die Mine nicht gut genug und hatte einen tödlichen Fehler begangen. In diesem Augenblick sahen wir den ersten Lichtschimmer.

Ich fühlte, wie der Amerikaner sich neben mir leicht aufrichtete, als wolle er sich auf das Kommende vorbereiten. Der Lichtschein, ein schwacher Schimmer, glomm an den Wänden und verschwand wieder, als sich der Trolley mit lautem Klappern erneut in Bewegung setzte. Ich zog meinen Handschuh aus, wischte mir den Schweiß von der Stirn und zog den Handschuh rasch wieder an. Niemand sprach, und ich wußte, wir alle fanden es schwierig zu glauben, daß der Trolley weiterfuhr. Aber er entfernte sich von uns, nahm einen neuen Kurs durch dies teuflische Labyrinth. Schaeffer war der erste, der seiner Stimme traute, und sprach:

»Haben Sie begriffen, was passiert ist?«

»Ich habe verdammt noch mal keine Ahnung«, sagte ich.

»Die Schienenspur hat sie irgendwohin, tief in das Innere des Berges, geführt und danach zurück zum zweiten Hauptgang geleitet. Der zweite Hauptgang kreuzt an einer bestimmten Stelle diesen Tunnel, der die beiden Schächte verbindet. Deshalb haben wir für Augenblicke das Licht ihrer Taschenlampen gesehen.«

»Ich muß mich entschuldigen«, sagte Ramak leise. »Ich verstehe nun, daß wir mit ihnen zusammengestoßen wären, hätten wir uns bis zum Ende des Tunnels vorgewagt.«

»Das ist gut möglich. Wir werden noch eine Weile hier ausharren müssen.«

Grant fand uns dann einige Zeit später. Vorher hatten wir minutenlang gelauscht, wie das Geräusch des ratternden Trolley in der Ferne verschwand. Grants Ankunft bestätigte meine Theorie, daß wir uns an dem ursprünglichen Versteckplatz des Seismographen befanden. Also hatte er angenommen, daß Schaeffer uns hierher bringen würde. Er sagte uns, daß mindestens ein Mann der Patrouille vor dem Ausgang Wache stehe, und wir beschlossen, weiter zu warten. Während wir das taten, nahm Grant Schaeffer beiseite. Unter dem Vorwand, den Eingang der Mine zu bewachen, gingen sie beide fort. Ich aber erriet, daß er den Amerikaner zum Seismographen führte und daß sie die Aufzeichnungen des Instrumentes wegen der sowjetischen Testexplosionen untersuchen wollten. Sie blieben lange weg. Erst am Morgen, etwa eine Stunde vor Sonnenaufgang, kehrte Schaeffer allein zurück. Er hatte wohl einen Umweg über den Mineneingang gemacht, denn er berichtete, daß von der türkischen Kavalleriepatrouille keiner mehr dort Wache hielte. Auch hatte es wieder angefangen zu schneien. Wir beschlossen, so schnell wir konnten zum Fluß hinunterzusteigen.

»Und was ist mit Grant?« fragte ich leise.

»Er wird später nachkommen.«

»Davon halte ich nun gar nichts«, sagte Ramak mit fester Stimme. »Es ist gefährlich, und ich wünsche, daß er mit uns kommt, und zwar gleich.«

Er hatte eine der Taschenlampen angeknipst, und in ihrem Schein konnte ich die beiden Gesichter sehen, die sich anstarrten; Schaeffer, dem man nun ansah, daß er müde war, und Ramak, grimmig, nicht willens, die Autorität des Amerikaners weiter anzuerkennen, wenn es um Grant ging.

»Er hat ein paar Felsproben, die er noch zusammenpacken will«, sagte Schaeffer zu dem Türken. »Dazu braucht er ein bißchen Zeit. Er sagt, er findet allein zum Haus zurück. Er ist fest entschlossen.«

»Das will ich von ihm selbst hören. Führen Sie mich zu ihm.«

Schaeffer widersprach nicht; ich glaube, es war ihm klar, daß Ramak die Mine nicht eher verlassen würde, als bis er mit seinem Freund gesprochen hatte. Wir anderen warteten am Eingang des Seitentunnels. Ich war vor Kälte wie betäubt und hatte einen Zustand erreicht, wo einem sogar das Denken schwerfällt. Aber wenn mir einfiel, wie lange Lynn und die anderen drunten am Fluß in der Lehmhütte schon warteten, erhob sich in mir eine nagende Unruhe und Ungeduld. Endlich kamen die beiden Männer zurück. Ich leuchtete sie mit der Taschenlampe an, als sie den Haupttunnel herunterkamen, und ihre Gesichter trugen den gleichen Ausdruck wie vorher. Es kann sein, daß Ramak etwas grimmiger aussah. Er sah mich an und schüttelte mit dem Kopf.

»Er weigert sich, jetzt mitzukommen. Ich glaube, er macht einen großen Fehler, aber wenn er es so haben will ...«

Draußen schneite es leise, als wir unter den Nachthimmel traten. Ein sanfter und stetiger Schneefall und völlige Stille, die mir das Gefühl vermittelte, daß wir uns meilenweit entfernt von jeder menschlichen Behausung befanden. Als wir die ersten Häuser von Oberdrusa erreichten, drehte ich mich um, um zu sehen, ob Grant am Eingang der Höhle stand. Aber der weiße Schnee fiel wie ein dicker Vorhang, und ich konnte nichts erkennen. Ich fühlte mich ausgelaugt und erschöpft wie ein Mann, der eine schwierige Aufgabe erfüllt hat und nach Erledigung derselben das Interesse an ihr verliert. Keiner sprach. Wir kletterten über die Treppenfluchten hinab, die leeren Häuser umgaben uns, und wir mußten unseren Weg allein suchen, da Grant uns nicht mehr führen konnte. Es war sehr kalt, alles sah elend aus unter dem dichten Schnee, und die Stille, die uns umgab, deprimierte mich. Lynn fiel mir wieder ein, und ich fragte mich, wie sie es wohl aufnehmen würde, wenn sie entdeckte, daß ihr Vater nicht bei uns war. Als wir uns dem Haus näherten, in dem wir die Türken zur Wache zurückgelassen hatten, sprang einer von Ramaks Männern mit einer Pistole in der Hand hinter einer Schneewehe hervor. Ramak sprach in hastigem Türkisch auf ihn ein und wandte sich dann an mich.

»Hier ist nichts passiert. Jetzt wecken wir sie auf und fahren zurück ins Haus. Wir werden etwas essen, und dann werden wir uns nach Erzincan aufmachen, sobald es hell wird.«

»Ich nehme mal eben die Unterlagen, wenn es Ihnen nichts ausmacht.« Schaeffer hatte mich angesprochen und sah mir über die Schulter. Da fiel mir erst die graue Mappe wieder ein, die ich die ganze Nacht über automatisch an mich gedrückt gehalten hatte. Ich hatte sie, um sie vor der Nässe zu schützen, halb ins Innere meines Mantels gesteckt. Ich ließ sie nicht los, sondern antwortete: »Grant hat sie mir zum Lesen gegeben. Ich habe ihm versprochen, sie in der Amerikanischen Botschaft in Ankara abzugeben, wenn ich fertig bin.«

»Ich könnte sie da drüben in den Mercedes legen.« Schaeffer schien sich über meinen Widerspruch zu wundern. »Wir werden doch zusammen zurückreisen, und Sie haben sie dann gleich zur Hand. Sie wollen doch sicher jetzt mit Lynn sprechen ...« Ich bemerkte, daß ich langsam die Nerven verlor und man es mir auch anmerkte. Ich dankte ihm und reichte ihm die Mappe. Ich betrat das Zimmer, in dem es erstaunlich warm war, und bemerkte, daß die Ölöfen die ganze Nacht gebrannt hatten. In einer Ecke lag Lynn in eine Reisedecke eingewickelt und schlief fest. Dicht neben ihr erkannte ich Renée, auch sie und das Kind waren in eine Dekke gewickelt. Das Kind hörte uns als erstes, setzte sich auf und rieb seine Augen. Die Bewegung weckte seine Mutter auf, und ich trat zu Lynn und schüttelte sie sanft an der Schulter. Sie öffnete die Augen weit, zwinkerte, schloß sie wieder und sah mich an.

»Du bist's. Du bist wieder zurück. Wie lange warst du

jetzt weg. Wie spät ist es?« Sie setzte sich auf und streckte sich.

»Es wird eine halbe Stunde vor Sonnenaufgang sein.« Ich griff nach der Thermosflasche, die auf dem Boden stand, und schüttelte sie. »Hier ist noch ein bißchen kalter Kaffee. Möchtest du ihn trinken?«

»Ich liebe kalten Kaffee geradezu, da hat er wirklich Aroma. Ja, bitte, gib ihn mir!« Da niemand anderes trinken wollte, füllte ich die kleine Tasse für sie, und während Renée ihr Haar kämmte und sich im Spiegel ansah, plapperte sie mit Thérèse, die ihr ernsthaft zuhörte. Der Türke, der auf der Bank gesessen hatte, als wir hereinkamen, steckte seine Pistole in den Mantel, trat zur Tür und sprach mit seinen Kameraden. Ich nahm an, daß die anderen beiden Männer bei den Autos warteten. Schaeffer kam ins Zimmer, ohne die Akte bei sich zu haben. Lynn hatte ihren Kaffee ausgetrunken und fragte nun die Frage, auf die ich gewartet hatte.

»Ist Vater draußen mit Ramak?«

»Er kommt später nach«, sagte Schaeffer schnell, und ich war ihm dankbar dafür, daß er die Sache übernahm. »Er hat eine Menge seiner Sachen dort oben eingelagert, und er möchte nichts herumliegen lassen, wenn er weggeht.«

»Was für Sachen?« Lynn war nun hellwach und hörte auf, ihre Strümpfe geradezuziehen. Sie starrte ihn mit glitzernden Augen an.

»Felsproben und ähnliches«, sagte Schaeffer geschickt. »Sie wissen doch, er interessiert sich immer noch für Geologie und hat einen Haufen Proben dort oben angesammelt.«

»Dann werde ich warten, bis er kommt.«

Ich saß neben ihr auf dem Boden und fühlte, daß sie Verdacht schöpfte. Sie sagte, daß sie auf Vater warten wollte, um Schaeffer zu testen.

»Er hat gesagt, David solle Sie nach Ankara schaffen. Er wird dort später zu Ihnen stoßen.« Er setzte großen Nachdruck dahinter, als er das sagte. Lynn drehte sich rasch zu mir und packte mich am Arm.

»Ist das wahr, David?« fragte sie.

»Ich habe gehört, daß er zum Haus kommen wollte«, sagte ich, »aber als er mit Schaeffer sprach, war ich nicht dabei.«

»Mir hat er das auch gesagt.« Ramak stand im Türrahmen. Sein Gesicht war ausdruckslos. »Er hat mir eingeschärft, daß Shand dich sicher nach Ankara bringen müsse und daß er auf eigene Faust später nachkommen wolle. Er glaubt, daß, wenn ihr drei zusammen reisen würdet, dann wäre das Risiko weitaus größer, bei einer Polizeistraßensperre aufgegriffen zu werden. Er hat auch daran gedacht, selbst herunterzukommen und Shand obenzulassen, um mit den Gesteinsproben nachzukommen, aber dann fand er, daß das nicht fair sei.«

Ramak argumentierte äußerst geschickt, und ich wußte nicht, ob er, was er sagte, selbst erfunden hatte oder ob Grant ihn mit dieser Ausrede versehen hatte. Seinem Ausdruck nach zu schließen, war letzteres der Fall, denn Grant hatte die Reaktion seiner Tochter vorausgesehen und Ramak mit den nötigen Instruktionen zu ihr geschickt. Sie betrachtete mich unsicher, drehte an ihrem Taschentuch, ich aber blieb lieber stumm. Das war vielleicht nicht sehr mutig, aber ich wollte nichts sagen, wofür sie mich nachher hätte rügen können. Ich wollte sie nicht beeinflussen in einem Augenblick, den sie vielleicht nie mehr im Leben vergessen würde. Am Ende war es Renée, die ihre Bedenken zerstreute.

»Die Situation ist schwierig genug«, sagte sie kühl. »Ich bin sicher, dein Vater weiß, was er tut. Nachdem er offenbar meinen Mann und auch Mr. Schaeffer überzeugt hat, daß du nach Ankara reisen sollst, würde ich das tun – und, um ehrlich zu sein, mein Liebes, du wärst mir eine große Hilfe mit Thérèse.«

Lynn erhob sich langsam, faltete ihre Reisedecke, aber ihre Stirn blieb gerunzelt. Wieder sah sie mich an.

»Meinst du, ich sollte wirklich mit dir reisen?«

»Ich meine, du solltest dich selbst entscheiden, was du willst. Wenn du kommen willst, nehme ich dich mit nach Ankara, wenn nicht, bleibe ich mit dir in Ergenrum.« Das war der einzige Moment, in dem ich einen gewissen Einfluß auf sie nahm. Ich wußte, daß sie in diesem Fall lieber mit mir nach Ankara fuhr. Wir löschten die Ölöfen, hoben die Dekken auf und liefen durch den Schnee zu den Wagen, die auf uns warteten. Renée, Lynn und Thérèse kletterten auf den Hintersitz des Mercedes, und Schaeffer, der die Akte vom Sitz genommen hatte, nahm auf den Klappsesseln Platz. Ich stieg vorne neben Ramak ein. Während er mit dem kalten Motor kämpfte, erzählte er mir, daß vor ein paar Stunden einer seiner Männer, den er zurückgelassen hatte, ins Zentrum von Drusa gewandert war und die Vorstadt frei von jedem Polizeifahrzeug vorgefunden habe. Es schneite nun in schweren Flocken. Wir fuhren langsam über das Eis des Flusses denselben Weg zurück, den wir gekommen waren. Das erste Morgenlicht durchbrach nun den fallenden Schnee, während wir immer weiter am Steilufer entlang dahinfuhren. Fünfzehn Minuten nach Tagesanbruch öffnete sich der Erdboden. Das von Grant vorhergesagte verheerende Erdbeben erschütterte Ostanatolien.

19. KAPITEL

Das seltsame Benehmen der Vögel war das erste Warnsignal einer bevorstehenden Katastrophe. Lynn war die erste, die dieses Phänomen bemerkte. Auf dem Wege zu Ramaks Haus erreichten wir den Atatürk-Boulevard am östlichen Ende und fuhren die breite, völlig verlassene Straße entlang. Es tagte nun, und die Stadt lag schweigsam unter dem schweren Schneefall. Es schneite weiter und weiter. Bald näherten wir uns dem Hotel Pera Palas, und in der Ferne konnte ich schon die massive Form und die Kuppel der Seljuk-Moschee erkennen. Die Straßenkreuzung, wo man links zur Zitadelle abbiegen mußte, näherte sich, und die Seitenstraße rechts zu Ramaks Haus war bereits zu sehen. Die Atmosphäre über der Stadt war von tödlicher Stille. Man hatte das Gefühl, die Stadt sei der Seuche wegen wirklich menschenleer. Obgleich ich Hunger hatte, wünschte ich mir, wir möchten nicht vor Ramaks Haus anhalten, sondern einfach weiterfahren, Ergenrum hinter uns lassen und nach Westen bis Erzincan und Ankara 600 Meilen reisen, ohne stehenzubleiben. Ich sehnte mich nach Europa. Hinter mir öffnete sich das Glasschiebefenster. Ich hörte Renée leise mit dem Kind sprechen, das in einem Bilderbuch blätterte, dann aber rief Lynn unvermittelt:

»David, was ist nur mit den Vögeln los?«

»Vögeln?«

»Ja, die auf den Drähten ...«

Die Vögel saßen nicht länger auf den Drähten, sie hatten sich in einer einzigen großen Wolke erhoben und taumelten orientierungslos über uns. Sie flogen, stießen zusammen, als ob sie das Gleichgewicht verloren hätten, und ihre Rufe gellten in unseren Ohren. Plötzlich erinnerte ich mich an Fragmente einer Reportage, die ich in einer Zeitung gelesen hatte. Es war der Bericht eines Erdbebens in Japan, und diese Erinnerung brachte mich dazu, Ramak die Hand auf die Schulter zu legen.

»Halten Sie an! Schnell!« Ich glaube, die Dringlichkeit in meiner Stimme teilte sich ihm mit, er reagierte sogleich, hielt den Wagen an und brachte auch die hinter uns folgenden dazu, anzuhalten und den Motor abzustellen. Das Geschrei der Vögel war angeschwollen und klang mit schriller Hysterie über unseren Köpfen. Nun, da kein Motorlärm mehr zu hören war, bemerkten wir erst das laute Bellen der Hunde. Hunderte von Hunden in der ganzen Stadt bellten und heulten verzweifelt. Es klang, als seien Tiere in einem Haus, in dem es brannte, eingeschlossen und in Panik geraten. Ich stieg aus und hob meinen Blick zu den Vögeln. Schnee fiel auf mein Gesicht. Die anderen taten es mir nach. In uns allen regte sich ein uralter Instinkt. Hinter uns kletterten die Türken aus ihrem Fahrzeug, und minutenlang standen wir alle schweigend auf dem Boulevard und starrten in den Himmel. Etwas in der Art, wie die Vögel herumflogen, aneinanderstießen, war so grauenhaft, daß wir alle erschauerten. Lynn trat zu mir und packte mich fest am Arm. Ich fühlte, wie der Schrecken sie durchrann wie ein elektrischer Funken, als die erste Schockwelle die zum Tode verurteilte Stadt erreichte.

Augenblicke davor war das Bellen der Hunde verstummt, und auch die Vögel schwiegen und hielten sich nur als schwarze Wolke über Ergenrum. Dann brach die Hölle los. Die Schockwelle traf in einer Reihe von Stößen und bebenden Wellenbewegungen in der Stadt ein. Mein Kopf schmerzte plötzlich, als wolle er zerspringen. Die ganze Stadt schien sich zu bewegen, und ich hörte einen unbeschreiblichen Lärm. Es klang, als werde ein Expreßzug sogleich den Boulevard entlangrasen. Ohne zu merken, was ich tat, preßte ich Lynn an mich, als das Beben zunahm und die Welt um mich sich in ein Irrenhaus verwandelte. Die Stadt erbebte, als wäre sie auf moorigem Untergrund gebaut, der sich nun öffnen wollte, um sie zu verschlingen. Ein riesiger Riß erschien an der Südseite des Boulevards und öffnete einen gähnenden Rachen, in den die Bäume purzelten und verschwanden. Die Spalte verbreiterte sich, zischte den Boulevard entlang, und ich hatte das Gefühl, als befände ich mich in einem rotierenden Betonmixer. Das Zittern und Schütteln wurde immer schlimmer, bis ich glaubte, verrückt zu werden, denn die Welt schien jetzt ohne jede Stabilität zu sein und so würde es immer bleiben. Es gab keinen festen Untergrund mehr, keinen sicheren Ort, an dem man sich verbergen konnte. Man konnte nur stehen und sich aneinander festklammern, während man mit jeder Faser des Körpers spürte, wie sich das Beben verstärkte, das krachende Geräusch die Ohren betäubte und jedes andere Gefühl in einem erstarb. Die Fassade des Pera Palas warf Wellen wie eine Theaterkulisse im Wind. Die Mauer neigte sich nach vorne. Das Haus, das hinter den drei Autos stand, schüttete mit einem einzigen Schwung seine Mauer auf die Straße. Riesige Gesteinsbrocken wurden in die Luft katapultiert und fielen irgendwo nieder. Wieder, ohne zu denken, drückte ich Lynns Kopf an meine Brust und fühlte, daß nicht meßbare und unbegreifliche Kräfte mich im Kreise drehten; als ich wieder sehen konnte, blickte ich in die andere Richtung des Boulevards. Ich sah die Kuppel der Seljuk-Moschee vom Sockel fallen. Abgeschnitten wie von einem großen Messer, rutschte sie hinunter in den sie umgebenden Garten, während die Minarette wie riesige Stimmgabeln hin- und herschlugen. Ich versuchte, meine Augen fest auf etwas zu richten, Tränen der Anstrengung und der Todesangst verschleierten den Blick. Das Geräusch berstender Gegenstände widerhallte in meinen Ohren wie Kanonendonner. Ringsum gingen Wände in die Knie und fielen in den Staub. Riesige Wolken standen wie Nebel um uns her. Der ganze Boulevard zitterte ruckartig unter mir. Eine Seitenspalte kroch auf mich zu, teilte sich und näherte sich meinen Füßen. Lynn fest an mich gedrückt, sprang ich zurück, landete neben dem Auto und fühlte mich gegen die Tür des Wagens gestoßen, als die Öffnung uns angähnte, abknickte und parallel zur Straße weiterlief.

Überall zerbarst die harte Schneekruste und enthüllte die schwarze Straße, die darunter lag wie ein Spiegel, der von einem Steinschlag zerbrochen wird. Die Straßenoberfläche bebte unter den unglaublichen Stößen wie die Oberfläche eines schwarzen Puddings, und das Beben ließ nicht nach. Häuser splitterten und fielen, ergossen Steine und Glassplitter auf die Straße. Bäume knickten wie Streichhölzer. Auf der Nordseite ging eine ganze Straßenzeile in die Knie, und durch die Lücke erhaschte ich einen Blick auf den Bulbul Dağ und den Abhang, an dem die gestaffelten Häuschen von Oberdrusa sich vom schneeverwehten Bergmassiv abhoben. Ein Zittern schien durch die Häuser zu laufen. Ich konnte sehen, wie die Terrassen zu vibrieren begannen, und dann wurde ich zu meinem Entsetzen Zeuge, wie Grants Voraussage sich bewahrheitete. Die Häuschen fielen zusammen, wie ein großes Kartenhaus, rutschten den Hügel hinunter und verschwanden in einer Staubwolke. Ich hatte kurz das Gefühl, als hätte es aufgehört zu schneien und die Sonne scheine mir mit unerträglicher Helligkeit ins Gesicht. In dem blendenden weißen Schein bebte die ganze Stadt, zuckte und fiel um mich her in Trümmer, so daß sich jeden Augenblick ein neues schauriges Panorama meinen Augen darbot. Durch die Lücken in den Häuserzeilen auf beiden Seiten des Boulevards gewahrte ich Häuser, die ich zuvor nie gesehen hatte. Das Schwindelgefühl, das durch die nicht enden wollende Bewegung erzeugt wurde, der Donner, der meine Ohren füllte, und die grauenhafte Schwankung des Bodens unter mir schien sich nun wieder zu verstärken. Ein ungeheuerliches Crescendo, als das gigantische Beben sich neu erhob, um die Erde zu schütteln und die bereits in Ruinen daliegende Stadt in eine völlige und entsetzliche Verwüstung zu verwandeln. Ich hatte nun jede Orientierung verloren, auch mein Sinn für Balance und Gleichgewicht hatte mich verlassen, ich wußte nicht mehr, ob ich stand oder lag und ob ich mein Gesicht zur Erde oder zum Himmel hielt. Ich schloß meine Augen, öffnete sie schnell wieder und versuchte, meinen Blick an irgendeinem festen Punkt haftenzulassen. Da entdeckte ich ein Minarett, das hin- und herschnappte wie eine Feder und sich bei jeder Bewegung um 60 Grad zu biegen schien. Der menschliche Geist kann nur bis zu einem gewissen Punkt Panik erdulden und nur eine gewisse Anzahl von entsetzlichen Erlebnissen aushallen. Es kommt ein Augenblick, wo die Sinne einen verlassen, wo alle Eindrücke sich verwischen, wo der große Schwindel über einem zusammenbricht und man eines nicht mehr vom anderen trennen kann. Um uns her bewegte sich alles, bebte, brach zusammen, ein Kaleidoskop der Zerstörung, dessen Kreischen meine Ohren füllte und dazu angetan war, den härtesten unter uns in die Knie zu zwingen. Und dann kamen die Pferde.

Sie mußten aus irgendeinem zerstörten Stall geflohen sein, ein Rudel wildgewordener Tiere, die den Boulevard heruntergedonnert kamen. Ihre Köpfe mit den angelegten Ohren nach vorne gestreckt, mit Augen die in ihrem Entsetzen nur noch das Weiße zeigten. Schaum vor den Mäulern, die Zähne entblößt und fest zusammengebissen, rasten sie in unkontrollierter Panik an uns vorbei. Ich preßte Lynns Körper gegen das Auto, und gottlob galoppierten sie an uns vorüber, vermieden mit geschicktem Hufschlag die breite Spalte, gerettet von ihrem wunderbaren Tierinstinkt, der sie auch in dieser Krise nicht zu verlassen schien, übersprangen den Abgrund, der sich vor ihnen öffnete, donnerten an der zerstörten Moschee vorbei und verschwanden. Ich hatte Lynn gegen die Seite des Autos gedrückt, und dort hing sie, ohne sich zu rühren. Ich hatte meine Arme um sie geschlungen und sah in diesem Augenblick, wie die Seitenmauer des Pera Palas langsam zu schwanken begann, zögerte, sich dann weit herausbeulte und in riesigen Brocken zu Boden stürzte. Aus der neuerlich aufsteigenden Staubwolke rannten zwei Männer, versuchten etwas zu rufen, kamen aber nicht mehr dazu, als ein riesiger Brocken des Gesimses auf sie herunterfiel und sie vom Angesicht der Erde wegwischte wie eine große Hand. Als eine weitere Wand vor meinen Augen niederstürzte, klärte sich mein Blick, ich sah nicht mehr doppelt, sondern erkannte für Augenblicke in schmerzlicher Klarheit meine Umgebung. Der Boden zitterte noch immer unter mir, Schauder rannen durch meinen Körper hinauf in meine Arme, neues Entsetzen überkam mich: Der Boden unter uns öffnete sich, als würde er uns verschlingen, er würde alles verschlingen, die Autos, die Menschen, die Pferde ...

In diesem Moment bemerkte ich, daß nicht der Boden erzitterte, sondern daß ich selbst zitterte. Das schockierte mich so, daß ich zur Besinnung kam. Ich hatte das Gefühl, als wäre ich Tausende von Kilometern gerannt, meine Beine konnten mich fast nicht aufrecht halten. Ich atmete tief und zwang mich zum aufrechten Stehen und sah mich um. Ich war vollkommen verwirrt. Das Kopfweh, das sich bis zur Übelkeit gesteigert hatte, trommelte an meinen Schläfen, aber als ich mich umsah, registrierte ich zum ersten Mal die Realität des Geschehenen. Noch immer schneite es leise.

Flaumleichte Flöckchen, die durch die Luft wirbelten. Überall hingen riesige Staubwolken über der Stadt. Die Stille hatte wieder von ihr Besitz ergriffen – was für eine grauenhafte Stille. Ich versuchte, mich gegen diese Stille zu wehren. Von irgendwo hörte ich das Fallen von Ziegeln, aber dieser Ton war nicht sehr laut und klang ganz isoliert. Man konnte ein Krachen vom anderen unterscheiden. Dazwischen kurze Schweigepausen. Plötzlich bemerkte ich wieder die Kälte. Auf meinem Gesicht breitete sich der Schweiß aus. Ich wischte ihn abwesend mit der Hand ab. Hinter dem Wagen auf der anderen Seite sah ich Renée stehen, die Thérèse umklammert hielt. Neben ihr Ramak, und ein paar Schritte weiter Schaeffer, der die graue Akte, auf der nun die Schneeflocken lagen, an sich preßte. Er starrte mich mit einem seltsamen Ausdruck an. Auch er war durcheinander vom Schock. Ich bemerkte, daß ich ihn sicherlich auf dieselbe Weise anstarrte, jenen besinnungslosen Ausdruck im Gesicht. Das erste Beben war vorüber.

Mehrere Minuten lang regte und bewegte sich niemand. Unser Kreislauf, unsere Körperfunktionen, kämpften darum, wieder normalen Gebrauch von uns zu machen und Kontakt mit der Welt aufzunehmen. Ich hatte viel über die Reaktionen der Menschen beim Erdbeben gelesen und verstand deshalb wohl als einziger, was uns zugestoßen war. Unter einem solchen Streß neigt der menschliche Geist dazu, ein Opfer ausgefallenster psychologischer Halluzinationen zu werden. Der Gleichgewichtsmechanismus der Ohren wird für Minuten ausgeschaltet, die Flüssigkeit im Augball wird einem unglaublichen Druck ausgesetzt und läßt das Sichtbild verschwimmen. Man sieht feste Strukturen in einer ständigen Bewegung schwanken. Das ist ein Symptom des Druckes. Der Boulevard allerdings klaffte geborsten mit einer häßlichen Spalte vor unseren Augen, und die Seljuk-Moschee war geköpft worden. Auch die Lücken in der Häuserreihe, die ich gesehen hatte, bestanden noch immer, als habe eine brutale Faust Furchen durch die Stadt gezogen. Überall lagen Steine, Splitter und Holzstücke. Ich konnte das damals nicht wissen, aber dieses erste Beben hatte die Stärke neun auf der nach oben offenen Richterskala – das heftigste Beben, das je auf der Welt registriert worden war. Ich sammelte mich und sah auf Lynn hinunter. Zugleich überkam mich neue Furcht. Sie lag unbeweglich auf der Motorhaube, ihre Augen waren geschlossen und ihr Gesicht war weiß wie der Schnee. Ich drückte ihren Arm, und sie öffnete die Augen, starrte mich an, ohne mich zu erkennen. Als ich ihr aufhalf, fiel sie mir schlaff in die Arme und schwieg. Dann lief ein Ruck durch ihren Körper, sie drehte den Kopf hin und her, als habe sie keine Ahnung, wo wir uns befanden.

»Es ist zu Ende«, sagte ich sanft. »Das Beben ist zu Ende ...« Sie stöhnte leise und sank im Schnee auf die Knie. Ich dachte, sie würde ohnmächtig. Als ich aber dann ihren gesenkten Kopf betrachtete und ihre Hände, die sie im Schoß gefaltet hielt, wußte ich, daß sie betete. Tränen rannen über ihre Wangen, und mit gebrochener Stimme flüsterte sie Wort auf Wort. Von uns allen hatte Lynn wegen ihrer überdimensionalen Angst vor Erdbeben wohl den heftigsten Schock erlitten. Als sie nicht mehr beten konnte, half ich ihr auf die Füße, und sofort setzte die Gegenreaktion bei ihr ein.

»Ich schaff's schon allein«, sagte sie ein bißchen zu fröhlich. »Ich kann schon allein ... Mach keinen Wind ... O mein Gott! Es fängt wieder an ...« Ihre Stimme wurde hoch vor Hysterie, ich gab ihr zwei feste Ohrfeigen, rechts und links, und packte sie fest am Arm. Sie starrte mich an, der abwesende Blick verschwand plötzlich, sie erschauerte kurz und lächelte dann abwesend. »Schon recht. Jetzt geht's mir wieder gut. Das war richtig, was du gemacht hast.« Dann aber riß sie die Augen auf, als ihre Angst sie neu überfiel. »Wo ist Thérèse? Die anderen ...«

»Dort drüben. Es geht ihnen gut. Laß sie noch einen Augenblick für sich.«

Es war, als gewännen wir alle zusammen im selben Moment die Fassung zurück. Renée stieg mit Thérèse wieder in den Wagen. Das Kind schien weniger schockiert als wir alle zusammen. Wir warteten, bis Ramak einem Türken, der betäubt und wie von Sinnen den Boulevard entlangwanderte, gefolgt war und ihn zurückgebracht hatte. Von irgendwo hörte ich laute Rufe, aber die Stimmen kamen aus weiter Ferne, und im Augenblick nahm ich das nur als Symptom dafür wahr, daß noch Leute in der Stadt waren. Ramak kam mit dem Türken zurück, setzte ihn in eines der Autos und stieg dann in den Mercedes.

»Wir fahren jetzt zu meinem Haus, das heißt, wenn es noch steht«, sagte er kurz angebunden. Er hatte Schwierigkeiten, den Motor zu starten, und als wir langsam den Boulevard hinunterfuhren und uns gut rechts hielten, um nicht in die Nähe der Spalte zu geraten, sagte keiner ein Wort. Die Seitenstraße war nicht zu befahren, Hausfassaden lagen auf dem Pflaster, und wir hielten an der Stelle, wo Ramaks Straße von der Hauptstraße abzweigte. Es war nicht mehr nötig, in die Straße hineinzufahren. Von da, wo wir standen, konnten wir sehen, daß Ramaks Haus nicht mehr stand. Die Föhren, von denen aller Schnee abgefallen war, standen nackt in den Himmel, das Haus lag dahinter wie ein Berg von Steinen, Holzbalken und Staub. Nichts war stehen geblieben. Ramak drehte sich zögernd zu seiner Frau um. »Möchtest du hin?«

»Nein. Gottlob habe ich die Dienstboten weggeschickt, ehe wir fuhren. So möchte ich mein Heim nicht sehen. Fahr uns nach Ankara, Ardan, bitte. Wir können im Haus deines Bruders wohnen.«

Ramak fuhr an der Moschee vorbei. Die abgefallene Kuppel war noch ganz und lag wie eine große Schüssel im Schnee. Einige Männer standen mit untröstlichen Gesichtern davor. Nach einer Viertelmeile hielten wir vor Ionides Haus. Die Gartenmauer stand noch, aber das schwere Schmiedeeisentor war aus den Angeln gerissen und lag im Schnee. Dahinter bemerkten wir nur noch rauchende Trümmer. In dem Gewirr von Steinen und Holz entdeckte ich die ersten Anzeichen einer neuen Katastrophe, die sich über der beklagenswerten Stadt zusammenzog. Kleine orange Flammen hüpften an verschiedenen Stellen aus dem zerborstenen Gebälk und fraßen sich ins Holz. Ein großer Brand bereitete sich vor. Hinter uns erklang mit einem Mal das gräßliche Jaulen einer Polizeisirene, und Ramak beeilte sich, weiterzufahren. Den Boulevard entlang ging unser Weg, bis wir den großen Park erreichten. Eine Statue, die einen Mann auf einem Pferd zeigte, wendete uns den Rücken zu. »Der Gazi – Atatürk – hat doch immer auf den Boulevard hinausgeblickt, oder?« Auch das hatte das Beben verursacht: Der Sockel der Skulptur stand noch immer fest verankert auf dem Untergrund, aber die schwere Bronzeplastik war um 180 Grad gedreht worden.

Als wir die westlichen Vororte der Stadt erreichten, fiel Lynn plötzlich etwas ein, was sie bis dahin des Schocks wegen vergessen hatte. Sie schrie auf, so daß ich erschreckt zusammenfuhr und Ramak die Fahrt verlangsamte, um ihr zuzuhören.

»Mein Vater! Mein Vater! Wir müssen zurück! Vielleicht ist er verletzt ...«

»Er war während des Bebens nicht in der Stadt«, sagte Ramak mit fester Stimme. »Das Zentrum des Bebens aber ist in Ergenrum ...«

»Wir müssen zurück! Bitte!« In ihrer Angst schob sie die Glastür zur Seite, griff nach vorne und schüttelte Ramak an der Schulter. »Du hast immer gesagt, du würdest alles für ihn tun, alles ...«

»Er würde mich umbringen, wenn ich zurückführe und dein Leben riskierte. Außerdem müssen wir an Thérèse denken. Wir sind jetzt fast aus der Stadt. Wir haben Glück gehabt, das Beben hat uns mitten auf dem Boulevard überrascht. Wenn es zu einem zweiten Beben kommt, das uns zwischen Gebäuden überfällt, befinden wir uns in großer Gefahr. Bei einem Erdbeben gibt es stets die meisten Toten, wenn Häuser auf Menschen fallen.« Die Scheibe wurde geschlossen. Ich glaube, seine Bemerkung über Thérèse hatte Lynn den Mund gestopft, und Renée war geschickt genug, das Kind auf ihren Schoß zu setzen, um sie abzulenken. Der Wagen kroch soeben einen steilen Hügel zu einer weiteren

Vorstadt hinauf. Hier waren die Häuser klein und saßen eng zusammengeschmiegt. Ich sah verschiedene zweistöckige Gebäude, bei denen der obere Stock nach vorne geschoben war und in einem alarmierenden Winkel über die Straße hing. Das Beben hatte einzelne Stockwerke wie Schubladen verschoben. Einige der Häuschen hatten Gipswände, die bedeckt mit X-förmigen Sprüngen einen gespenstischen Eindruck machten. Andere waren ganz in sich zusammengefallen. Steinberge, aus denen Holzstücke ragen. Jedes Gebäude hat eine bestimmte Elastizität, die ihm erlaubt, gewisse Bewegungen mitzumachen. Unter Druck kommt eine Struktur in Grenzbereiche, in denen sie bei einem starken Beben zerstört werden kann. Andererseits gibt es Gebäude, deren Vibrationen denen des Bebens angepaßt sind und die sich durch jene enorm verstärken, was zur völligen Zerstörung des Hauses führt. Die Seismologen nennen dieses Phänomen die Resonanz. Das Beben hatte 50 Sekunden gedauert, auf der Zeittafel der Seismologen eine kleine Ewigkeit. Das zweite Beben, das dann auch noch die Ruinen zerstören wollte, traf die Stadt, als wir schon Meilen entfernt dahinfuhren.

»Grant hatte recht. Ich habe ihm nicht geglaubt. Ich hätte alles für ihn getan, nur auf seinem eigenen Gebiet habe ich ihm nicht glauben können.« Traurig sprach Ramak diese Worte, als er hinter mir auf der Hügelkuppe stand und auf Ergenrum herabblickte. Das zweite Beben war weniger heftig gewesen als das erste, doch war die Schockwelle deutlich spürbar gewesen. Es hatte fast aufgehört zu schneien, und die Stadt lag unter einer dichten Staubwolke. An vielen Stellen stieg nun auch schmutziger Rauch in die Höhe. Das Feuer griff um sich. Vom Hügel aus hatte man eine weite Sicht, und in den Lücken zwischen den Rauchschwaden und dem Staub hatte ich zugesehen, wie die Zitadelle beim zweiten Beben in sich zusammenbrach, wie Minarette, die sich bis dahin gehalten hatten, niederfielen und Kamine einstürzten. Alles verschwand in der dichten Staubwolke, die über den Trümmern lag.

»Was nicht eingestürzt ist, wird noch heute bis zu den Grundmauern abbrennen«, sagte Ramak ohne große Erregung.

»Sie haben noch immer Ihr Haus in Izmir«, sagte ich.

»Und andere. Das macht mir nichts aus, ich meine, mein Haus, das in Trümmern liegt, nur – ich habe meine ganze Kindheit hier verbracht, es ist, als verlöre ich einen Teil meines Lebens.«

»Wir fahren jetzt besser los«, schlug Schaeffer behutsam vor. Der Amerikaner hatte, seit wir auf dem Boulevard wieder ins Auto gestiegen waren, wenig gesprochen. Ich glaube, daß er sich über Grant Gedanken machte. Wir blieben noch ein paar Minuten stehen, und Ramak betrachtete die Stadt mit grimmigem Ausdruck. In der kurzen Zeit war überall in Ergenrum Feuer aufgelodert. Zwischen den eingefallenen Gebäuden stand noch ein einziger Kuppelbau, und ein Minarett war geblieben. Ich sah, wie der tödliche rote Glanz des Feuers sich ausbreitete und wie sich der schwarze Rauch zu dicken Schwaden verdichtete und mit den Staubwolken mischte. Schnee fiel auf alles und verdeckte uns die Sicht; noch ehe wir ins Auto stiegen, war die Stadt verschwunden. Der Schnee fiel gleichgültig, und das letzte, was ich von Ergenrum sah, waren rote Blitze, die ab und zu aus den schwarzen Rauchschwaden und dem fallenden Schnee aufglommen.

Ehe wir wieder losfuhren, tauschte ich meinen Platz mit Schaeffer und nahm den Klappsitz, während er sich neben Ramak setzte. Ein Wind kam auf, und bald fuhren wir in einem dichten Schneegestöber. Ich versuchte mit Lynn zu sprechen und sie von ihren schwarzen Gedanken abzulenken, aber sie lächelte mich nur vage an und hielt das schlafende Kind an sich gedrückt. So hatte sie damals ausgesehen, als wir aus Syrien kommend die türkische Grenze zu erreichen suchten. Wir gelangten zu einem winzigen Dorf, das am Fuße der ansteigenden Berge lag, und kauften Mineralwasser und Brot. Die Preise waren unglaublich hoch, und Ramak verlor seine Laune und verfluchte die Einwohner für ihre Wucherei. Dann fuhren wir weiter bergan, bis wir ein Plateau erreichten. Der Schneefall ließ ein wenig nach, und wir gewahrten am Abhang ein riesiges Flüchtlingslager.

»Hier haben wir die Menschen, die Grant gerettet hat«, sagte Ramak, als wir die vielen provisorischen Zelte betrachteten. Die Zelte, schmale Dreiecke, auf denen der Schnee lag, standen dicht beisammen, Rauch stieg dazwischen auf, und es waren sehr viele Menschen, die auf und ab gingen und sich langsam bewegten. Ich fragte mich, und sprach es auch aus, wie diese Menschen die niedrigen Temperaturen überleben konnten. Ramak aber sagte, sie könnten es.

»Die Zelte, die Sie hier sehen, sind mit Filz gefüttert, und im Inneren ist es fast so warm wie in meinem Haus. Aber wie viele dieser Menschen wären wohl noch am Leben, wenn Grant sie nicht gewarnt hätte?«

Dann kam die Tragödie. Sie kam rasch und unerwartet. Soeben hatten wir ein größeres Dorf vor uns entdeckt. Ramak fuhr langsam hinter einem Tankwagen her. Die Straße war eng und steil und senkte sich rasch bergab zu einem kleinen viereckigen Platz, wo ein Ochsenkarren im Schnee an der Wand eines Hauses stand. Als der Tanker den Platz erreichte, tauchte aus der Seitenstraße plötzlich ein zweiter Ochsenkarren auf, der Fahrer des Tankwagens riß das Steuer herum, um nicht mit ihm zusammenzustoßen, kam auf der Eisplatte ins Rutschen, und das schwere, große Vehikel kippte über eine niedrige Mauer an der Straße und fiel in einen Hof, der hinter der Mauer lag. Der Fahrer versuchte verzweifelt aus dem Fahrerhaus zu klettern, aber die Tür, die jetzt nach oben gerichtet war, ließ sich nicht öffnen. Benzin strömte aus dem lecken Tank, und Schaeffer, der noch immer die wertvolle graue Akte an die Brust gedrückt hielt, sprang aus dem Wagen, um den Mann zu retten. Ich folgte ihm, sah ihn auf dem auslaufenden Benzin ausrutschen und auf die Pflastersteine hinschlagen, ganz in der Nähe der sich langsam bildenden Benzinpfütze. Die Akte rutschte ihm unter dem Arm hervor und schlitterte über den Schnee in die Benzinlache. Ich riß ihn auf die Füße, hielt ihn fest, als er sich wehrte, und schrie: »Die Akte ...«

»Lassen Sie sie um Gottes willen, Sie verdammter Narr!«

Er reagierte schnell, sah, daß die Akte verloren war, rannte mit mir zurück zum Wagen. Das Benzin fing Feuer, die Akte flammte auf, während der Fahrer des Tankers sich rasch in die entgegengesetze Richtung absetzte. Ramak fuhr los, sobald wir im Auto saßen. Rasch überquerte er den Platz und schob sich in eine Seitenstraße. In diesem Augenblick war hinter uns das laute Donnern des explodierenden Tankers zu hören. Wir warteten nur einen Augenblick, und als wir im Rückspiegel viele Türken mit ihren spitzen Hüten zur Unglücksstelle rennen sahen, fuhr Ramak, so schnell er konnte, aus der Stadt hinaus. Schaeffer drehte sich nach mir um und sagte.

»Es tut mir so leid, David. Sie hätten das lesen können ...«

»Jetzt ist es fort. Gräßlich ist, daß wir nie wissen werden, was wir verloren haben.«

Ich versuchte, meiner Stimme den bitteren Klang zu nehmen, aber es gelang mir nicht ganz. Ich ärgerte mich über mich selbst. Ein paar Mal war ich dabei gewesen, ihn um die Akte zu bitten, aber dann hatte ich mich zu müde gefühlt, um mich konzentrieren zu können. Auch hatte ich alle Hände voll zu tun, Lynn, die neben mir saß, von ihren schwarzen Gedanken abzulenken. Nun war es zu spät. Vor uns tauchten Menschen auf. Die Straße war überfüllt von Flüchtlingen. Sie führten Handwagen mit sich, Ochsen und Esel, und plötzlich wurde mir das volle Ausmaß der Tragödie bewußt. Diese Akte war ungeheuer wertvoll gewesen, sie enthielt die wichtigsten Entdeckungen Grants, die er aufgeschrieben hatte. In dieser Akte wurde Grants Theorie bewiesen, war das Schema aufgezeichnet, das er gefunden hatte. Grant hatte Mittel und Wege entdeckt, ein Erdbeben voraussagen zu können. Er hatte die Zone um den Anatolischen Graben zu retten vermocht. Aber wenn sich das Muster auf den Anatolischen Graben anwenden ließ, würde man mit der Zeit auch ein Muster für den Rest der Welt daraus entwickeln können. Man würde dieselben Untersuchungsmethoden anwenden und zu Ergebnissen kommen, die in ähnliche Muster passen würden. Man würde den San-Andreas-Graben in Kalifornien untersuchen, man würde die Areale in Japan untersuchen und bald vielleicht überall auf der Welt zu Ergebnissen kommen.

Ich wußte wohl, daß ich vielleicht noch an den ersten Teil der Aufzeichnungen gelangen konnte, die Isbuls Leute weggenommen hatten, aber das würde nicht reichen. Grant selber hatte das gesagt. Der wirkliche Schlüssel zu seinen Untersuchungen sei in dem zweiten Teil enthalten – und nun verbrannt – verbrannt in einem türkischen Dorf, dessen Namen ich nicht einmal kannte. Nun war ich derjenige, der in melancholisches Schweigen verfiel, und seltsamerweise bemerkte Lynn meinen Seelenzustand und versuchte nun ihrerseits mich aufzumuntern. Ich aber antwortete einsilbig, ich wollte nicht, daß sie merkte, wie sehr ich den Verlust der Aufzeichnungen bedauerte. Es war das Lebenswerk ihres Vaters und vielleicht eine wissenschaftliche Entdeckung, die den Namen Grant für immer berühmt gemacht hätte.

Langsam fuhren wir hinter einer dahinkriechenden Menschenmenge her. Eine halbe Stunde verging. Ein Schneesturm fegte über das Plateau, und die Menschen mit ihren Paketen, Säcken, Kindern und Tieren schleppten sich mühsam durch den Schnee. Die meisten waren gottlob stark vermummt und deshalb der Willkür der Elemente nicht allzusehr ausgesetzt. Plötzlich wurde mir klar, daß wir hinter Flüchtlingen herfuhren, hinter Männern, Frauen und Kindern, die durch Grants Beobachtungen aus der zerstörten Stadt gerettet worden waren. Er hatte sie davor gerettet, lebendig begraben zu werden. Das tröstete mich ein wenig, aber nur ein klein wenig. Es war später Nachmittag, als wir in Erzincan einfuhren. Ramak hatte einen Feldweg entdeckt, so daß es uns gelang, die Flüchtlingsprozession zu umfahren. Nach einigen Meilen befanden wir uns wieder auf der Hauptstraße und beschleunigten unser Tempo. Als der Mercedes vor dem Haus hielt, das einem von Ramaks Brüdern gehörte, sagte Lynn:

»David, wir sind da, wir sind gerettet!« Ich lächelte müde, aber in Gedanken war ich bei der grauen Akte, die wir für immer verloren hatten.

20. Kapitel

Wir verbrachten eine lange, harte Woche in Ankara, aber aus dem vom Schnee abgeschnittenen Zentralanatolien erreichte uns nicht die kleinste Nachricht. Als endlich Neuigkeiten zu uns durchdrangen, waren es die schlechtesten, die man sich vorstellen kann. Caleb Grant war tot. Türkische Arbeiter waren endlich dazu gekommen, in die Mine vorzudringen, und hatten entdeckt, daß das Beben einen Erdrutsch verursacht hatte, der Grant unter sich begrub. Ich weiß nicht, was mit dem Seismographen geschah, und Schaeffer erwähnte ihn nie. Während der Woche unseres Wartens erreichte Schaeffer mit seiner unbeschreiblichen Energie, einige Probleme aus dem Weg zu räumen. Trotz des Schneesturms fuhr die Eisenbahn nun wieder, und Schaeffer pendelte zwischen Ergenrum und der Hauptstadt; einmal, um zwei Amerikaner in die Stadt zu bringen, und dann, als er hörte, daß sie die Mine öffnen wollten. Beim zweiten Male nahm er Bertin mit. Der Amerikaner war an Bord eines US-Flugzeuges in Ankara gelandet, obwohl die Behörde in Ankara eine Landung für unmöglich hielt und das Risiko der Amerikanischen Botschaft übertrug. Bertin sprach mich kurz, ehe er ins östliche Anatolien abreiste.

»Auf Sie wartet in Kairo ein Job, wenn Sie ihn wollen, David«, sagte er mir. »Ich hoffe, Sie nehmen ihn, denn sie werden mein Nachfolger. Man hat mich gerade nach Ankara versetzt, um Grants Platz im Institut einzunehmen.«

»Ich nehme ihn«, sagte ich schnell, fügte aber dann hinzu: »Macht es Ihnen etwas aus, wenn ich sechs Monate Probezeit beantrage?«

»Mann, beantragen Sie, was Sie wollen.«

In dem Moment, als er mir den Posten antrug, auf den ich unter normalen Umständen jahrelang hätte warten müssen, wußte ich, daß ich nicht mehr als Beamter arbeiten wollte. Ohne es zu wissen, hatte Grant mir doch einen Gefallen getan, als er seine Tochter nach Kairo schickte und mich in die Türkei schleppen ließ: Die Reise hatte mich aufgerüttelt. Meine alten Ankerplätze waren nicht mehr das, was sie vorher waren. Ich hatte entdeckt, daß es andere Orte auf dieser Welt gab, die ich sehen wollte, andere Dinge, die ich tun wollte. Aber diese Entscheidung behielt ich als erstes für mich, denn Lynn trauerte um ihren Vater. Noch etwas, was Schaeffer bewerkstelligte, war, daß er in jener schrecklichen Woche meine Paßschwierigkeiten mit der Britischen Botschaft regelte. Ich weiß nicht, wie er Zeit dazu fand, noch wie er es anstellte, aber er drillte mich behutsam mit den Antworten, die ich geben sollte, und sagte am Ende:

»Erinnern Sie sich stets daran, wie wir Diplomaten es halten. Wir sind darauf aus, Schwierigkeiten aus dem Wege zu gehen, zum Beispiel einer Seuche ... Entschuldigen Sie, das war kein sehr gutes Beispiel. Aber wenn Sie den Leuten mit einer Geschichte kommen, die halbwegs glaubwürdig ist, und ihnen damit die Mühe sparen, dann ist jeder froh.«

Als mein Paßproblem gelöst war, fuhr Ramak mich nach Izmir, von wo ich ein Boot nach Alexandrien nahm. Endlich atmete ich auf. Lynn reiste in der Kabine neben mir.

Wie ich gehofft hatte, linderte die Seereise ein bißchen ihren großen Kummer, aber ich werde nie ihren Gesichtsausdruck vergessen, als wir an Deck standen und zusahen, wie die türkische Küste im Morgendunst verschwand. Ihr Gesicht sah seltsam aus: eine Mischung aus Kummer und Erleichterung, Kummer um ihren Vater und Erleichterung darüber, daß sie endlich das *verbrannte Land* für immer verlassen konnte.

»Ich werde nie zurückkommen, nie«, sagte sie, »klingt das entsetzlich?«

»Nein, nur vernünftig. Was hältst du von dem Job, zu dem ich nach Kairo fahre?«

»Was hältst du von ihm? Darauf kommt es an!«

Diese Unterhaltung, wenn auch in erweiterter Form, sollten wir noch öfter führen, ehe wir in Ägypten ankamen. Dort fand ich eine Wohnung für sie, die in der Nähe meiner eigenen an der Midan Soliman Pasha lag. Als wir Kairo erreichten, hatte sie sich genügend erholt, um mit mir Tewfek Pasha einen Streich zu spielen. Wir betraten mein Bürogebäude zusammen. Sie trug die Bluse und die Hose, die sie an jenem Abend getragen hatte, als sie zum ersten Mal in mein Leben trat. Sein Gesichtsausdruck, als er sie sah, war eine liebe Erinnerung, über die wir jahrelang lachen mußten. Was ihm nicht so gut gefiel, war, daß ich Bertin ersetzen sollte. Langsam erhielten wir einige Nachrichten aus der Türkei. Von Schaeffer hörten wir über die Amerikanische Botschaft in Kairo, wo Lynn einen Job bekommen hatte, daß Ionides tot unter den Trümmern seines Hauses gefunden worden war. Isbul hingegen war mit einem gebrochenen Bein dem Erdbeben entronnen. Die türkische Regierung hatte den großen Verkauf der Schürfrechte auf unbestimmte Zeit vertagt. Später erhielten wir eine andere Mitteilung von Schaeffer, die besagte, daß auch der erste Teil der Grantschen Aufzeichnungen verlorengegangen sei. Die Papiere, die ich in jener Nacht in Ramaks Haus gelesen hatte, waren bei dem Zusammensturz der Zitadelle verlorengegangen, und so kam es, daß Grants Entdeckungen für immer für die Menschheit verloren waren. Ich aber werde mich mein Leben lang fragen, welche Erkenntnisse die zweite Akte enthielt.

Vielleicht enthielt sie ja gar nichts Wertvolles, vielleicht war Grants Erdbeben nur ein Zufall, eine Naturkatastrophe, die zufällig eintrat, als er selbst mit seinen Beobachtungen sie vorauszusehen wünschte. Aber das werde ich wohl nie genau wissen. Hatte er unrecht, als er glaubte, eine Lösung für eines der schrecklichsten Probleme dieser Welt gefunden zu haben? Skeptische Männer seines eigenen Berufsstandes hatten ihn anerkannt – Männer wie Bertin, Linquist und Humphreys – alles enorm wichtige Köpfe auf ihrem Gebiet. Er war ein guter Arzt gewesen, ein guter Minenprospektor, der einmal in Kanada eine Mine gefunden hatte, die den Reichtum eines anderen Mannes begründet hatte. Manchmal denke ich, er lebte in der falschen Zeit. In der Renaissance wäre er ein brillanter Mann gewesen und schon zu Lebzeiten berühmt. Sicherlich waren ihm die Menschen in Ergenrum dankbar und würden ihm eine Statue zur Erinnerung auf den Atatürk-Boulevard stellen. Eine Statue, die Lynn nie sehen wird, weil ich mich weigere, sie zurückzubringen in die Erdbebenzone.

Sechs Monate nach unserer Rückkehr nach Ägypten heirateten wir in einer kleinen englischen Kirche am Ufer des Nil. Ramak war damals gerade in Amerika, um seine Geschäfte zu vergrößern, aber Renée kam aus der Türkei herbeigeflogen, um bei uns zu sein. Auch Schaeffer tauchte unerwartet in Kairo auf, genau einen Tag vor der Hochzeit. Die Hochzeit war gleichzeitig die Feier eines anderen Ereignisses. Es war der Tag, an dem ich meinen Posten einem neuen Seismologen übergab, der aus London kam. Nach einem kurzen Flitterwochenmonat in Beirut ging ich mit Lynn an den Persischen Golf, wo ich meinen ersten Posten bei einer internationalen Ölgesellschaft angenommen hatte.

Zwei Jahre später – ich war damals nach Borneo versetzt, und der neue Staat Israel existierte schon mehrere Monate – schaute ich in eine Zeitung und entdeckte das Foto. Es zeigte mehrere Mitglieder der neuen israelischen Regierung. Ich rief Lynn, und sie trat auf die Veranda unseres Bungalows heraus, der mitten im Dschungel lag. Sie war braungebrannt und trug ein weißes Band in ihrem frisch gewaschenen Haar.

»Kennst du ihn?« fragte ich und deutete auf einen kleinen, untersetzt gebauten Mann in der rechten Gruppe. Sie runzelte die Brauen, las den ihr unbekannten Namen und schüttelte ihren Kopf. »Das ist Moshe, der Kerl, der dir am Toten Meer das Leben gerettet hat. Erinnerst du dich nicht mehr? Er hat dich aus den Händen der Araber befreit.«

Am nächsten Tag fand ich eine ganz andere Geschichte in der Zeitung. Es war ein Bericht über das große Fukui-Erdbeben, das einen riesigen Bezirk Japans zerstört hatte. Es gab eine lange Liste von Todesopfern. Nach dem Essen saß ich auf der Veranda im Dunkeln, die Insekten tanzten im Licht der Lampe, und die Hitze zitterte über dem Land. Ich dachte über Caleb Grant nach und fragte mich wieder, ob er die Katastrophe früh genug hätte voraussagen können, um die Menschen zu warnen. Eines Tages wird ein Mann, dessen Namen man noch nicht kennt, dieses Problem lösen. Vielleicht wird er Grants Theorie wieder entdecken. Vielleicht wird das, was er findet, das sein, das damals in der grauen Mappe verbrannt ist – in einem türkischen Dorf, dessen Namen ich nie erfahren habe.